U0626867

〔英〕V.S.奈保尔 著

余珺珉 译

毕司沃斯先生的房子

A HOUSE
FOR MR BISWAS

V.S.NAIPAUL

南海出版公司

新经典文化股份有限公司
www.readinglife.com
出　品

目 录

第二部

楔子

在离世前十周，穆罕·毕司沃斯先生被解雇了。他是西班牙港圣吉姆斯锡金街的新闻记者，缠绵病榻已有段时日。在过去不到一年的时间里，他在殖民地医院住了九周，然后又在家休养了更长时间。医生建议他完全静养，这使得他的雇主《特立尼达卫报》别无选择。他们通知毕司沃斯先生在三个月内离职，却继续在他有生之年的每一个早晨为他提供免费报纸。

毕司沃斯先生时年四十六岁，是四个孩子的父亲。他没钱。他的太太莎玛也没钱。为了他在锡金街上的房子，毕司沃斯先生背了三千元的债，而这笔巨债已经压迫了他四年。这笔债务的利息是百分之八，每个月要付二十元；另有地皮租金十元。两个年幼的孩子还在上学。而毕司沃斯先生原本可以依傍的两个年长的孩子都在国外靠奖学金念书。

让毕司沃斯先生稍感安慰的是，这一次莎玛没有直接跑到她母亲那里乞求帮助。在十年前这可能是她的第一反应。现在她试图安慰毕司沃斯先生，并自己寻找出路。

"土豆，"她说，"我们可以开始卖土豆。这里土豆的价钱大概是八分钱一磅。如果我们以五分钱买入然后以七分钱卖出……"

"就别提图尔斯家的德行了,"毕司沃斯先生说,"我知道你们图尔斯家的个个都精于算计。你仔细看看四周,数数有多少人在卖土豆吧。还不如把那辆旧车子卖了。"

"不,不能卖车子。别担心。我们会有办法的。"

"是啊,"毕司沃斯先生不无恼怒地说,"我们会有办法的。"

莎玛不再提卖土豆的事情,而毕司沃斯先生也不再威胁要卖汽车。现在,他已经不再想着去违背妻子的愿望了。他渐渐学会接受她的判断并尊重她的乐观态度。他信任她。自从他们搬进这座房子,莎玛对他和孩子萌生了一种新的忠诚;远离她的母亲和姐妹们,她可以毫无愧色地表达这样的忠诚,而对毕司沃斯先生来说,这简直是同买入他自己的房子一样的天大的胜利。

他把这座房子当作自己的,即便房子数年以来一直处于被抵押的状态之中。在被疾病和绝望折磨的几个月里,他一次又一次地为住在自己的房子里这一奇迹,以及这举动背后的勇气而深深感动:从他自己的前门走进房间,把任何他不愿意见的人拒之门外,每天晚上关上自己的门窗,除了自己家里的声音听不见任何喧器,自由自在地在自家的各个房间穿梭,在自家的庭院四周游荡,而不用像从前那样遭受指责,不用再回到图尔斯夫人的这座或者那座房子里,跟莎玛的姐妹们、她们的丈夫,还有孩子们挤在拥挤不堪的房间里。从小他就在一个又一个陌生人的屋子之间漂泊;而自结婚以后,他就觉得自己只住在属于图尔斯家族的房子里:位于阿佤克斯的哈奴曼大宅,濒临倒塌的矮山的木屋,西班牙港那间粗笨的水泥房子。现在,他终于拥有自己的房子了,就在这属于他的半块地皮上,重要的是这片土地属于他自己。他应当对这座房子负起责任,这对他来说,尤其是在这段最后的岁月里,是了不起的事情。

这座房子在整条圣吉姆斯街上都小有名气，隔着两三条街就能看见。它就像一座巨大的四方形岗楼：高大，四四方方，两层楼，还有用瓦楞铁皮搭建的金字塔尖似的屋顶。这座房子是法务官书记员设计和建造的，他好在闲暇时间建房子。法务官书记员交际颇广。他买下城市委员会已经宣布不再出售的地皮；他游说土地的拥有者卖掉一半的土地；他在缪克拉泊附近购买了大片已经无人问津的湿地，并且取得了在上面建造房子的官方许可。在一块完整的地皮或者四分之三块地皮上建造平房，正面二十英尺，侧面二十六英尺，这样的房子很少被路人注意到；他在二分之一块地皮上建造两层楼的房子，二十英尺长，十三英尺宽，颇引人注目。他主要搜集在德克赛特、庞贝大草原和伏特瑞德被拆除的美军兵营残料来建房子。这些材料并不见得都适合新房子，却让法务官书记员不需要依赖任何专业的帮助就能继续追求自己的爱好。

　　在毕司沃斯先生这座两层楼房的楼下，法务官书记员在一个角落设了一间窄小的厨房；其余呈 L 状的统一空间被用来当客厅和餐厅。厨房和餐厅之间有一条没有门的走廊。楼上，就在厨房的正上方，书记员建造了一间水泥小房间，里面装了一个马桶、一个洗脸池和一个淋浴间；因为有淋浴间，这房间长年潮湿不干。楼上剩下的 L 型空间被分隔成两间卧室和一个阳台。因为房间朝西，又没有任何能帮它遮挡阳光的东西，下午的时候只有两间屋子比较舒服：楼下的厨房和楼上潮湿的卫生间。

　　在起初的设计里，法务官书记员似乎忘记了楼上楼下必须要有楼梯，因而最后整个楼梯看上去像是事后补建的。门都被挤到了东面墙上，一座粗劣的木制楼梯——厚重的木板搭在不规则的架子上，外带扭曲变形的没有漆过的扶栏，上面搭着倾斜的瓦楞铁皮顶——晃晃悠悠地悬在房子背后，和房子正面那白色的砌砖、白色的木框以及门窗上的磨砂玻璃构成了惊人的对比。

毕司沃斯先生为这所房子花了五千五百元。

毕司沃斯先生曾经建造过两座自己的房子，并花费了相当长的时间四处看房。但他是个外行。他修建的房子只不过是拙劣的木头玩意儿，比乡间的棚屋好不到哪里去。而在他找房子的时候，他总觉得那些全新、现代、油漆明亮宜人的水泥房子必将超出自己的能力范围；而他看过的房子少之又少。所以当他看到一座他买得起的房子，而且从正面看上去结实、体面又现代时，他立刻就目眩神迷。他从来没有在下午太阳西晒的时候来看这座房子。他第一次来看房子的那个下午是雨天，第二次带着孩子们来的时候则是傍晚。

市面上当然不乏两三千元就可以买下的房子，它们建在一块完整的地皮上，位于城市待开发的新区。但是那些房子都老旧破败，没有篱墙，也没有任何便利设施。这种新区通常是一块地上挤着两三所寒酸的房子，每所房子的每个房间分别租给各色来历不明的人家。看过了那些房子里充斥着鸡仔和孩子的后院，再来到法务官书记员的房子的客厅，这是何等惊人的反差啊！法务官书记员没有穿外套，也没有系领带，穿着拖鞋，逍遥自在地坐在安乐椅上，厚重的红色窗帘映衬着锃亮的地板，使得整个房间华丽温馨得就像广告里的画面！这和图尔斯家简直是天壤之别！

法务官书记员在他建造的每所房子里都住过。住在锡金街的房子里时，他正在建另外一所房子，那所房子被刻意地安排在离这里有一段距离的穆旺特。他一直独身，和他寡居的母亲住在一起。他的母亲是一个和蔼可亲的妇人，用热茶和自家烘烤的蛋糕招待过毕司沃斯先生。他们母子之间那种相濡以沫的感情触动了毕司沃斯先生，他疏于照看自己的母亲，五年前她就在穷困潦倒中离开了人世。

"我简直无法形容离开这所房子的难过心情。"法务官书记员说。毕司沃斯先生注意到虽然他讲的是方言，但无疑受过良好的教育，而他用方言和夸张的口音仅仅是为了展示他的坦率和友好。"兄弟，真的是为了我的母亲。这是我要搬出去的唯一理由。老祖宗不能爬楼梯。"他朝房子后面示意，那里的楼梯被厚重的红色窗帘遮住了，"心脏病，你知道的，随时都可能发作。"

莎玛从一开始就不同意买房子，而且根本没来看房子。毕司沃斯先生问她："哎，你什么想法？"莎玛说："想法？我？你从什么时候开始认为我有想法了呢？如果我没有资格去看你的房子，我以为我也没有资格说出自己的想法。"

"哈！"毕司沃斯先生说，"闹腾吧。生气吧。我敢说，如果是你妈要花点她的脏钱买这所房子，你肯定就是另外一种态度了。"

莎玛叹了口气。

"嗯？我看只有我们和你妈以及你那快乐的一大家子住在一起你才会高兴。嗯？"

"我什么也没想。你有钱，你想要买房子，我不需要考虑任何事情。"

毕司沃斯先生要买自己的房子的消息已经在莎玛家传开了。苏妮蒂是莎玛的一个外甥女，二十七岁，已经结婚，有两个孩子，她的丈夫是个英俊的浪荡子，早已对妻儿弃之不顾；他在波可玛站头看管铁路上的房子，火车每天在那儿停靠两次。苏妮蒂对莎玛说："我听说你现在发达了，姨妈。"她没有掩饰自己的嘲讽。"买房子买地啊。"

"是的，孩子。"莎玛带着一种殉教式的悲壮说。

后楼梯的对话传到了毕司沃斯先生的耳朵里，当时他正穿着短裤背心躺在屋里的斯枕百金床上，周围是过去四十一年里他攒下来的大部分家什。从苏妮蒂小时候开始，他就和她格格不入，但是他的轻蔑从来没有压倒过她的讥讽。"莎玛！"他喊道，"让那姑娘回去帮她那无能的丈夫照看他们在波可玛的羊群吧。"

羊群是毕司沃斯先生捏造出来的，但是每次都让苏妮蒂恼羞成怒。

"羊群！"她朝院子嚷嚷着，咬牙切齿，"哼，有的人至少还有羊群，不像有的人根本就一无是处！"

"啧！"毕司沃斯先生轻声嘘着，然后，他拒绝陷入和苏妮蒂的争吵，转身躺着继续阅读马可·奥勒留的《沉思录》。

买下房子的那天，他们开始注意到房子的瑕疵。楼梯很危险；楼上的地板已经下陷；房子没有后门；大部分窗户关不上；有一扇门打不开；屋檐下的隔音板掉下来了，留下的缝隙可以让蝙蝠轻易地钻进阁楼。他们尽可能平静地讨论这些问题，小心翼翼地避免公开表达失望。令人惊奇的是，他们的失望很快就烟消云散，他们很快就对房子的古怪和不如人意之处完全适应了。而一旦这一切已是既成事实，他们便不再挑剔，这所房子也就成为他们的房子了。

当毕司沃斯先生第一次从医院里回来的时候，他发现房子完全是为他量身打造的。小花园拾掇得井井有条，楼下的墙壁也粉刷一新。他那辆普莱菲特车停在车库里，那是几个星期之前一个朋友替他从《特立尼达卫报》办公室开回来的。医院已经成为一个虚幻的空间。他已离开那里，迈入了一个欣悦的、崭新的、完整的世界。他几乎不能相信自己建造了这样的世界。他无法理解自己怎么会拥有这样一个世界。他带着快乐、惊讶和难以置信的心情查看了周围的每一件东西，重新发现每一件物品。每一种关联，每一项占有。

橱柜。已经有二十年之久了。他结婚不久时从阿伉克斯的木匠那里买下了它，雪白崭新，纱网没有上漆，新木头还散发着香味；然后，过了一段时间，再沿着隔板摸过去时，手上会沾满木屑。多少次，他给它上色，再上一层清漆！多少次，他为它刷上油漆！在纱网上的修补之处，网眼已经阻塞了，上过的清漆和油漆在木头表面留下一层不均匀的厚厚的外壳。他用了多少种颜色来油漆它！蓝色，绿色，甚至还有黑色。

一九三八年，在罗马主教去世的那一周，《特立尼达卫报》发行了带黑框的报纸，而他正好买了一大听黄色的油漆，于是他便把所有的东西都漆成了黄色，甚至包括打字机。打字机还是他三十三岁时买的，他那会儿正计划通过给美国和英国的杂志写文章发财致富；那是一个短暂、快乐又充满希望的时期。打字机从此便一直保持着黄色，闲置在那里，它的颜色早已不再触目。至于帽架，除了它一直跟随着他们到处迁徙，已经被视为家中的一部分这个原因以外，他想不出为什么他们还留着它。帽架上的玻璃已经斑驳，大部分钩子都断了，木头也因为过度油漆而变得丑陋不堪。书架是在矮山时由一个退休的铁匠打的，图尔斯家请他来做家具木工；每一块木头的制作，每一处榫卯的打造，以及每一个装饰的尝试，都显示了他原先专业的手艺。还有餐桌：是毕司沃斯先生贱价从一个需要帮助的贫民那里买来的，这个贫民通过《特立尼达卫报》的救贫基金得了些捐助，因此想对毕司沃斯先生表示一点感激之情。还有那张斯林百金床，他已经不能睡在上面了，因为床放在楼上，而医生不让他爬楼梯。还有玻璃橱柜，是买回来让莎玛高兴的，仍然算得上考究，也仍然没有什么东西可放。莫里斯家具，最后的家什，从前是法务官书记员的，被他当作礼物留了下来。还有就是车库里的那辆普莱菲特。

但是最重要的还是房子，他的房子。

如果这个时候没有房子该是多么凄惨啊：他将会死在图尔斯一家子人中间，死在那个巨大的支离破碎的冷漠的家庭里；把莎玛和四个孩子留在他们那儿，留在一间屋里；更糟糕的是，虚度一生，从未努力拥有一块属于自己的土地；活着和死去之时都像人刚被生下来那样，一无是处，无依无靠。

第一部

第一章　牧歌

　　就在毕司沃斯先生出生前不久，他的妈妈贝布蒂和他的爸爸拉各胡又吵架了，于是贝布蒂带着三个孩子，不顾毒辣的日头，一路步行到她母亲贝森达娅住的村子里。贝布蒂在那里哭诉了拉各胡吝啬的老毛病：他是如何锱铢必较，清点罐子里的每一块饼干，又或者他宁愿步行十里路，也不愿意花一个子儿雇辆手拉车。

　　贝布蒂那患着哮喘病且老不中用的父亲靠在绳床上，用他对待不幸之事的一贯口吻说："这就是命。各人安各命。"

　　没有人理睬他。命运把他从印度带到这块出产甘蔗的土地上，使他迅速地衰老，然后把他留在湿地上一间摇摇欲坠的小泥屋里等死；但是他常常充满感情地谈论命运，似乎仅仅是得以生存，他就得到了特别的恩赐。

　　就在老人继续絮叨的时候，贝森达娅打发人去请产婆，给贝布蒂的孩子们做晚饭，然后为他们准备睡觉的床铺。产婆来时，孩子们都已经睡着了。之后不知什么时候，他们被毕司沃斯先生的尖叫和产婆的嘶喊吵醒了。

"是什么？"老人问，"男孩还是女孩？"

"男孩，男孩，"产婆叫道，"但是这男孩是什么呀？六个手指，而且是逆产。"

老人咕哝着。贝森达娅说："我就知道。我从来就没有交过好运。"

虽然是在夜里，而且是独自一人上路，贝森达娅照样立刻离开小屋，走到另外的村子去，那里生长着大量的仙人掌。她带回仙人掌的叶子，把它们切成条，然后在每扇门、每扇窗、每一个魔鬼可能溜进小屋来的缝隙里挂上一根仙人掌条。

但是产婆说："无论你做什么，这个男孩注定会把他的父母生吞活剥。"

第二天早晨，在明亮的阳光下，似乎所有的恶魔都已经从地球上逃遁。这时来了一个梵学家，他是一个瘦小的男人，长着一张精明的愤世嫉俗的脸，举止颇为傲慢。贝森达娅请他在老人让出来的绳床上坐下，并告诉了他发生的一切。

"嗯。逆产。还是午夜，你说的。"

贝森达娅无法说出具体的时间，但是她和产婆都认为是在午夜，那个不吉利的时刻。

贝森达娅蒙着头巾在他面前垂首而坐，突然，梵学家的神情轻松起来。"哦，我看，这没什么要紧。我们总能找到办法解决这些不幸的事情。"他解开他的红色包裹，拿出占星历书，那是一捆夹在板子中间的松散而厚重的叶子，又长又细。这些叶子历时弥久，已经变成褐色，它们散发出来的霉味混合着撒在叶子上的斑斑点点的红色和赭石色的檀香黏土的味道。梵学家拿起一张叶子，读了一会儿，用舌头舔湿了食指，又拿起另一张。

他终于说话了："首先，是这个不幸的男孩子的五官。他的牙齿很好，但是比较宽，牙齿之间有缝隙。我想你明白这意味着什么。这男孩将会是个好色之徒和挥霍者。很可能还是个爱撒谎的人。现在很难说那些齿缝意味着什么。可能他仅仅是其中一种，也可能他三者全是。"

"那么他的六指呢，梵学家？"

"毫无疑问，那是个糟糕的预兆。我唯一的忠告就是让他远离树木和水。特别是水。"

"永远不能给他洗澡？"

"我并不完全是这个意思。"他举起右手，合拢手指，把头微微一偏，慢条斯理地说："我必须按照书上说的来解释。"他用左手拍着颤悠悠的历书。"当书上说水的时候，我认为是指自然形态的水。"

"自然形态的水。"

"自然形态的水。"梵学家重复着，但是有些不确定。"我是说，"他立马说道，有些不耐烦，"让他远离河水和池塘。当然，还有海。还有一件事情，"他又如释重负地做着补充，"他打喷嚏的时候会给人带来不幸。"他开始捆扎历书的长叶子。"如果他的父亲在他出生后的二十一天内不见他的话，这个孩子身上与生俱来的恶魔力量将会大大减弱。"

"这很容易。"贝森达娅说，语气里第一次带了感情。

"在第二十一天的时候，孩子的父亲必须看到孩子。但是不是亲眼看见他。"

"那是从镜子里吗，梵学家？"

"那不是个好主意。用一个铜盘子。把它擦亮。"

"当然。"

"你必须用铜盘子装满椰子油——顺便说一下，你必须用自己亲手采来的椰子亲自榨出椰子油——孩子的父亲必须在椰子油反射的映像中看到孩子的脸。"他把历书扎成一捆，然后卷进红色的棉布卷，那上面也撒着檀香黏土。"我看就这些了。"

"还有一件事情，梵学家，孩子的名字。"

"这件事我无法完全帮助你。但是我认为最安全的称呼是用'穆'

打头。剩下的就要你自己想了。"

"啊，梵学家，你一定要帮帮我。我只能想到'罕'。"

梵学家看上去吃了一惊，却相当高兴。"但是这个字真是妙极了。绝妙无双。'穆罕'。我自己也想不出比这更好的名字了。因为你知道，穆罕的意思是'被深爱着的'，这个名字是挤奶的姑娘用来称呼克利须那神的。"他的眼神因为回想起那个传说而变得柔和起来，有那么一会儿，他似乎完全忘记了贝森达娅和毕司沃斯先生。

贝森达娅从她面纱末端打结的地方摸出一个弗罗林，递给梵学家，嗫嗫地抱歉自己不能拿出更多的钱。梵学家则说她已经尽力了，不需要担心。实际上他颇为欢喜；他没有想到会拿到这么多钱。

毕司沃斯先生九天大的时候失去了他的第六根手指。只不过是在某天晚上，贝布蒂因为不舒服翻了个身，那根手指就掉了下来，然后，在一个早晨，就在她抖床单的时候，她看见那根纤小的手指落到了地板上。贝森达娅认为这是个极好的兆头，把手指埋在屋后的猪圈里，距离她掩埋毕司沃斯先生脐带的地方不远。

在随后的日子里，毕司沃斯先生得到了极大的关注和重视。如果他的兄弟姐妹扰了他的睡眠，就会挨揍，而保持他四肢的灵活被认为是至关重要的。每天早晚，贝布蒂都要用椰子油给他按摩。要活动他所有的关节；他的胳膊和腿被对角折叠过他发红的身体；让他右脚的大脚趾碰到左肩，左脚的大脚趾碰到右肩，然后两个脚趾再轻触一次鼻尖；最后，他的四肢在腹部上方被一把抓住，然后伴随着一下轻拍和一声轻笑，四肢被松开了。

毕司沃斯先生对这些活动反应良好，于是贝森达娅信心十足地决定在第九天举行一场庆祝。她把村子里的人请来吃饭。梵学家也来了，而且出人意料地和蔼仁慈，尽管他用举止暗示，如果没有他的帮助，就不会有这样的庆祝了。理发师扎格鲁带来了他的鼓，赛路唐将身上涂满烟灰，在牛圈里跳起了湿婆舞。

毕司沃斯先生的父亲拉各胡的出现引起了一阵不快。他是走着来的；他的腰布和外套被汗水和灰尘浸透。"啊，这可真好，"他说，"开庆祝会，却不叫孩子的父亲吗？"

"马上离开这里，"贝森达娅从一边的厨房里走出来说，"父亲！你有什么资格自称父亲？每次你妻子临产的时候你都要把她气走！"

"这不关你的事，"拉各胡说，"我儿子呢？"

"尽管去吧。上帝已经惩罚了你的自吹自擂和一毛不拔。去看你的儿子吧。他会让你丧命的。六根手指，逆产出生。进去看看他。他的喷嚏会带来不幸。"

拉各胡踟蹰了。"带来不幸的喷嚏？"

"我已经警告过你了。你只能在第二十一天的时候见他。如果你现在做什么蠢事，后果自负。"

老人从他的绳床上冲着拉各胡骂骂咧咧道："无耻，恶棍。我一看见这个人就觉得黑暗的时代已经来临了。"

接下来，在一番争吵和恐吓之后，他们达成了和解。拉各胡承认他犯了错，并且已经为这错误受到了惩罚。贝布蒂也愿意和他回去。他答应在第二十一天的时候再来。

贝森达娅开始为那一天收集干椰子。她先把椰子剥皮，然后把椰子壳放到炉子上烘烤，准备榨取梵学家交代的椰子油。然后是漫长的煮沸、撇去浮泡和再次煮沸的过程，令人惊讶的是，要用很多椰子才能榨出一点点椰子油。但是椰子油还是按时准备好了，拉各胡也在那天赶到了，他打扮得整整齐齐，头发梳得油光锃亮，还修剪了胡须；他恰如其分地摘下了帽子，走进小屋内黑黢黢的里间，里面散发着热腾腾的椰子油和干茅草的味道。他用帽子从右边挡住脸，然后俯视盛满椰子油的铜盘。被帽子挡住视线的父亲看不见毕司沃斯先生，他从头到脚被包裹得严严实实，脸向下正对着椰子油。毕司沃斯先生不喜欢这样；他皱着前额，紧紧地闭着眼睛，放声哭叫着。明澈的琥珀色椰子油荡起涟漪，打碎了毕司沃斯先生面孔的倒影，他的脸已经因为愤怒而扭曲，而这次相见总算结束了。

几天以后，贝布蒂和她的孩子们回到了家里。此后，毕司沃斯先生的重要性逐渐消退了。最后，甚至连每天的按摩都没有了。

但是他还是颇受重视的。他们从来都没有忘记他是一个会带来不幸的孩子，他的喷嚏尤其如此。毕司沃斯先生很容易感冒，因而在雨季里时刻威胁着将给家庭带来贫困。如果毕司沃斯先生在拉各胡去甘蔗种植园之前打了喷嚏，拉各胡就待在家里，上午在菜园里劳作，下午制作手杖和木底鞋，或者雕刻短刀刀柄和手杖头的花纹。他最喜欢雕刻的图案是一双长筒橡胶雨靴；他自己从来没有穿过长筒橡胶雨靴，但是他看见监工头穿过。无论做什么，拉各胡绝不会离开屋子半步。尽管如此，毕司沃斯先生的喷嚏还是不可避免地带来了一些小灾小难：买东西的时候丢了三个便士啦，打碎了一只瓶子啦，弄翻了一盘菜啦等等。有一次，毕司沃斯先生接连三个早晨都打了喷嚏。

"这孩子早晚会把他的父母生吞活剥。"拉各胡说。

一天早晨，就在拉各胡刚刚穿过院子和道路中间的排水沟时，他突然停住了。毕司沃斯先生打喷嚏了。贝布蒂跑出来说："没有关系。他打喷嚏的时候你已经上路了。"

"但是我听见他打喷嚏了。我听得很清楚。"

贝布蒂说服他去工作。大约一两个小时之后，正在她淘米准备做午饭的时候，她听见路上传来喊声。她跑出去，发现拉各胡躺在一辆牛车上，右腿缠着血迹斑斑的绷带。他咆哮着，不是因为疼痛，而是因为愤怒。送他回来的人拒绝把他抬进院子里：毕司沃斯先生的喷嚏早已远近闻名。

拉各胡不得不靠在贝布蒂的肩膀上，一瘸一拐地走进去。

"这孩子迟早会把我们都变成叫花子。"拉各胡说。

他的话出自心中深深的恐惧。虽然他省吃俭用，竭力使这个家和他自己在省得不能再省的情况下维持生计，但是他始终感到贫困触手可及。他积攒得越多，就越觉得自己浪费和失去得更多，也就益发小心谨慎。

他在每个星期六和其他劳工一起到种植园办公室的外面排队领取薪水。监工头坐在一张小桌子后面，他的卡其布软帽摆在桌子上，占据了不少空间，但这是富有的象征。他的左边坐着一个印度职员，傲慢，严厉，一丝不苟，干净的小手握着红色和黑色的墨水笔，在厚厚的分类账目上写着整洁而细小的数字。就在那个职员一边记着数字一边用尖而清晰的声音念出姓名和工资数的时候，监工头从他面前的一摞摞银币和一堆堆铜币中挑拣出硬币，然后尤为小心地从一沓蓝色的一元纸币、稍微小一些的红色两元纸币，以及淡绿色的五元纸币中挑拣出纸币。几乎没有一个劳工一周能赚到五元钱；五元纸币是为那些同时领取自己和妻子或者丈夫的薪水的人准备的。监工头的卡其布软帽旁围着一圈硬邦邦的蓝色纸袋，像是在守护帽子一般，袋口呈整齐的锯齿状，上面印着很大的数字，纸袋因为装着沉甸甸的硬币而笔直地挺立着。透过纸袋边缘整齐的圆孔可以瞥见里面的硬币，拉各胡听说那些圆孔是为了让硬币呼吸。

拉各胡迷上了这些纸袋。他设法搞到一些纸袋，过了好几个月之后，通过一点小小的把戏——比如把一先令换成十二便士——他把这些纸袋装满了。从此之后他就无法罢手。所有人，甚至包括贝布蒂，都不知道他把这些袋子藏在什么地方；但是，关于他把钱埋了起来而且有可能是村子里最富有的人的消息不胫而走。这些传说让拉各胡感到恐慌，为了反驳这些流言，他变得更加节俭。

毕司沃斯先生长大了。他那曾经被每天按摩和护理两次的四肢现在总是沾满尘土，好几天都不洗一次。营养不良曾经给予了他不幸的第六根指头，现在则让他感染湿疹和脓疮，湿疹和脓疮红肿开裂，然后结痂，然后又开裂，直到它们发出恶臭；这些脓疮和湿疹在他的脚踝、膝盖、手腕及肘部尤为严重，在他身上留下火山坑似的疤痕。营养不良赐给他单薄的胸脯和瘦骨伶仃的四肢，还阻碍了他的发育，让他有一个柔软的隆起的腹部。但是，还是能看出来，他长大了。他从来没有意识到自己的饥饿。不上学也没有让他感到难过。只有梵学家不让他靠近河水和池塘这一点让他觉得不快。拉各胡水性极好，贝布蒂希望他能教会毕司沃斯先生的哥哥们游泳。于是，每个星期天的早晨，拉各胡就带着普拉塔布和普拉萨德到不远处的水塘游泳，而毕司沃斯先生则留在家里，由贝布蒂给他洗澡。她用一块蓝色的肥皂用力地揉搓他，把他全身的脓疮都擦破了。但是一两个小时之后，脓疮红肿和擦破的地方渐渐恢复，伤口开始结痂，毕司沃斯先生又欢呼雀跃了。他在家和他的姐姐德黑蒂玩。他们用水和着黄土做成壁炉；他们在空的炼乳罐里面煮几把大米；然后，他们把罐盖当作烧烤的烤盘来做甩饼。

　　普拉塔布和普拉萨德从来不参与这些游戏。他们一个九岁，一个十一岁，不但过了玩这种把戏的年龄，而且已经开始工作了：他们兴高采烈地帮助种植园打破不允许雇佣童工的法律规定。他们渐渐学会了成年人的举止。他们说话的时候在牙齿缝里噙一片草叶；他们咕咚咕咚地喝酒，然后长出一口气，用手背抹嘴；他们一顿吃很多米饭，拍拍肚皮打一个饱嗝；每个星期六他们排队领取自己的薪水。他们的工作是看管拉载装有甘蔗的大车的水牛。水牛的乐园是一片离工厂不远的散发着腻人甜腥的泥泞水塘；普拉塔布和普拉萨德在这里和另外十二个同样瘦骨嶙峋的男孩一起，整天在泥泞中和水牛打交道，他们吵吵嚷嚷、兴高采烈、精力旺盛，认为自己的工作举足轻重。回到家里的时候，他们的腿上沾满了水牛带来的泥块，因为快干了，已经变成白色，这使他们看起来就像消防处和警察局里那些从树根到树腰都刷着白石灰的树。

正如他所希望的那样，即使到了同样的年纪，毕司沃斯先生也不大可能和他的哥哥们一起在水牛塘里工作。梵学家反对他靠近水；即使人们可以论辩说泥浆不是水，即使在那里的一个意外也许就能移除拉各胡的恐惧之源，但无论是贝布蒂还是拉各胡都不愿违背梵学家的警告。他们想着再过两三年，等到毕司沃斯先生可以用镰刀的时候，可以让他加入割草的男孩儿女孩儿们。这些孩子和看管水牛的男孩之间总是时不时地争吵，不过，哪一方占上风是不言而喻的。看管水牛的男孩子们，腿上糊着白色的泥块，用小棍或轻弹或抽打水牛，冲着牛群大喊大叫，让它们听命，行使着权威。而割草的孩子们，在路上疾走，形成一列纵队，他们的头被捆得又高又宽的湿漉漉的草堆遮住，几乎看不见；而且因为头上负载的重量和遮在脸上的青草，他们对挑衅和辱骂只能报以含糊、简短的回应，这势必使他们处于下风。

但毕司沃斯先生是要去割草小帮队的。之后，他将到甘蔗地里撒种、清理、种植和收割；他将根据所做的活计领薪水，而他所做的活计将由一位监工用一根长长的竹竿衡量。他将留在这里。由于不识字，他永远都不可能成为一位监工或者称重员。也许，许多年以后，他可能攒够钱去租或者买几亩地，种植自己的甘蔗，然后按照种植园规定的价钱把甘蔗卖给他们。但要实现这一切，除非他拥有同哥哥普拉塔布一样的力气和乐观态度才有可能。因为这正是普拉塔布的人生轨迹。普拉塔布虽然一生都是文盲，但是他将比毕司沃斯先生富有；他将比毕司沃斯先生早许多年拥有自己的房子，一栋高大结实的好房子。

然而，毕司沃斯先生始终没有去种植园工作。即将发生的事情带他远离了甘蔗地。那些事情没有引领他走向富裕，却让他能在以后的岁月里通过阅读马可·奥勒留的《沉思录》得到安慰，尽管那时他只是躺在斯林百金床上，身处那间陈设着他大部分财产的斗室。

隔壁邻居达哈里买了一头怀孕的母牛，小牛出生的时候，达哈里因为妻子在外工作，两人又没有孩子，就让毕司沃斯先生白天给小牛喂水，酬劳是一周一个便士。拉各胡和贝布蒂都很高兴。

毕司沃斯先生非常喜爱这头小牛，因为它纤细的身体看起来几乎不能承受它的大脑袋，因为它颤抖的骨节分明的腿，还因为它那双大大的悲伤的眼睛和粉红色的憨憨的鼻子。他喜欢看小牛热烈而又随意地吸吮母牛的乳房，细瘦的四肢摊开在地，脑袋几乎被它妈妈的腹底遮住了。他不仅给小牛喂水，还带着它散步，领它穿过潮湿的珍珠茅草地，走过甘蔗地中间布满车辙的小路，迫不及待地喂它各种各样的青草，但却无法理解为什么小牛不情愿从一个地方被领到另一个地方。

就是在这样的散步途中，毕司沃斯先生发现了那条小溪。那里肯定不是拉各胡带着普拉塔布和普拉萨德游泳的地方：水太浅了。但肯定是贝布蒂和德黑蒂星期天下午洗衣服的地方，她们回来的时候手指都被水浸泡得发白起皱。小溪在竹林里流过大大小小、五彩斑斓的光滑石头，清凉的流水声混合着尖细的竹叶发出的沙沙声、高大的竹竿摇摆时发出的咯吱声，以及它们互相摩擦时发出的叹息声。

毕司沃斯先生站在小溪边向下看去。急流和水声使他忘记了它并不深，石头似乎异常滑溜，他恐慌地爬上岸，盯着溪水，此时它再一次变为无害的溪水；小牛懒洋洋而又不高兴地站在一边，对竹叶没有一点兴趣。

他不断地回到他被严禁靠近的小溪那儿去。它的欢乐似乎永不止息。在岸边树荫下的小小漩涡中，他看见了一群黑色的小鱼，它们和周围背景的颜色如此相近，以至于很容易被错认为水草。他在竹叶上躺下来，慢慢地伸出一只手，但当他的手指刚一触及水面，小鱼就扭动着轻快地游开了。从那之后，他看小鱼的时候就不会试图去捉它们。他只是注视着它们，然后往水里扔东西。一片干枯的竹叶就能在鱼群里引起不小的震动；一小节竹枝会给它们带来更大的惊吓；但是如果他静止不动，也不再扔东西的话，鱼群就会重新安静下来。然后他会朝水里吐唾沫。虽然他不像哥哥普拉塔布吐得那样好——普拉塔布随便用力一吐，都可以在唾液落地的地方发出回响，毕司沃斯先生还是很惬意地看到，在被冲到小溪的主流之前，他的唾液在黑色的鱼群上方缓缓地旋转。他偶尔试着钓鱼，用一根细竹竿、一段渔线和一根弯的别针，不过没有鱼饵。鱼并不咬钩；但如果他剧烈地摇动鱼线，它们就会惊惶不已。在注视鱼群足够久之后，他会朝水里扔下一根小棍；然后，他就能心满意足地看见整个鱼群立刻四散逃开。

后来有一天毕司沃斯先生把小牛弄丢了。他全神贯注地望着鱼群，忘记了小牛的存在。等他扔下小棍吓跑鱼群，再想起小牛的时候，它已经不见了。他沿着岸边和附近的田野搜寻。他走回达哈里早晨留下小牛的地方。拴牛的铁桩还在那里，铁桩的顶端因为连续的摩擦已经变得扁平，闪闪发亮，上面却没有拴牛绳，小牛也不在那里。他花了很长时间寻找小牛，到长着毛茸茸草头的高杆野草地里，在一排排看上去好像整齐的红色伤口的排水槽附近，在田垄与田垄之间，以及甘蔗丛里。他呼唤着小牛，轻轻地学着牛叫，避免引起人们的注意。

突然间，他觉得小牛的失踪未尝没有好的可能；它已经完全可以照顾自己，并且可能会以某种方式回到在达哈里院子里的母亲身边。而他当下的最佳选择是藏起来，一直等到小牛被找回来，或者被遗忘。天色已经晚了，他认为最好的藏身处莫过于家里。

接近傍晚了。西边的天空交汇着金色和烟灰色。大部分村民做完工，正往家走，毕司沃斯先生不得不小心翼翼地走在回家的路上，溜边走，有时候还要藏到排水槽里。他不为人察觉地到了自家的后院。他看见贝布蒂在小屋和牛棚之间的台子上用烟灰和水清洗珐琅、铜和锡制的碗碟。他藏身到木槿树篱笆后面。普拉塔布和普拉萨德回家了，他们嘴里噙着草叶，头上的软毡帽被汗水浸透了，脸上带着阳光留下的晒痕和汗水的污迹，腿上沾着白色的泥块。普拉塔布解开缠在他脏裤子上的白色棉布，开始熟练地以成年人的得体架势脱下衣服，然后用葫芦瓢从一个黑色的大油桶里舀水浇到身上。普拉萨德站在木板上清理腿上的泥块。

贝布蒂说："你们得在天黑前弄些木柴来。"

普拉萨德不耐烦起来；似乎因为在剥除腿上泥块的关系，他失去了成年人的冷静，把帽子摔到地上，像一个孩子那样叫喊起来："你干吗现在让我去？你干吗每天都叫我？我不去！"

拉各胡走到后院，一只手里拿着一根没有完工的手杖，另一只手上拿着一根冒烟的金属丝，那是他用来把图案烧到手杖上用的。"听着，孩子，"拉各胡说，"不要以为你能挣钱了就觉得自己多了不起。照你妈说的做。在我用这手杖抽你之前赶快去，即使手杖没有做完我也可以抽你。"他一边开着玩笑一边笑了起来。

毕司沃斯先生变得局促不安起来。

愤怒不已的普拉萨德捡起帽子，和普拉塔布一起向前屋走去。

贝布蒂端起盘子朝前面阳台上的厨房走，她和德黑蒂要在那里一起做晚餐。拉各胡走回前院的篝火处。毕司沃斯先生从木槿篱笆钻进去，跨过那条窄窄浅浅的排水槽，灰黑色的排水槽咯咯地响着，混合着从洗涤台流过来的夹杂着灰烬的水和普拉塔布泥污的洗澡水。然后他朝屋后小小的阳台走去，那里有一张桌子，是小屋里唯一一件真正出于木工之手的家具。他从阳台进入他父亲的房间，穿过挂帘钻进了床底下——所谓床，就是几块搭在竖直地陷进地里的圆木上的厚木板——他开始等待。

这是一种长久的等待，但是他忍耐着，并没有觉得有丝毫不适。床底下的旧衣服、尘土和干茅草的味道混合成了一种强烈的霉味。为了打发时间，他漫不经心地试图把一种气味同另一种气味分开，同时竖起耳朵听着屋里屋外的动静。那些声音遥远而又富于戏剧性。他听见他的哥哥们回来，把他们拾回来的干木柴扔在地板上。普拉萨德仍然愤愤不平，拉各胡警告着他，贝布蒂哄劝着。然后，突然间，毕司沃斯先生警觉起来。

"哎，拉各胡？"他听出来是达哈里的声音，"你那小儿子呢？"

"穆罕？贝布蒂，穆罕在哪里？"

"我想是和达哈里的小牛在一起吧。"

"这么说吧，他不在。"达哈里说。

"普拉萨德！"贝布蒂喊道，"普拉塔布！德黑蒂！你们看见穆罕了吗？"

"没有，妈妈。"

"没有，妈妈。"

"没有，妈妈。"

"没有，妈妈。没有，妈妈。没有，妈妈。"拉各胡说，"你们以为就是问问吗？还不快去找他。"

"噢，天哪！"普拉萨德叫喊道。

"还有你，达哈里。这是你的主意，让穆罕看管你的小牛。我要你负责。"

"我看地方官可不是这么想的，"达哈里说，"一条小牛就是一条小牛，而对于一个不如你富裕的人来说……"

"我敢说不会出什么事情的，"贝布蒂说，"穆罕知道他不能靠近水。"

一声悲号把毕司沃斯先生吓了一跳。那是达哈里发出来的。"水，水。噢，这个不祥的男孩。让他的父母倾家荡产还不算，他现在又破我的财。水！噢，穆罕妈妈，你刚才说什么来着？"

"水？"拉各胡似乎困惑不解。

"水塘，水塘，"达哈里哀号着，毕司沃斯先生听见他朝左邻右舍叫喊，"拉各胡的儿子把我的小牛弄到水塘里淹死了。一头上好的小牛。我的第一头小牛。我唯一的一头小牛呀。"

交头接耳的人群很快围拢过来。许多人那天下午去过水塘；相当一部分人看见过一头小牛在那里徘徊，一两个人甚至看见了一个男孩。

"胡说！"拉各胡说，"你们这群撒谎的人。我的儿子不会到水边去的。"他停顿了一下又补充说："梵学家尤其禁止他靠近自然形态的水。"

运货马车夫拉克汗说："可是这人也太不像话了。他似乎一点也不关心他儿子有没有淹死。"

"你怎么知道他想的是什么？"贝布蒂说。

"别管他，别管他，"拉各胡说，带着一种受伤而又宽容的口吻，"穆罕是我的儿子。至于我是否关心他的死活，那是我的事情。"

"那我的小牛怎么办？"达哈里说。

"我不关心你的小牛怎么样。普拉塔布！普拉萨德！德黑蒂！你们看见你们的弟弟了吗？"

"没有，父亲。"

"没有，父亲。"

"没有，父亲。"

"我去那儿潜到水里找找他。"拉克汗说。

"你也太爱现了。"拉各胡说。

"噢！"贝布蒂叫喊起来，"别吵了，赶紧去找孩子吧。"

"穆罕是我的儿子，"拉各胡说，"如果有人要潜到水里找他的话，非我莫属。我向上帝祈祷，达哈里，当我潜到水底时，我会找到你那条不幸的小牛。"

"证人！"达哈里说，"你们都是我的目击证人。他这话要在法庭上再说一遍的。"

"到水塘去！到水塘去！"村民们这样说着，这个消息被大声说给那些新凑过来的人，"拉各胡要潜到水塘底找他的儿子。"

藏在床下面的毕司沃斯先生，起初还高兴地听着，然后就开始忧惧了。拉各胡走进房间，喘着粗气，咒骂着村民。毕司沃斯先生听见他脱了衣服，喊贝布蒂过来给他全身涂满椰子油。她过来帮他涂好了油，然后一起离开房间。路上传来人们叽叽喳喳的议论和脚步声，随后，声音渐渐地消失了。

毕司沃斯先生从床底下钻出来，惊慌地发现小屋没有一点亮光。隔壁的房间里有人开始哭泣。他走到门口去看。是德黑蒂。她从墙上的钉子上取下他的衬衫和两件背心，把它们贴在脸上。

"姐姐。"他悄声说。

她听见他的声音，然后看到了他，她的哭泣随之变成了尖叫。

毕司沃斯先生手足无措。"没事的，没事的。"他说。但是他的话毫无用处，他走回父亲的房间。他走的正是时候，因为就在那会儿，萨德胡，那个隔两座房子相邻的老人，走进来问出了什么事情，他说话的时候牙缝之间嘶嘶地漏气。

德黑蒂继续尖叫。毕司沃斯先生把手插进裤兜里，然后通过裤兜上面的破洞，用手指掐着大腿。

萨德胡领着德黑蒂走了。

外面，不知在哪个方向，一只青蛙呱呱地叫着，然后发出一种吞吐泡泡的声音。蟋蟀早已唧唧鸣叫起来。毕司沃斯先生一个人待在黑暗中，心中无限恐惧。

水塘坐落在沼泽地上。水面上长满了野草，从远处看似乎只是一个浅水坑。实际上，水塘里到处都有陡然而起的深沟，村民们都认为它们深不可测。水塘周围既没有树也没有山，因此，虽然太阳已经落下，天空依然高远而明亮。村民们安静地站在水塘旁安全的边上。蛙声阵阵，大家平时呼作"扑突鸟"的林鸥鸟开始发出名副其实的悲鸣。蚊子已经四下出动；时不时地，某个村民拍打着胳膊或者抬起腿来拍打着。

马车夫拉克汗说："他已经潜下去很久了。"

贝布蒂皱起眉头。

还没等拉克汗脱下衬衫，拉各胡已经跃出水面，他鼓起双颊，吐出的池水划过一道弧线，然后深深地大声吸气换气。水从他油滑的皮肤上滑过，他的胡须贴着上嘴唇，头发搭在前额上。拉克汗把他拉起来。"我肯定下面有什么东西，"拉各胡说，"但是太黑了。"

远处低矮的树丛被逐渐幽暗的天空映衬成漆黑的一团；落日橙黄色的余晖染上了一层灰色，像是被脏兮兮的拇指擦脏的。

贝布蒂说："让拉克汗潜水吧。"

有人说："明天再找吧。"

"明天？"拉各胡说，"然后搅浑我们大家的水吗？"

拉克汗说："我去。"

拉各胡喘着气，摇摇头说："我的儿子，这是我的职责。"

"还有我的小牛。"达哈里说。

拉各胡没有理睬他。他用手指梳理头发，鼓起双颊，双手放在身体两侧，然后一跃而入。片刻工夫他已经又回到水里了。在水塘里做不了那些花哨的潜水动作；拉各胡仅仅是放任自己沉下去。水面波荡，泛着涟漪。天空投射下来的光线渐渐黯淡。他们等待时，一阵凉风从北面的山上吹过来；在摇动的野草中，水面波光粼粼。

拉克汗说："他浮上来了。我看他找着什么东西了。"

他们从达哈里的哭声中知道拉各胡找着了什么。贝布蒂开始尖叫，然后是普拉塔布、普拉萨德和所有的女人，男人们则帮忙一起把小牛抬到岸上。它身体的一侧粘着绿色的稀泥；它细瘦的四肢包裹着藤蔓一样的野草，仍然新鲜、黏稠、青绿。拉各胡坐在岸上，从两腿之间注视着黑黝黝的水面。

拉克汗说："现在让我下去找那孩子。"

"是啊，孩子他爸，"贝布蒂请求着，"让他去吧。"

拉各胡坐在原地没动，深深地吸着气，他的腰布紧贴在皮肤上。然后，他又下水了，村民们再次安静下来。他们等待着，一会儿看看小牛，一会儿看看水塘。

拉克汗说："一定出事了。"

一个女人说："现在别说不吉利的话，拉克汗。拉各胡水性很好。"

"我知道，我知道，"拉克汗说，"但是他潜下去的时间太长了。"

之后他们又静默了。有人打了一个喷嚏。

他们转身，发现毕司沃斯先生站在不远的暗处，用一只大脚趾搔着另一只脚的脚踝。

拉克汗进了水塘。普拉塔布和普拉萨德冲上来猛推毕司沃斯先生。

"这个孩子！"达哈里哭喊着，"他害死了我的小牛，现在又要把他的亲生父亲置于死地。"

拉克汗把失去意识的拉各胡抬上岸来。他们把他放到湿草上，使劲摇晃他，然后从他的鼻孔和嘴里按压出水。但是已经太迟了。

"报丧，"贝布蒂不停地说，"我们必须要报丧。"于是死讯被激动的村民自发地传播到各个地方。最重要的报丧对象是贝布蒂在波各迪斯的姐姐塔拉。塔拉是个有名望的人。她命中注定没有子息，也命中注定要嫁给一个轻而易举就摆脱了田野劳作并且发财致富的人；他已经拥有一家酒屋和一家干货店，而且是特立尼达最早拥有汽车的几个人之一。

塔拉来了，并且立刻掌控了局面。她的胳膊上从手腕到肘部都戴满了她常常向贝布蒂推荐的银镯子："它们没有那么漂亮，但是我这胳膊只要一挥就可以制服任何一个袭击者。"她还戴着耳环和鼻环，也就是"鼻子上的花朵"。她脖子上挂着足金的项圈，脚踝上缠着粗重的银脚链。尽管身上戴着又多又重的珠宝，她依然精力充沛，颇有手腕，并学会了她丈夫那一套颐指气使。她让贝布蒂在一边哀悼，自己安排其他一切事情。她带来了自己惯用的梵学家，时常大声指使他；她教导普拉塔布在葬礼上的言谈举止；她甚至还带来了一个摄影师。

她告诫普拉萨德、德黑蒂和毕司沃斯先生要不卑不亢、不要碍事，她命令德黑蒂照看毕司沃斯先生是否穿得当。作为家中最小的孩子，毕司沃斯先生受到送葬者们的同情和礼待，虽然其中还掺杂着一丝惧怕。因为受到关注而窘迫不安的毕司沃斯先生在院子和屋里走来走去，觉得自己可以从空气中分辨出一种新的生肉的味道。他的嘴里也有一种奇怪的味道；他从来没有吃过肉，但是现在他觉得自己好像吃了生肉一样；恶心的酸水不停地从嗓子后面涌出来，使他不得不一直吐口水，直到塔拉说："你怎么回事？怀孕了吗？"

贝布蒂沐浴更衣。她的头发还是湿漉漉的，被整齐地分开，在头发分缝的地方填上了红色的花染剂，然后铲掉花染剂，又填上木炭末。她将永远是个寡妇了。塔拉发出一声简短的号哭，在她的暗示下，其他妇女也开始哀号。贝布蒂湿湿的黑发上仍然残留着几滴花染剂，像血滴一样。

因为不许火葬，所以拉各胡要被土葬。他躺在卧室的棺材里面，穿戴着他最好的腰布、外套和头巾，脖子上缠着念珠，一直垂到外套上。棺材被金盏花点缀着，用来映衬他的头巾。大儿子普拉塔布完成了仪式的最后部分——绕着棺材走。

"现在照相，"塔拉说，"快点。把他们都叫到一起。这是最后一次了。"

一直在芒果树下抽烟的摄影师走进小屋，说："太暗了。"

男人们来了兴致，指手画脚地给出建议，而女人们还在那里号哭。

"把棺材挪到屋外。靠在芒果树上。"

"点一盏灯。"

"照照片不能太黑了。"

"你知道什么？你从来没有照过相。现在，我建议……"

摄影师是华人、黑人和欧洲人的混血儿，根本无法理解他们都说了些什么。最后他和几个男人把棺材抬到阳台，将它靠在墙上。

"小心！别让他滑出来。"

"天哪。所有的金盏花都掉出来了。"

"别管它们，"摄影师用英语说，"这样也是一个很好的小点缀。地板上的花朵。"他在院子里立好三脚架，就在茅草屋顶的破屋檐下面，然后钻进黑布里。

塔拉唤起悲痛中的贝布蒂，整理她的头发和面纱，然后擦干她的眼泪。

"五个人一起，"摄影师对塔拉说，"很难安排他们的位置。照我看，应该是一边站两个，另一边站三个。你确定你想要五个人一起吗？"

塔拉非常确定。

摄影师嚓嚓牙花子，但并不是冲着塔拉。"看着，看着，怎么没有人把那个棺材抵住不让它滑下来呢？"

塔拉让人弄好棺材。

摄影师说："现在好啦。母亲和长子站在两边。母亲旁边站小儿子和女儿。长子旁边，次子。"

男人们给出了更多的建议。

"让他们看着棺材。"

"看着母亲。"

"看着最小的儿子。"

摄影师最后解决了一切问题，他对塔拉说："让他们都看着我。"

塔拉翻译了摄影师的话,然后,他钻到黑布下面,几乎立刻又钻出来了。"让母亲和长子把手放到棺材沿上好吗?"

在大家照办他的话后,他又钻进了黑布里。

"等等!"塔拉叫嚷着从屋子里跑出来,手里拿着一个新做的金盏花花环。她把花环套到拉各胡的脖子上,然后用英语对摄影师说:"好了,现在你照吧。"

毕司沃斯先生从来没有得到这张照片,直到一九三七年他才第一次看见它,照片被装在一个相框里,悬挂在塔拉坐落在波各迪斯的新豪宅的起居室墙上,淹没在众多的其他葬礼照片、椭圆形的边缘模糊的亲友遗照,以及彩色的英国乡村图片中。照片已经褪成极淡的褐色,被摄影师在上面盖的鲜艳依旧的向日葵形印章和他用黑色软铅笔写下的污脏而潦草的签名磨损了一角。毕司沃斯先生对自己的瘦小感到惊讶不已。脓疮和湿疹的疤痕在他骨节突出的膝盖上以及细瘦的胳膊和腿上历历可见。照片中的每个人都有着超乎寻常的瞪视着的大眼睛,看上去就像被描上了黑色眼眶。

塔拉说得很对,这张照片将是这个家庭在一起的最后见证。因为几天以后,毕司沃斯先生和贝布蒂、普拉塔布、普拉萨德以及德黑蒂就离开了帕罗特瑞斯,一家子永远地分开了。

分离在举行葬礼的那个傍晚就开始了。

塔拉说:"贝布蒂,你必须让德黑蒂跟我走。"

贝布蒂早就等着塔拉提出这样的建议。过不了四五年,德黑蒂就要到出嫁的年龄,因此最好还是把她送给塔拉。她将学会礼仪,变得有教养,有了塔拉给她的嫁妆,她甚至可能嫁一户好人家。

"如果你身边需要什么人的话,"塔拉说,"最好是你自己家里的亲戚。

我一直都这么讲。我可不喜欢陌生人在我的厨房和卧室里探头探脑。”

贝布蒂也同意最好用自家亲戚当用人。普拉塔布和普拉萨德，甚至包括毕司沃斯先生，虽然没人问他们意见，也都点头称是，仿佛他们对于用人的问题已经深思熟虑过。

德黑蒂低头盯着地板，晃动着她长长的头发，嗫嚅着一些字眼，大概是说她年龄太小不能做出决定，但是她显然非常高兴。

“给她弄几身新衣服。”塔拉说，手指滑过德黑蒂为葬礼穿的乔其纱裙子和缎子衬裙。“给她一些首饰。”她用拇指和手指攥住德黑蒂的手腕，抬起她的脸庞，然后翻了翻她的耳垂，“耳环。很好，你替她穿了耳洞，贝布蒂。她不需要这些小棍了。”德黑蒂在她的耳洞中穿着从椰子树叶上弄来的细硬的小刺。塔拉开玩笑地揪揪德黑蒂的鼻子。“还有鼻环。你想要一朵鼻子上的花吗？”

德黑蒂羞涩地笑了，没有抬头。

“好吧，”塔拉说，“现在的时尚随时都在变化。我只是一个守旧的人，如此而已。”她摸摸她的金鼻环。“守旧是要破费的。”

“她会让你满意的，”贝布蒂说，“拉各胡没有钱。但是他把他的孩子教养得很好。有教养，孝顺……”

“相当孝顺，”塔拉说，“现在不是哭哭啼啼的时候了，贝布蒂。拉各胡留给你多少钱？”

“什么都没留下。我不知道。”

“你这是什么意思？你想向我保密吗？村子里每个人都知道拉各胡有很多钱。我敢肯定他留给你的钱足够让你做点小买卖了。”

普拉塔布哂哂嘴。“他是个守财奴，那个人。他过去一直都把钱藏起来。”

塔拉说：“这就是你父亲给你们的教养和孝顺吗？”

他们翻找着。他们把拉各胡的箱子从床底下拉出来，寻找有没有夹层；根据贝布蒂的建议，他们在木头的结节里寻找任何一个可能藏钱的地方。他们拨开熏得乌黑的茅草，用手摸索着椽子；他们拍打泥土地和竹子混泥砌成的墙壁；他们检查拉各胡的手杖，取下上面的金属环，那是拉各胡唯一的奢侈品；他们拆除了床，并把竖在那里的圆木从地上拔起来。他们一无所获。

贝布蒂说："我认为他真的没什么钱。"

"你是个傻瓜。"塔拉说，恼怒之余，她吩咐贝布蒂收拾好德黑蒂的行装，带着德黑蒂走了。

因为家中不能生火做饭，他们在萨德胡家吃饭。食物没有放盐，而毕司沃斯先生一旦开始咀嚼，就觉得自己在吃生肉，嘴里再次涌满了恶心的酸水。他迅速跑到屋外，吐净嘴里的东西，漱了口，但是那味道始终去除不掉。他们回到屋子里，贝布蒂安顿毕司沃斯先生睡觉，当她把拉各胡的毯子盖在他身上的时候，他开始尖叫。毯子毛乎乎的，扎人皮肤；这似乎就是他一整天闻到的那种生肉鲜腥味的来源。贝布蒂任他在那里尖叫，一直到他叫累了，在昏黄摇曳的油灯灯光里睡去，而灯光照不到的角落里依然漆黑。她注视着灯芯烧得越来越短，直到她听见普拉塔布的鼾声——他像一个成年人那样打鼾——以及普拉萨德和毕司沃斯先生沉重的呼吸声。她自己只是断断续续地睡了一会儿。屋子里相当安静，而外面的噪音却响亮并且经久不息：蚊子、蝙蝠、青蛙、蟋蟀，还有林鸱。当蟋蟀错失一声鸣叫从而破坏了整体的喧闹时，她就会醒过来。

她在似睡非睡中被一种新的噪音吵醒。起初她不能肯定。但是声音非常近，而且它飘忽的顺序让她非常不安。那是她每天都会听到的声音，但是现在，突兀地出现在夜里，她无法确认其来源。声音又传来了：砰砰声，停顿，长时间的敲打声，然后是较轻的砰砰声。周而复始。最后是新的声音，瓶子摔碎的声音，闷响，似乎瓶子里装满了东西。她意识到那声音来自她的花园。有人被拉各胡倒着埋在花圃里的瓶子绊倒了。

她叫醒普拉萨德和普拉塔布。

毕司沃斯先生在窃窃私语和屋子里摇晃不定的影子中醒来，随后又闭上眼睛，将危险排除在外；立刻，就像刚刚过去的白天一样，所有的一切都变得像一出戏剧一样，模糊而遥远。

普拉塔布把手杖交给普拉萨德和贝布蒂。他小心翼翼地打开小窗户，然后突然猛地用力推开它。

花园里亮着一盏防风油灯。一个人正用耙子在插满玻璃瓶的地里翻弄着。

"达哈里！"贝布蒂喊道。

达哈里没有抬头，也没有回答。他继续耙地，刨动了地里的器具，撕扯开稳固着土地的根茎。

"达哈里！"

他开始唱一首婚礼上的歌。

"弯刀！"普拉塔布说，"把弯刀给我。"

"噢，天哪！不，不。"贝布蒂说。

"我要出去剥了他的皮。"普拉塔布说，他因为愤怒而提高了嗓门，"普拉萨德？妈妈？"

"关上窗户。"贝布蒂说。

歌声停止了，达哈里说："是啊，关上窗户睡觉去吧。我在这里照看你们呢。"

贝布蒂使劲拉上小窗户，插上窗栓，然后把手放在窗栓上。

挖地声和瓶子碎裂的声音持续着。达哈里唱道：

坚决执行你的日常工作
毫无畏惧，信仰上帝

"达哈里不是一个人来的，"贝布蒂说，"别去惹他。"然后，仿佛她不仅仅蔑视达哈里的行为，而且想给他们所有人一种安全感，她补充说："他只是想找你父亲的钱。让他翻吧。"

毕司沃斯先生和普拉萨德很快就重新进入梦乡。贝布蒂和普拉塔布没有合眼，一直等到他们听见达哈里的最后几句歌声，不再听到他用耙子挖地和瓶子破裂的声音为止。他们没有交谈。只有一次，贝布蒂说："你父亲一直警告我，说村里的这些人不好。"

正如往常一样，普拉塔布和普拉萨德醒来的时候，天还没有亮。他们谁也没有提及发生的事情，而贝布蒂坚持让他们像平常一样到水牛塘去工作。天色刚刚亮她就走到花园里。整个花圃被翻了个遍；露水沾满了翻出来的泥土，混合着被连根拔起的植物，植物已经打蔫，看起来触目惊心。蔬菜地没有翻过，但是番茄地已经被毁，树桩被打烂了，南瓜也被弄得稀烂。

"噢，拉各胡的老婆！"一个男人从路上叫着，她看见达哈里跳过排水槽。

他漫不经心地从木槿花丛中摘了一片被露水打湿的叶子，在手掌中揉烂，然后放进嘴里，一边咀嚼一边向她走过来。

她的怒火腾地冒出来。"滚出去！马上滚！你还认为自己是个男人吗？你是一个无耻的流氓。卑鄙无耻，懦弱无能。"

他走过她身边，经过小屋，一直走到花园。他一边嚼着一边打量着被毁坏的一切。他穿着工作服，弯刀装在腰间黑色的皮制刀鞘里，一只手拿着珐琅饭盒，肩膀上挂着装水的葫芦。

"噢，拉各胡的老婆，看看他们都干了些什么？"

"我希望你找到让你高兴的东西了，达哈里。"

他耸耸肩膀，低头看着被破坏的花圃。"他们还是会继续寻找的，夫人。"

"每个人都知道你失去了小牛。但那是个意外。那么……"

"是啊，是啊。我的小牛。意外。"

"我会为此记住你的，达哈里。拉各胡的儿子也不会忘了你。"

"他是个好水手。"

"残忍的人！出去！"

"非常乐意。"他朝花圃吐出木槿花叶子。"我只是想告诉你，那些恶毒的人还会再来的。你干吗不帮帮他们，夫人？"

贝布蒂没有人可以求助。她不相信警察，拉各胡也没有朋友。更何况她不知道谁是和达哈里一伙的。

那天晚上他们归集了拉各胡所有的手杖和弯刀，然后等待着。毕司沃斯先生闭着眼睛倾听，但是随着时间的推移，他发现他很难做到时刻警惕。

他被屋里的低语和动静惊醒了。似乎远远地有人在哼唱一首舒缓而悲伤的婚礼之歌。贝布蒂和普拉萨德站着。普拉塔布拿着弯刀，在门和窗户之间狂怒地踱来踱去，他走得如此迅疾，以至于油灯的光焰随着他的走动摇摆不定，有一次竟噗的一声熄灭了。屋子陷入黑暗中。过了一会儿，火焰又燃起来，拯救了他们。

歌声越来越近，就在它几乎传到屋前的时候，他们听见其中夹杂着窃窃私语和轻轻的笑声。

贝布蒂打开插销，把窗户推开一条小缝，看见花园里闪烁着灯笼的光。

"一共是三个人，"她悄声说，"拉克汗，达哈里，乌曼德赫。"

普拉塔布把贝布蒂推开，猛力推开窗户，高声喊道："出来！出来！我要把你们全都杀了。"

"嘘！"贝布蒂说，把普拉塔布拉开，试图关上窗户。

"拉各胡的儿子。"一个男人在花园里说。

"别嘘我。"普拉塔布尖叫着，转身对着贝布蒂。他的眼睛里满是泪水，声音哽咽。"我要把他们都杀了。"

"闹腾的小家伙。"另一个男人说。

"我要回来把你们都杀了，"普拉塔布叫喊着，"我发誓。"

贝布蒂把他搂在怀里，像对小孩子一样安慰着他，然后她用同样温柔的、没有丝毫惊惶的声音说："普拉萨德，关上窗户。然后睡觉去。"

"是啊，孩子。"他们听出来那是达哈里的声音。"上床睡觉。我们会每天晚上来这里照看你们。"

普拉萨德关上了窗户，却挡不住外面的吵闹：歌声，谈话声，不紧不慢的耙子和铁锹声。贝布蒂坐在那里盯着房门，在门旁边的地上，坐着普拉塔布，他身边放着一把弯刀，刀柄上刻着一双橡胶雨靴。他面无表情。他的眼泪已经干了，但是眼睛红红的，眼皮也肿着。

最后，贝布蒂把房子和地都卖给了达哈里，她和毕司沃斯先生搬到波各迪斯去了。他们在那里靠着塔拉的施舍度日，不过没有和塔拉住在一起，而是和塔拉丈夫的一些同样靠施舍度日的亲戚一块儿，住在远离大路的一条背街小巷附近。普拉塔布和普拉萨德被送到菲利斯提的远亲那里，在甘蔗园的中心地带；他们已经掌握了甘蔗地里的工作，并且因为年龄太大而无法学习其他技艺了。

于是，毕司沃斯先生离开了这所他唯一有部分所有权的房子。在以后的三十五年里，他像一个流浪者一样，辗转在没有一处他可以称之为家的地方；除了他在那个由图尔斯家族掌管一切的世界里面试图建造的他自己的家庭，他也没有家人。随着外祖父母去世，他的父亲去世，他的哥哥们远在菲利斯提的甘蔗地里，德黑蒂成为塔拉家的用人，他自己也很快长大成人，离开贝布蒂。那时候她已经生病，变得越来越没有用，越来越无法接近，他感到他的确是孤立无援的。

第二章　在去图尔斯家之前

　　从此之后，毕司沃斯先生便再也无法说出他父亲的房子具体坐落在什么位置，或者达哈里和其他人在哪里挖翻过土地。他也从来不知道，最后有没有人找到拉各胡的钱。钱不会太多，因为拉各胡赚得很少。但是那块地里的确蕴含着宝藏。因为这里是特立尼达的南部，而贝布蒂贱卖给达哈里的那块土地后来被发现蕴含着丰富的石油。为此，毕司沃斯先生为《卫报周日特刊》写一篇专题文章时，取的大标题是"罗利[①]的梦想终于成真"。"但是这金子是黑色的。只有土地是黄色的。只有灌木丛是绿色的。"当毕司沃斯先生试图寻找他儿时待过的地方时，他只看见石油钻塔和油污的泵，无休无止地上下摇动着，周围全是红色的"禁止吸烟"的警示牌。他外祖父母的房子也不见了，而茅草土屋被扒倒之后，什么痕迹都不会留下。他那在那不吉利的夜晚被埋掉的脐带，还有不久之后同样被埋掉的第六根手指，都已经化作尘土。水塘已被抽干，整片

[①]罗利·沃尔特爵士（1552－1618），英国探险家、朝臣、作家，伊丽莎白一世宠臣，组织了若干次前往美洲的探险和殖民活动，并将马铃薯、烟草等植物引入英国，1616年带领探险队到美洲寻找黄金国，空手而归后以谋反罪被詹姆斯一世处死。

湿地已变成一座花园城市，里面是白色的木头平房，红色的屋顶，高高的支架上的蓄水池，以及整洁的花园。那个他曾经在里面观察过黑色小鱼的小溪已经被水坝截住，变成了一个水库，而那蜿蜒曲折、变化莫测的河床已被整齐划一的草坪、街道和汽车道代替了。这个世界上已经没有任何毕司沃斯先生出生和早年成长的痕迹。

他在波各迪斯的生活是这样的。

"你多大了，孩子？"加拿大教会学校的老师拉尔一边问，一边用毛发浓密的小手把玩着花名册上面的椭圆形尺子。

毕司沃斯先生耸了耸肩膀，把身体的重心从一只光脚板移到另一只。

"那你们家人希望你上哪一年级，嗯？"拉尔已经从低等印度种姓皈依了长老制教派，并因此对所有没有皈依的印度教徒报以蔑视。蔑视的其中一个表现就是，他对他们说磕磕巴巴的英语。"明天我要你把出生证明带来，你听见了吗？"

"出生证明？"贝布蒂重复着英语单词，"我没有。"

"没有出生证明，嗯？"第二天拉尔说，"看起来，你们这些人甚至不知道是怎么出生的。"

但他们一致决定了一个讲得通的出生日，拉尔填完了他的注册表，贝布蒂则去找塔拉帮忙。

塔拉带贝布蒂去见一个律师，那个律师的办公室是一间小木头棚屋，歪歪扭扭地搭在八根不成形状的圆木上。墙上的涂料已经变成了粉末。一块显然是自制的牌子上写着：F. Z. 哥罕尼，诉状律师、产权转让事务律师、宣誓公证人。但是他看上去却一点也不像牌子上所说的任何角色。他坐在一把摆在棚屋门前破烂的厨房用椅上，身子前倾，用一根火柴棍剔着牙齿，领带耷拉在身前。满是尘土的地板上堆着布满灰尘的大书，他身后的厨房桌子上有一张绿色的吸墨水纸，同样落满尘土，上面摆着一个极其精巧的金属装置，看上去好像是毕司沃斯先生在去波各迪斯的路上，经过圣约瑟夫广场时见到的玩具版旋转木马。这个玩具版的旋转木马上挂着两个橡皮印章，印章的正下方是一个带紫色圆点的锡罐。F. Z. 哥罕尼的其他办公用品都在他的衬衫口袋里；硬鼓鼓的口袋里装着钢笔、铅笔、纸张和信封。他必须把这些东西随身带着；他只在集市日和星期三才在波各迪斯的办公室工作；他在图纳普纳、阿里玛、圣约瑟夫和塔卡里瓜还有其他的办公室，在其他的集市日办公。"只要每天能让我做上三四个烂生意，"他常常这样说，"我就足够了，你明白的。"

看见三个印度人排成一行穿过排水槽上的厚木板，F. Z. 哥罕尼站起来，吐掉火柴棍，用一种愉快的嘲讽语气向他们分别致意。"夫人，夫人，还有小男孩。"他的大部分收入来自印度教徒，但是作为一个伊斯兰教徒，他并不相信他们。

他们爬上两节楼梯，走进他的办公室。屋子立刻就被塞得满满的。哥罕尼喜欢这样，因为这样可以吸引顾客。他拉出桌子后面的椅子坐了下来，让客户站在那里。

塔拉开始解释毕司沃斯先生的情况。看到在哥罕尼那张极为轻浮的脸上显现出诧异的神情，她十分受鼓舞，越来越啰唆。

在塔拉停顿的一个空当，贝布蒂说："出生证明。"

"哦！"哥罕尼说。他的举止立刻变了。"出生证明。"这是他熟悉的事情。他看上去专业起来，然后说："书面陈述。什么时候出生的？"

贝布蒂用印地语对塔拉说："我说不清楚。但是梵学家司特拉姆应该知道。他在穆罕出生后给他占卜过星座。"

"我不知道你从那个人那里了解了什么，贝布蒂。他什么都不懂。"

哥罕尼明白她们在说什么。他不喜欢印度妇女在公共场合用印地语谈论私密，于是他不耐烦地问："出生日期？"

"六月八号，"贝布蒂对塔拉说，"肯定没错。"

"好啦，"哥罕尼说，"六月八号。谁能说你不对？"他笑嘻嘻地伸出手去拉桌子上的抽屉，左拉右拉，拉了半天才拉开。他拿出一张大幅书写纸，撕成两半，把一半放回抽屉，再左推右推地把抽屉关上。他把另一半放到那张落满尘土的吸墨水纸上，盖上他的印章，准备撰写。"孩子的名字？"

"穆罕。"塔拉说。

毕司沃斯先生羞涩起来。他卷起舌头伸到上嘴唇上，然后试图用舌头触及他圆圆的鼻头。

"姓氏？"哥罕尼问。

"毕司沃斯。"塔拉说。

"很好的印度姓氏。"他又问了一些问题，写在纸上。等他写完，贝布蒂按了手印，塔拉深思熟虑了一阵，才在纸上龙飞凤舞地签了她的名字。F. Z. 哥罕尼又费劲地弄了半天抽屉，拿出另外半张纸，盖上他的印章，写好，然后让每个人都签了名。

毕司沃斯先生这时正头抵着一堵脏乎乎的墙，身子向前倾斜，脚尽力往后蹭着。他小心翼翼地吐着唾沫，试图让他的涎水一直垂到地面上而不中断。

F. Z. 哥罕尼挂好他的签印，拿下盖日期的印章。他转动了几个棘齿，在几乎干了的紫色印泥上重重地按了按，再重重地盖到纸上。有两块橡皮掉了下来。"可恶的东西。"他说着，并无怒意地检查了一下。他解释说："年份总能印好，因为一年只需要转动一次上面的数字。但是日期和月份，咳，你要不时地旋转。"他拿起一条橡皮，若有所思地看着它们。"喏，把这些给孩子。让他玩吧。"他用一支钢笔写上日期，又说："好了，其余的事情由我来处理。书面陈述是花钱的买卖。印章啊什么的，你们知道的。一共十元。"

贝布蒂在她面纱的打结处摸索着，于是塔拉付了钱。

"还有没有出生证明的孩子吗？"

"三个。"贝布蒂说。

"把他们带来，"哥罕尼说，"把他们都带来。任何一个集市日。下个星期怎么样？你知道，最好马上解决这些事情。"

就这样，毕司沃斯先生有了正式的身份证明，他进入了一个崭新的世界。

> 零个零等于零，
> 零个二等于零。

孩子们的吟唱让拉尔非常满意。他信奉整体和纪律以及他津津乐道的"坚持之道"，他认为这些美德是那些没有皈依的印度教徒所缺乏的。

> 一个二等于二，
> 两个二等于四。

"停！"拉尔叫道，挥舞着他的罗望子教鞭，"毕司沃斯，零个二等于几？"

"二。"

"过来。你，拉米古利，零个二等于几？"

"零。"

"过来。那个大概是穿着妈妈的衬裙的男孩。你说多少？"

"四。"

"过来。"他两手握着教鞭的两端，灵巧地将其前后弯折着。他的外套袖子抖落下来，盖住了肮脏的袖口和细瘦的长满汗毛的手腕。外套原本是褐色的，但由于被汗水浸透，已经变成深黄色。毕司沃斯先生上学的日子里从来没有见过他穿别的外套。

"拉米古利，回到你的座位上。好，现在你们两个。现在你们说零个二等于几？"

"零。"他们一起哼哼唧唧地说。

"没错。零个二等于零。但是你却告诉我等于二。"他揪住毕司沃斯先生，把他贴身的裤子扒到屁股下面，用罗望子教鞭抽打，一边打一边说："零个二等于零，零个零等于零，一个二等于二。"

毕司沃斯先生被放下来后，哭哭啼啼地回到自己的座位上。

"现在轮到你了。在我们开始说任何事情之前，先告诉我，你是从哪里弄来的衬裙？"

不需要任何提示，男孩子们就可以从那火红的色彩和羊腿状的衣袖看出衣服明显是女式衬裙，因为他们大部分人穿的衣服都是由别人的衣服改制的。

"你是从哪里搞来的？"

"是我嫂子的。"

"你谢过她吗？"

没有回答。

"无论如何，等你见到你的嫂子，我要你捎个口信给她。我要你，"这会儿，拉尔抓住男孩，用罗望子教鞭抽打着，"我要你告诉她，零个二不等于四。我要你告诉她，零个零等于零，零个二等于零，一个二等于二，两个二等于四。"

毕司沃斯先生还学了其他东西。他从《乔治五世印地语读本》学会了用印地语对上帝祈祷，他还背诵了《皇家读本》上的很多英语诗歌。在拉尔的指示下，他做了大量笔记，虽然他从来就没有真的相信过笔记里的内容，什么间歇喷泉、裂谷、分水岭、洋流、墨西哥湾暖流，以及很多沙漠之类的。他知道了绿洲，拉尔教他把这个词念成欧西斯①，从那以后，绿洲在他的概念里不过是四五株枣椰树环绕着一个窄窄的淡水池，周围是一望无际的白色沙漠和炽热的太阳。他还了解了爱斯基摩人的圆顶冰屋。在算术方面他一直学到单利法，并且学会了把元和分换算成英镑、先令和便士。拉尔教的历史课仅仅被他当作一门学校的功课，一门学科，和地理课一样虚无缥缈；他还从那个穿红色衬裙的男孩儿那里第一次听说了世界大战，虽然他根本不相信。

这个男孩叫艾力克，毕司沃斯先生和他成了朋友。艾力克衣服的颜色始终出人意料，有一天他做出震惊全校的举动，他撒出蓝色的小便，一种清澈的浅青绿色。对于兴奋的询问，艾力克回答说："我不知道，朋友，我想可能因为我来自葡萄牙人②或者诸如此类吧。"好几天他都进行这样庄重的示范，让大部分男孩子都为自己的血统感到厌恶。

毕司沃斯先生是第一个知道艾力克秘密的人，于是有一天晨间休息时，在艾力克示范完之后，毕司沃斯先生戏剧性地解开裤子，如法炮制。这引起了大家的愤慨，艾力克不得不取出一瓶"道得肾药"。不一会儿瓶子就空了，只剩艾力克声称必须留下的约略六片药。这些药和那件红色衬裙一样，都是艾力克的嫂子的。"我不知道她发现后会做什么。"艾力克说。而对那些仍然讨要药片的男孩们，他说："自己去买好了。药店里面多的是。"许多男孩确实自己买了，整整一个星期，整个学校的小便池都流淌着青绿色的液体；而药商把销量突然增加归因于《道得肾药年鉴》的成功，年鉴上面除了笑话，还讲述了一个又一个故事，说明这种药对特立尼达人有立竿见影的疗效，所有患者都给制药商写来感激涕零的信件，极为清楚地说明药效，并配有照片。

---

①绿洲的英文为 oasis（复数 oases），发音为 [əu'eisis]，此处拉尔教的发音为 [əusis]，与沼泽地的英文 "ooze"（复数 oozes）发音接近。
②此处艾力克的英文回答 "I is a Portuguese" 有搭配问题。

毕司沃斯先生和艾力克在大路后面的铁轨上平放着六寸的铁钉，它们被压扁之后就成了小刀和刺刀。他们一起到波各迪斯河玩，在那里抽了平生第一根香烟。他们扯掉衬衫上的纽扣，用来换弹球，艾力克用这些弹球赢了更多的弹球，让拉尔销毁的部分得到持续地补充，拉尔认为这种游戏低档，禁止在学校操场玩弹球游戏。他们坐在同一张桌子跟前，交头接耳，在被鞭打、被分开之后，总是又凑到一起。

毕司沃斯先生就是因为这层关系发现了自己在写印刷字体上的天赋。艾力克在粗陋地涂抹色情画涂累了之后，就会设计字体。毕司沃斯先生快乐地模仿着，不断取得进步。有一天算术测验，在发现自己花费了很长时间也无法解开一道蓄水池问题之后，他在整张卷子上非常优美地用艺术字体写了"取消"，然后开始专心致志地画出字母的轮廓，并打上阴影。当测验结束的时候，他除了这个什么也没有完成。

拉尔此前曾经肯定了毕司沃斯先生的特长，但现在他暴跳如雷。"哈！写标语的，上来！"

他没有鞭打毕司沃斯先生。他命令他在黑板上写"我是蠢驴"。毕司沃斯先生将这些侮辱性的字词写得非常漂亮，整个班的学生都带着赞许窃笑着。拉尔在教室里面疾走，挥舞着罗望子教鞭要求安静。他抽了一下毕司沃斯先生的胳膊肘，于是有一个笔画写坏了。毕司沃斯先生把写坏的地方变成一个额外的装饰，他对此很满意，同时也在班里露了一手。这时，拉尔想要鞭打毕司沃斯先生或者命令他擦干净黑板已经太迟了。他愤怒地把他推开，毕司沃斯先生回到自己的座位，以英雄的姿态微笑着。

毕司沃斯先生在拉尔的学校里待了六年，在这六年里他和艾力克一直很要好。但是他对艾力克的家庭情况却一无所知。艾力克从来没有谈起过自己的父母，毕司沃斯先生只知道他和他的嫂子住在一起，就是那件红色衬裙的主人，那个没有拍过照片的道得肾药的使用者。而且据艾力克说，她揍起人来很凶。毕司沃斯先生从来没有见过这个女人。他从来没有去过艾力克的家，艾力克也从来没有来过他家。他们之间有一个默契，就是保持各自家庭的秘密。

要是学校里有谁看见毕司沃斯先生住的地方，都会让他无地自容，那是一间在后巷边上的小泥屋。他在那里住得并不开心，甚至在住了五年之后，他仍然把它当作一个暂时的栖身之地。泥屋里的大部分人仍然和他们很生分，而他和贝布蒂的关系也令人失望，因为她羞于在一屋子生人面前对他流露亲热的感情。而且，她越来越多地为自己的命运悲泣；每当她这样时，他就觉得自己很窝囊很沮丧，但是他并没有去安慰她，而是出去找艾力克。她时不时地会发一些无用的脾气，和塔拉吵架，然后好几天都嘀嘀咕咕的，不论谁在跟前，她都威胁说要离开，到修路的地方找个工作，那里需要妇女将石头装在头顶篮子里进行运送。于是，一旦和她在一起，毕司沃斯先生就必须时刻忍受着愤怒和压抑。

圣诞节的时候，普拉塔布和普拉萨德从菲利斯提来看他们，他们已经长大成人，留着胡须；他们身上穿着自己最好的衣服，熨烫平整的卡其裤，没有打油的褐色鞋子，蓝色衬衫的纽扣一直扣到领口，戴着褐色的帽子，看上去也像是陌生人了。他们的手就如同他们粗糙的被太阳炙烤过的脸庞一样粗硬，而且他们几乎没有什么话说。普拉塔布断断续续地吐出简洁的词语，间杂着自嘲的叹息、短促的笑声和不时的停顿，但讲的是结构完整的短句。当普拉塔布谈起他买的骡子以及在做的苦差时，毕司沃斯先生并不特别感兴趣。买骡子在他看来纯粹是件滑稽的事，更令他难以置信的是，眼前这个阴郁的普拉塔布就是曾经暴躁地冲出小屋，恐吓着要杀了花园里的男人的那个男孩。

至于德黑蒂，他很少看见她，虽然她就住在附近，在塔拉家里。他很少到那里去，除非塔拉的丈夫在塔拉怂恿下举行宗教仪式需要招待婆罗门的时候。那时，毕司沃斯先生会受到尊贵的待遇；脱下他破烂的裤子和衬衫，然后围上干净的腰布，他就换了一个人，而且他从来都不觉得，让他的亲姐姐谦恭地服侍他吃饭是不得体的。在塔拉家里，他像一个婆罗门那样受到尊敬，可以吃个痛快；但是只要仪式一结束，他拿上自己所得的钱和衣物离开，便又一次成为一个劳工的孩子——"父亲职业：劳工"是 F. Z. 哥罕尼寄送的出生证明中的字样——在一栋泥屋的一个小间里和他身无分文的母亲生活在一起。终其一生，他都身处如此境遇。作为图尔斯家族的女婿之一，也作为一个新闻记者，他时常发现自己处于一群有钱人，甚至一些有教养的人当中；他和他们在一起的时候觉得轻松自在，并可以唤起奢侈的本能；但是一成不变的是，到最后，他总是回到自己那拥挤的破烂的家。

塔拉的丈夫阿扎德身材瘦削，有一张瘦长且易怒的脸孔，他所表达的与其说是亲切友好，倒不如说是一种施舍的慈祥，因此毕司沃斯先生和他在一起的时候十分不自在。阿扎德自己能够阅读，但是他认为，如果有人读给他听会更显得有身份，因此毕司沃斯先生有时候被叫到他家里，为他读一份他特别喜欢的报纸专栏，每次的酬劳是一个便士。那是一个美国报业的辛迪加专栏①，名字叫"你的身体"，每天讲述一个不同的对人体健康的威胁。阿扎德以严肃、担忧和警觉的态度倾听着。毕司沃斯先生不明白他为什么要让自己遭这份罪，而更让他惊奇的是那个作者塞缪尔·S. 皮特肯医生，能够保证这份专栏以如此频率按期发行。这个医生不曾松懈一次，二十年后专栏仍在，而阿扎德也没有失去对它的兴趣，有时候毕司沃斯先生的儿子读给他听，每次六分钱。

因而，无论什么时候，毕司沃斯先生在塔拉家里，不是作为一个婆罗门，就是作为一个朗读者出现，和德黑蒂在塔拉家中的地位有天壤之

---

① 20 世纪开始，在美国形成的报业辛迪加组织不同的报刊杂志，有偿共享硬新闻之外的娱乐和言论材料，包括社论性漫画、社论专栏等。后来这种形式扩大到新闻报道和新闻图片等。

别，他基本上没有什么机会和她说话。

贝布蒂对她的孩子有一种格外的担忧：无论普拉塔布、普拉萨德还是德黑蒂，他们都没有结婚。她对毕司沃斯先生倒没有什么打算，因为他毕竟还小。况且，她认为他所受到的教育对他来说已经是有备无患，甚至是一种保障。但是塔拉不以为然。就在毕司沃斯先生开始学习股票和分红（这些交易对于拉尔来说就和对于毕司沃斯先生一样形同虚设），还要为了即将来访的学监学习《贝尔的杰出演说家》里的《莱茵河上的宾根》时，塔拉让他辍学，并告诉他，会让他当一个梵学家。

直到整理行装的时候，他才发现他仍然保留着一份学校的《贝尔的杰出演说家》。已经来不及再去归还了，而他从此也就没有还掉这本书。这本书一直跟随着他，最终，它被安置在锡金街的房子里由铁匠打造的书架上。

整整八个月，在一栋空荡荡、宽敞、没有漆过的木头房子里，梵学家杰拉姆教毕司沃斯先生印地语，指导他认识那些非常重要的经文，并教导他各种不同的宗教仪式。房子里散发着蓝色肥皂和焚香的味道，因为经常擦洗，地板洁白光滑。这样维持房子的干净和圣洁，其中的规矩几乎让人人头疼，只有梵学家杰拉姆不以为然。早晨和傍晚的时候，在梵学家的严格观察下，毕司沃斯先生为梵学家的家族做礼拜。

杰拉姆的孩子都已经成家，所以他仅和他的妻子住在一起。她是一个长年受到欺负的勤勤恳恳的女人，现在的唯一工作就是照顾杰拉姆和他的房子。她毫无怨言。杰拉姆在印度人中因为博学而受到尊重。他还有一些惊世骇俗的观点，虽然颇有争议，却使他更加受欢迎。他狂热地信仰宗教，但是声称不必每个印度人都如此。他还攻击一些家族在举行宗教仪式之后竖起旗帜的传统；但是他自家前院的花园里却真真切切有一片竹林，上面挂着褪色腐烂程度不一的红色和白色三角旗。他不吃肉，却振振有词地反对素食主义：当拉玛神出去打猎的时候，难道他仅仅是为了运动吗？

　　他还为印地语版本的《罗摩衍那》做注释，而且注释的一部分内容被口授给毕司沃斯先生，用来丰富他关于印地语的知识。为了让毕司沃斯先生耳濡目染，杰拉姆在巡游时也带着他；无论跟随梵学家去哪里，毕司沃斯先生都被授予圣环^①和其他象征种姓身份的徽章，就像在塔拉家里一样，他发现自己受到人们的尊重。在这些场合，他的职责是帮助杰拉姆做一些机械性的事务。他端着盛有点燃的樟脑的黄铜盘子四处走动；虔诚的人们扔一枚硬币在盘子里，用他们的手指轻触一下燃烧的火焰，然后再摸一下他们的前额。他还要端着祝圣过的甜牛奶四处走动，牛奶表面漂浮着被切成条状的圣罗勒^②叶子，每次施舍一茶勺。当仪式结束，开始招待婆罗门的时候，他就坐在杰拉姆的旁边；当杰拉姆吃过了，打着饱嗝要更多的食物继续吃时，毕司沃斯先生要负责为他调一杯小苏打水。之后，毕司沃斯先生会去圣坛，那是一方用土筑的平台，用面粉当点缀，种着小小的香蕉树，他要在那里搜寻供奉的硬币，仔细地搜寻每个地方，但对于烧过的祭品或者其他东西都不屑一顾。沾着面粉、泥土或者灰烬的硬币，要么因为洒过圣水而湿漉漉的，要么因为圣火而暖烘烘的，他把硬币拿给梵学家杰拉姆，而他那时候可能正忙于哲学辩论。杰拉姆会看都不看就挥手让毕司沃斯先生走开。但是只要一回到家里，杰拉姆就立刻要求他交出钱，数过之后又搜遍毕司沃斯先生的全身，以防他私藏。毕司沃斯先生还要把杰拉姆收到的礼物带回家，一般是一匹匹棉布，也有时候是沉重的成捆的蔬菜和水果。

---

①青年印度教徒前两等种姓的人达到一定年龄时（譬如成人礼之后），可以在身上佩戴一根环状的细绳，从左肩斜穿到右肋，以区别于其他种姓。
②圣罗勒（tulsi）被印度人视为圣药，医治身体、头脑和心灵伤痛。

其中一份特别大的礼物是一大串大迈克香蕉①。杰拉姆收到的时候，它们还是碧青的，被挂在大厨房里等着成熟。渐渐地，碧青的香蕉颜色变浅了，出现斑点，然后显现出一块块的淡黄色。很快，黄色扩散，然后变深，斑点变成褐色，也越来越多。成熟香蕉的果香，掩盖了香蕉茎上的黏液发出的酸涩气味，充盈着整栋房子，很明显，杰拉姆和他的妻子对此无动于衷，但毕司沃斯先生垂涎不已。他说服自己香蕉很快就会全部成熟，而杰拉姆和他的妻子不大可能一下子都吃完，这样许多香蕉就会腐烂。他还说服自己，少了一两只香蕉不会引起注意。于是有一天，当杰拉姆外出而他的妻子不在厨房的时候，毕司沃斯先生摘了两根香蕉吃掉了。但是之后那一串香蕉上的缺口却让他惊恐不已。它们不仅仅是惹眼，甚至是很刺目。

　　杰拉姆不会以鞭打作为惩罚。他发怒时，可能会打毕司沃斯先生耳光；但通常他并不如此激烈。比如，如果礼拜没有做好，他可能会让毕司沃斯先生背诵《罗摩衍那》的十二对对句，除非他背完，否则就禁闭在屋子里。那一整天，毕司沃斯先生都惴惴不安于偷吃香蕉会带来的惩罚，他那时正在纸板上抄写他并不理解的梵语诗文——这是在杰拉姆面前显示了他书写印刷体字母的高超技巧之后的任务。

　　杰拉姆那天晚上回来很晚，随后他的妻子服侍他吃饭。然后，就如平常每个晚上他吃完饭又休息一番后的习惯一样，他在没有遮拦的阳台上沉重地踱步，自言自语，重复着他那天历经的讨论。起初他引证对方的观点。然后他考查自己各式各样的回应；他的声音在最终版本巧辩妙语的结尾处极为高亢，他一遍又一遍地重复着，中间暂停时唱一段圣歌。毕司沃斯先生躺在他那用糖袋和面粉口袋做成的床上倾听着。杰拉姆的妻子在厨房里洗刷碗碟；废水经过一段竹管流到排水槽里，然后汩汩地

①20世纪中叶发达国家市场上最主要的香蕉杂交品种，味道香甜，不会迅速变质，是商业出口的主力军。

流入灌木丛。

毕司沃斯先生在等待中进入了梦乡。当他醒过来的时候已经是清晨，有那么一会儿他没有任何恐惧。随后他犯下的错重新回到心头。

他在院子里洗了澡，掰断一小节木槿嫩枝，把一端挤碎，用它清理牙齿，然后把小枝折成两段，用它们刷了舌头。随后，他在花园里采集了做早礼拜用的金盏花、百日菊和夹竹桃，在精心布置好的圣台前面坐下来，毫无宗教热情。黄铜和陈腐的檀香木糊的味道让他非常反感；这是他之后在所有的庙宇、清真寺和教堂里都能分辨出来的气味，始终令他厌恶。他机械地清理了圣台上的图案和线条，填充着之前的檀香木糊的黑色或奶油色的凹槽；清理那些光滑的小鹅卵石比较容易，而卵石的象征意义还没有教给他。通常，梵学家杰拉姆会在这个时候出现，确保他没有对仪式敷衍了事，但是这个早晨他没有来。毕司沃斯先生颂唱了规定的经文，用新鲜的檀香木糊刷洗神像和光滑的石头，献上新鲜的花，摇响了铃，又供奉了用作祭品的甜牛奶。檀香留下的痕迹还湿湿地留在他的额头上，痒痒的；他要去找杰拉姆，把牛奶给他。

杰拉姆洗漱完毕，穿好衣服，精神抖擞地坐在阳台一角，垫着枕头，鼻梁上低低地架着眼镜，膝头摊着一本褐色的印地语写的书。当阳台在毕司沃斯先生的光脚下颤动的时候，杰拉姆抬头看了看，又低下头透过眼镜，翻看了一页他那本发暗的书。戴着的眼镜让他显得年老了一些，若有所思，宽厚慈祥。

毕司沃斯先生把装着牛奶的铜罐端到他面前。"老师。"

杰拉姆坐起来，重新安置了一个枕头，一只手掌窝起来，另一只手的手指碰了一下伸出的手肘。毕司沃斯先生倒了牛奶。杰拉姆用手腕的内侧触摸一下额头，然后祝福了毕司沃斯先生，把牛奶倒入口中，再用他湿漉漉的手掌梳理稀疏的白发，调整了一下眼镜，又低下头看他的书。

毕司沃斯先生回到自己的房间，换上日常便衣，出来吃早餐。他们默不作声地吃着。突然，杰拉姆把他的铜盘推到毕司沃斯先生面前。

"吃这个。"

毕司沃斯先生的手指正艰难地扒拉着一些圆白菜，突然停了下来。

"你当然不会吃。我来告诉你为什么。因为我在这个盘子里吃过。"

毕司沃斯先生的手指感到又干又脏，先是弯曲着，然后僵直着。

"索娅尼！"

杰拉姆的妻子应声从厨房里慌慌张张地出来，站在他们中间，背对着毕司沃斯先生。他低头看着她鞋底边缘的褶皱，那鞋底硬邦邦的，很脏。他很惊讶，因为索娅尼总是在清洗地板，清洁自己。

"去把香蕉拿来。"

她把面纱撩到前额上。"你不觉得最好还是把这事情忘了吗？这只是一件小事。"

"小事！一大把香蕉！"

她走到厨房，抱着香蕉走回来。

"把它们放到这里，索娅尼。穆罕，现在除了你没有人能吃这香蕉。当人们出于好意送礼物给我的时候，你以为是给你的吗？"随后，他声音中的尖锐消失了，他又像往常那个温和的循循善诱的梵学家了。"我们不能浪费，穆罕。我已经告诉你无数遍了。我们不能让这些香蕉烂掉。你必须把你开始吃的香蕉吃掉。现在开始。"

毕司沃斯先生起初被杰拉姆平静的举止麻痹了，因此这突如其来的命令让他大吃一惊。他低头盯着他的盘子，弯曲着手指，指尖沾满了变干的圆白菜碎末。

"现在开始。"

索娅尼站在门口，挡着光线。虽然这天阳光明媚，但是这个房间因为一侧是卧室，另一边是阳台低矮的屋顶，仍然十分阴暗。

"看，我替你剥了一根。"

香蕉在杰拉姆干净的手里旋转着，递到了毕司沃斯先生面前。他用肮脏的手指拿过香蕉，咬了一口，咀嚼着。令人吃惊的是，香蕉居然味道很好。但是这味道并不扩散，不能带来欢愉。他随后发现咀嚼破坏了味道，因而小心翼翼地咀嚼着，而不是品尝，只听见响亮的咯吱声在他的脑袋里回响。他从来没有听过吃香蕉会发出这样大的声音。

不久，香蕉吃完了，只留下埋在香蕉皮中间的硬硬的圆锥形小把，展开的香蕉皮像一朵巨大而丑陋的森林之花。

"看，穆罕。我又给你剥了一根。"

当他吃那根香蕉的时候，杰拉姆又慢慢地剥了一根。然后又一根，一根又一根。

等他吃了七根香蕉之后，毕司沃斯先生吐了，索娅尼默默地流着眼泪，把他扶到后面的阳台。他没有哭泣，并不是因为勇敢：他只是觉得枯燥无味而又非常不适。杰拉姆突然大发雷霆，立刻站起来，重重地走回他的房间。

毕司沃斯先生从此再也没有吃过香蕉。那个早晨标志着他胃病的开端：自此之后，无论何时，只要他感到兴奋或者压抑或者愤怒，他的胃就开始发胀，直到因为发紧而疼痛。

最直接的恶果是他开始便秘。他无法在早晨的时候排泄，而他明白他不排泄就进行早礼拜是对神的亵渎。便意常常在没有任何准备的情况下到来，就是这个导致他离开杰拉姆的家，把他带回波各迪斯的另外一个世界，这个世界意味着拉尔的学校、F. Z. 哥罕尼的破烂橡皮印章和落满尘土的书籍。

有一天晚上，他在惊恐中醒来。厕所离房子很远，摸黑到那里去让他感到害怕。他还害怕穿过这座咯吱作响的木头房子，打开门锁，拉开门闩，然后就可能惊醒对睡眠十分讲究的杰拉姆，而他即使在自己定好的时间被叫醒也会狂怒不已。毕司沃斯先生决定在自己的屋子里用一条手帕解决问题。他有好几条这样的手帕，这些手帕是用他和杰拉姆参加宗教仪式时别人送给他的棉布做的。等到了处理手帕的时候，他离开房间踮着脚尖走路，地板咯吱咯吱地响着，他穿过敞开的门厅和有围栏的后阳台。他小心地打开德麦拉拉窗户，窗子的顶端装着铰链，然后用左手稳住窗子，用右手把手帕尽可能远地扔出去。但是他的手太短了，而窗户又太重，因此他几乎没有操纵的余地，只听见手帕落在不远的地方。

他没有留下来关好窗户，而是迅速地回到自己的床上。他躺在那里久久不能入睡，不断地觉得又有新的便意。他刚刚迷迷糊糊地睡着，就有人摇晃他。是索娅尼。

杰拉姆站在门口怒目而视。"你不是婆罗门，"他说，"我把你收留在我的家里，把你照顾得周周到到。我不求你的感激。但是你却企图谋害我。去看看你的杰作。"

手帕落在杰拉姆珍爱的夹竹桃树上。它的花朵再也不能用来做礼拜了。

"你永远也不能成为一名梵学家，"杰拉姆说，"我那天和给你占卜星象的司特拉姆交谈过了。你害死了你的父亲。我不会让你害我的。司特拉姆特别警告我，让你远离树木。去，整理你的行李。"

邻居们听到了，都跑出来看毕司沃斯先生，他扎着腰布，包裹搭在肩膀上，穿过村子离开了。

当毕司沃斯先生在步行和搭乘大车之后回到波各迪斯的时候，贝布蒂并没有因为他的归来而高兴。他疲惫不堪，饥肠辘辘，浑身发痒。他满以为她会高兴地迎接他，然后诅咒杰拉姆，并保证再也不把他送到陌生人那里去了。但是他一踏入后巷的小院子，就意识到自己想错了。她看上去非常消沉和冷漠，和阿扎德的另一个穷亲戚一起坐在敞着门、被煤烟熏得乌黑的厨房里碾磨玉米；然后，他毫不吃惊地发现，她看见他并不愉快，而是非常警觉。

　　他们马马虎虎地亲吻了对方，她开始问问题。他觉得她的态度非常冷酷，并把她的问题看作一种质问。因此他的回答是阴沉的、戒备的、愤怒的。她怒意高涨，向他吵嚷起来。她说他一点也不知道感恩，她所有的孩子都忘恩负义，从来不知道体谅别人为他们付出了怎样的辛劳。随后她的怒气消了，她变得通情达理，维护着他，就像他原本希望她在最初就能有的态度那样。但是现在这不能给他任何安慰了。她舀了水让他洗手，安置他坐在一个矮凳上，给他一些吃的。那并不是她自己的食物，因为在这个屋子里食物是共享的，她只是在厨房里帮忙烧了饭。她又好好地照顾他。但是她已经无法让他从阴郁中解脱出来了。

　　那时他没有看到她举动中的荒唐和温柔：欢迎他回到并不属于她的小屋，拿给他并不属于她的食物。但是他一直记得这些，在将近三十年之后，当他成为西班牙港一个小文学社的一员时，他用简单的无韵诗描写了这次见面并高声朗读了这首诗。他只字未提自己的失望、郁闷，以及所有的不愉快，而当时的情景被改写成寓言：旅途，欢迎，食物，还有庇护所。

　　吃完饭之后，他才知道贝布蒂不高兴还有另一个原因。德黑蒂和塔拉后院的男仆私奔了，这不单是对塔拉的忘恩，让她脸面无光，因为后院男仆是极为低级的工作，而且，这让她一次失去了两个训练有素的仆人。

　　"是塔拉想让你成为一个梵学家的，"贝布蒂说，"我不知道我们该怎样告诉她。"

　　"跟我说说德黑蒂的事情。"他说。

　　贝布蒂说不出什么所以然来。没有人再看到过德黑蒂；塔拉发誓说永远都不会再提她的名字。贝布蒂的言下之意似乎是她自己应该为德黑蒂的举动受到所有的责备；虽然她声明自己已经不再与德黑蒂有任何瓜葛了，但是她的态度却显得她不但要为了塔拉的还要为了毕司沃斯先生的愤怒而祖护德黑蒂。

其实他既不生气也不引以为耻。当他问及德黑蒂的时候，他只是想起了那个以为自己的弟弟死了而把他的脏衣服贴在脸上哭泣的女孩。

贝布蒂叹息着。"我不知道塔拉会对这件事怎么说。你最好亲自去见她。"

塔拉也没有生气。虽然真如她起誓的那样，她没有再提及德黑蒂。而阿扎德，因为杰拉姆仅仅稍微暗示了毕司沃斯先生的不检点行为，他一面高声笑得几乎喘不过气来，一面试图让毕司沃斯先生仔细说说到底发生了什么事情。毕司沃斯先生的尴尬让塔拉和阿扎德忍俊不禁，最后他自己也笑出来了；然后，在塔拉家舒适的后阳台上——虽然房子是泥墙，却有着结实的柱子，整洁的茅草屋顶，在半墙高的地方装着木制搁板，墙上悬挂着印度神像，使得整座房子看上去非常敞亮——他讲述了香蕉事件，起初他还言辞激烈、气势汹汹，但是当他注意到塔拉流露出同情的时候，他深刻地感到了自己的伤痛，于是忍不住失声痛哭，而塔拉把他搂在胸前，擦干了他的眼泪。就这样，他原本期望在他母亲那里得到的安慰由塔拉给予了。

阿扎德买了一辆公共汽车，又开了个车库，艾力克就在车库里工作。他不再穿红色的女式衬裙，也不再玩蓝尿的把戏，而是在油污中鼓捣一些神秘的事情。油污使他多毛的腿变得乌黑；油污也让他雪白的帆布鞋变得黑不溜秋的；油污弄黑了他的手，甚至延伸到手腕以上；油污让他的短工作服裤子乌黑而僵硬。他还有在油污的手指和嘴唇之间叼一根香烟而不沾半点油渍的本事，毕司沃斯先生很佩服。他的嘴唇还是可以轻易地歪曲扭动，他滑稽的小眼睛仍然有些斜视；但是他小小的方形脸的两颊已经凹陷下去，而且他现在始终带着一种漫不经心的浪荡的神态。

毕司沃斯先生没有和艾力克一起到车库工作。塔拉把他派去了酒屋。

这是阿扎德第一笔投资，由此赚来的钱使他得以发展其他后来的生意。但是，随着阿扎德生意的扩张，酒屋逐渐失去了举足轻重的地位，现在是他的哥哥布罕戴德负责经营。关于他有很多不好的传言：布罕戴德很显然常常酗酒，殴打妻子，并且有一个非本族的情妇。

贝布蒂并没有被征询意见，但她对塔拉感激涕零。毕司沃斯先生因为想到可以挣钱而兴奋莫名。他并不能挣到很多钱。他要住在店里，由布罕戴德的妻子安排饮食；他时不时地会收到一两套衣服；薪水是每个月两元钱。

酒屋是一栋设计简单的高长大楼，与地面水平，瓦楞铁皮的斜屋顶架在水泥墙上。因为双开式弹簧门的关系，从外面只能看见酒屋湿漉漉的地板和酒客的脚，因此，在这个通常都敞着大门的地方，这座建筑带了一丝邪恶的感觉。但是这门很必要，因为走进这扇门的大部分人都是要喝酒麻醉自己的。一天中的任何时间，都有人醉瘫在湿地板上，那是些看上去比实际年龄还要苍老的男人，还有女人；没出息的人在角落里哭泣，他们的悲痛被那些站着的酒客的喧哗和拥挤淹没，而酒客们一口吞下自己的朗姆酒，做个苦脸，又匆忙咽一口水，继续买更多的朗姆酒。到处都是诅咒发誓、自吹自擂、威胁恐吓的声音；打斗，破碎的瓶子和警察都屡见不鲜；铜币、银币和纸币则源源不断地跑进柜台下面油腻的抽屉里。

每天晚上，当酒屋打烊，当沉睡的人被抬到外面，当破碎的酒瓶和杯子被打扫干净、地板也清洁过之后——虽然无论怎样冲洗都不能冲掉生朗姆酒的气味——抽屉会被拉出来，瓦斯灯也从悬在天花板上的长长的铁丝钩上被拿下来，放到柜台上的抽屉旁边。钱都被整整齐齐地码好，布罕戴德在一张一面光滑一面粗糙的褐色牛皮纸上记下一天的收入。他用很黑的软铅笔在光滑的那面作记录。酒屋镶嵌在深沉的黑暗中；肮脏的木板和陈腐的朗姆酒散发着刺鼻的气味；布罕戴德嘟嘟囔囔地算着账，背景音是瓦斯灯嘶嘶的声音，那声音曾经淹没在夜晚的喧嚣中，此刻在静谧中发酵成了咆哮。

布罕戴德的声音即使在低沉的时候也仿佛是一种哀鸣，带着暴怒的锋刃。他是一个矮小的人，有和阿扎德一样的尖鼻子和瘦长脸；不过这张脸上从来不曾有过慈祥的表情；永远都是厌倦和愤懑，特别是在夜晚的最后时刻。他快要秃顶了，凸出的前额有如同鼻子一样的曲线。他薄薄的上嘴唇轮廓突出，从中间分成了两块大小相当的匀称肉块，压在下嘴唇上，好似将其吞了下去，几乎完全遮住了下唇。布罕戴德算钱的时候，毕司沃斯先生就在旁边研究那些肉块。

布罕戴德毫不掩饰地认定毕司沃斯先生是塔拉派来的奸细，因而对他极不信任。没有多久，毕司沃斯先生就发现布罕戴德手脚不干净，他夜晚热衷计算的账目不过是为了敷衍塔拉每周一次的查账。毕司沃斯先生并不吃惊，也不曾对此加以指责。他只是为布罕戴德的某些方法感到为难。

"如果有人喝了三四杯酒后还要酒喝，"布罕戴德说，"不要给他们倒满杯。"

毕司沃斯先生什么也没有问。

布罕戴德看向别处，解释说："这其实是为了他们自己好。"

毕司沃斯先生发现了规律，当布罕戴德感觉他短斤少两差不多够一杯酒的分量时，他就会贪污一杯酒的钱。布罕戴德会直勾勾地盯着刚付钱给他的那个人，含糊其辞地说一会儿话，然后开始抛接硬币。每当毕司沃斯先生看见一枚硬币旋转着上升然后再掉落的时候，他就知道它最后一定会落进布罕戴德的腰包。

一旦布罕戴德高高兴兴地和顾客在一起的时候，也就是他对毕司沃斯先生疑心和厌烦的时候。"你，"他会对毕司沃斯先生说，"你到底在看什么鬼？"有时候他会对柜台对面的人说："看看他。总是笑眯眯的，嗯？好像就他最聪明。看看他。"

"没错，"酒客说，"他可是一个真正精明的人。你最好防着他点，布罕戴德。"

于是在酒客们那里，毕司沃斯先生就是那个"伶俐人"或者"小滑头"，某个可以奚落嘲讽的人。

他的报复是每天早晨给朗姆酒装瓶的时候往酒里吐唾沫。一样的朗姆酒会有不同的价格和标签："印度女郎"、"白公鸡"、"长尾鹦鹉"。每一个牌子都有自己固定的顾客，而对于毕司沃斯先生来说，这种隐秘的报复给了他微小却持久的快乐。

储藏酒的房间附属于酒屋建筑群，围着没有铺砖的场院构成了一个四方形。布罕戴德和家人以及毕司沃斯先生住在其中的两间屋子里。天气好的时候，布罕戴德的妻子就在通向某一间屋子的台阶上做饭；下雨的时候，她在院子里的一间用瓦楞铁皮搭成的小棚里烧饭，那是布罕戴德在清醒和尚有责任感的时期搭的。其余的房间被用作储藏室或者租给其他人家。毕司沃斯先生睡觉的屋子没有窗户，永远是一片黑暗。他的衣服挂在一面墙上的钉子上；他的书占据了地板上的一小块空间；他和布罕戴德的两个儿子睡在用椰子纤维制成的硬邦邦的、带有异味的床垫上。每天早晨床垫被卷起来，在地板上留下粗糙的纤维碎屑，然后被推进隔壁房间布罕戴德的那张四柱大床下面。等这一切安排妥当，毕司沃斯先生就觉得在一天中剩下的时间里，他和这间屋子没有任何瓜葛了。

在每周日和周二下午酒屋歇业的时候，他不知道该到哪里去。有时候他到后巷去看他的母亲。他每个月给她一元钱，但是她仍然让他感觉无奈和不快，于是他宁可去找艾力克。但是，现在他很少能找到艾力克了，大多数时候毕司沃斯先生最后都去了塔拉家里。后阳台的书柜上出其不意地摆满了二十本高大的黑色的《综合知识大全》。阿扎德同意从一个美国的旅行推销员手中购买这些书；他还没付定金，书就被送来了，然后显然被遗忘了。那个推销员再也没有出现过，也没有人要求付钱，而阿扎德兴高采烈地宣称那个公司已经破产了。他压根儿没有读这些书的意思，但的确是赚了个大便宜；当毕司沃斯先生每周都来读这些书从而证明了它们的用处时，阿扎德很满意。

不久，毕司沃斯先生每周日的安排就成了习惯。他上午九十点钟到塔拉家里去，给阿扎德朗读这一周剪裁下来的"你的身体"专栏，拿自己该得的报酬，吃了午餐，然后就可以自由自在地阅读《综合知识大全》了。他阅读世界各地的民间故事；他阅读，然后又很快忘记其中的内容，比如巧克力、火柴、轮船、纽扣和许许多多其他的东西是怎样制作出来的；他阅读解答疑问的文章，里面附带漂亮却无用的插图，比如"为什么冰会使水变冷"、"火为什么会燃烧"、"糖为什么是甜的"等等。

"你一定要让布罕戴德的孩子们也读读这些书。"阿扎德兴奋地说。

但是布罕戴德的儿子们拒绝诱惑。他们学会了抽烟；脑袋里装满了羞耻而耸动的性话题；晚上，他们在窃窃私语中编织出骇人听闻的性幻想。毕司沃斯先生曾试图加入这个话题，却始终不得要领。他的尝试要么乏味没劲、不懂装懂，惹得他们哈哈大笑，要么就令人作呕，被他们威胁要把他的话散布出去。好几个星期他们都在用他说的某种下流话折磨他，直到最后他忍无可忍，告诉他们尽可以去四处宣扬。出乎意料，他们竟然从此闭口不提了。有一天晚上，他问布罕戴德的大儿子是如何得知这些性知识的，那男孩说："哈，我有个妈妈呀，还用问吗？"

布罕戴德周末在酒屋的时候越来越少。他的儿子们开始还带着点骄傲和兴奋公开地谈论他的情妇；但是后来，当布罕戴德和他妻子之间的争吵愈演愈烈的时候，他们的谈论中流露出害怕来。当布罕戴德冲他妻子嚷嚷他的儿子们在夜晚悄声谈论的那些猥亵话时，他们越发感到震惊和耻辱。而那时布罕戴德妻子的沉默则更令人难以忍受。偶尔他们会摔东西，男孩子们和毕司沃斯先生忍不住尖叫起来。这时，布罕戴德的妻子会过来，异常镇静地试图安抚他们。他们想让她留下来，但她总是回到隔壁的房间里，和布罕戴德在一起。

在酒屋里，布罕戴德开始每天更频繁地抛接硬币，甚至在周五晚上塔拉来查账的时候也不例外。

有一个周末，那两间屋子里只有毕司沃斯先生独自一人。阿扎德一个住在岛的另一边的亲戚过世了。酒屋周六没有开张，那天一大早，布罕戴德一家人就跟阿扎德和塔拉一起去参加葬礼了。空荡荡的屋子里，原本满是压抑和沉闷，现在则充满了自由和诱惑的无限可能；但是毕司沃斯先生却想不出可以弄些什么恶作剧来满足自己。他抽了几口烟，却没有丝毫快感。渐渐地，连屋子本身也失去了起初令人兴奋的感觉。艾力克已经辞掉了在车库里的工作，或者是被辞退了，他离开了波各迪斯；塔拉家锁起来了；毕司沃斯先生也不愿回到后巷。但是那种自由和紧迫的感觉却没有消逝。他漫无目的地在大路上游荡，穿过他不曾走过的小巷。他招停巴士搭乘一小段路。他还在路边的小铺里喝了无数软饮料，吃了不少硬点心。下午就这样消磨着。在完成了一周的工作之后，成群的人穿着周末的衣服，站在街角，在商店外面，或者围着卖椰子的大车。倦意袭来，他开始希望这一天早点结束，把他从自由中解脱出来。他回到黑洞洞的房间里，筋疲力尽，空虚茫然，苦恼阴郁，但是仍然亢奋不已，仍然不愿睡觉。

他惊醒时发现布罕戴德站在他铺在地板上的床垫前。他眼睛通红、双睑浮肿，他喝酒之后就是这副样子。毕司沃斯先生没有料到会有人在傍晚前就赶回来；他丧失了一整天的自由。

"算了吧，别装蒜了。你把它藏到哪里去了？"布罕戴德上嘴唇的肉块因为愤怒而颤抖着。

"藏什么啊？"

"呵，是吗？小滑头。这么说，你不知道？"布罕戴德把毕司沃斯先生从床垫上揪起来，抓住他的裤子后面，把他连人带衣服提起来，这在拉尔的学校里是广为人知的警察抓人的方式。就这样，布罕戴德把毕司沃斯先生带到另一个房间。那里没有别人；布罕戴德的妻子和孩子还没有从葬礼上回来。一件衬衣挂在椅子背上，衬衣下面挂着一条叠得整整齐齐的裤子。椅子上散落着硬币、钥匙以及一些皱巴巴地团着的钞票。

"昨天我有二十六元。今天早晨只剩下二十五元了。嗯？"

"我不知道。我甚至不知道你回来。我一直在睡觉。"

"睡觉。是啊，像一条毒蛇在睡觉。睁着眼睛。贪婪的眼睛和长长的舌头。就知道一直对塔拉和阿扎德告密。你以为你会得到什么好处？你期望他们会因此而给你一英镑一克朗吗？"他开始叫喊起来，从裤腰上抽出皮带，"嗯？你是不是还要告诉他们你偷了我一元钱？"他扬起胳膊，把皮带抽到毕司沃斯先生头上。每次皮带扣落到骨头上时都会发出清脆的响声。

突然，毕司沃斯先生号啕起来。"噢，上帝！噢，上帝！我的眼睛！我的眼睛！"

布罕戴德停了手。

毕司沃斯先生的颧骨处被抽划出口子，眼睛下面鲜血淋漓。

"滚出去，你这可恶的饶舌小人。立刻滚出去！不然我就剥了你的皮。"布罕戴德上唇的肉块又开始颤抖，而他扬起的胳膊也在颤抖。

当毕司沃斯先生把贝布蒂叫醒时，太阳还没有升起来，后巷仍然阒然无声。

"穆罕！出了什么事？"

"我摔倒了。别问我。"

"过来，告诉我。怎么回事？"

"你为什么总是把我送到别人那里去？"

"谁打你了？"她用一根手指压了压他脸颊上的伤口，他瑟缩了一下。

"布罕戴德打你了？"她解开他的衬衣，看见了他背上的抽痕。"他打你了？他打你了？"

她让他趴在她房间的床上，然后，自他婴儿时期之后，第一次用油给他的身体按摩。她给了他一杯加了红糖的热腾腾的甜牛奶。

"我再也不回去了。"毕司沃斯先生说。

但是贝布蒂并没有给他想要的安慰，相反，仿佛是在跟他争论一样，她说："那你要到哪里去呢？"

他烦躁起来。"你从来就没有为我做过什么。你是一个叫花子。"

他有意要伤害她，她却很麻木。"这是我的命运。我的孩子没有一个省心的。而你，穆罕，最是倒霉。司特拉姆所说的关于你的一切都应验了。"

"我不止一次听你和其他人说起这个司特拉姆。他到底说了些什么？"

"说你将是一个败家子，一个骗子，还会是一个浪荡子。"

"哦，不错。一个每月挣两元钱的败家子。整整两元钱。两百分钱。如果你把这些分币放进袋子里可是颇有分量的。那么浪荡子呢？"

"不过本分的日子。和女人们鬼混。不过你现在还小。"

"布罕戴德的儿子们比我淫荡得多。对他们的母亲也这样。"

"穆罕！"贝布蒂说，"我不知道塔拉会怎么说。"

"又来了！你为什么老是在意塔拉会说什么呢？我不想让你再去见塔拉了。我不想要她的任何东西。阿扎德可以管好'他的身体'。让布罕戴德的儿子们给他朗读。我不干了。"

但是贝布蒂还是去找了塔拉。于是在那个下午，仍然穿着丧服、佩戴着珠宝的塔拉刚刚结束她在葬礼上的工作，应付完葬礼摄影师，就来到了后巷。

"可怜的穆罕，"塔拉说，"那个布罕戴德，他真是无耻浑蛋。"

"我敢肯定是他自己偷了钱，"毕司沃斯先生说，"他对此可是轻车熟路。他一直都在偷窃。而每次他偷的时候我都能看出来。他会抛接硬币。"

"穆罕！"贝布蒂说。

"他才是浪荡子、败家子和骗子。不是我。"

"穆罕！"

"我知道所有关于他的情妇的事情。他的儿子们也知道。他们还为此夸耀。他和他的妻子吵架，还打她。即使他来下跪求我回去，我也不会回到那间酒屋去了。"

"我看不出布罕戴德会做出这样的事情，"塔拉说，"但是他感到抱歉。那一元钱没有丢。就在他裤子口袋的底部，而他之前没注意到。"

"依我看，他醉透了。"耻辱再次刺伤了他，他哭泣起来："你知道，妈妈。我没有父亲可以照看我，谁都可以对我为所欲为。"

塔拉开始哄劝他。

毕司沃斯先生虽然沉浸在塔拉的哄劝和自己的伤心之中，仍然恼怒地说着话。"德黑蒂逃离你是对的。我敢肯定你没有好好对待她。"

因为提及德黑蒂的名字，他犯了忌讳。塔拉立刻紧绷起脸，一言不发地走了，长裙飞舞，胳膊上的银镯子叮当作响。

贝布蒂跑到院子里追上她。"你千万别介意那孩子，塔拉。他还小。"

"我没有介意，贝布蒂。"

"噢，穆罕，"贝布蒂回到房间里的时候说，"你会让我们变得一无所有。你会看见我在贫民窟里过完这辈子的。"

"我自己会找份工作。我将来还会有自己的房子。我受够这一切了。"他冲着泥墙和黑乎乎的茅草屋顶挥舞着仍然疼痛的胳膊。

星期一的早晨他就开始找工作。一个人是怎样找工作的？他猜想，人们就是看看找找吧。他在大路上来来回回地走着，看着。

他经过一个裁缝铺，试图想象自己在剪裁卡其布、粗缝、操作缝纫机。经过一个理发店的时候，他试图想象自己在皮带上磨着剃刀；他神游着，在脑海中为左手大拇指精心设计了一套护具。但是他一点也不喜欢他看见的那个裁缝，那是个在昏暗的铺子里愁苦地做缝纫的肥胖男人；至于理发师，他从来就没有喜欢过那些给他理发的人；他甚至还想到，梵学家杰拉姆要是知道他以前的学生从事理发师这自古以来就为人不齿的职业，会怎样感到憎恶。他继续走着。

他没有一丁点儿的意愿走进他看见的任何一家店铺去找一份工作。于是，他强迫自己去完成某些有难度的任务。比如，他试图在二十步以内走完一段距离，他没能走完，这被他当作失败的预兆。有一会儿他任由自己为一个殡葬铺所吸引，那是一个简易的瓦楞铁皮做的小棚子，它不曾在悲痛前妥协，没有被新木材、鱼胶及法国抛光漆的气味淹没，棺材就放置在铺满了锯末、刨花和未成形的厚木板的地板上。廉价的棺材和未经加工的木头成排地靠着一面墙立着；经过打磨上光的昂贵棺材躺在一排排架子上；工作台周围有尚未加工完的棺木，棺材的零碎部件散落得到处都是；一个角落里堆着一些摇摇欲坠的廉价婴儿棺材。毕司沃斯先生见过很多婴儿的葬礼；其中有一个他印象尤为深刻，一个慢慢蹬着脚踏车的男人腋下夹着棺材。"在这里找一份工作，"他想，"有一天帮着把布罕戴德给埋了。"他经过干货铺——奇怪的名字：干货——在晃悠悠的狭小空间里塞满了杂货，比如锅碗瓢盆、布匹和带有鲜艳别针的卡片、盒装的针线、挂在衣架上的衬衣，还有崭新的油灯、铁锤、锯子、晾衣夹和其他东西，泛滥成灾的货物似乎撑破了整个铺子，连店门都关不上，堆积在地板上和桌子上的货物一直挤到了外面。店主们待在铺子里，身处货物的夹缝之中，被阴沉所淹没。店里的伙计们站在店铺外面，或者在耳朵后面夹着铅笔，或者用铅笔敲打着账簿，深色的复写纸从账簿的第一张纸中探出一角。食品杂货店里掺杂着油、糖和咸鱼的潮湿味道。蔬菜摊湿漉漉的，但菜很新鲜，散发着泥土的气味。食品杂货店老板的妻子和孩子们虽然油污满身，却气定神闲地站在柜台后面。蔬菜摊后面的女人们，年纪大的举止得宜，瘦长脸上充满悲伤；年轻丰满的则目光犀利、充满挑衅；一两个大眼睛孩子在仍然沾着泥土的紫红色甘薯堆后面玩耍；婴儿们躺在不引人注意的后面的炼乳罐箱子里。骡车、马车和牛车川流不息、轰隆轰隆地驶过路面，沉重的铁圈车轮碾过沙砾和沙子，在崎岖不平的路上颠簸着。不时地，尾部打结的长鞭子呼哨着噼啪落下，给牲口们一个短暂的刺激。赶车的男人们坐在他们的车上；赶车的男孩儿们站在车上，对着他们的牲口和竞争对手叫喊着、呼哨着；一般这样的比拼至少有六场。

毕司沃斯先生回到了后巷，他的决心动摇了。"我再也不去找任何工作了。"他告诉贝布蒂。

"你怎么不去塔拉那儿跟她说？"

"我不想见塔拉。我要自杀。"

"这对你来说可是最好不过了。对我也是。"

"好。好。我什么也不想吃。"他怒火万丈地离开了小屋。

愤怒给了他力量，他决定一直走下去，直到自己精疲力竭为止。这次他沿着大路走了另一个方向，经过了 F. Z. 哥罕尼的办公室，它比以前更肮脏了，但依然完好无损，办公室关着门，因为今天不是集市日；他经过一排看起来似乎一模一样的店铺，里面是一模一样的店铺老板，一模一样的货物，一模一样的伙计；所有这一切都让他感到沉郁。

在那个下午接近黄昏的时候，他已经走出波各迪斯好几英里，一个眼睛闪烁发亮、胡髭厚重反光、身形修长的年轻人朝毕司沃斯先生走过来，在他的肩膀上轻拍了一下。他尴尬地认出是兰姆昌德，塔拉那个失职的后院仆人，现在是德黑蒂的丈夫。他曾经在塔拉家见过他几次，但是他们从来没有说过话。

兰姆昌德不但没有丝毫不自在，反而表现得似乎和毕司沃斯先生熟识多年似的。他以极快的语速问长问短，毕司沃斯先生只来得及点头作答。"最近怎么样？很高兴看见你。你母亲怎么样？好吗？太好了。酒屋怎么样？真是滑稽。你知道'长尾鹦鹉'、'印度女郎'还有'白公鸡'吗？我现在就做那些朗姆酒。其实都一样，你知道的。"

"我知道。"

"我可以告诉你，给塔拉干活是没有前途的。正如你所见，我现在在酒厂工作，你知道我赚多少钱吗？来嘛，猜猜看。"

"十元。"

"十二。每个圣诞节还有奖金。还可以以批发价买酒喝。不错吧，嗯？"

毕司沃斯先生欣羡不已。

"德黑蒂总是说起你。有一次每个人都以为你淹死了，你还记得吗？"提及这件事情好似解除了他们之间的陌生感一样，兰姆昌德补充说："你为什么不来看看德黑蒂呢？她昨天晚上还谈起你呢。"他犹豫了一下。"也许你还可以去我们那里吃点什么。"

毕司沃斯先生注意到了他的犹豫。这使他想到兰姆昌德是下等种姓的人；虽然在大路上思考一个每个月挣十二元钱并且有奖金和其他福利的人的种姓问题很荒诞，但毕司沃斯先生对于兰姆昌德把他看作一个可以巴结奉迎的人还是很受用。他同意去看看德黑蒂。兰姆昌德兴高采烈地继续说下去，向他透露一些家里其他人的事情。他告诉毕司沃斯先生，阿扎德的经济状况并不像传说中的那么好，塔拉得罪了太多的人。塔拉可能发过誓再也不提及兰姆昌德的名字；而他却迫不及待地一遍又一遍提及她。

毕司沃斯先生从来没有对他在塔拉家里被当作婆罗门奉为上宾的待遇和他跟随梵学家杰拉姆巡游时受到的尊重有所质疑。但是他也从来没有把这当回事；他只觉得这是偶尔玩玩的游戏里的规则。在去兰姆昌德家的时候，他更认为那只是个游戏。小屋一点都不像是下等人住的地方。泥墙近期刷白过，并漆有蓝色、绿色和红色的手掌形图案（毕司沃斯先生认出那图案是兰姆昌德的宽阔手掌和短粗指头的印迹）；茅草屋顶很新很整洁；泥地板很厚，被拍得很结实；日历上的画片贴在墙上，后面阳台上还有一个帽架。这些都比后巷那个摇摇欲坠、疏于维护的小屋有生气得多。

但是婚姻似乎并没有给德黑蒂带来快乐。她因为在自己家里被人看到而感到非常不自在，并试图暗示这一切都和她无关。当兰姆昌德开始指点小屋里一些吸引人的特色时，她啧啧地呵呵嘴，于是他停下了。毕司沃斯先生无法相信德黑蒂会如同兰姆昌德说的那样谈起过他。她几乎没开口，也没有看他一眼。她面无表情地从里屋抱出一个熟睡的丑陋婴儿给他看，同时又暗示她并不是为了给他看才抱出来的。她看上去憔悴又阴沉，对于她丈夫急于讨好毕司沃斯先生的举止无动于衷。但她还是用不慌不忙的方式尽可能地款待了毕司沃斯先生。他明白她是害怕遭到回绝，害怕他可能会带回家的议论，这让他感到很不舒服。

德黑蒂从来就不是一个漂亮的女孩子，现在则是实实在在的丑陋。一双华人那样细长的眼睛死气沉沉，瞳孔没有一丝光，白眼球浑浊不堪。长满丘疹的红脸颊在下端鼓出来，下垂到嘴角。下嘴唇凸出，似乎是被她脸颊的重量挤压出来的。她坐在一个矮凳上，长裙子背面被小腿和大腿后部绷得紧紧的，正面一直垂过膝盖。毕司沃斯先生对她的成熟感到吃惊。造成他这种印象的是她的坐姿，两腿分开，但两腿之间被得体地遮住了；他一直把这个姿势和成熟的女人联系到一起。他试图在这个女人身上找寻他所了解的那个女孩的身影。但是当他看见她表现得愈来愈不耐烦，而兰姆昌德在她的指引下开始生火做饭的时候，毕司沃斯先生感到此时见到的德黑蒂完全抹除了从前的形象。他怅然若失；这失落感增添了他自走进小屋起就感到的不快。

兰姆昌德从厨房出来，以最放松的姿势坐在地板上。他伸开一条裤管稍短的腿，双手环抱着另一边曲折的膝部。他鬈曲而浓密的头发闪着油光。他冲着毕司沃斯先生微笑，冲着婴儿微笑，也冲着德黑蒂微笑。他请毕司沃斯先生朗读墙上贴着的日历画和主日学校的卡片，当毕司沃斯先生照做的时候，他满心欢喜地听着。

"你肯定能成大器，"兰姆昌德说，"能成气候。在你这个年龄就能识文断字。我曾经听你给阿扎德朗读。我这辈子从来没有见过像他那样健康的人。但是有一天他会垮下去的，就让他战战兢兢吧。他不生病就心不安。实话告诉你，我很是可怜他。我可怜所有这些有钱的家伙。"之后他发现兰姆昌德还可怜其他许多人。"还有普拉塔布。他把自己弄得一团糟，因为他不断地买那些骡子，鬼才知道是为了什么。最新买的两头已经死了。你听说了吗？"毕司沃斯先生没有听说过，于是兰姆昌德讲述了骡子的血腥下场；其中一头是自己叉到竹竿上被活活戳死的。他还谈到了普拉萨德以及他正在找老婆的事情；然后用一种宽容的戏谑口气谈起布罕戴德和他的情妇。他越发热络了；显然他认为只有自己的状况是完美的，而这完美让他心情愉悦。"还没有完成这里的装点，"他用手指着墙壁说着，"我正在搜集更多主日学校的卡片。耶稣和马利亚。嗯，德黑蒂？"他带着笑容把嘴里一直嚼着的火柴杆朝婴儿扔去。

德黑蒂厌恶地闭上眼睛，微微鼓起长着丘疹的双颊，转过脸去。火柴杆轻飘飘地落在婴儿身上。

"我们还做了一些改进，"兰姆昌德说，"来。"

这一次德黑蒂没有呷嘴。他们来到后面，毕司沃斯先生看到小屋旁边正在加盖一个房间。修剪整齐的树枝被埋在泥里；用几根大树枝做成的椽子已经安置好了；在立柱之间，竹竿以辫状编织成墙；泥地板已经堆好，但还没有被压实。"额外的房间，"兰姆昌德说，"等一切都布置好了，你可以过来和我们一起住。"

毕司沃斯先生的沉郁加剧了。

他们继续参观小屋，兰姆昌德指点着他为小屋增益的点缀：嵌进泥墙里的架子、桌子、椅子。在后面的阳台上，兰姆昌德指给他看那个帽架。帽架上八个帽钩两两对称，环绕着一片切割成菱形的玻璃。"这是这里唯一一个不是我自己做的东西。德黑蒂对此尤为心爱。"他又一次坐到了地板上，把手指间一直捻动的小泥团朝婴儿扔去。

德黑蒂闭上眼睛撅起嘴。"我？我没有想要这个。我希望你不要再到处告诉别人我喜欢时髦的东西。"

他尴尬地笑了，抓挠着光溜溜的腿；指甲在皮肤上留下白色的抓痕。

"我没有什么帽子可以挂在帽架上，"德黑蒂说，"我也不想要一面镜子展现我丑陋的脸。"

兰姆昌德一边抓挠着一边冲着毕司沃斯先生挤眼睛。"丑陋的脸？丑陋的脸？"

德黑蒂说："我不会站在帽架跟前花好几个小时梳理我的头发。我的头发既不漂亮也不够鬈曲。"

兰姆昌德微笑地接受了这个恭维。

油灯的光芒使阳台有了黑色和黄色的分野，他们坐在矮凳上开始吃饭。虽然他很饿，虽然他知道兰姆昌德和德黑蒂对他很亲热，毕司沃斯先生却发现他的胃开始发胀疼痛，这使得他无法下咽。他们的幸福、他无法分享的幸福让他心情低落。更让他感到痛苦的是，他那时发现兰姆昌德神经质的狂热已被迷茫犹疑所替代。德黑蒂阴郁的脸色始终没有改变，为的是时刻对这种挫败有所准备。

他很快就告辞了，并许诺以后还会来看望他们，但是他心里知道自己再也不会来了，他和德黑蒂之间本来就不牢靠的纽带已经断裂了，对她而言也一样，她和他再无瓜葛。他想要寻找工作的愿望消退了。他觉得自己其实一直知道最后还是要去向塔拉寻求帮助。她喜欢他；阿扎德也喜欢他。也许他应该道歉，然后他们会让他在车库工作。

当艾力克重新出现在波各迪斯的时候，身上没有一点汽油油污的痕迹。他的手上、胳膊上和脸上到处都是斑斑点点或者条纹状的五彩颜料，他的卡其布工装裤和白衬衣上也是，每个污渍都沾有一圈油迹。毕司沃斯先生在度过一个悠长闲散且无所事事的下午之后看见了他，艾力克一手拎着涂料桶，一手拿着刷子；他正站在一架梯子上，梯子靠在大路上一家咖啡馆的墙上，他在刷招牌，已经刷完了"蜂鸟咖"的字样。

毕司沃斯先生满心羡慕。

"你喜欢这个，嗯？"艾力克从梯子上下来，从他背后的口袋里掏出一大块沾着颜料的布擦擦手。"还要漆阴影。两种颜色，横着是蓝色，下面是绿色。"

"但是那会破坏效果的，伙计。"

艾力克吐出差点烧到嘴唇的香烟，熄灭了它。"等我弄完的时候看上去可能是有点乱七八糟，但是这就是他们想要的。"他轻蔑地朝蜂鸟咖啡馆的老板点点头，后者正斜靠着柜台狐疑地盯着他们。他身后的架子上一半都放着盛满汽水的瓶子。苍蝇在他周围嗡嗡地飞舞着，被他的脖子和暴露在汗衫之外的身体其他部分的汗味吸引着；嗜好不同口味的苍蝇停在陈列柜里的蛋糕表面的砂糖上，蛋糕已经变得像岩石一样坚硬。

毕司沃斯先生对艾力克诉说了自己的烦恼，他们交谈了一会儿。然后，他们走进那个小咖啡馆，艾力克买了两瓶汽水。

艾力克对老板说："这是我的助手。"

老板看着毕司沃斯先生。"他怎么看起来这么小？"

"公司刚成立，"艾力克说，"给年轻人一个机会。"

"他能画蜂鸟吗？"

"他想在招牌上画很多蜂鸟，"艾力克对毕司沃斯先生解释说，"飞翔在字母的周围和后面。"

"就像科斯凯蒂咖啡馆一样，"老板说，"你看见他的招牌了吗？"他含糊地指了指街对面的另一家点心屋。毕司沃斯先生看见了那个招牌，字母用三种颜色填充，然后用另三种颜色做阴影。一只科斯凯蒂鸟站在字母 K 上，一只啄着字母 D，一只盘旋在字母 C 上；两个字母 E 上则有两只科斯凯蒂鸟嘴对着嘴。

毕司沃斯先生不会画。

艾力克说："他当然可以画蜂鸟，如果你的需求真是这样的话。只有一个问题，那就是这样会显得有点落于俗套。"

"而且也不新潮。"毕司沃斯先生说。

"我和你的看法一样，"艾力克说，"我一直试图这样告诉他。现在时兴放许许多多的单词。所有西班牙港的商店招牌上除了字词之外什么也没有。跟他说。"

"什么词？"老板问道。

"甜品饮料，蛋糕，冰块。"毕司沃斯先生说。

老板摇摇头。

"小心狗。"艾力克说。

"我没有狗。"

"每天供应时鲜水果，"艾力克继续说，"概不赊账。"

老板还是摇摇头。

"非法入侵者将受到起诉。欢迎海外游客。如果你没有找到需要的东西，请咨询。我们的员工将乐意效劳。"

老板思考着。

"不招人手，"艾力克说，"欢迎惠顾。"

老板开始有兴趣了。"这正是我想要达成的效果。"

"闲人免进。"毕司沃斯先生说。

"警告。"老板说。

"警告闲人免进。一个很好的招牌。"艾力克说,"这个孩子会在四个小时内完成的。"

就这样,毕司沃斯先生成了一个写招牌的人,他奇怪自己以前怎么没有想到要利用这个特长。在艾力克的帮助下,他完成了咖啡馆的招牌制作,而且既高兴又惊喜地发现自己写出来的字相当不错,咖啡馆老板也很满意。他以前是用铅笔和钢笔设计字体,现在他有点担心自己无法很好地控制刷子写字。可他发现,用刷子虽然起初很不容易掌握,却只用费最小的力气就能写好;笔画更简洁,弧度更逼真。"当你开始画弧度的时候,只要让刷子在手指间缓缓转动就行了。"艾力克这样说。在这之后弧度的效果就好多了。在完成"警告闲人免进"之后,他又和艾力克一起写了别的广告牌;他现在用刷子更加自信,笔画更为大胆,他对字母的感性认识也更精微了。他认为 R 和 S 是罗马字母里最美丽的字母;没有字母比 R 更能表现各种情绪而又不失美感了;而又有什么能够和 S 的弯曲起伏相媲美呢?用刷子写大的字母比写小的字母更容易上手。自从他和艾力克在一个长长的围栏上完成了普鲁克的广告牌——宣传普鲁克对头发如何有益——及安柯牌香烟广告之后,他更加满足了。在处理香烟盒的时候他们有些为难;他们自己希望能够画一盒上封的香烟,但是合同商想要的是开封的香烟盒,这就使得毕司沃斯先生和艾力克不但要画一个开封的香烟盒,而且要画出里面有褶皱痕迹的银色锡箔,八根印着安柯字样的香烟伸出的程度还要长短不一。

过了一段时间他又开始拜访塔拉家。她对他一如往昔,但是他失望地发现阿扎德不再需要他朗读"你的身体"了。布罕戴德的一个儿子现在在做这事。在朗姆酒屋里发生了两件事情。布罕戴德的妻子死于难产,而布罕戴德则扔下他的儿子们，和情妇一起住到西班牙港去了。塔拉把男孩子们接到自己家里，同时把布罕戴德的名字加到那些她永远不想提及的名字里面。多年以后，没有人知道布罕戴德在哪里生活或者过得怎么样，虽然谣传他住在市中心的贫民窟里，混迹于各种争斗和声名狼藉的人中间。

于是，布罕戴德的儿子们离开了朗姆酒屋邂逅的环境，住到了塔拉舒适的家里。这种转变是毕司沃斯先生自己梦寐以求的，因而他毫不惊讶地看到，男孩们在塔拉家住得相当舒服，布罕戴德已经被遗忘，也很难想象他的儿子们会住在别的地方。

毕司沃斯先生继续写广告牌。这份工作很让他满意，但是并不固定。艾力克从一个区转移到另一个区，有时候工作有时候不工作，他们俩的工作伙伴关系也是间歇性的。有时候好几个星期毕司沃斯先生都没有工作，他只能读书和设计字体，或者练习他的绘画技巧。他学会了画瓶子，为了给圣诞节做准备，他画了一个又一个圣诞老人，最后他把圣诞老人画成一个只用红色、粉色、白色和黑色组成的简洁设计。工作一旦来了，就很紧急。九月份时绝大多数店主都说他们今年不想要任何有关圣诞节的鬼话招牌。十二月份时他们的想法又变了，毕司沃斯先生加班加点地画圣诞老人、冬青、浆果和有白雪装点的字母；完成的广告牌很快就在炙热的太阳下起了浮泡。偶尔会突然冒出对新广告牌的大量急需——很难探究源头，大约两个星期时间整个地区都挤满了写广告牌的人，因为没有一个店主愿意雇用他的竞争对手雇用过的人。每个广告牌都要求比原来的描画更精心，这连绵的一片使得整条大路都因为那些难以辨认的广告牌而变得令人眩晕。只有地方公路协会选举的招贴海报才需要简洁的样式。毕司沃斯先生做了不少这样的海报，许多是在棉布上的，他不得不在后巷小屋阳台的泥墙上展开棉布并用图钉固定住才能完成。颜料渗漏到墙上，墙壁上各色颜料斑驳，互相冲撞。

为了迎合他的店主客户们对美术字的奢侈品位，他浏览起外国杂志。从观察杂志上的字体开始，他阅读了杂志上的故事，在漫长的空闲时间里，他阅读了那些可以在波各迪斯的杂志摊上找到的小说。他读了霍尔·凯恩和玛丽·科里利的小说。它们把他领入一个引人入胜的世界。有关风景和天气的描写尤其让他兴奋；它们使得他绝望地发现，在他所处的这片每天都被太阳灼烤的单调乏味的绿色土地上绝无浪漫可言；他对于西方人从来没有什么兴趣。

他日益不耐烦于自己仍栖身后巷；虽然除了圣诞节、选举和店主们之间争风头的时候，他收入菲薄且不稳定，他仍然想要冒险搬迁。但是，尽管贝布蒂一直把搬家挂在嘴上，现在却声称自己已经在这里住了太久，而且她这样一把年纪，也不愿意再跻身于陌生人当中。"我离开这里，但是等到有一天你结婚了，那我该去哪里呢？"

"我永远都不会结婚的。"这是他通常的威胁，因为贝布蒂开始唠叨只有看见毕司沃斯先生结婚她的人生使命才算完成。普拉塔布和普拉萨德已经结婚了，普拉塔布娶了一个高挑漂亮的女人，每十八个月就会怀一个孩子。普拉萨德娶的女人则丑陋得惊人，幸好她不能生育。

"你可不能说这些话。"贝布蒂说。她仍然把他说的每个字都当真，令他生气。

"说了又怎么样？你指望我在这个地方娶个老婆进门吗？"他在杂乱的房间里走来走去，房间里现在始终弥漫着颜料、油和松脂的味道。他朝地板上那堆落满灰尘的褐色杂志和书本踢了一脚。

他待在后巷读着塞缪尔·斯迈尔斯。他曾经把他的一本书当作小说买下来，从此之后就着了迷。塞缪尔·斯迈尔斯和任何其他小说家一样都充满着浪漫和令人愉悦的情调，毕司沃斯先生在很多塞缪尔·斯迈尔斯的主人公身上看到了自己的影子：他年轻，他不名一文，他想象着他在挣扎。但是这样的相似总会在某处终结。那些主人公都有着执着的雄心，生活在一个可以实现雄心的国度，并且那些雄心壮志总是有意义可言。他并没有雄心壮志，在这片炎热的土地上，除了开一家店铺或者买一辆公共汽车，他还能做什么呢？他还能发明什么呢？无论如何，他尝试过了，即使只是尽自己努力的本分。他买了初级的科学知识手册并阅读了它们，但是什么也没有发生；他只是对于初级科学知识上了瘾。他买了七大卷昂贵的《霍金斯电学导论》，制造了基本的罗盘、蜂鸣器和门铃，并学会了如何转动电枢。除此之外他再无进展。实验变得越来越复杂，他不知道在特立尼达哪里可以搞到霍金斯轻易提及的设备。他对于电器方面的兴趣消逝了，于是继续以阅读塞缪尔·斯迈尔斯的主人公在他们神奇的土地上的故事来满足自己。

但是，有时候他也能够说服自己他生活在一个可能会有浪漫的土地上。比如，当他有一个紧急的活，必须在瓦斯灯下工作到深夜的时候，兴奋和灯光让小屋发生了变化；他能暂时忘记必将到来的平凡早晨，忘记这广告牌将被挂在一个拥挤的、门铺冲着闷热灰暗的道路敞开的小店上。

有一段时间，他在阿扎德的一辆公共汽车上当售票员，那条线路上所有的公共汽车都没有固定停靠的站点，只是互相竞争。他喜欢这样紧张的移动节奏和嘈杂的竞争环境，并常常不必要地冒险从脚踏板上远远地探出身子，冲着路上的人唱歌："图纳普那，那帕瑞玛，尚格·哥罕德，瓜亚瓜亚尔，查克查卡尔，圣雄甘地，然后返回。"这些显赫的美洲印第安名字组成了一个联结着岛的四角与隔海相望的查克查卡尔的虚拟路线。

有时候，行踪飘忽不定的艾力克带着一脸餍足回到波各迪斯，大谈特谈风流快活之事，并把毕司沃斯先生带到某些妓院里，在那里，他起初感到害怕，之后受到吸引，最后则很愉悦。他也和布罕戴德的儿子们去过那些地方；但是他们从中获得的最大乐趣似乎只是自己做了坏事的想法。

当然那时他还有其他的快乐，和书本与杂志带来的快乐无关，也和拜访那些妓院无关：只是一瞬间捕捉到的一张面孔，一个微笑，或者笑声。但是，当面对一个美丽得让人心痛的女孩时，他的经验便失去了效用，因为让任何一个如此温柔可爱的女孩欢迎那些既没有柔情又相貌丑陋的男人们的注目是相当困难的；而且几乎也没有什么人能一直让他着迷。总是有一些特征让他感到厌恶，一种语调，皮肤的某种质感，以及过于性感的翘唇；他做过一个梦，正是这样的一副嘴唇长得越来越厚，淫秽可憎，以至于让他感到不洁。想到爱情让他尴尬；这个词他也极少提起，就算提起，他也和艾力克以及布罕戴德的儿子们一样极尽嘲讽。但是在私底下，他还是相信爱情。

艾力克出于误解说："你想太多了。这些事情往往在你最不在意的时候出现。"

但是他始终忧心忡忡。他不再是简单地活着。他开始等待，不单单是等待爱情，还希望整个世界带给他甜蜜和浪漫。为了那一天的到来，他推迟了所有的快乐。就是在这样的期待下，他来到了位于阿佤克斯的哈奴曼大宅，遇见了莎玛。

第三章　图尔斯家族

在阿佤克斯的高街上，在那些用木头和瓦楞铁皮搭成的摇摇欲坠的房子中间，哈奴曼大宅像一座白色堡垒一般格格不入地矗立着。宅子的水泥墙壁名副其实地厚重，当底层图尔斯商店的那些窄门关上时，整座宅子显得庞大、坚不可摧并且冷漠乏味。两侧的墙壁没有窗户，而最上面两层楼的窗户也只不过是正面墙上的狭长裂口。在平坦的屋顶的围栏上，有一座慈眉善目的猴神哈奴曼的水泥雕像。从地面往上看，他被洗刷得发白的相貌几乎难以分辨，而就算能看到什么，也有些邪恶的意味，因为雕像凸出的部分已经落满灰尘，仰脸从下往上看时就是那样的效果。

图尔斯家族在印度教徒当中以虔诚、保守及拥有土地而有些名气。其他不知道图尔斯家族的社群，也都听说过这个家族的奠基人，梵学家图尔斯。他属于第一批丧生于车祸中的人，还成了一首虽有不敬却极为流行的歌里的主人公。因此，对于很多局外人来说，他只是一个虚构出来的人物。但在印度教徒中间，梵学家图尔斯还有别的传言，有些带着浪漫色彩，有些则很恶俗。他在特立尼达创下的家业并不是靠做劳工挣来的，他当初以劳工的身份移民的缘由也一直是个谜。有的人曾经是犯罪团伙的成员，移民是为了逃避法律制裁。有的人是因为家族参与叛变，移民是为了躲避清洗。但是梵学家图尔斯不属于任何一种。他的家族在印度仍然很繁盛——一直有信件定时邮递过来——大家又了解到他的身份比绝大多数到特立尼达的印度人都高，这些人，比如拉各胡，比如阿扎德，几乎都和原来的家族失去了联系，也不知道能去哪个省份寻找他们的家族。而梵学家图尔斯在家乡享有的敬重在特立尼达得到了延续，而他也成为家族的绝对象征。有关这个家族的事情鲜有人知；外人只有在举行特定的宗教庆典时才有机会被请到哈奴曼大宅来。

毕司沃斯先生来到哈奴曼大宅给图尔斯商店画广告牌。在此之前，图尔斯太太的妹夫赛斯，一个蓄着胡须、气势逼人的高大男人，面试了毕司沃斯先生，面试很冗长。赛斯压低了毕司沃斯先生提出的价钱，声称毕司沃斯先生之所以能得到这份工作完全是因为他是个印度人；他又继续压低了一点价钱，说毕司沃斯先生应该为自己是印度教徒而感到幸运；他再次压低了价钱，表明他们并不是真的需要那些广告牌，只不过因为毕司沃斯先生是一个婆罗门，才会委托他做这份工作。

图尔斯商店令人失望。虽然从正面看似乎很大，但这只是掩盖了房间的梯形设计，里面也不深。因为没有窗户，只有前面的两扇门和后面的一扇门能够透光，后门打开后是一个隐蔽的庭院。厚度不均的墙壁凹凸不平，弯弯扭扭，商店里到处都是难看的布满蛛网的空荡夹角。同样粗劣的还有厚实而丑陋的柱子，柱子的数目令毕司沃斯先生郁闷，因为他承担下的工作除了画广告牌，还包括在所有的柱子上都画满广告。

他开始在后墙的上部画一幅巨大的广告。他在上面画了一杯没什么含义的潘趣酒①，显得喜气洋洋，颇为俏皮，和这个朴素的商店格格不入，这里的货物并未被陈列展示，仅仅是被杂乱地堆积在一起，店员们个个

---

① 潘趣酒，一种用酒、果汁、牛奶等调和的饮料。

无精打采，神色郁闷。

后来他惊讶地得知，这些店员们都是这个家族的成员。因此，他的目光不能像往常那样在那些未嫁的姑娘身上溜来溜去。所以，他尽量小心翼翼地在他工作的时候打量她们，并且认定其中最招人喜欢的是一个其他人唤作莎玛的大约十六岁的姑娘。她大约中等个头，苗条而结实，五官精致，虽然他不喜欢她的声音，但是她的微笑却让他着迷。他是如此神魂颠倒，以至于几天之后他想要做一件低级甚至可能是危险的事情——和她说话。但她的姐妹和姐夫们的在场令他望而却步，加上还有赛斯的突然造访，赛斯打扮得像一个种植园的监工头，而不是一位商店经理，外表令人生畏。毕司沃斯先生仍然以与日俱增的直白目光盯着她。当她发现的时候，他就掉转目光，忙着摆弄刷子，嘴唇做出一副似乎在轻轻吹口哨的样子。实际上他并不会吹口哨；他唯一能做到的是从他门牙的宽缝中把空气无声地挤压出来。

当有几次她回应他的注视时，他觉得他们之间似乎有了某种交流；于是，等到他在波各迪斯见到艾力克时——艾力克又回到阿扎德的车库里做事了，他当机械工并给公车刷广告——毕司沃斯先生说："我在阿佤克斯弄到了一个姑娘。"

艾力克表示祝贺。"就像我说的，这些事情往往在你最不在意的时候发生。你这么大惊小怪的干什么？"

几天之后，布罕戴德的大儿子说："穆罕，我听说你终于搞到了一个姑娘，伙计。"他神气活现的；他和一个异族女人私通并生了一个孩子的事已经无人不知；他因为这个孩子而且还是私生子而得意扬扬。

关于阿佤克斯姑娘的事情不胫而走，毕司沃斯先生在波各迪斯颇为风光了一阵，直到布罕戴德的小儿子，一个凸下巴、傲慢的男孩说："你知道，我觉得你是在撒一个弥天大谎。"

当毕司沃斯先生第二天到哈奴曼大宅的时候，他的口袋里装了一张他想要给莎玛的字条。她整个早晨都很忙碌，但是在中午之前，当商店因为午餐时间关门的时候，有一阵短暂的休息，她的柜台前没有人。他从梯子上下来，装模作样地吹着口哨。他做着毫不必要的工作，在那里反复地堆放他的颜料罐。然后他全神贯注，皱着眉头，在商店里走来走去，寻找着并不在那里的罐子。他经过莎玛的柜台，没有看她一眼，把纸条放到一匹布下面。字条皱巴巴的，有点脏，看上去很不起眼。但是她看见了。她看了看别处，微笑起来。那不是一个默契或者开心的微笑；那是一个告诉毕司沃斯先生他在自讨没趣的微笑。他觉得自己蠢透了，并寻思是不是应该拿回纸条并且立刻抛弃莎玛。

就在他迟疑的时候，一个肥硕的黑人妇女来到莎玛的柜台前要求买一双肉色的长筒袜，这在特立尼达的乡村相当流行。

莎玛依然微笑着，取下一个盒子，并拿出一双黑色的棉制长筒袜。"噢！"那女人的惊叹声响彻了整个商店。"你戏弄我？真是放肆，自以为是！"她开始咒骂。"戏弄我！"她把柜台上的盒子和布匹拉出来扔到地上，每当有东西散落在地板上时，她就叫喊着："戏弄我！"图尔斯家的一个女婿跑过来想要安抚她，被她一巴掌挡开。"老夫人在哪里？"她叫嚷着，尖叫着："妈呀！妈呀！"似乎承受了莫大的痛苦。

莎玛已经不再微笑了。恐惧确凿地写在她的脸上。毕司沃斯先生一点都没想去安慰她。她现在看起来就像一个小孩，这只使得他更为那张字条感到羞耻。那匹遮掩字条的布被扔到了地板上，纸条露了出来，落在被螺丝固定住的黄铜码尺那边。

他朝柜台走过去，却被那女人挥舞着的肥硕胳膊挡了回来。

随后，商店里一片寂静。那女人的胳膊停在那里。图尔斯太太穿过门口，出现在柜台的右边。她和塔拉一样挂满珠宝；虽然没有塔拉的活泼劲，却更加庄严；她的两腮虽然没有发胖，却已经松弛了，好似缺少运动一样。

毕司沃斯先生走回到他的刷子和颜料罐那里。

"是的,夫人。我想见你。"那女人因为愤怒而气喘吁吁。"我想见你。我要你好好教训一下那个孩子,夫人。我要你狠揍一顿你那个狂妄粗鲁的孩子。"

"好的。小姐。好的,"图尔斯太太那薄薄的嘴唇不停地张合,"告诉我发生了什么事。"她用一种缓慢却很标准的语调讲英语,这让毕司沃斯先生颇为吃惊,心里顿时充满了敬畏。然后她走到柜台后面,用手指摩挲着黄铜码尺。她的手指和她的脸一样,与其说是布满皱纹不如说是长满褶痕。她一面倾听着,一面用面纱的一角不时地压压蠕动的嘴唇。

毕司沃斯先生现在正忙于清理他的刷子,把它们擦干,打上肥皂让鬃毛柔软,他敢肯定图尔斯太太只是心不在焉地倾听着,而她的目光已经落在了那张写着"我爱你,我想要和你说话"的字条上。

图尔斯太太用印地语辱骂了莎玛几句,那些话很下流,震惊了毕司沃斯先生。那女人看上去平静下来了。图尔斯太太保证要严肃处理这件事情,而且免费送给那女人一双肉色长筒袜。那女人又开始重新讲述她的故事。图尔斯太太认为事情已经了结,再次说明她将免费赠送那双长筒袜。女人不慌不忙地讲完。然后她慢慢地走出商店,犹自喋喋不休,故作姿态地扭动着她那肥大的屁股。

字条现在到了图尔斯太太手中。她把字条拿得远远的,停在刚刚高于柜台的地方读着,隔着面纱轻拍嘴唇。

"莎玛,这是一件毫无廉耻的事情。"

"我没有想过要做这件事,妈妈。"莎玛说,泪水夺眶而出,像是一个将要被鞭打的女孩。

毕司沃斯先生的迷恋烟消云散。

图尔斯太太把面纱拉到下巴那儿,心不在焉地点点头,一直看着字条。

毕司沃斯先生从商店夺路而逃。他来到高街上宋夫人的大咖啡馆，点了沙丁鱼卷和一瓶汽水。沙丁鱼很干，洋葱的辛辣刺激着他，面包上的硬皮划破了他嘴唇里面的黏膜。他只好用他没有在字条上署名、因此可以否认字条是自己写的这个念头来安慰自己。

回到商店的时候，他决定装作什么都没有发生过的样子，并决意不再看莎玛一眼。他小心地准备好刷子开始工作。看见没有人注意他，他松了一口气；更让他感到安慰的是莎玛那天下午没在商店里出现。他心情轻松地在刷成石灰白的不均匀的柱子表面画了一只潘趣狗。在狗的下面他划了线并描出"便宜！便宜！"的字样。他把狗涂成红色，第一个"便宜！"涂成黑色，第二个涂成蓝色。他下了一两级梯子，又划了更多的线，在这些划线中他详细地说明了图尔斯商店提供的便宜货物，他采用嵌入法描出文字，把柱子的一部分涂成红色，这样留下的空白就成了石灰白色的文字。在红色带的顶部和底端他留出一些石灰白的小圆圈；他用红色的粗线条切入这些小圆，从而造成一种巨大的红色装饰板被悬在柱子上的效果；这是艾力克的一个设计。他全神贯注地工作了整个下午。莎玛那个下午再也没有露面，有那么一会儿他完全忘记了早晨发生的事情。

就在四点之前，在商店关门、毕司沃斯先生结束工作之时，赛斯来了，一副在田里劳作了一天的样子。他穿着满是泥泞的半筒靴，戴着一顶溅满污点的遮阳帽；在他汗津津的卡其布衬衣口袋里装着一本黑色记事簿和一个象牙色的烟嘴。他朝毕司沃斯先生走过来，用生硬的带着权威的口吻说："在你离开之前，老夫人想要见你。"

毕司沃斯先生对于他的口气感到十分不快，更让他心绪不宁的是赛斯讲的是英语。他什么也没说，在赛斯的监视下，从梯子上下来清洗了刷子，吹着他那无声的口哨。商店的前门被插上插销，上了门闩，图尔斯商店变得黑暗、温暖而安全。

他跟着赛斯穿过后门，来到那个潮湿阴郁的庭院，他从来没有来过这里。从这里看，图尔斯商店显得更加狭小：回头望去，他看到门口两侧各有一个真人大小的哈奴曼雕像，上着奇怪的颜色。穿过庭院有一座高大、古老而灰暗的木头房子，他猜这一定就是图尔斯家原先的房子了。在商店里看过去时，他从来没有怀疑过它的庞大；而在路上看去，它几乎完全被那座高大的水泥建筑遮挡了，两栋建筑由一座还没上漆、看上去很新的木桥相连，木桥遮蔽着庭院。

他们爬上一小段有裂缝的水泥台阶，来到木头房子的大厅。里面空无一人。赛斯说他要去洗个澡，留下毕司沃斯先生一个人在那里。大厅很宽敞，混合着烟熏味和旧木头的气味。淡绿色的油漆已经变得黯淡而肮脏，木头上有蛀虫啃啮的痕迹，因为啃啮而露出来的地方还很新。随后毕司沃斯先生又吃了一惊。走廊远处的尽头有一间厨房。厨房四周是泥墙。厨房比大厅低，看上去里面没有任何光线。门口就是漆黑的一团；煤烟布满四壁和正上方的屋顶；黑暗像填满了整个厨房的某种固体。

大厅里最惹人注目的家具是一张没有上光的油松木做的长桌子，木纹细密，带着小裂口。一张用甘蔗杆做成的吊床吊在屋子的一角。一台旧缝纫机、一把婴儿椅和一只黑色的饼干圆桶占据了另一个角落。四周散落着不相配的椅子、杌子和凳子，其中一个矮凳上雕着粗糙的花纹，是用西班牙榆木做成的，仍然保留着金黄色，表明是在婚礼上用过的。还有一些较为精致的家具——一个梳妆台，一张桌子，一架淹没在纸张、篮子和其他各种东西里面的钢琴，好像从来没有弹过一样，堵在楼梯平台的入口。在大厅的另一面有一个构筑奇特的阁楼，就好像一个从墙顶部拉出来的巨大抽屉。空余的地方黑黑的，落满灰尘，被各种毕司沃斯先生叫不上名字的物什塞得满满的。

他听见楼梯上吱吱作响，然后看见一条白色长裙和白色长衬裙在戴着银镯子的脚踝上飘动。是图尔斯太太。她缓缓地移动着；他从她的脸上看出她的下午是在床上度过的。图尔斯太太没有理会他的存在，她坐在一条凳子上，似乎已经很疲惫了，戴满首饰的胳膊放在桌子上。他看见她戴着光滑戒指的手上拿着字条。

"这是你写的？"

他尽量显出疑惑的样子。他死死地盯着字条，伸手去接。图尔斯太太抽回字条，然后举得高高的。

"那个？那不是我写的。我怎么会想到要写那个呢？"

"我之所以认为是你写的，是因为有人看见是你放下的字条。"

外面的寂静被打破了。院子一边的瓦楞铁皮篱笆上的高门被不停地用力关上，院子里到处都是放学回来的孩子们的脚步声和谈话声。他们经过房子的一边，汇集在那个突出的阁楼下形成的走廊里。有一个孩子在哭；另一个在解释他为什么哭；一个女人喊着安静。厨房里人声鼎沸。顿时，整个房子有了人气，挤满了人。

赛斯回到大厅里，他的半筒靴踩在地板上发出回响。他梳洗过了，没有戴帽子，夹杂着白发的头发湿漉漉的，梳理得很服帖。他在图尔斯太太对面的桌边坐下，往烟嘴里装上一支香烟。

"什么？"毕司沃斯先生说，"有人看见我放下的那个？"

赛斯笑起来。"这没有什么可害臊的。"他用嘴唇叼住烟嘴，从嘴角发出笑声。

毕司沃斯先生疑惑不解。如果他们接受了他的解释，并要求他不要再登他们的门，还更能让人理解。

"我认为我了解你的家族。"赛斯说。

外面走廊里和厨房里喧闹不断。一个女人从黑洞洞的过道里走进来，端着一个铜盘子和一个镶着蓝边的珐琅杯子。她把这些放到图尔斯太太的面前，一言不发，目不斜视，匆忙赶回黑乎乎的厨房。杯子里装着奶茶，盘子上放着甩饼和咖喱豆。另一个女人以同样恭恭敬敬的姿势给赛

斯端来相同的食物。毕司沃斯先生认出来那是莎玛的两个姐姐；她们的
衣着和举止表明她们都已经出嫁了。

图尔斯太太舀了一勺咖喱豆和一勺烤肉，对赛斯说："最好给他点
吃的？"

"你想吃点东西吗？"赛斯的口气听上去像是如果毕司沃斯先生真
想要吃东西的话，那就让人好笑了。

毕司沃斯先生厌恶他所看见的，摇了摇头。

"拉过那把椅子坐在这里。"图尔斯太太说，然后几乎没有提高声调
地叫着，"琴，给他端一杯茶来。"

"我了解你的家族，"赛斯重复说，"你父亲是谁来着？"

毕司沃斯先生回避了这个问题。"我是阿扎德的外甥，住在波各迪
斯。"

"当然。"赛斯娴熟地从烟嘴上取下香烟，扔到地板上，用半筒靴踩
灭了，从鼻孔和嘴里喷出烟来。"我知道阿扎德。我卖了不少地给他。
达罕古的地。"他朝着图尔斯太太说。

"哦，是的。"图尔斯太太继续吃着，把戴着戒指的手高高地举过盘子。

琴就是那个服侍图尔斯太太的人。她和莎玛长得很像，只是个头矮
一些，更胖一些，五官也没有莎玛姣好。她的面纱被端庄地撩到额头上，
但是当她给毕司沃斯先生端茶的时候，她用一种毫不掩饰的不屑目光瞪
着他。他试图这样回瞪她，但是太迟了；她已经转过身子光着脚轻快地
走了。他把高茶杯放在嘴唇边，缓缓地、动静很大地啜了一口，研究着
自己在茶里的倒影，同时琢磨着赛斯在这个家中的地位。

他听见另一个人走进客厅，便放下茶杯。这是一个高瘦的笑眯眯的
男人，穿了一身白衣服。他的脸被太阳晒黑了，手也很粗糙。他上气不
接下气地向赛斯汇报了各种牲口的情况，中间夹杂着很多叹息、笑声和
吞咽的声音。他看上去颇为急切地想要显示出疲惫的样子，并急于讨好

赛斯。赛斯显得很满意。琴从厨房里出来，跟着这个男人上楼去了；显然，他是她的丈夫。

毕司沃斯先生又啜了一口茶，研究自己的倒影，好奇是不是每对夫妇都有自己的房间；他还琢磨着那些孩子睡觉时是怎么安排的，那群孩子在外面走廊上吵嚷，尖叫，还有挨打（只是被母亲打吗？），还有些孩子在厨房的过道里偷偷窥视他，然后被戴着戒指的手拉开了。

"你是真心喜欢那孩子吗？"

有那么一会儿，毕司沃斯先生才反应过来，图尔斯太太的问题是对他提出来的，他那时正端着茶杯，又过了一会儿，他才明白"那孩子"指的是谁。

他觉得，如果他否认的话是非常不礼貌的。"是的，"他说，"我喜欢那孩子。"

图尔斯太太继续咀嚼着，没有说话。

赛斯说："我认识阿扎德。你想让我去找他说说吗？"

困惑、惊讶和恐惧同时朝毕司沃斯先生袭来。"那孩子，"他绝望地说，"那孩子怎么了？"

"那孩子怎么了？"赛斯说，"她是个好孩子，甚至还粗通文墨。"

"还粗通文墨……"毕司沃斯先生重复着，试图赢得一点时间。

赛斯咀嚼着，一边用右手灵巧地往嘴里送食物，一边用左手做了个让人打消念头的手势。"只认识一点点。就这么多。什么也不用担心。两三年之后她可能就会忘得一干二净了。"然后他发出一声浅笑。他戴着假牙，每当他咀嚼时假牙就啪啪作响。

"那孩子……"毕司沃斯先生说。

图尔斯太太盯着他。

"我的意思是，"毕司沃斯先生说，"那孩子知道了？"

"她什么也不知道。"赛斯带着安抚的口气说。

"我的意思是，"毕司沃斯先生说，"那孩子喜欢我吗？"

图尔斯太太看上去似乎不能理解。她一面咀嚼着食物，发出咯吱的响声，一面用另一只空闲的手举起毕司沃斯先生的字条说："怎么回事？你不喜欢那孩子吗？"

"喜欢，"毕司沃斯先生无助地说，"我喜欢那孩子。"

"这才是最主要的事情，"赛斯说，"我们可不想强迫你干任何事情。我们强迫你了吗？"

毕司沃斯先生沉默着。

赛斯又发出一声轻蔑的笑声，他朝嘴里灌了一口茶，然后把茶杯端离嘴边，在喝茶的空当咀嚼着，发出咔嗒咔嗒的声音。"呃，孩子，我们强迫你了吗？"

"没有，"毕司沃斯先生说，"你们没有强迫我。"

"那么，现在，你还在烦恼什么？"

图尔斯太太冲着毕司沃斯先生微笑着。"这可怜的孩子只是害羞。我知道。"

"我不是害羞，也不是烦恼，"毕司沃斯先生说，为自己语气中的强硬吓了一跳，继而便温和地说，"只是……那个，只是我没有钱来考虑结婚的事情。"

图尔斯太太变得严厉起来，就像他早晨在商店里看见她时那样。"那么你为什么写这个呢？"她挥动着字条。

"哈！别在意他的话，"赛斯说，"没有钱！阿扎德的家族，没有钱！"

毕司沃斯先生觉得解释是徒劳的。

图尔斯太太平静了一些。"如果你的父亲因为钱的问题而担心的话，他根本就不会结婚。"

赛斯严肃地点点头。

毕司沃斯先生对她所说的"你的父亲"一词迷惑不解。起初他以为她只是对赛斯一个人说的，但随后就明白这句话有着更深的警示含意。

女人们和孩子们探出脸，从厨房门口朝这里窥视着。

这个世界是如此狭小，而图尔斯家族是如此庞大。他觉得自己无处可逃。

在以后的岁月里，无论是在哈奴曼大宅，还是在矮山的房子，抑或是在西班牙港的住所，多少次，他栖身在房间里，他的孩子们睡在旁边的床上，莎玛，那个耍恶作剧的人，那个卖黑色棉制长筒袜的人，和其他的孩子一起睡在楼下，多少次，毕司沃斯先生懊悔自己在那个晚上的软弱和不善言辞！多少次，他试图使一切变得更加美好，更加顺理成章，少些荒唐！

那个傍晚最荒谬的事情还在后面。当他离开哈奴曼大宅返回波各迪斯的时候，他居然真真切切地感到兴高采烈！在那个宽大的、散发着霉味的客厅里，被煤烟熏黑的厨房在客厅的一端，客厅一边是被家具塞得满满的楼梯平台，另一边是布满蛛网的阁楼，他被赛斯和图尔斯太太以及所有图尔斯家的女人和孩子吓住了，他被制得服服帖帖；他们是如此陌生，看起来又如此咄咄逼人，他那时只想赶快逃离那座房子。但是他现在所感到的欣喜并不是因为这逃离，而是感觉到有大事将在他身上发生。他感觉到自己赢得了地位。

他沿着乡村路和东部大路走回家。沿路排满了房屋。这些一般是准备要建但是并未开工的房子，也没有上漆，房子通常只有一个框架，木头框架已经变成灰色并发霉，房子的主人住在一两间没有盖好的房间里。透过那些用木箱板、锡罐和帆布拼凑着隔开的未完工的小间，可以看见一家子的衣服晾在穿过住所的绳子上，就像节日彩旗一样；房子里看不见床，最多只能看见一两张桌椅，还有许多纸箱子。他每天两次经过这些房子，但那天晚上他似乎是第一次看见它们。就是在那个命中注定的早晨，他仅仅通过一次努力就使得他不至于像这些房子里的人那样失败。

当那天晚上艾力克带着善意打趣问"那姑娘怎么样了？"的时候，毕司沃斯先生开心地回答说："嗯，我见过她母亲了。"

艾力克目瞪口呆。"她母亲？你究竟在搞什么鬼？"

毕司沃斯先生所有的恐惧重新制住了他，但是他说："没关系。我心里有数。那是个好家庭，你知道。有钱，还有数不清的地。我再也不用刷广告牌了。"

艾力克看上去并不相信。"你怎么能这样快呢？"

"嗯，我看见了那个姑娘，你知道的。我看见了这个姑娘，而她也正在看我，我也在看她。于是我对她说了一些老套的甜言蜜语，我看出来她也喜欢我。嗯，长话短说，我要求见她的母亲。他们很有钱，你知道。有一座大房子。"

但是他很担心，并花了整个傍晚考虑他是否应该回到哈奴曼大宅去。他开始觉得那是他自己主动的，并不愿意承认他做了一件蠢事。不管怎样，那姑娘容貌姣好。而且嫁妆也会很丰厚。他只有用这些来平衡自己的恐惧和他不能向任何人说起的懊悔：他将永远不能拥有浪漫了，因为在哈奴曼大宅是没有浪漫可言的。

第二天早晨一切如常，他甚至怀疑自己的恐惧和懊悔是否真实，他觉得自己还是应该按照平常那样行事。

他回到图尔斯商店里，刷了一个柱子。

他被邀请到客厅吃午饭，午饭是盛在铜盘子里的隔夜小扁豆、菠菜和一团米饭。苍蝇在油松木桌子上新洒下的食物残渣周围嗡嗡作响。他不喜欢这些食物，也不喜欢在铜盘子里吃饭。图尔斯太太自己没有吃，而是坐在他旁边，盯着他的盘子，一面用手驱赶着在盘子上飞舞的苍蝇，一面和他说话。

有一会儿她指给他看阁楼下面的墙上挂着的一副镶框照片。照片的边缘和其他很多地方已经模糊了，照片上是一个留着胡子扎着包头巾的男人，穿着外套，缠着腰布，脖子上挂了一串珠子，前额上标记着种姓的印迹，他的左臂弯处靠着一把打开的雨伞。那是梵学家图尔斯。

"我们从来没有吵过嘴。比如说我想去西班牙港而他不想去，你觉得我们会因为这个吵架吗？不会。我们会坐下来讨论这件事情，他会说：'好吧，我们去。'或者我会说：'好吧，我们不去了。'这就是我们的方法，你知道的。"

她几乎变得伤感起来，而毕司沃斯先生试图在咀嚼的时候也保持庄重。他一面咀嚼，一面想自己是不是应该停止咀嚼；但是只要他一停下吃饭，图尔斯太太就停止说话。

"这座房子，"图尔斯太太说着，撺着鼻子，用面纱擦着眼睛，同时疲惫地挥动着手，"这座房子是他自己亲手建造的。你知道，这些墙根本不是水泥的。你知道这个吗？"

毕司沃斯先生继续吃着。

"它们看起来就像水泥的一样，是不是？"

"是的，它们看起来就像是水泥的。"

"每个人都看不出来那不是水泥造的。但是所有的人都错了。这些墙是用陶砖砌成的。陶砖。"她重复着，注视着毕司沃斯先生的盘子，等着他说点什么。

"陶砖！"他说，"我永远都不会想到这个。"

"陶砖。他亲手制成的每块砖。就在这里。在锡兰。"

"锡兰？"

"那是我们称呼后院的说法。你没有去过吗？一个很好的庭院。有很多开花的灌木。他很喜欢花的，你知道的。我们还保留着砖窑和其他一切东西。许多人都不知道这座房子。锡兰。你最好现在就开始知道这些名字。"她笑起来，而毕司沃斯先生感到一丝恐惧的刺痛。"后来，"她继续说道，"有一天他到西班牙港去，要给我们安排回印度的旅行。

只是一次旅行，你知道的。一辆车冲过来撞上了他，于是他就死了。死了。"她重复着，等着毕司沃斯先生的反应。

毕司沃斯先生赶紧咽下食物说："那一定是个不小的打击。"

"的确是个不小的打击。我们只有一个女儿出嫁了。两个儿子还在上学。而且我们没有钱，你知道的。"

这对毕司沃斯先生来说是个新闻。他为了掩饰内心的骚乱而低头盯着自己的盘子，用力咀嚼着。

"赛斯说，我也同意他的看法，如果父亲死了的话，无论嫁娶都不应该过于铺张。你知道的……"她举起戴满镯子的沉重手臂，做了一个笨拙的舞蹈姿势，她自己也觉得这个姿势很好笑，"敲锣打鼓跳舞啊什么的。我们不这样的。让那些爱出风头的人去做好了。你知道那些是什么人。打扮起来消磨时光。但是去看看他们是从什么地方出来的。你知道那些在乡村路上的房子。根本不算房子。没有家具。不，我们可不是这样的。那种铺张只适合像我这样守旧的人，不适合你。你觉得人们结婚的仪式很重要吗？"

"不是特别重要。"

"你有点像他。"

他随着她的目光朝墙上梵学家图尔斯的其他照片看去。其中有一幅是在摄影师工作室里的照片，背景是夕阳，一侧有棕榈树盆栽。另一张是他站立的照片，一个矮小的模糊人影在哈奴曼宅子的拱廊下面，远处的高街空荡荡的，只有一个破桶。因为靠近照相机的缘故，桶非常清晰。（怎么整条街都没有人呢？毕司沃斯先生寻思着。可能是在星期天的早晨，也可能他们用绳子把人群隔开了。）还有一张照片是他在栏杆后面。在每张照片里，他都拿着那把展开的雨伞。

"他要是在世会喜欢你的，"图尔斯太太说，"他要是知道你要和他的一个女儿结婚会很骄傲的。他不会介意你的工作或者钱。他总是说血统是最重要的。我只要看看你就知道你的血统很高贵。只要在婚姻登记处办一个简单的小仪式就够了。"

毕司沃斯先生发现自己已经同意了。

在哈奴曼大宅里，所有的事情看起来都简单合理。但是一来到外面，他就觉得头晕目眩。他还没有时间思考婚姻将要带给他什么问题。现在这些问题看起来大得很。他的母亲怎么办？他要到哪里住呢？他既没有钱也没有工作，刷广告牌对于一个和母亲住在一起的男孩来说算不错了，但是对一个成家的男人来说并不是一个稳定的职业。要想有房子他要先去找工作。他需要很多时间，虽然图尔斯家的人知道他的处境，但是他们没有给他任何时间。他认为他们已经决定给予比嫁妆更多的东西，比如他们可能会帮他找份工作或者是给他一座房子，或者两者都有。他想同赛斯与图尔斯太太商量这些事情，但是在结婚登记处登记完之后，他就再也没能见到他们。

在波各迪斯，他没有人可以诉说，因为单纯的羞耻感让他无法告诉塔拉、贝布蒂或者艾力克他要结婚了。在哈奴曼大宅里，在图尔斯太太的女儿女婿和孩子们的包围下，他有一种被吞没的、无足轻重的，甚至是害怕的感觉。也没有人特别注意他。有时候，在吃饭的时候，他也被算在其中；但是他没有一个妻子来关心他、服侍他，就像他看见莎玛的姐姐们服侍她们的丈夫那样：准备好餐具，问他要吃什么，正儿八经的关心。他很少能看见莎玛，即使在他看见她的时候，她也摆出一副对他视而不见的样子。

他从来没有想过退缩。他觉得自己无论在法律上还是道义上都必须负责任。有一天早晨，他告诉贝布蒂他因为工作要离家一段时间，他带了一些他的衣服搬进了哈奴曼大宅。他并没有完全撒谎：他认为他目前做的事情并非稳定可靠，也不会给他带来什么改变。日子过得稀松平常；

没有什么了不起的事情会发生在他身上。他知道自己不久之后就会回来，没有任何变化地回到后巷的家里。作为还要回来的保证，他在小屋里留下了他的大部分衣服和所有书籍；这也是他向贝布蒂撒谎会回来而做出的保证。

在婚姻登记处的简短仪式之后，就好像是小孩过家家似的，插在不同花瓶里的纸花摆在颇为正式的麦色桌子上，毕司沃斯先生和莎玛被安置在木头房子最高层的一个长屋里，他们只占据了房子的一部分。

现在他开始变得谨慎了。现在他开始想要逃跑。为了逃避最后的责任，他觉得还是不要把一切搞复杂。他没有拥抱她，也没有触碰她。他也不知道对一个没有和他说过只言片语的人该如何开口，他仍然能在她脸上看见那天早晨她在商店里给他的嘲讽微笑。为了避免受到诱惑，他没有看她一眼，当她离开房间之后，他长出了一口气。那天剩下的时间里，他把自己关在房间里，倾听着整栋房子里传出的喧闹声。

那天和以后的日子里，也没有人和他说起嫁妆、房子和工作的事情；他明白以后也不会有什么讨论的余地，因为赛斯和图尔斯太太认为还没有什么需要讨论的。图尔斯家的运作机制很简单。图尔斯太太只有一个仆人，一个被赛斯和图尔斯太太称作布莱吉的黑人妇女，其他的人都叫她布莱吉小姐。布莱吉小姐的职责很模糊，因为图尔斯太太的女儿们和她们的孩子们包揽了所有打扫、清洗、做饭和在商店里的工作。丈夫们在赛斯的监督下，在图尔斯的土地上劳作，看管图尔斯家的牲口，同时也在店里工作。作为工作的回报，他们有食物吃，有地方住，也有一点酬劳；他们的孩子也还有人看管；在外面，他们受到人们的尊敬，因为他们是和图尔斯家族联姻的。他们的名字已经被遗忘了，他们成为图尔斯家族的一部分。也有图尔斯家族的女儿们，因为运气好，嫁了有钱有势的丈夫；这些女儿们沿袭印度的习惯和丈夫住在一起，不算图尔斯家族的成员。

因为这个，毕司沃斯先生以为图尔斯家族对他青睐有加。但是当他看见图尔斯家怎样处理女儿的婚事时，他觉得奇怪，赛斯和图尔斯太太有什么必要一唱一和，花费那么大工夫诱使他结婚呢？

他们把莎玛嫁给他只不过是因为他出身正宗。就像他们把那个叫琴的女儿嫁给一个毫无文化的卖椰子的小贩一样。

毕司沃斯先生无钱无势。人们期望他成为图尔斯家族的一员。

他立刻就反抗了。

他假装不知道他们对他的期望，在完成了图尔斯商店的广告标牌之后，他认定逃跑的时机来临了，和莎玛一起，或者没有她也行。看来是不能带着她走的。他们仍然没有说话；而且，出于谨慎，他也不想在这间长屋里和她有什么关系。他毫不怀疑她是一个彻头彻尾的图尔斯家的人。因而当莎玛在客厅里，在姐妹、姐夫、妹夫和外甥们的围绕之下公开哭诉的时候，他为自己的谨慎感到庆幸，她说毕司沃斯先生结婚还不到两星期，就已经想方设法让她伤心了，而且还在家族里制造麻烦。

毕司沃斯先生在盛怒之下开始收拾行装。

"对，拿上你的衣服走吧，"莎玛说，"你来到这座房子的时候除了一条廉价的卡其布裤子和一件又脏又破的衬衣，什么也没有。"

他离开哈奴曼大宅，回到了波各迪斯。

他觉得自己没有什么改变，也没有结婚。他只不过是和别人打了一架，但是他把事情处理得很好并逃脱了。

但是，在波各迪斯，他发现他的婚姻并不是一个秘密。贝布蒂流着快乐的眼泪欢迎他。她说她早就知道他不会让她失望。她从来没有对他说过，但是她早就预感到他会入赘到一户好人家。现在她可以幸福地离开人间了。如果她活着，她的晚年也因此而舒心得多。毕司沃斯先生没有必要因为自己的这个秘密而自责；他也完全不用为她担心；他现在有自己的生活了。

第二天，贝布蒂不顾他的抗议，穿上最好的衣服去了阿伉克斯。回来之后，她对图尔斯太太的和蔼可亲、莎玛的谦恭有礼和哈奴曼大宅的华丽赞叹不已。

她描述了一栋他几乎不认识的房子。她说在客厅里有两张像荆棘一样高高的桃木椅子，镶着大理石面的桌子上放着盆栽棕榈树和种在一个大铜盆里的蕨类植物，她说客厅里还有宗教挂画以及很多印度雕像。她还描述了客厅上面的祷告厅，有着细长的柱子，就像一座寺庙：一间不高的、凉爽的白色屋子，除了中间的神祠之外没有任何多余的东西。

她只看见了用水泥或者应该说是用陶砖搭的房子的楼上。他没有告诉她，那些房子是给图尔斯太太、赛斯和图尔斯太太的两个年纪还轻的儿子住的，还有就是预备给来访的客人看的。他决定还是不提那个老旧的被图尔斯家称为"老木板房"的木头房子为妙。

他在后巷的家里躲了整整两天，不想见艾力克和布罕戴德的儿子们。

第三天，他觉得贝布蒂不能给他想要的安慰了，便起身去了塔拉家。他从边门进去。从牛圈里传来他所熟悉的傍晚的声音：在新铺上稻草的牛棚里，奶牛们缓慢地活动着，牛圈里沙沙作响。塔拉家厨房外面的后阳台闪耀着温暖的灯火。他听见有人在朗读，发出规律而低沉的声音。

他看见阿扎德在摇椅上缓缓地摇着，头朝后仰，他闭着眼睛，眼皮痛苦地跳动着，布罕戴德的小儿子正在给他朗读"你的身体"。

布罕戴德的儿子看见毕司沃斯先生之后就停止了朗读。他的眼睛因为戏谑而变得尖亮起来，翘下巴上展现的笑容不过是个冷笑。

阿扎德睁开了眼睛，发出一声带着恶意的愉快的尖叫。"已婚之人！"他用英语嚷道，"已婚之人！"

毕司沃斯先生微笑着，看上去腼腆不安。

"塔拉，塔拉，"阿扎德高叫着，"快来看看你这结婚的外甥。"

她神色严峻地从厨房里出来，拥抱了毕司沃斯先生，然后她哭了很长时间，以至于他在一种悲哀和失落中感到他的婚姻已经是个不争的事实，他已经无法改变的事实。她解开面纱打结的地方，拿出二十元的钞票给他，他推辞了一会儿，然后收下了。

"已婚之人！"阿扎德再次叫喊着。

塔拉把毕司沃斯先生带到厨房里给他弄饭吃。同时，在阳台上，布罕戴德的儿子继续朗读着"你的身体"，蛾子不断地扑打着油灯上的玻璃灯罩，她和毕司沃斯先生交谈着。她无法掩饰脸上和语气中的不快和失望，这使得他越发地对图尔斯家族感到怨恨。

"他们给了你多少嫁妆？"她问道。

"嫁妆？他们可没有那么传统。他们一分钱也没有给我。"

"登记了吗？"

他咬了一口腌渍的芒果片，点了点头。

"这就是现在的风俗，"塔拉说，"和大部分现代风俗一样，非常省钱。"

"他们甚至没有给我画的广告标牌付钱。"

"你没有要吗？"

"我要了。"他撒谎说，"但是你不知道那些人。"他羞于谈及图尔斯家的运作机制，只是说他画的广告可能被看作对这个家庭尽力的表现。

"你把这事交给我办好了。"塔拉说。

他的心沉了下去。他本来希望她能宣称他是自由的，说他不用回去了，而且要他忘记图尔斯一家和莎玛。

因此，当她到哈奴曼大宅去后声称带回了好消息时，他一点也不高兴。他不想一辈子在哈奴曼大宅住下去；塔拉说哈奴曼家决定尽快把他安排到一个叫"捕猎"的村子里的商店去工作。

他已经结婚了，除了死亡，什么也改变不了这样的事实。

"他们告诉我他们只是想帮助你成家，"塔拉说，"他们说你不想要任何嫁妆和铺张的婚礼，而他们也没有提出来，因为这是一个爱情的结合。"她的语气里带着责备。

"爱情的结合！"阿扎德叫起来，"拉比戴德，你听见了吗？"他在布罕戴德小儿子的腹部捣了一拳。"爱情的结合！"

拉比戴德露出嘲讽的笑容。

毕司沃斯先生愤怒而谴责地看着拉比戴德。他认为拉比戴德比其他任何人都应该对他的婚姻负责，他想说，就是因为拉比戴德的嘲弄才使得他给莎玛写了那张字条的。但是相反，他没有理会阿扎德哧哧的笑声和尖叫，而是说："爱情的结合？什么爱情的结合？他们在撒谎。"

塔拉疲惫而失望地说："他们给我看了一封情书。"她用英语说了那个字，听起来十分邪恶。

阿扎德再次尖叫起来。"情书！穆罕！"

布罕戴德的儿子继续冷笑着。

他们的心情似乎感染了塔拉。"图尔斯太太说她认为你想继续你的画广告牌的工作，图尔斯家就是最好的工作地。"她开始微笑起来，"现在一切都好了，孩子。你可以回到你妻子身边去了。"

她对"妻子"这两个字的强调刺伤了毕司沃斯先生。

"这回你可是让自己陷进一锅黏胶里拔不出来了，"她不无同情地补充说，"我本来已经给你安排好了。"

"我希望你能早点告诉我。"他说，没有任何嘲讽的意思。

"回去找你的妻子去吧。"阿扎德说。

他毫不理会阿扎德，用英语问塔拉："你喜欢她吗？"因为印地语听起来过于亲密，过分温柔。

塔拉耸耸肩膀，说这不关她的事情；这刺痛了毕司沃斯先生，因为这加剧了他的孤独感：如果塔拉对莎玛有好感，这多少会让一切都更好忍受一些。他想他应该表现出同样的漠然来，便回给阿扎德一个轻松的笑容，问塔拉："我看他们现在是不是已经对我怒不可遏了，嗯？"

他的语调激怒了塔拉。"怎么回事？你现在就已经害怕他们了吗，就和他们家其他男人一样？"

"害怕？没有。你知道我的。"

但是他好几天都拿不定主意回图尔斯家。他不知道他的权利是什么，也不相信那个捕猎村子里的商店。他只是怀疑他不会再回到后巷的家里了。于是当他打点行李的时候，他收拾了所有的东西，贝布蒂在一边一直淌着幸福的眼泪。等他骑车经过乡村路上那些没有完工的敞开的房子的时候，他琢磨着自己将在哈奴曼大宅那个封闭的正墙后面睡几个夜晚。

"什么？"莎玛用英语说，"你已经回来了？你在波各迪斯捉螃蟹捉烦了吗？"

虽然他预料到这次回来要面对风险和威胁，但被叫作最下三烂的捉螃蟹的人，实在是有些过了。

"我觉得我应该回来帮你在这里捉捉螃蟹。"毕司沃斯先生回答说，以此平息了大厅里所有的咯咯笑声。

除此之外再没有其他评论。他本以为迎接他的将是沉默、瞪视、敌意，或者可能是一点惧怕。他们的确都瞪视着他；但是屋子里的喧闹一如平常；惧怕当然只是他妄想出来的；而且他拿捏不准他们是否对他怀有敌意。他的回来只引起了他们短暂而轻浅的兴趣。没有人谈及他的离开和他的回来，赛斯没有，图尔斯太太也没有，他们两个就像从前他没有离开时一样，几乎根本不注意他。也没有人谈论贝布蒂和塔拉的来访。整栋房子过于拥挤，也过于喧哗，这些事情不足挂齿，因为他对他们来说无足轻重。现在他的身份已经一成不变了。他是一个惹麻烦的人，而且不忠诚，因此不值得他们信任。他软弱可欺并因此受到鄙薄。

他也没有打算再听到有关捕猎村商店的事情。他的确没有听说什么，他开始怀疑那个商店是否存在。他继续自己写广告牌的活计，并且尽可能地不在这座房子里待着。但是他在阿伛克斯没有什么名气，而且也很难找到工作。他整日闲荡着，直到他遇见一个和他一样没有固定工作的人，他叫作米瑟，是《特立尼达卫报》在阿伛克斯的新闻记者。他们一起谈论工作、印度教、印度和他们所尊敬的家族。

每天下午，毕司沃斯先生都不得不鼓起勇气返回哈奴曼大宅，虽然他推开大门之后不过一段很短的路程：穿过庭院，再穿过大厅，上楼，走过阳台，再穿过书房，然后就是他和别人合住的长屋。他在那里脱下长裤和背心，用一只胳膊肘支撑着躺在床上读书。他的长裤是贝布蒂用面口袋做的，很不合时宜。无论经过多少次清洗，裤子上面的字样仍然很醒目，甚至能看得清楚整个字体；裤子垂至膝盖，使他看上去更加瘦小。有关他裤子的事情很快就在孩子们中流传，但是毕司沃斯先生对于大厅里的耻笑和评论听之任之，也不顾莎玛的恳求，始终穿着这裤子招摇过市。

任何秘密都不能逃开孩子们的眼睛。一旦夜幕降临，在书房和楼上的阳台上到处是孩子们的床铺。傍晚快要过去的时候，更多的床铺被铺好，整个阳台挤满了睡觉的孩子。甚至连旧楼和水泥房子之间的木头桥上也挤满了睡觉的孩子。从木桥过去的地方被称作"新屋"，就是让贝布蒂钦羡不已的客厅。但是，即使房子的那部分不是专供赛斯、图尔斯太太以及她的两个儿子使用的，毕司沃斯先生也没有到那里去的兴趣。那是一间禁屋，里面陈设着巨大的铜罐和镶有大理石面的桌子，除了两把被贝布蒂形容为像帝王宝座的椅子，没有可以坐的地方。客厅里到处都是让人感到压抑的印度神像，沉重而又丑陋，那是梵学家图尔斯每次回印度时带回来的。"他一定是在哪个卖神像的店铺里批发来的。"毕司沃斯先生后来告诉莎玛说。在客厅上面是一个较大的隔断，是祷告厅，从客厅到祷告厅要上一截楼梯，楼梯如同轮船的升降扶梯一样陡峭。（据说是为了测试人是否虔诚，或者就是梵学家图尔斯——和岛上大多数盖房子的人一样——强加的自己赞同的观点。）在祷告厅里面没有任何家具，这当然是因为祷告厅的地面是神圣的，而他则觉得里面的熏香和檀香令人难以忍受。

就这样，他待在长屋里，被睡觉的人包围着。他所能拥有的空间十分窄小：这间长屋原来是阳台，阳台被封闭并分隔成卧室。他和莎玛把食物带到这里来吃，他蹲坐着，长裤褪到胯部，左手压在小腿和后大腿之间。在这些时候，莎玛就不再是他看见的那个在楼上的或者在整个图尔斯家人面前的莎玛，也不是那个图尔斯家派来的敌人了。她总是在一些微妙的地方，大部分是以她的沉默，来表示无论毕司沃斯先生怎样荒唐可笑，他还是她的丈夫，她必须要遵从命运给她的安排。但是他们之间仍然不友善。他们用英语交谈。她绝少过问他的工作，而他说话时也小心谨慎，以免日后落人把柄，虽然单凭羞耻，他就不会告诉她自己的微薄收入。

毕司沃斯先生只有在吃饭时才能借机报复图尔斯一家。

"那些小神们今天怎么样？"他会问。

他指的是她的弟弟们。年长的那个在西班牙港的罗马天主教教会中学读书，只在周末的时候才回家；年幼的正在准备考这所中学。在哈奴曼大宅里，他们和旧楼上的喧闹是不能混为一谈的。他们在客厅里起居并睡在客厅旁的卧室里；这些卧室一般都狭小而照明不足，墙壁却很坚实，那样的阴暗暗示着富有和隐秘。兄弟俩常在祷告厅里做礼拜。尽管年纪尚轻，但他们已经被归到赛斯和图尔斯太太那一类，他们的姐妹和姐夫妹夫们带着敬意传述他们的观点。为了对他们的学识有所帮助，家里最好的食物总是给他们准备的，尤其是一些补脑子的食物，鱼也是他们专享的。兄弟俩出现在大家面前的时候，总是神色严峻，有时甚至有些严厉。他们偶尔也会在商店里工作，坐在收银机附近，面前放着打开的课本。

"小神们怎么样，嗯？"

莎玛不做回答。

"那么今天大老板怎么样？"那说的是赛斯。

莎玛还是沉默不语。

"老皇后怎么样？"那是指图尔斯太太，"老母鸡？老母牛？"

"听着，没有人求你入赘到这个家里，你明白的。"

"家？家？你把这个该死的鸡飞狗跳的地方叫作家吗？"

说到这里，毕司沃斯先生拿起自己的铜水罐走到德麦拉拉窗户处，他在那里大声地漱着口，一面恣意地用卑鄙的字眼咒骂着整个图尔斯家，心里明白漱口的声音含混了他的咒骂，没有人能听见。然后他恶意地把漱口水吐到楼下的院子里。

"小心点，男人。厨房就在下面。"

"我知道。我就是希望能吐到你们家什么人身上。"

"依我看，你还是庆幸没有人愿意费那个功夫往你身上吐吧。"

住在一所挤满了人的房子里，却只能和一个人说话，这实在让他疲惫到了极点，于是几个星期之后，毕司沃斯先生开始寻找同盟。在哈奴曼大宅里关系错综复杂，而他对此知之甚少，但是他还是发现有两个要好的姐妹嫁了两个要好的丈夫，这两个要好的丈夫也让这两个姐妹变得要好。要好的姐妹之间谈论彼此丈夫的病恙，疾病的名称和治疗的办法使得这种谈论必须用英语进行。

"他最近总是背痛。"

"你应该用些鹿角精。他以前也有背痛的毛病。他吃过道得肾药、毕凯姆和卡特的小肝脏丸，还有其他数不清的药。但是只有鹿角精最后治愈了背痛。"

"他不喜欢鹿角精。他偏好斯罗恩搽剂和加拿大的康复油。"

"而他不喜欢斯罗恩搽剂。"

要好的姐妹俩为了保持她们友谊的私密，对彼此的孩子相当不客气，有时候甚至鞭打他们。当那个挨打的孩子在对母亲们之间的关系懵懂不知的情况下，跑来哭诉的时候，他的妈妈就会说这是他自找的。"我很高兴你的姨妈教训了你。她能让你安分守己。"然后被打的孩子的母亲就等着机会打另一个人的孩子。

在莎玛和琴之间有着显而易见的友谊，于是毕司沃斯先生决定从琴的丈夫开始寻找同盟。他就是那个从前卖椰子的小贩，名叫格温德。他身材高大、身体健美、相貌英俊，虽然并不起眼。毕司沃斯先生觉得一个如此相貌堂堂的人当一个卖椰子的小贩、并且还情愿在田里做体力活是一件不得体的事情。当赛斯出现的时候，毕司沃斯先生尤其为格温德感到难过。他那张英俊的面孔变得软弱不堪。他的眼睛眯缝着、闪动着、眼神游移不定；他结结巴巴地说话，吞咽着唾液，发出紧张而细微的笑声。等到赛斯走了之后，他坐在那张长油松木桌子跟前吃饭时，又变了一个人。他高谈阔论，喷着鼻息，叹息着，指责饭菜不好，仿佛急于表现出劳苦的工作让他饥不择食，同时又急于宣称他对于食物并不挑剔。

毕司沃斯先生认为格温德同样是个受害者，只是已被图尔斯家族降服，才变得这样卑躬屈膝。但是他忘记了自己一向被当作小丑和惹麻烦的人，还以为自己可以赢得格温德的支持。于是，有几个傍晚，格温德勉为其难地跟着毕司沃斯先生一起来到屋子外面，坐在拱廊下面，他不停地晃动着两条长腿，讪笑着，一面咂着嘴，一面用参差不齐的肮脏指甲剔着牙齿，看起来相当不自在。他们之间也没有什么可以谈的。女人当然不能成为谈论的对象，格温德也不喜欢谈论印度和印度教的事情。于是毕司沃斯先生只能和他谈论图尔斯家的人。他问及在赛斯手下干活怎么样。格温德说不错。他问他如何看待图尔斯太太。她也不错。她的两个儿子也不错。每个人都不错。于是毕司沃斯先生只好谈论工作的事情。格温德稍微感兴趣了点。

"你应该放弃那个写广告牌的活计。"有一天傍晚他说。让毕司沃斯先生感到惊讶和稍微不快的是，在所有人当中，居然是格温德给他提出建议，而且说得如此中肯。

"在田里他们需要好监工。"格温德说。

"放弃写广告牌？还有我的独立？不，伙计。我的格言是：独立自主。"毕司沃斯先生开始背诵在《贝尔的杰出演说家》中的一首诗。

"你怎么样？他们付你多少薪水？"

"他们付我的薪水足够了。"

"你是这么看。但是这些人都是吸血鬼，伙计。我宁可捉螃蟹卖椰子也不愿意给他们干活。"

提及他原来的职业，格温德发出不安的笑声，急躁地晃动着他的腿。

"我打赌你不会在田里看见小神们干活。"

"小神？"

于是毕司沃斯先生解释给他听。他解释了更多的事情。格温德讪笑着，啧啧地咂着嘴，不时地发出笑声，什么也没有说。

不久后的一个下午，莎玛给毕司沃斯先生送来食物的时候说："叔叔想要见你。"叔叔指的是赛斯。

"叔叔想要见我？见鬼，回去告诉你叔叔，如果他想要见我，他应该到这里来见我。"

莎玛严肃起来。"你最近在搞什么，又说了什么？你现在让所有的人都讨厌你。你不介意，我怎么办？你什么也给不了我，你还要阻止别人来照顾我。你只会说你要收拾东西离开这里，但是你只会说不会做。你有什么？"

"我他妈的什么也没有。但是我可不下去见什么叔叔。我可不像其他人一样，任他招之即来挥之即去。"

"你自己下楼告诉他。你说话的时候像个男人，你就要像个男人一样自己下楼去。"

"我不去。"

莎玛哭起来，毕司沃斯先生在床上穿上裤子。等到他下楼的时候，他的勇气开始消退，他不得不告诉自己，他是一个自由的人，随时都可以自由地离开这座房子。但在大厅里，他羞愧地听见自己说："什么事，叔叔？"

赛斯正在往他的象牙色长烟嘴里装一支香烟。烟嘴在毕司沃斯先生看来已经不是附庸风雅的表现，烟嘴的细腻同赛斯在田里干活穿的粗糙衣服，以及他没有刮过胡须的粗糙的脸也不再形成鲜明的对比：烟嘴已经成为他的一部分。毕司沃斯先生全神贯注地看着赛斯粗厚的、带着瘀伤的手指细致地活动着，感到大厅里挤满了人。但是没有人提高声音，絮语声、吃饭声，静默与遥远的混战声加剧了此时的沉默。

"穆罕，"赛斯最后说，"你在这里住了多久了？"

"两个月，叔叔。"他无法不注意到自己听起来和格温德有多么相似。

图尔斯太太也在，坐在长桌子边的一个凳子上。超乎寻常的是，两个神，那两个总是神情肃然的男孩子也在那里，坐在用糖袋做成的吊床上，脚放在地板上。

姐妹们在桌子的另外一头忙着服侍丈夫吃饭。她们和孩子们黑压压地挤在厨房的入口处。

"你吃得还不错吗？"

在赛斯面前，毕司沃斯先生觉得自己很渺小。赛斯的一切都很有魄力：稳重的举止，光滑的灰色头发，象牙色的烟嘴，隆起的结实前臂。他说完，抚摸着它们，看着汗毛弹回原来的位置。

"吃得不错？"毕司沃斯先生想到那些难以下咽的饭菜，想到他那因营养不良而隆起的腹部，还有他那很少得到满足的胃口。但是他说："是的，我吃得不错。"

"你知道是谁给你饭吃吗？"

毕司沃斯先生没有回答。

赛斯笑起来，把烟嘴从嘴里拿出来，用力咳嗽着。"你是一个成年人了。一个男人在成家之后，就不应该再期望别人给他饭吃。事实上，他应该供他的妻子吃喝。当我结婚之后，你以为我想要这个家的母亲给我饭吃吗？"

图尔斯太太在油松木桌子上抚弄着她戴着手镯的手臂，摇了摇头。

两个神神色肃穆。

"但是我听说你还不高兴待在这里。"

"我没有告诉任何人说我在这里不高兴。"

"我是大老板，嗯？妈妈是老皇后和老母鸡。这两个男孩是两个神，嗯？"

两个神表情严厉起来。

毕司沃斯先生从赛斯身上移开目光，朝别处看过去，十几张或更多张面孔立刻回避了他的视线。他看见格温德在较远的桌子一端和大家一起吃饭，笑眯眯地像个野蛮人似的吃着，对这样的审问显然无动于衷。琴弓着身子，遮着面纱，恭敬地站在他的旁边。

"嗯？"赛斯的语气里第一次显出了不耐烦，同时为了表达他的不高兴，他开始讲印地语："这就是你的感恩。你身无分文地来到这里，一个十足的陌生人。我们接受了你，让你娶了我们其中一个女儿，我们给你东西吃，给你地方住。你拒绝在店里帮忙，你也拒绝在田里干活。这也就算了。但是你还反过来侮辱我们！"

毕司沃斯先生从来没有想到事情会变成这样，他说："我很抱歉。"

图尔斯太太说："一个人怎么能够因为自己心里的想法而真正感到

抱歉呢？"

赛斯指着桌子一端吃饭的人说："你又给他们取了什么名字，嗯？"吃饭的人没有抬头，越发全神贯注地吃着。

毕司沃斯先生沉默着。

"哦，你没有给他们取名字。你只是给我、妈妈和两个男孩取了名字？"

"对不起。"

图尔斯太太说："一个人怎么能够因为……"

赛斯打断了她。"我们需要人手在地里工作，最好是找自家的人帮忙。但是你说什么？你要保持独立自主。看看他！"赛斯冲着大厅说，"独立自主的毕司沃斯。"

孩子们窃笑着；姐妹们把面纱拉到前额上；她们的丈夫一边吃饭，一边皱起眉头；小神们坐在吊床上，脚对着地板缓缓地摇晃着，他们怒气冲冲地瞪视着楼梯平台。

"这就是上梁不正下梁歪，"赛斯说，"他们告诉我，你父亲是个好水手。但是你那独立自主的念头给你带来了什么呢？"

毕司沃斯先生说："只不过是我对地里的工作根本不在行。"

"噢！只不过因为你能读书写字，就不愿意让泥土脏了你的手，嗯？看看我的手。"他展开的手指指甲并不平整，弯曲上翘，而且惊人地短。他长满汗毛的手背被擦伤了，颜色污浊；他的手掌坚硬，有些地方被磨得很光滑，有些地方被磨破了。

"你以为我就不能读书写字吗？我比他们所有的人都强。"他挥动一只手，指着那些姐妹们，以及她们的丈夫和孩子们；他冲着吊床上的神们张开另一只手掌，以示把他们排除在外。他的眼睛里露出调侃的神态，不时地松开咬着的烟嘴大笑起来。

"这两个男孩子又怎么你了，穆罕？这些神。"

那个年幼的神皱起眉头，一边把眼睛瞪得越来越大，直到眼神空洞茫然，一边想要抿住他那圆胖的小嘴唇。

"你以为他们也不会读书写字吗？"

"他们在商店里，"图尔斯太太说，"一边读书一边卖东西。一边读书吃饭一边卖东西。一边读书吃饭一边数着钱。他们不担心会把自己的手弄脏。"

他们可不担心钱会脏了手的。毕司沃斯先生在心里对她说。

年幼的神从吊床上下来说："如果他不愿意在田里干活，那是他的事情。这就是你的报应，妈妈。你挑选自己的女婿，他们对你的态度是你自找的。"

"坐下，欧华德。"图尔斯太太说。她转向赛斯说："这孩子就是脾气暴躁。"

"我不怪他，"赛斯说，"这些寻求自主的人会走开的，寻求独立自主，是不是那么回事，嗯，毕司沃斯？一旦麻烦来了，他们就会逃回这里来。赛斯就是在这里给人家侮辱的，给那些他想帮助的同一批人侮辱，比如你。我不介意。但是那不代表我觉得那孩子也应该不介意。"

年幼的神眉头越皱越紧。"不要以为我父亲去世了，那些吸榨我母亲血汗的人就可以叫她是母鸡。我要毕司沃斯向妈妈道歉。"

"道歉是空话，"图尔斯太太说，"什么也不能改变。我看不出为什么一个人会为自己心里的想法抱歉。"

一些懦弱的人能感知自己的懦弱并憎恨这样的懦弱，他们身上往往有某种特质，会在自己没有意识到的情况下突然爆发，使自己免于受到最后的侮辱。毕司沃斯先生刚才还认为自己对别人的辱骂是最没人性的忘恩负义，现在他突然暴跳如雷。

"你们所有的人都见鬼去吧！"他喊道，"我对你们这群该死的谁也不道歉！"

震惊甚至恐惧爬上了他们的脸。他意识到这是他应该清醒的时候了，于是转身跑上楼梯回到那间长屋，开始摔摔打打地收拾东西。

"你一点也不关心你给别人留下什么样的烂摊子，嗯？"

那是莎玛，她光着脚站在门口，面纱低垂在前额上，看上去就像那天早晨在商店里那样惊恐不安。

"家！家！"毕司沃斯先生嚷着。朝一个纸箱里装着自己的衣服和书——《自助自赎》、《贝尔的杰出演说家》、七大卷《霍金斯电学导论》，纸箱盖上印着炼乳罐的圆形印迹。

"我一分钟也不会在这里待。让那个该死的男孩那样和我说话！你对你其他的姐夫妹夫们也这样说话吗？"

他以惊人的速度收拾着东西，很快就弄好了。但是他的怒火逐渐消退，他认为这样快就离开这所房子未免显得他过于荒唐，就像一个刚出嫁而使性子的姑娘。他等着莎玛说点什么来重新点燃他的怒火，但是她一语不发。

"在我离开之前，"他说，一边打开那个以前装炼乳的纸箱重新收拾，"我要你去告诉大老板，他是这家里掌权的公牛，我要你去告诉他，他还欠着我给店里画广告牌的工钱呢。"

"你为什么不自己去对他说？"莎玛开始愤懑了，含泪欲滴。

他试图想象自己和赛斯要工钱的情形，但是他做不到。"你和所有的人，"他说，"别再招惹我。你以为我愿意和那人说话吗？你认识他很久了，他就像你的第二个父亲一样。你必须去和他说。"

"如果他问你要你欠他的呢？"

"我这就把你还给他。"

"你欠他的比他欠你的多。"

"他欠我的比我欠他的多。"

他们开始把这变成一场简单的斗嘴，这不但使他尚存的怒火一点不剩，甚至让他感到很兴奋，虽然还掺杂着一些不知接下去怎么办的迷茫。

在他还没有决定之前，琴和赛斯的妻子派德玛没有敲门就走了进来。琴哭哭啼啼的。派德玛祈求毕司沃斯先生看在家庭团结和家族名声的分上，不要一时意气用事。

这尤其使他觉得受了冒犯，他背对着琴和派德玛，在狭小的屋子里重重地踱着步子。

女人们的到来让莎玛转变了态度。她不再愤怒也不再哀求，相反显出一副殉难般的悲壮神情来。她僵直地坐在一张矮凳上，大拇指抵在下巴上，肘支在膝盖上，大睁着眼睛，直到眼睛睁到最大，眼神变得空洞，就像几分钟之前大厅里那个年幼的神一样。

"不要走，兄弟，"琴抽泣着说，"你的姐姐求你了。"她试图去抓他的脚踝。

他闪到一边，看上去茫然不解。

注意到他的困惑后，她又解释说："琴塔①求你了。"她用自己的名字来表示自己悲伤的真切和乞求的真诚。她开始号啕大哭。

琴塔到楼上来乞求，表明正是她丈夫格温德去向赛斯汇报了毕司沃斯先生背后的咒骂，同时她也宣告了格温德取得胜利。毕司沃斯先生知道，当丈夫之间有了冲突之后，安抚失败的丈夫往往是获胜一方的妻子的职责，失败一方的妻子的责任就是不显露任何愤怒，但要巧妙地暗示出她对双方的丈夫是同样感到不快的。莎玛在琴塔来了之后，就已经扮演了失败一方的妻子，开始了扮演这个艰难角色的值得赞扬的第一步。

没有什么办法可以反抗这样微妙的蒙羞。在那一刻前，毕司沃斯先生从来没觉得自己有敌人。人们只是对他很冷漠。但是现在他有了一个敌人，这个敌人已经公开宣战，他觉得不能退缩。

①琴（C.）是琴塔（Chinta）的昵称。

下决心之后，他觉得自己已经赢得了胜利。于是他以一个胜利者的姿态，慈悲地看着琴塔和派德玛。琴塔自顾自地抽泣着，用面纱轻拭着眼睛。他温和地对她说："你丈夫怎么不到《八卦周刊》去上班？他天生就是一个打小报告的人。"但是这丝毫不起作用，泪水依然从琴塔那闪闪发光的眼睛里泉涌而出。莎玛仍然殉教似的僵直着坐在那里，眼睛睁得大大的，叉开两条腿，裙子耷拉在膝盖上。"你究竟在那里装什么深沉呢，嗯？"毕司沃斯先生说。但是她没有听见。派德玛继续摆出一副疲惫但仍不失尊严的样子。他没有和她说话。她和图尔斯太太长得很像，只是更肥胖更苍老一些。她那菜色的病态肌肤油腻腻的，她一直在不停地扇着风，好像被体内的燥热折磨着。在她表述完第一次恳求之后，她就再也没有看毕司沃斯先生一眼，也没再搭理他。她看上去神态如常，也没有哭泣。她没有像琴塔那样激动，她已经完成过太多次这样的使命了，以至于对此无动于衷：在这座房子里没有哪个男人没有在此时或者彼时和赛斯争吵过。这时派德玛只是过来说完她的请求，然后就坐在那里，摆出一副病快快的样子来。她从来没有在大厅里或者其他任何地方表示她是站在赛斯一边的，或者显出对她那些外甥女的丈夫们的不满来，这使得她颇受尊敬，也让她成为一个不错的和事佬。

毕司沃斯先生不耐烦地厉声说："好啦好啦。擦干你的眼泪吧。我不走了。"

琴塔发出一声短促的高声啜泣，算是结束了她的眼泪。

"但是告诉他们别招惹我。就这样。"

派德玛一面叹息着，一面费力地病歪歪地站起来。她和琴塔沉默地离开了房间。

莎玛变得灵活起来。她的眼睛不再睁得那么大，手指也从下巴那儿放下来。她开始无声地啜泣，身体松懈柔软起来，这使得毕司沃斯先生感到有趣，但同时也激怒了他。她的手臂变得滚圆，她的肩膀也没有那么紧张了，而是低垂下来；她弓起脊背；她的眼神一点一点柔和起来，直到眼睛里充满了泪水；她的手腕像折断似的耷拉在膝盖上；她的双手松散地下垂着；而她细长的手指没有生气地摆动着，仿佛关节处被折断了。

"真是冤家，"毕司沃斯先生说，"真是冤家！"

出于对格温德的失望，毕司沃斯先生开始在他以前所忽视的那些姐夫妹夫们身上搜寻长处。其中一个叫哈瑞的，个子高大，脸色苍白，沉默寡言。他大部分时间都在长桌子边待着，慢吞吞、机械却又利落地扒着那一堆米饭，他怀孕的妻子在一边照看着他。他在厕所里磨蹭的时间更长，这使得人人都害怕他。"当哈瑞上厕所时，他们应该摇铃示警，"毕司沃斯先生对莎玛说，"就像他们要断水的时候摇铃一样。"哈瑞是病人，这在哈奴曼大宅已经成为不争的事实；他的妻子带着悲痛和自豪讲述着不同的医生对他做出的可怕诊断。他看上去比任何人都更不适合于地里劳作。很难想象以他这样细柔的声音可以支唤劳工，可以责备他们偷懒，或者呵斥劳工之间的争吵。他实际上是一个梵学家，受过专门的训练，他也爱好这个。当他换下在地里劳作的衣服，扎上腰布，然后坐在楼上的阳台上阅读一本巨大而笨重的印地语书时，他看上去比任何时候都舒心。那本书搁在一个漂亮的克什米尔阅书架上。当两个神不在的时候，他就会做礼拜，还不时地给一些亲朋好友举办宗教仪式。他谁也不得罪，谁也不讨好，只沉迷于他的疾病、食物和宗教书籍当中。

在他不劳作的空闲时间里，他不是在阳台上阅读就是待在厕所里。除此之外，他几乎没有什么剩余时间，而只有在长桌子跟前吃饭的时候，别人才能接近他。但交谈还是很困难。因为哈瑞相信每一口饭应该咀嚼四十次，他吃饭的时候动静很大，而且非常专心致志。

有一天晚上，毕司沃斯先生坐到哈瑞旁边，哈瑞若有所思地瞟了他一眼，他的妻子则狐疑地盯着毕司沃斯先生。毕司沃斯先生耐心地等着哈瑞把满嘴的食物嚼得稀烂，然后迅速地问：

"你怎么看待雅利安教徒？"

他指的是从印度来传教的印度教新教的传教士，他们宣扬说种姓无关紧要，印度教应该接受皈依者，神像崇拜应该被取缔，妇女应该受教育，他们宣扬的教义和图尔斯家族所虔诚信奉的传统教义格格不入。

"你怎么看待雅利安教徒？"毕司沃斯先生问道。

"雅利安教徒？"哈瑞说，又开始吃另一口饭。他的语气显示出这是一个喜好恶作剧的人问的愚蠢问题。

哈瑞的妻子显出愤怒的神色。

"是的，"毕司沃斯先生说，绝望地填补说话间隙，"雅利安人。"

"我觉得他们不怎么样。"哈瑞咬了一口辣椒，露出尖细的老鼠牙一样的小白牙齿，与他的高大和行动迟缓形成惊人的反差。"我听说，"他继续说，语气里完全是戏谑和责备，"你一直在努力研究他们。"

毕司沃斯先生几乎皈依了雅利安人宣扬的新教。

那个叫米瑟的闲散记者怂恿他去听番克耶·瑞的演讲。"你知道，他和任何一个没有受过教育的特立尼达梵学家都不一样。"米瑟说，"番克耶取得了学士学位，而且是个法学学士。这人是一个真正的雄辩家。一个纯化论者，伙计。"毕司沃斯先生没有问什么是纯化论者，但是听见米瑟满怀敬意地说出这个字眼的时候，它对他来说便充满了魅力，不但蕴含着纯粹和尽善尽美，而且带着高雅和教养的含义。

还有一个让他动心的理由是：集会的地点是耐斯家族的家里。耐斯家族拥有土地和一家肥皂厂，是图尔斯家族在阿佤克斯最主要的竞争对手。在耐斯家族和图尔斯家族之间有一种由来已久的敌意，就像伊斯兰教和印度教之间毋庸置疑的敌意一样。当耐斯家新建了一栋具有西班牙港现代风格的新房子之后，两家的敌意便越发尖锐起来。

当毕司沃斯先生看见番克耶的时候，他想：纯化论者。这人是个纯化论者。番克耶穿一件紧身的黑色长印度外套，风度优雅；当他和毕司沃斯先生握手的时候，毕司沃斯先生立刻被他的亲切征服了，同时得意地发现番克耶·瑞不但和他一样矮小，还同样有一个丑陋的鼻子。他还有极为沉重的松弛眼皮，这使得他看上去既可能滑稽又可能凶狠，既可能仁慈和蔼又可能傲慢不可一世。他们寒暄了几句，针砭时政，这使得番克耶在开始抨击宣扬传统的印度教教义之前，尤其能够给人留下深刻的印象。他缓缓地说着，并不张扬，似乎在说每个词之前都预先品味一遍，正如一个优秀的纯化论者。更让毕司沃斯先生耳目一新的是，原来平平常常的词语在连成句子之后会有那样的均衡和美感。他发现自己同意番克耶·瑞所说的一切：在几千年来的宗教中，神像是对人类智慧和对上帝的侮辱；一个人的出身不是很重要；一个人的种姓应该只以他的行为来决定。

在演讲完之后，番克耶·瑞分发了几本他写的书，《改革是唯一途径》，毕司沃斯先生请求给他的书签名。番克耶·瑞不但签了名，还写了更多的东西。他写上了毕司沃斯先生的名字，称呼他为"亲爱的朋友"。在题名下面，毕司沃斯先生写道："赠予穆罕·毕司沃斯，他亲爱的朋友番克耶·瑞，学士兼法学双学士。"

他回到哈奴曼大宅的时候给莎玛看了这本书和上面的题名。

"你爱干什么就干什么吧。"莎玛说。

"让我听听你们怎么反对他。你们这些人声称自己出身于高贵的种姓。但是你以为番克耶·瑞会这样认为吗？让我瞧瞧。我寻思着番克耶·瑞会把那头大牛放在什么位置，哈！和母牛们在一起。让他当一个牧牛工。不行，那可是个不错的工作。"他想起来他自己的放牛生活，"最好让他当一个制皮革的人，整天剥死畜生的皮。没错，就是这个。大牛是和制皮革的人一个种姓的。那两个神呢？你觉得番克耶·瑞会把他们归在哪一类？"

"和你把你哥哥归的类一样。"

"清道夫？小洗衣工人？理发师？对，小理发师。番克耶只要一看见他们就会觉得他应该理发了。还有你妈妈呢？"他停顿了一下，"莎——玛！我想到了。番克耶会说你妈妈根本就不是印度教徒！我的意思是，看看事实吧。让她最心爱的女儿在婚姻登记处结婚。送她的两个小理发师到罗马天主教教会中学读书。只要番克耶看见你妈妈，他就马上会画十字。罗马天主教徒，那就是她！"

"你干吗不闭嘴。"莎玛试图显得轻松一些，但是他看出她生气了。

"罗-马-天-主-教-徒！罗马猫，巫婆。你以为她能蒙骗番克耶？番克耶给你们这些妇女带来希望的信息，他说印度教徒应该接受皈依的人，并且对她们一视同仁，他还说不必出身高贵才能成为高贵的种姓。希望的信息，伙计。怎么样？你妈妈控制着男人，什么时候她才能露出该死的感恩的样子来，拜倒在男人的脚下。感恩戴德，嗯？"

"我只希望这个叫什么番克耶·瑞的人立刻来把你从这个黏胶锅里弄出去，这可是你自己跳进来的。去吧。"

"莎玛。"

"你干吗不卷起你那小尾巴睡觉去。"

"莎玛，我们还有一个问题，姑娘。你以为任何一个好的印度教徒都会和一个信罗马天主教的姑娘结婚吗，如果他真的是一个好印度教徒的话？莎玛，你猜怎么着？在我看来，你们整个一大家子只不过是一群出身卑贱的人。"

"你早就该知道的。你自己入赘进来的。"

"入赘进来的？哈！你以为那样我会高兴吗？我看起来是高兴吗？"

"你干吗要看起来高兴呢？你应该愁眉苦脸才对。你一生里第一次每天有三顿饱饭吃。依我说，你就是吃饱了撑的。"

"我看你的意思是说我饿得慌吧。我在这所房子里吃得最多的就是苏打粉和水。"

他把一只脚抵在墙上，用大脚趾沿着墙上一朵褪色的莲花图案画着圆圈。

他本来想和哈瑞较为严肃地讨论一下雅利安教徒的事情。他以为哈瑞和梵学家杰拉姆以及其他一些梵学家一样喜欢辩论。但是在长桌子处的哈瑞始终阴沉着脸，他的妻子则是一副惊骇的样子，于是毕司沃斯先生撇下他和那堆食物走了。

当哈瑞换了衣服，坐在楼上的阳台上，阴郁地哼着圣书上的经文的时候，自尊心受伤的毕司沃斯先生急于挑起点事端，便把那本《改革是唯一途径》拿出来显摆，指给哈瑞看上面的题词。哈瑞迅速地瞟了一眼那本书，然后说："嗯。"

受了哈瑞的打击之后，毕司沃斯先生决定还是不同其他连襟们传述这希望的信息，因为他们还不及哈瑞聪明，脾气也暴躁得多。

一个礼拜之后，赛斯在大厅里遇见毕司沃斯先生，他大笑着说："你那个亲爱的朋友番克耶·瑞怎么样了？"

"你问我干什么？"毕司沃斯先生几乎总是在哈奴曼大宅里说英语，即使对方说印地语。这已经成为他的原则之一。"你怎么不去问问哈瑞，那个空想家？"

"你知道最近瑞被关进监狱了吗？"

"有的人什么话都乱说。"但毕司沃斯先生还是被有关这个纯化论者的消息弄得心烦意乱。

"这些雅利安人总是在谈论女人的一切，"赛斯说，"你知道为什么吗，他们不过就是想抬高她们，然后好玩弄她们。你知道瑞骚扰耐斯家的一个媳妇吗？于是他们叫他离开。但是，在他离开之后，他们发现丢了很多东西。"

"但是这人是个学士。"

"还是法学学士呢。我知道。就是让我的曾祖母和一个雅利安人在一起我也不放心。"

"那是圈套。那人是个很好的朋友。一个纯化论者。番克耶不会做出这样的事。你没有听过他演讲，所以你不放心。"

"但是耐斯的儿媳妇听过。她可不喜欢她听到的东西。"

"丑闻，丑闻。你们这些泥坑里的萨纳坦主义者就是喜欢挖掘丑闻。"

"要是按照我的办法，非把所有这些雅利安人给阉了不可。他们让你皈依了吗？"

"这是我自己的事情。"

"我听说他们叫一些克里奥尔人皈依了。你的兄弟们，穆罕！"

在阳台上，毕司沃斯先生看见哈瑞穿着背心，缠着腰布，挂着念珠，正在读书。

"你好啊，梵学家！"毕司沃斯先生说。

哈瑞面无表情地盯了毕司沃斯先生一会儿，继续读他的书。

毕司沃斯先生经过一扇上面装着五彩长方形窗格玻璃的门，来到书房。在这里，靠着一面墙，放着一个书架，上面挤满了哈瑞研究的宗教文学的书。只有少数书是装订好的，大部分书只不过是一摞摞松散的大书页，书页四周镶着棕色的边，看上去不像是印上去的，倒像是污迹晕染的。每一页上都有上面一页和下面一页留下的部分印痕；墨迹已经变成黄褐色；每个字母周围都有一圈油迹。

毕司沃斯先生转身回到阳台上。他将头顶在一块明亮的蓝色玻璃那儿，冲着下面阳台上的哈瑞压低声音说："你好，上帝先生。"

哈瑞哼唱着，没有听见他的话。

"我给你的一个姐夫也起了个名字。"那天傍晚的时候他告诉莎玛。他躺在毯子上，右脚搁在左腿上，用手撕扯着大脚趾上一片断裂的指甲。"便秘的圣人。"

"哈瑞吗？"她说，挺起身子来，意识到她也已经加入了这场游戏。

他拍打着自己黄色的松弛小腿，然后用手指按压着皮肉。小腿像海绵一样凹陷下去。

她把他的手推开。"别这样。我就见不得你做这个动作。你应该感到害臊，像你这样年轻的一个男人皮肉这样松软。"

"这就是我在这个地方整天吃那些糟糕食物的结果。"他仍然拉着她的手，"嗯，实际上，我给他起了不少名字呢。圣灵。你觉得怎么样？"

"男人！"

"两个神怎么办？你有没有发现他们长得像两只猴子？这样，屋外有一个水泥的猴子神，还有两个住在家里的猴子。就叫这个地方猴子窝得了。嗯，猴子，牛，母牛，母鸡。这个地方就像一个该死的动物园，伙计。"

"那么你呢？一条只会汪汪乱叫自鸣得意的狗？"

"人类最好的朋友。"他朝上踢腿，他那细瘦松弛的小腿颤动着。他一面继续踢着小腿，一面用手在上面按压着。

"别再做这个动作！"

这时候莎玛的头已经枕在他松软的胳膊上，他们并排躺在一起。

因为放弃了和所有连襟的交往，毕司沃斯先生只有去耐斯家和那里的雅利安教徒为伍。番克耶·瑞已经不和他们在一起了，也没有人愿意谈起他。另一个人替代了他的位置，他自称是一个学士（还是个教授），名叫施乌乐乾。他不是一个纯化论者。他讲华而不实的印地语和极少的英语，而且他对于米瑟的欺凌始终逆来顺受。米瑟热衷于讨论和决议。

在他的引导下，他们通过了一些决议，比如教育是重要的，比如娃娃亲应该取缔，还有年轻人应该婚姻自主。

米瑟一向以自己父母的婚姻为耻，他说："现在都是父母包办婚姻。"

（毕司沃斯先生很欣赏米瑟用的这些词语。那天傍晚他对莎玛说："这就是你们家给你的一切。让你们所有的人都包办结婚。"

"别以为我不知道你是从哪里学来的，继续说呀。"）

"看看我，"米瑟说，"从包办婚姻里得到些什么。你怎么样，穆罕？你对那包办婚姻感到高兴吗？"

"事实上，"毕司沃斯先生说，"我可不是包办婚姻。我先看中那姑娘的。"

"你的意思是说他们让你先见了那姑娘吗？"米瑟心中残留的循规蹈矩的本能显然使他感到愤怒。

"嗯，她就在那里，你知道，在商店里，卖布卖袜子卖缎带。我看见她了，然后……"

"然后就神魂颠倒？"

"嗯，不完全是这样。以后的事情就顺理成章了。"

"我不知道，"米瑟说，"不过，一切都是你自愿的。不管怎么说，我觉得我们的结论是我们应该反对包办婚姻。"

"我们是可以得出这样的结论。"

"现在，我们怎样才能让大家知道我们的观点呢？"米瑟说，毕司沃斯先生注意到米瑟的举止越来越像番克耶·瑞了。"我建议用说服的办法。"

"和平的说服。"施乌乐乾说。

"和平的说服。就像穆罕默德一样。从小处开始。从你自己的家庭开始，先从你的妻子开始。然后继续前进。我要这里的每个人今天晚上回家去，决心把这些话传达给他的邻居。我向你们保证，我的朋友们，过不了多久，阿佤克斯就会成为雅利安教的大本营。"

"等一等，"毕司沃斯先生说，"从你自己的家庭开始？你可不知道我的家庭是什么样的。我看还是最好把他们排除在外。"

"你可真有意思，"米瑟说，"你想要说服三亿印度教徒皈依雅利安教，但却被一个小小的落后的只会拘泥于书本的土包子家庭吓破了胆。"

"我告诉你，伙计。你不了解我的家庭。"

"好吧，"米瑟说，他没有那么兴致勃勃了，"如果说和平的说服不能奏效。只是说如果。你们有什么建议，我的朋友们？我们要通过什么手段才能得到我们如此渴望的皈依呢？"最后这两句是番克耶·瑞在演讲的时候说过的。

"用武力解决，"毕司沃斯先生说，"改变信仰的唯一办法是武力。"

"我也是这样认为的。"米瑟说。

"等一下，先生们，"施乌乐乾——这名教授说着，一面站起来，"你们摒弃了非暴力的教义。你们意识到这一点了吗？"

"只是短期的摒弃，"米瑟不耐烦地说，"极短极短的时间。"

施乌乐乾坐下了。

"那么我认为，我们可以得出这样的决议，即和平的说服之后是用武力改变信仰。怎么样？"

"我同意。"毕司沃斯先生说。

"我看这可以写一篇很好的报道，"米瑟说，"我要马上给《特立尼达卫报》打电话报道这件事情。"

第二天，在《特立尼达卫报》的本地版上，有一则大约两英寸长的消息，报道了阿佤克斯的雅利安社团（简称为 AAA）的活动。消息上提及了毕司沃斯先生的名字和住址。

他在大厅的长桌子上留了一份打开的并做了标记的报纸。于是那个傍晚，当他阅读《改革是唯一途径》时，莎玛上楼来告诉他赛斯想要见他。毕司沃斯先生也没有争辩，他一面无声地吹着他的口哨，一面穿上裤子跑下楼去面对这场家庭审判。

"我看见你的名字登报了。"赛斯说。

毕司沃斯先生耸耸肩膀。

两个神坐在吊床上缓缓地摇晃着，皱着眉头。

"你想要干什么？想要家族蒙羞吗？这两个孩子还在上天主教教会中学。你以为这种事情会对他们有什么好处吗？"

两个神露出受伤的样子。

"忌妒，"毕司沃斯先生说，"每个人都只是忌妒我。"

"你有什么值得他们忌妒的？"图尔斯太太问道。

年龄大一点的神站起来，泪流满面地说："我不会坐在吊床上眼看着这个家里的某个人或者是任何人来侮辱我。这都是你不好，妈妈。这是你女婿。你把他们带到这个家里就是为了让他们吃光我父亲的钱财，然后侮辱你的儿子们。"

这是一个严肃的控诉，图尔斯太太把男孩抱在怀里拥着他，用面纱替他拭干眼泪。

"这没什么，孩子。"赛斯说，"有我在这里照看你呢。"他转向毕司沃斯先生。"好了，"他用英语说，"你也看见你都惹出什么事情了。你就是想给这个家族招惹麻烦，你想让他们都进监狱。他们养着你，你却想让我和孩子他妈进监狱。你想看着这两个没有父亲的孩子一辈子不能受教育。所有的一切都无所谓。这个房子已经是一个共和国了。"

姐妹们和姐妹夫们陷入沉痛的忏悔之中。赛斯无缘无故地提及共和国是对他们所有人的指责；那意味着毕司沃斯先生的行为牵连了其他女婿，他们一起不被信任了。

"就是说，"赛斯继续说，"你想让女孩子们都受到教育，再自己选丈夫，嗯？就像你姐姐那样？"

姐妹们和她们的丈夫们松了一口气。

毕司沃斯先生说："我姐姐比这里的哪个人都好，而且她最好离这儿远远的。还要说明的是，她住的房子比这个不知道要干净多少倍。"

赛斯把胳膊肘放到桌子上，带着悲哀的神情抽着烟，一面低头看着他的半筒靴。"黑暗的时代，"他用印地语说，"黑暗的时代终于来了。姐姐，我们接收了一条毒蛇。这是我的错。你怪罪我好了。"

"我没有要求留在这里，你知道的，"毕司沃斯先生说，"我也相信传统。是你让我和你的女儿结婚的，你保证说要做这个做那个。但是目前为止，我什么也没有得到。等到你哪天把你答应给我的给了我，我就走。"

"就是说你想要女孩子们学习读书写字然后自己找男朋友？你想看见她们穿短袍子？"

"我可从来没有说过什么短袍子。我说的是你答应我的事情。"

"短袍子。还有情书。情书！你还记得你给莎玛写的情书吗？"

莎玛咯咯地笑起来。姐妹们和她们的丈夫们没有那么紧张了，也咯咯地笑起来。图尔斯太太爆发出一阵短促的大笑。只有两个神仍然神情严峻；但是图尔斯太太仍然抱着较大的那个神，哄着他露出了一丝笑容。

就这样，这场遭遇战输了。毕司沃斯先生不但没有丝毫沮丧，相反，他相当愉快。他毫不怀疑在他和图尔斯一家的斗争中——他认为这是斗争——他正在获得胜利。

雅利安社团获得了意想不到的支持。

社团引起了维尔太太的注意，她是一个小甘蔗园主的妻子。她给劳工的工钱并不多，但却因为她对宗教的热爱和她对劳工精神信仰的关注而赢得了他们的尊敬。她的大部分劳工都是印度教徒，而她尤其热衷于印度教。谣传说她的目标是最后让所有的印度教徒皈依，但是米瑟否认了这一说法。他说是他完全让她改变了信仰。她的确到雅利安教徒的集会上去过。她还邀请一些雅利安教徒到她家里喝茶。毕司沃斯先生、米瑟、施乌乐乾，还有另外两个人去了。米瑟滔滔不绝。维尔太太聆听着，从来没有发表过异议。米瑟送给她一些书和小册子。维尔太太说她盼望能早日阅读这样的书。就在他们告辞之前，维尔太太赠送给每个人一本马可·奥勒留的《沉思录》、爱比克泰德的《论说集》和许多其他小册子。

在此之后的许多天里，哈奴曼大宅到处都能见到一个名不见经传的基督教派的宣传品。维尔太太的书出现在长桌子上、图尔斯商店里、厨房里，以及卧室里。一张宗教画被钉在一个厕所的门内侧。当一个小册子被放在祷告厅的神龛上时，赛斯把毕司沃斯先生叫来，对他说："你下一步就要给孩子们教赞美诗了。我不明白为什么有人会曾经想要让你成为一个梵学家。"

毕司沃斯先生说："是这样的，自从我到这个家之后，我发现要想成为一个好的印度教徒，必须先成为一个好的罗马天主教徒。"

年长的神感到自己受到了攻击，从吊床上下来，已经做出要哭的样子来。

"看看他，"毕司沃斯先生说，"不可一世的小孩子。我敢说当他把手伸进衬衣的时候，他就能拽出一个十字架来。"

年长的神的确戴了一个十字架。在这个家里它被认为是超凡理想的护身符。年长的神还带了很多其他的护身符，据说这是因为贵人应该受到万无一失的保护。在考试周来临前的那个星期天，图尔斯太太用哈瑞贡献的圣水给他洗澡，然后把他的脚泡在薰衣草水里，还要给他喝一杯英国产的浓烈的吉尼斯黑啤酒，这样当他离开哈奴曼大宅时，他就成了一个令人敬畏的人，身上挂满十字架、圣环和珠子，一个神秘的熏香小袋，还有一些古怪的臂环与圣币，每个裤子口袋里都装有一个酸橙。

"你声称自己是印度教徒吗？"毕司沃斯先生说。

莎玛试图制止他。

年幼的神从吊床上站起来，重重地跺脚。

"我不会坐在这个吊床上眼睁睁看着我的哥哥受到侮辱。妈，你不在意吗？"

"什么？"毕司沃斯先生说，"我侮辱谁了？在天主教中学里他们让他闭着眼睛，然后张开嘴巴说圣母玛利亚。那又算什么？"

"男人！"莎玛说。

年长的神哭起来。

年幼的神说："你不在意，妈妈。"

"毕司沃斯！"赛斯说，"你想尝尝我的拳头吗？"

莎玛拽着毕司沃斯先生的衬衣，他挣扎着，仿佛是他打架打赢了还要继续打时被拉走似的。但是他意识到赛斯的恐吓，于是就由着自己被慢慢地朝楼梯推搡过去。

刚上了一半楼梯，他们听见赛斯叫着他的妻子："派德玛！赶快过来照顾你姐姐，她就要晕倒了。"

有人冲上楼梯。是琴塔。她没有理睬毕司沃斯先生，而是带着斥责的口吻对莎玛说："妈妈晕倒了。"

莎玛狠狠地瞪着毕司沃斯先生。

"晕倒了，嗯？"毕司沃斯先生说。

琴塔没有再说下去。她冲到水泥房子里，去收拾图尔斯太太的卧室，那间卧室叫玫瑰房间。

等到莎玛把毕司沃斯先生安稳地弄回房间后，她马上离开了他，他听见她匆匆地穿过书房跑到楼下去。

图尔斯太太经常晕倒。无论她什么时候晕倒，接下来马上是一系列复杂的安排。一个女儿被派去准备卧房，其他的女儿听从赛斯的妻子派德玛的指挥，把图尔斯太太弄到卧房去。如果——这种情况时常发生——派德玛自己也病了，她的位置就由苏诗拉替代。苏诗拉在这个家里的地位尤为特别：她是一个寡妇，唯一的孩子也夭折了。她因为她所遭受的痛苦而受到尊重，但是即使她自己摆出一副威严的架势来，她的地位还是模棱两可的，有时候她和图尔斯太太的身份一样重要，有时候甚至不如布莱吉小姐。只有在图尔斯太太生病时，所有的人才会认可苏诗拉的重要性。

随后，在玫瑰房间里，在图尔斯太太晕倒之后，一个女儿给她扇着风，另外两个按摩着她光滑闪亮且结实得惊人的腿，还有一个用月桂油浸湿她松散下来的头发，再给她按摩前额。剩下的那个女儿站在一边，随时听从派德玛或苏诗拉的吩咐行事。两个神通常也在那里，绷着脸。当按摩和用月桂油浸湿头发的流程完成以后，图尔斯太太就会俯身趴下，让年幼的神从她的脚底踩到肩膀。年长的神以前也做过这个，但是他现在已经变得太重了。

女婿们和孩子们一起待在木头房子里，孩子们不用嘱咐就知道，除非得到许可，否则必须保持安静。所有的事情都被搁置一边，整座房子就像死了一样。总有一个女婿是让图尔斯太太晕倒的罪魁祸首。这个人马上就会陷入静谧和敌意之中。如果他试图说点什么别的，立刻就会因为这一轻率举动而招来许多责备的目光。如果他缩在一个角落闷声不响或者回到自己房间去，他就会因为冷漠无情或者忘恩负义受到谴责。他应该待在大厅里表现出懊悔和不安。他要等着从玫瑰房间里传来脚步声，然后和一个忙碌的气呼呼的姐妹搭讪，不介意所受到的冷落，悄声询问图尔斯太太的状况。第二天他下楼时，要做出一副腼腆羞怯的样子。那时图尔斯太太会好转很多。她不会理睬他，但是到了傍晚，就会传来她谅解他的消息。这样，别人才开始和他说话，仿佛什么都不曾发生似的，而他也要热烈地回应。

毕司沃斯先生没有到大厅去。他一直待在长屋里，躺在他的毯子上打发时间，或者构思他许诺为《新雅利安》写的文章。那是米瑟准备办的一份杂志。他无法集中精神，纸上很快就写满了不同式样的"RES"。这是自从他给一个商店写完广告牌之后发现的颇为难写然而也是非常优美的字母组合。

屋子里有一种鹿角精的味道。

"你高兴了，嗯？现在你让妈妈晕倒了。"

是莎玛，她的双手仍然沾满了油膏。

"你碰了哪只脚？"毕司沃斯先生问，"你应该为她们让你按摩一只脚而感到高兴。你知道，我的确不明白为什么你所有的姐妹们都急于照顾那只老母鸡。你以为她照顾你们了吗？她不过就是随随便便地把你们嫁给了一个卖椰子的或者是捉螃蟹的。而每个人还要冲上去给她按摩脚，按摩头，递嗅盐。"

"你知道，没有谁听见你这样说话，还会相信你到这个家时所有的东西还不够挂满一根一英寸长的钉子。"

这是她通常的攻击。他没有搭理。

第二天早晨他下楼来到大厅，精神抖擞地喊："早安，早安。早安，各位。"没有人理他。他又喊道："莎玛，莎玛。吃的呢，姑娘。吃的。"她给他端来一大杯茶。早餐是茶和饼干。饼干装在一个巨大的圆形鼓桶里，可以退给饼干商回收的那种：最大的经济装，一般咖啡馆的老板们才会买这种。他探身到鼓桶拿饼干，一边拨开稻草，一边摸索着饼干。这是令人愉快的事情，因为稻草和饼干混合在一起的味道很香，甚至比饭菜的味道都好闻。就在他摸索的时候，图尔斯太太来到了大厅，她神态疲惫、行动迟缓，看上去几乎和派德玛一样苍老。她的面纱低垂在额头上，她不时地把一块浸满古龙水的手帕按在鼻子上。不戴假牙使得她显得衰老不堪，但也正是她的老迈使得她显得永恒不朽。

"你感觉好点了吗，妈妈？"毕司沃斯先生问道，把一堆饼干放到一个有缺口的珐琅盘子上。他语气轻松。

大厅里一片肃静。

"是的，孩子，"图尔斯太太说，"我感觉好多了。"

这回轮到毕司沃斯先生感到吃惊了。

（"我对你妈妈的看法是错的，"那天早晨他离开的时候告诉莎玛，"她根本不是一只老母鸡。也不是一头老母牛。"

"我很高兴你终于学会感恩了。"

"她是一只雌狐狸。一只老雌狐狸。他们怎么称呼那个来着？你知道我什么意思，伙计。你还记得你那本《麦克杜格尔语法》吗？男修道院院长，女修道院院长。牡鹿，牝鹿。雄赤鹿，雌马鹿。雄狐狸，下面是什么？"

"我不会告诉你的。"

"我自己会找到的。同时，记住我把她的名字改了。她是一只老雌狐狸。"）

他一直待在楼梯平台处，在一把藤编的破烂椅子里越陷越深，椅子摆在那架废弃不用的钢琴前面，钢琴上沾满污渍，已经磨损不堪，毫无用处。他一面喝着茶，一面嚼着饼干，同时朝茶里扔着饼干渣。他看着饼干渣膨胀变软，然后在它们开始下沉的时候及时用勺子捞起来。再往后，在勺子上的泡软的饼干掉下来之前，他晃晃悠悠地一口把饼干吞进嘴里。他周围的孩子们如法炮制。

年幼的神也下了楼。他一直在做早晨的礼拜。穿着他小小的汗衫，扎着小小的腰布，挂着珠子，戴着标记种姓的小画像，他看上去就像是一个小圣人。他捧着一个铜盘子，里面是燃烧着的方形樟脑。先前樟脑是用来给祷告厅里的神像熏香的，现在则被用来献给家里的每个人。

那个神先端给图尔斯太太。她把手帕放在胸前，用指尖触摸了一下樟脑的火焰，然后又在额头上触摸了一下。"罗摩，罗摩。"她说着。随后她补充说："把这拿给你的姐夫穆罕。"

大厅里又是一片肃静。毕司沃斯先生又吃了一惊。

苏诗拉仍然试图维护她昨天傍晚在房间里看护病人的权威，说道："没错，欧华德，把这给你的兄弟穆罕拿过去。"

神迟疑着，皱着眉头。然后他咂了咂嘴，重重地朝平台走过去，朝毕司沃斯先生递上散发着芳香的樟脑。毕司沃斯先生从珐琅茶杯里捞出更多浸透的饼干。他的嘴巴在勺子下面，接住掉落下来的饼干，大声地咀嚼着说："你可以把那个拿开了。你知道我是不搞神像崇拜的。"

那个神方才还在气恼，在争论和哄劝中没有回过神来，突然被毕司沃斯先生的拒绝弄得惊骇不已。他呆立在那里，樟脑燃烧着，在盘子里熔化了。

大厅里死寂一片。

图尔斯太太一语不发。她忘记了自己的虚弱和疲惫，站起来缓缓地朝楼梯走去。

"男人！"莎玛哭喊着。

莎玛的喊声惊醒了那个神。他朝大厅走回去，眼睛里噙满了愤怒的泪水，嚷嚷着："我什么东西也不会给他。什么也不会给。我知道他对人是什么态度。"

苏诗拉说："嘘。在你捧着盘子的时候别这样说。"

"男人！"莎玛说，"你要做什么？"

毕司沃斯先生喝干了茶，用勺子刮着沉在杯底的饼干，把它们送到嘴里吃了，然后站起来说："我做什么了？我什么也没做。我只是不相信这神像崇拜罢了。就这样。"

"唔－唔－唔。唔！"布莱吉小姐从喉咙里发出响亮的咕噜声。她被激怒了。她是一个罗马天主教徒，每天早晨都去做弥撒。但是数年来她每天都看印度教徒做这样的宗教仪式，并把它们当作她自己的宗教仪式一样神圣不可侵犯。

"神像只能说是崇拜真正的神的垫脚石。"毕司沃斯先生冲着大厅说，引用着番克耶·瑞讲演时说的一句话，"只有在宗教落后的社会才需要神像。看看大厅那儿的那个小男孩。你们以为他知道自己今天早晨做的礼拜是什么吗？"

那个神踮着脚尖声说："我对于做礼拜知道的比你多得多，你这个基督徒。"

布莱吉小姐再次发出咕噜声，现在她越发愤怒了。

苏诗拉对那个神说："在你做礼拜的时候千万不能发脾气，欧华德。那样不对。"

"他这样侮辱我、妈妈和所有人，就对了吗？"

"我看就该给他条够长的绳子。他早晚会吊死自己的。"

在那间长屋里，毕司沃斯先生收拾着他画广告牌的工具，不停地哼唱道：

在下雪的时候在吹风的时候
在吹风的时候在下雪的时候

歌词和曲调是基于一首很老的歌《黄昏的漫步》，那是拉尔的学校里的合唱团唱给来自加拿大代表团的重要来访者听的。

但是一旦穿过边门离开哈奴曼大宅，毕司沃斯先生高昂的兴致就消失了，沮丧袭上心头，还持续了一整天，他工作得很糟糕。他必须在一个瓦楞铁皮栅栏上画一幅巨大的广告牌。在波纹状的表面上写字已经够糟糕的了，而更让他发疯的是，他还不得不在上面画一头牛和一扇大门。他画的牛看上去僵直变形，充满了悲伤，完全破坏了广告其他部分的欢乐氛围。

当他回到哈奴曼大宅的时候，他感到极度疲惫和暴躁。在大厅里，他受到的愤慨和挑衅的冷眼让他想起来早晨的胜利。但是他曾经有过的快乐被他对自己目前处境的厌恶所取代。他曾经兴高采烈地进行的反对图尔斯家族的斗争，现在看起来不但毫无意义，而且十分卑鄙。假如，毕司沃斯先生在那间长屋里想，假如只消一句话我就会从这个屋子里消失，我能留下什么东西呢？一些衣服，一些书。大厅里的喧哗和吵闹依然如故，礼拜也会照做不误，早晨的时候图尔斯商店还是会开门。

他曾经在很多房子里住过。没有他，那些房子也不会有丝毫不同吧！这时候，梵学家杰拉姆可能正在开会或者在家里吃饭，然后进行傍晚时的阅读。索娅妮站在门口，遮住了屋外的光线，察言观色地等着杰拉姆的差遣。在塔拉家的后阳台上，阿扎德放松地倚在摇椅上，闭着眼睛，可能在听拉比戴德读"你的身体"，拉比戴德以一个极不舒服的姿势坐着，试图掩饰呼吸里的酒精和烟草味。塔拉在附近忙活着，吆喝着牧牛工（现在是挤奶的时间）或者指挥着院子里的仆童或女仆，反正是使唤着什么人。没有一个地方会有人想念他，因为他在这些地方始终不过是一个过客，一个扰乱秩序的人。此时贝布蒂在后巷的家里会想着他吗？但是她自己就是一个被抛弃的人。或者，甚至在更遥远的地方，那座在湿地上的茅草泥屋：泥屋现在可能已经被掀翻并被重新犁过了。除此之外，就只是虚无。没有任何东西可以证明他的存在。

他听见脚步声，莎玛端着盘子走进房间，盘子里装满了米饭、咖喱土豆、小扁豆和椰子调味料。

"你要我告诉你多少遍才知道我讨厌这些铜盘子？"

她把盘子放到地上。

他沿着盘子周围走着。"在学校里没有人教过你怎样才能保持健康吗？米饭、土豆，全都是些该死的淀粉。"他敲打着他的肚子，"你想让我胀破肚皮吗？"看见莎玛之后，他的压抑变成了怒气，但他还是以打趣的口吻说着。

"我总是说，"莎玛说，"只有你自己能挣饭吃的时候你才能抱怨。"

他走到窗户边，洗了手，漱口，然后把水吐出去。

下面有人叫喊道："楼上的！看看你在干什么？"

"我就知道，我就知道，"莎玛说，朝窗户跑过去，"我就知道总有一天要发生这种事情。你吐到别人身上了。"

他饶有兴致地朝窗外看去。"是谁？老雌狐狸，还是其中的一个神？"

"你吐到欧华德身上了。"

他们听见他在抱怨。

毕司沃斯先生又含了口水漱着。然后，他鼓起腮帮子，尽可能地把身子探出窗外。

"别以为我没有看见你。"那个神喊道，"我看见你做什么了，毕司沃斯先生。但是我就站在这里，你要是敢再吐到我身上的话，我就告诉妈妈。"

"去告吧，你这小狗娘养的。"毕司沃斯先生咕哝着，朝外吐着。

"男人！"

"噢，天哪！"那个神叫道。

"你这走运的小猴子。"毕司沃斯先生说。他没有吐准。

他拿着铜盘子踱步。

"你就走吧，"莎玛说，"你就一直走到累了为止。但你还是等到能自力更生的时候再抱怨别人给你的饭菜吧。"

"谁让你告诉我这个的？你妈妈？"他龇出下牙，但是他那长长的面口袋裤子让他没有任何威慑力。

"没有人让我告诉你这个。只不过是我自己想出来的。"

"你自己想出来的，嗯？"

他一把抓住盘子，盘子里的米饭洒了一地，然后，他准备冲到德麦拉拉窗户那去。非把这该死的玩意扔出去不可，他想。但是这样的暴怒反而让他平静下来，等他来到窗户跟前时，他又想：如果把盘子扔出去的话，有可能会砸死谁。于是他克制住冲动，只是把盘子倾斜了一下。盘子上的饭菜一下子就洒了出去，剩下一点饭粒粘在小扁豆留下的条痕和发泡的咖喱油渍上。

"噢，天哪！噢－天－哪！"

起初传来的是一声轻微的哭喊，随后喊声突然变成持续的大声叫骂，惹得房子里所有的婴儿都跟着尖叫起来。就在一瞬间叫喊声哑了，过了几秒钟之后，似乎那几秒钟间隔得很长，毕司沃斯先生听见一声低沉的、刺耳的、抽抽搭搭的鼻音。"我要去告诉妈，"那个神哭喊道，"妈妈，快来看看，你的女婿对你的儿子都干了什么。他把他那恶心的饭菜洒了我一身。"伴随着一声汽笛似的吸气，叫骂声又响了起来。

莎玛神情悲壮。

下面有一阵不小的骚乱。好几个人同时叫嚷起来，婴儿们的尖声哭喊伴随着叫骂和唠叨，整个大厅里回响着骚乱的人声。

沉重的脚步声摇晃着楼梯，震得门上的窗格玻璃咯吱作响，然后又咚咚地穿过书房。格温德来到毕司沃斯先生的房间里。

"是你！"格温德嚷嚷道，喘着粗气，他那英俊的脸扭曲着，"是你吐了欧华德一身。"

毕司沃斯先生害怕起来。

他听见楼梯上传来更多的脚步声。叫骂声渐渐近了。

"吐？"毕司沃斯先生说，"我可没吐到谁身上。我只是漱了口，扔了一些糟糕的饭菜而已。"

莎玛尖叫起来。

格温德朝毕司沃斯先生扑过去。

惊讶之余，毕司沃斯先生吓得呆若木鸡，他既没有回骂也没有还手，任由拳头落在身上。格温德出手很重，而且拳头时常击中他的下巴。每打一拳，格温德就说一句："是你。"毕司沃斯先生模模糊糊地感觉到女人们挤了一屋子，尖叫着，哭泣着，跌倒在他和格温德身上。他尤其清楚地听见那个神的叫骂声，就在他耳边。那似乎是一种干涩的、蓄意的、刺耳的噪音。突然叫骂声戛然而止。"没错，就是他！"那个神说，"就是他。早就应该有人好好揍他一顿了。"格温德每打一拳或者每踢一脚，那神就发出一声咕噜，好像是他自己在打人。女人们扑在毕司沃斯先生和格温德身上，她们的头发和面纱散落下来。一片面纱搔过毕司沃斯先生的鼻子。

　　"让他住手！"琴塔哭喊起来，"如果你们不制止他的话，格温德非把毕司沃斯打死不可。我告诉你，他发起脾气来可要不得。"她爆发出一声短促而刺耳的号啕。"住手，住手。你们要是不让他住手，格温德就会被送上绞架。在让我成为寡妇之前赶快让他住手！"

　　拳头落在毕司沃斯先生凹陷的胸脯上，短促而猛烈地击打着他柔软的隆起的腹部，他惊讶地发现大脑竟然异常清晰。那个女人到底在哭喊什么？他想。她要成为一个寡妇倒没什么，但是我怎么办？他试图用胳膊抱住格温德，但是只能无力地击打着他的后背。格温德毫不在意他的击打。如果他在意的话毕司沃斯先生倒是要吃惊了。他还想抓挠或者是拧格温德，仔细一想又觉得那样太女人气。

　　"打死他！"那神嚷嚷着，"打死他，格温德姐夫。"

　　"欧华德，欧华德，"琴塔说，"你怎么能这样说话？"她把那神拉过来，把他的头按在自己的胸前。"你也要这样吗？你想让我成为一个寡妇吗？"

　　那个神任凭自己被搂抱着，仍然扭头看着打斗，不停地叫喊："打死他，格温德叔叔。打死他。"

女人们对于格温德全无作用。她们只能让他的胳膊无法抡得太高，但是他的短拳非常有力。毕司沃斯先生感受到了每一拳。它们已经不能让他感到疼痛了。

"打死他，格温德叔叔。"

他不需要这样鼓劲，毕司沃斯先生想。

邻居们吵吵起来。

"出了什么事情，孩子他妈？孩子他妈，图尔斯太太！赛斯先生！发生了什么事？"

他们急促惊慌的声音吓坏了毕司沃斯先生。突然他听见自己叫喊起来："噢，天哪！我死了。我死了。他要打死我了。"

他的恐慌让屋子里安静下来。

恐慌让格温德的胳膊定格了，那个神也止住了，然后在他眼前闪现出一系列的画面：黑衣服的警察、法庭、绞架、坟墓，还有棺材。

女人们从格温德和毕司沃斯先生身上爬起来。格温德喘着粗气，也从毕司沃斯先生身上爬起来。

像他这样喘粗气的人多么让人厌恶，毕司沃斯先生心想。格温德身上的气味多么难闻！不是一种汗味，而是一种油腻的味道，身体的油腻，出现在毕司沃斯先生脑海中的还有格温德脸上的痤疮。和这样一个人结婚，该是一件多么痛苦的事情！

"他打死他了吗？"琴塔问道。她镇定了许多，声音里有掩饰不住的骄傲和真切的担心。

"说话，兄弟。说话。和你的姐姐说话。有没有人让他说点什么。"

一旦格温德从他身上离开，毕司沃斯先生唯一的担心是要确定自己是否衣衫不整。他希望裤子没有什么不妥。他用一只手朝下摸索着。

"他没事。"苏诗拉说。

有人朝他俯下身子。那人散发出一种油味，维科的药油喷剂，大蒜和生蔬菜混合的味道,他知道是派德玛。"你没事吧?"她问道,摇晃着他。

他一翻身,脸朝墙躺着。

"他没事,"格温德说,然后用英语补充说,"幸亏你们来了,不然我要因为这个人上绞架了。"

琴塔抽泣了一声。

莎玛始终保持着那悲壮的神情,她坐在一张矮凳上,裙子耷拉在膝盖下面,一只手支着下巴,瞪大的眼睛里满是泪水。

"朝我身上吐,嗯?"那个神发话了,"来啊。你现在怎么不吐了?嘲笑我们的宗教。我做礼拜的时候讥讽我。我做礼拜时知道是在为自己积德呢,你听着。"

"没事了,孩子,"格温德说,"只要我在就没有人敢侮辱你和妈妈。"

"别管他,格温德。"派德玛说,"别管他,欧华德。"

冲突就这样结束了。

莎玛和毕司沃斯先生被独自留了下来。他们都保持着原来的姿势。莎玛盯着门口,毕司沃斯先生研究着浅绿色墙上的莲花。

他们听见大厅里又恢复了生气。人们以非比寻常的热情端出了被耽误的晚餐。大人们哼着歌哄着婴儿们,轻轻地拍打着孩子,咯咯地笑着,和婴儿咿咿呀呀地说着话。他们还带着幽默责备大些的孩子。在楼下的每个人之间有了一种新的联系,毕司沃斯先生知道这种纽带正是他造成的。

"去给我买一听红鲑鱼来。"他对莎玛说,仍然脸冲着墙。

她的嗓子痒痒的。她咳嗽着,试图用叹息来掩饰吞咽声。

这使得他越发地感到厌倦。他爬起来注视着她,裤子松松垮垮地吊在身上。她仍然透过门口凝视着外面的书房。他感到脸十分沉重。他把一只手放到脸颊处活动着下巴,下巴僵直地动了动。

眼泪从莎玛的大眼睛里滑落下来,流到她的脸颊上。

"怎么回事？有人也打你了吗？"

她抖落脸上的泪水，手仍然放在下巴那儿没动。

"去给我买一听鲑鱼。要加拿大产的。再买些面包和胡椒盐来。"

"怎么回事？你欠揍吗？你装什么孙子？"

他真想揍她。但是刚才发生的一切无疑会使得他的举动显得荒唐可笑。

"你装什么孙子？"莎玛重复说。她站起来，抖落裙子并拽平它。似乎是为了引起大厅里的人的注意，她大声说："你自己去买吧。你以后不能再对我吆喝来使唤去的，你听着。"她擤了擤鼻子，擦掉鼻涕，离开了。

留下他一人。他冲着墙上的莲花踢了一脚。那一脚发出的声音吓了他一跳，脚趾撞得很疼，他又朝那堆书踢了一脚。书翻了，他惊讶地发现这没有生命的东西很能忍耐，没有抱怨地任他发泄。折了一角的《贝尔的杰出演说家》像一道伤口，默默地忍受着他的暴虐。他弯腰想把书捡起来，但又觉得这样做无疑是对自己的讽刺。最好还是把它们留在那里给莎玛看，甚至让她整理。他用一只手抚弄着脸颊。脸颊感觉沉重而麻木。斜着眼睛往下看，他看见脸颊高高肿起来。他的下巴疼痛不堪。他开始感到浑身疼痛。奇怪的是，他在挨打时并没有太多的感觉。惊愕是最好的疼痛抑制剂。大概对动物也适用。那样它们才能忍受野外生活，这是上帝的某种安排。他朝挂在窗户一边的那面廉价镜子走过去。他从来就没有在里面看清楚过自己。在这个地方挂镜子简直是白痴才干的事情，而他愤怒到想要把镜子一把拽下来。但是他没有。他迈到一边，扭着头看着镜子。他知道自己的脸一定肿了，不过没想到会肿得这样厉害。但是他必须出去，至少现在要离开这所房子，去买他的鲑鱼、面包和胡椒盐，这些东西对他不好，但是他顾不了那么多。他穿上裤子，皮带扣发出清楚响亮的昭示男子气概的声音，他立刻就中止了这声音。他穿上衬衣，解开第二个纽扣，展示出他凹陷的胸脯。然而他的肩膀还算宽阔。

他希望他能多花点时间让身体强壮。他每天吃的那个黑乎乎的厨房里的糟糕饭菜怎么能强身健体呢？他们只有在耶稣受难节的时候才有鲑鱼吃：那无疑是正统罗马天主教的印度教徒图尔斯太太的主意。他把帽子拉到额头上，觉得它在黑暗中可以遮住脸。

当他下楼的时候，唠叨声变成一片嘈杂。他一面经过楼梯平台，一面等着忍受静默和欢欣鼓舞。

事情就像他害怕的那样发生了。

莎玛根本没有看他一眼。在所有开心大笑的姐妹当中，她是笑得最欢的那个。

派德玛说："莎玛，你最好给穆罕弄点吃的。"

格温德没有抬头。他似乎是在无缘无故地微笑，一面狼吞虎咽地呼噜呼噜吃饭，米饭和咖喱粘满了他长满汗毛的手，一直粘到手腕上。毕司沃斯先生知道，他很快就会迅速舔净他的手，发出一种刺耳的声音。

毕司沃斯先生背对着大厅里所有的人，说："我不会吃这房子里糟糕透顶的饭菜。"

"那么，也没有人求着你吃，你听好了。"莎玛说。

他把遮住眼睛的帽檐卷了一下，走到院子里，院子里没有点灯，只有从大厅里透出来的光。

那个神说："你们谁看见有个奸细从这儿过去了？"

毕司沃斯先生听见一阵大笑。

高街对面的自行车商店屋檐下摆着一个牡蛎摊，摊上点着一支巨大的蜡烛，灯芯粗粗的，呈海绵状，冒着烟，照得摊子成了淡黄色。牡蛎码成闪闪发亮的一堆，灰色、黑色和黄色的牡蛎上面有很多小眼。两个瓶子用捻成螺旋形的褐色纸塞着，装着红色的辣椒调料。

毕司沃斯先生决定等一会儿再买鲑鱼，他穿过马路问那个男人："牡蛎怎么卖？"

"一分钱两个。"

"剥吧。"

男人高声吆喝着，愉快地动手收拾起来。从黑暗中的某处跑来一个女人。"快来，"男人说，"帮忙剥开它们。"他们在摊上放了一桶水，洗了牡蛎，然后用一把短而钝的刀子撬开牡蛎，再把它们用清水洗过。毕司沃斯先生在牡蛎壳上倒上辣椒调料，然后吞了下去，摊开手掌要另外一个。辣椒调料辣着了他的嘴唇。

卖牡蛎的人醉醺醺地絮叨着，话里含混着英语和印地语。"我的儿子是个大人了。我觉得他有什么地方尤其不对劲。有一天他把一个罐头盒放在篱笆上，然后跑到屋子里。'枪，爸爸，'他说，'快点，给我枪。'于是我就把枪给了他。他走到窗户那儿开了一枪。罐头盒倒了。'爸爸，'他说，'看。我击中了我的工作。我击中了我的志向。它们死了。'"火光晕染着卖牡蛎的人的五官，给凹陷的地方打上了阴影，在他的太阳穴上、眉毛上，沿着鼻梁和颧骨镀了一层亮光。突然，他扔下刀子，从摊子下面拿出一根木棒来，在毕司沃斯先生面前挥舞着木棒。"所有的人！"他说，"让所有的人都来吧。"

女人没有注意这些。她继续收拾牡蛎，把它们放在她带着擦伤的红色手掌里，撬开牡蛎丑陋的壳，把牡蛎生生取下来，只剩下刚撬开的干干净净的牡蛎内壁。

"告诉所有的人，"那人说，"全部的所有的人。"

"别收拾了。"毕司沃斯先生说。

女人将手从水桶里抽出来，把一只滴着水的牡蛎放在那一堆壳上。

男人收起木棒。"不剥了？"他看上去很难过，也不再令人恐惧。他开始点数牡蛎空壳。

女人又消失在黑暗中。

"二十六个，"男人说，"十三分钱。"

毕司沃斯先生付了钱。新鲜的生牡蛎味道现在让他觉得恶心。他的胃沉重地胀满了，却仍然没有满足。辣椒辣得他的嘴唇起了泡，然后疼痛开始了。但是他还是朝宋夫人咖啡馆走去，那个高大的巨穴一样的咖啡馆亮着微弱的灯火。到处都停着苍蝇，宋先生在柜台后面打着盹，豪猪似的脑袋趴在一份报纸上。

毕司沃斯先生买了一听鲑鱼和两块面包。面包看起来和闻上去都不新鲜了。他知道在现在这种状况下面包只能让他恶心，但是让他感到欣慰的是，他终于打破了图尔斯家的戒律，吃了商店里的面包。这被他们认为是软弱的、不卫生的、下等的习惯。鲑鱼让他感到厌恶，他觉得上面带着铁罐的味道，但是他强迫自己吃完。在他吃的时候，他越发感到悲伤。偷嘴从来就没有带给他任何享受。

然而，他所认为的耻辱实际上却是他的胜利。

第二天早晨，赛斯派人来叫他，然后用英语对他说："我昨天晚上从加里皮克马回来，本来是要吃饭睡觉的，但是我听见的第一件事情却是你试图虐待欧华德。我认为我们再也不能容忍你了。你想独立自主，好吧，你就自立去好了。等到你陷入麻烦，不要跑回来找我和孩子他妈就行，你听清楚了。在你来之前，这是一个美好而团结的大家庭。在你做更多的坏事之前，你最好离开这里，免得我的拳头不饶你。"

于是毕司沃斯先生搬进了捕猎村的商店里。他们搬家的时候，莎玛已经有了身孕。

第四章　捕猎村

捕猎村坐落在一片甘蔗地的中心，是一溜长长的散乱分布的泥屋。外面的人很少到捕猎村来。村子里的人在甘蔗地和公路上工作。甘蔗地以外的世界是遥远的，村民只有通过村子里的大车和自行车，以及批发商的货车和卡车同外界保持联系。有时候私营的公共汽车也会经过这里，但没有固定的时间表和路线。

对毕司沃斯先生来说，他就好像又回到了童年时期生活的村庄一样。只是他不再被黑暗和痛苦包围了。他知道甘蔗地以外和公路那端的世界。那些路连接着和捕猎村一样的村落，它们还通向那些摇摇欲坠的镇子，镇子上或许有一两家店铺和咖啡馆饰有他画的广告牌。

村民们偶尔费尽艰辛去到这些镇子上购买所需的百货、向警察投诉，或者上庭候审；因为村子里没有百货店，也没有警局，甚至没有学校。村子里最重要的两座公共建筑是两家酒屋。酒屋周围是无数小食品铺，其中有一家就是毕司沃斯先生的。

毕司沃斯先生的店铺是一间低矮窄小的屋子，顶着一个锈迹斑斑的电镀铁皮屋顶。水泥地板根本就和土地地面一样高，已经磨损出裂缝，露出沙砾，地板上结着厚厚的污垢。墙壁倾斜下陷；水泥墙皮布满裂纹，有很多地方墙皮都剥落了，露出里面的泥土、剪断的干草和竹篾。墙很容易就松动摇晃，但是剪断的干草和竹篾却使得它有一种惊人的弹性。因此在以后的六年里，尽管每当有人倚靠在墙上或者把糖袋面粉袋靠到墙上时，毕司沃斯先生都忍不住心惊肉跳，但墙壁始终没有倒塌，他所发现的这种弹性也从来没有遭到损坏。

在店铺后面有两间没有抹过灰泥的屋子，里面是泥墙，破旧糟乱的茅草屋顶在边上延伸出一条敞开的走廊。原来压实的泥地已经松散，邻居家的鸡在一天中酷热的当口来到这里做泥土浴。

厨房单独在院子里，是一座临时搭成的棚子。棚子用弯曲的树枝当支撑，配上少量的瓦楞铁皮为屋顶，墙壁的材料几乎什么都有：锡片、帆布条和竹篾，还有商店的货箱板。一面墙上开了一扇窗户，但是原来想要做成的长方形歪斜了。窗户本身是用不相配、长度不合适的木头勉强钉成的，木头用两根横木支撑，横木用大量的生锈钉子钉住，钉子被锤子砸扁了，嵌在横木上。虽然厨房很小而且是敞开的，里面却始终很黑。白天用窗户透光，晚上用大蜡烛和火把点亮，墙上被煤烟熏得乌黑，沾着松松的煤烟，就像是一只新品种的蜘蛛在这里繁殖生长，织出的网如同它的腿一样乌黑而且毛茸茸的。所有的东西闻上去都是一股木头烧焦的味道。

但是这里有空地。后面的空地被杂乱而高大的灌木丛围绕，分不清界限，那块被弃置不用的空地后来被村民们和毕司沃斯先生称为"废地"。有一边还有更多的空地，那里曾经是一片良田，现在却是村子里奶牛的牧场，奶牛们吃这里的野草、蓖麻、长着尖利形状草叶的植物，以及野生的藤蔓。

图尔斯家族是在赛斯的建议下买下这块毫无收益的地方的。他是地方公路委员会的成员，听到消息说将来会有一条主干线通过现在毕司沃斯先生的店铺所坐落的地方，但消息最后被证实毫无价值。

　　毕司沃斯先生没有费什么力气就从哈奴曼大宅搬了过来。他没有什么家什：他的衣服，一些书和杂志，他画广告牌的用具。莎玛的东西很多。她有很多衣服，她离开时，图尔斯太太又给了她好几匹商店架子上的布。也是莎玛想到要买一些锅碗瓢盆的。虽然这些东西是她用进价从图尔斯商店里买来的，但毕司沃斯先生看到他的积蓄和他在哈奴曼大宅积攒的画广告牌的钱在他还没有离开时就已经被花掉，还是很痛心。

　　他们的东西几乎没有装满一辆驴车，当他们到达捕猎村的时候，人们挤在路边盯着他们，带着敌意和同情。敌意来自竞争对手。毕司沃斯先生摇摇晃晃地坐在莎玛的一个包裹上，听着那些用进价买来但仍然昂贵的锅碗瓢盆的叮当声，他无法不注意莎玛表现出来的敌对情绪。她一路上始终保持着一副殉教式的悲壮神情，通过驴车的网眼默默地盯着路面，膝盖上搁着一个盒子，盒子里装着一套设计精美繁复的日本咖啡套具，这也是图尔斯商店的货物，三年来无人问津，因此在离开时被赛斯当作晚到的结婚礼物送给了莎玛。毕司沃斯先生还注意到，没有了他的店铺，这个村子也不会有任何损失。他知道这家店铺已经关门好几个月了。

　　"这是那种一个人可以白手起家的地方。"他对车夫说。

　　车夫漠然地点点头，既不看毕司沃斯先生也不看人群，笔直地盯着他的驴子，扬手轻轻地冲着牲口的眼睛挥了一鞭。

　　莎玛叹了一口气。她的叹息告诉毕司沃斯先生她觉得他愚蠢、乏味、令人羞耻。

　　驴车停住了。

　　"哇！"一些男孩子嚷嚷着。

　　毕司沃斯先生摆出一副严厉的、全神贯注的样子，就像他希望的那样凛然不可侵犯，他忙碌地帮着车夫卸货。他们穿过满是尘土味的后屋，把包裹和盒子搬到黑洞洞的店铺里。店铺被下午的太阳晒得暖烘烘的，散发出一种红砂糖和变味椰子油的味道。前门的裂缝中透进的白色光道来自一个明亮而空旷的世界；商店里的活动听起来却鬼鬼祟祟的。

他们的东西摊在柜台上，并没有占多大地方。

"这只是第一批东西，"毕司沃斯先生对车夫说，"还有一大堆东西等着运过来呢。"

车夫没有搭话。

"哦。"毕司沃斯先生记起来没有付给车夫钱。还要花更多的钱。

那人接过肮脏的蓝色纸币，走了。

"这是他最后一次帮我运东西了。"毕司沃斯先生说，"我可以当场就这么告诉他。"

封闭憋闷的店铺里一片寂静。

"这是那种一个人可以白手起家的地方。"毕司沃斯先生说。

他的眼睛适应了黑暗，于是他开始打量周围。在一个架子的顶层，他看见一些罐子，很显然是被以前的店主抛弃的。毕司沃斯先生可以在心里勾画出以前那个店主的样子来。那些罐子充满了雄心和绝望：罐子上褪色了的标签被老鼠啃咬过，沾着苍蝇的污垢；还有一些罐子甚至连标签都没有。

他听见车夫在驴车拐过那条窄路时吆喝着驴子；有一些村民出着主意，男孩子们叫嚷着鼓动着，鞭子一再地落下，发出噼啪的响声，伴随着笨拙的断断续续的蹄声；然后，随着挽具发出一声刺耳的声音、一声鞭子的呼哨和叫喊，驴车启动了，村里的孩子们欢呼起来。

莎玛开始哭泣。但是这一次她没有默默地流泪，而是一任泪水从她茫然的眼睛里涌出来。她靠在柜台上装着日本咖啡套具的盒子上，像一个孩子那样抽泣。"你想要的就是这个吗？你想要独立自主。我一辈子都没有像今天这样丢脸。人们站在那里耻笑我们。这就是你用来独立自主的东西。"她一只手捂住眼睛，另外一只手朝柜台上的包裹挥动着。

他想要安慰她。但是他自己也需要安慰。这家店铺是多么荒凉啊！又是多么可怕啊！当他拥有自己的房间的时候，他从来没有想到会是这样。现在快到傍晚了，哈奴曼大宅里该是热热闹闹暖洋洋的了。而他在这里却害怕打破沉默，害怕打开店铺的门，走到光天化日之下。

最后还是莎玛给了他安慰。她已经停止哭泣。她果断地擤擤鼻子，然后开始打扫，把东西摆放好，收拾整理。他跟着她转悠，看着她，请求让他帮忙，高兴地按照莎玛的吩咐做这做那，甚至享受着她责备他没有做好事情的乐趣。

在以前的店主匆忙搬离之时，他给图尔斯家留下了两件家具，这些东西如今就转手成了毕司沃斯先生所有。在两间后屋中的一间里，有一张巨大的没有帐幔的铸铁大床，床有四根帷柱，上面的黑色搪瓷已经斑驳，失去了光泽。

"闻闻。"莎玛说，把一块床板举到毕司沃斯先生鼻子底下。上面有一股强烈刺鼻的臭虫气味。她把床板泡在煤油里。"那杀不死臭虫，"她说，"但是至少可以暂时制住它们。"

在以后的岁月里，特别是在星期六的早晨，毕司沃斯先生就一直被煤油和臭虫的味道包围着。床板换了，床垫也换了，但是臭虫始终没有除去，而是跟着大床四处迁徙，从捕猎村一直到绿谷，到西班牙港，到矮山的房子，最后到锡金街的房子，在那里，大床挤进楼上两间卧室中的一间，几乎占据了整个房间。

店铺里剩下的另一件家具是一张厨房用的桌子，很矮小，但是做工非常精巧，因此没有被放到厨房里，而是放在了卧室里。莎玛擦拭干净这张桌子之后，把自己的衣服和布匹放到上面。桌子下面的泥地板上放置着那套日本咖啡套具，毕司沃斯先生不再认为那套咖啡套具和莎玛对它的态度荒唐可笑了。出于对莎玛的感激，他对她的咖啡套具生出一种柔情来。他没有预料到自己会有这样的变化，但是他对于莎玛的转变尤为吃惊。在离开哈奴曼大宅的最后一刻她还在抗议，但现在她却表现得好像她每天都在这荒寂的房子里进出一样。她的动作是武断的、多余的，还有不必要的嘈杂声。他们的生气充满了整个店铺和房间，他们打消了寂静和孤独。

更让人惊奇的是，莎玛在院子的厨房里做了一顿晚饭。他无法仅仅把这看成一顿饭菜。这是他第一次在自己的房间里吃饭。他觉得局促不安，并且很高兴莎玛没有把这当作一个特殊的时刻。屋子里点着从图尔斯商店里用进价买来的崭新油灯，她在卧室的桌子上服侍他吃饭，只有在这个时候，她没有叹息、发呆，或者显得疲倦而不耐烦，就像她以前在哈奴曼大宅他们那间装饰着莲花图案的长屋里那样。

几个星期之后，房子变得更加整洁和适合居住了。那种衰败荒废的感觉虽然没有完全消失，但是已经减退了。店铺的墙壁无法收拾，无论怎样擦洗都不能去除糖和油的气味。柜台后面水泥地板上的厚木板和两个矮一点的架子仍然漆黑，沾着干了的油渍，并且因为油渍而沾上的灰尘变得粗糙不平。他们往四处洒消毒水，直到自己差一点被这气味呛得窒息。但是随着日子一天天过去，他们的热忱减退了。他们越来越少地想起过去住在这里的店主。那些污垢逐渐变得熟识，最后成为他们的一部分，并因此不再令人难以忍受。厨房只是小小地做了些改变。"多亏上帝的恩慈，它才一直站立着，"毕司沃斯先生说，"拿掉一块板子，整个房子就会倒塌。"卧室和走廊上的泥地修复好了，垫得高了一点，然后压成光滑的一尘不染的灰色。他们把日本咖啡套具从盒子里拿出来，摆在桌子上，看上去有些危险，但是莎玛说在找到更好的地方之前，还是把它放在那里。

这就是毕司沃斯先生对于他们这次冒险的体验：它是短暂而又相当不真实的，它是怎样发生的并不重要。在第一个下午他就有了这种感觉，这种感觉一直伴随着他，直到他离开捕猎村。他们真正的生活在别处，而且很快就会开始。捕猎村只是一个短暂的停顿，一次准备。

与此同时他变成了一个店主。卖东西对于他来说是一件极其容易的生计，以至于他不明白为什么人们还要干别的。在波各迪斯赶集的日子，比如，你可以买一袋面粉，打开，然后坐在面粉口袋跟前，一边放一把铲子和一杆秤，人们就会过来买你的面粉，把钱放进你的口袋。这活计看起来如此简单，毕司沃斯先生甚至觉得如果他去做的话根本就不会奏效。但是当他用自己的积蓄进了货，打开店门之后，人们的确来到店里买东西，付给他真正的钱。在早些时候，每卖出一件东西，他就觉得自己是在实现一个相当有把握的骗局，因而无法掩饰自己的得意。

他想起架子顶上的罐子，他还没有抽出时间把它们拿下来，对于自己的成功他一半迷惑一半喜悦。第一个月结束时，他挣了三十七元的巨额利润。他不知道要记账，是莎玛提醒他应该在方形的褐色纸上记下他赊出去的货物。是莎玛建议他把这些方纸片订起来。是莎玛装订了这些纸片。也是莎玛用她那从教会学校学来的圆润漂亮的字迹，一笔一画地在一本记者用的速记簿（这是印在笔记簿封面上的字）上记录账目。

在这些天里，他们的孤独所带来的陌生感减退了不少。但是他们对于彼此之间的新关系还是无所适从，虽然他们从来没有争吵，但两人的谈话始终生分拘束。对于孤独带给他们之间的亲密，毕司沃斯先生感到十分窘迫，尤其是在吃饭的时候。莎玛的尽心服侍让他很受用，但同时也让他很不安。这使得毕司沃斯先生非常紧张，当这种氛围被突然打破时他甚至很高兴。

有一天傍晚，莎玛说："我们必须有一个祝福房子的仪式，让哈瑞祝福房子和店铺，让妈妈和叔叔，以及所有的人都到这里来。"

他大吃一惊,大为光火。"你以为我看起来像什么?"他用英语问,"巴里克泊的大君吗?我究竟为什么要哈瑞来给这个地方祝福呢?你自己看看。"他指着厨房,用手拍打着店铺的墙壁。"这已经够糟糕的了,在这个地方给你家里的人吃喝简直太他妈的过分了。"

于是莎玛做了她几周以来一直没有做的事情,她叹息着,原来那个疲惫的莎玛又开始叹气了。她什么也没有说。

在以后的日子里,他知道了女人新的一面:一个女人是怎样发牢骚的。"发牢骚"这个词他只在外国的书籍和杂志上看见过。他那时颇为不解。在一个打妻子的社会,他不理解怎么会允许一个女人发牢骚,以及发牢骚会产生怎样的效果。他看见过个别女人这样做,比如图尔斯太太和塔拉,她们不可能挨打。但是他认识的大部分女人都像图尔斯太太寡居的女儿苏诗拉一样,她带着自豪谈论她那短命的丈夫给她的毒打。她认为这是她必须接受的训练的一部分,并总是把印度社会在特立尼达的衰退归咎于那些胆小懦弱、不打妻子的丈夫的日益增多。

毕司沃斯先生就属于这一种类型。于是莎玛唠叨着,她唠叨个不停,以至于从一开始,毕司沃斯先生就知道她在发牢骚。让他感到惊讶的是,一个如此年轻的人竟能胜任这样一种老掉牙的技巧。不过,有些事情本来就应该使他意识到这一点。她从来没有持过家,而在捕猎村却表现得像一个有经验的家庭主妇。然后是她的怀孕。她对此泰然处之,就好像她已经生了很多孩子似的。她从来不谈这件事,也不吃特别的食物或者做什么特别的准备,她的举止如此寻常,他有时候甚至会忘记她正怀着身孕。

莎玛唠叨着。刚开始时她沉着脸不肯开口说话,然后就开始了她精准高效、十分刺耳的唠叨。她并不忽视毕司沃斯先生。她很清楚地表明她注意到他的存在,但这让她心里满是绝望。晚上她躺在他身边,并不触碰他,却大声地叹着气,在他刚要睡着时又擤鼻子。她重重地翻身,不耐烦地辗转反侧。

头两天他装着没有注意。

第三天他问："你到底怎么回事？"

她没有回答，靠着桌子坐在他旁边，叹着气，一边注视着他吃饭。

他又问了一次。

她说："想想你的忘恩负义吧。"然后起身走出了房间。

吃饭时他越来越没有胃口。

那天晚上莎玛不停地擤着鼻子，在床上翻来覆去。

毕司沃斯先生决定忍受这一切。

然后，莎玛沉默。

毕司沃斯先生以为自己赢了。

随后莎玛发出鼻塞的声音，非常低，似乎因为发出这种声音而感到羞耻。

毕司沃斯先生一动不动，倾听着自己的呼吸声。听起来均匀却不自然。他睁开眼睛仰望着茅草屋顶。他可以分辨出椽子和垂下来的松散的稻草，它们威胁着要戳进他的眼睛。

莎玛嘟囔着，大声地擤着鼻子，一次，两次，三次。然后，她从那铸铁的四柱大床上爬起来，床咯吱响着。她突然闷声不响地猛地冲出了房间。厕所就在院子后面。

等她过会儿回来以后，他认输了。"你怎么回事，伙计？"他问道，"你睡不着吗？"

"我睡得又香又甜。"她说。

第二天早晨，他说："好吧，叫老皇后和大老板还有哈瑞、两个神以及所有的人都过来，给店铺祝福吧。"

莎玛决心把一切都做好。三个劳工花了三天时间在院子里搭出一顶大帐篷。那活倒不难，只是用竹子当支撑，然后盖上椰子枝做屋顶。但是竹子要从附近的村子运过来，而且在劳工们愤愤不平地咕哝了一些莫名其妙的"劳工补偿法案"之后，毕司沃斯先生不得不因为他们要爬到椰子树上砍椰子枝而多付一些工钱。他们还买了大量食物。同时为了帮忙准备，姐妹们在祝福房子的仪式三天之前就陆续来了。她们来了之后，毕司沃斯先生便不再抗议。他只好安慰自己图尔斯家的人不会全部都到捕猎村来。

但是，除了赛斯、布莱吉小姐和两个神之外，他们都来了。

"欧华德和沙克哈正在学习。"图尔斯太太用英语说，她的意思不过是说两个神在学校。

她在院子里转悠，打开门，检查着，脸上没有任何表情。

那天作为梵学家的圣人哈瑞，就像毕司沃斯先生印象中的那样苍白无力，说话依然轻声细语。他的毡帽软软地扣在头上。他漠然地向毕司沃斯先生致意，没有敌意，也没有热情。然后他走进一间为他准备的卧室，换上梵学家的装束。衣服原本放在他随身带来的一个小纸板箱里。等他换装变成一个梵学家之后，每个人都怀着一种新的敬意对待他。

那些毕司沃斯先生无法分辨父母是谁的孩子们挤满了每个地方。女孩们穿着硬缎裙子，潮湿的长头发上扎着巨大的尼龙蝴蝶结，男孩们穿着鲜艳的衬衣和长裤。还有婴儿：婴儿们在母亲的臂弯里熟睡，有的睡在帐篷下的毯子和袋子上，有的睡在店铺的不同的角落里；婴儿们哭闹着，被抱着不停地在院子里走来走去；婴儿们爬动着、叫喊着，还有的婴儿只是不声不响；婴儿们做出各种各样的婴儿的动作。

格温德冲着毕司沃斯先生点点头，不过没有说话。他走到帐篷里坐下，和其他的姐妹夫们一起高声说笑。

琴塔和派德玛冷淡地询问了毕司沃斯先生的身体状况。派德玛询问是出于职责，因为她代表赛斯；琴塔询问则是因为派德玛先询问过了。

这两个女人大部分时间都待在一起，毕司沃斯先生怀疑在格温德和赛斯之间也有这样密切的关系。

那个丧子的寡妇苏诗拉似乎对这种她可以掌权的时刻也颇为欢喜。她和图尔斯太太在一起，四处转悠，窥视着，刺探着，小声地用印地语交谈着。

毕司沃斯先生发现他在自己的院子里成了一个陌生人。但是，这是他自己的院子吗？图尔斯太太和苏诗拉看起来可不这样想。她们始终把这店铺叫作图尔斯家的店铺，即便他画了一个招牌并把招牌挂在门上也一样。招牌上写着：

好运来食品杂货店
经营人毕司沃斯先生
明码市价

一间卧室留给了哈瑞，另一间让给了图尔斯太太，商店里到处都是婴儿，毕司沃斯先生无处容身。他站在店铺前面，一边抚弄着衬衣下面的肚子，一边合计着以后如何同莎玛争吵。

店铺里传出了奔跑声和一连串的哭叫声。

然后传来苏诗拉的声音，带着不容置疑的权威性。"离开这里。到外面玩去。你们难道没看见你们吵醒了婴儿吗？为什么你们这些大孩子这么喜欢在黑乎乎的地方待着？"

每一个姐妹无时无刻不在警惕着孩子们之间两性交往的迹象，无论有多么轻微或隐秘。

毕司沃斯先生知道接下来是令人厌恶的喧闹。他对此毫无兴趣，于是离开店铺走到地皮分界的地方。在这里，在一个树篱的下面，他遇见了一群玩过家家的孩子。

"你是妈妈，"一个女孩对另一个女孩说，然后又冲着一个男孩说，"你是赛斯。"

毕司沃斯先生转身想走。但是那个女孩——她是谁的小崽子？——看见了他，她本来低声地说着玩什么过家家的游戏，现在提高了声音，带着一种明白无误的恶意说："谁是穆罕？你，伯赫耶。你有四分之三条白裤子。你还特别喜欢打架。"

孩子们哄然大笑，毕司沃斯先生恨不得杀了他们。他虽然急忙离开了，但还是想看看那个伯赫耶长什么样子。

最近三天里，自从姐姐们到来以后，莎玛又变成了一个图尔斯家的人，一个陌生人。现在的她根本无法接近。帐篷里的仪式就要开始，她坐在哈瑞面前，低垂着头聆听他的指示。她的头发仍然由于为仪式沐浴而湿漉漉的，她从头到脚穿了一身白。她就像一个将要被当作祭品的人，毕司沃斯先生觉得他可以从她后背的曲线中看出她的欢喜来。她目前的角色和哈瑞一样是暂时的，但是只要仪式在举行，那就至高无上。

毕司沃斯先生不想看这仪式。那意味着他要坐在帐篷里的姐夫们当中，他敢肯定，看着莎玛那种顺从而欢跃的后背，他最后会勃然大怒。同时，他觉得如果他不停地巡视的话，他有可能会去阻止图尔斯大军的掠夺。

这时他想到了店铺。

他几乎是跑到店铺里的。店铺里面很黑，前门关着，他不得不小心翼翼。店铺里散发着婴儿的气味，婴儿们睡得到处都是：在柜台上，用枕头和箱子挡着，免得他们翻身的时候掉下来；在柜台下面；在柜台后面地板的厚木板上。然后，在黑暗中，他渐渐地看见了一群在一个角落蹲着的孩子。他们悄然无声而又全神贯注。毕司沃斯先生同样悄然无声而又全神贯注地从婴儿们当中摸索到柜台那里。

那一小群孩子正在熟练地打破苏打水瓶子，摘下瓶颈上的玻璃弹子。

瓶子被口袋布裹着，以免发出声音。每个瓶子的押金是八分钱。底层架子上的糖果罐杂乱地摆放着。里面的天堂李子明显少了。薄荷糖也少了，那是一种带有橡胶般的韧性和嚼头的薄荷糖。盐渍梅干也少了。许多罐子盖都没有拧好。毕司沃斯先生伸出一只手想要拧正一个盖子。盖子摸上去黏黏糊糊的。他把盖子扔了。一个婴儿大叫起来，惊动了角落里的孩子，毕司沃斯先生喊道："在我的巴掌落到你们谁身上之前，给我从这儿滚出去！"同时，他以一个老到的店主的灵活劲儿抬起柜台上的掀盖，打开一个小门，几乎一下子就窜到了角落的孩子们中间。

他揪着一个男孩的领子，把他提了起来。男孩大叫着，和他在一起的女孩们也大叫起来，店铺里的婴儿齐声大叫起来。

外面有个女人问道："出了什么事？出了什么事？"

毕司沃斯先生扔下他揪住的男孩，那男孩跑到外面去，嚷得比婴儿还要响亮。

"穆罕叔叔打我了。妈，穆罕叔叔打我了。"

另一个女人，无疑是男孩的母亲，说："但是他不会无缘无故打你的。"她的口气里分明表示毕司沃斯先生没有这个胆子。"你一定是做了什么。"

"我什么也没有做，妈。"男孩号啕着用英语说。

"他是什么也没有做，妈。"一个女孩说。毕司沃斯先生认识她：一个矮胖的小东西，长着一双轻蔑的大眼睛和一张丰满的下垂的嘴唇；她能把身体扭出各种奇异的姿势来，常常在哈奴曼大宅来客人时表演。

"该死的骗子！"毕司沃斯先生说。他跑出店铺，经过一个嘀嘀咕咕过来哄婴儿的女人。"什么也没做？那是谁打碎那些苏打水瓶子的？"

在帐篷里，哈瑞沉着地嗡嗡低语。莎玛裹在那一身白茧子里，依然低垂着头。其他姐夫们坐在毯子上，虔诚地一动不动。

毕司沃斯先生大为庆幸自己没有和孩子的父亲照面。

派德玛慢吞吞地走进店铺，又出来，然后用一种公正的口吻说："有一些瓶子被打破了。"

"一个瓶子八分钱，"毕司沃斯先生说，"这就是什么也没做！"

男孩的母亲突然暴怒，她朝木槿花丛扑过去，开始折上面的枝条。枝条很柔韧，她弯折了好几次才折下来。撕扯下来的叶子落了一地。

这会儿男孩的大叫中掺杂着母亲愤怒的鞭打。

那母亲打断了两根小棍，一面打一面说："这是告诉你不要动那些不属于你的东西，这是告诉你不要招惹那些不给孩子留余地的人。"她瞥见男孩领子上毕司沃斯先生的手指印，上面还沾着罐子盖上的黏液。"这是告诉你不要让那些大人把你的衣服弄脏。这是告诉你他们不用洗衣服。你是一个大人。你知道什么是对。你知道什么是错。你不是一个孩子。所以我就像教训一个大人那样打你，就当你能像大人一样忍受。"

鞭打已经不是一种简单的惩罚了，它变成了一个仪式。姐妹们出来围观，晃悠着怀里的孩子，她们不紧不慢地说"你要把那孩子打坏了，苏玛蒂"，或者是"别打了，苏玛蒂。你已经打得够厉害了"。

苏玛蒂继续打着，仍然不停地念叨。

帐篷里，哈瑞在吟唱。从莎玛后背的姿势，毕司沃斯先生可以感觉到她的不快。

"祝福房子的庆祝会！"毕司沃斯先生说。

挨打在继续。

"不过是哗众取宠罢了。"毕司沃斯先生说。他已经见过太多次这样的鞭打，知道这鞭打之后会有人不无敬慕地谈论这事说："苏玛蒂打孩子打得真狠。"姐妹们会对她们的孩子说，"你是不是想要我像那天在捕猎村苏玛蒂打她的孩子那样揍你一顿？"

男孩已经不哭了，最后他被放开了。他向一个姨妈寻求安慰，她正在哄着婴儿，又哄着男孩，然后对婴儿说："来，亲亲他。他的妈妈今天把他打得可狠啦。"然后又对男孩说："来，看看你怎么把他弄哭了。"

呜咽的男孩亲了亲哭喊的婴儿，喧闹渐渐地平息了。

"好！"苏玛蒂眼里噙着泪，说，"好！现在每个人都满意了。我看那打碎的苏打水瓶子的事也扯平了。现在没有人会为一个瓶子损失八分钱了。"

"我可没让谁打自己的孩子，你听着。"毕司沃斯先生说。

"没有人让我打，"苏玛蒂自言自语地说，"我只是说现在每个人都满意了。"

她走到帐篷里，坐到为女人和女孩们设的位置那里。男孩坐到男人中去。

路两边现在站着很多村民和一些外来的人。他们不是被鞭打吸引过来的，虽然鞭打使得村子里的孩子比预期里更早地聚集到这里。他们是冲着仪式之后分发的食物来的。在这些不请自来的客人当中，毕司沃斯先生注意到有另两个村子里的店铺老板。

在苏诗拉的指挥下，饭菜在院子里的一个露天灶眼那里做好了。为了这次仪式，姐妹们从哈奴曼大宅带来了一口巨大的黑色锅子，在里面搅拌着。她们汗流浃背，发出抱怨，却兴高采烈。虽然没有必要，有些人还是在前一天晚上通宵削土豆、淘米、切菜、哼歌、喝咖啡。她们准备了一箱又一箱的米，一桶又一桶的小扁豆和蔬菜，一缸又一缸的茶和咖啡，还有大量的薄煎饼。

毕司沃斯先生已经放弃计算所有的花费了。"非把我变成一个该死的叫花子不可。"他说。他沿着木槿花丛的边缘走，捋下叶子，放在嘴里咀嚼，然后又吐出来。

"你有一份不错的小产业，穆罕。"

那是图尔斯太太，她在铸铁四柱大床上休息过后，显得很倦怠。她说"产业"时用的是英语；那字眼带着一种贪婪自满的味道。他倒宁可她说"店铺"或者"地方"。

"不错？"他说，拿不准她是不是在讥讽。

"非常好的小产业。"

"店铺里的墙壁都快塌了。"

"它们不会塌的。"

"卧室里的屋顶漏雨。"

"也不是所有的时间都下雨。"

"我也不是所有的时间都睡觉。我需要一个新厨房。"

"我看现在的厨房很好。"

"又是谁整天在那里吃饭呢，嗯？我们可以再盖一间屋子。"

"怎么回事？你想马上就有一座哈奴曼大宅吗？"

"我根本就不想要什么哈奴曼大宅。"

"看，"图尔斯太太说，他们现在在走廊里，"你根本不需要另外一间房子。晚上你可以在这些柱子上挂一些糖口袋，你就又有一间额外的房子了。"

他看看她。她显出认真的样子。

"第二天早晨把它们取下来，"她说，"你就又有了一个走廊。"

"糖口袋，嗯？"

"只要六七个就够了。你不需要更多了。"

我想要把你埋到一个糖口袋里，毕司沃斯先生心想。他说："你要送给我一些糖口袋吗？"

"你是个店主，"她说，"你的糖口袋比我的多。"

"别担心，我只是在开玩笑。给我送一个煤桶吧。你可以把一家子都装进煤桶里。你不知道吗？"

她吃惊得说不出话来。

"我不明白他们为什么还建造什么房子，"毕司沃斯先生说，"现在没有人想要房子了。他们只想要一个煤桶。一人一个煤桶。你以后不会在什么地方看见房子了。只是一个院子里立着两三排煤桶，每排有五六个煤桶。"

图尔斯太太用面纱拍着嘴唇，转身走进院子。她声音微弱地喊道："苏诗拉。"

"然后你可以让哈瑞就在哈奴曼大宅祝福那些煤桶，"毕司沃斯先生说，"也不用把他一路带到捕猎村来了。"

苏诗拉过来，狠狠地瞪了毕司沃斯先生一眼，挽住图尔斯太太的胳膊。"怎么了，妈妈？"

店铺里一个婴儿醒了，开始尖叫，淹没了图尔斯太太的话。

苏诗拉扶着图尔斯太太来到帐篷里。

毕司沃斯先生走到卧室里。卧室的窗户关着，很黑，但还是有足够的光线让他分辨出屋子里的东西：他的衣服挂在墙上，床铺因为图尔斯太太在上面休息而变得皱巴巴的。他不顾自己的挑剔，躺到床上。茅草的霉味混合着图尔斯太太身上的药味：月桂油、软蜡烛、加拿大康复油、氨水。他没觉得自己是一个渺小的人，但是，绝望地悬挂在泥墙钉子上的，完全是一个小人物的衣服，滑稽的、不真实的衣服。

他不知道塞缪尔·斯迈尔斯会怎样看他。

但是也许他可以改变。离开这里。离开莎玛，忘记图尔斯一家，忘记所有人。但是又能去哪里呢？能干什么呢？他能做什么呢？除了做公共汽车售票员，或者在甘蔗地里、公路上工作，或者拥有一间店铺。塞缪尔·斯迈尔斯会预见到更多吗？

半睡半醒之间，门上传来咯吱的声音，不是一般的咯吱声，而是一种刻意弄出来的咯吱声：他辨认出是莎玛的手弄出来的。他闭上眼睛装作睡着了。他听见一只钩子被拉起来又落下去。她走进房间，甚至在泥地板上，她的脚步也是沉重的，明显想要吸引他的注意。他感觉她站在四柱大床的一边，俯视着他。他的身子绷紧了，他的呼吸不自然起来。

"嗯，你今天真是让我为你骄傲。"莎玛说。

事实上，这根本不是他所期望的。他已经习惯了她在捕猎村的尽职尽责，并以为她会站在他这一边，哪怕是在私底下。他所有的柔情都消失了。

莎玛叹了口气。

他爬了起来。"房子祝福结束了？"

她甩了甩仍然湿漉漉的笔直长发，他可以看见她前额上的檀香印迹：这在女人额头上如此古怪。它们使得她看上去神圣陌生得可怕。

"你在等什么呢？出去看着，保证一切安好无事。"

她对于他的暴躁很是吃惊，于是没有叹息也没有说话就离开了房间。

他听见她在给他找理由。

"他头痛。"

他听出这语气是要好的姐妹之间议论自己丈夫不适的时候用的。这是莎玛对于姐姐们的请求，请求相互的亲密，请求支持。

他为这个怨恨莎玛，却发现自己焦急地盼着有人回应，希望有人同情地讨论他的病情，虽然只是头痛。

但是甚至没有一个人说"给他一片阿司匹林"。

但是，他还是高兴莎玛尝试过了。

祝福房子的仪式严重消耗了毕司沃斯先生的财源，而且在仪式之后，店铺的经营也没有以前那么好了。在毕司沃斯先生招待的店主当中，有一个卖掉了他的铺子。另一个人搬了进来，他的生意很兴隆。这是捕猎村历来做生意的惯例。

"不管怎样，有一点是肯定的，"毕司沃斯先生说，"房子是被祝福过了。你以为每个人都等着免费的食品吗？"

"你赊账太多了，"莎玛说，"你必须要让那些人付钱。"

"你想让我去揍他们一顿吗？"

她拿出速记簿时，他说："你费什么脑子记账啊？我可以马上告诉你，零乘以零等于零。"

她计算了祝福房子仪式的花费，又加上了赊欠的钱。

"我不想知道，"毕司沃斯先生说，"我就是不想知道。是不是要再让房子接受一次取消祝福的仪式？你觉得哈瑞可以做得到吗？"

她得出了一个理论。"人们是因为觉得害臊不来了。他们欠账太多。图尔斯家的商店里也发生过这种事情。"

"你知道我觉得是什么原因吗？是我的脸。我觉得我没长一张店铺老板的脸。我有一张可以赊账却无法让人还钱的脸。"他拿起一面镜子研究着自己的脸，看这鼻子。还有鼻子上这丑陋的肿块。这双跟华人一样的眼睛。"看看，姑娘，假如，我的意思是说，假如你是第一次看见我。看着我想象一下。"

她看着他。

"好。闭上你的眼睛。现在睁开。第一次看见我。你刚刚才看见我。你觉得我会是什么人？"

她说不出来。

"这就是那该死的麻烦。"他说，"我看起来什么也不是。店铺老板，律师，医生，劳工，工头，我看起来谁都不是。"

塞缪尔·斯迈尔斯式的沮丧向他袭来。

莎玛是一个谜。在图尔斯商店里工作的时候，在哈奴曼大宅里和那些女孩子们一起在楼梯上蹦蹦跳跳的时候，她是一个机灵顽皮的姑娘。但是还有其他维度的莎玛，她完全成熟，似乎就等着被释放出来：妻子，管家，现在是母亲。她和毕司沃斯先生在一起时，始终动作敏捷，也不抱怨，几乎忘记了自己怀有身孕。但是当她的姐姐们来看她时，她们明确地表示怀孕是她们的事情，是图尔斯家的事情，和毕司沃斯先生几乎没有什么瓜葛，然后莎玛就变了一个人。她不但抱怨，还变成了一个长期忍受痛苦的人。她不停地扇风，常常吐口水，这是她独处时没有过的事情；但是怀孕的女人被认为就应该是这样的。倒不是她想要给姐姐们留下印象并博取同情，而是她急于不让她们或者让自己失望。当她的脚开始浮肿的时候，毕司沃斯先生想说："看，你现在完全是个正常的孕妇了，该有的症状都有了，就像你的姐姐们一样。"因为这无疑是莎玛在生活中所盼望的事情：经历每一个时期，让每一个角色得到充分发挥，经历她应该经历的所有情感：结婚或生育的快乐，生病和挫折的痛苦，死亡的悲伤。生活如果是圆满的，就应该遵循这些感情的定式。悲伤和欢乐，同等地在前面等待着，它们是一体的。对于莎玛、她的姐妹们以及所有和她们一样的女人来说，雄心意味着一连串的消极因素：不结婚，没有孩子，不做一个称职的女儿、姐妹、妻子、母亲和寡妇。

在姐姐们的帮助下，婴儿的衣服悄悄地备好了。毕司沃斯先生的一些面粉布袋消失了；再出现时，它们变成了尿布。临盆时，莎玛要回到哈奴曼大宅去。苏诗拉和琴塔过来接她，这时一切仍然在暗中进行，这让毕司沃斯先生感到莫名其妙。

然后他发现莎玛也为他做了准备。他的衣服被洗了晾晒着，他感动地发现——尽管他毫不惊讶——在厨房的架子上那些方形的纸片上，莎玛以她那从教会学校学来的字迹，用铅笔写着最简单的食谱，字总是在前面两行或者是三行的时候歪扭起来，而且字句没有文法和标点符号，但是他觉得很感动。更为离奇的是，他发现莎玛在纸上写了她平时只有说话时才会用的词语！比如说，在她告诉他怎样煮米饭的时候，她告诉他"只放一小撮盐"——他甚至可以看见她把细长的手指捏在一起——以及"用那个没有柄的蓝色搪瓷锅"。多少次，蹲在炉火旁边时，她对他说："把那个没有柄的蓝锅拿给我。"

在店铺闲着的时候他开始取名字，大部分都是男孩的名字：他没有想过可能会是女孩。他在店铺的纸上写下这些名字，不停地念叨着，然后说给顾客听。

"克里士纳德哈·哈瑞普拉塔布·葛卡尔耐斯·戴摩达·毕司沃斯。你觉得这个做名字怎么样？ K.H.G.D. 毕司沃斯。或者克里士纳德哈·葛卡尔耐斯·哈瑞普拉塔布·戴摩达·毕司沃斯。K.G.H.D 怎么样？"

"你没准备让梵学家给孩子起名字啊。"

"无论哪个梵学家都不能给我的任何一个孩子取名字。"

在柯林斯版《莎士比亚文集》的卷尾空页上，他用硕大的字母写下了他取好的名字，似乎他已经拟好了继承人。这本书的印刷其实模糊难辨。如果不是在哈奴曼大宅的长屋里他对着书狠踢了一脚，他本来想要选《贝尔的杰出演说家》的，那仍然是他最心爱的书；书的书页已经散乱，卷首和卷尾的环衬已经被撕破，露出黄褐色的纸板。他之所以买柯林斯版《莎士比亚文集》是为了《裘力斯·恺撒》，他曾在拉尔的学校里高声朗读过这出戏剧的一部分。但是其他所有的戏剧他都看不懂，因此他实际上根本没有读过这本书，现在要把它当作家传藏书也被证明是个错误，因为空页上的字不幸洇成了一团污迹。

是个女孩。但是孩子按时出生，生产也很顺利，是个健康的婴儿。莎玛完好无恙。他无法期望她比这更好了。他关了铺子，骑车赶到哈奴曼大宅，结果发现他的女儿已经被起好了名字。

"看看萨薇。"莎玛说。

"萨薇？"

母女俩住在图尔斯夫人的房间——玫瑰房间里。所有的姐妹们都在这个房间坐月子。

"是个好名字。"莎玛说。

好名字；而从捕猎村赶到这里来的路上，他一直都在琢磨名字，并决定给孩子起名叫萨拉吉妮·拉克什米·卡迈拉·德薇。

"赛斯和哈瑞给起的名字。"

"你用不着告诉我,"他朝孩子努努嘴,用英语问,"他们给孩子登记了吗?"

在床边的大理石桌面上的一个铜盘子底下压着一张纸。她把纸递给他。

"嗯!我很高兴她登记了。你知道政府和其他人当初都不愿意相信我甚至已经出生了。我家人不得不对此发誓并签署文件才能证明一切。"

"我们所有的人一出生都登记了。"

"你们所有的人都该登记的,"他读着出生证明,"萨薇?但是我根本就没有看见上面有这个名字。我只看见拜苏这个名字。"

她睁大眼睛:"嘘!"

"我可不能让人家管我的女儿叫拜苏。"

"嘘!"

他明白了。拜苏是孩子真正的名字,萨薇不过是小名。一个人的真名可能会被别人用来伤害这个人,而小名就没有这样的危险,这样叫起来方便。他因为不必叫他的女儿拜苏而松了一口气。但是,不管怎么样,那是一个什么名字呀!

"哈瑞给起的名吗?那个圣灵。"

"还有赛斯。"

"就凭这梵学家和大恶棍。"

"男人,你在干什么?"

他在出生证明上涂涂写写。

"看。"在出生证明的顶端他写着:真正的小名:拉克什米。签署人:穆罕·毕司沃斯,父亲。下面写着日期。

他们都觉得那不该被涂写的政府文件受到了挑战。

他对于她的不安感到好笑，并在他到来之后第一次仔细地打量了她。她的长发松散在枕头上。为了看着他，她不得不把下巴压在脖子上。

"你有了双下巴。"他说。她没有作声。

突然他跳起来。"这是什么鬼东西？"

"给我看看。"

他指给她看出生证明。"看。父亲的职业。劳工。劳工！我！你的家人怎么能这样下作，姑娘？"

"我没觉得有什么下作。"

"就是赛斯的主意。看。信息提供人：R. N. 赛斯。职务：产业经理。"

"我不明白他为什么要做这个。"

"听着，下次你需要一个提供消息的人，嗯，就通知我。把拉克什米叫成萨薇和拜苏。嗨，拉克什米。拉克什米，是我，你的爸爸，职业——什么职业，姑娘？油漆匠？"

"那让你听起来好像是刷房子的人。"

"广告油漆匠？店主？天，不要这个！"他拿过出生证明开始涂写。"产业主。"他说，把出生证明递给她。

"但是你不能叫你自己是产业主。店铺是妈妈的。"

"但是你也不能叫我是劳工。"

"他们会为这个控告你的。"

"就让他们告好了。"

"你现在还是走吧，男人。"

婴儿踢蹬着。

"你好，拉克什米。"

"萨薇。"

"拜苏。"

"嘘。"

"就说那个老恶棍。如果你问我的话，他心如蛇蝎。老蝎子。"

他离开那间充满了药味、盆盆罐罐和尿布的黑屋子，来到客厅里，在客厅的一端，两把高椅仿佛王座一般立在那里。他穿过木桥，来到老房子楼上的阳台上，哈瑞通常在这里阅读他那本笨重的经文。于是，他腼腆地从楼梯走到大厅里，想象着作为哈奴曼大宅刚出生的婴儿的父亲应该受到的极大关注。但是没有人特别注意他。大厅里挤满了沮丧地吃着东西的孩子。在孩子当中他认出了那个表演身体柔术的孩子，以及在捕猎村组织玩过家家的女孩。他闻到硫黄的味道，发现孩子们没有在吃东西，而是在喝一种加了褐色粉末的像炼乳一样的东西。

他问："那是什么，嗯？"

表演柔术的女孩扮了个鬼脸说："硫黄粉和炼乳。"

"吃的东西越来越好啦，嗯？"

"是治湿疹的。"玩过家家的女孩说。

她把一根手指伸进炼乳和硫黄粉之中，然后把手指放进嘴里，很快又重复了这个动作。

图尔斯太太从黑暗的厨房门口走了出来。

"硫黄粉和炼乳。"毕司沃斯先生说。

"为了让它变甜。"图尔斯太太说。她又一次原谅了他。

"变甜！"表演柔术的女孩压着嗓门说，"我的脚。"她的柔术表演给了她某种特权。

"特别是对湿疹有好处。"图尔斯太太在表演柔术的女孩身边坐下来，拿过她的盘子，把边上的硫黄粉抖落下来，那女孩一直把粉抖落到桌子上。"你看见你的女儿了吗，穆罕？"

"拉克什米？"

"拉克什米？"

"拉克什米。我的女儿。这是我起的名字。"

"莎玛看上去很好。"图尔斯太太把桌上洒的硫黄粉用手掌拨拉到一起，然后把手掌上的硫黄粉抖到炼乳里，那个表演柔术的女孩基本上没有动过。"我把她安排到玫瑰房间。我的房间。"

毕司沃斯先生没有说话。

图尔斯太太拍拍凳子。"过来坐到这里，穆罕。"

他在她旁边坐下。

"上帝恩赐。"图尔斯太太突然用英语说。

毕司沃斯先生掩饰着内心的惊讶，点了点头。他明白图尔斯太太喜欢摆出哲学家的架势。她带着最庄重的神情，缓缓地讲了一些简单的没有关联的话，以便达到一种令人不解的深刻性。

"一切都会到来。一点一滴地。"她说，"我们必须谅解。就像你父亲曾经说的那样，"——她指着墙上的照片——"是你的就是你的。不是你的就不是你的。"

虽然不情愿，毕司沃斯先生仍发现自己严肃地听着且点头称是。

图尔斯太太用鼻子吸吸气，然后用面纱按了按鼻子。"一年以前，谁会想到你会坐在这里，在这个大厅里和这些孩子们在一起，做了我的女婿，还当了爸爸？生活里充满了这样意料不到的事情。但是它们也不是意料不到。你现在要对一个生命负责了，穆罕。"她哭起来。她把一只手放在毕司沃斯先生的肩膀上，不是为了安慰他，而是为了得到他的安慰。"我把莎玛安排在我的房间，玫瑰房间里。我知道你担心未来。不用告诉我，我知道。"她拍着他的肩膀。

他被她的心情搞晕了。他忘记了那些正在吃炼乳和硫黄粉的孩子们，而是摇着头，似乎他正在深刻地反思，并对未来充满了绝望。

看见他受了她心情的影响，她把手放下，擤了擤鼻子，擦干眼泪。"无论发生什么，你都要活下去。无论发生什么。直到上帝在适当的时候把你带走。"最后一句话是用英语说的，这让他大吃一惊，他的迷乱状态被打散了。"就像他带走你死去的父亲一样。但是在那一刻来临之前，无论他们怎样让你忍饥挨饿或者怎么折磨你，他们都不能杀了你。"

他们，毕司沃斯先生想，他们是谁？

随后，赛斯穿着那双沾满泥泞的半筒靴走进大厅，孩子们摆出一副对硫黄粉热衷的样子来。

"穆罕，"赛斯说，"看见你女儿了吗？你真是让我吃了一惊，伙计。"

表演柔术的女孩咯咯笑起来。图尔斯太太微笑着。

你这个叛徒，毕司沃斯先生想，你这个老雌狐狸叛徒。

"现在你是大人了，穆罕。"赛斯说，"做了丈夫和父亲。不要再像个小孩子那样行事了。铺子还没有倒闭吧？"

"还要过一段时间。"毕司沃斯先生说，站了起来，"不管怎么说，哈瑞给房子祝福后才过了四个月。"

表演柔术的女孩笑了起来；毕司沃斯先生第一次对这个女孩有了点好感。受了鼓舞，他加了一句："你觉得我们可以让这房子免受祝福吗？"

更多的笑声响起来。

赛斯叫他的妻子拿吃的来。

提到食物，孩子们显出贪婪的样子来。

"今天你们所有的孩子都不能吃饭，"赛斯说，"就是教训你们在脏地方玩，感染了湿疹。"

图尔斯太太在毕司沃斯先生旁边。她又严肃起来。"什么都会一点点地到来的。"她现在在悄声说话，因为姐妹们已经端着铜盘子和碟子从厨房里出来了。"我敢说，你从来没有想过你自己的第一个孩子会在这样一个地方出生。"

他摇摇头。

"记住。他们不能杀了你。"

又是"他们"。

"哦，"毕司沃斯先生说，"所以现在家里有三口人了。"

她对他的语气警觉起来。

"给我一个煤桶吧，"他大声说，"一个小小的煤桶。"

他从侧门出来，蹬着车子经过拱廊。那里已经聚集了傍晚在这里抽烟聊天的老印度人。他骑车到米瑟家那座摇摇欲坠的木头房子跟前，冲着亮灯的窗户喊了几句。

米瑟把头探出蕾丝窗帘说："正是我想见的人。进来。"

米瑟说他把妻子和孩子们打发到丈母娘家去了。毕司沃斯先生猜测原因可能是夫妻吵架或者怀孕。

"没有他们我也累得半死。"米瑟说，"我在写故事。"

"给《特立尼达卫报》吗？"

"短篇小说，"米瑟带着他固有的不耐烦说，"你就坐下来听我读吧。"

米瑟第一篇小说讲的是一个人失业了好几个月，快要饿死了。他的五个孩子也快要饿死了，他的妻子正怀着另一个孩子。现在正是十二月，商店里满是食品和玩具。圣诞节时这人竟然也找到了一份工作。但是那天傍晚在回家路上，他被一辆疾驰而过的汽车撞倒，丢了性命。

"悲惨的事情，"毕司沃斯先生说，"我喜欢汽车疾驰而过的那段。"

米瑟微笑着，激烈地分辩说："但是生活就是这样的。这不是一个神话故事。没有什么很－久－以－前－有－－一－个－国－王那些鬼话。听听这个。"

米瑟的第二篇小说，说的是一个失业了好几个月快要饿死的人。为了维持他一大家子的生计，他开始卖自己的东西，最后，除了一张用两个先令买来的彩票之外，他什么都没有了。他不想卖掉它，然而他的一个孩子得了重病需要吃药。他把那张彩票卖了一先令，买了药。孩子还是死了，而他卖掉的那张彩票却中了奖。

"悲惨的事情，"毕司沃斯先生说，"后来呢？"

"你说那个人？你干吗问我？开动你的想象。"

"该死，该死，真悲惨。"

"人们应该知道这些悲惨的事情。"米瑟说，"知道生活。你自己也该开始写一点小说了。"

"我只是没有时间，伙计。我现在在捕猎村有一点小产业。"毕司沃斯先生停顿了一下，但是米瑟没有什么反应。"我也是个有家室的人了，你知道。要负责任的。"他又停顿了一下。"有了个女儿。"

"上帝！"米瑟厌恶地喊道，"上帝！"

"刚刚出生。"

米瑟同情地摇摇头。"包办婚姻，包办婚姻。这就是我们从这包办婚姻中得到的。"

毕司沃斯先生转换了话题。"那些雅利安教徒怎么样了？"

"你问这个干什么？你根本就不是真正关心。没有人关心。只要给他们讲一些童话故事他们就很开心。他们根本就不想面对现实。这个施乌乐乾是个该死的蠢货。你听说他们把番克耶·瑞送回印度了吗？有时候我会想他在那里怎么样了。我估计那可怜的人一定衣不蔽体，在某个贫民区里挨饿呢，没有办法找到工作或者别的什么。你知道，你可以就番克耶的事情写一个故事。"

"这正是我想说的，那人是个纯化论者。"

"一个天生的纯化论者。"

"米瑟，你还在《特立尼达卫报》那儿工作吗？"

"还是该死的一行字一分钱。怎么？"

"今天发生了一件该死的趣事。你知道我看见了什么？一头长了两个脑袋的猪。"

"在哪里？"

"就在这里，哈奴曼大宅里。在他们的地里。"

"你可能会感到吃惊，当然了，它已经死了。"

米瑟刚刚提起兴趣，现在无疑感到失望和难过。"如今只要能赚钱就行。我马上就打电话。"

当他离开米瑟时，毕司沃斯先生说："职业劳工。这就让他们瞧瞧。"

莎玛三周之后才能回到捕猎村。他在走廊里给婴儿放了一张吊床等待着。店铺和后屋开始变得杂乱不堪，十分冷清，如同一个被遗弃的营房。等莎玛和拉克什米回来以后——"她的名字叫萨薇。"莎玛坚持说，于是萨薇这个称呼就保留下来——这些房子不但是他的家，而且是他毋庸置疑地拥有自己地位的地方。

他立刻开始抱怨，而这实际上是最让他高兴的事情。萨薇哭闹起来时，他就斥责似乎是莎玛惯坏了孩子；吃饭迟了，他就做出不高兴的样子，实际上是在掩饰心中的喜悦，因为有人给他做饭。对于他的发作，莎玛和从前一样闷声不响。她自己生着闷气，似乎与感伤相比，她更偏向处于郁闷的情绪当中。

他喜欢看莎玛给婴儿洗澡。莎玛十分熟练，她可能以前给婴儿洗过几年澡。她的左臂和左手支撑着婴儿的后背和摇摆的头；她用右手给婴儿打肥皂和清洗；最后敏捷而又轻柔地把婴儿从盆里放到毛巾上。他惊叹于从哈奴曼大宅出来的莎玛双手虽然因为劳作而变得粗糙，但同样能显示出如许温柔。之后莎玛用椰子油涂抹萨薇并活动她的四肢，哼着欢快的歌。毕司沃斯先生和莎玛小时候也被这样按摩和活动过；人们唱着同样欢快的歌；可能这一仪式已经流传千年了。

傍晚，当太阳落山，周围的灌木丛开始传出虫子的吟唱时，莎玛还要给婴儿涂抹一次油。大概半年之后，就是在这样一个时刻，摩提来到店铺里，重重地敲打着柜台。

摩提不是村子里的。他是一个矮小忧郁的人，有着一头银发和糟糕的牙齿。他打扮得像一个穿着肮脏的职员。他板板正正地穿着一件脏衬衣，裤子上的油渍清晰可见。在他的衬衣口袋里放着一支自来水钢笔、一截短铅笔，还有一些脏兮兮的纸，这身装束是乡下学者的标志。

他紧张地要一个便士的猪油。

毕司沃斯先生出于印度教徒的信仰，没有储存猪油。"但是我们有牛油。"他说，想到那个高高的罐子里面红色液状的、有难闻的哈喇味的牛油。

摩提摇摇头，取下自行车的裤管夹。"那么就给我一分钱的天堂李子。"

毕司沃斯先生给他三个李子，包在一张方形白纸里。

摩提并没有离开。他把一个天堂李子放进嘴里，然后说："我很高兴你没有卖猪油。我为这个尊敬你。"他停顿了一下，闭上眼睛，在嘴里嚼碎了天堂李子。"我很高兴能看见一个像你一样的店主没有为了几分钱就放弃自己的信仰。你知道现在实际上有些印度教店主亲手卖咸牛肉吗？就只是为了多赚几分钱。"

毕司沃斯先生知道这些，且对于自己因为过于拘谨没有这样做而深感遗憾。

"还有别的事情，"摩提含着嚼碎的天堂李子说，"你听说了那头猪的事情吗？"

"图尔斯家的猪吗？我一点也不惊奇。"

"不管怎么说，幸好不是所有人都像他们那样。比如说你，还有斯巴安。你知道斯巴安吗？"

"斯巴安？"

"你不知道斯巴安！L. S. 斯巴安？那人几乎处理所有民事纠纷。"

"哦，他呀。"毕司沃斯先生说，仍然一头雾水。

"他是一个非常严格的印度教徒，也是这里最好的律师，我可以这么告诉你。我们应该为他骄傲。在你之前的那个店主——他叫什么名字来着？——不管怎样，在你之前的那个店主有很多地方要感谢斯巴安。如果不是因为斯巴安，他如今早就变成乞丐了。"

摩提把另一个天堂李子放进嘴里，然后漫不经心地打量着架子上零落的货物。毕司沃斯先生顺着他的目光看去，发现他正看着那些只有一半标签的罐子，那是斯巴安以前帮助的人留下来的。

"所有的人都到都克伊那去了，嗯？"摩提用英语说，现在他变得更熟络了。都克伊是捕猎村里最新来的店主。"真是遗憾。真是遗憾有些人一辈子都靠赊账过日子。这是一种变相的掠夺。比如芒格如。你知道芒格如吗？"

毕司沃斯先生再熟悉不过了。

"像芒格如那样的人应该进监狱。"摩提说。

"我也这么看。"

"但是他没有进监狱。"摩提义愤填膺地说，闭上眼睛，嚼碎了天堂李子，"就好像他是个乞丐付不起钱似的。芒格如比你我都有钱得多，你听着。"这对毕司沃斯先生来说是个新闻。

"那人应该进监狱。"

毕司沃斯先生刚要说他没有被芒格如蒙骗，摩提就说："他不掠夺那些和他一样粗鲁无情的店主。他害怕他们让他吃不了兜着走。不，他只是找那些心慈手软的好店主，他就是掠夺这些人。芒格如看见你，他觉得你是个好人，于是第二天他老婆就过来要两分钱这个三分钱那个，然后说她忘了自己没有钱，问你能不能等到下次发薪水的时候。于是，你用上好的牛皮纸袋包好东西，然后高高兴兴打发她回家，等待着下次发薪水的日子。下次发薪水时芒格如忘了。他老婆也忘了。他们忙着杀鸡买酒，根本顾不上想你。过了两三天，呵呵，老婆突然想起你来了。她又开始聒噪，要你再相信她一次。不要和我说芒格如。我对他太了解了。那人应该进监狱，如果有人有胆子把他扔进监狱的话。"

这故事被压缩成一段，做了戏剧化处理，但毕司沃斯先生意识到了它蕴藏的真相。他觉得自己被看穿了，于是什么也没说。

"只要给我看看你的账本，"摩提说，"只要看看芒格如欠了你多少钱。"

毕司沃斯先生取下架子上的钉子上挂着的账本，账本挂在一张褪色的塞戴克斯广告上，那是一种村民们不感兴趣的饮料。账本现在变成一个像羽毛一样柔软的、五颜六色的长刷子，底部的纸已经像枯干的叶子那样干脆卷曲。

"老天爷！"摩提说，翻看着账本，神色越来越严峻。他没有办法全部看完，因为要看底下的账单，他必须把上面的账单全拿下来。他转过身子背对着毕司沃斯先生，凝视着外面的黑暗，通过门口盯着他那辆又老又破的自行车的后轮。他难过地吮吸着天堂李子。"可惜你不知道斯巴安。斯巴安能马上就给你解决一切。他帮助了在你之前的那个人，不然那个人现在早就成乞丐了，伙计。乞丐。这是件好笑的事情，但是你不能看着那些赊账的人越来越有钱，脑满肠肥，而那可怜的赊账给他们的店主却没有足够的食物，穿着破衣烂衫，看着他的孩子们挨饿，看着他们生病。"

毕司沃斯先生觉得自己就是米瑟小说里的主人公，几乎掩饰不住内心的惊慌。

"好了，伙计，"摩提把自行车的裤管夹圈定在脚踝处，"我得走了。谢谢你和我聊天。我希望你一切都好。"

"可你认识斯巴安。"毕司沃斯先生说。

"认识他，当然。但是我不知道我是不是可以直接去找他，问他能否帮我一个朋友的忙,他很忙,你知道。要处理民事纠纷中的所有事务。"

"不过你还是能告诉他,对吗?"

"是的,"摩提不肯定地说,"我可以和他说一声。但斯巴安是一个大人物,你不能为了一两件小事情去麻烦他。"

毕司沃斯先生用手上上下下地拨拉着长钉上的纸。"这里有许多事务要他处理,"他气势汹汹地说,"你告诉他。"

"好吧。我去告诉他,"摩提骑上自行车,"不过我可不能保证什么。"

毕司沃斯先生回到后屋时,萨薇正在睡觉。

"我要摆平芒格如和其他人,"毕司沃斯先生对莎玛说,"要斯巴安告他们。"

"谁是斯巴安?"

"谁是斯巴安!你的意思是说你不知道斯巴安?那人几乎处理所有的民事纠纷。"

"我知道那些。那人说的时候我听见了。"

"那你还问什么?"

"你不觉得在你提出上诉时最好问一下别人的建议吗?"

"建议?谁的建议?老恶棍还是老雌狐狸?我知道他们无所不知,你不用告诉我这个。但是他们懂得法律吗?"

"赛斯起诉过很多人。"

"每次他起诉别人的时候,他都败诉了。你也不用告诉我那个。阿佤克斯的每个人都知道赛斯和他起诉的所有人。他可不是什么都知道。"

"他以前学过医学。医生或者药剂师。"

"学过医学!滥竽充数的医生,如果你问我的话。你觉得他像个医生吗?你没有看见过他的手吗?又肥又厚,甚至拿不住一支铅笔。"

"他那天给尚柔蒂的疖子开刀排脓来着。"

"没错,那是我想要告诉你的另一件事情,嗯。我有言在先,有言在先。

我可不要赛斯给我孩子的疖子开刀，我也不要他给我的孩子们开什么该死的硫黄粉和炼乳。"

芒格如是村子里领头的曲棍球手。他是一个高大、瘦长、结实的人，粗暴而乖戾，两撇硕大的八字胡让他看上去面貌凶恶。因为这个，村民们叫他八字胡，后来又叫他胡子。作为一个曲棍球手，他所向无敌。他不但有技巧和头脑，而且反应快得令人不可思议。他可以极为自然地反守为攻，根本不露任何破绽。他参与每一场比赛都好像是为了演练所有动作。是芒格如组织捕猎村的年轻人成立了一支曲棍球队，准备在基督教的狂欢节和穆斯林的侯赛因节时捍卫村子的荣誉。傍晚，在他的院子里，在芒格如的指导下，他们点起火把，刻苦地训练。村子里的男孩们跑去观看傍晚的演习。毕司沃斯先生不顾莎玛的反对，也去围观了。

他不但喜欢这个游戏，也喜欢那些棍子的制作过程。在钟花树的树皮上刻上图案，然后在篝火上烘烤。烤焦的树皮被剥掉以后，图案就被炙刻在白色的木头里。炙烤后的钟花树枝散发出的气味给人一种难以言喻的快感：隐隐约约，但又如此持久，似乎是从遥远的地方、从囚禁于木头中某个难以测量的深处散发出来：就像拉各胡曾经在这样的村子、这样的院子、这样的篝火上所炙烤的钟花树枝那样，散发出微弱隐约的气味。它带给人的是一种感觉，而不是画面，仿佛炉火在泥墙上闪烁，晚餐在炉火上烧煮，炉火照亮了黑夜，带来清冷、新鲜、人们不熟识的早晨的感觉，带来雨无声地落在茅草屋顶上、但屋内仍是温暖的感觉：这种感觉和钟花树枝的气味一样若隐若现，却令人悲哀地转瞬而逝，让人无法把握，也无法在记忆中留存下来。

随后，棍子的顶部被雕刻好，然后放进装在竹筒里的椰子油里面浸泡，从而给棍子增加力度和韧性。芒格如再把这些棍子拿到一个他认识的老曲棍球手那里，用一个死去的西班牙人的亡灵给棍子进行"加持"。

这使得这一仪式带上一种浪漫、神秘和令人敬畏的色彩，因为毕司沃斯先生知道，尽管西班牙人在一百年前交出了这个岛，他们的后裔也不知所终，但是西班牙人却留下一种视死如归的英勇记忆，这种记忆被传给来自另一个大洲的人。这些人并不知道什么是西班牙人，他们住在时空都被湮灭了的泥土和茅草搭成的小屋里，仍然用亚历山大的名字吓唬着小孩子，对他的伟大却一无所知。

芒格如的职业是修路工。对于这个，他总是声称自己给政府工作，而且他根本不愿意工作。他明白无误地声明，因为他捍卫了村子的荣誉，村子应该养着他。他还强行索取捐款，为了大烛台上的柏油，为了"加持"费用，以及比赛的时候曲棍球手们昂贵的服装费。起初毕司沃斯先生很痛快地捐了款。但是芒格如声称为了全心投入他的训练，有一次好几个星期都放弃了修路的活，靠着向毕司沃斯先生和其他店主赊账过活。毕司沃斯先生对芒格如十分仰慕。他觉得不赊账给芒格如是不忠诚的，要他还钱既不合适又很危险。芒格如变得越来越肆无忌惮，毕司沃斯先生向其他顾客抱怨，他们告诉了芒格如。但是，就像毕司沃斯先生害怕的那样，芒格如没有用暴力对付他，而是始终维持着一种尊严，这种空虚的尊严就好像莎玛的沉默和叹息一样深深地伤害了毕司沃斯先生。芒格如拒绝和毕司沃斯先生说话，并且只要一经过店铺就朝铺子吐唾沫。芒格如的赊账始终没有还，而毕司沃斯先生又失去了几个顾客。

出乎毕司沃斯先生的意料，摩提比他预计的提早赶来了，他说："你是个走运的人。斯巴安决定帮助你。我告诉他你是我的一个朋友，还是个好印度教徒，因为他自己就是一个严格的印度教徒，你知道的。他会帮助你，虽然他很忙。"他从衬衣口袋里拿出一些文件，找出他想要的那份，然后摔在柜台上。文件上有点歪斜地盖着紫红色的印章，上面说L.S.斯巴安是一名律师和办理不动产转让的事务者。印章下面打印的句子当中有很多虚线。"等到斯巴安收到你的文件之后他会给你填上的。"摩提用英语说，英语是法律要求的标准语言。

总费用，毕司沃斯先生激动地读着，一共一元二十分，此信费用需在十天内付清，否则将受法律制裁。在这段话下面有另一条虚线，L. S.斯巴安将在这里签署名字，上面写着"你最忠诚的"。

"权威，权威，伙计，"毕司沃斯先生说，"法律制裁，嗯。我不知道这么容易就能起诉别人。"

摩提做出一副不屑的样子。

"一元二十分。这封信的费用。"毕司沃斯先生说，"你的意思是说我连这封信的费用也不用付吗？"

"斯巴安帮你申诉，所以不用付。"

"一元二十分。你是说斯巴安只要在这些虚线上填内容就能拿到这些钱？真是受教育，好家伙。这根本不像是什么职业。"

"你就是你自己的老板，如果你是个专业人员的话。"摩提说，他的声音里带着一丝不易察觉的苦涩。

"但是一元二十分，伙计。只要花五分钟写好这些就挣一元二十分。"

"你忘了在他们允许他发放这样的文件之前，斯巴安不得不花费数年的功夫钻研所有那些又厚又大的书。"

"你知道，最重要的就是要有三个儿子。一个当医生，一个当牙医，还有一个当律师。"

"不错的小家庭。如果你有儿子的话。如果你有钱的话。他们在那些地方是不信任人的。"

毕司沃斯先生拿出莎玛的账本。摩提要求再次看看写着赊账的纸片，他一边翻看一边沉下脸。"很多都没有签名。"他说。

毕司沃斯先生一直觉得让赊账的顾客签名很不礼貌。他说："但是上次你看的时候就没有签名呀。"

摩提发出不安的笑声。"别担心，我知道斯巴安受理过没有文件和没有任何证据的案例，他一样能让人把钱拿回来。但是这里有很多工作要做。你得让斯巴安相信你是认真的。"

毕司沃斯先生拉开架子下面的抽屉。抽屉很大但是并不重，它被轻易而笨拙地拉了出来。里面的木头油乎乎的，却洁白得惊人。"一元二十分？"他说。

有人清了清嗓子。是莎玛。

"夫人。"摩提说。

莎玛没有应答。

毕司沃斯先生没有转身。"一元二十分？"他重复说，一面把抽屉里的硬币晃得叮当响。

摩提不快地说："对于斯巴安这样的人，你不能花一元二十分就让他给你打官司。"

"五元。"毕司沃斯先生说。

"这还差不多。"摩提说，似乎他想拿到的是十元。

"这是两元。"毕司沃斯先生说，迅速地走到柜台那儿放下一张红色的钞票。

"没关系，"摩提说，"不要费心数了。"

"三元，"毕司沃斯先生放下一张蓝色的钞票，"四元。五元。"

"一共五元。"摩提说。

"告诉斯巴安我付钱了。"

摩提把钞票放到他衣服一边的口袋里，把莎玛那本速记簿放在另一侧口袋里。然后，他安好自行车裤管夹，抬头说："夫人。"他冲着毕司沃斯先生背后做了一个笑脸。接着，他头也不回地迅速地推着车子，穿过黄土飞扬的院子。院子里很脏，到处都是裂缝，这里或者那里散落着发白的被压扁了的安柯牌香烟盒子。"再见！"他跳上自行车，迅速地蹬着车子走了。

"再见，伙计，摩提！"毕司沃斯先生在后面喊道。

他待在原地没动，手掌按着柜台的一边，凝视着路面，凝视着土地斜对面的小屋旁边的芒果树，还有甘蔗地和偶然探出甘蔗地的一小圈树林，以及围绕着中央山脉的矮山。

"好了，"他说，"有人把你变成雕像了吗？"

莎玛叹了口气。

"我以为我是这儿的老板。"

"还是个专业人员。"她说。

"应该给他十元的。"

"现在还不晚。你怎么不倒空抽屉里所有的钱，然后追上去给他？"

在同时激起了他的火气和争吵的欲望之后，她离开门口回到后屋去了，在屋子里她乒乒乓乓了一阵，叹息了一会儿，便开始哼一首流行的印度歌曲：

> 缓缓地，慢慢地，
> 兄弟们和姐妹们，
> 抬着他的尸体来到水边。

他没有印度教徒在面对灾难和死亡时表现出来的乐观情绪，他常常要求莎玛不要唱这首火葬曲。但是他现在却不得不听她带着一种甜蜜的做作唱完这首忧伤歌曲。当他带着被打败的懊恼来到后屋时，他发现莎玛穿着最好的缎子胸衣，戴着最为精巧的面纱，正在给穿戴整齐的萨薇穿毛线鞋。

"喂喂！"他说。

莎玛系好一只毛线鞋，然后给萨薇穿另一只。

"要到什么地方去吗？"

她系上另一只毛线鞋。

最后她用印地语说："你可能已经没有廉耻了。但是有的人还有。你要记住这一点。"

他知道那些和丈夫住在一起的图尔斯家的姐妹们常常在吵嘴之后回到哈奴曼大宅，她们在那里抱怨并博取同情，如果她们在那里待得不是太久的话，还能博得敬意。"好吧，"他说，"收拾东西走吧。我看在那个猴子窝里，她们可能会给你一块奖牌呢。"

她走了之后，他站在店铺门口，抚摸着肚子，看着那些欠账的人从地里收工。他唯一的快乐就是想到几天以后这些人将会怎样吃惊：捕猎村将会引起一片骚乱，这一切是他在铺子里不费吹灰之力就制造出来的。

"毕司沃斯！"芒格如在路上喊道，"在我进去之前，给我出来！"

这一天来临了。芒格如一手举着一张纸，另一只手拍打着那张纸。

"毕司沃斯！"

一小群人围拢过来，很多人手里都拿着纸。

"传票，"芒格如说，"他给我寄了一张传票。我要让他把这传票吃下去。毕司沃斯！"

毕司沃斯先生磨磨蹭蹭地抬起柜台盖，打开柜台下的小门，来到店铺前面。法律站在他那一边，实际上是他让法律发挥了效力，他觉得这给了他充分的保护。他倚在门柱上，感到墙壁在震颤。他抑制住唯恐墙倒塌下来的恐惧，跷着二郎腿。

"毕司沃斯！我要你把这张传票给我吃下去。"

女人们在路上尖叫起来。

"你敢动我？"毕司沃斯先生说。

"传票。"芒格如说着，迈进院子里。

"你敢动我一下我就控告你。"

芒格如仍然往前走。

"我要控告你，要你在监狱里过狂欢节。"

这一招惊人地奏效。距离狂欢节还有不到一个月。芒格如踌躇着。他的追随者们想到可能会在曲棍球年度比赛最重要的两天里失去带头人，便立刻朝芒格如跑过去，把他拉了回来。

"我要你们所有的人都做见证人，"毕司沃斯先生说，不明白他们为什么放过自己，"让他碰我一下看看。你们所有的人都要上法庭做我的证人。"他以为他第一个要求他们做证人就是在法律上限定了他们。"我不能让我的妻子做证人，"他继续说，"他们不让妻子做证人。但是我要求你在这里的所有人做证人。"

"传票。这人给我寄了一张传票。"芒格如咕哝着，一边在没有失去威信的情况下，由着自己被追随者们慢慢推搡到路上。

"嗯，"毕司沃斯先生说，"一个人收到传票。他早应该有如此下场。让我告诉你们。不要让什么汤姆、迪克或者哈里的和我耍心眼，你们听着。一个人收到传票。在我的事情了结之前，还有更多的人会收到传票。不要过来和我说。去和斯巴安说去吧。"

等到他一周之后来到铺子时，摩提摆出一副公事公办的样子。他问候了毕司沃斯先生，从衬衣口袋里掏出一张纸，把纸摆在柜台上，然后用自来水钢笔勾掉名字。"嗯，拉特尼付钱了，"他说，"都克伊付钱了。苏罕付钱了。格德伯德罕付钱了。拉坦付钱了。"

"我们吓住了他们，嗯？所以，不需要用法律制裁他们了吧？"

"占克要求多给点时间。普拉塔姆也是。但是他们会付钱的，尤其是看见其他人都付了钱之后。"

“好，好，”毕司沃斯先生说，“我马上就能收到他们的钱了。”

摩提把纸折叠起来。

“然后呢？”毕司沃斯先生说。

摩提把纸装进口袋。

毕司沃斯先生装作漫不经心地问：“芒格如呢？”

“我很高兴你问到了他。事实上，他给了我们一点小麻烦，”摩提从他的裤子口袋里拿出一个长信封给毕司沃斯先生，“这是给你的。”

这是一封来自首席检察官的信函。

毕司沃斯先生带着怀疑、懊恼和难过的心情读着。

“谁是那个该死的把他的脏名字盖在上面的家伙？他也是一个律师和办理不动产转让的事务者吗？我以为斯巴安是唯一受理民事纠纷事务的人。”

“不，不，”摩提带着安慰的口气说，“这是巡回法庭的事务。”

“巡回法庭。巡回法庭！这就是斯巴安给我的结果！”

“不是斯巴安让你有这个结果的，是你自找的。看看上面的时间表。”

“噢，上帝！看，看。芒格如控告我毁坏他的信用！”

“他的控告案不小呢。你不应该到处和别人说他欠你的钱。我不止一次听见斯巴安对他的客户说：‘把一切都交给我处理并保持沉默。保持沉默。保持沉默，把一切交给我处理。’一次又一次。但是客户们就是不听。我知道有些嘴上把不住门的客户最后上了绞架。”

“斯巴安什么该死的事情也没有和我说。我甚至连那个该死的人的面都没有见过。”

“他现在想见你。”

“让我把这个搞清楚。芒格如欠我的钱，我说了出去，于是就损害了他的信用。现在他不能到处凭着信任赊账并不付钱了。于是他就控告我。这到底是怎么回事？那些欠账条呢？”

"那些欠账条没有签过名。我的确就这个警告过你，记得吗？但是你不听。客户们就是不听。这是严肃的事务，伙计。斯巴安担心得要命。我可以告诉你。"

"听见了。斯巴安感到担忧。但是我怎么办？"

"斯巴安认为你在法庭上没有赢的机会。你最好庭外解决。"

"你的意思是花一笔钱吗？好吧。英镑，先令和便士，元和分。让我听听谁能拿多少钱。这就是斯巴安处理民事纠纷的办法，嗯？"

"斯巴安只想帮助你，你知道。你可以找一个王室法律顾问或者别的谁代理一下你的案子，还没等他要你坐下你就花了一百几尼了。没有人拦着你。"

毕司沃斯先生倾听着。他惊讶地发现，在芒格如的律师穆罕默德和斯巴安之间已经有了一次友好的谈判，因此这个案子在他全然不知道的情况下已经做了了结。看起来芒格如同意收取一百元并取消控诉。双方律师的费用同样是一百元，不过，斯巴安出于对毕司沃斯先生境况的体谅，说他可以在毕司沃斯先生收到赊账的人还钱之后再收钱。

"假定说，"毕司沃斯先生说，"所有其他人都和芒格如一样。假定说每个人都控告我。"

"不要这么想。"摩提说，"你会让自己难受的。"

一旦他得空，毕司沃斯先生就骑车到阿佤克斯去接莎玛回来。他没有告诉她发生了什么。他也没有向图尔斯太太或者赛斯借这笔钱，而是去找了米瑟。米瑟除了从事新闻和写作以及一些宗教活动以外，还放高利贷，他手上有两百元。

在捕猎村待的一大半时间里，毕司沃斯先生都在还这笔债。

毕司沃斯先生在捕猎村的六年里，岁月在无聊和厌倦中消磨着，以至于到最后只需一瞥，就完全可以领会其中的内容。但是他变得苍老了。

那些起初他渴望的皱纹最后爬到了他脸上，但是它们不是他所希望的显示果断的皱纹，可以给他一种威严或者不快的神态；那些皱纹是模糊的，忧虑不安的，令人失望的。他的两颊开始下垂，颧骨在适当的光线下有轻微的突出，还有了双下巴，他可以拽着那儿松弛的皮肤，使得下巴看起来像埃及雕像上垂下来的僵直胡须。他胳膊和腿上的皮肤都松垮下来。他的肚腩始终挺在那里，并不是因为肥胖，而是因为便秘，这一苦恼始终困扰着他，成瓶的麦克莱恩牌胃药冲剂像成袋的面粉和大米一样成为莎玛购买的物品。

虽然在这样一个闭塞的环境里，他仍然幻想着前面有更加崇高的使命在等着他，但是他也已经不再看塞缪尔·斯迈尔斯的书了。那个作家尤其让人沮丧。他开始对宗教和哲学感兴趣。他阅读印度教的书，他阅读维尔太太送给他的马可·奥勒留和爱比克泰德的书，他买了一本又脏又旧的《生活的超感》，从而在阿伬克斯赢得了一个摊贩的感激和敬意。他开始涉猎基督教，买了一卷《站起来行走》的书，大部分是用大写字母写成的。小时候，他喜欢阅读一些关于外国坏天气的描写，这使得他忘记了他所熟悉的酷热和突然降临的大雨。但是现在，即使他的哲学书能给他一些安慰，他却始终摆脱不掉那种它们和他的处境不相关的感觉。这些书被束之高阁。店铺在等着他，金钱的问题在等着他，外面的路很短，穿过暗绿色的平坦田野，一直通往那些酷热的小屋。

每周至少有一次他会想着要离开店铺，离开莎玛，离开孩子们，走上那条路。

宗教是一回事，绘画是另一回事。他拿出自己的刷子，在铺子的门里面和柜台前面画满了风景。那风景不是商店旁边的废弃地，也不是后面错综复杂的灌木、穿过路面的小屋和树木，或者是远处中央山脉那些低矮的蓝色山峰。他画的是清凉整洁的森林景色，有着优美曲线的青草地，栽植的树木上缠着友好的蛇，地上铺满了鲜艳美丽的花朵；那不是他只消走一个小时的路程就能发现的那种枯朽的滋生着蚊虫的丛林。他试图画一幅莎玛的肖像。他让她坐在一个鼓鼓囊囊的面口袋上，这一象征让他十分满足。"正好符合你们家族的样子。"他说。他花了大量的时间描绘她的衣着和面口袋，以至于他刚刚开始画她的脸时，莎玛就放弃了，而且不愿意再坐下来让他继续画。

他阅读了无数的小说，尤其是那些读者图书馆系列小说。他甚至试图自己写小说，那是受到了一篇由米瑟所写、发表在西班牙港一本杂志上的难解的故事的鼓舞。（这个故事说的是一个快要饿死的人被一个恩人拯救，在几年之后成了一个富翁。有一天当他沿着海岸开车时，听见海里有人在喊救命，他意识到是那个以前拯救他的人遇到了危险，便立刻跳进海里，但是他的脑袋撞在一块暗礁上，淹死了。那个恩人活了下来。）而他却始终无法构思出一篇故事来，他缺少米瑟那样悲剧式的想象力，无论他的心情怎样糟糕，他的主题怎样悲惨，只要他一开始动笔，他就变得滑稽而无礼，他所能想到的也只是针对摩提、芒格如、斯巴安、赛斯和图尔斯太太的扭曲而下流的描写。

有时候连续好几个星期他都专注于干一些荒唐事。他把指甲留得极长，伸出来吓唬顾客。他在脸上又挖又挤，直到额头和两颊红肿一片，嘴唇的边缘像是伤痕累累。等到皮肤布满圆坑一样的凹痕，他就带着兴趣仔细研究它们，发现这些圆满的痕迹让他心满意足。他还曾经在脸上搽上五颜六色的康复药，然后站在店铺门口朝认识的人致意。

他做这些事情都是趁莎玛不在的时候。她越来越频繁地回到哈奴曼大宅去，即使他们没有吵架，她待在那里的时间也越来越长。

萨薇三岁的时候，莎玛生了一个儿子。那些写在柯林斯版《莎士比亚文集》卷尾空页上的名字并没有派上用场。赛斯建议这孩子应该起名叫阿南德，毕司沃斯先生没有准备别的名字，就同意了。此后就是莎玛带着阿南德来回走动，萨薇待在哈奴曼大宅里。这是图尔斯太太的意思；

也是莎玛的意思；也是萨薇自己的意思。她喜欢哈奴曼大宅里的活动和众多的孩子，在捕猎村时她总是不安生而且表现不好。

"妈，"萨薇有一天对莎玛说，"你能不能把我送给琴塔姨妈，和维迪亚德哈交换呢？"

维迪亚德哈是琴塔刚生的孩子，就在阿南德出生前几个月出生。萨薇这样要求的原因是：按照一个无法考证的传统，琴塔是给哈奴曼大宅的客人端送可口佳肴的姨妈。

莎玛把这件事情当作一个玩笑讲出来，不理解为什么毕司沃斯先生对此大为光火。

他每周一次骑他那辆埃菲尔德皇家自行车到哈奴曼大宅去看萨薇。通常他不必进去，萨薇在拱廊下面等他。他每次都给她一个六分钱的银币，焦急地问一些问题。

"谁打你了？"

萨薇摇摇头。

"谁冲你嚷嚷了？"

"他们冲每个人都嚷嚷。"

她似乎根本不需要一个保护者。

一个星期六，他发现她穿着一双沉重的靴子，靴子上的长铁箍垂在腿上，膝盖上绑着带子。

"谁给你穿这个的？"

"外婆。"她一点也没有不高兴。她对于这靴子、铁箍和带子很自豪。"它们很重，很重。"

"她为什么要你穿这个？是为了惩罚你吗？"

"只是想让我的腿变直。"

她有一双罗圈腿。他认为没有什么可以改变它们，也从来没有想过怎样才能改变它们。

"这靴子很难看，"他只能这样说，"它们让你看起来像个跛子。"

她对这个字眼皱起眉头。"嗯，我喜欢。"然后，接过那六分钱硬币，摊开两手，把手放到臀部，朝别处望去。这姿势和她姨妈们的如出一辙。

图尔斯家的人口持续膨胀，住在这里的女儿们不断生下新的孩子。有一个住在别处的女婿死了，他的遗孀和孩子们也回到哈奴曼大宅。他们穿着黑色、白色和紫红色的丧服，看起来与众不同，别有魅力，但是这种基督教的习俗并非能让所有人接受。一回到捕猎村，莎玛几乎立刻就开始讲述那些新来者低级的语言和举止。甚至有一些关于他们偷盗和猥亵行为的闲言碎语。莎玛还讲述说，那个寡妇为了平息这一切，严厉地责罚了她那丧父的孩子们，并以此赢得了大家的首肯。

这些都让毕司沃斯先生很担心，更让他懊恼的是，他发现萨薇现在整天讲的都是那些服丧的人的恶劣行为和所受的惩罚。

"有时候，"萨薇说，"他们的妈妈就把他们交给外婆处置。"

"听着，萨薇。如果外婆或者别的什么人打你，你就告诉我。不要让他们吓唬你。我马上就带你回家。你只要告诉我。"

"外婆把维米拉绑在玫瑰房间的床上，蒙上眼睛，拧她的全身。"

"上帝！"

"这是教训维米拉。是为了责罚那个女孩说下流话。"

毕司沃斯先生想知道萨薇是不是也受过这样的责罚，但是他害怕询问。

"哦，我喜欢外婆，"萨薇说，"我觉得她很好玩。她也很喜欢我。"

"是吗？"

"她叫我小独立分子。"

他什么也没说。

还有一天萨薇说："外婆要我吃鱼，可是我讨厌吃鱼。"

"喂，那么你就别吃，把鱼扔掉。不要让他们给你吃他们那些糟糕的食物。"

"但是我做不到，外婆把所有的刺都挑出来亲自喂我吃。"

等到他回到捕猎村时，他对莎玛说："听着，我要你叫你妈别用那些糟糕的食物喂我的女儿，你听见没有。"

她知道发生的一切。"鱼吗？但是鱼脑是补脑子的东西，你知道。"

"在我看来，你们家就是吃那些该死的鱼脑太多了，你听着。我不许他们再管我的女儿叫小独立分子。我不想让任何人给我的女儿起绰号。"

"那你给别人起的绰号呢？"

"我就是要他们别再这样做，就这些。"

因为他始终觉得他们在捕猎村的逗留只是一时权宜，他也就没有打算做任何改进。厨房依然是歪斜摇晃的，他也没有给走廊围上围墙，建一个新房间。他还觉得不值得种那些两三年后才会开花结果的树。

有一天当他发现店铺和房屋里有很多他住在这儿留下的痕迹时，他感到很奇怪。似乎在他之前没有人在这里住过，也很难想象在他之后会有人在这些屋子里走动，并像他那样熟识这一切。椽子上吊床的绳子已经磨出锯齿一样的凹痕。绳子本身的颜色也已经变得暗淡，绳子上他和莎玛手握的地方和泥墙下半部分的隆起一样闪闪发光。茅草屋顶更加乌黑，芒刺丛生；后屋里弥漫着他的香烟和颜料的味道；窗台和走廊上的柱子由于经常被倚靠而蹭得十分干净。铺子更加阴暗，更加肮脏，也更加难闻，但是这一切他全能忍受。店铺里原来留下的那张桌子已经被他视为己有。他曾经试图在上面上一道清漆。但是这桌子是本地的雪松做的，吸收力非常强，而且从来就不能饱和，吸收了一层又一层的清漆和颜色，直到最后，他在恼怒之余把它漆成他画的那些森林中的某一种绿色。要不是莎玛拦阻，他还要在上面画上风景。

同样令人奇怪的是，他发现在这些他忽视的岁月里积攒了很多家什。他们无法仅用一辆驴车就从捕猎村搬家了。他们购买了一个厨房用的橱柜，橱柜是用白色木头做的，镶着纱网。这个橱柜和那张桌子一样很难上光，但是也被油漆过了。橱柜的一条腿比其他的腿短，因此不得不被支撑起来；现在他们甚至想都不用想就知道他们不能靠在橱柜上或者用力碰撞橱柜。他们还买了一个帽架，倒不是因为他们有帽子，而是因为这是一件除了极为穷困的人外每家都会有的家具。为此，毕司沃斯先生买了一顶帽子。他们还在莎玛的坚持下买了一张梳妆台。梳妆台出自工匠之手，上着法式清漆，带一面巨大而清晰的镜子。为了保护它，他们把梳妆台放在卧室的一个黑暗角落里，下面垫了好几截木头，这使得镜子几乎没了用处。梳妆台上的第一道划痕让他们如临大敌。自那以后，它便有了更多的划痕和一次大的损坏，从此莎玛就很少擦它了，但是在那间低矮的茅草屋里，它看上去仍然簇新，而且豪华得惊人。从来不怕欠债的莎玛还想要一个衣橱，但是毕司沃斯先生说衣橱让他想起棺材。于是他们的衣服就一直放在梳妆台的抽屉里，挂在墙上的钉子上，放在四柱大床下面的箱子里。

　　虽然起初哈奴曼大宅给人的感觉是杂乱无章，但是毕司沃斯先生不久就发现它实际上井然有序，个人地位是按照次序划分的，就像琴塔在派德玛之下，莎玛在琴塔之下，而萨薇在莎玛之下，至于他自己，则远在萨薇之下。在以前没有自己的孩子时，他不明白孩子们是怎样生存下来的。现在他看见在这个大家庭里，孩子们被当作一种资产，一种未来的财富和影响力的来源。他担心萨薇会被虐待的恐惧是荒谬可笑的，就同他惊讶于图尔斯太太会不辞辛苦地改变萨薇不喜欢吃鱼的习惯一样。

　　这并不是唯一一个改变他对哈奴曼大宅的看法的因素。这座宅子自成一个世界，远比捕猎村真实，而且没有那么无遮无拦；大宅之外的任何事情都是外来的，不重要的，因此是可以忽视的。他需要这样一个避难所。这所房子后来对他来说就像塔拉的家在他小时候对他的意味一样。他可以在任何时候进出哈奴曼大宅并且淹没在人群里，因为大家对他的态度是漠然的、而非敌意的。他越来越频繁地到宅子来，沉默不语，以求赢得别人对他的喜爱。但是这只是他的一种努力，因为即使在节假日里，当每个人都兴高采烈地忙活着的时候，他仍然是孤零零的一个人。

　　漠然后来变成了接受。让他高兴和惊讶的是，由于他过去的行为，他像那个会柔术表演的女孩一样有了某种特权。那个女孩子现在正谈婚论嫁。有时候他会借机说一些刻薄话，无论他说什么都能招来一阵哄笑。两个神大部分时间都不在，而他也很少看见他们。但是当他看见他们的时候，他竟然也满心愉悦，因为他和他们之间的关系也发生了改变，他把他们当作他唯一可以与之严肃交谈的人。如今他已经抛弃了雅利安教的那些偶像破坏论，他们在一起谈论宗教，这些谈论成为家庭中的娱乐。他总是认输，因为他的观点总是被当作玩笑打发；这使得每个人都心满意足。当举行重要的宗教仪式、接待重要的客人的时候，他的地位甚至还要再上升一级。很快，大家就都认为毕司沃斯先生和哈瑞一样，太无能，又太过聪明，不能像其他女婿们一样履行仆役职责。于是他被委托到客厅里和梵学家们一起争论问题。

　　他总是在这些宗教仪式的前一天下午到达哈奴曼大宅，这样他就可以在那里过夜。也就是这个时候，他会想起他从前那些隐秘的雄心壮志。当他是一个孩子时，他忌妒阿扎德和梵学家杰拉姆。多少次，当杰拉姆的妻子在厨房里烧饭时，他看见杰拉姆洗过澡，换上干净的缠腰布，坐在阳台的一堆枕头上，戴着眼镜看书！他那时以为人生的最高境界莫过于像杰拉姆那样知足舒适了。当阿扎德坐在一把椅子上朝后仰着头的时候，他感觉再也没有比那把椅子更舒服的地方了。除了他的忧郁和挑剔，阿扎德吃饭能那般津津有味，以至于和他一起吃饭时，毕司沃斯先生也觉得阿扎德盘子里的食物更加好吃。傍晚将近结束时，在睡觉之前，阿扎德把拖鞋踢落在地上，腿蜷在摇椅上，一边缓缓地摇晃，一边啜饮着一杯热牛奶，他闭着眼睛，每啜一口就叹息一声。对毕司沃斯先生来说，阿扎德似乎在品味最精致的奢侈品。他相信他长大之后，也可以像阿扎德那样享受一切，他发誓要买一把摇椅，要在每个傍晚啜饮一杯热牛奶。但是，这些夜晚来临的时候，哈奴曼大宅里灯火通明、人声鼎沸，当他坐在锃亮的地板上铺的坐垫上，要求一杯热牛奶的时候，他却无法感受到那种深刻的享乐，只有一种恼人的不安，就如同他在塔拉家里给阿扎德读"你的身体"时那样的不安。随后他就知道，一旦他走出院子，他仍然是无足轻重的，他要回到大路上的酒屋里或者是后巷的家里。现在他想的是捕猎村里黑乎乎的店铺，那些架子上卖不出去的罐头食品，那些沾满蝇屎的暗淡展示架上的木板——已经失去了新木头的愉悦气味和油墨的味道，那在凹槽里摇晃着的里面没有几个钱的油腻抽屉。他总是会想起他惶恐的未来。这未来不是第二天或者是下个月，甚至不是明年，那些是他所能理解的时间范畴，因而不会让他恐惧；他恐惧的未来无法用时间来衡量。它是一种空虚，一种怅惘，就像在梦里一样，那种未来超越了明天，超越了下星期，超越了明年，他感到自己在向下坠落。

多年以前，有一次他在阿扎德的公共汽车上卖票——公共汽车没有固定路线，驶往遥远的不为人知的村庄。那是一个接近黄昏的下午，车行驶在乡村坑坑洼洼的路上，他们在归途中。光线暗淡，而他们在追赶太阳。太阳落山了；在短暂的黄昏中他们经过一个孤零零的小房子，小房子坐落在离路边很远的一处空旷的地方。炊烟从破败的茅草屋檐下袅袅升起：屋里的人正在准备晚饭。在阴影中，一个男孩双手背在身后，靠在墙上，凝视着路面。他除了一件白得耀眼的汗衫之外什么也没有穿。刹那间，汽车驶过，在黑暗中发出轰鸣，驶过灌木丛和平整的甘蔗地。

毕司沃斯先生记不得那个小房子具体在什么地方了，但是这一画面却留在他的脑海中：一个男孩靠在一间不知为什么会在那里的泥屋上，站在黑暗的夜幕快要降临的天空下，他不知道道路通向哪里，也不知道公共汽车开往何方。

当他坐在客厅里的坐垫上，跻身那些梵学家和雕像之中，吃着图尔斯家在彼时准备的大量食物时，一种全然的忧伤往往会袭上他的心头。然后，他一边不确信地点数着自己曾经受过的祝福，一边命令自己像其他人那样享受这些时刻。

他努力地想在哈奴曼大宅里讨好别人，在捕猎村时又要讨好莎玛，但是他却开始变得越来越急躁。每次去过哈奴曼大宅之后，他都对莎玛辱骂图尔斯家族的人，而且他的恶意谩骂毫无幽默和想象力。

"就说虚伪吧，"莎玛说，"你怎么不当面告诉他们？"

他开始怀疑莎玛在想方设法让他回到哈奴曼大宅去，并奇怪她为什么没有力图使他相信捕猎村只是暂时的栖身之地。她从来没有急切地要求他给家里做任何改善，而一旦哈奴曼大宅有什么变化时却总是兴致勃勃，比如那个有名的陶砖窑被拆毁了，比如窗户上安了遮阳篷。莎玛越来越把捕猎村当作一个打发时间的地方，她总是把哈奴曼大宅称为家。那是她的家，萨薇的家，阿南德的家，却永远不会是他的家。圣诞节时他这种感受尤为深刻。

图尔斯家的人在商店里庆祝圣诞节，同时也不带任何宗教意义地在他们的家里庆祝。这是单纯的图尔斯家族的节日。所有的女婿，包括赛斯，都被从哈奴曼大宅打发到他们自己的家族里去。甚至布莱吉小姐也到她的族人中过节。

而对毕司沃斯先生来说，圣诞节是一个单调乏味而又令人沮丧的日子。他到波各迪斯去看望他的母亲、塔拉和阿扎德，但是他们没有一个人意识到那是圣诞节。他的母亲不停地哭泣，情绪变幻无常，他因而不能确定她是不是高兴看见他。每个圣诞节她都说相同的话。她说他的声音听起来很像他的父亲；如果他说话时她闭上眼睛的话，她就能想象他的父亲复活了。她对自己没有什么可说的。她很高兴待在她目前所处的地方，不愿意成为她任何一个儿子的负担；她的生命已经走到尽头了，她除了等死也没有什么可以做的。为了同情她，他不得不看着她稀疏的头发，而不是她的脸。她的头发依然乌黑：这不免是个遗憾，因为白发更能让他心软。她突然站起来说她要给他泡茶喝。她很穷，茶是她唯一能招待人的东西。她走到走廊上，他听见她和别人说话。她的声音和刚才有很大区别，声音凝重，没有一句牢骚，是一个仍然精力充沛和能干的女人的声音。她给他端来微温的茶，茶里面放了太少的茶叶，太多的牛奶，带着一股木头烧焦的味道。她告诉他他不必喝茶不可。他孝顺地搂住她的肩膀。这一动作让他感到痛楚，让他感到自己的无用。她对此没有什么反应，仍像以前一样抽泣和唠叨。她说她要给他带一些西红柿、卷心菜和生菜回家。她走到屋外时，她的声音和举止又变了。他给她一元钱，这是他所能拿出的最多的钱。她既不答谢也不惊讶地收下了。每当他离开后巷的家去塔拉家时他总是很高兴。

最后莎玛说她已经无法忍受捕猎村了。她想要他们放弃这里的店铺，回到哈奴曼大宅去。这恢复了他们从前所有的争吵。只是现在，莎玛所说的一切都是真实而尖刻的。

"我们在这里什么也没做。"她说。

"很好，塞缪尔·斯迈尔斯夫人。看看，我站在这个铺子里，站在这个肮脏的柜台后面。你告诉我到底应该做什么。你告诉我。"

"你明知道这不是我的意思。"

"你想让我制造珍妮纺纱机和飞机吗？发明蒸汽机？"

这些争吵到最后总是让他们恶语相向，然后是好多天的冷战。

在捕猎村的最后两年，他们是在相互仇视中度过的，只有在哈奴曼大宅时才有所缓解。

她第三次怀孕了。

"又是一个猴子窝的小崽子。"他说，一面摩挲着她的腹部。

"这和你有什么相干？"

虽然他插科打诨，这次还是导致了严重的争吵，争吵到了白热化的地步，直到他忍无可忍地动手打了她。

他们都怔住了。她的话刚说了一半，在此之后那没有说完的半句话一直在他的心里打转，就好像已经说出来了一样。她比他强壮。而她的沉默和拒绝还手使得他尊严扫地。她给阿南德穿好衣服，回哈奴曼大宅去了。

这是一个放风筝的季节。下午，当风从山那边朝北吹过来的时候，一路上都是五颜六色的风筝，拖着长长的尾巴上下翻转，在湛蓝的天空中像蝌蚪一样游弋在平原上方。他心想，再过两三年，他和阿南德也可以一起放风筝了。

他决定这一次要让莎玛先做出让步，因此又有好几个月他都没到哈奴曼大宅去，甚至也没去看萨薇。但是，当他判断孩子将要出生时，他打破了自己的决心，关上铺子，而就在他关店门的那一刻，是什么使得他感到这是他最后一次关上店铺的门呢？他从卧室里推出那辆埃菲尔德皇家自行车，骑车朝阿伍克斯赶去。矮小的他在低矮的车座上夸张地挺得笔直，这使得他看起来十分招摇。（这是为了拉紧他的胃，从而减轻便秘带来的痛楚。）他的手用力地握住车把，两拳内侧朝外翻。他稳当地慢慢地骑着，脚平搁在脚踏板上。他时不时地倾斜头部，弓起背部，打出一连串的小嗝。这使得他松快了许多。

他在天黑时赶到了阿伍克斯，因为自行车没有车灯，骑车时平添了一份紧张，这是那些懒散的警察热衷追捕的过错。路上没有街灯，只有夜摊上烟雾缭绕的大蜡烛发出来的昏黄光芒和从房屋里拉着窗帘的窗户及门厅的缝隙里透出来的微明，哈奴曼大宅的拱廊在黑暗中显得灰暗而凝重。拱廊里已经聚集了傍晚扎堆的老人，他们蹲坐在地上的口袋和桌子上。桌子上原来放着图尔斯商店的货物，现在已经腾空，他们大口地吸着陶制烟斗里的烟叶，一明一暗，散发出一种大麻和口袋布烧焦的味道。虽然天并不冷，但是很多人的头上和脖子上都围上了围巾，这一细节使得他们看上去颇具异国风情，而在毕司沃斯先生看来也很浪漫。这是他们一天中主要做的事情。他们不会说英语，对他们所居住的这片土地也没有任何兴趣；这是一块他们本来打算逗留的地方，但是他们的停留时日却超乎预期。他们一直都在谈论要回到印度去，但是当回去的机会到来时，很多人又拒绝了，他们害怕回到陌生的环境中去，害怕离开他们所熟悉的暂居之所。每个傍晚，他们都来到这个坚实友好的房子拱廊下，抽着烟，讲故事，一边不停地谈论着印度。

毕司沃斯先生从高大的侧门进去。大厅里点着一盏油灯。虽然时间已晚，孩子们还在吃饭。有一些坐在长桌子那里，有一些坐在散布在大厅里的凳子和椅子上，有两个孩子坐在吊床上，几个坐在台阶上，有些坐在楼梯平台上，还有两个坐在那架不用的钢琴上。两个年龄较小的由图尔斯姐妹和布莱吉小姐监督着。

似乎没有人对他的出现表示吃惊。他对此心生感激。他寻找着萨薇，费了半天劲才找到。她先看见他了，微笑着，但是没有离开桌子。他朝她走过去。

"我很久没有看见你了。"她说。他无法判断她对此是否失望。

"想念你那六分钱了，嗯？"他研究着萨薇搪瓷盘子里的食物：咖喱豆、炸土豆和一块干的薄烤饼。"你妈呢？"

"她又生了个孩子，你知道吗？"

他注意到了那些丧父的孩子。他们已经脱掉了那让人不悦的丧服，可即使是这样，他们的衣服还是与众不同。他不熟悉这些孩子，而他们把他当作一个来访的父亲，对他十分好奇。

"妈说你打了她。"萨薇说。

丧父的孩子们用恐惧和责备的眼光看着他。他们眼睛都很大：这是他们的另一个显著特征。

毕司沃斯先生笑了起来。"她只是在开玩笑。"他用英语说。

"她在楼上，给米娜按摩。"萨薇也用英语说。

"米娜，嗯？又是一个女孩。"他轻松自在地说，一面试图引起那两个图尔斯姐妹的注意，"这个家简直充满了女孩子。"

两个姐妹咔咔笑起来。他朝她们转身微笑。

莎玛没有待在玫瑰房间，而是在连接两栋房子之间的木廊上。地上有一个满是皂液的散发着婴儿气味的水盆。就像萨薇说的那样，莎玛在给米娜按摩全身，她也这样按摩过萨薇和阿南德。（阿南德现在正在床上熟睡，从这以后，他一生都不会再得到这样的按摩了。）

莎玛看见他了，但是仍然把注意力放在婴儿身上，一边这样那样地折着婴儿的四肢，唱着同样的歌谣，然后就是一声轻笑，把婴儿的四肢握在一起，折到腹部上，轻轻一拍，最后松开四肢。

毕司沃斯先生注视着。

当她给米娜穿衣服的时候，莎玛说："你吃过饭了吗？"

他摇摇头。他们就好像分离才一个小时似的。还不止这样。莎玛询问他吃饭的事情，在她的语气里听不出他们曾经就食物发生过无数的争吵。他曾经拒绝吃她做的饭菜，有时候甚至把饭菜倒掉，那些食物就像他在萨薇的盘子里看到的那样，引不起任何食欲，他还常常打开店铺里的鲑鱼和沙丁鱼罐头来吃。倒不是图尔斯家的人不会做饭。他们只是认为可口的食物应该在宗教庆典的时候吃，在其他时候吃则是一种肉体上的放纵。从庆典前一天的简单食物到庆典那天极为丰盛的饭菜，然后又突然在庆典后恢复到简单的食物，毕司沃斯先生的消化系统曾经周而复始地受到这样强烈的刺激。

米娜在莎玛的胸前熟睡了，于是她被放在床上，和阿南德躺在一起。她的旁边放了一个枕头，以防她从床上翻滚下来，在没有粉刷的墙上，支架上的油灯也被熄灭了。

毕司沃斯先生和莎玛一起经过阳台，阳台上挤满了坐在席子上的孩子，他们在玩扑克或者国际跳棋。它们是新近被引进来的，受到极大的重视，这些游戏被看作尤其适于儿童的智力训练。萨薇年龄太小，不能读书，正在和其中一个大眼睛孩子玩纸牌游戏。所有的人都在窃窃私语。莎玛踮着脚尖走路。

"妈妈生病了。"

这解释了孩子们为什么那么晚才吃晚饭，为什么很多姐妹都不在。

莎玛在大厅里给毕司沃斯先生端出晚饭。哈奴曼大宅的饭菜尽管难吃，但总有一些食物是给突然造访的客人准备的。所有的饭菜都冷了。薄烤饼软塌塌的，表皮坚硬，比里面的生面团好不到哪儿去。他没有抱怨。

"你今天晚上回去吗？"她用英语问。

他这才想到自己原本就不打算回去的。他没有搭腔。

"那么你最好就在这里睡觉。"

只要地板上有空间，就有铺床的地方。

有一些姐妹走进大厅。她们拿出扑克牌，于是姐妹们分成几组，开始严肃地坐下来玩牌。琴塔玩牌很有一套。她紧张地摆弄着手中的牌，不时地重新排列它们，茫然而又惊慌失措地盯着其他玩牌的人，从鼻子里哼一声，但是并不说话。每当轮到她出牌的时候，她就蹙起眉头，把牌抽出来一点，然后轻轻敲打着牌，一直敲打着；最后，她突然把牌啪地摔到桌子上，仍然蹙着眉头，收起她的那圈牌。她赢牌的时候宽宏大量，输牌的时候则完全相反。

毕司沃斯先生在一旁注视。

莎玛给他在楼上的阳台上铺好了床，让他睡在孩子们中间。

第二天早晨，他在一片嘈杂中醒来。当他下楼到大厅的时候，发现姐妹们已经准备好让自己的孩子们去上学了。这是一天中唯一能比较容易地分辨出孩子和孩子的母亲是谁的时刻。他惊讶地发现莎玛在往一个书包里装一块石板，一支在石板上写字的笔，一支铅笔，一块橡皮和一本封面上印着英国国旗的练习册，封面上还印着"《尼尔逊西印度阅读》第一级，J.O.卡特瑞治上尉著，教育主任，特立尼达和多巴哥"等字样。最后莎玛用面巾纸包了一个橙子放进书包里。"这是给老师的。"她对萨薇说。

毕司沃斯先生不知道萨薇已经开始上学了。

莎玛坐在凳子上，把萨薇抱在腿上，给她梳头，结好辫子，然后把她深蓝色制服上的褶子抻平，最后又正了正她的巴拿马帽子。

母女两个做这些已经好几个星期了，而他竟然一无所知。

莎玛说："要是你今天的鞋带又松了，你觉得你能重新系好吗？"她弯腰解开萨薇的鞋带。"让我看看你系鞋带。"

"你知道我不会系。"

"立刻给我系好，不然我非揍你一顿不可。"

"我不会系。"

"过来，"毕司沃斯先生说，一点也没有为自己在熙熙攘攘的大厅里表示父爱而害臊，"我给你系好。"

"不行，"莎玛说，"她必须学会自己系鞋带。不然我就把她留在家里，打得她直到会系为止。"

这在哈奴曼大宅是稀松平常的话。但是在捕猎村莎玛从来没有这样说过。

仍然没有人注意她们。但是当莎玛开始在一直放在大厅里的那些木槿枝条中搜寻时，姐妹们和孩子们安静下来，幸灾乐祸地等着看将要发生什么。这不会是一顿严厉的鞭打，因为惩罚的只是小过失而不是大错误。莎玛滑稽地做着急促的动作，仿佛她知道自己只不过是一出闹剧里的演员，而不像苏玛蒂那天在捕猎村似的是一个悲剧人物。

毕司沃斯先生盯着萨薇，发现自己在不自觉地咻咻傻笑。萨薇仍然戴着那顶巴拿马帽子，她蹲在地上，缠结着鞋带，看着它们又松散开来，或者把它们打一个双结，又紧又高，再不得不用牙齿和指甲解开鞋带。在一定程度上她也是在为那些观众表演。她的失败引来一些赞同的笑声，甚至手里拿着鞭子的莎玛也任由开心的表情遮掩了她装出来的懊恼。

"好了，"莎玛说，"让我最后一次演示给你看。看着我。现在试试。"

萨薇又一次摸索着，但是没有成功。这次笑声没有那么多了。

"你就是想让我丢脸，"莎玛说，"像你这么大的女孩子，马上就快六岁了，竟然不会系自己的鞋带。杰，过来。"

杰是一个不重要的姐妹的儿子。他被母亲推到前面来，那母亲正逗弄着腿上另一个婴儿。

"看看杰，"莎玛说，"他的妈妈不需要给他系鞋带。而他整整比你小一岁。"

"小十四个月。"杰的母亲说。

"嗯，小十四个月。"莎玛说，把她的气恼撒到萨薇头上，"你要违抗我吗？"

萨薇仍然蹲在那里。

"现在快点！"莎玛说，她突如其来的高分贝吓得萨薇立刻跳起来，开始笨手笨脚地系鞋带。

没有人笑。

莎玛一弯腰，木槿枝条抽到萨薇光溜溜的腿上。

毕司沃斯先生观看着，笑容凝结在他的脸上。他清清喉咙，敦促莎玛停止抽打。

萨薇哭了。

寡妇苏诗拉出现在楼梯顶部，她用带着权威的口吻说："别忘了妈妈。"

他们都记起来了。病人需要安静。这一幕闹剧结束了。

莎玛没有来得及把现场的气氛从喜剧转为悲剧，突然怒火中烧，她一顿足，几乎没有人注意她到厨房去了。

苏玛蒂，那个在捕猎村打孩子的母亲，把萨薇拉到她的长裙子里，萨薇在裙子里哭泣，用裙子擦了眼泪和鼻涕。然后，苏玛蒂给萨薇系上鞋带，送她上学。

在捕猎村莎玛极少打萨薇，就是打也只是扇她几巴掌。但是在哈奴曼大宅里，所有的姐妹们都带着骄傲谈起图尔斯太太曾经给她们的鞭打。某些挨打的记忆一直被提及，这些老生常谈的细节，总是因为和某件大事扯在一起而变得令人敬畏和富有传奇色彩，就好像是一起谋杀案中的细节一样。甚至在姐妹之中还有针对谁被鞭打得最重的一番争论。

毕司沃斯先生吃了早餐：从黑色大鼓桶里摸出来的饼干、红色奶油和微温的茶。茶放了糖，很浓。莎玛虽然愤怒，但仍然尽职地一如往常地伺候他吃饭。她看着他吃饭，她的愤怒变得越来越具有防御性。到最后，她只是神色凝重。

"你见过妈妈了吗？"

他明白了。

他们一起来到玫瑰房间。苏诗拉接待了他们，立刻就退到外面去了。屋子里点着一盏带灯罩的微弱油灯。厚厚的陶砖墙上百叶窗紧闭着，遮挡着阳光，窗框中塞着布，防止风进入。屋里散发着氨水、月桂油、朗姆酒、白兰地、消毒剂，以及各种不同的退烧药的味道。图尔斯太太躺在一个带着红色苹果嵌花的白色帐幔里，几乎让人认不出来，她的头上缠着一条带子，太阳穴上贴着一块块软蜡烛，鼻孔里填塞着一些白色药物。

莎玛坐在一个黑暗角落里的椅子上，让黑暗遮蔽了自己。

床旁边镶着大理石的桌子上放满了各种瓶子、罐子和玻璃器皿。有装着药用按摩油的小蓝罐子，装着药用按摩油的小白罐子；高高的绿瓶子里盛着月桂油，矮小的四方形瓶子里装着滴眼液和滴鼻剂；一个圆形瓶子里装着朗姆酒，扁平的瓶子里装着白兰地，还有一个皇家风格的椭圆形蓝瓶子里装着嗅盐；一瓶斯罗恩擦剂和一小听虎牌香膏；一瓶带着粉红色沉淀物的混合药水，还有一瓶带黄褐色沉淀物的混合药水，就好像是隔夜沉淀的泥水一样。

毕司沃斯先生不想和图尔斯太太说印地语，但是他脱口而出的竟然是印地语。"你怎么样，妈？我昨天晚上不能来看你，因为太晚了，而我也不想打搅你。"他也没有想到要解释。

"你好吗？"图尔斯太太带着鼻音说，语气中有一种意料不到的温柔，"我是一个老太太，我怎么样已经无关紧要了。"

她伸手去够嗅盐，然后闻着。她头上的带子滑落到眼睛上。她改变了温柔的语气，用一种忧伤而富有权威的口气说："过来给我按压一下头，莎玛。"

莎玛敏捷地按照吩咐做了。她坐在床边，解开带子，松开图尔斯太太的头发，把头发分成几缕，在手掌上倒上月桂油，然后把油倒在头发分缝的地方。她在图尔斯太太的头皮上揉擦着月桂油，把头发浸湿压平。图尔斯太太看上去舒服多了。她闭上眼睛，把白色的药物朝鼻孔深处推了推，然后用一条薄披肩拍了拍嘴唇。

"你看见你女儿了吗？"

毕司沃斯先生笑了起来。

"两个女孩子，"图尔斯太太说，"我们家就是这样不幸。想象一下你们父亲死的时候我的担忧。有十四个女儿等着出嫁。当你把你的女孩子嫁出去的时候，你不知道会带给她们什么样的生活。她们不得不接受命运。婆婆们，大小姑子们。懒惰的丈夫们。打老婆的丈夫们。"

毕司沃斯先生看看莎玛。她全神贯注地按摩着图尔斯太太的头。莎玛细长的手指每按压一次，图尔斯太太就闭上眼睛，中断正在说的话，呻吟一声："啊。"

"这就是一个母亲不得不忍受的，"图尔斯太太说，"我不在乎。我活了这么大岁数，已经知道不能指望任何人什么了。我给你五百元。你以为我想让你每次看见我就打躬作揖，跪倒在我的脚下吗？不。我预想的是你会向我吐唾沫。我预想的是这个。当你又想要五百元了你就又回来找我。你以为我会说'上次我给了你五百元，你朝我吐唾沫，因此我这次不会给你五百元了'吗？你想让我说这个吗？不。我预想的是那些朝我吐唾沫的人又回来找我。我有一副软心肠。当你有一副软心肠的时候，你就是软心肠。你的父亲曾经这样对我说：'我的新娘。'一直到他临死前他都这样称呼我，'我的新娘'。他曾经这样说：'你是我见过的人里心肠最软的人。你要当心你的软心肠。人们会利用你的软心肠蹂躏你的心。'我也曾经说：'如果你有一副软心肠，你就是软心肠。'"

她捂住眼睛，一任泪水流下面颊，湿漉漉的灰白色头发散落在枕头上。这个女人有着灰白的头发，而他对她却毫无怜悯之心。

随后他注意到，他在黑暗中没有看见，莎玛也是泪流满面。她一定是一直在那里默默饮泣。

"我不在乎。"图尔斯太太说。她擤擤鼻子，然后要求涂月桂油。莎玛在手掌上倒上月桂油，用油湿透了图尔斯太太的脸，然后把她的手掌压在图尔斯太太的鼻子上。图尔斯太太的脸闪闪发亮，她眯缝了眼睛，防止月桂油流进眼睛里，并用嘴大口呼气。莎玛把手挪开，图尔斯太太说："但是我不知道赛斯会说什么。"

似乎在这样一个暗示下，赛斯走进房间。他没有理睬毕司沃斯先生和莎玛，径直问图尔斯太太感觉怎么样，他用这些话来表示对图尔斯太太的关心和对打搅她的人的不耐烦。他在床的另一边坐下来。床咯吱响着，他叹了一口气。他换了一下脚，半筒靴在地板上咚咚作响，以示他的恼怒。

"我们在谈话。"图尔斯太太轻轻地说。

莎玛发出一声抽泣。

赛斯咂着嘴唇。他听上去极为恼怒，似乎他也病了，得了感冒或者头痛。他的声音暗哑不清。

"你千万不要在意。"图尔斯太太说。

赛斯抓着大腿，看着地板。

毕司沃斯先生确信了他从图尔斯太太的话和莎玛的眼泪中做出的猜测：这一幕是预谋好的，不但有过讨论，还做了决定。预先安排这一切的莎玛通过哭泣来减轻他的耻辱，把一部分耻辱转移到她自己身上。另一方面，她的眼泪也属情理之中：那是为了她艰难的处境和命运带给她这样的丈夫所流下的眼泪。

"那么店铺怎么办？"赛斯用英语问。他仍然很恼怒，虽然说话是一派公事公办的语气，声音却很疲惫。

毕司沃斯先生脑子一片空白。"那个地方不适合开店。"他说。

"在今天不是一个好地点，在明天也许就是个好地点，"赛斯说，"假如最后我花点钱让公共建设工程修一条从那里经过的主干线呢？嗯？"

莎玛的抽泣声中掺杂着往图尔斯太太头发上涂月桂油的咯吱声。

"你有债务吗？"

"嗯，很多人欠我的钱，但是他们不肯还。"

"在发生芒格如那件事情之后，当然不会有人还钱。我肯定你是特立尼达唯一一个不知道斯巴安和穆罕默德的人。"

莎玛大声抽泣起来。

突然间，赛斯失去了对毕司沃斯先生说话的兴趣。他说："是！"然后盯着他的半筒靴。

"你千万不要在意，"图尔斯太太说，"我知道你没有一副软心肠，但是你千万不要在意。"

赛斯叹气道："那么我们怎么处理店铺？"

毕司沃斯先生耸耸肩膀。

"给它投保，然后烧了它？"赛斯说，把这些意思连成一个词：投保再烧。

毕司沃斯先生觉得这样的谈话好像属于高深的经济领域。

赛斯把他粗壮的胳膊高高地交叉在胸前。"这是你现在唯一可以做的事情。"

"投保再烧，"毕司沃斯先生说，"那样我能拿到多少钱？"

"总之比你不投保险烧掉要多。这个店铺是孩子他妈所有的。货物是你的。冲这些货物你可以拿到大约七十五元，将近一百元。"

这是一笔不小的钱。毕司沃斯先生微笑起来。

但是赛斯只是说："在那之后呢，做些什么？"

毕司沃斯先生试图做出深思的样子。

"你仍然高傲到不肯弄脏你的手？"赛斯摊开他的双手。

"软心肠。"图尔斯太太喃喃着。

"我在绿谷需要一个监工。"赛斯说。

莎玛大声抽泣了一声，突然，她离开图尔斯太太，朝毕司沃斯先生冲过来，说："接受吧，男人。接受吧，我求你了。"她这样做是为了能让他较容易地接受这个工作。"他会接受的。"她哭着对赛斯说，"他会接受的。"

赛斯看上去十分恼怒，别过脸去。

图尔斯太太咕哝着。

莎玛仍然抽泣着，回到床边用手指按压着图尔斯太太的头发。

图尔斯太太说："啊。"

"我对于地里的活一窍不通。"毕司沃斯先生说，试图挽回一些他的自尊。

"没人求你干。"赛斯说。

"你千万不要在意，"图尔斯太太说，"你知道欧华德总是对我说什么吗，他总是指责我嫁女儿的方式不对。我觉得他是对的。然后欧华德上中学了，所有的时间都在读书学习。而我太守旧了。"她言语之中对欧华德充满了自豪，对自己的守旧也充满了自豪。

赛斯站起来。他的半筒靴在地板上发出刺耳的声音，床也发出一些动静，图尔斯太太被微微地搅扰了。但是赛斯的恼怒已经消失了。他拿出象牙色的烟嘴——烟嘴从他的卡其布口袋的上盖中探出来——把烟嘴放进嘴里，吹着烟嘴发出哨音。"欧华德。你记得他吗，穆罕？"他大笑起来，松开一侧咬着烟嘴的嘴唇，"老母鸡的儿子。"

"过去的就让它过去吧，"图尔斯太太说，"当男孩还是男孩时，他们就像男孩一样行事。当他们成为男人以后，就像男人一样行事。"

莎玛用力地挤压着图尔斯太太的头，成功地把图尔斯太太的唠叨简化成一连串的"啊"。她把月桂油倒在图尔斯太太的头发上，给她洗了脸，然后把手掌放到图尔斯太太的口鼻处。

"这个投保再烧，"毕司沃斯先生说，语气轻快起来，"谁去处理呢？我吗？"他又恢复自己滑稽的本性了。

莎玛第一个笑起来。然后是赛斯。图尔斯太太喉咙里发出嘎嘎的声音，莎玛忙把手从她的嘴上挪开让她笑出声来。

图尔斯太太开始急促而杂乱地说话。"他想，"她用英语说，笑憋了气，“从……煎锅……跳……跳……到……”

他们都哈哈大笑起来。

“……跳到……火里头！”

这种轻松风趣的情绪传播开来。

“不再闹独立了。”赛斯说。

“我们马上就投保险再烧掉吗？”毕司沃斯先生高声而快速地说。

“你得先把你的家具弄出来。”赛斯说。

“我的衣柜！”莎玛惊叫起来，一只手掩住嘴，仿佛是对自己离开毕司沃斯先生时忘记把衣柜带出来惊讶万分似的。

“你知道，”赛斯说，“最好的办法是由你去做这件投保后再烧掉的事情。”

“不，叔叔，”莎玛说，“你别奢望他能做好。”

“别理那孩子，”毕司沃斯先生说，“你只要告诉我就行。”

赛斯又一次坐到床上。“呃，看，”他说，带着长辈般的戏谑口吻，“你和芒格如有过节。你到警察局去告诉他们，你的命在芒格如手里。”

“我的什么在芒格如手里？”

“告诉他们你们之间的争吵。告诉他们芒格如威胁说要杀了你。这个时候如果你出了什么事，他们第一个想到的就是芒格如。”

“你的意思是，他们第一个挑中的人就是我。但是先让我把这搞清楚。等我死了，像一只蟑螂似的四脚朝天僵死在地上，你想让我到警察局去说：‘我的确已经警告过你们了。’”

图尔斯太太仍然在为自己刚才用英语说的玩笑哧哧笑着，听了毕司沃斯先生的话又忍不住大笑起来。

“咳，你的命在芒格如手里，”赛斯说，“你回到捕猎村，一点风声也别走漏。你先等一个星期，等两个星期，或者三个星期。然后你就开始小小地动作。让莎玛把她的衣柜弄出来。到星期四，中午的时候，你在店铺里都洒上柏油，别在你睡觉的地方洒，到晚上你点一根火柴。你稍微等一会儿，别等太长时间，然后，你就跑出铺子开始大骂芒格如。"

"你的意思是，"毕司沃斯先生说，"这就是每天在这个地方都有那么多汽车被烧毁的原因？还有那些房子？"

第五章　绿谷

　　此后每当毕司沃斯先生想到绿谷，便会想起那些树。高大而挺拔的树干被低垂下来的长树叶遮蔽得严严实实，几乎看不见树枝。树叶有半数已经枯萎，在树顶的一些叶子则呈现出暗绿色。似乎每一棵树都在茂盛的同时开始枯萎，死亡以同样的速度从每一棵树的树根开始蔓延。但是死亡似乎永远定格在那里。那些像舌头一样的树叶渐渐地变成焦黄，然后变为褐黄，薄得仿佛被烘焦了似的，翻卷着向下耷拉在其他枯叶上，并不飘落下来。那些新长出来的叶子像匕首一样锋利，毫无娇嫩可言，它们来到这个世界的时候就已经苍老，没有生命的光彩，只是在枯萎之前长得更长一点。

　　很难想象在这些树的远方，还有那广阔的平原。绿谷是湿润、阴暗、闭塞的。这些树遮蔽了道路，围绕着营房，它们腐烂的叶子阻塞了排水沟。

　　毕司沃斯先生一看见这些营房，就认为他是时候建造自己的房子了，不论采用什么方式。这些营房是一家一间，在一个分为十二个小房间的长屋子里，住着十二户人家。这座长屋子是木材建造的，搭在低矮的水泥柱上。墙上的白灰已经变为粉尘，留下像是漂白衣服时在石头上留下的污迹。这些污迹已经潮湿发霉，带着灰色、绿色和黑色的斑点。瓦楞铁皮的屋顶从一边伸出来，形成一道长廊，由粗制的隔离板分成十二间厨房。由于没有什么遮拦，下大雨时，每家的厨子不得不把十二个煤灶炉搬到十二间房子里。中间的十间房有前门和后窗，两端的房间各有一个前门、一扇后窗和一扇边窗。作为监工的毕司沃斯先生分到了一间顶头的屋子。后窗被前任租户用钉子钉死，并拿报纸糊住。由于报纸把墙从上到下糊得严严实实，只能估摸出窗户的位置。显然，贴报纸的人识字，因为没有一张报纸是倒着贴的。毕司沃斯先生发现自己身处当代的新闻报道之中，这些旧报纸里蕴含着活力和激情，离奇而有趣。

他们把所有家具都搬进了这间屋子，包括橱柜、绿餐桌、帽架和铸铁四柱大床，毕司沃斯先生在捕猎村最后几天里买下的摇椅，以及莎玛的那张梳妆台。她不在哈奴曼大宅时，这个梳妆台就代表了她。

梳妆台里面只有一个小抽屉属于毕司沃斯先生，其他部分都不是他的，每当偶然拉开其中一个抽屉时，他就会感到他在侵犯别人的隐私。在迁往绿谷的过程中，他发现梳妆台里除了莎玛和孩子们的好衣服外，还有莎玛的结婚证和孩子们的出生证；一本圣经以及她从教会学校里拿回的圣经图片，这并不是因为其中含有宗教内容，而是为了追忆往昔辉煌而被保存下来的；一沓来自北阿伯兰的笔友的信，笔友是在老师的安排下认识的。毕司沃斯先生一直向往外面的世界，他阅读那些可以把他带入那些世界的小说。他从来没想到，在所有人当中，莎玛居然曾与外界有所接触。

"你没有碰巧保留着你的回信吧？"

"老师曾经朗读过，还张贴了呢。"

"我想看看你的信。"

就这样，毕司沃斯先生成了一名监工，每月挣二十五元，是劳工的两倍。正如他对赛斯说的那样，他其实对庄园的工作一无所知。他的一生都被甘蔗包围；他知道当店铺披红挂绿、喜气洋洋，挂满了冬青、冬青果、圣诞老人及顶上积雪的信件之时，那片高地上就会绽放出如箭一般的灰蓝色花朵；他知道甘蔗收割后有丰收狂欢节；但是他不懂得还要焚烧、除草、挖掘或筑墙；他不知道什么时候该放新的插条，或者在新植物上堆肥。赛斯每星期六来绿谷检查并给劳工发钱，同时给毕司沃斯先生做些指导。赛斯在毕司沃斯先生房间外的厨房里，坐在那张绿餐桌边给劳工发钱，同时让毕司沃斯先生坐在他身旁，报出每个劳工所做的工作。

毕司沃斯先生不知道他父亲拉各胡曾经无比向往做一个监工。但是他能够感觉到劳工对那些蓝色和绿色的钱袋子所表现出的敬畏，那些袋子镶有锯齿形的边，上面有小圆孔让钱透气。他对自己可以随意地处理这些袋子满心欢喜，好像这是不小的差事。有时候他会想到，也许这个时候，他的兄弟们也在其他庄园里，站在这样缓缓移动的恭候队伍之中。

星期六，他享受着权力带来的乐趣，但在其他时间就不尽然了。的确，他每天一大早就出门，带着他的长竹竿，衡量劳工完成的工作。但是，劳工们知道他并不熟悉这份差事，仅仅是代表赛斯起到监工的作用。他们可以愚弄他，他们也这样做了，毕司沃斯先生一整个星期的羞怯抗议还不如赛斯在星期六的一个责备让他们担心。毕司沃斯先生羞于向赛斯抱怨。他买了一顶遮阳帽，帽子太大，他的脑袋又比较小，他还不会戴帽子，以至于整个帽子耷拉到了耳朵上。从那以后，每当劳工们看见毕司沃斯先生时，就把自己的帽子往眼睛以上拉，然后朝后仰头往他那儿看。有两三个鲁莽的年轻劳工甚至就保持着这个样子和他说话。他便想他应该像赛斯那样骑一匹马。他也开始同情起那些传说中的监工头来，尽管他们能骑在马背上左右挥鞭抽打劳工。于是，和赛斯在一起的一个星期六，他出了洋相——他骑上赛斯的马，没几步远就被摔了下来，他只好说："我和马想去的不是一个地方。"

"上马！"星期一时一个劳工对另一个劳工吼道。

"哎哟！"第二个劳工答道。

毕司沃斯先生对赛斯说："我不能再和这些人住在一起了。"

赛斯说："我们将再为你建一座房子。"

但是赛斯只是说说而已。他再也没有提起房子的事，毕司沃斯先生依旧住在营房里。他开始唠叨劳工的野蛮，当初他还琢磨他们如何靠三元钱过一星期，现在则在心里算计他们为什么拿那么多钱。他把这一切都归咎于莎玛。

"这是你把我扯进去的。你和你们一家。看看我。我像赛斯吗？你看看我，你说这是不是我干的活？"

他从地里回来，汗水淋漓，又痒又脏，被飞蝇和其他虫子叮得浑身是包，皮肤擦破的地方一片红肿。尽管他并不介意汗流浃背、疲惫不堪和脸上灼伤的感觉，但是他讨厌瘙痒，指甲上变干了的泥土也强烈地折磨着他，那感觉就如同石笔划在石板上或者铲子铲在水泥上的声音一样让人受不了。

营房院子里的淤泥、动物的排泄物和烂泥坑里流动的稀泥让他恶心，尤其是当他吃鱼或者吃莎玛做的煎饼时更是如此。他开始习惯在房间里的绿餐桌上吃东西，他可以躲在前门后面，背对着边窗，决不抬头看电镀铁皮屋顶那黑乎乎的、布满污垢的内侧。他一边吃，一边读着墙上的报纸。湿气、油垢、旧报纸和烟草的气味使他回想起他父亲床底下的盒子的气味，那张床就安置在埋在泥地里的树枝上。

他不停地洗澡。营房里没有洗澡间，但是在屋子后面有几只水桶，放在从屋顶排水的水管下面。不管水用得多快，表面总是漂着一些类似幼虫的东西，它们蹦跳着，黏糊糊的，带着触须，自由自在地游着。毕司沃斯先生穿着短裤和木底鞋，站在水桶边的一段木板上，用葫芦瓢舀水往身上浇。他一边洗澡一边唱着印度歌《在下雪的时候在吹风的时候》。洗毕，他用浴巾裹住腰，脱下短裤，然后就这样裹着浴巾穿着木底鞋冲向他的房间。由于到他的房间没有侧门，他不得绕到前面回去，因而要这样经过十二间厨房和十二间屋子。

有一天，浴巾脱落了。

"还不是你，"他对莎玛说，刚好这天他在地里憋了一肚子气，"都是你和你们家人把我害成这样。"

莎玛也在营房委屈了一天，于是她做了一顿极为难吃的饭菜，给已学会说话的儿子阿南德穿上衣服，带他回哈奴曼大宅去了。

星期六，赛斯给劳工付完工钱，笑着说："你老婆说让你在她的衣柜右上的抽屉里找一找她那件粉红衬裙，在中间抽屉左边的底部找一找儿子的裤子。"

"问问我老婆，哪个儿子？"

但是毕司沃斯先生还是翻找了不属于他的抽屉。

"我差一点忘了，"赛斯走之前说，"那个在捕猎村的小店。呃，烧掉后已经拿到保险了。"

赛斯从裤兜里掏出一卷一元的钞票，像魔术师那样展示出来。一张接着一张，他一边数着一边把钞票塞到毕司沃斯先生手里。总共是七十五元，正是他在哈奴曼大宅的玫瑰房间中提到的数目。

毕司沃斯先生对此惊叹不已，而且感激涕零。他决定把这笔钱存起来，再添点钱，直到他能够建造一所自己的房子。

他已经斟酌再三，十分清楚自己想要什么样的房子。首先他想要的是一座真正的房子，是用真正的材料建造的房子。他不想要那些用泥堆砌起来的墙，也不想要泥地板，或者树枝为椽、草皮为顶的房子。他想要木制的墙，全部用舌槽榫接缝。他想要电镀的铁皮屋顶和木制的天花板。他想从水泥台阶走进一个小游廊，再穿过彩色镶框的门走进一间小客厅，从那里进入一间小卧室，然后经过一间小卧室，最后回到小游廊。房子将有高大的水泥柱子，这样他就可以有两层楼而不是一层，而且还有扩建的余地。厨房将是一间建在院子里的小屋，干净精巧，通过有顶棚的走廊与房子相连。他的房子还将涂上颜色，屋顶将是红色的，外墙是黄褐色，正面的墙是巧克力色的，窗户则是白色的。

每当他谈到房子的时候，莎玛总是既担忧又不耐烦，这甚至导致了他们的争吵。因此他没有把这幅蓝图或计划告诉她，她继续长时间地在哈奴曼大宅住着。她现在不需要向她的姐妹们做任何解释。作为图尔斯土地的一部分，紧挨着阿伉克斯的绿谷几乎成了哈奴曼大宅的延伸。

毕司沃斯先生拒绝了莎玛时而从哈奴曼大宅送来的石头般冰冷的食物，他也吃厌了罐头食品，最后他学会了自己做饭。因为不会摆弄煤灶炉，他买了一只普利姆斯汽化炉。有时候他会在傍晚散散步，有时候待在房间里看看书。但是还有一些时候，他并不觉得疲惫，而吃饭和抽烟也都无法让他满足，百无聊赖之中，他只能躺在四柱大床上看墙上的报纸。不久他就对许多故事烂熟在心。其中有一个故事的第一行字给他留下了深刻的印象，上面用令人窒息的大写字母写道："昨日突现惊人场面"。他无意识地对自己、劳工们和赛斯大声说过这句话。有几天晚上，当他在房间里时，他脑子里会突然冒出这句话，而且周而复始，直到最后每个词都变得毫无意义、令人恼火，使他巴不得能把它们赶走。他把这句话写在安柯牌香烟盒和彗星牌火柴盒上。这种令人疲惫不堪的空虚给他带来一种喝了几大桶陈腐的温吞水的感觉。为了对抗这种感觉，他开始在硬纸板条上撰写宗教标语，并将它们贴在墙上的报纸上。他从一本印度教杂志上抄下了一句话，把它写在硬纸板上，贴在纸糊的窗户上，那句话横跨了一堵墙："凡是信我之人，我必不弃之，他亦决不弃我。"

在这里，甘蔗是如林的箭镞。田间的街巷是清澈的绿峡谷。而在阿伉克斯，商店的广告牌都装饰着白雪和圣诞老人。图尔斯的商店悬挂着纸做的冬青和冬青果，却没有圣诞节的氛围。毕司沃斯先生以前画的广告牌依然在那里，但是已经褪色，墙上和柱子上的有些颜料已经剥落，那条潘趣狗的鼻子上也少了一块，接近天花板上的字迹湮灭在灰尘和油烟中。萨薇知道是她父亲画的这些广告牌，颇为自豪。但是她无法理解广告牌里那些喜庆的气氛，她无法把它们和那个她在肮脏的营房探望过的以及不时来看望她的郁郁寡欢之人联系在一起。越接近圣诞节，她就越发怅然若失，她觉得那些广告牌都是在她记事以前的某段时间内完成的，那时，她的父亲和母亲以及其他人在哈奴曼大宅里过着幸福的生活。

圣诞节是一年中唯一让那些喜庆的广告牌有点意义的节日。那时候图尔斯商店就变成了极富浪漫和无限欢乐的地方，并一反往日阴暗而沉寂的萧索景象。货架上塞满了一卷卷棉布，散发出酸腐的、有时是难闻的气味，桌子上堆满了廉价的剪刀、小刀和勺子，高摞的蓝边搪瓷盘子布满灰尘，用灰色的粗纸隔开，还有一箱箱发卡、缝线针、别针和线。现在，整天都是喧闹和嘈杂。在图尔斯商店和其他商店里，甚至市场里的售货摊上，留声机通宵达旦地开着。机械鸟呼啸着；玩具娃娃尖叫着；玩具喇叭被顾客试吹着；陀螺嗡嗡地响着；玩具小车急急地穿过柜台，被人们用手接住，在半空中发出呜咽。搪瓷盘子和发卡被挪到了后面，取而代之的是白色箱子里装着的黑葡萄，里面填充有芬芳的糖粉；加拿大红苹果的馥郁一个赛过一个；在大量的玩具、布娃娃和装在盒子里的游戏道具旁边，是崭新锃亮的玻璃器皿和新瓷器，全都散发着新鲜的气息；日本的漆器托盘像一沓纸牌那样一层层堆起，它们如此典雅地摆在那里，想到它们将被一个一个卖掉时的情形简直让人感伤，因为那时候整个商店只留下黄皮纸和绳带，而它们则最后沦落在单调、破烂、让人鄙视的肮脏厨房和颓废房间里。商店里当然还有成堆的布克斯药店日历，上面的彩色图纸摸上去有一种撩人的光滑，给人一种与之相应的丰富气味，图纸上印着笑话、故事、照片、提问、谜语以及那些图尔斯的孩子们都渴望却从未参加的竞赛奖品，虽然他们已经在虚线上写了他们的名字和地址。还有各种装饰品：纸做的冬青和冬青果，皱纹纸做成的螺旋形飘带，粘在手上和衣服上的棉絮和霜精，气球和灯笼。

姐妹们蹙着眉，抱怨着疲惫，以此来掩饰内心的兴奋，却根本不奏效。图尔斯太太不时地亲自到店里来，和相识的顾客聊上一两句，甚至也偶尔卖点东西。两个神严肃地走来走去，视察着，签发账单，点数钞票。年长的神在这个圣诞节表情尤为严峻，使得孩子们十分惧怕。他的行为变得有点古怪。他仍然在罗马天主教教会中学，但是已经有人张罗着要在一些门当户对的人家中为他找个妻子。他要么大发雷霆，要么哭哭啼啼，有时候又威胁要自杀，以此来表示他的反对。但是这些只被认为是害羞的表现，他因此成了姐妹和姐夫妹夫们取笑的对象。但是当他说到要离家去买绳子和软蜡烛时，孩子们都惊恐不安，他们拿不准他要软蜡烛做什么用，都对他敬而远之。

人们的兴奋在平安夜这天早晨达到顶点，但是到了下午就已经消退，各种装饰不再令人感到新奇，喜庆也变得杂乱无章，这种杂乱甚至十分明显。于是在圣诞节来临前，在商店里的人们就已经感觉节日过去了。整个下午，越来越多的注意力集中到大厅和厨房，那个打孩子的苏玛蒂指挥烘烤面包，莎玛因为没有什么突出的本领，只是众多帮手中的一位。从厨房里飘出来的香味让人垂涎三尺，因为除非到节日当天，哈奴曼大宅里的饭菜总是寡淡无味，让人难以下咽。

等到图尔斯商店打烊了，这些玩具就留在黑暗中，变为积压的库存，姐妹夫们准备离开哈奴曼大宅各自回家。在毕司沃斯先生连夜骑车到绿谷的途中，他想起他还没有给萨薇和阿南德买好礼物。不过他们并没有指望他，因为他们知道圣诞节早晨会在长袜中发现礼物。

姐妹们都很忙碌，所以只给孩子们准备了一顿比平常还要简单的饭菜，随后，搜寻长袜的行动就开始了。没有多余的长袜了。幸运的主要是女孩，多日前就已经把长袜拿到手，男孩们只好以枕头套将就。他们彼此说着要熬夜，却接二连三地从玩牌的游戏里退出，在厨房里忙碌的母亲们哼唱的歌中沉沉入睡。

阿南德醒来之时，他惊讶了一阵子。他床脚边的地上，枕套似乎空空如也。但是他抖了抖枕套，发现他和其他的男孩子们得到了相同的礼物：一只气球，就是过去几个星期里他在商店中看见的气球中的一个，一个包在深蓝色包装纸里的红苹果，也是他在商店的盒子里见到过的，还有一个铁皮哨子。萨薇在她的长袜里发现了一只气球，一个苹果和一个橡胶制的小洋娃娃。孩子们比较着各自的礼物，在认为没有什么理由忌妒之后，他们吃了苹果，吹起气球，把铁皮哨子吹得唧唧响。不少哨子很快就因为唾沫或者结构缺陷而不响了，而大多数男孩在下楼亲吻图尔斯太太之前就弄爆了气球。那些将在长大后变得令人厌恶的男孩子们把哨子吹出一声声巨响，啃着各自的苹果，几乎不吹他们的气球，而得到类似礼物的女孩则已经在津津乐道着自己得到的东西和之前的期待，但并不谈论满足与否。孩子们怀着不同程度的满足下楼，发现图尔斯太太在油松木长桌旁等着他们。他们的母亲也在等着，祝圣诞老人快乐！只要有哪个心怀不满的孩子忘了亲图尔斯太太，性急地去厨房看准备的食物，他的母亲就会把他叫回来。

早餐是茶和鼓桶里的饼干。之后，孩子们就开始等着吃午饭。更多的哨子哑了，更多的气球爆了。女孩们拿走了男孩们吹爆的气球碎片，把它们吹成了五颜六色的葡萄串，在脸颊上蹭来蹭去，发出笨重的家具在没上蜡的地板上拖曳弄出的那种噪音。午餐十分丰盛。午餐后他们等着上茶点：苏玛蒂做的糕点，琴塔分发的一种本地的仿制樱桃白兰地，还有琴塔做的冰激凌。按理说，琴塔应该有做冰激凌的天赋，但是事实并非如此。晚餐还是很糟糕。圣诞节就要过去了。哈奴曼大宅里的每一个圣诞节都如出一辙，结果只是白白让人满怀憧憬和希望。

营房里则既没有苹果、长袜，也没有烘烤的蛋糕、搅拌的冰激凌，更没有点心值得等待。营房里的人这一天从始至终都是纵情吃喝，伴随着的不是打孩子，而是打妻子。毕司沃斯先生去看望他的母亲，在塔拉家吃了晚饭。在圣诞节节礼日，他拜访了他的哥哥们。他们所娶的女人并非出身名门望族，他们的圣诞节是和他们的妻子一起过的。

次日，毕司沃斯先生骑车从绿谷到阿伍克斯去。当他拐进高街时，恰好看见重新开张的商店，零乱地陈列着削价的圣诞节商品，他不禁想起了他忘掉的礼物。他下了自行车，把车靠在路沿上。还没等他拿下车锁，一个戴大帽子的店员就不停地哑巴着嘴迎上来和他搭话。他递了一根香烟给毕司沃斯先生，并为他点上烟。他们彼此寒暄。然后，由店员搭着他的肩膀，毕司沃斯先生走进了商店。没过几分钟，毕司沃斯先生和那位店员又出现了。他们都点着香烟，情绪高涨。一个男孩从店里出来，手里拿着一个巨大的玩具房子，房子遮住了他一部分身体。这个玩具房子被放在毕司沃斯先生的自行车把手上，毕司沃斯先生在一边，那男孩在另一边，他们就这样推着车走在高街上。

玩具房子里的每一个房间都装潢考究。厨房里有一只烤炉，是毕司沃斯先生平生从未见过的，还有一个纱橱和一个洗涤池。在他们往哈奴曼大宅去的路上，毕司沃斯先生冷静下来。他的奢侈先是让他震惊，而后让他恐惧。他已经花了一个多月的工资。他无法把玩具房子再退回去了，他不断地引起人们的注意。而且他没有给阿南德买什么礼物。他总是如此。当他想起他的孩子时，他总是想到萨薇。她是他几年前在捕猎村生活的一部分。阿南德则完全属于图尔斯家。

在玩具房子到达哈奴曼大宅之前，消息在整个房子里就已经传了个遍。姐妹们和她们的孩子齐集在大厅里。图尔斯太太坐在松木桌边，用头纱轻轻地拍着嘴唇。

当玩具房子被带下车时，孩子们发出一阵惊呼，然后变得鸦雀无声。

萨薇冲上前，以主人的姿态紧挨着它站着。

"喏，你们看怎么样？"毕司沃斯先生用他的大嗓门急促地对着大厅问道。

姐妹们保持着沉默。

随后，赛斯的妻子，那个向来沉默寡言、病快快的派德玛，开始讲述一个冗长复杂的故事，故事说的是赛斯的一个兄弟为他女儿做了一座精制的玩具房子，他的女儿红颜薄命，在此后不久就死了。毕司沃斯先生觉得这个故事难以置信。

在派德玛讲故事时，孩子们，无论男孩还是女孩，都围着那房子。毕司沃斯先生为此颇不高兴，但是他看见孩子们认为萨薇是房子的主人，请求她允许他们开一开门或是摸一摸床，他又眉开眼笑。尽管萨薇还不完全熟悉玩具房子，但是她极力表现出对一切都已了如指掌的样子。

"你给其他人带什么啦？"

发话的是图尔斯太太。

"拿不下了。"毕司沃斯先生高兴地说。

"我送礼物时，每个人都有一份，"图尔斯太太说，"我虽然穷，但是我从不厚此薄彼。不过，我显然不能和圣诞老人相提并论。"

她声音平稳。对这样的挖苦，他本来想付之一笑，但是当他看向她时，发现她的脸因愤怒而紧绷着。

"维迪亚德哈和希瓦德哈！"琴塔叫嚷着，"马上到这里来。不准玩弄不属于你们的东西。"

听到这个信号，姐妹们纷纷教训自己的孩子说，如果谁乱动不属于自己的东西，将会受到重罚。

"看我不打烂你的屁股。"

"我要揍扁你。"

那个在捕猎村打孩子的苏玛蒂说："我要用鞭子狠狠教训你。"

"萨薇，去把它放起来，"莎玛轻声说，"放到楼上去。"

图尔斯太太站起来，用手拍拍嘴唇，说："莎玛，我希望在你搬回你那豪宅的时候，能有雅量通知我一声。"她费力地走上楼梯，负责病房的寡妇苏诗拉担心地跟在她身后。

愤愤不平的姐妹们聚成一团，莎玛则独自站着。她瞪大的眼睛里充满了恐惧，她用责备的眼神盯着毕司沃斯先生。

"哦，"他赶紧说，"我该回家去了，去营房。"

他催促着萨薇和阿南德陪他到拱廊。萨薇十分情愿地跟着他，而阿南德仍然和往常一样窘迫不安。毕司沃斯先生禁不住产生一种感觉，那就是和萨薇相比，阿南德太让人失望了。相对于同龄的孩子，他身材矮小，瘦弱多病，却有个大脑袋。他看起来似乎需要保护，但又怕看见毕司沃斯先生，一见到他就会结结巴巴，总是巴不得离开他。现在，当毕司沃斯先生搂着他的时候，阿南德打了个喷嚏，把他的脏脸在毕司沃斯先生的裤子上蹭了蹭，企图逃走。

"那玩具房子你得让阿南德玩玩。"毕司沃斯先生对萨薇说。

"他是个男孩。"

"没关系，"毕司沃斯先生摸着阿南德瘦弱的背说，"下次轮到你。"

"我要一辆车，"他对着毕司沃斯先生的裤子说，"一辆大车。"

毕司沃斯先生知道他所指的那种车。"好吧，"他说，"会给你一辆车。"

阿南德立刻飞奔开，穿过门跑到后院，边跑边做出骑在马上的样子，手中挥舞想象出来的皮鞭，叫嚷着："我要有一辆车了！我要有一辆车了！"

他买了一辆车；不过，虽然许下了诺言，他买的却不是阿南德想要的大车，而是一辆带发条的迷你车；星期六在给工人付完工钱之后，他把它带到阿佤克斯。他刚到达拱廊就引起了人们的注意，推开门时，他听见一个让孩子们敬畏和熟悉的声音传达了这个消息："萨薇，你爸爸来看你了。"

萨薇哭着来到大厅门廊。他抱住她,而她放声大哭。

孩子们都没吭声。他听见楼梯不停地嘎吱响,他听见在房子尽头的黑漆漆的厨房里传出蹭在地板上的脚步声和窃窃私语声。

"告诉我。"他说。

她止住哽咽说:"她们把它拆了。"

"带我去看!"他喊起来,"带我去看!"

他的愤怒惊得她止住了哭泣。她下了楼梯,他跟着她沿着大厅一端的走廊来到院子里,经过一只半满的铜罐和一只钉着铆钉的黑桶,铜罐里倒映着深蓝色的天空,黑桶里面养着从市场上买回来的还没有烹调的鱼。

在隔壁的院子里那棵几乎光秃秃的杏树下,他看见了玩具房子,被扔在木头、锡和瓦楞铁做成的已经锈迹斑斑的栏杆边。门窗支离破碎,墙被压扁了,屋顶也被压平了——他以为房子会成这样。但事实并非如此。玩具房子已经不复存在。他只看见了一堆木柴。没有一个部件是完整的。精巧细致的做工虽仍一览无余,却已经成了一堆废物。房子表层被撕扯开的地方油漆依然鲜亮,仿佛砖瓦建筑,但是下面被劈开扯裂的木材露出了生木头和白色。

"噢,上帝!"

萨薇看见那毁坏了的房子,目睹了父亲的沉默,又哭了起来。

"妈妈砸烂的。"

他奔回房子。他的肩膀擦在一堵墙的边角,衬衣撕裂了,衣服下的皮肤划破了。

姐妹们都已经离开楼梯和厨房,正坐在大厅里。

"莎玛!"他咆哮着,"莎玛!"

萨薇从院子里进来,慢慢地上楼。姐妹们把目光从毕司沃斯先生身上转移到她身上。她低着头站在门廊里。

"莎玛！"

他听见一位姐妹低声说："去叫你莎玛姨妈，快！"

他看见了孩子和姐妹们中的阿南德。

"到这里来，儿子！"

阿南德看了看姐妹们。她们没有帮忙。他没有动。

"阿南德，我叫你呢！马上到这里来。"

"去吧，孩子，"苏玛蒂说，"省得你挨揍。"

正在阿南德犹豫不决时，莎玛来了。她从厨房的门廊里走出来。她脸上的面纱拉到额头上。他注意到了这不同往常的恭敬。她神色惊慌却意志坚决。

"你这泼妇！"

周围一片死寂。

姐妹们纷纷把自己的孩子驱赶到楼上和厨房去。

萨薇还在门口，躲在毕司沃斯先生身后。

"我不在乎你怎么叫我。"莎玛说。

"你拆了玩具房子？"

她瞪大了眼睛，里面充满着恐惧、惭愧和羞耻。"是的。"她出奇地平静。然后，她若无其事地说："我把它拆了。"

"为了讨好谁？"他嗓门开始变大。

她没有回答。

他注意到她看上去形单影只。"告诉我，"他尖叫着，"就为了讨好这些人？"

琴塔站起来，整了整她的长裙，开始上楼梯。"我还是走吧，嗯，趁我还没听见那些我不喜欢听却不得不回应的话。"

"我谁也不讨好，我自己乐意。"莎玛的语调开始变得坚决，他能看出来，因为姐妹们的支持，她胆子变大了。

"你知道我怎么看你和你一家吗？"

又有两位姐妹上楼了。

"我不在乎你怎么看。"

他的怒火突然消失得无影无踪。他的吼叫在脑子里回响，使他震惊、惭愧和疲惫。他无言以对。

她意识到了他情绪上的变化，于是更为放松地等着他。

"去给萨薇穿上衣服。"他安静地说。

她没有动。

"去给萨薇穿上衣服！"

他的吼叫把萨薇吓怕了，她尖叫起来。她在颤抖，在他触摸她的时候，她身上一片冰冷。

莎玛终于服从了。

萨薇往后退。"我不要谁给我穿衣服。"

"去把她的衣服收拾好。"

"你要把她带走？"

这回轮到他沉默了。

被赶到厨房去的孩子们纷纷把头从门口探出来。

莎玛走过整个大厅来到楼梯下，坐在低台阶上的姐妹们缩回膝盖让她过去。

立刻，每个人都松了一口气。

苏玛蒂带着逗笑的口吻说："阿南德，你也要和你爸爸一起走吗？"

阿南德把头缩回到厨房里去了。

大厅又开始活跃起来。孩子们纷纷跑回来，姐妹们在厨房和大厅之间穿梭来回，准备着晚餐。琴塔回来了，还唱起一首欢快的歌，其他姐妹们应声附和着。

戏演完了，莎玛带着绸带、梳子和一个小纸板箱重新入场，并没有受到和她离场时同等的瞩目。

莎玛伸手把箱子交给毕司沃斯先生："她是你女儿。你知道什么对她来说是好的。你一直在养她。你知道……"

他噘着嘴，下牙呲在上牙外面。

琴塔停止歌唱，对萨薇说："回家呀，孩子？"

"给她穿双鞋。"莎玛说。

可是这将意味着给萨薇洗脚，意味着拖延。他推开试图给萨薇梳头的莎玛，领着萨薇出来。他们走到高街的时候他才想起阿南德。

集市已经结束了，街道上遗弃着破箱子、碎纸片、稻草、腐烂的菜叶子、动物的粪便和几个水坑，尽管天没有下过雨。烛光下，摊贩和他们的妻子以及疲倦的孩子们正在拆卸售货摊，把东西装上货车。

毕司沃斯先生把箱子捆到自行车的架子上，他和萨薇一直默默地走到高街的尽头。

当他们看不见红色和黄褐色相间的警察局时，他把萨薇放在自行车的横梁上，几步小跑，艰难而紧张地骑上坐垫。自行车摇晃着；萨薇抓住他的左胳膊，使得车子越发不容易平衡。不久，他们离开了阿佤克斯，除了路两边寂静的甘蔗林外，其他什么都看不见。四周漆黑一团。自行车没有灯，他们只能看见前面几码远的路。萨薇在颤抖。

"别害怕。"

他们前面闪过一道亮光。一个粗犷的男人的声音刺耳地响起："你们想要到哪里去？"

那是一个黑人警察。毕司沃斯先生握住了手闸。自行车往左一斜，萨薇跳到了地上。

警察检查了自行车。"没有牌照，嗯？没有牌照。没有车灯。你还在带小孩。你的麻烦不小啊。"他停住了，等待着贿赂。"好吧。姓名和地址？"他在他的本子上记下来。"好。你就等着被传唤吧。"

于是他们在枯树下一路摸黑走回绿谷的营房。

他们度过了糟糕的一周。毕司沃斯先生一大早离开营房，中午回来一趟。在这段时间里，萨薇形单影只。营房里一个和儿子、儿媳妇和五个孙子住在一起的老妇人可怜萨薇，白天给她点食物。萨薇一点也没沾口，饥饿无法超越她对陌生人做的食物的不信任。她把盘子拿到房间里，把盘子里的东西倒在一张报纸上，清洗完盘子，把它还给老妇人，道了谢，然后等着毕司沃斯先生。他回来后，她就等待夜晚；夜晚来临后，她又开始等待早晨。

为了逗她乐，他读小说，给她讲马可·奥勒留和爱比克泰德，给她念贴在墙上的引言，让她静坐在那里，而他则给她画着并不成功的速描。她无精打采，听话顺从。她也感到害怕。有时候，尤其是走在树下的时候，他似乎突然忘记了她，她听见他自言自语，和看不见的人展开激烈而持久的争论。他"陷进"了一个"深渊"。"陷阱，"她听见他一次又一次地重复这个词，"那就是你和你一家对我所做的一切。让我陷进这个深渊里。"她看见他的嘴因为愤怒扭曲着，她听见他诅咒和威胁。他们回到营房后，他要求她给他泡一剂麦克莱恩牌胃药冲剂。

他们都盼望着星期六下午，赛斯会来把她接回哈奴曼大宅。有一个很好的理由让她不能继续逗留：她星期一开学。

星期六，赛斯来了。他不是一个人，和他一起来的还有莎玛、阿南德和米娜。萨薇跑到路上去迎接他们。毕司沃斯先生假装没看见，赛斯微笑着，似乎在看小孩的把戏。赛斯和他妻子之间的争论是秘密；他的原则是从不介入姐妹们和她们丈夫之间的家务纷争。但是毕司沃斯先生知道尽管赛斯笑容满面，其实是在给莎玛撑腰。

他马上把那张绿桌子搬到院子里，离房间有一段距离，劳工们排起队伍，把他和莎玛隔开了。当他坐在赛斯身边，大声说着差事和工资并记录在账本上的时候，他听见萨薇兴奋地对莎玛和阿南德说着什么。他还听见莎玛惊讶的回答。很快她就了解到了孩子们对她的依恋，甚至开始责备他们。她现在所用的声音语气和她在哈奴曼大宅里的相比，简直有天壤之别！

　　尽管注意到莎玛口是心非，他仍觉得萨薇已经背叛了他。

　　劳工们拿了工钱。赛斯说他想看看园地，毕司沃斯先生没必要陪他。

　　莎玛正坐在厨房那儿。她怀里抱着米娜，正在逗她玩，哄着她。萨薇和阿南德在一边看着。毕司沃斯先生经过的时候，莎玛瞟了他一眼，却没停止哄米娜。

　　萨薇和阿南德心领神会地抬头看着。

　　毕司沃斯先生进了房间，坐在摇椅上。

　　莎玛大声说："阿南德，去问问爸爸需不需要一杯茶。"

　　阿南德胆怯而害羞地来了，嘟囔着传达了口信。

　　毕司沃斯先生没吭声。他仔细地研究阿南德的大脑袋和细胳膊。胳膊肘的皮肤松弛，带着湿疹的青色疤痕。难道他也喝了硫黄炼乳吗？

　　阿南德等了一会儿，然后出去了。

　　毕司沃斯先生摇晃着。地板的木板又宽又粗，有一片开裂了，向上翘起，每次摇椅摇晃到上面，都发出嘎吱和断裂的声响。

　　萨薇并没有看毕司沃斯先生一眼，把米娜带进房间，小心地把她放在床上。

　　莎玛在扇煤炉。

　　萨薇突然有一种想要生火的冲动，她急匆匆出了房间，说："妈妈，你把煤灰弄得满身都是。让我来。"

　　原来如此。她们都已经忘了玩具房子的事。他把脚抬起放在椅子上，仰头靠着,闭上眼睛,摇晃着。地板应和着。

"阿南德,把这给你爸爸送去。"

他听见阿南德走近,但他没有睁开眼睛。他琢磨着是否要接过茶杯,把茶泼在莎玛心爱的绣花衣服和她那虽然笑容满面却阴晴不定的脸上。

他睁开眼睛,从阿南德手上接过茶,啜了一口。

赛斯回来时,对每个人都露出一副亲切的笑容,在台阶上坐下了。莎玛给他一大杯茶,他几口就咕嘟咕嘟喝下去了,一面喷着鼻息叹惜着。他摘下帽子,捋了捋湿漉漉的头发。突然,他笑了起来。"穆罕,我听说你有一场官司。"

"官司?哦,官司!小官司。不足挂齿。其实是小事一桩。"

"你可真够滑稽的,独立分子。收到传讯了吗?"

"在等着呢。"

"还有萨薇,你收到传讯了吗?"

萨薇笑了,仿佛那漆黑的道路和警察手电筒的闪光从未让她感到心惊肉跳似的。

"喏,不要担心。"赛斯站起来,"这些人只是想要钱。我来摆平它。你们的官司打起来对谁都没有好处。"

说完他走了。

毕司沃斯先生闭上眼,摇晃着椅子,弄得地板不停地响,孩子们又开始着急了。

他在摇椅上一直坐到天黑吃饭的时候。许多营房的房间亮起了油灯。远处一个醉鬼在叫骂。

萨薇和阿南德坐在台阶上吃饭。当毕司沃斯先生在绿桌边上吃饭时,他不再那么沉闷了,莎玛反倒阴郁起来。快吃完的时候,他甚至扮起小丑来。他蹲在椅子上,左手压在腿肚子和屁股之间,开玩笑地问:"你为什么不留在猴子窝里，嗯？"

她没回答。

他洗完手，漱了漱口，把漱口水吐到边窗外，莎玛在台阶上坐下吃饭。他看着她。

"哭了，嗯？"

慢慢地，眼泪从她睁大的眼睛里涌出来。

"这么说你生气了？"

一滴眼泪从她脸颊滑下，挂在她的上嘴唇上颤动着。

"你满意了吧？"

她嘴里塞得半满，但是不再咀嚼了。

"不要对我说菜太难吃了。"

她开口了，似乎是在自言自语："如果不是为了孩子们……"

"如果不是为了孩子们，然后呢？"

她愁眉苦脸，故意大声地咀嚼起来。

在另一角，萨薇和阿南德搬出睡觉用的睡袋和床单。

"你来了，"莎玛说，"你来了，你也不看看左，也不看看右，就开始发脾气，把我骂个半死……"

这是她道歉的开场白。他没有打断。

"你不知道我得承受什么。白天晚上地说。这里讨好讨好，那里讨好讨好。琴塔一刻不停地挖苦我，哪个孩子只要一和萨薇说话就要挨揍，没有人愿意和我说话。每个人表现得都好像我和他们有杀父之仇似的。"她停了停，又哭着说："所以我得使她们满意。我把玩具房子拆了，每个人都满意。事后你来了。你也不看看左，也不看看右……"

"愚蠢至极！你觉得琴塔会把格温德买的玩具房子给拆了吗？如果你能想象格温德做了这样的事。告诉我，你那姐夫是吃什么的，嗯？土吗？你觉得琴塔会把格温德买的玩具房子给拆了吗？"

她的眼泪落在盘子里。

后来她洗碗的时候仍然在哭，一边不停地擦眼泪，刚开始是擤鼻子，后来轻轻地哼起忧伤的歌，最后她问起萨薇这一周的表现。

他讲起了萨薇如何把老妇人给的饭菜倒了。莎玛听得十分高兴，一面说起关于这个孩子如何敏感的其他事。萨薇依然心情焦急得毫无睡意，只是假装睡着，但是听见这番话时又心花怒放。莎玛又说起萨薇讨厌鱼，图尔斯太太如何消除了这种厌恶。她还说起阿南德，说他也很敏感，饼干都会让他的嘴出血。

毕司沃斯先生的心情已经和她的一样缓和下来，便没说他认为这是营养不良的症状。相反，他开始说起他的房子，莎玛毫无兴趣地听着，不过没有反对。

"一旦那房子建成，就给你买那个金色的胸针，姑娘！"

"我很期待这一天。"

她们是星期六来的。星期一萨薇就该去上学了。

"让她留在这儿，"毕司沃斯先生说，"第一天上课教得不多。"

"你怎么知道？"萨薇问，"你上过学吗？"

"上过，小姐。我上过学。你不是唯一一个上学的人，你懂的。"

"如果我留下来，我得给老师一个理由。"

"我马上就给你写一个。亲爱的老师，我的女儿萨薇第一个星期无法上学，因为她一直和她外婆住在一起，得了严重的营养不良。"

星期天晚上，莎玛把萨薇和阿南德带回了阿伍克斯。她又回到了哈奴曼大宅。之后整个学期内，她都来回走动；他一直感到孤独，陪伴他的只有树、墙上的报纸、宗教引言和他的书。

只有一件事让他欣慰。他已经赢得了萨薇。

复活节时分，他得知莎玛第四次怀孕了。

刚赢得了一个孩子；一个还有敌意；一个尚未可知；现在又来了另

一个。

陷阱!

他所害怕的未来降临到他身上。他陷入了虚空，每当夜里他醒来，听见鼾声、吱吱嘎嘎声和其他房间偶尔传来的婴儿哭声时，那种只在梦中才能感知的恐惧萦绕着他。天亮所带来的解脱不断消失。食物和烟草俱不知味。他总是疲倦，总是不安。他常常去哈奴曼大宅，但是只要他一到那里就想离开。有时候他骑车去阿佤克斯，却没去大宅，走到高街时就改了主意，掉头又骑回绿谷。当他晚上关上房门的时候，屋子就像一座囚笼。

他自言自语，大声叫唤，极尽所能发出响声。

没有回答。没有变化。"昨日突现惊人场面。"报纸和以前一样依旧泛黄。引言也依旧使人平静。"我必不弃之，他亦决不弃我。"但是现在他周围所有东西的形状和位置，树，家具，甚至那些他用树枝和墨水写成的字母，都有一种敌意，一种预期。

星期六时赛斯宣布，在收成季节的末期会对庄园做一些变动。过去一直出租给劳工的大约二十公顷土地将被收回。赛斯和毕司沃斯先生挨家挨户传递着这则消息。只要一进劳工的棚子，赛斯就变得无精打采。他脸色疲惫，也让人感觉疲惫。他接过一杯茶，无精打采地喝了，然后说——仿佛这是小事一桩，只是他一个人的负担——从劳工们手里收回土地纯粹是为了他们好。劳工们恭敬地聆听，问赛斯和毕司沃斯先生是否需要添点茶。赛斯马上就接受了，说茶是好茶。他和细胳膊大眼睛的孩子们玩，逗得他们笑，给他们零钱买糖吃。他们的父母们抗议他把他们宠坏了。

事后赛斯对毕司沃斯先生说："你不能相信这些坏蛋。他们会惹很多麻烦，你最好留神。"

劳工们从不向毕司沃斯先生提土地的事,庄稼收割的时候也没有任何麻烦。

当地上收割完成的时候,赛斯说:"他们会把根挖起来。不要让他们得逞。"

事后不久,毕司沃斯先生不得不汇报说一些根已经被挖起来了。

赛斯说:"看样子我得用马鞭抽一两个人。"

"不,不要那样。你每天晚上回阿伐克斯放心睡你的觉。可我得留在这里。"

最后他们决定雇一个看守,于是地上不再有什么麻烦,准备种上新的庄稼。

"你认为这一切都值得吗?"毕司沃斯先生问,"雇一个看守以及其他事?"

"一年左右,我们就不会再有麻烦了,"赛斯说,"人们会渐渐习惯的。"

似乎赛斯是对的。被剥夺了土地的劳工们虽然每天看见毕司沃斯先生,但也只是通过其他劳工给他带些口信。

"都克南说他知道你有一颗善心,不想做出什么伤害你的事。五个孩子,你知道。"

"不是我,"毕司沃斯先生说,"不是我的地。我只是干我的活,拿一份薪水。"

劳工们最初满怀希望地接受了,后来变成了听天由命。听天由命又变成了仇视,不直接针对赛斯,因为他们怕他,而是针对毕司沃斯先生。他不再被人嘲笑,但是没有人对他笑,他离开的时候也没有人搭理他。

每天晚上他把自己关在房间里。只要他一停下来不动,他就感觉到死寂围绕着他,他必须走来走去以打破这种死寂,以挑战房间及其物品发出的敌意。

一天晚上,正当他在吱吱嘎嘎的地板上使劲摇晃的时候,他想到了摇椅的威力，摇椅能够碾磨、挤压，能在他的手、脚趾和身体的柔软处施加痛苦。他立刻痛苦地站起来，双手捂住裆间，猛吸了一口凉气，侧耳聆听这把椅子的声音，听它在翘起的木板上移向一边。椅子停下不动。他移开视线。在墙上，他看见一根钉子，它可以刺穿他的眼睛。窗户也能是陷阱，带来伤害。门也同理。绿桌的每一条桌腿都可以压碎他。梳妆台的脚轮。抽屉。他俯卧到床上，不想再看见什么，为了把他脑子里的这些东西的形状赶走，他把注意力集中到字母的形状，为字母"R"设计出一个又一个造型。最后他终于入睡了，手还捂着身体的脆弱部位，希望自己能生出无数双手把全身都遮住。早晨，他感觉好些了，他已经忘了恐惧。

　　哈奴曼大宅发生了许多变化，尽管他一星期去两三次，他还是以旁观的目光感知到了这些变化，他对此没有任何感觉。婚姻带走了一批孩子们，其中有那个表演柔术的女孩。婚姻的问题也困扰着年长的神，尽管某些时候他看上去好像是被宣判死缓那样绝望。门当户对的家庭中没有找到合适的人选——一位既漂亮，又有教养，还富有到能够满足图尔斯太太及其女儿们的姑娘，虽然她们自己完全依据种姓制度匆匆地步入各自的婚姻，却认为她们的兄弟应该根据更合适的方法选择新娘。之后不久，寻找漂亮、有教养和富有女孩的工作又在已经皈依基督教有高贵种姓但已没落的家庭中展开。最后，大家一致认为只要是漂亮、有教养和富的印度女孩，只要不和穆斯林沾边都行。制油的家族，不管他们的祖籍来源，他们都高攀不起。所以她们在经营软饮料的家族，经营冰厂的家族，经营运输的家族，经营戏院的家族和经营加油站的家族中网罗搜寻。终于，在一个勉强属于基督教长老会，经营着一个加油站、两辆货车、一家戏院和一些田地的家庭中，她们找到了一个女孩。双方都自觉高人一等，谁也不知道对方把自己看得矮一头。经过一番轻松而快速的讨价还价后，婚礼在一个登记处举行。年长的神一反印度教的习惯和家族的传统，没有把新娘带回家，而是离开哈奴曼大宅一去不复返，他也不再提自杀，而是去照料妻子家的货车、戏院、田地和加油站。

他离去不久，图尔斯太太也离开了。她去了西班牙港，因为她不喜欢年幼的神独自生活在那座城市里，也不信任别人来照看他。她买的不是一间房子，而是三间：一间自己住，两间出租。她每个星期天晚上和年幼的神去西班牙港，然后在星期五下午和他一起回来。

在她不在期间，哈奴曼大宅里的等级制度形同虚设。寡妇苏诗拉毫无存在感。姐妹之间争权夺利，口角争执接连不断。受辱的姐妹公然只照看自己一家，有时甚至另起炉灶一两天。赛斯的妻子派德玛是唯一继续受人尊敬的人，但是她丝毫没有表现出想要施展权力的意图。赛斯逼迫每个人俯首听命，可是他无法带来和谐。只有在每个周末，图尔斯太太和年幼的神回来时，一切才又恢复正常。

学校放假时，大家都忘记了以往的争执。房子被收拾得干干净净，铜器被擦得锃亮，院子也得以修葺整齐，似乎要迎接来访的皇室。姐夫和妹夫们争先恐后地给神上供礼品：一个竺笠芒果，一串香蕉，一个特大的紫皮鳄梨。

毕司沃斯先生什么也没有送。莎玛抗议了。

"我的儿子怎么办，嗯？"毕司沃斯先生说，"怎么就没人管他呢？谁照看他了？他不也在上学吗？"

因为学期到一半的时候，阿南德也开始上教会学校了。他对此深恶痛绝。他把鞋泡在水里。为此，他受到严厉批评，被迫穿着湿鞋上学。他把卡特瑞治上尉的《初级读物》给扔了，撒谎说书被偷了。他被鞭打了一顿，又拿到了一本新的。

"阿南德是个胆小鬼，"萨薇对毕司沃斯先生说，"他还是害怕上学。你知道昨天琴塔姨妈对他说什么了吗？'如果你不努力，你会像你爸爸一样当个割草工。'"

"割草工！喂，喂，萨薇。下次你琴塔姨妈张那张大嘴……"他止住话，想起了语法，"下次她张开她的那张大嘴……"

萨薇笑了。

"……你就问问她有没有读过马可·奥勒留和爱比克泰德的书。"

萨薇对这些名字早已经耳熟能详。

"曼尼……曼尼……曼尼"毕司沃斯先生嘟囔着。

"曼尼……曼尼？"

"就是钱。钱、钱、钱。那就是唯一能让你妈妈家的人愿意把她们的小胖手弄脏的东西。看，下次琴塔或其他人说我是个割草工，你就对他们说割草工总比抓螃蟹的强。你记住了吗？割草工比抓螃蟹的强。"

他就这样挑起了战争。他看见不少蓝壳大螃蟹在院子的黑桶边横冲直撞。"噢！"他在大厅里说，"桶里有大螃蟹。它们是哪来的？"

"是格温德为妈妈和欧华德买的。"琴塔自豪地说。

"买的？"毕司沃斯先生说，"有人说是他抓的吧。"

他下次去哈奴曼大宅时，发现萨薇已经把他的话传出去了。

琴塔径直走上来，带着图尔斯太太不在时的那种霸气说："妹夫，我要让你知道，在你来这个家之前，这里是没有抓螃蟹的。"

"嗯？没有什么？"

"抓螃蟹的。"

"抓螃蟹的？抓螃蟹的怎么了？你这里缺吗？"

"马可·奥勒留……奥勒留，"琴塔说着，一边往厨房走去，"莎玛妹妹，我不想管你培养孩子的方式，可是你未免让他们太早熟了。"

毕司沃斯先生冲萨薇挤了挤眼。

很快，琴塔又回到了大厅。显然，她想好了要说的话。她表情严肃地归整着不需要归整的椅子和凳子，又摆直了梵学家图尔斯的照片和一幅巨大的中国日历，日历上一位调皮的美女站在盆景植物和瀑布的背景中。"萨薇，"琴塔终于细声细气地开口了，"你在学校已经学了第一级，你一定知道卡特瑞治上尉书里的那首诗。我想你爸爸不一定知道，因为我想他没有达到这样的水平。"

毕司沃斯先生小时候没学过卡特瑞治，但是他学过《皇家读本》。尽管如此，他说："第一级？我跳过去了。我直接从入门跳到了第二级。"

"我也是这么想的，妹夫。但是萨薇你知道我指的那首诗。那首关于自杀身亡的诗。那些小猪仔们。你知道吗？"

"我知道！我知道！"一个男孩嚷嚷起来。是那个系鞋带能手，比萨薇小十四个月的杰。他尤其喜欢表现自己。他跑到大厅中间，双手插到背后，说："《三个小猪仔》，作者阿尔弗雷德·司各特－盖提爵士。"

　　　　一只老母猪住在一个猪圈里。
　　　　它有三只小猪仔，
　　　　它摇摇摆摆地一边走，一边说："嗯呼！嗯呼！嗯呼！"
　　　　小猪仔们回答说："喂！喂！"
　　　　"我亲爱的小兄弟，"其中一只猪仔说，
　　　　"我亲爱的小猪仔，"它说，
　　　　"以后我们都说：嗯呼！嗯呼！嗯呼！
　　　　"说'喂！喂！'太幼稚。"

杰背诵的时候，琴塔跟着韵律上下点头，并笑着盯着萨薇。
杰继续背："于是不久……"

　　　　于是不久，这些小猪仔就死了，
　　　　它们都是自杀身亡，

因为在它们只能说"喂！喂！"的时候，

它们竭尽全力说："嗯呼！嗯呼！嗯呼！"

"这首短歌说明了一个道理，"琴塔说，附和杰背诵着这首诗，一边对萨薇勾了勾手指，"一个显而易见的道理。"

"自杀身亡？"毕司沃斯先生说，"听起来像一个抓螃蟹的人的名字。"

琴塔恼怒地跺脚，像她打牌时输了那样，看起来似乎要哭了，她回到厨房去。

"莎玛妹妹，"毕司沃斯先生听见她声音颤抖地说，"我要你对你丈夫说不要向我挑衅。否则，我不得不告诉他，"她指的是她的丈夫格温德，"你知道他和你丈夫有一点小过节的时候会发生什么。"

"好吧，琴塔姐姐，我会告诉他的。"

莎玛出来，恼怒地说："男人，不准挑衅琴。你知道她不能开玩笑。"

"玩笑？什么玩笑？抓螃蟹不是玩笑，你听着。"

几天后，琴塔开始报复。

当毕司沃斯先生来到哈奴曼大宅的时候，晚餐已经结束了，孩子们三五成群地坐在大厅里，读着或者假装读着初级读物。让尽可能多的孩子共用一本书，是大宅里的一项节俭方法。孩子们暗地里窃窃私语，用手挡住嘴或者不时地翻着书页，试图掩饰他们的交谈。当毕司沃斯先生走进屋子时，他们用高兴而期待的目光看着他。

琴塔笑了。"你是来看你儿子的吗，妹夫？"

一阵翻书的声音伴随着压低的窃笑。

萨薇从一群围着一本书的孩子中站起身，走向毕司沃斯先生。她一脸不高兴。"阿南德在楼上，"他们走到一半时她低声说，"他在下跪。"

大厅里，琴塔在唱歌。

"下跪？为什么？"

"今天他在学校里闯祸了，不得不休课。"

他们经过书房，来到他和莎玛结婚后住的长屋里。装饰在墙上的莲花还是像从前那样暗淡，他漱口时往外吐水用的德麦拉拉窗户被一节扫帚柄撑开。

阿南德脸冲着墙跪在一个角落里。

"他从下午起就一直跪着。"萨薇说。

毕司沃斯先生几乎不能相信这一切。阿南德被单独留在这里，而且还要直挺挺地跪着，他看上去没有一丝倦意，仿佛刚刚开始下跪似的。

"不要跪了。"毕司沃斯先生说。

他听到阿南德愤怒而抱怨的回答时，颇为惊讶。"他们要我跪着，我就跪着。"

这是他第一次看见阿南德发火。他注视着孩子薄薄的棉衬衣下瘦削的肩骨，纤细的脖颈，巨大的脑袋，小而松垮的裤子里湿疹斑斑的细腿，黑乎乎的鞋底——那是在屋外穿的鞋——和露出的大脚趾。

"他害怕。"萨薇说。

"怕什么？"

"害怕向老师请求去上厕所。当他离开教室的时候，他又害怕了。害怕用学校的厕所。"

"那个地方又脏又臭。"阿南德脱口而出，站起来面对着他们。

"是这样的，"萨薇说，"然后……嗯……"

阿南德哭了。

"他回到教室的时候，老师要求他离开。"

阿南德低着头，抽搭着，手指划着地板的夹缝。

"喏，就在那时放学了，每个人都跟在阿南德身后。每个人都在取笑他。"

"而且我一回家，妈妈就打我。"阿南德说。他的语气中没有抱怨，

233

而是充满了气愤。"妈妈打我。她打我。"他重复着，语气不再愤慨，变成了乞怜。

毕司沃斯先生开始插科打诨。他讲起了自己在梵学家杰拉姆家的不幸经历，丑化着自己，以使阿南德不再觉得自己丢人。

阿南德既没有抬头也没有笑，但是他不再哭了。他说："我不想回那所学校。"

"你想和我一起走吗？"

阿南德没有回答。

他们一起下楼来到大厅。

毕司沃斯先生说："喂，莎玛，不要让这孩子再下跪了，你听着。"

寡妇苏诗拉说："我们小时候，因为类似的事妈让我们跪在磨子上。"

"哦，可我不想让我的孩子和你一样，仅此而已。"

苏诗拉既没孩子也没丈夫，现在又没了图尔斯太太的庇护，她急匆匆地跑上楼，抗议自己被人欺负了。

琴塔说："你准备把你儿子带回家吗，妹夫？"

莎玛注意到毕司沃斯先生神情平静，她严肃地说："阿南德哪里都不去。他必须留在这里，他必须上学。"

"为什么？"琴塔问，"妹夫能教他。我相信他知道 ABC。"

"A 是苹果，B 是蝙蝠，C 是螃蟹。①"毕司沃斯先生说。

阿南德跟着毕司沃斯先生出去，似乎不想让他走。他一句话也没有说，只是跟在自行车周围，偶尔上来碰一下。毕司沃斯先生对他的胆怯非常恼火，不过孩子的脆弱以及他身上那件和其他孩子一样破旧褴褛的"家常便服"，又一次让他心疼。那衣服是孩子们放学回家就换上的，经过小心的缝补。阿南德洗得发白的卡其布短裤尤其破旧，有裂缝却没有

---

① 三个单词分别以 ABC 为首字母：apple, bat, crab。

口袋，还有一个张口的空怀表袋。他的衬衣上面补丁摞着补丁，衣服边被磨得破破烂烂，领口皱皱巴巴。从弯曲的针脚、歪歪扭扭的剪裁以及口袋上松散滑稽的装饰，毕司沃斯先生可以分辨出这件衬衣是出自莎玛之手。

他问："你想和我一起走吗？"

阿南德只是微笑，低着头，用他的大脚趾转着自行车脚踏板。

天很快就黑了。毕司沃斯先生的自行车没有车灯（他买的所有自行车灯和打气筒都被偷了），而且他也不会像其他骑自行车的人那样善于取巧，骑车的时候在手上拿一个纸袋子，袋子里面装上一支点燃的蜡烛，这样可以避免被警察发现，也可以多少照亮一点路。

他骑车朝高街的方向去。就在他经过那个"上好红玫瑰茶"广告牌的时候，他回头看去。阿南德仍然站在拱廊下面，站在一个粗大的带莲花形底座的白色柱子旁边。他站在那里凝视着，就像那天黄昏毕司沃斯先生看见的那个站在低矮的小房子跟前的男孩子一样。

当他赶到绿谷时天已经黑了。树荫下夜色尤浓。从营房里传出的声音很清楚，此起彼伏：断断续续的谈话声，煎炸的声音，叫喊声，一个孩子的哭闹声。声音消失在星星闪烁的天空里，声音传出的地方在地图上不过是一个岛屿上的一点，而那个岛屿在世界地图上也只是一个点。死去的树木包围着营房，形成密不透光的一堵墙。

他把自己锁在房间里。

那一周他觉得不能再等下去了。除非他现在就开始建造他的房子，否则不会再有机会。不然的话，他的孩子们将一直待在哈奴曼大宅，而他也将留在营房里，在一片虚空之中，他无法给他的子孙留下什么。每天晚上他都为自己没有行动而恐慌，每天早晨他都重新坚定自己的决心，星期六他对赛斯说了他选定的地方。

"租一块地给你？"赛斯说，"租？看，伙计，地就在这里，你为什么不自己选一块地然后盖房子呢？别和我说什么租地的事情。"

毕司沃斯先生看好的那块地大约离营房两百码，但是被树木遮蔽着，中间还有一块浅浅的潮湿的凹地相隔，下雨时凹地里泥水横流。树木还遮蔽了道路。但是当他想到那块地将是他建房子的地址的时候，那些树木看起来也就没有那么不顺眼了；他喜欢用"凉亭"来形容那个地方，这是他在《皇家读本》上看到华兹华斯用过的一个词。

星期天早晨，他用过可可茶、店里的面包和红色奶油之后，就去见建筑工。建筑工住在一所摇摇欲坠的木房子里，那是一个离阿伬克斯不远的黑人居住区。在排水槽上面有一张写得歪歪扭扭的布告牌，上面声称乔治·麦克莱恩是木匠和家具工人，这个布告被散布在布告牌上用密密麻麻的歪斜小字所写的附加消息包围，小字说乔治·麦克莱恩还是铁匠和油漆匠，他做锡茶杯并承接焊接的活，他卖新鲜的鸡蛋，他还有一个撞锤可以提供服务，他所有的要价都很公道。

毕司沃斯先生喊道："早安！"

从黄色的紧实的院子中一间小屋里走出一个黑人妇女，她一只手上拿着一个盛满了玉米的大葫芦，身上那件紧紧的棉布裙子几乎绷不住硕大的身躯，鬈曲的头发上夹着发夹和用报纸做成的发卷。

"木匠在家吗？"毕司沃斯先生问。

那女人喊了一句："乔治！"这样一个肥硕的女人，声音竟是尖细得出奇。

麦克莱恩先生出现在房子一边只开了上半扇门的角门上。他狐疑地打量着毕司沃斯先生。

那女人走到院子最尽头，咯咯地叫着，呼唤家禽来吃食。

毕司沃斯先生不知道如何开头。他不能只说"我想建一座房子"。他没有足够的钱，他也不想欺骗麦克莱恩先生或者因此受到讥讽。他羞怯地说："我想和你谈一桩小生意。"

麦克莱恩先生打开角门的下半扇门，走下水泥台阶。他大约中年，又高又瘦，看上去和他的布告牌一样热切和充满疑虑。他的工作令人沮丧。他在这个镇子到处都是没有机会完成的半成品：那些暴露的摇摇晃晃的房子框架，还有那些起用用水泥和装饰木头建造，最后却只是用泥墙和树枝草草了事的房子。他那些用来补救的东西在院子里摊了一地。在后面一间敞开的小屋里，一个半完工的车轮立在刨花里。院子里到处都是羊的粪便。

"什么样的生意？"麦克莱恩先生问。他伸手打开一扇窗户，窗户发出咔嗒的声响，闪着光，窗户内侧的绳子上挂着锡茶杯。

"关于一座房子。"

"哦。修复吗？"

"并不完全是这样。房子还没有建造。事实上……"

"乔治！"麦克莱恩太太喊道，"过来看看那该死的黄鼠狼又干了什么。"

麦克莱恩先生走到屋子后面。毕司沃斯先生听见他含糊地咕哝着。"该死的讨厌东西。"他说，转身走回来，边用一根树枝抽打裤子，"所以，你想让我给你造一座房子？"

毕司沃斯先生把他的谨慎误以为是讽刺，因而自卫性地辩解说："不是一所豪宅。"

"这可是件好事。现在太多人想要建造豪宅了。你有没有仔细看过那些乡村路上的房子？"他停顿了一下，"两层楼的房子？"

毕司沃斯先生点点头。"两层楼的房子。小小的。但是要精巧。我不需要很多就已经知足了。"麦克莱恩先生让他颇不自在，他继续说："我不觉得应该假装有很多钱的样子，我只有那么点钱。"

"那当然。"麦克莱恩先生说。他抽打裤子，把在院子里沾上的家禽粪便抖落到屋内积着厚厚尘土的地板上。随后他在地上画了两个相同大小并且相邻的正方形。"你想要两间卧室。"

"还有一间客厅。"

麦克莱恩先生又添上一个相同大小的正方形。在这个正方形旁边他画了半个正方形，然后说："还有一条走廊。"

"没错，不需要太特别。小而精巧。"

"你想在走廊和前面的卧室之间装一扇门，一扇木头门。然后你还想要一扇门通向客厅，带着彩色窗格玻璃。"

"是的，是的。"

"走廊的一边你想用木板钉上。前面你想要一些漂亮的围栏。你还想要水泥台阶和台阶前的楼梯扶栏。"

"是的，是的。"

"前面的卧室你想用玻璃窗户，如果你钱够的话，你还想要把窗户漆成白色。后窗户就只是用木板。在后面你还想要一架简单的木头楼梯，不用扶栏之类的东西。厨房你想自己建造，在院子的某个地方。"

"完全正确。"

"你要的是一座不错的小房子。很多人都会喜欢的。可能要花费你两百五十元、三百元左右。劳工费，你知道的……"他看看毕司沃斯先生，慢慢用一只光脚板蹭掉地上画的图样。"我不知道。这几天我很忙。"他指指小屋里没有完工的车轮。

一只母鸡咯咯地叫起来，宣告下了一只鸡蛋。

"乔治！是那只来航鸡。"

家禽中间传出激烈的尖叫声和拍打翅膀的声音。

麦克莱恩先生说："算它走运。不然的话早把它宰了吃了。"

"我们没有什么时间限制，并不是非要马上建造好。"毕司沃斯先生说，"罗马不是一天就建好的，你知道的。"

"是这么回事。但是罗马还是建好了。好吧,只要一有空我就去找你,然后我们一起去看看地段。你有地吧?"

"是的,是的,伙计。我有地。"

"呃,那么大概过两三天吧。"

他当天下午很早就来了,戴着帽子,穿着鞋,还穿着一件熨烫得平整的衬衫。他们一起去看了地。

"这是一个真正的小凉亭。"毕司沃斯先生说。

"是一块斜地!"麦克莱恩先生惊讶且几乎兴高采烈地说,"你要用长柱子才行。"

"一边高,一边低。这完全能自成风格。我现在想着要修一条通到路上的小径。带台阶的。台阶就直接修在地里。两边是花园。玫瑰、爱克斯罗拉花。夹竹桃。九重葛,还有猩猩木。再种些女王花。然后修一架精巧的小竹桥通到路上去。"

"听起来不错。"

"我在想,关于房子。如果能用水泥柱子的话就好了。不单单就是水泥,我认为那样不会好看。抹上灰泥,然后弄光滑。"

"我明白你的意思。你能不能先付给我一百五十元开工呢?"

毕司沃斯先生迟疑着。

"你别以为我想管你的私事。我只是想知道你现在能花多少钱。"

毕司沃斯先生从麦克莱恩先生身边走过,徘徊在湿地旁边的灌木丛、野草和荨麻当中。"大概一百元,"他说,"但是月底我可以再给你一点钱。"

"一百元。"

"行吗?"

"嗯,行。用于开工。"

他们穿过野草,经过堵塞着烂叶子的排水槽,来到铺满沙砾的路上。

"我们每个月建造一点，"毕司沃斯先生说，"一步步来。"

"没错，一步步来。"麦克莱恩先生并没有欢欣鼓舞，但是他语气中的小心谨慎明显减少了，听上去甚至带着鼓励。"我得去找一些劳工。现在找好的劳工可是比较难。"他意味深长地说。

这个字眼也让毕司沃斯先生感到高兴。"是的，你应该找一些劳工。"他掩饰着自己的惊讶：原来还有人要依靠麦克莱恩先生这样的人生存。

"但是你最好还是尽快弄些钱来，"麦克莱恩先生几乎很友好地说，"否则的话你就不可能有水泥柱子了。"

"一定要有水泥柱子。"

"要是没有那么多钱，你要建的任何一间房子除了有水泥柱子之外什么都不会有。"

他们继续走着。

"一排煤桶。"毕司沃斯先生说。

麦克莱恩先生没有搭话。

"只要给我一个煤桶。是的，你这老母狗。只要一个煤桶。"

他决定找阿扎德借钱。他不想去求赛斯或者图尔斯太太，而他也无法再求助于米瑟：自从他向米瑟借钱付给芒格如和斯巴安之后，他们的关系就疏远了起来。但是他也不愿意去找阿扎德。他离开营房的院子，可就在他快要走到大路上时，他决定把这件事情暂搁一下，等到下个星期日再说。他走回他的房间，带上自行车裤管夹，心想还是到哈奴曼大宅度过这个下午。但是他非常清楚他会在那里得到什么，因此他放下了自行车裤管夹。最后，他在房间里待不住了，只好出去。他搭乘了两辆公共汽车，将近傍晚时赶到了波各迪斯。

他从那扇没有油漆的巨大瓦楞铁侧门来到了塔拉的院子，走上那条铺着沙砾的通往车库和牛棚的小路。院子里的这一部分从他第一次看见之后就几乎没有什么改变。李子树仍然像以前那样孤零零地站在那里；这棵树定期结果，但是它那灰色的树枝光秃秃的，又干又硬且容易折断。他不再操心该如何处理那些成堆的金属废料，也放弃了心中的期望。在他还是个孩子的时候，他曾经希望那生锈的汽车车体有一天可以重新发动起来。施了肥的草垛只是大小有了改变，仍然在原地没动。阿扎德有很多生意要打理，他仍然在院子里养了两三头母牛，虽然还要花费金钱和力气。它们是他的宠物；他把大部分空闲时间都花在牛棚里，永无止境地改善着牛棚里的条件。

从牛棚里传来牛奶落在奶桶的嗒嗒声和嘀嘀咕咕的说话声。今天是星期天，阿扎德肯定在牛棚里。毕司沃斯先生没有进去看。他冲到后阳台，希望能先看见塔拉并和她单独相处一会儿。

除了那个女仆，她的确是一个人。她如此热情地接待了他，使他立刻就对自己此行的目的感到羞愧。他本来决定直截了当地讲明来意，最后却什么也没说。因为当他问及她的健康时，她长篇大论地讲了很多，而他不但不能张口借钱，反而要安慰她。事实上，她看上去的确状态不好：她的呼吸变得更加困难，腿脚也不灵活，身体变得宽大松弛，头发变得稀疏，眼睛不再明亮。

女仆给毕司沃斯先生端来一杯茶，塔拉跟在女仆后面进了厨房。

书架的顶层上仍然摆着那套阿扎德没有付钱、被分成数册的《百科知识大全》。下面的书架上放着杂志、发动机厂商目录和印着彩图的三语印度电影纪念小册子。墙上的宗教挂画已经被英美汽车经销商分发的日历，以及一幅巨大的印度女影星的照片挤没了。

塔拉回到阳台上，并说她希望毕司沃斯先生能留下来吃晚饭。他原来也打算这样。且不说别的，他喜欢他们的饭菜。她在阿扎德的摇椅上坐下来，询问孩子们的状况，他告诉她还有一个孩子就要出生了。她又问了图尔斯家族的事情，他尽可能回答得简短。因为他知道，虽然这两座宅子互无干系，双方之间却有着敌意。图尔斯家族每天都做礼拜，庆祝每一个印度节日，他们认为阿扎德是一个追求金钱、享受和新式东西的人，与信仰疏离了。阿扎德和塔拉则干脆认为图尔斯家族卑鄙肮脏，毫不掩饰地声称毕司沃斯先生入赘到图尔斯家是一个不幸。对于毕司沃斯先生来说，和塔拉讨论图尔斯家族让他倍加尴尬，因为除了对孩子们的关切，他发现自己很难不同意她的观点，特别是他在她那整洁且毫不拥挤的舒适房子里，等待着将要到来的可口饭菜之时。

牧牛工从牛棚里走过来，叫出厨房里的女仆，隔着窗户把牛奶桶递给她。然后，他在院子里的竖式水管处清洗了他那双惠灵顿长靴。随后他脱下长靴，又洗了手脚和脸。

毕司沃斯先生觉得越来越无法和塔拉谈及自己此行的目的。

然后一切都来不及了。布罕戴德的小儿子拉比戴德走了进来，毕司沃斯先生和塔拉相顾无言。在阿扎德和塔拉看来，拉比戴德仍然是个单身汉，虽然人人尽知他和他的哥哥杰格戴德一样，和一个异族女人同居，并和她有了孩子，但是没有人知道他到底有几个孩子。他穿着便鞋和卡其布短裤，没有下摆的衬衫松散地垂着，没有扣一个纽扣，短衣袖几乎卷到腋窝。似乎因为无法掩饰他那下巴突出的脸，他甚至希望能展示他身体其余的部分。他体形极好，比例匀称，身材健美，没有粗壮的肌肉。他朝毕司沃斯先生不易察觉地点了点头，没有理睬塔拉。当他摊开四肢坐在椅子上时，腹部中间出现了两条细折痕，几乎破坏了他完美的体形。他咂了咂嘴，从书架上拿了一本电影小册子，翻动了几下。他喘着粗气，小眼睛十分专注，下巴上的冷笑更加明显。他把小册子扔回书架说："一切好吗，穆罕？"并没有等到回答，他就冲着厨房喊道："吃的，姑娘！"然后紧紧地闭上了嘴。

"哈！已婚男人！"

阿扎德从牛棚里出来了。

拉比戴德重新摆了一下腿。

在毕司沃斯先生还没有回答之前，阿扎德脸上的笑容消失了，他对拉比戴德说起一桩卡车的事。

拉比戴德在椅子上挪来挪去，咂着嘴唇，没有抬头看阿扎德。

阿扎德生气地提高了声音。

拉比戴德笨拙地、不高兴而又自傲地辩解着。他似乎在试图咬住下嘴唇的内侧，声音低沉而含糊。

阿扎德顿时失去了对卡车的兴趣，他对毕司沃斯先生戏谑地微笑。

塔拉从摇椅上站起来，阿扎德坐在上面，一面朝脸上扇着风，一面解开衬衫的一颗纽扣，露出长满灰色胸毛的胸膛。"结婚的男人有几个孩子啦？七个，八个，一打？"

拉比戴德讪讪地笑着，站起来走进厨房。

毕司沃斯先生认为自己应该勇敢地开口。"昨天深夜的时候，"他说，"有个大惊小怪的人给我捎信，说我妈妈病得很重。于是我今天就来看她，我到这里时就想着也要来看看你们。"

女仆给阿扎德端来一杯牛奶，他小心翼翼地接过来捧着，似乎稍一用力就会弄碎了杯子。他说："也给穆罕一些牛奶。你知道，穆罕，牛奶本身就是食物，特别是在这样新鲜的时候。"

牛奶端过来了，也喝下去了。毕司沃斯先生很高兴能有这样的停顿。他刚才编的那个荒谬故事听上去一点也不真实，他希望自己不用再提起这事。

"你妈妈怎么样了？"塔拉问，"我什么也没有听说。"

"哦，她。她很好。只是那个人大惊小怪而已。"

阿扎德轻轻地摇晃着。"你的工作怎么样，穆罕？不知怎么我觉得你根本就不是在地里工作的料。嗯，塔拉？"

"呃，事实上，"毕司沃斯先生兴致勃勃地说，"这正是我想要和你说的。你看，这是一份稳定的工作……"

阿扎德说："穆罕，我觉得你看起来一点也不好。嗯，塔拉？看看他的脸。还有，嗯……"他停住了，发出嘿嘿的笑声，然后他用英语说："看看，看看。他的肚腩都出来了。"他用一根尖细而长的手指戳戳毕司沃斯先生的小腹。毕司沃斯先生皱了皱眉，于是阿扎德哈哈大笑。"乳房，"他说，"你的腹部就如同乳房一样松软，像女人一样。现在你们这些年轻人都有了肚腩。"他朝毕司沃斯先生挤挤眼睛，然后，他朝后仰起头，大声说："甚至连拉比戴德也有了肚腩。"

塔拉发出一声短促而傲慢的笑声。

拉比戴德从厨房里出来，嘴里塞着食物，咀嚼的同时含糊不清地嘟囔着。

阿扎德扮了个苦相说："回厨房去。你知道每次你嘴里塞满食物说话都让我恶心。"

拉比戴德赶紧咽下食物。"肚腩？"他说，轻咬着下嘴唇，"我有肚腩？"他把衬衫褪到肩膀上，深吸一口气，让腹部的肌肉凸现出来。在他那嘲讽似的嘴唇上方，他的小眼睛闪闪发亮。

阿扎德微笑着说："好了，拉比戴德，回去吃东西吧。我只是开玩笑。"这样的示范让他很高兴，他对拉比戴德的身体和对自己的一样自豪。"吃得好，"他告诉毕司沃斯先生，"还要有很多锻炼。"他朝后挺起肩膀，突出他的肚子，用他结实细长的手指抓住毕司沃斯先生软绵绵的手。"摸摸这儿。来，感觉一下。"毕司沃斯先生没有反应。阿扎德抓住毕司沃斯先生的一根手指，用力把手指顶在他的肚子上。毕司沃斯先生觉得手指朝后弯曲，他急忙从阿扎德的掌握之中抽出手来。"这儿，"阿扎德说，"像钢铁一样坚硬。我猜你还是枕着枕头睡觉？"

毕司沃斯先生悄悄地用旁边的手指揉擦着那根疼痛的手指，点了点头。

"我从来不枕枕头。大自然根本没有让我们枕枕头。从一开始你就要训练你的孩子们，穆罕。不要让他们用枕头。哦哈！四个孩子！"阿扎德又哈哈大笑，从摇椅上跳起来，走到阳台上的半面墙那里，急急地和外面一个人说着什么。他听见牧牛工要走了，只是过去祝他晚安，这是他素来和雇工们说话的口吻。牧牛工回答了他，于是阿扎德又回到他的椅子上。"已婚男人！"

"咳，就像我刚才正在说的，"毕司沃斯先生说，"这份工作很稳定。我开始建造一所小房子。"

"哦，好啊，穆罕，"塔拉说，"很好。"

"我不知道你怎么能在那个哈奴曼大宅里生活的，"阿扎德说，"那个地方住了多少人？"

"大概两百人。"毕司沃斯先生说，"现在，我要建一座体面的房子……"

"你知道你应该干什么吗，穆罕？"阿扎德说，"你应该吃健康丸。不要只吃一瓶，要吃一整个疗程。除非你吃一整个疗程，否则对你没有什么益处。"

塔拉点点头。

拉比戴德再次从厨房里出来。"我听说的那个房子怎么着，穆罕？你要建造一座房子？你哪里弄来的钱？"

"他一直在积攒，"阿扎德不耐烦地说，"而你最后穷得就只能住在地洞里，拉比戴德。我不知道你是怎么花你的钱的。"阿扎德这样说是在间接地指责拉比戴德在外面的放纵。

"看看！你！"拉比戴德说，"我又不是生下来就含着金汤匙，你听着。我也没有那赚钱的精明脑袋。我父亲也一样没有。"他挑衅着，因为谈及他父亲就和谈及毕司沃斯先生的姐姐一样是被禁止的。

阿扎德眉头紧锁，剧烈地摇晃着摇椅。

毕司沃斯先生意识到他已经永远失去了张口借钱的机会。

阿扎德的表情并不是他认为的那种简单的担忧或者闹性子的表情，那对于他的雇工来说虽然可怕，实际上却不代表什么。阿扎德的表情是愤怒的。

拉比戴德没有理睬阿扎德，他笑着问："一座泥房子？"

"不，伙计。水泥柱子。两个卧室和一个客厅。电镀的屋顶和一切。"

但是拉比戴德并没有听。

"塔拉！"阿扎德说，"如果我没有把他从那排水槽里带出来，他今天会在哪里？如果我没有给他所有的食物吃……"阿扎德极为迅疾地从椅子上站起来，以至于摇椅猛烈地摇晃着，他朝拉比戴德走过去抓住他的二头肌，"他哪里来的这些肌肉？"

"别碰我！"拉比戴德大叫道。

毕司沃斯先生跳起来。阿扎德移开了手。

"别碰我！"眼泪从拉比戴德的小眼睛里流了出来。他紧紧地闭上眼睛，似乎在忍受着巨大的痛苦。他高高地抬起一只脚，然后用尽全身的力气踩到地板上。"你没有生我。如果你想要碰孩子，就自个儿生。你不过给我一口饭，能把我怎么样？怎么样？"

塔拉站起来用手抚摸着拉比戴德的后背。"好啦，好啦，拉比戴德。你该去剧院了。"到电影院检查收入是他的职责之一。

拉比戴德喘着粗气，几乎是呼噜着，嘴里含糊地嚷着一些字眼，他走上了连接后阳台和房子主体的两段台阶。

阿扎德把摇椅拉到自己跟前，坐在上面轻快地摇了起来。

塔拉微笑着对毕司沃斯先生说："我都不知道拿他们怎么办了，穆罕。"

"感恩！"阿扎德说。

"和我们说说你的房子，穆罕。"塔拉说。

"把他们从那些简陋的房子带出来，就得到这样的报应。"

"房子？"毕司沃斯先生说，"哦，其实没有什么。只是一个小房子。主要是为了孩子们我才要建造的。"

"我们也想要翻建一下这座房子，"塔拉说，"但是麻烦啊！当你想要建造一座好房子的时候，那么多表格要填，需要那么多人的批准。在我们建造这座房子那会儿可没有这么多麻烦。但是我猜你不需要担心这个。"

"哦，不，"毕司沃斯先生说，"我根本不需要担心这个。"

阿扎德用他一贯得意的轻捷准确的动作从椅子上跳起来，穿过半墙走到院子里去了。

"这两个人，"塔拉说，"总是拌嘴。但是他们没有什么恶意。明天他们就又像父子一样了。"

他们听见阿扎德在牛棚里咒骂已经离去的牧牛工。

拉比戴德的哥哥杰格戴德走进来，风趣地问："你丈夫干吗这么光火，姊子？"然后他轻笑起来。

无论毕司沃斯先生什么时候看见杰格戴德，他都觉得杰格戴德像是刚从葬礼上回来。不仅仅因为他十分轻快的举止，而且因为他的衣服多年来从未变过：黑鞋，黑袜子，深蓝色的斜纹哔叽裤子上面黑色的皮带，白衬衣的袖口翻到手腕上，还有一条花里胡哨的领带，因此他看起来像是从一场葬礼上回来，脱掉他的外套，卷起他的袖子，更换了他的黑领带，为的是更换整个下午的肃穆心情。他的眼睛和拉比戴德的一样小，但是更灵活，他的脸更方正一些，笑得也更多一些，露出两颗兔牙。他用毛茸茸的手用力拍了拍毕司沃斯先生的后背，说："还是原来的穆罕，伙计！"

"还是原来的杰格戴德。"毕司沃斯先生说。

"穆罕正在建造一座房子。"塔拉说。

"他是来请我们去暖房的吗？我们只有在圣诞节才能见到你，伙计。一年中剩下的时间你都没有吃东西吗？还是因为你只顾着赚钱了？"杰格戴德纵声大笑起来。

阿扎德从牛棚里出来，他同毕司沃斯先生和杰格戴德在阳台上吃饭。塔拉自己在厨房里吃。阿扎德沉默不语、郁郁不乐，杰格戴德也收敛了很多。饭菜很好，毕司沃斯先生却吃得毫无滋味。

他本来希望在饭后可以有机会单独和塔拉在一起，但是阿扎德始终在阳台上摇着摇椅。于是过了一会儿，毕司沃斯先生觉得应该告辞了。女仆已经收拾干净厨房，这一晚上的沉默使得时间显得比平常要晚。

塔拉说他应该给孩子们带一些水果。

"维生素C，"阿扎德用他急躁的语气说，"给他大量的维生素C，塔拉。"

她顺从地装了一袋橙子。

阿扎德走进屋里去了。

当他走了以后，塔拉在袋子里放了一些鳄梨，那是大个的紫皮鳄梨，在哈奴曼大宅里只有图尔斯太太和两个神才能享用。"它们很快就会熟了，"她说，"孩子们会喜欢的。"

他不想解释孩子们住在哪里和他住在哪里，但是他很高兴自己没有开口向她借钱。

"我很抱歉你姨父发这么大的脾气，"她说，"但是他没有别的意思。这两个男孩子有点麻烦。他们总是想问他要钱，不怪他有时候会生气。他们还传一些关于他的瞎话。他什么也不说，但是他知道。"

毕司沃斯先生进去和阿扎德说再见。他的房间没有点灯，房间的门开着，阿扎德和衣躺在他那张没有枕头的床上。毕司沃斯先生轻轻地敲了敲门，没有听见什么反应。墙上的壁架上散乱地放满了报纸。屋子里只有四样家具：床，椅子，一个低柜梳妆台，还有一个黑色铁箱子，箱子上面也放满了报纸和杂志。毕司沃斯先生正要离开，却听见阿扎德轻声说："我没有睡着，穆罕。但是现在我吃了饭总是要休息一下的。你千万别介意我不说话或者没有起来。"

在前往大路搭乘公车时，毕司沃斯先生被一个人叫住。是杰格戴德。他把手放在毕司沃斯先生的肩膀上，然后悄悄地递给毕司沃斯先生一根香烟。阿扎德禁止吸烟，因此对杰格戴德来说香烟仍然令人兴奋。

杰格戴德轻快地说："你想到老头那里榨点什么来吗？"

"什么？我？我只是来看望一下老人而已。"

"老头可不是这样告诉我的。"

杰格戴德等待着，用手拍了拍毕司沃斯先生的后背。

"但是我什么也没有和他说。"

"还是原来的穆罕，伙计。总是要一点迂回的老手腕。老把戏了。"

"但是我没有这样做。"

"不，不。你千万别觉得你这样做了我就会看不起你。要不你觉得我现在每天都在干什么呢？老头很厉害，伙计。你还没有开始想这件事的时候他就已经看出苗头了。那又怎么样，嗯？你仍然要为了孩子们建造这座房子吗？"

"你要给你的孩子们建造房子吗？"

杰格戴德高昂的兴致突然减退了。他停住了，半转过身子，似乎想要回去，然后他提高嗓门，愤怒地说："看来他们也在传我的瞎话，嗯？对你吗？"他大声叫骂："噢，上帝！我要回去打烂他们所有的假牙。穆罕！你听见了吗？"

这夸张的本领似乎是家族遗传。毕司沃斯先生说："他们什么也没有告诉我。但是别忘了我在你还是个孩子的时候就认识你。如果你还是那个原来的杰格戴德，我猜你现在在外面有的孩子足够你开一所小学校了。"

杰格戴德仍然保持着那副想要回去的样子，但是神态缓和了下来。他们继续往前走。

"只有四五个孩子。"杰格戴德说。

"什么意思，四五个？"

"嗯，四个。"杰格戴德语气里少了一些活泼。过了一段时间，他又开始说话，语气很悲伤："伙计，我上星期去看了我的父亲。他住在一间小水泥屋里，就在亨利大街上一座摇摇欲坠的房子里，那所房子挤满了克里奥尔人。还有，还有……"他又提高了声音，"那个狗娘养的！"他尖叫起来，"那个狗娘养的居然不肯做一点该死的事情帮助他。"

在点灯的窗户上窗帘被拉起来。毕司沃斯先生扯了扯杰格戴德的衣袖。

杰格戴德压低了声音，带着一种忧伤的孝顺口气说："你还记得我父亲吗，穆罕？"

毕司沃斯先生记得十分清楚。

"他的脸，"杰格戴德说，"变得越来越小了。"他半闭上他的小眼睛，然后并起一只手的手指，做了一个极为优美的手势，优美得像是梵学家在宗教仪式上做的动作一样。"哦，是的，"他继续说，"阿扎德总是给你维生素 A 和维生素 B。但是等到你真正需要帮助时，不要去找他。看。有一次他雇了一个花匠。老人衣衫褴褛，瘦弱，生着病，几乎饿着肚子。和你我一样是印度人。他只给他一天三十分的工钱。三十分！老人没有办法，在那么毒辣的日头底下工作着，做着他那些拔草锄地的活计。大概三点的时候，太阳毒得像火一样，老人汗如雨下，后背痛得要断了似的，他想要一杯茶。嗯，他们给了他一杯茶。但是到那天结束的时候，他们从他的工钱里扣了六分的茶钱。"

毕司沃斯先生说："你觉得他们会不会因为我吃的饭菜给我寄一份账单？"

"你觉得荒唐吧，但这就是他们对待穷人的态度。让我感到安慰的是，他们不能贿赂上帝，上帝是好的，伙计。"

他们已经到了大路上，距离原来毕司沃斯先生在布罕戴德手下工作的那家酒屋不远，酒屋现在归一个华人所有，一个巨大的招牌上写明了酒屋已经改弦更张。

到了要和杰格戴德分开的时候了。但是毕司沃斯先生不愿意离开他，不愿意在夜里独自搭乘公车回到绿谷去。

杰格戴德说："第一个男孩聪明绝顶，你知道的。"

毕司沃斯先生过了一会儿才意识到杰格戴德在谈论他那些人尽皆知的私生子中的一个。他在杰格戴德的方脸上和那不断闪动的明亮的小眼睛里看到了紧张不安。

"我很高兴，"毕司沃斯先生说，"现在你可以让他读'你的身体'了。"

杰格戴德笑起来："你还是老样子。"

没有必要问杰格戴德去哪里，他要回自己的家去。他和他一样也过着分居的生活。

"她在办公室里上班。"杰格戴德说，又紧张起来。

毕司沃斯先生肃然起敬。

"西班牙人。"杰格戴德说。

毕司沃斯先生知道那是对红皮肤黑人的一种委婉说法。

"对我来说她可太迷人了，伙计。"

"但是忠诚。"杰格戴德说。

毕司沃斯先生摇摇晃晃地坐在灯光幽暗的公车的木头座位上，经过寂静的田野，经过那些没有灯的死寂的房子或者明亮的安静的房子，他现在不再去想他在下午的使命了，他想的是他要面对的黑夜。

第二天一大早，麦克莱恩先生出现在营房，说他已经推迟了其他紧急工作，打算马上就开始建造毕司沃斯先生的房子。他穿着那身虽然破旧但仍然令人尊敬的工作用衣服。他熨烫的衬衣缝补得很整洁，几乎引人注目，他的卡其布裤子干净而笔挺，但是卡其布已经磨旧，而且上面的裤线也十分松散。

"你决定好开始要花多少钱了吗？"

"一百元，"毕司沃斯先生说，"月底还会多一些。不要水泥柱子了。"

"水泥柱子只是为了好看而已。你看着。我给你弄木头柱子，保证牢靠一辈子。不会有任何区别的。"

"只要精巧就行。"

"精巧而且实用，"麦克莱恩先生说，"唔，我看我现在应该开始找劳工和材料了。"

材料那天下午运来了。木头柱子看上去很粗糙，它们并非完全是圆的，也并非完全是直的。但是毕司沃斯先生还是因为这一点新材料和包在几包报纸里的新钉子感到高兴。他捧起一把钉子，然后洒落到地上。钉子落地的声音让他十分欢喜。"我还不知道钉子有这么重。"他说。

麦克莱恩先生带了一个工具箱过来，箱子上面有他的姓名缩写，看上去就像一个巨大的木头衣箱。里面装着一个带着旧把柄和锋利的上过油的刀片的锯子，几把凿子和钻子，一个水平仪和丁字尺，一个刨子，一把小锤子和一把大头锤，顶部带着光滑斜面的楔子，一团沾着白色污迹的旧麻绳，还有一截粉笔。他的工具和他的衣服一样，虽然旧了，但是得到了精心保护。他用材料做了一个粗劣的工作台，向毕司沃斯先生保证说，最后工作台的材料都会被拆了用于建造房子，而且不会有什么损坏。他也解答了毕司沃斯先生的后续询问——这正是工作台里没有钉钉子的原因。

劳工也来了。劳工叫爱德加，是一个肌肉发达、血气方刚的黑人，他的卡其布短裤上补丁摞着补丁，被汗水浸染成褐色的背心上满是破洞，被他有力的身体撑成椭圆形。爱德加清理了建房子的地，整片地看上去是一片丰盈的湿绿色。

毕司沃斯先生从田野里回来时，发现清理干净的地皮上已经画好了白色的房子平面图。柱子的位置被标出来，爱德加正在那里开槽。不远处，麦克莱恩先生做好了房子的框架，把它平平地放在石头上，和他在院子里画的那张草图相呼应。

"走廊，客厅，卧室，卧室，"毕司沃斯先生说，在框架上跳来跳去，"走廊，客厅，卧室，卧室。"

空气中散发着锯末的味道。锯末溅落在草地上，在草地上形成质如奶油的一大片红色，又被爱德加的光脚板和麦克莱恩先生那双破旧发乌的工作靴子踩进黑色的湿土里。

麦克莱恩先生对毕司沃斯先生说了找劳工的困难。

"我想找山姆，"他说，"但是他不太可靠，不负责任。爱德加现在在干两个人的活。唯一的毛病是，你得一直看着他点。得看着他。"

爱德加站在一个齐膝深的坑里，不时地掀出一铁锹黑土。

"你得叫他停下来，"麦克莱恩先生说，"不然他非一直挖到从那头钻出来不可。嘿，老板，来点喝的东西怎么样？"他做了一个喝酒的姿势。在以前的日子里他总是在工作结束的时候才喝酒，但是现在他则尽可能地弄酒喝。

毕司沃斯先生点了点头，于是麦克莱恩先生喊道："爱德加！"

爱德加继续挖槽。

麦克莱恩先生拍了下自己的前额。"我跟你说什么来着？"把两根手指头放进嘴里打了个呼哨。

爱德加抬头看看，然后跳出来。麦克莱恩先生让他去酒屋买点酒。爱德加朝着他放东西的地方跑过去，抓住一顶肮脏的压扁了的小毡帽，把帽子往头上一扣便跑开了。过了一会儿，他仍然小跑着回来，一只手里拿着一个酒瓶，一只手里捏着他的帽子。

麦克莱恩先生打开酒瓶，说："为了你和你的新房子，老板。"然后喝了一口。他把瓶子递给爱德加，爱德加说："为了你和你的新房子。老板先生。"他没有擦拭瓶嘴就喝了。

麦克莱恩先生工作时需要很大的空间。第二天他做好了另一个框架，把它放在地上，和地板的框架放在一起。这个新的架子是给后墙用的，毕司沃斯先生在上面认出了后门和后窗。爱德加挖好了槽，在里面竖起三根木头柱子，用石头固定好，那些石头是从不远处公共建设工程留下的一堆石头里拿的。

有一件事情让毕司沃斯先生迷惑不解。材料几乎花掉了八十五元钱，只剩下十五元让麦克莱恩先生和爱德加分。而麦克莱恩先生说他们还要工作八到十天才能完工。但是他们两个人都很开心，虽然麦克莱恩先生悄声抱怨过请劳工的花费。

那天下午，当麦克莱恩先生和爱德加离开以后，莎玛来了。

"我从赛斯那儿听说的是什么？"

他给她看了地上的框架、三个柱子以及土堆。

"我看你是花光了你手中的每一个子儿吧？"

"每一个烫手的子儿，"毕司沃斯先生说，"走廊，客厅，卧室，卧室。"

她怀孕的身子已经开始显形了。她喘息着给自己扇着风。"对你来说是无所谓。但是我和孩子们怎么办？"

"你什么意思？他们会因为自己的父亲建造了一座房子而感到羞耻吗？"

"是因为他们的父亲想要和那些远比他有钱的人竞争。"

他知道是什么让她难过。他可以想象那猴子窝里交头接耳的议论，说道说道这里，说道说道那里。他说："我知道你想要在那个叫哈奴曼大宅的大煤桶里过一辈子。但是别想让我的孩子们在那里生活。"

"你到哪里弄那么多钱来完成剩下的房子？"

"这个不用你操心。如果你真的担心过或者早一点操心的话，现在我们已经有一座房子了。"

"你这是在挥霍你的钱。你想当一个叫花子。"

"噢，上帝！不要这样挖苦我！"

"谁挖苦你了？看，"她指着爱德加留下的土堆，"你才是一个挖土①的人。"

他发出恼怒的讪笑。

两个人沉默了好一会儿。然后她说："在你竖起第一根柱子之前，你甚至没有请一个梵学家或者其他什么人来。"

"看，上次让哈瑞来给商店祝福的时候，我就为此撞大运了。记住那次。"

"如果你不请哈瑞来给房子祝福的话，我不会住进这房子或者踏进去一步的。"

"如果哈瑞来给房子祝福的话，我敢说甚至不会有人有住进去的机会。"

但是她无法撤掉做好的框架和柱子，最后他同意了。她回到哈奴曼大宅给哈瑞带个紧急的口信，于是第二天清早，毕司沃斯先生让麦克莱恩先生等哈瑞来做完仪式之后再动工。

哈瑞很早就来了，他看上去既不热切也无敌意，只是十分淡漠。他来的时候穿着便服，他的梵学家衣服装在一个小纸板箱里。他用营房后面的一只桶洗了澡，在毕司沃斯先生的房间里换好衣服，然后拿着一个铜罐子、一些芒果叶子和其他一些东西来到建房的地方。

麦克莱恩先生已经让爱德加清理好了一个地槽。哈瑞用他细弱的声

---

① dig，掘地挖土之意，亦表讽刺挖苦，此处用其双关义。

音嘀咕着经文。他哀号着，用一片芒果叶子朝洞里洒上水，扔下一个分币和另一片芒果叶子里包的其他物件。整个仪式中，麦克莱恩先生一直毕恭毕敬地站在那里，他脱下了帽子。

然后哈瑞回到营房，换上裤子和衬衣，离开了。

麦克莱恩先生看上去很吃惊。"就这样？"他问，"没有什么分享吗，食物啊什么的，就像其他印度人那样？"

"等房子建好。"毕司沃斯先生说。

麦克莱恩先生极好地隐藏了他的失望。"当然。我忘了。"

爱德加把一根柱子放进那个神圣的洞里。

毕司沃斯先生对麦克莱恩先生说："依我看，真是浪费了好好的一分钱。"

这一周结束时，房子有了大致的轮廓。地板的框架已经安上了，还有墙的框架。屋顶已经被勾勒出来了。到下个星期一，等到麦克莱恩先生把工作台拆除之后，就可以把后楼梯安装好了。

然后麦克莱恩先生说："等你有了更多的材料之后我们再来。"

每一天，毕司沃斯先生都到建房子的地方去检查房子的构架。木头柱子并不像他担心的那样糟糕。从远处看它们是笔直浑圆的，和剩下的框架的方形形成反差，由此他决定那实际上就是一种风格。

他必须弄到铺地板的木头。他想要油松木的，不是那种五英寸厚的，他觉得那太普通，而是那种两英寸半厚的，就像他在有些屋顶上见过的那种。他还要弄些给墙壁用的木板，宽阔的木板，带有舌槽榫的；他要弄到做屋顶的瓦楞铁，上面带着蓝色三角形印戳的崭新银色薄片，使得它们看起来好像是昂贵的石头薄片而不是铁片。

这个月末，他从自己二十五元的薪水里留出十五元。这是他能省出的最多的钱，因为他最后只剩下了十元。

而在第二个月月末时，他只能匀出八元。

然后，赛斯给了他一点帮助。

"在锡兰有个老太太有一些电镀铁皮，"他说，"是从那个旧砖窑拆下来的。"

砖窑在毕司沃斯先生还住在捕猎村时就已经被拆掉了。

"一共五元，"赛斯说，"我不知道我怎么早没有想到这个。"

毕司沃斯先生来到哈奴曼大宅。

"房子怎么样了？妹夫？"琴塔问。

"你问这个干什么？哈瑞祝福过了，你知道每次哈瑞祝福过什么之后会发生什么事情。"

阿南德和萨薇跟着毕司沃斯先生走到屋后，那里到处都是沙砾和从隔壁新开的碾米作坊里飘洒出来的谷糠，铁皮像一堆旧扑克牌那样靠在篱笆上。铁皮形状各样，弯弯曲曲，歪歪扭扭，锈迹斑斑，铁皮的角蜷曲着，像一个个恶毒的铁钩，上面的瓦楞被不规则地压平了，到处都是钉子眼，碰上去十分危险。

阿南德说："爸爸，你不会用那个吧？"

"那样会让房子看起来好像是个棚屋。"萨薇说。

"你需要一些东西遮蔽你的房子，"赛斯说，"你不能等到下雨的时候才跑到外面去找可以遮雨的东西。你要就给三元。"

毕司沃斯先生比较了一下新瓦楞铁的价钱，还有他那暴露在外面的房子的框架。"好吧，"他说，"运过来吧。"

阿南德自从在学校里经历了种种不幸之后，变得越来越躁动不安，他说："好吧！你就买了这些铁皮放到你那旧房子里吧。我才不在乎那房子现在什么样呢。"

"又是一个小独立分子。"赛斯说。

但是毕司沃斯先生和阿南德深有同感。他现在也不在乎房子看起来什么样了。

等到他回到绿谷时，他发现麦克莱恩先生在等他。

他们都有些尴尬。

"我在湿地那边干活，"麦克莱恩先生说，"正好经过这里，就想过来看看。"

"我正想哪天去找你呢，"毕司沃斯先生说，"但是你知道情况如何。我大概有十八元。不，是十五元。我刚刚到阿佤克斯买了一些做屋顶用的电镀铁皮。"

"你买得正是时候，老板。不然你其他的钱都白费了。"

"不是新的电镀铁皮，你知道的。我的意思是，不是崭新的。"

"电镀铁皮的好处就是你总是能把它弄得很体面。只要用一点点油漆，就会有惊人的效果。"

"铁皮上有几个地方有一些小洞。不多，很小很小的洞。"

"我们可以很容易就把它们修补好。用些乳香树脂胶合剂。不贵的，老板。"

毕司沃斯先生注意到麦克莱恩先生语气中的变化。

"老板，我知道你想要油松木做地板。我知道油松木很好。油松木看上去体面，闻起来也好闻，而且很容易清理。但是你知道它十分易燃。非常非常容易。"

"我也是这样想的，"毕司沃斯先生说，"我们做礼拜时用的就是油松木。那样，供品会迅速地烧灼成散发香味的火焰。"

"老板，我有一些雪松木板。湿地的一个人卖给我一大堆雪松木板，只用七元钱。七元买一百五十英尺的雪松木是个很划算的价钱。"

毕司沃斯先生有些犹豫。在所有的木材中他最不想要的就是雪松，虽然雪松的颜色很好看，却有一种刺鼻的无法去除的味道。而且雪松的木质非常之软，指甲都能在上面留下印迹，雪松薄木条可以轻易地用牙咬断。因此，如果要房子结实，就必须用很厚的雪松木板，但那样房子看起来就很笨重。

"我说，老板，我知道它们只是一些粗糙的木板。但是你知道我的手艺。等我把它们刨光之后，它们会非常非常平滑，等到我把它们钉在一起的时候，你甚至不能在缝隙里塞进一张圣经上的书页。"

"七元。剩下八元给你。"毕司沃斯先生的意思是如果算上屋顶、铺地板和墙壁的话，给他的工钱太少了。

但是麦克莱恩先生受到了冒犯。"我的劳动。"他说。

瓦楞铁皮在那个周末被一辆卡车运过来，车上还载着莎玛、萨薇和阿南德。

阿南德说："在那些人往卡车上装铁皮的时候苏诗拉姨妈骂了他们一顿。"

"她叫他们狠狠地把铁皮摔下去，嗯？"毕司沃斯先生说，"她是不是这样告诉他们的？她想让他们把那些铁皮多摔出些凹痕来，嗯？别害怕告诉我。"

"不，不是，她说他们干活干得太慢了。"

毕司沃斯先生检查着被卸下来的铁皮，寻找他可以归罪于苏诗拉的恶意的凹痕和撞痕。他每在锈迹中看见一道裂缝就把卸货的人叫住。

"看看这个。这是你们哪个弄的？你知道，我现在气得要命，我要告诉赛斯先生扣除你们的工钱。""扣除"这个字眼是他从杰格戴德那学来的，听起来既正式又有威吓力。

铁皮堆在草地上，使得整块地像一块废弃场。没有一张铁皮上的波纹可以和另一张相吻合。铁皮高高地堆在那里，摇摇晃晃的，看上去十分难看。

麦克莱恩先生说："我可以用锤子把它们弄平。现在，还有椽子，老板。"

毕司沃斯先生已经忘记了椽子。

"现在，老板，你必须这样看待这件事。椽子从外面是看不见的。只能从里面看见。甚至说，如果你装上了屋顶，你可以把椽子隐藏起来。所以我认为最好的办法是你弄些树枝来，那样你用不着花钱。等到把那些树枝砍断之后，它们就是一流的椽子。"

当麦克莱恩先生再开工时，他是独自一人干活。毕司沃斯先生没有再看见爱德加，也没有问起他。

麦克莱恩先生到废弃的地里去，他弄回来一些树枝，然后把它们砍断，做成椽子。他在凡是椽子要搭在架子上的地方砍出凹口来，然后用钉子把它们钉在上面。它们看上去很结实。他用细一点的树枝，柔软的、不整齐的、难弯曲的树枝做横椽。它们看上去晃晃悠悠的，让毕司沃斯先生想起来那些用泥和草建成的小屋用的椽子。

然后瓦楞铁皮被钉上了。铁皮处理起来很危险，椽子在麦克莱恩先生的身体重压和锤子的敲打之下不停地晃荡。下面的野草和架子被飘落的铁锈覆盖了。当麦克莱恩先生把工具装在他那个木头箱子里，结束一天的工作回家时，毕司沃斯先生很高兴地站在屋顶下面。在一天前，在那天早晨，屋子还是敞开的，现在则有了遮蔽。

等到铁皮被钉上之后，它们正好能覆盖除了走廊外的屋子的全部。房子看上去不再是单调简陋的了，也不再是好像还没有开始建造似的。麦克莱恩先生说得对：屋顶的确遮掩了树枝做的椽子，但是屋顶上的钉子眼像星星一样闪烁着。

麦克莱恩先生说："我的确说过那个叫什么乳香树脂胶合剂的东西。但那是在我看见这张电镀铁皮之前。如果你要买乳香树脂胶合剂的话，那些钱足够你买五六张新的电镀铁皮了。"

"那怎么办？我就只能在我的屋子里眼睁睁地挨雨淋吗？"

"就像老话说的，世上无难事，只怕有心人。沥青。你想过那个吗？

很多人都用沥青。"

在一个疏忽看管的正在铺沥青的路段，他们弄来了免费的柏油，没有沙砾，很大的一团。麦克莱恩先生在屋顶上的洞眼里塞上小石头，然后用沥青封住。他还用沥青沿着铁皮的边缘和裂缝都封合了一圈。这是一个进展缓慢、很费时间的活计，等他完成的时候，屋顶上面有很多古怪的图案，带着黑色的崎岖不平的线条，有的是垂直的，有的是带着角度的、参差不齐地交叉着的，十分奇特，而且这里一团那里一点地到处滴着沥青，夹杂在旧铁皮上零乱地混杂在一起的红色、锈迹、褐色、金黄色、灰色和银色当中。

但它还是管用的。下雨时——现在每天下午都会下雨——屋顶下面的地是干的。从营房和其他地方来的家禽在这里躲雨栖息，把脚下的泥土翻腾成飞扬的尘土。

雪松木板也被送来了，粗糙而且毛刺刺的，整个地方都弥漫着雪松的味道。等到麦克莱恩先生刨光它们的时候，它们开始显出一些好看的颜色来。就像他说的那样，他把它们"整齐地"钉合在一起，用没有头的钉子把它们钉在地板上，然后用锯末和着蜡堵住上面的洞，锯末干了以后就变得坚硬，又不易和木头分别。后面的卧室铺上了地板，客厅的一半也被铺上了地板，这样一来，只要足够小心，便可以沿着地板从客厅直接走到卧室里去。

然后麦克莱恩先生说："等你弄到更多的材料，你一定告诉我。"

他为了八元钱工作了整整两星期。

也许那些雪松并没有花七元钱，毕司沃斯先生想。可能只有五六元。

房子现在成了营房的孩子们玩耍的地方。他们爬上去，蹦跳着，有几个孩子很重地从上面摔下来，但是由于是营房的孩子们，他们并没有对房子造成大的伤害。他们在木头柱子上和雪松地板上钉钉子，他们胡乱把钉子弄弯，他们把钉子弄平做成小刀。他们在地板上和架子的横木上留下泥脚印，泥印干了之后，地板变得很肮脏。孩子们把家禽赶出去，而毕司沃斯先生试图把孩子们赶出去。

"你们这些该死的小混球！要是让我逮住一个，看我不剁了他的一只脚。"

当甘蔗长得越来越高的时候，那些没有工作的劳工也变得越来越阴沉，毕司沃斯先生开始收到一些伪饰成友好警告的恐吓。

赛斯以前经常说起劳工们的奸诈和危险，但现在他只是说："不要让他们吓着你。"

然而毕司沃斯先生知道在印度人住的区域里发生过很多起谋杀，计划得非常巧妙，以至于很少有人被抓住。他知道村子和家庭之间的长期不和，那些表面上温顺而且不引人注目的劳工凭借着勇气、计谋和忠诚挑起了那些斗争。

他决定小心提防。他睡觉的时候在床旁边放一柄弯刀和一根原来属于他父亲的钟花树木棍。他还从在阿伍克斯的华人咖啡馆的老板娘宋太太那里弄来一只小狗，一只毛茸茸的褐白毛相间的杂种狗。在营房的第一个晚上，小狗因为被留在外面而悲号，用爪子抓挠门，从楼梯上摔下来，一直悲号到有人把它抱进去。第二天毕司沃斯先生醒来时，发现小狗和他一起睡在床上，它直挺挺地躺在那里，睁着眼睛。毕司沃斯先生刚刚惊讶地做了个手势，小狗就跳到了地板上。

他给狗起名叫泰山，希望它能履行职责。但是泰山很友好而且十分好奇，只对家禽构成威胁。"因为你的狗，母鸡都不下蛋了。"家禽的主人抱怨着。这似乎不无道理，因为泰山的嘴角总是挂着一两根羽毛，它还频繁地把羽毛当作战利品带到屋子里来。有一天泰山吃了一只鸡蛋，它立刻就爱上了吃鸡蛋。母鸡们把鸡蛋下在灌木丛里，下在它们认为隐秘的地方。泰山很快就和母鸡的主人一样知道了这些地方在哪里，它常常从营房后面回来，嘴上沾着黄色的鸡蛋黏液。一天下午，毕司沃斯先生发现泰山的口鼻处糊满了家禽的粪便，对于这一新奇的遭遇，泰山表现出十足的痛苦，一直焦躁不安。

毕司沃斯先生房间里的招贴字开始增多。现在他用黑红两色的墨水和各种颜色的铅笔慢慢地画招贴字。他在空白的地方画上极为繁复的装饰，使得他写的字体变得复杂而又富有装饰性。

想到读小说有可能对他有好处，他买了一些读者图书馆版本的廉价小说。书皮是紫红色的，上面有金色的字体和装饰。在阿佤克斯的书摊上它们看上去很有吸引力，而在他的房间里，他却几乎无法忍受触碰它们。金粉沾在他的手指上，书皮让他想起棺材罩，还有那些拉棺材的马匹，它们每天都披挂着死亡的颜色。

斗转星移，风来雨去。屋顶没有漏雨，但是沥青开始熔化，松松地挂下来：像一批细细的不断变长的黑蛇一样。有时候它们坠落下来，掉下来，打着卷，然后死去。

有一天深夜，他吹灭了油灯上床睡觉时，他听见屋子外面有脚步声。

他静静地躺在那里，只是倾听着。然后他从床上一跃而起，抓住棍子，故意敲打着橱柜、桌子和莎玛的梳妆台。他站在门边，用力推开上半扇门，下半扇门保护着身体。

除了黑夜之外，他什么也没有看见，静悄悄的黑色营房，在月光照耀的夜空下死寂的树林。两间屋子之外点着一盏灯：有人出去了或者是有个孩子生病了。

然后，随着一声舔食的欢快的声音，泰山出现在台阶上，剧烈地摇着尾巴，使得尾巴卡在了下半扇门上。

他让它进来，抚摸着它。它的皮毛是潮湿的。

泰山对毕司沃斯先生给他的爱抚十分高兴，口鼻拱到毕司沃斯先生脸上。

"鸡蛋！"

泰山迟疑了一会儿。但是看到没有什么危险，它就越发摇晃起尾巴，不住地晃动着后腿。

毕司沃斯先生抱住了它。

从那以后，他始终点着油灯睡觉。

他开始担心有人会烧了他的房子。他上床时尤为焦虑。每天早晨他一起床就立刻打开边窗，在树木当中查看有无废墟的痕迹。在地里的时候他也忧虑着。但是房子始终平安无事：那杂色斑斑的屋顶、框架、木头柱子，还有木头楼梯。

莎玛来的时候，他对她讲了自己的忧虑。

她说："我觉得他们不会费心干这个。"

然后他开始后悔告诉了她。因为赛斯来时说："看来你为他们可能要烧掉你的房子而担惊受怕，嗯？别担心，他们没有那闲工夫。"

麦克莱恩先生来了两次又走了。

每天都下雨，每天太阳都炙烤着，房子变得更加灰暗，那些曾经新鲜芬芳的锯末已经成为土地的一部分，屋顶上蛇一样的沥青垂得越来越长，又有很多掉了下来，而毕司沃斯先生开始书写更多的宽慰自己的话贴在墙上。他书写时尽管大脑一片混乱，但仍然手法娴熟，几乎不加思考。

有一天傍晚，他感到非常平静，他做了一个决定。很久以来，他一直觉得目前的状况只是暂时的；自此以后，他将把所有时间，无论多么短暂，都看作是珍贵的。时间将不会再被虚度了。没有任何事物是理所当然的；每件事情都是他生命的一部分，无法重新再来；因此在做每一件事情之前他都应该深思熟虑：拉开一个火柴盒，划一根火柴。然后缓缓地，就好像他的四肢从来没有活动过似的，他全神贯注地洗了澡，做了晚饭，吃饭，洗了碗碟，然后坐在他的摇椅上度过这样的傍晚——不，是利用、是享受、是体验这夜晚。房子已经不再重要了。在这间房子里的夜晚才是重要的。

他信心十足，做了一件几个星期来没有做过的事情。他取下那本读者图书馆版《巴黎圣母院》。他用手抚摸着封面，小心地打开书，这本书的书脊上好几个地方有了损坏，一处遭受了严重毁坏，他把他的腿抬在椅子上，这样自己就可以舒适地蜷缩着；他有滋有味地咂着嘴唇，这不是他的习惯，他开始阅读。

他的头脑很清醒。他已经把一切都排除在维克多·雨果的世界以外。他在灌木丛中开辟出一块空地：这是他在脑子里给自己的一幅画面，因为他的大脑已经和躯体分离。

画面变化了。那不再是一座森林，而是一团翻腾的乌云。如果他不够小心的话，乌云就会灌进他的脑子里。他感觉到乌云压迫在他的脑袋上。他不想抬头看。

难道这不过是他对面桌子上的那盏油灯在作怪吗？

他在椅子上又蜷缩了一会儿，咂了咂嘴唇。

然后他是如此恐惧，差点喊出来。

为什么他如此害怕？害怕谁？爱斯梅拉达吗？卡西莫多吗？山羊？还是人群？

人。他可以听见他们就在隔壁，沿着整个营房。没有一条路上没有人，没有一间屋子没有人。他们在贴在墙上的报纸里、照片里，在广告的简洁画面里。他们在他手中的书里。他们在所有的书里。他试图想象没有人的风景：无边无际的沙子，没有拉尔所说的"绿洲"；只有广阔的白色高原，只有他自己安全地独处，成为角落里的一个斑点。

难道他害怕真正的人吗？

他一定要弄清楚。但是为什么？他已经在人群中生活了一辈子，从来没有想过自己会害怕他们。他在酒屋的柜台与人面对面，他上过学，他曾经在集市的日子里穿过大路上喧哗的人群。

为什么是现在？为什么这样突然？

他的整个过去变成了平静和勇气的奇迹。

他的手指上沾有着棺材罩颜色的书皮上的金粉。就在他研究着它们的时候，他大脑里的虚空再次疯狂蔓延，而头顶上的乌云也翻滚得越来越剧烈。多么沉重！多么黑暗！

他把脚放下，静静地坐着，凝视着油灯，却什么也没有看见。黑暗占据了他的脑海。到现在为止他所有的日子都是美好的。而他居然不知道。他的恐惧和担心破坏了他的生活。只是因为一座摇摇欲坠的房子，来自一群文盲劳工的威胁。

现在他再也不能待在人群中了。

他向黑暗屈服。

他从椅子边站起来，打开了上半扇门。他什么人也没有看见。整个营房都在沉睡。他将不得不等到明天早晨才能发觉自己是否真的害怕。

在早晨他有一刻非常清醒。他记起来有某种东西在昨天晚上纠缠着他，让他筋疲力尽。然后，他仍然躺在床上，记起来了，又恢复了愤怒。他爬起来。床单看上去仿佛备受蹂躏。床垫上有几个地方已经破烂，他可以闻见陈旧的椰子纤维的肮脏气味。慢慢地、小心翼翼地，就像他前夜的举止一样，他明白发生了什么，他用一个完整的句子组织好他的每一种思绪。他想："床上乱成一团。因此我肯定没有睡好。我一定是恐惧了整整一夜。因此我现在仍然感到恐惧。"

外面，在紧闭的窗户之外，阳光从裂缝中透进来，照射出一道道带着灰尘的光道，那里就是世界。外面的世界里有人。

他高声朗读了挂在墙上的安慰性话语。然后，为了尽可能深刻地感受它们，他闭上眼睛又说了一遍，缓缓地，一个音节一个音节地说出它们。随后，他假装用手指把这些话写在他的脑海里。

最后，他祈祷。

但即使在祈祷中，他还是能发现人的影子，他的祈祷乱七八糟的。

他穿上衣服，打开上半扇门。

泰山正等在那里。

"你很高兴看见我，"他想，"你是一只动物，你看见我有头有手而且看起来和昨天一样，就以为我是一个人。我在欺骗你。我已经不再完整了。"

泰山摇了摇它的尾巴。

他打开下半扇门。

人！

恐惧侵袭，像疼痛一样刺伤了他。

泰山扑到他身上，两眼闪闪发亮，嘴角糊着鸡蛋的残迹。

他忧伤地抚摸着它。"我昨天和前天还享受着这个。那时候我还是完整的。"

昨天，昨夜已经遥远得如同他的童年。他的恐惧中夹杂着因为没有享受过、此时已然失去的幸福人生而产生的忧伤。

他开始像往常一样进行清晨的活动。在每一个举动的开始，他都忘记了自己的痛苦：得到片刻的自由，只有当这片刻消逝之时他才品出其中的滋味。比如就像他每天早晨折断一根小木槿树枝，然后用压扁的一头刷牙，比如他不由自主地越过树林去看他的房子是否在夜里遭到破坏。然后他才记起来房子已经不那么重要了。

冒着暴露自己的危险，他勇敢地脱掉衣服，在水桶里洗了澡。

劳工们已经起来了。他听见早晨的喧闹声：咳嗽的声音，吐痰的声音，扇煤球炉子的声音，煎锅发出的嘶嘶声，新鲜活泼的晨间闲谈。昨天那些微不足道的无以名状的人们，在今天却要被单独看待。

他观察着他们，检验着他们。

恐惧。

太阳出来了。照亮了草地上、屋顶上还有树上的露珠：清凉的太阳，一天中令人愉快的时光。

如同他做出那些举动一般，与人相处亦是徒劳。和他们相见时，他试图像昨天一样和他们说话。问题随之出现了，然后就是那个无法避免的结果：又一种关系被破坏了，又一种存在被毁灭了。

这一天开始的时候，就在他仍然在床上的那一刻，还是一个正常的快乐的日子，而最后却带给他无穷尽的令人发狂的问题。他查看着，他质疑着，他感到恐惧。然后他又质疑。这一过程转瞬即逝。

但是，到那天下午的时候，他有了一些进步。他不害怕孩子。他们只是让他感到忧伤。那么多美好的事物已经永远与他隔绝了，却仍然在等待着他们。

他回到自己的房间，躺在床上，强迫自己为了所有失去的快乐而痛哭。

他毫无办法。质疑无休止地纠缠着他。一张照片接着另一张，一幅画面接着另一幅，一个故事接着另一个。他试图不去看墙上的报纸，但是他总是在查看着，他总是在惧怕着，然后他总是变得不安。

最后，躺在床上的无所事事让他又爬起来，做了一个他一整天都在思索的决定：决定忽视一切，决定正常行事，这些小小的决心与小小的反抗很快就被他遗忘了。

他决定骑车到哈奴曼大宅去。

每一个男人或女人，即使隔得很远，也会给他带来扭曲的恐慌。但是他已经习惯了这些，那已经成为生存之痛苦的一部分。随后，就在骑着车子的时候，他发现了这种痛苦的新含义。任何一个他在二十四小时内没有看见过的东西都成为他完整而快乐的过去的一部分。现在他看到的任何东西都被他的恐惧所沾染，每一片田野，每一所房子，每一棵树木，路上的每一个拐弯，每一处隆起和下陷。于是，只是观察着这世界，他就已经一步步摧毁了自己的现在和过去。

但是他希望还有一些东西没有被沾染。欺骗泰山已经够糟糕的了。他不想再欺骗阿南德和萨薇。他掉转车头往回骑，经过那些他已经不再陌生的令他恐惧的田野，回到绿谷去。

他觉得如果他尽量重复前一晚所做的事情，也许能驱散发生在他身上的一切。于是，他和昨天一样从容不迫地洗澡，做饭，吃饭，然后坐下来，打开那本《巴黎圣母院》。

但是阅读这本书只是让他重温了前夜的记忆，重温恐惧的开始，而且让他的手上沾满了书皮上的金粉。

每天早晨，他那种清醒的时刻都在减少。他每天早晨都检查的床单，总是向他证明着前一夜所经受的折磨。他每开始做一件事情时都会提出质疑，这其中他所能感受到的安宁越来越少。每当他遇见一个熟识的人，他就会提出质疑，他越来越感到不自在。直到后来他根本就没有清醒的时候，所有的动作都变得毫不相关而且毫无用处。

但是能出去和真正的人待在一起总是远胜于困在自己的房间里，和那些报纸以及自己的想象纠缠不清。虽然他一直用想象荒无人烟的沙漠和雪地来安慰自己，但在星期天的下午，在田野、道路和所有的地方都空荡荡静悄悄的时候，他的痛苦尤为尖锐。

他始终都在寻找迹象，希望在他毫无准备的情况下让他崩溃的一切最终会无声无息地消失。他不但检查床单，也检查指甲。指甲无一幸免地被他咬短了，但是当他发现指甲上长出细细的一圈白色时——虽然这些新长出来的指甲总是被他咬掉——他还是把这看作接近解脱的一种迹象。

随后，有一天晚上他咬指甲的时候，他弄碎了一小块牙齿。他把牙齿碎片从嘴里拿出来放到掌心。碎片呈黄色，毫无生气也无关痛痒：他几乎无法辨认出它是一小块牙齿；这碎片如果掉到地上的话，就找不到了。而他身上的一部分将永远不会重生。他起初决定把碎片保存下来，但是后来他走到窗前把碎片扔了出去。

星期六他们在没有完工的房子那儿时，赛斯说："怎么回事，穆罕？你的脸色就像这玩意儿一样灰暗。"他把自己的大手放到其中一根灰色的支撑木上。

麦克莱恩先生也来找他了。他说有一个他认识的人贱卖给他一些木材。木材足够做一个房间的墙壁。

他们一起去看房子。麦克莱恩先生看见了屋顶上垂下来的沥青，但是什么也没有说。后面卧室的地板已经开始收缩、开裂和翘起。麦克莱恩先生说："那人的确说过木材已经加工处理过了。但是雪松是一种可恶的奇怪的木头。它根本就无法处理。"

新的木材被买来了，还是雪松。

"没有舌槽榫。"麦克莱恩先生说。

毕司沃斯先生沉默不语。

麦克莱恩先生明白了。他已经在建造房子的主人脸上看过太多这样的漠然。

后面卧室的墙板装上了。铺了一部分地板的客厅的门安装好了。那尚不存在的前卧室的门也被做好并钉在门框上。"为了以防万一，"麦克莱恩先生说，"没准你想马上搬进来呢。"毕司沃斯先生本来想在门上嵌上方格，他用雪松木板钉成一个十字。窗户也按照门的式样做好并装上，崭新的黑色插销在新木头上散发着微光。

"看起来不错。"麦克莱恩先生说。

在毕司沃斯先生杂乱而又疲惫的大脑中，一个想法闪现出来："哈瑞祝福过房子了。是莎玛让他祝福房子的。他们给他送来电镀铁皮，他们也祝福过了。"

他的睡眠被梦魇搅扰。他梦见自己在图尔斯商店里。到处是拥挤的人群。两条又黑又粗的线追逐着他。当他骑车往绿谷赶的时候，两条黑线在他身后延伸。其中一条黑线变成纯白色，另一条黑线变得越来越粗，变成紫黑色，令人恐怖地延伸着。那是一条强韧的黑蛇，黑蛇长出一张滑稽的脸，黑蛇觉得这场追逐很有趣，对那条同样已经变成蛇的白线也这样说着。

经过房子的时候，他看见很多黑蛇悬挂在屋顶上，他摸着一根木头柱子说："哈瑞祝福过了。"他还记得他的箱子，那哀号似的祈祷，用芒果叶洒下的水，还有投掷下去的一分钱。"哈瑞祝福过了。"

他在一座山上，在一座光秃秃的褐绿色相间的山上。天气炎热，但风却是清凉的，吹拂着他的头发。山脚下有一个女人。她哭泣着向他寻求帮助。他感受到了她的痛苦，却不想被她知晓。他能给她什么帮助呢？那个女人——莎玛，阿南德，萨薇，他的母亲——接着往山上爬。他听见她的呜咽，想叫喊着让她走开。

泰山在他的门外哀号着。

它的一只爪子受了伤。

"你太喜欢鸡蛋了。"

然后他想起来那些无依无靠的劳工们。

有几个深夜他被人声和狗吠吵醒。

"监工！监工！"

他打开上半扇门。

"他们放火烧都克南那块地了。"看守的人说。

他穿上衣服急急忙忙地赶到那块地，身后跟着兴奋的劳工们。

所幸没有大的损坏和危险。都克南那块地很小，且被一条小路和一道沟同其他地隔开。毕司沃斯先生命令人砍掉相邻地里种在边缘的甘蔗。那些劳工们对火烧得不大颇为失望，因为从远处看火势十分凶猛，他们热情地工作着。火光照亮了他们的身体，驱赶了寒意。

高高的红黄色的火焰逐渐减弱，垃圾闷烧着，呈红黑色，很快就变冷，成为灰黑色。炙热的灰烬碎片升起来，一闪一闪，由红变黑，然后又消失了。甘蔗的根部如同木炭一样闪烁着，有些地方似乎连土地都被点燃了。劳工们用棍子拍打着甘蔗的根部和垃圾，灰烬飘到空中，烟由灰转白，渐渐消散了。

直到这个时候，直到危险过去的时候，毕司沃斯先生才想起来有一个多小时他没有质疑过自己了。

立刻，质疑和恐惧扑面而来。

劳工们回到营房后，他们仍然交谈了一会儿，只留下毕司沃斯先生一个人。

但是那一个小时证明了一件事情。他很快就会好起来。

而这是他往后众多失望的开始。他开始漠视这样的自由时刻，就像他已经不再期望第二天早晨醒来发现自己重新变得完整一样。

当学校开始放圣诞节假期，甘蔗长得像箭一样时，阿佤克斯的商店开始挂出圣诞节的招牌，莎玛让赛斯带话，说她要带着孩子们到绿谷来住些日子。

毕司沃斯先生在恐惧中等待着他们的到来。那一天到来的时候，他希望会发生某些意外，使他们不能成行。但他知道，不会发生任何事情。而无论如何，他都必须做出反应。他决定杀了阿南德、萨薇和他自己，这样孩子们就不会知道是谁杀了他们。整个早晨他都幻想着用弯刀杀了他们，或者投毒，或者勒死，或者焚烧阿南德和萨薇的场面；这样，甚至在他们到来之前，他和他们的关系就已经不正常了。他不关心米娜和莎玛，也不想杀了她们。

他们来了。他那些想法顿时变得既荒谬又不实际。他只有听天由命，感觉到极度疲惫。他渴望避免的那种欺骗和特别的痛苦又开始了。即使他允许自己被阿南德和萨薇拥抱亲吻，他仍然质疑着他们，寻找着恐惧，琢磨着他们是否能看出他的欺骗以及他脑子里的想法。

对于莎玛他并不害怕；他只是忌妒她，忌妒她那毫不犹豫的信心。于是他几乎立刻就开始怨恨她。因为怀有身孕，她看上去丑陋而怪异；他恨她坐下的姿势；吃饭时他刻意去听她发出的声响；他恨她训斥孩子或者咯咯地呼唤孩子的声音；他也恨她因为怀孕而特有的喘息、扇风或者出汗，他为她衣服上的刺绣和其他装饰而恶心。

莎玛、萨薇和米娜一起睡在地板上。阿南德和毕司沃斯先生睡在四柱大床上。因为惧怕孩子的触碰，他用枕头把他和阿南德隔开。

他的疲惫加剧了。第二天是星期天，他几乎起不来床。尽管从前他觉得自己必须离开房间，现在他根本不希望离开。他声称自己病了，并发现自己可以轻易装出得了疟疾的样子来。

赛斯来时，他说："我觉得可能是疟疾。"

一周之后，他的疲惫仍然没有减轻。他坐在床上给阿南德做风筝和玩具推车，用火柴盒给萨薇做了一个带抽屉的箱子。他在房间里待的时间越长，就越不想离开房间。他开始便秘。但有时候他不得不出去，然后他就迅速而焦虑地赶回来，只有在床上的时候他才能放松下来。

他持续而仔细地观察着莎玛，带着怀疑、怨恨和恶心。他从来不直接和她说话，而是通过其中一个孩子；而莎玛在过了一段时间之后才意识到这点。

有一天早晨当他躺在床上的时候，她过来把手掌，然后是手背，放到他的前额上。这个动作惹恼了他，但也让他受宠若惊，他十分不自在。她之前切过菜，而他无法忍受她手上的气味。

"没有发烧。"她说。

她解开他的衬衫，把她的手，大而黑的陌生的手，放在他苍白柔软的胸脯上。

他想大声尖叫。

他说："不，我还不够胖。你要把我放回去再喂我更多的吃的。这儿，你怎么不摸摸我的手指？"

她抽回手。"你有什么心事吗，男人？"

"你有什么心事吗？"他模仿着她，"我有心事，而你知道是什么。"他暴怒；他从来没有这样厌恶过她。但是他希望她留在原地。一半是希望她能认真地对待他的话，一半只是希望让她觉得有趣和迷惑。他用他那急促的尖声说："我没有什么心事。只是有云。有很多小小的乌云。"

"你说什么？"

"那是件好笑的事情。你有没有注意到当你辱骂别人或者告诉他们真相的时候，人们总是装作第一次没听见？"

"我的错就是不该管与我不相干的闲事。我不知道自己到这里来干什么。如果不是为了孩子……"

"于是你就让哈瑞带着他那个黑盒子来了，嗯？你们所有的人一定都觉得我傻透了。"

"黑盒子？"

"你看我说什么来着，你第一次没有听见。"

"听着，我没有时间站在这里和你浪费口舌。我希望你真的发烧了，那样可以让你住嘴。"

他开始享受这样的斗嘴。"我知道你想让我真的发烧。我知道你们所有的人都希望我死掉。然后看见老雌狐狸哭哭啼啼，小神们开怀大笑，你也哭哭啼啼，从头到脚打扮起来。不错，嗯？我知道这就是你们想要的。"

"梳妆打扮、涂脂抹粉？我？凭你留给我的什么？"

突然间毕司沃斯先生觉得恐惧而浑身发冷。

赛斯、土地和瓦楞铁皮；哈瑞和黑盒子；祝福；自从莎玛来了以后，此刻的如斯疲惫。

他要死了。

他们正在杀死他。他只能待在这个屋子里等死。

她正在厨房里，哄着吊床上的婴儿。

"出去！"

莎玛看了过来。

他从床上跳下来抓住一根手杖。他浑身发冷。他的心脏急促而痛楚地跳动着。

莎玛爬上台阶来到屋子里。

"出去！不要进来。不要碰我。"

米娜哭起来。

"男人。"莎玛说。

"不要进这间屋子。不要踏进来一步。"他挥舞着棍子。他朝窗户走过去，一面看着她，一面挥舞着棍子，开始拔插销。"别碰我。"他叫嚷着，言语之中夹杂着呜咽。

她挡住门。

但是他想到了窗户。他把窗户推开。窗户摇摇晃晃地开了。阳光射进屋子里，新鲜的空气混杂着旧木板和报纸的霉味，他已经忘记了这样的霉味。在平坦的营房院子之外，他看见那围绕着道路和遮挡着他的房子的树林。

莎玛朝他走过来。

他开始尖叫哭喊。他两手撑住窗台，想要把自己撑起来，一面回头看着她，那根作为防卫武器的棍子现在因为他的两手不空而早已没有丝毫用处。

"你在干什么？"她用印地语说，"听着，你会弄伤自己的。"

他看见泰山、萨薇和阿南德就在窗下。泰山摇着它的尾巴，汪汪地叫着，靠着墙跳跃着。

莎玛逼近了。

他已经在窗台上了。

"噢，上帝！"他哭喊着，一面上下摇晃着头，"走开。"

她已经近到可以触摸到他。

他踢了她一脚。

她发出痛苦的叫声。

他看见了，但为时已晚，他踢到了她的腹部。

营房的女人们听见莎玛的叫喊，匆忙赶了过来，把她扶出房间。

萨薇和阿南德从前面的厨房跑过来。泰山迷惑不解地在他们俩、女人和毕司沃斯先生之间打转。

"收拾好你的衣服回家去。"一个营房的女人都克尼说。她常常挨打，也看过很多殴打妻子的场面；所有的女人都因此成了姐妹。

萨薇恐慌地走进房间，不敢看她父亲一眼，把衣服收拾到一个箱子里。

毕司沃斯先生瞪视着并叫喊着："把你的孩子带上走开。走开！"

被营房女人围在中间的莎玛叫道："阿南德，赶快收拾好你的衣服。"

毕司沃斯先生从窗台上跳下来。

"不！"他说，"阿南德不能和你一起走。带上你的女孩子滚。"他不明白自己为什么会说这个。萨薇是他唯一亲近的孩子，他却故意伤害了她；而他并不知道自己是否想让阿南德留下来。也许他这样说只是因为莎玛提到了他的名字。

"阿南德，"莎玛说，"去收拾你的衣服。"

都克尼说:"没错,去收拾你的衣服。"

许多女人都说:"去吧,孩子。"

"他不跟你去那座房子。"毕司沃斯先生说。

阿南德待在原地没动,仍然在厨房那儿,抚摸着泰山,既不看毕司沃斯先生也不看女人们。

萨薇从房间里出来,拿着一个箱子和一双鞋。她拍了拍脚上的灰尘,穿上鞋子。

莎玛现在才开始哭,她用印地语说:"萨薇,我告诉你多少次了,你穿鞋之前要洗脚。"

"好的,妈妈。我这就去洗脚。"

"这次不用了。"都克尼说。

女人们都说:"不,不用洗了。"

萨薇穿上另一只鞋子。

莎玛说:"阿南德,你想和我回去,还是想留下来和你父亲在一起?"

毕司沃斯先生手里拿着棍子,盯着阿南德。

阿南德一直抚摸着泰山,泰山的头仰着,眼睛半闭着。

毕司沃斯先生冲到绿桌子跟前,笨手笨脚地拉开抽屉。他拿出他用来画张贴画的一长盒子蜡笔递给阿南德。他摇了摇盒子;蜡笔在里面晃荡着。

莎玛说:"来,阿南德乖孩子。去收拾你的衣服。"

阿南德仍然抚摸着泰山。他说:"我要和爸爸在一起。"他的声音微弱,充满怒气。

"阿南德!"萨薇说。

"不要求他,"莎玛说,再次平稳了自己的情绪,"他是一个男人,知道自己在做什么。"

"孩子,"都克尼说,"你的妈妈。"

阿南德什么也没有说。

莎玛站起来，围着她的女人散开来。她抱起米娜，萨薇提着箱子，她们沿着小路向大路走去。小路在稀疏和茂密的草丛之间穿行，十分泥泞，她们面前的母鸡和小鸡们被惊散了。泰山尾随上去，但是被鸡群挡住了。它寻找莎玛、萨薇和米娜时，被一只生气的母鸡啄了一下。她们已经消失了。它小跑着回营房和阿南德身边。

毕司沃斯先生打开盒子给阿南德看已经削好的蜡笔。"拿去吧，它们都是你的了。你想拿它们干什么都可以。"

阿南德摇摇头。

"你不想要它们？"

泰山钻在阿南德的两腿之间，仰着头享受着抚摸，似乎早有预料似的闭着眼睛。

"那你要什么？"

阿南德摇摇头。泰山也摇摇头。

"那你留下来干什么？"

阿南德被触怒了。

"为什么？"

"因为，"他的声音很低，带着对他和他父亲的愤怒迸发出来，"因为她们要把你一个人留下。"

那天剩下的时间他们几乎没有说话。

他的直觉是对的。一旦莎玛离开，他的疲惫也就消失了。他又开始坐卧不安，甚至为脑子里熟悉而压抑的混乱感到高兴。他又到地里干活了，第一天他带上了阿南德。阿南德浑身是土，奇痒难熬，被太阳炙烤着，皮肤也被锋利的草叶割伤了，他后来拒绝再去。打这以后，他就和泰山一起留在营房里。

他给阿南德做了更多的玩具。一个圆形的罐头盖子被松松地钉在一根木杆上，推动木杆的时候，盖子就会转动，阿南德非常喜欢。晚上，他们一起画想象中的图画：白雪皑皑的山峰和冷杉树林，在晴朗无云的天空下，红色的轻舟在碧蓝的大海中荡漾，道路蜿蜒曲折，在保护得很好的森林中一直通向远方的山峦。他们也会聊天。

"谁是你的父亲？"

"你。"

"错了。我不是你的父亲，上帝才是你的父亲。"

"哦。那你是谁呢？"

"我只是某个人。什么人也不是。我只是你认识的一个人。"

他给阿南德看如何混合颜色。他教他红色和黄色混在一起成为橙色，蓝色和黄色混在一起成为绿色。

"哦。这就是为什么叶子会变黄的原因吗？"

"不完全是这样。"

"嗯，这么说吧。假如我摘了一片叶子，然后清洗它，洗呀洗呀，然后它就会变成黄色或者蓝色吗？"

"不是，叶子是上帝的杰作。你明白吗？"

"不明白。"

"你的问题是你并非真正相信上帝。从前有个人和你一样，想嘲弄一个和我一样相信上帝的人。于是有一天，当那个像我一样的人在睡觉时，这人就在他的膝盖上扔了一只橙子，想着：我敢说那个该死的傻瓜会醒过来，然后说上帝给了他一个橙子。于是那个人醒了，开始吃橙子。这人就过来说：'我看是上帝给了你这个橙子。''是的，'那个人说，'好吧，让我告诉你吧，不是上帝给你的，是我给你的。''嗯，'那个人说，'我睡觉时曾向上帝乞求一个橙子。'"

阿南德感叹不已。

"现在，看，"毕司沃斯先生说，"看这个火柴盒。你看见我手里拿着它。哎呀！它掉了。为什么？"

"你松手了，那就是原因。"

"不是那样的。它掉了是因为地球引力。地球引力定律。现在他们什么也不教给你们这些孩子。"

他给阿南德讲哥白尼和伽利略的故事。他为自己是第一个告诉阿南德地球是圆的并围绕太阳运转的人而感到激动。

"记着伽利略。要始终坚持自己的观点。"

他很高兴阿南德对此感兴趣。这是圣诞节的前一周，他十分惧怕赛斯来带走阿南德。

他告诉阿南德："星期天的时候我们要做一个罗盘。"

星期六赛斯说："你干吗不回家，乖孩子阿南德？回家把你的圣诞节长袜挂起来。你在这里和你父亲一起干什么？"

"他不是我父亲，只是在你看来他是我父亲。"

赛斯回避了这个神学问题。"他们在做冰激凌和蛋糕呢，孩子。"

毕司沃斯先生说："记得伽利略。"

阿南德留下了。

毕司沃斯先生用他手电筒的电池磁化了一根针，然后把它粘在一个圆形纸板上；他在纸板的中间嵌进去一片纸盖，又把纸盖放到针的头部。

"针眼所指的地方，就是北方。"

他们玩着罗盘，直到针失去了磁性。

有时候毕司沃斯先生说他得了疟疾。然后，他把自己裹得紧紧的，浑身发抖，让阿南德跟着他背诵印度圣歌。在这个时候，虽然他们并没有说什么，阿南德也被他父亲表现出来的敬畏所感染，他像背诵魔咒一样重复着圣歌。在营房里，门窗紧闭，四周黑暗环绕，营房如同令人恐惧的洞穴，阿南德渴望早晨赶快到来。

但是也有愉快的时候。

"今天,"毕司沃斯先生说,"我要教给你什么是离心力。去外面拿那个水桶来并盛满水。"

阿南德弄来了水。

"屋子里没有多少空间。"毕司沃斯先生说。

"你干吗不到外面去?"

毕司沃斯先生没有听见。"得用力旋转水桶。"他旋转了。

水洒到床上、墙上和地板上。

"这个水桶太重了。到厨房里从那些蓝色锅中拿一个过来。然后在里面装上水。"

第二次奏效了。

他们用手电筒的电池、一片锡和一根钉子做了电动蜂鸣器。那是一个生锈的新钉子,是在爱德加清理盖房子的土地的那个下午,麦克莱恩先生带来的用报纸包着的新钉子里的一个。

有很多原因促使毕司沃斯先生从营房搬到他那个房子里唯一完工的房间。这是一个积极的行动;是一个自信的、带有挑衅意味的行动;而且,他听见营房周围人们的活动时越发地不舒服起来;还有一个原因是,他希望在新的一年中住进新房子会给他带来崭新的心境。如果他是独自一人的话,他是不会搬家的,因为他惧怕孤独远甚于惧怕人。但是,有了阿南德,他就有了陪伴。

泰山在积满灰尘的空屋子里发现了一只怀孕的母猫,把猫赶了出去。

屋子打扫干净了。他们还想把地板上的黑色沥青蛇刮掉;但是那在瓦楞铁上很容易就融化的沥青在雪松地板上却十分顽固。屋子比营房要小,床、莎玛的梳妆台、绿桌子、橱柜和摇椅把屋子挤得满满当当。"现在要小心了,"毕司沃斯先生说,"不能用力摇晃。"屋子里还有其他诸多不便。没有厨房，他们只能在房间楼下的箱子上做饭，他们都觉得头晕恶心。屋顶上没有檐沟，水只能用营房的水桶接走。他们还不得不使用营房的厕所。

每天毕司沃斯先生都看见那些沥青蛇，细长的，黑色的，延伸着。

房子未完工并没有让他沮丧。他看见椽子，旧瓦楞铁皮，灰色的房子支柱，地板上和墙壁上的裂缝，看见隔壁那间尚未建成的房子的门被用钉子钉在门框上并上了门闩。他知道这些曾经都让他不高兴，但是那已经是很早以前的事情了，他现在几乎无法想象那种不快。

他常常梦见蛇。他开始把它们当作真实的存在，琢磨着如果有一条蛇落在他身上，并在他的皮肤上蜷缩会是怎样的感觉。

质疑和恐惧仍然纠缠着他。他没能把它们留在营房里。

树木遮蔽了太多的光线。

一天晚上，阿南德被吵醒了，毕司沃斯先生从床上跳起来，尖叫着，撕扯着他的背心，好像他被一群红蚂蚁袭击了似的。

一条沥青蛇落到了他的身上。很细，不长。他们抬头看，看到那肇事的母沥青蛇正要滴落更多的沥青。

他们试图用长竿和扫帚把沥青蛇弄下来。但是当他们碰到沥青的时候，那些沥青只是摇晃着。抓住沥青往下拽只能拽下来细小的一条，那一团沥青蛇仍然盘踞在上面。

他找到一把刮可可粉的刀子，在第二天的傍晚把那些沥青蛇砍下来。但这并不容易。在结着厚壳的沥青根部下面的沥青很软而且很有韧性。他用力地刮着，屋顶上的铁锈纷纷落到他脸上。

第二天下午，那些沥青蛇又开始延伸下来。

他说他的疟疾又发作了。他把自己裹在面口袋做的被单里，坐在摇椅上摇晃着。泰山的尾巴被挤压了一下，它叫了一声，跳起来，跑到屋外去了。

"说罗摩罗摩西塔罗摩，保佑你一切平安。"毕司沃斯先生说。

阿南德重复着这些话，说得越来越快。

"你不想离开我吧？"

阿南德没有回答。

这已经成为毕司沃斯先生的恐惧之一。这种恐惧始终缠绕着他，因为他无时无刻不想着这件事，它成为他所有的恐惧中最无法忍受的：那就是阿南德将要离开他，只剩下他孤零零的一个人。

一天下午，阿南德正在院子里转动他的罐头盖，两个人来到房子跟前，问他是否住在这里，然后又问监工在哪里。

"他在地里，"阿南德说，"但是他就快回来了。"

在树荫下的道路比较凉快。两个人蹲坐在那里，他们哼哼唧唧；他们交谈；他们扔小石头；他们咀嚼草叶；他们吐唾沫。阿南德观察着他们。

其中一个人叫道："孩子，过来。"他身体肥胖，皮肤发黄，长着一双浅色的眼睛，留着黑色的胡子。

另一个年轻一点的男人说："我们在挖财宝。"

阿南德无法抗拒这样的诱惑。他推着他的罐头盖，来到路上。

"来，挖。"年轻的男人说。

胖男人叫喊起来："呀哈！"然后从沙砾中拿出一分钱。

阿南德跑到胖男人那里开始挖。

然后那年轻的男人也叫起来："啊哈！"他从沙砾中摸出一分钱。

阿南德又跑到他那里去。于是那胖男人又叫起来；他又找到了一分钱。

阿南德在两个男人之间跑来跑去。

"但是我什么也没有发现。"他说。

"这儿，"年轻的男人说，"挖这里。"

阿南德挖着，然后发现了一分钱。"我可以留着吗？"

"本来就是你的，"年轻的男人说，"你发现的。"

这样的游戏持续了一会儿，阿南德又发现了两枚分币。

然后那个胖男人似乎失去了兴致。"监工怎么还不来，"他说，"你父亲在哪里，孩子？"

阿南德指指天空，并高兴地看见胖男人一脸迷惑，胖男人问道："监工是你的父亲，难道不是吗？"

"好吧，每个人都以为他是我的父亲。但是他其实并不是我的父亲。他只是我认识的一个人。"

两个男人面面相觑。胖男人抓起一把沙砾作势朝阿南德扔过去。"一边去，"他说，"去，滚一边去。"

"这又不是你的路，"阿南德说，"这是公共工程处的路。"

"这么说你还是个精明的家伙？你以为你在和谁说话？"胖男人站起来，"既然你这么精明，把我的钱给我。"

"你去找你自己的钱吧。这是我的。"阿南德朝那个年轻的人说，"你看见我找到的。"

"别管那孩子。"年轻的男人说。

"我不能让一个抢了我最后几分钱的毛头小子这么没皮没脸地和我说话，"胖男人说，"看我不教训他。"他揪住阿南德。

"你要敢打我我就告诉我爸爸。"

胖男人犹豫着。

"别碰他，蒂诺，"年轻的男人说，"看，监工来了。"

阿南德挣脱出去，跑到毕司沃斯先生跟前。"那个胖男人想要偷我的钱。"

"下午好，老板。"胖男人说。

"滚开。谁让你碰我的儿子了？"

"你的儿子，老板？"

"他想要偷我的钱。"阿南德说。

"只是和他玩来着。"胖男人说。

"滚开！"毕司沃斯先生说，"工作！你们找不到什么工作。这也没有什么工作给你们。"

"但是，老板，"年轻的男人说，"赛斯先生说他已经告诉你了。"

"他什么也没有告诉我。"

"但是赛斯先生说……"胖男人说。

"别理他们，蒂诺，"年轻的男人说，"别理那父亲和他该死的儿子。"

"都不是好东西。"胖男人说。

"你给我嘴巴放干净点。"毕司沃斯先生喊道。

"啧！"那男人咂咂嘴，慢慢退回去了。

阿南德给毕司沃斯先生看他发现的铜币。

"这路上到处是钱，"他说，"他们找到了银币。我却没有找到银币。"

阿南德起来的时候毕司沃斯先生醒着，躺在床上。阿南德总是先起床。毕司沃斯先生听见他沿着没有完工的咯吱作响的客厅地板走到楼梯上，那里传出的声音结实一点。然后是一阵沉寂，接着他听见阿南德穿过客厅回来。

阿南德站在门口。他的脸色煞白。"爸。"他的声音微弱，嘴唇半张，颤抖着。

毕司沃斯先生扔下被单朝他走去。

阿南德甩开父亲的手，朝穿过客厅的方向一指。

毕司沃斯先生奔过去看。

在最底层的台阶上，他看见死去的泰山。尸体被随便地扔在那里。两条后腿搭在台阶上，口套扔在地上。泰山褐白相间的毛沾满了黑红色的血迹和泥土。苍蝇聚集在它的周围。它的尾巴被第二级台阶支撑起来，挺立着，皮毛在早晨的微风中拂动着，宛若活着一般。狗脖子被切断了，腹部也被剖开；苍蝇落在它的嘴唇上和眼睛周围，所幸它的眼睛闭着。

毕司沃斯先生感觉到阿南德站在他的旁边。

"去，进屋去。我会照料泰山的。"

他引着阿南德来到卧室。阿南德轻飘飘地走着，好像只是在回应毕司沃斯先生的手指的触压。毕司沃斯先生用手抚摸着阿南德的头发。阿南德生气地甩掉了他的手。那绷紧而脆弱的小身板颤抖着，阿南德两只手抓住衬衣，开始在地板上跳舞。

在阿南德尖叫前几秒，毕司沃斯先生才意识到他深深地吸了一口气。毕司沃斯先生除了等待之外什么也做不了，他看着阿南德那鼓胀的脸、张大的嘴和眯细的眼睛。阿南德尖叫起来，是一声骇人的刺耳的尖叫，一直持续着，直到尖叫被嗓子的咯咯声和窒息的声音替代。

"我不想待在这里！我要离开！"

"好了。"毕司沃斯先生说，阿南德正红着眼睛在床上抽泣。"我带你回哈奴曼大宅。明天走。"这是一种为了赢得时间的请求。在他狂乱的心跳和焦虑中，他忘记了那条狗，只知道自己不想被独自留下。那是他已经掌握的一种技能：忘记眼前的不快。但是没有什么能转移他更深的痛楚。

阿南德也忘记了狗。他现在只能意识到毕司沃斯先生的请求和他自己的力量。他用腿踢打着皱巴巴的床的一侧，跺着地板。"不！不！我今天就要走。"

"好吧。我下午送你回去。"

毕司沃斯先生把泰山埋葬在院子里，在精力旺盛的爱德加留下的土堆之外又增加了一堆，那堆土堆已经长满了野草。泰山的土堆看起来很新；很快也会长满野草，就像爱德加留下的土堆一样，将会成为地貌的一部分。

清晨的微风吹来了。空气中云雾迷蒙。天气逐渐热起来，而能减少暑热的阵雨不会在午后就落下来。云雾渐渐变厚，云彩从雪白转为银色，然后是灰色，最后变成黑色，沉甸甸地在空中翻滚；仿佛一幅黑灰色的水彩画。

天空暗了下来。

毕司沃斯先生从地里回来说："我想今天不能带你回阿佤克斯了。雨随时都能下起来。"

阿南德心满意足，因为下午四点钟天空就暗了下来，这足以称得上是一件难以忘怀的浪漫的事情。

他们在楼下那用箱子凑合成的厨房里准备晚饭，然后就回到楼上等待倾盆大雨的来临。

雨很快就下了。豆大的雨点剧烈地敲打着屋顶，如同缓慢敲响的鼓声。风吹雨斜。每一粒打在支撑木上的雨点都在上面留下水痕，逐渐扩大，然后形成矛头一样的印记。打在屋顶下面的土地上的雨点溅起黑色的泥点，翻滚成泥球。

他们点起油灯。飞蛾扑打着油灯。那些飞蝇被阴暗的天空蒙蔽，早已经停落下来休息，它们密密麻麻地落在垂挂下来的沥青上。

毕司沃斯先生说："如果你要回到哈奴曼大宅去，你得把彩色蜡笔还给我。"

狂风大作，卷起倾斜的雨。

"但是你不是已经给我了吗？"

"哈。但是你并没有要它们。记得吗？不管怎么说，我现在想要回来。"

"哼，你可以把它们拿回去。我不想要。"

"好啦，好啦。我只是开玩笑。我不会要回来的。"

"我不想要。"

"拿去吧。"

"不。"

阿南德跑到那尚未完工的客厅里去了。

大雨真正落下来之前先带来狂风的咆哮，预示着大雨的降临：那是风卷过树林，瓢泼大雨横扫过远方的树林的咆哮。然后就是急骤的敲打屋顶的雨声，随之雨声好似淹没在千军万马之中，声音是如此之响，以至于阿南德根本没有听见毕司沃斯先生说的话。

毕司沃斯先生的房子里有很多地方开始漏雨，但那却给没有漏雨的地方更增添了一种安逸的感觉。雨水从瓦楞铁皮屋顶上汩汩流淌，围绕着房子形成一道道溪流。雨水沿着屋顶的斜坡流淌下来，冲没了原先雨点溅起的泥团。雨水形成蜿蜒曲折的溪流，朝道路上冲过去，在营房前的凹地上形成水洼。雨持续地咆哮着，屋顶回响着剧烈的响声。

有一瞬间，闪电蓦地照亮了这杂乱的世界。从泰山的坟上流淌下来一道道细长的泥流。雨点敲打着湿透的地面，溅起一道道白光。随后雷声响起来了，发出震耳欲聋的闷响。阿南德觉得有一辆骇人的大推土机驶过天空。闪电虽然激动人心，却带给他一种异样的感觉。这种异样的感觉和雷声使得他回到卧室里。

他惊讶地发现毕司沃斯先生正用手指在头上写字。毕司沃斯先生立刻假装在玩自己的头发。油灯的火光虽然罩在玻璃灯罩里，却摇曳着；投落在房间里的阴影也随之忽隐忽现；垂挂下来的沥青蛇的阴影随着不停地颤动的屋顶变幻着。

阿南德仍然对父亲感到相当气恼，他坐在床脚的地板上，双臂环抱着膝盖。屋顶上传来的喧嚣和雨横扫过树林及大地的声音让他发冷。有一个东西落在他的附近。是一只长着翅膀的蚂蚁，它的翅膀已经折断，它蠕动着，仿佛不胜翅膀的重负。这种蚂蚁只有在暴雨降临的时候才出来，而且很难存活。它们一旦落下，就再也飞不起来了。阿南德用一根手指触摸着那破裂的翅膀。蚂蚁蠕动着，翅膀掉了下来，它突然又变得灵活起来，突然变得像没有受伤一样，朝黑暗中爬走了。

猛然之间，暴雨结束了。空中仍然飘着细雨，风仍然在吹，像倒沙子一样把细雨扬到屋顶和墙壁上。现在可以听见屋顶上的雨水流淌到地上的声音了，还能分辨出雨水流淌在地上时冲出新的沟渠的声音。雨水透过缝隙浸透了板壁。地板的边缘也湿透了。

"罗摩罗摩西塔罗摩，罗摩罗摩西塔罗摩。"

毕司沃斯先生懒洋洋地靠在床上，腿交叠在一起，他的嘴唇快速地蠕动着。他脸上的表情与其说是一种痛楚，不如说是一种恼怒。

阿南德觉得那是他乞求的一种表示，因此没有理睬。他把头靠在环抱着膝盖的胳膊上，在地板上前后摇晃着．

又一场暴雨开始了。一只长着翅膀的蚂蚁跌落在阿南德的胳膊上，他立刻把它拂掉了，胳膊上蚂蚁跌落的地方好像火燎一样。随后他看见屋子里到处都是这种蚂蚁，尽享它们短暂生命的最后时刻。它们弱小的翅膀被庞大的身躯拉扯着，很快就失去了用处，而没有了翅膀它们也就失去了自卫的能力。它们不停地跌落。而它们的天敌已经发现了它们。在墙上，在油灯闪烁的暗影里，阿南德看见一群黑色的蚂蚁。它们不是那种疯狂的蚂蚁，会因最轻微的扰乱而惊慌地四散逃开；它们是噬咬蚁，身体更小，但是更粗壮，也更灵活，紫红色的身体闪着幽光，严格按照编队缓缓地行动着，庄严肃穆，似在承办殡葬。闪电又一次照亮了房间，阿南德看见噬咬蚁在两面墙上成对角线排开：那是一条迂回的路线，但是它们有它们的理由。

"听见他们了！"

阿南德盯着蚂蚁，嘴唇压在起了鸡皮疙瘩的手臂上，没有回答。

"孩子！"

那冲破风雨声的愤懑和响亮的声音让阿南德惊跳起来。他站起身。

"你听见他们了吗？"

阿南德倾听着，试图分辨出各种声音的交合：雨声，风声，流水的声音，树木的声音，雨打在墙壁和屋顶上的声音。然后是模糊难辨的谈话声，语无伦次，时高时低。

"你听见他们了吗？"

什么听起来都像是谈话声：流水的汩汩声，大树枝互相摩擦的声音。阿南德把门打开一条缝，透过客厅的墙往外看。土地上流淌着闪闪发光的黑色泥流。在没有铺地板的前卧室下面，那里地势较高，没有湿透，有两个男人蹲坐在一堆点燃的冒烟树枝跟前。男人旁边有两片巨大的芋类植物的心形叶子。他们一定是在遇上大雨时用了这两片叶子遮雨。有一个男人在抽烟。在微弱的火光中，在混乱的喧嚣中，在这静默的一幕中，抽烟的举动是那么强烈，那么安静，似乎是古代宗教仪式的一部分。

"你看见他们了吗？"

阿南德关上门。

地板上那些带翅膀的蚂蚁又开始活动，它们的身下是数条黑色的腿。它们正在被那些噬咬蚁运走，它们蠕动着，扭动着，但是却丝毫没有影响那些抬运蚁的纹丝不乱与沉静肃穆。没有身体的翅膀也被运走了。

闪电使阴影和色彩褪却。

阿南德毛骨悚然。他的皮肤一阵刺痛。

"你看见他们了？"

阿南德觉得他们可能是昨天来的那两个人，但是他不能肯定。

"去把弯刀拿来。"

阿南德把弯刀倚在墙上，放在距离床头不远的地方。墙壁上淌着雨水。

"你再去把手杖拿来。"

阿南德本来想上床睡觉，但是他不愿和他的父亲躺在床上，而地板上没有湿的地方都是蚂蚁，他也不能给自己在地上铺床。

"罗摩罗摩西塔罗摩，罗摩罗摩西塔罗摩。"

"罗摩罗摩西塔罗摩。"阿南德重复着。

然后，毕司沃斯先生忘记了阿南德，他开始咒骂。他咒骂阿扎德、梵学家杰拉姆、图尔斯太太、莎玛，还有赛斯。

"说罗摩罗摩，孩子。"

"罗摩罗摩西塔罗摩。"

雨势减弱了。

当阿南德朝外面看的时候，屋子下面的男人和他们的芋类植物叶子都已经不见了，只留下熄灭的不再冒烟的火堆。

"你看见他们了？"

雨又下了起来。电闪雷鸣。

蚂蚁的队伍继续前进着。阿南德开始用手杖把蚂蚁弄死。每当他压烂一群抬着长翅膀的蚂蚁的噬咬蚁时，噬咬蚁就散开，但却始终不慌不忙、毫不迟疑，又重新组成队伍，尽可能地运走那些被压烂的尸体和死去的同伴。阿南德用手杖一次又一次地砸击。他的胳膊上传来一阵剧痛，他在自己的手上看见一只噬咬蚁，它身体挺立起来，钳子刺进他的皮肤里。他查看手杖，发现手杖上爬满了向上蠕动的噬咬蚁。他突然害怕起来，害怕它们的愤怒、它们的报复、它们的数量。他扔下手杖。手杖落在一个泥坑里。

屋顶被掀起来又落下来，拍打着，摩擦着。房子颤动起来。

"罗摩罗摩西塔罗摩。"阿南德说。

"噢，上帝！他们来了！"

"他们走了！"阿南德愤怒地叫喊道。

毕司沃斯先生用英语和印地语嘀咕着圣歌，只说到一半，就开始诅咒，他在床上翻滚，脸上仍然带着恼怒的表情。

油灯的火焰摇曳着，黯淡下去，有一刻房子陷入黑暗中，然后又重新亮起来。

屋顶一阵晃动，一声嘎吱响，接着是延续的噪声，阿南德知道一张瓦楞铁皮被风扯掉了，留下另一张没有固定的铁皮。铁皮拍打着发出刺耳的声音。阿南德等待着那张被扯掉的铁皮落下来的声音。

但是他没有听见。

电闪，雷鸣，雨敲打着屋顶和墙壁，还有松动的铁皮，风猛烈地吹着房子，暂停一会儿，然后又吹起来。

一阵怒号席卷了他们。当房子被击中之后，窗户被猛烈地撞开，油灯立刻熄灭了，雨像鞭子一样抽打进来，闪电点亮了屋子和外面的世界，当闪电过后，屋子陷入一片黑暗虚空之中。

阿南德开始尖叫。

他等着他的父亲说些什么，等着他关上窗户，点亮油灯。

但是毕司沃斯先生只是在床上嘀咕着。风借雨势，雨借风威，横扫了整个屋子，撞开了那间客厅的门，在没有墙壁、没有地板的毕司沃斯先生建造的房子里肆虐而行。

阿南德不停地尖叫着。

风雨压制了他的声音，熄灭了油灯，摇椅摇晃着打着滑，靠在墙上的橱柜咯吱作响，风雨卷走了所有的气息。闪电瞬间闪现，钢蓝色爆破成白炽，照亮了被惊扰的蚂蚁，照亮了它们又重新组合在一起的景象。

然后，阿南德看见黑暗中有一道光亮。那是一个人，弯腰顶着风雨，一手提着一盏防风灯，一手拿着一把弯刀。跳动的火焰如同奇迹。

那是从营房来的兰姆科黑拉万。他的头和肩上顶着麻袋，像披风一样。他赤着脚，裤腿挽到膝盖上面。防风灯照亮了雨帘，他爬上打滑的台阶，留下的泥脚印立刻被雨水冲走了。

"哦，我可怜的小牛儿！"他叫喊着，"我可怜的小牛儿！"

他关上了客厅的门。防风灯照亮了湿淋淋的混乱的房间。他努力关上窗户。当他刚把别在墙上的窗户扣拉开一点时，狂风吹来，猛地一推，窗户嘭地关上了，吓得兰姆科黑拉万往后一跳。他把头和肩上披的麻袋拿下来，他的衬衣紧贴在身上。

油灯没有打破，里面甚至还残留了一些灯油。灯罩裂了缝，但是仍然形态完整。兰姆科黑拉万从裤子口袋里拿出一盒打湿的火柴，擦亮了一根，凑近灯芯。浸满水的灯芯发出噼啪的爆响；火柴的火焰逐渐减弱；灯芯点着了。

第六章　启程

　　需要有人给哈奴曼大宅带个口信。劳工们总是对这些戏剧性的、不幸的消息反应强烈，有很多人自告奋勇去报信。于是在这个风雨交加电闪雷鸣的夜晚，一个送信的人赶到了阿伍克斯，添油加醋地汇报了所发生的不幸。

　　图尔斯太太和年轻的神在西班牙港。莎玛待在玫瑰房间里；产婆已经在那里照顾她两天了。

　　姐妹们和她们的丈夫们成立了一个议事小组。

　　"我一直都觉得他是发疯了。"琴塔说。

　　无儿无女的寡妇苏诗拉用她在病房里一贯的权威口吻说："我担心的并不是穆罕，而是他的孩子们。"

　　赛斯的妻子派德玛问："你们觉得他为什么生病？"

　　那个鞭打孩子的苏玛蒂说："送信的人只是说他病得很重。"

　　"还有他的房子几乎完全被卷走了。"杰的母亲补充说。

　　众人相视而笑。

　　"很抱歉，我不得不纠正你，苏玛蒂妹妹，"琴塔说，"送信的人说他的神智出了问题。"

赛斯说："我看我们得把这个'独立分子'接回家来。"

男人们预备前往绿谷;他们和送信的人一样激动。

姐妹们在房子里奔忙,引起了孩子们的注意和疑惑。神不在时,苏诗拉占用了蓝色房间,这会儿她清理了所有的女性私物;她大部分时间都专注于保守女人的秘密,不让男人知道。她还在屋子里焚烧一种极其难闻的草药来净化和保护房子。

"萨薇,"孩子们说,"你爸爸出事了。"

他们在油灯的灯芯上扎上大头针来驱赶不幸和死神。

在阳台和楼上所有的卧室里,床铺都比平常要更早地铺好,油灯被捻得很暗,孩子们在雨声中进入了梦乡。楼下,姐妹们默默地围坐在长桌子跟前,她们的面纱低垂在头上和肩膀上。她们打牌和看报纸。琴塔在看《罗摩衍那》;她不停地给自己树立新的目标,现在她想要成为家里第一个从头到尾把这部史诗读完的女人。玩牌的人时不时地发出咻咻的笑声。有时候琴塔被叫去看看一个姐妹的牌;通常,这种诱惑十分强烈,琴塔摆出她平时玩牌时蹙眉的样子,一语不发,留下来玩牌,在每次出牌前用手轻轻敲打着每张牌,随后熟练地啪的一声把手中的王牌甩下来,然后,仍然一语不发,她回去读《罗摩衍那》。产婆来到大厅,蹲坐在一个角落里,默默地抽烟,她的眼睛亮闪闪的。她是一个年老、干瘦、神秘莫测的马德拉斯人。咖啡在厨房里慢慢煮着,香味弥漫了整个大厅。

男人们浑身湿透地回来了,阿南德睡眼蒙眬、泪水涟涟地走在他们旁边,格温德横抱着毕司沃斯先生,女人们松了一口气,但是也有一丝失望。毕司沃斯先生既没有发狂也没有失去自制;他一言未发;他也没有假装他是在开一辆汽车或者在摘椰子,那举动通常是和发疯联系在一起的。他只是看上去极度愤怒和疲惫。

自从格温德和毕司沃斯先生打过架之后,两人就再也没有说过话。

而格温德通过把毕司沃斯先生抱在怀里，也就把自己放到了强者的位置上：他在有需要时以强者的力量施以援手和帮助，用强者客观中正的力量送去谅解。

琴塔意识到了这一点，她极为热心地照顾着阿南德，擦干他的头发，脱掉他湿透的衣服，给他换上维迪亚德哈的衣服，给他弄吃的，接着把他带到楼上，在那些睡觉的男孩子们中间给他找了个地方睡觉。

毕司沃斯先生被安置在蓝色房间里，人们给他一些干衣服，又给他一杯加了糖的热牛奶，里面还加了肉豆蔻、白兰地和几块红奶油。他小心翼翼地接过杯子，借此安抚未定的惊惶，然后小心地喝下去。

他对于房间里的温暖和安全感到安心。每一面墙都是坚实的；雨声被隔绝在外；两英寸半厚的北美脂松做成的屋顶取代了瓦楞铁皮和沥青；厚厚的斜面墙上的百叶窗在风雨侵袭之下纹丝不动。

他知道他在哈奴曼大宅，但是他无法判定之前发生了什么、之后会发生什么。他觉得他不断地被一种新的境况惊醒，这种新境况以某种方式与他的记忆相连，记忆如快照一般转瞬即逝，与散落在难以度量的漫长时光里的其他事情相勾连。滴落在湿透床上的雨；在汽车上的旅行；兰姆科黑拉万的出现；死狗；在屋外交谈的男人；闪电和雷鸣；突然挤满了赛斯、格温德还有其他人的房间；然后是现在这间温暖的关着门的房间，点着的油灯发出恒定的光；还有干衣服。一旦他集中精神，每一样物品都因此获得了一种稳固，一种恒定。在大理石桌面上的瓷茶杯、茶碟和小勺子：这是这类物品唯一可能的组合。他知道这种秩序并不稳定；他有一种模模糊糊的期待和不安。

他尽可能一动不动地躺着。很快他就睡着了。在他脑子最后的清醒时刻，他回想着雨声，那暗哑而富有规律的声音抚慰着他。

第二天早餐，雨仍然在下，一如前日，但是风停了。天色阴暗，却已不再电闪雷鸣。房子周围的排水槽里溢满了浑浊的水。高街水沟里的水漫出来，道路被水淹没了。孩子们不能去学校上学了。他们一个个都十分兴奋，不单单是因为这不同寻常的天气和突如其来的放假，而且还因为昨夜的惊扰。有一些孩子还记得昨夜简短的惊醒；现在阿南德和他们在一起，而他的父亲就在蓝色房间里。有一些女孩装出什么都知道的样子来。一切就好像是玫瑰房间里有人生产之后的早晨：秘不可宣，年幼的孩子对此懵懂无知，直到有人告诉他们发生的一切。

"萨薇，"孩子们说，"你爸爸在这里，在蓝色房间里。"

但是她既不想去蓝色房间，也不想去玫瑰房间。

在外面，光溜溜的孩子们在溢满水的道路上和水沟里扑腾着、尖叫着，争先恐后地将纸船、小木船甚至小树枝放到水面上竞赛。

上午过去一半了，天空明亮起来，也变得高远了，雨先是减弱成细雨蒙蒙，后来就完全停住了。云层退去，天空突然湛蓝得耀眼，水面倒映着天空的云影。很快，水就汩汩地流进地下井里，水声淹没在每日渐起的喧嚣当中，水位下落后，只在路上留下树枝和沉渣。在院子里，篱笆上有岩屑留下的垢痕，鹅卵石看上去好像被水冲洗和过滤过；石头周围的泥土已经被冲得干干净净；被风雨撕落的绿叶一半埋在淤泥里。道路和房顶都干了，冒着水蒸气，变干的地方轻快地蔓延开来，就像吸墨纸上滴落的墨水一样。此刻，除了水洼，道路和院子都干了。热力一点点地侵吞着水洼的边界，直到最后它们无法荡映出蓝色的天空。一切都变干了，只有树荫下的泥泞还没有完全干透。

有人把毕司沃斯先生的事情告诉了莎玛。她提议把绿谷的家具搬回哈奴曼大宅。

医生来了，他是一个信仰罗马天主教的印度人，却因为其风度举止和所拥有的房产而倍受图尔斯家族的尊敬。他认为没有必要鉴定毕司沃斯先生是否发疯，说他只是神经过于紧张和缺乏某种维生素。他开了一个疗程的复合维生素泡腾片，以补铁及强身健体著称的费罗尔牌维生素冲剂，还有阿华田营养饮料。他还叮嘱毕司沃斯先生需要大量的休息，而且一旦等到他有所好转就应该到西班牙港去看专科医生。

医生刚走，术士就来了，他事业挫败，戴着华丽的头巾，举止焦虑不安；他收费很低廉。他给蓝色房间驱除了邪魔，然后立起了一道隐形的阻挡邪魔的障碍。他还建议在门口和窗户上悬挂芦荟条，并且说家里的人应该知道大厅的门廊里一定要挂一个黑色玩偶用来驱魔：预防总是比医治要好。然后他询问是否应该准备一剂混合剂。

他的提议被否决了。"阿华田，费罗尔冲剂，泡腾片，"赛斯说，"要是再给穆罕一剂你的混合剂，你不把他变成药罐子了？"

但是他们还是挂起了芦荟条；这是一种天然的净化剂，不需要花什么钱，而大宅里储备充足。他们也悬挂了那个黑色玩偶，那是图尔斯商店里一小部分积压存货中的一个，是没有得到阿佤克斯人喜爱的英国制产品。

下午，一辆卡车运来了绿谷的家具。家具全部被打湿，褪了色。莎玛的梳妆台的上光漆已经变成了白色。床垫被水浸透了，散发着难闻的气味；椰子纤维膨胀起来，玷污了床垫套。毕司沃斯先生书上的布封套依然黏黏的，封套的颜色浸染了书页的边缘，书页皱巴巴地粘在一起。

四柱大床的金属部件被原封不动地留在长屋里曾属于莎玛和毕司沃斯先生的那个角落，床垫和床板被拿到太阳底下晒干。橱柜立在大厅靠近厨房的门边，在被煤烟熏黑的绿色墙壁的映衬下，它看起来几乎是新的。橱柜上仍然摆放着那套日本咖啡套具（每只杯子的杯底都有一个日本女人的头像，杯子外壁印有一条凸饰的喷火龙），那是赛斯给莎玛的结婚礼物，从来没有用过，只被擦洗过。绿桌子也被放到了大厅里，但它在零乱不搭的家具堆当中很不起眼。摇椅被放在楼上的阳台上。

萨薇痛苦地看着家具被这样散布各处，遭受漠视，更让她生气的是，她看见摇椅几乎立刻就被不正当地占用了。起初孩子们只是站在摇椅藤编的椅面上剧烈地摇晃，然后他们开发出一个游戏，四五个孩子爬上摇椅摇晃，另外四五个孩子试图把他们揪下来。他们在椅子上打成一团，最后掀翻椅子：这就是游戏的高潮。萨薇知道抗议只能使自己显得荒唐可笑，便到玫瑰房间去了，房间里仍然到处都是水盆、精巧的水壶和管子，散发着各种气味。她向莎玛抱怨。

莎玛和她的孩子们单独在一起时总是很温柔，尤其是在她分娩之后。莎玛抚摸着萨薇的头发，告诉她不要介意，她只是自私，如果她向别人抱怨的话必然会引发一场争吵。毕司沃斯先生病了，莎玛说，而她自己也不舒服，萨薇不应该惹怒别人。

"他们把衣柜放到哪里了？"

"在长屋里。"

莎玛看上去满意了。

毕司沃斯先生最为精心制作的一部分招贴字也被人从绿谷带过来了。大家觉得它们很漂亮；虽然这些字流露出来的柔情令人有些讶异，因为它们出自一个一直被认为是无神论者的人之手。招贴字被悬挂在大厅和藏书室里，每当孩子们问"萨薇，那些字真是你爸爸写的吗"的时候，萨薇那因为看见家具被四处散放而产生的痛楚就会减轻许多。

孩子们说："萨薇，所以现在你们就待在这里了吗？"

毕司沃斯先生躺在莎玛隔壁的房间里，房间总是黑洞洞的，他睡了又醒，醒了又睡。这种黑暗、静谧，以及仿佛与世隔绝的感觉包围着他，安抚着他。仿佛在很久以前他曾经忍受过巨大的痛苦。他曾经为此抗争过。但现在，他屈服了，而屈服带来了安宁。当那些男人来接他的时候，他抑制了心中的厌恶和恐惧。他很高兴自己这样做了。屈服移除了那个世界湿漉漉的墙壁和墙上贴满的报纸，移除了酷热的阳光和狂风暴雨，把他带到了这里：这个与世隔绝的房间，这种虚无。随着时间的推移，他渐渐能够拼凑出最近所发生的一切，他惊诧于自己居然从这恐怖中挺了过来。他愈加频繁地忘记恐惧和质问；有时候，大约会持续一分钟，就算努力尝试，他也无法再度完全进入那曾折磨他的心理状态。某种不安依然存留着，却并非真实可感，似乎更像一种模糊的、令人毛骨悚然的关于恐惧的记忆。

消息传得更广，探望的人来了。普拉塔布和普拉萨德来了，他们为哈奴曼大宅的规模而局促不安，自身的处境相形见绌，因而感到必须对所有的孩子表示友好。开始的时候，他们给每个孩子一便士；但是他们低估了孩子们的数量；最后他们只好给每个孩子半便士。他们对毕司沃斯先生讲述了接到口信的当时他们正在做什么；似乎他们两个人都差一点错过口信；但是，那天晚上的暴风雨让他们感到，似乎毕司沃斯先生出了什么事，并把这种担忧告诉了妻子；他们强烈要求毕司沃斯先生去向他们的妻子求证。毕司沃斯先生漠然地听着。他问候了他们的家庭。纵然话题有限，普拉塔布和普拉萨德还是把这当成一种纯粹的礼貌，轻描淡写地说他们的家庭不值一提。在时不时地发出一些郑重的言语，低头盯着自己的帽子，从不同的角度研究帽子，搓手之后，他们叹息着站起身告辞了。

而兰姆昌德，毕司沃斯先生的姐夫，就没有那么拘谨了。他染上了一种城里人的傲慢病，和身上穿的制服倒是十分相配。他多年以前就离开了乡下和那家酒厂，现在是西班牙港一家疯人院的看护人。

"不要觉得我疏远你，"他告诉毕司沃斯先生说，"我已经习惯这样了。这是我的工作。"

他谈起了他自己，他的工作，还有疯人院。

"你们这里没有留声机吗？"他问。

"留声机？"

"就是音乐，"兰姆昌德说，"我们一直给他们放音乐。"

他大谈这工作的额外津贴，好似疯人院是为了他的收益才建成的。

"就说小卖部吧。那里的每一样东西都比外面便宜五六分钱，你懂的。但那是因为他们并不是为了谋利才经营的。如果你有什么需要的东西，你一定要告诉我。"

"泡腾片？"

"我给你看看。我说，你为什么不离开乡下，来西班牙港呢，伙计？像你这样的人不该待在这样一个落后的地方。怪不得会发生这种事情呢。来和我们住一段时间。德黑蒂总是说起你，你知道的。"

毕司沃斯先生保证说会好好考虑。

兰姆昌德在房子里迈着重重的步子，当他到大厅的时候，他冲着并不相识的苏诗拉大声说："一切都好吧，夫人？"

"他看上去真是个十足的下等人。"苏诗拉说。

"无论你怎么洗刷一头猪，"琴塔说，"你都不能把它变成一头牛。"

傍晚，赛斯到蓝色房间里来了。

"嗨，穆罕，你觉得怎么样？"

"我觉得还好。"毕司沃斯先生用他那尖声尖气的滑稽嗓音说。

"你还想回绿谷吗？"

毕司沃斯先生自己都颇感吃惊，因为他发现自己的言谈举止又和从前一样了。他假作一副惊骇的表情说："谁？我吗？"

"我很高兴你会这样想。事实上，你回不去了。"

"你看我，我正在哭泣呐。"

"猜猜发生了什么？"

"所有的甘蔗都被烧了。"

"错。只有你的房子被烧了。"

"烧了？你的意思是说投保之后烧的吗？"

"不，不。不是投保之后烧的。烧得一干二净。绿谷的人干的。邪恶透顶，伙计，我是说那些人。"

赛斯看到毕司沃斯先生流泪后掉转了目光。但是赛斯误会了。

毕司沃斯先生如释重负。那些在他脑海轰鸣、令他身心紧绷的焦虑、惧怕和愤怒如今消退了。他可以感觉到这消退的过程；这是一种肉身的知觉，之后的他虚弱、极度疲惫。他对赛斯萌生出一种强烈的感激之情。他想要拥抱他，想和他做永远的朋友，想要歃血盟誓。

"你的意思是，"他最后说，"在下了那样的大雨之后，他们把房子烧了？"他的声音哽咽了。

那天晚上，莎玛生下了她的第四个孩子，又是一个女孩。

毕司沃斯先生的书被放到藏书室里，跟其他的书一起。在那些书当中还有那本柯林斯版《莎士比亚文集》。书的卷尾空页上没有记录这次新生的婴儿。

在玫瑰房间之外几乎听不见婴儿那细弱短促的不断啼哭。产婆不再蹲在大厅里吸烟。她很忙。她洗涮，清理，看护，指挥。九天后，她拿了工钱被打发走了。姐妹们告诉阿南德和萨薇："你们有个新妹妹了。又有一个分你爸爸财产的人了。"而她们跟阿南德说："你很走运。你还是那个独子。但是等着瞧吧，有一天你会有个弟弟的，他会割掉你的鼻子。"

毕司沃斯先生冲服维生素泡腾片，喝一大汤匙的费罗尔，到了晚上，他喝一杯阿华田。有一天他记起他的指甲。当他查看指甲时，他发现它们是完整的，没有被啃咬过。虽然仍然有阴郁痛苦发作的时候，有因惊慌失措而引起的痉挛，但是现在他知道那些都是不真实的，而意识到这一点使他能够克服它们。他一直待在蓝色房间里，为自己仅仅是哈奴曼大宅的一部分而感到安全；哈奴曼大宅是一个能够以生机、力量和权力去提供安慰的有机体，而组成它的个体远不能及。

"萨薇，你在喝什么？"
"阿华田。"
"阿南德，你在喝什么？"
"阿华田。"
"好喝吗？"
"非常好喝。"
"妈妈，萨薇和阿南德在喝阿华田。他们爸爸给他们的。"
"嗯，听我说，嗯，孩子，你爸爸不是一个能给你喝阿华田的百万富翁。你听见了吗？"
第二天。
"杰，你在喝什么？"
"阿华田，和你一样。"
"维迪亚德哈，你也在喝阿华田吗？"
"不，我们喝的是美禄。我们更喜欢喝这个。"

毕司沃斯先生从蓝色房间走到客厅，客厅里放着宛若王座的椅子及雕像。他感到安全，甚至还有一点新奇。他穿过木房子。哈瑞在阳台上读书。毕司沃斯先生本能地后退了一步。然后，他想起来不用这么做。两个人对视了一眼，又各自移开视线。

毕司沃斯先生倚在阳台的围栏上，背对着哈瑞，思索着哈瑞在这个家庭中的位置。哈瑞把他所有空闲的时间都用来读书。他从不利用他的阅读；他不喜欢任何形式的辩论。没有人能够核查他的梵语水平，不得不仅靠信任认可他的学问。但是无论在家里还是家外，他都受到别人的尊敬。哈瑞是怎么得来这样的地位呢？毕司沃斯先生琢磨着。他是怎样开始的呢？

如果他，毕司沃斯先生，突然身缠腰布，戴着珠子和圣环出现在大厅里，又会怎么样呢？蓄起他的顶髻，就像在梵学家杰拉姆家里时那样。哈奴曼大宅能包容两个病快快的学者吗？但是他却无法想象自己可以长期当一个圣人。早晚有一天那会让他吃惊，身缠腰布，蓄着顶髻，戴着圣环和种姓标识，读着《马恩岛人》或者《原子说》。

想到这一点，毕司沃斯先生重新审视了他的处境。他现在是四个孩子的父亲，他的地位仍然和他十七岁那年一样，那时他还没结婚，也对图尔斯家族一无所知。他没有职业，没有可靠的谋生办法。在绿谷的工作结束了；他也不能一味地在蓝色房间里休养下去；很快他就得做出一个决定。而他竟然一点也不焦虑。在绿谷那些无时无刻不被痛苦和绝望纠缠的日子里，他对不幸的体会成为他此时衡量一切的基准。他比大多数人都幸运。他的孩子们永远不会挨饿，他们有衣可穿，有屋子可挡风遮雨。无论他是在绿谷还是在阿伍克斯，无论他是活着还是死了，都不影响这一点。

他的钱越来越少：阿华田、费罗尔冲剂、泡腾片，医生的出诊费，产婆的费用，术士的费用。而钱只出不进。

一天傍晚赛斯说："如果你不决定去做些什么的话，你喝的就是最后一罐阿华田了。"

决定。有什么可以决定的呢？

如果他留下来，哈奴曼大宅总会有他的一席之地。如果他离开，也没有人会想念他。他没有要求孩子归他所有；他们都回避他，遇见他的时候总是尴尬莫名。

直到赛斯说"孩子他妈和欧华德这个周末要回来了"，也就是说蓝色房间要腾出来给欧华德用的时候，直到那时，毕司沃斯先生才想到要有所行动，他不愿为此搬到哈奴曼大宅的其他任何一个地方，不愿面对图尔斯太太和那个神。

他只需要一个小小的褐色纸板箱，用许多个安柯牌香烟盒换回来的那种纸箱，在两侧画上他姓名缩写的花押字，就足以装下他要带走的全部东西。他想起莎玛的奚落："你到我们家来的时候，带来的衣服还挂不满一根钉子。"他仍然没有什么衣服；他所有的衣服也都是脏兮兮皱巴巴的。他决定把那顶软木做的帽子留下；他一直都觉得那顶帽子看上去很傻，而且也属于营房。他可以以后让人把他的书寄给他。但是他带上了他漆广告牌的刷子。它们历经一次又一次的搬家，刷头上有一两处软蜡已经硬化、开裂，化作了齑粉。

他准备一大早就离开，在天黑之前给自己尽可能多的时间。那些皱巴巴的衣服穿在身上显得松松垮垮的；裤子也宽松了；他变瘦了。他回想起那个早晨在十二间营房前浴巾从他身上滑下来的情形。

当萨薇给他端来可可、饼干和奶油时，他告诉她："我要走了。"

她看上去既没有惊讶也没有失望，更没有问他要去哪里。

他要到外面的世界去，去试探它那令人望而却步的力量。过去是虚假，是一连串骗人的坏运气。真正的生活，以及它特有的甜蜜，正在前方等待，而他才刚刚启程。

他琢磨着自己是不是应该去看看莎玛和婴儿。但他的理智退缩了。一听到孩子们离家上学的声音，他就下楼了。有人看到他了，但是没人招呼他：那个箱子不足以大到引人注目。

高街上已经人来人往。市场上熙熙攘攘：肉和鱼的腥味弥散，尖叫和摇铃的声音穿插在沉闷不变的喧嚣中。杂货商赶着马车、驴车和牛车进来了：野心勃勃的男人们陈列好一个个小盒子，里面摆着许多梳子、发卡和刷子，他们的身后就是售卖同样货物的大商店。

恐惧的痉挛不曾降临。虽然他感觉到忧虑正顶着他的胃，但是它们被抑制住了，他知道自己可以对它们置之不理。他的世界复原了。他看了看左手的指甲，它们是完整的。他以手掌试探检验，他感到指甲尖锐而锋利。

他经过"上好红玫瑰茶"的广告牌，经过带着巨大的遮阳篷的酒馆，经过罗马天主教堂，经过法院，经过警察局，那里的房子是古板的赭石色和红色，树篱和草坪被修剪得整整齐齐，车道两侧是石灰白的大石头和棕榈树，树干的一半都被刷成石灰白色，看上去就像是少年普拉塔布和普拉萨德从放牛的水塘里回来时两腿的样子。

第二部

第一章　"惊人场面"

　　毕司沃斯先生是偶然来到西班牙港的，除了中途一段短暂的间隔之外，他在那里了度余生，并在锡金街生活了最后的十五个春秋。当他离开哈奴曼大宅，离开他临别时没有看望的妻子和四个孩子的时候，他最主要的顾虑是如何找个地方过夜。此时还是清早。太阳在高街的正上方不断地攀升，发出炫目的光芒，在阳光的映衬下每个人的轮廓都被金光勾勒着，身后拖着长长的影子，使得一切行动看起来都显得不协调和笨拙。两侧的建筑隐退在潮湿的阴影里。

　　在路的交叉口，毕司沃斯先生还没有下定决心到什么地方去。大部分车流都是往北部去的：盖着油布的卡车，出租车，还有巴士。巴士缓缓地驶过毕司沃斯先生身边，售票员在踏板上探出身子，叫喊着让他上车。塔拉和阿扎德住在北部，那里还有他的母亲。他的哥哥们住在南部。他们都不会不让他借住的。但他却不想投奔他们中的任何一个：很容易就可以想象他在他们中间的情形。然后他又想起西班牙港也在北部，而他的姐夫兰姆昌德就住在那里。就在他思索兰姆昌德从前的邀请是否是认真的时候，一辆巴士在他跟前停下来，发出尖锐而拖长的刹车声，巴士的引擎有一半没有盖上，没有盖子的散热器冒着蒸汽，整个锡和木质的车身摇摇晃晃，然后一个年轻小伙子——几乎还是个男孩，那个售票员弯腰抓起毕司沃斯先生的纸箱，不由分说地、不耐烦地说："西班牙港，伙计，西班牙港。"

在给阿扎德的巴士当售票员的时候，毕司沃斯先生曾经抓起过很多旅行者的箱子，他知道在这种情况下，售票员必须先发制人，才能应付可能引发的不快。但是现在，他突然发现自己的箱子被拿走了，售票员的声音又是如此不耐烦，他怯懦起来，点了点头。"上来，上来，伙计。"售票员说。毕司沃斯先生爬上巴士，售票员把他的箱子搁到一边。

每当巴士停下来放下一个乘客或者截住另一个乘客的时候，毕司沃斯先生就想，现在是否还来得及下车到南部去。但是他已经做了决定，他也没有力气再折回去；而且，他只有在售票员的帮助下才能拿到自己的箱子。他凝视着远处北部山脉上的一座房子，房子精致小巧，就像一个玩具房；巴士不断朝北驶去，令他疑惑不解的是，房子并没有逐渐变大，他像一个孩子似的琢磨着巴士最后是否会抵达那座房子。

现在是收割的季节。甘蔗地已经收割了一部分，收割工和装卸工在齐膝的废料中工作着。田地之间的道路满是泥泞，灰黑色的水牛疲倦地拉着装满了高耸的甘蔗的大车。景色很快发生了变化，空气也变得没有那么闷热。甘蔗地让位给稻田，田里的泥水倒映着蓝天，纹丝不乱；这里出现了更多的树；木头房子代替了泥屋，虽然小而旧，但五脏俱全，房子上了漆，还带有百叶窗，镶着浮雕，但在屋檐上、门上、窗户上和长满蕨类植物的阳台上，很多地方都开裂了。平原朝后倒退过去，山脉越来越近了；但是那座玩具房却一直是小小的，没有变化，当巴士转到东部大路上时，毕司沃斯先生看不见它了。这条路上排列着很多电线，看上去十分重要。巴士在繁忙的交通和喧闹声中朝西开去，经过一个个拥挤的红色和赭石色小村庄，最后停在山丘的脚下。右边是山，而从左边送来沼泽和大海的气息，那里是灰色的雾气迷蒙的水平面。他们抵达西班牙港了。大海陈腐的咸腥味中夹杂着从仓库溢出来的混合着椰子和糖的刺鼻甜味。

他一直都害怕这最终的到达，巴望着巴士能一直开下去，永远不停才好。但是当他在火车站旁边的广场下车时，他的忐忑不安一扫而光，他觉得兴奋而自由。这是自由的一天，这样的自由他从前只体会过一次，那时阿扎德的一个亲戚去世了，因而酒屋没有开张，所有人都离开了。他在海洋广场的一辆手推车买了椰子汁。能够在早晨的时光喝椰子汁是一件多么让人快乐的事情！他在拥挤的人行道上走着，人行道旁是川流不息的缓缓车流，他打量着商店、咖啡馆、餐馆的规模和数量，有轨电车，整齐划一的商店招牌，还有巨大的电影院——在昨夜的欢声笑语之后歇业了（而他在阿伍克斯的电影院只感到无聊），但依然张贴着海报，因为糨糊的关系，海报还是潮湿的，预告着下午和傍晚的新欢乐。他感受着整个城市；他不孤立地看待单个人，而是去看柜台或者桌子后面的人，手推车或者巴士驾驶盘后面的人；他看见的是人的活动，调动着他的感官，他知道在这一切背后是兴奋，等待他去捕捉的隐秘兴奋。

直到四点，商店已经关门，电影院开张了，他才下定决心按照兰姆昌德给他的地址找过去。地址上说他们住在伍德布鲁克地区。毕司沃斯先生起初觉得这个名字很有韵味，却只在那里失望地看到一块没有篱笆的地上坐落着两栋没有油漆过的老旧的木头房子，还有很多将就凑合的工棚。但是现在想回头，想重新决断，想开始另一趟旅程已经太迟了。在向一个正在棚子前扇煤炉的黑人妇女打听之后，他走过一些被漂白过的石头，一个开放式的泥泞的排水槽，又经过一个低低的没有盖的排水槽，一根低矮的晾衣绳，来到后面，他在那里看见德黑蒂在另一个棚屋跟前扇煤炉，棚屋的一面墙是下水道路边的瓦楞铁栅栏。

寒暄之后，当他表明想和他们住一段时间时，他们的惊讶不亚于他的失望。但是当他声明自己离开了莎玛之后，他们又表示了欢迎，他们的热心不单单是因为兴奋，而且也因为在遇到麻烦时他来找了他们。

"你待在这里，想休息多长时间就休息多长时间，"兰姆昌德说，"看，这里有留声机。你就坐在这里听音乐。"

德黑蒂甚至放下了以往对待毕司沃斯先生的阴郁态度，那种阴郁不再是自卫性的，只是一种没有含义的，单纯因为习惯而形成的态度，这让他们的关系简单许多。

不久，德黑蒂的小儿子放学回来，德黑蒂严厉地说："拿出你的课本来，让我听听你在学校里都学了什么。"

男孩毫不迟疑地照做了。他拿出卡特瑞治上尉编的《阅读》第四级，开始朗读一段关于一九一七年从德国集中营逃跑的口述记录。

毕司沃斯先生向男孩、德黑蒂和兰姆昌德道贺。

"他是个不错的小读者。"兰姆昌德说。

"'分配'是什么意思？"德黑蒂问道，仍然很严厉。

"分发。"男孩说。

"我在他这个年龄还不知道呢。"毕司沃斯先生对兰姆昌德说。

"拿出你的抄写本，让我看看你今天做的算术。"

男孩拿出抄写本递给她，德黑蒂说："看上去还可以。但是我不懂算术，去拿给你舅舅，让他看看。"

毕司沃斯先生也不懂算术，但他看见了上面表示肯定的红色对钩，于是再次向男孩、德黑蒂和兰姆昌德道贺。

"这种教育了不得，"兰姆昌德说，"虽然任何一个小孩子都能学会。但是这该死的教育到后来却变得非常重要。"

德黑蒂和兰姆昌德有两个房间。毕司沃斯先生和那男孩合住其中一间。虽然这个房子外面没有油漆过，屋顶锈迹斑斑，因为日晒雨淋、板壁已经开裂，看上去摇摇欲坠，但房子里面的木头仍然保持着一些原来的颜色，房间也很干净，收拾得井井有条。家具，包括那个镶着钻石形玻璃的帽架都被擦拭得锃亮。用来当厨房的棚屋和后屋之间的空地搭有屋顶，有一部分还围着墙壁；这样不但有了空间，甚至还可保有一定的隐私，而那个没有篱笆的院子就可以忽略不计了。

但是到了晚上，暗哑的私密絮语穿透隔板，提醒着毕司沃斯先生他住在一个拥挤的城市里。其他住户都是黑人。毕司沃斯先生以前从来没有和这个种族的人住得这样近，和他们的接近更增添了身处城市的冒险和陌生感。无论口音、衣着还是举止，他们都和乡下的黑人不一样。他们的食物散发出一种奇怪的肉味，而且他们的生活也显得不太有条理。女人控制着男人。孩子们几乎是被忽视的，看上去似乎就是随便喂点吃的给他们；体罚时有发生，而且下手残忍，不像哈奴曼大宅里的鞭打那样还有仪式感。但是孩子们个个发育良好，只有突出的肚脐破坏了形体的美感，他们的肚脐无一例外是露在外面的；城里的孩子穿裤子，露着上身，不像乡下的孩子，穿背心，但是露着屁股。他们也不像乡下孩子那样害羞，城里的小孩一半是乞怜者，一半却恃强凌弱。

城市的秩序让毕司沃斯先生感到十分新奇：路灯在同一时间亮起，街道在半夜的时候打扫，垃圾在大清早由垃圾车收走；还有形迹诡秘、发出令人毛骨悚然的声响的粪便清理工；报童实际上都是男人；售卖面包的流动货车，牛奶不是从奶牛身上现挤，而是装在朗姆酒瓶子里，上面还封着褐色的纸。让毕司沃斯先生尤为感叹的是德黑蒂和兰姆昌德如数家珍地谈论那些街道和店铺，轻描淡写地讲述着那些在这变幻莫测的城市里如鱼得水的人。甚至于兰姆昌德，每天早晨去上班时，身上都带有机警、勇敢、让人忌妒的气质。

和毕司沃斯先生在一起的时候，兰姆昌德的确是一个有见识的城里人。他带毕司沃斯先生去植物园、岩石公园和政府大厦。他们爬上首相山，俯瞰港口里的船只。在毕司沃斯先生看来，这极具浪漫色彩。他看过大海，当时却不知道西班牙港的确是个海港，来自世界各地的航海大客轮都造访这里。

毕司沃斯先生认为兰姆昌德的城里人举止十分有趣，并且纵容了他神气活现的样子。兰姆昌德一直都试图保持这种高高在上的姿态，即使是在他不再做塔拉仆人的时候。他出生的那个社区驱逐了他，他就要展现这惩戒的徒劳。他就是要背离那里。他说话高音量大嗓门，而且十分热心，但是这一举止却于人于己都格格不入。他大部分时间都说英语，却带着印度乡下人的口音，这使得他在试图跟上日新月异的西班牙港的俚语潮流时显得荒谬可笑。有时候兰姆昌德遭到冷脸，毕司沃斯先生就感到很难过。比如有一次，在一定程度上是为了给毕司沃斯先生留下深刻印象，兰姆昌德过于热心地显示他和院子里黑人们的关系，对方却只报以冷淡的惊讶。

两个星期之后的一个傍晚，兰姆昌德说："不要担心工作的事。你刚刚经历了神经衰弱，你需要大量的休息。"

他的话语中没有讥讽，但是实际上身无分文的毕司沃斯先生已经开始为这自由备感压力。他不再满足于只在城市里观光。他希望成为其中的一部分，他想和别人一样每天早晨站在黑黄色的巴士站，他想成为那些在办公室窗后办公的人们中的一员，想和那些尽享周末和傍晚的休闲的人一样。他想过重新画广告牌。但是他怎样开始呢？难道他能在一个房子跟前立一块牌子，然后就等在那里吗？

兰姆昌德说："你干吗不到疯人院找份工作？薪水丰厚，免费制服，还有极好的小卖部。那里每一样东西都比外面便宜五六分钱。问问德黑蒂。"

"是的，"她说，"每一样都便宜很多。"

毕司沃斯先生想象着他身穿制服，沿着满是号叫的疯子的长屋子巡视的样子。

"咳，为什么不呢？"他说，"这是可做的事。"

兰姆昌德看上去有点不高兴。他讲述了重重困难，并说虽然他有关系和影响，他也不知道那是否管用，是否能给人留下好的印象。"那是唯一让我发怵的事情，"他说，"印象。"

有一天，毕司沃斯先生惊慌地发现自己又开始恐惧地痉挛。痉挛并不强烈，而且是间歇性的，但它们始终持续着，他记起来去看看自己的双手。指甲都被咬掉了。

他的自由结束了。

作为这自由中的最后一个行动，他决定去看看那个阿伍克斯医生推荐的专科医生。专科医生的办公室在圣文森特街的最北头，距离"大草原"①不远。那里的房子和地面都是白色的，昭示着秩序。篱笆桩新涂了一层白漆；铜牌闪闪发光；草坪被修剪得整整齐齐；花圃井然有序；车道上的浅灰色沙砾层不掺一点杂质，反射着阳光。

他穿过带白墙的走廊，来到一个高大的白色房间里。一个身穿笔挺制服的华人接待员坐在一张桌子跟前，桌子上面整齐地摆放着日历、日记本、墨水瓶、分类账目和台灯。一个角落里，电扇在转动着。一群人坐在低矮奢华的椅子上，阅读杂志或者窃窃私语。他们看上去不像生病的样子：没有缠绷带的人或者脸上涂了药膏的人，也没有香膏和氨水的味道。这和图尔斯太太的玫瑰房间有天壤之别；同样难以置信的是，它跟兰姆昌德和德黑蒂住的那两间摇摇欲坠的房子在同一个城市里。毕司沃斯先生开始感觉他是被自己欺骗了才来这个地方的；他根本没有病。

"你有预约吗？"接待员高声问道，带着华人习惯性的鼻音和吞音。毕司沃斯先生察觉了她态度中的敌意。

鱼脸，他在心中说。

_____

①西班牙港最大的户外开放公园"女王公园大草原"，在口语中多用"大草原"指称该公园。

接待员突然一惊。

毕司沃斯先生惊恐地发现自己悄声说出了那个词；他还没有摆脱自己在绿谷养成的想什么就说什么的习惯。"预约？"他说，"我有一封信。"他掏出阿伉克斯医生给他的那个褐色小信封。信封皱巴巴的，很脏，四周都磨毛了，窝着角。

接待员熟练地用一柄玳瑁小刀启开信封。当她读信的时候，毕司沃斯先生感到自己被暴露在众人面前，仿佛自己比任何时候都像个骗子。他前面犯下的失误让他很担心。他决定要更加小心谨慎。他咬紧牙关试图想象"鱼脸"悄声说出来时，听起来是否会像某些别的不相干的词，甚至是某些有赞美意味的词。

鱼脸。

接待员抬起头来。

毕司沃斯先生讪笑着。

"你是想要预约，还是想等着？"接待员冷冰冰地说。

毕司沃斯先生决定等待。他坐在沙发上，直陷到里面去，他朝后仰着，陷得更深，膝盖高高地耸着。他不知道眼睛该朝哪看。现在去拿一本杂志已经太迟了。他数了数屋子里的人。一共有八个。他还要等很长时间。他们可能都有预约，而且他们生的都是看不出有什么问题的病。

一个矮小的瘸腿男人闹哄哄地走进来，大声地和接待员说着话，拖着沉重的步子走到沙发跟前，一屁股陷进去，喘着粗气，伸出一条短而直的腿。

至少他有什么地方不对劲。毕司沃斯先生看看那条腿，寻思着男人该怎么样站起来。

诊疗室的门开了，一个男人的声音传出来，却没有看见人影，然后一个女人走出来，另一个人又进去了。

古罗马军团的一个士兵倒在了阿尔及尔，奄奄一息。

毕司沃斯先生感觉到瘸腿男人在看他。

他担心钱的问题。他有三元钱。乡下的医生每次收取一元；但在这间屋子里，生病的代价无疑是昂贵的。

瘸腿男人沉重地呼吸着。

担心钱的问题太让人焦虑了，思考《贝尔的杰出演说家》又太危险。他的脑子转悠到《汤姆·索亚历险记》和《哈克贝利·费恩历险记》上，他在兰姆昌德家里读了这两本书。当他想起哈克贝利·费恩时，他禁不住微笑了，他的裤子"口袋总是垂得很低，但是里面却什么也没有"，黑人吉姆见过鬼魂并且喜欢讲故事。

他轻笑起来。

他抬起头，正好看见瘸腿男人和接待员交换了一个眼神。他本想那时掉头就走的，但是他在椅子里陷得太深；如果他站起来，就会弄出动静，那样将吸引别人对他的注意。他为自己的衣服感到困窘：洗得褪色的卡其布裤子，裤边都磨损了，褪色的蓝色衬衣，袖口难看地朝上卷着（没有任何尺寸的衬衣适合他，不是领子太紧就是袖子太长），褐色的小帽子搭在他的大腿和肚子之间。他只有三元钱。

你知道，我其实根本不是个病人。

瘸腿男人大声地清了清喉咙，对这样一个矮小的人来说这声音出奇的大，然后他摇晃着僵直的腿。

毕司沃斯先生注视着。

他突然猛地从沙发上站起来，使得坐在一旁的瘸腿男人剧烈地摇晃，然后，他朝接待员走过去。他集中精力想出正确的英文表达，说："我改主意了，我现在觉得好多了，谢谢你。"然后他戴上帽子朝门口走去。

"你的信怎么办？"接待员带着惊讶，用特立尼达口音问。

"归你了，"毕司沃斯先生说，"存档。烧掉。卖了。"

他走过镶着瓷砖的阳台，穿过午后阳光下车道上的阴影，走进阳光里，精神勃发地走在令人眼花缭乱的沙砾层上，朝圣文森特街走去，他注意到有一片打蔫的百日菊。从"大草原"吹过来的风好像在祝福他。他的心情十分激动。现在他明白城市是由个人组成的，每个人在城市里都有他的位置。环绕着"大草原"的高大建筑在酷热中呈现出一片白色，毫无表情地沉默着。

他来到战争纪念公园，坐在树荫下的一张长凳上，仔细打量斗志昂扬的士兵塑像。树荫浓重，与外面分明隔开，让人昏昏欲睡。他的胃疼起来。

他的自由结束了，他本来就不该拥有这虚假的自由。过去是不容忽视的；他不能假装一切都没有发生过；它一直如影随形。如果说城市里有他的一席之地，那也是被时间，被他历经的一切所凿出的空档——无论它们有多么不完美、多么将就、充斥着多少欺骗。

他对胃痛感到欣然。它们已经很久没有发作过了，现在对他来说，它们标志着他重新恢复了健全的思维，标志着世界重新恢复到本来的位置；它们象征着他在过去岁月的深渊中挣扎地爬升，并使得他想起他曾经的痛苦，现在他的一切都要由那痛苦来衡量。

他坐在那里，风拂着他的脸颊和脖颈，一直吹到衬衫里，令他感到惬意，他颇不情愿地离开公园朝南走，一步步远离"大草原"。那些安静沉郁的建筑消失了；人行道变得又窄又高，十分拥挤；到处是商店、咖啡馆，还有巴士、汽车、电车和自行车，喇叭声、铃声和叫喊声此起彼伏。他穿过公园街，朝海的方向继续走去。在远处，越过街道的屋顶，他看见了圣文森特码头上的单桅小帆船和纵帆船上的桅杆尖。

他经过一个个庭院来到红房子前，那是用红色砂岩建成的巨大建筑。铺着沥青的前院有一半用白色画出来，标记着"仅供法官使用"的字样。他走上中间的台阶，来到一个高高的圆屋顶下面。他看见很多绿色的布告牌和一个没有喷水的喷泉。喷泉池湿漉漉的，里面散落着枯树叶和空香烟盒。

圆屋顶下面人来人往，十分繁忙，穿梭着身着卡其布制服的信差和衣着笔挺、手里拿着浅黄色或者绿色公文夹的办事员，还有往来穿梭于圣文森特街和伍德福德广场的人们。在伍德福德广场上，职业乞丐懒洋洋地躺在露天音乐台和长凳上，他们对自己的外表充满信心，甚至不屑伸手讨要，而是把大部分时间都花在缝补他们身上好比工作制服一样的破衣服上。那些衣服补丁摞补丁，而且五颜六色，他们乐此不疲地一小块补丁接着一小块补丁地缝。即使在乞丐身上，也能找到一种安家乐业的感觉。伍德福德广场的树荫十分阴凉，点点阳光斑驳其间，这就是他们的家园。他们在这里做饭，吃喝睡觉，只有当这里偶尔有政治集会时，他们才会受到打扰。他们谁也不担心，而且因为他们每个人都体格健壮，据说其中一两个还是百万富翁，也没有人担心他们。

在用于遮蔽两边办公室的绿色布告牌上，贴着政府的公告。毕司沃斯先生读公告时听见有人招呼他。他转过身，看见一个衣着体面、上了年纪的黑人，冲他挥舞着一副一条腿的眼镜。

"你要证明吗？"黑人的嘴唇在说话时剧烈地开合着。

"证明？"

"出生、结婚和死亡证明。"黑人把缺了一条腿的眼镜戴到鼻梁靠下的地方，从一个装满了纸张和铅笔的衬衫口袋里抽出一张纸，用铅笔不耐烦地在上面打着转儿。

"我不需要任何证明。"

黑人停止转动铅笔。"我不明白。"黑人收好铅笔和纸，坐到一条亮闪闪的长凳上，拿下眼镜，把刮损的眼镜腿的白头塞进嘴里，晃动着双腿。"现在没有人缺少证明。如果你要问我为什么的话，我看问题就在于现在有太多该死的登记官。当我一九一九年坐在这条长凳上时，我是唯一的登记官。现在倒好，什么阿猫阿狗都跑到这个地方来，"他朝喷泉努努嘴，"声称自己是登记官。"他的嘴唇剧烈地翕动着。"你肯定你什么证明都不需要吗？也许不知道什么时候这些东西就派上用场了。我给很多印度人写过证明，你知道的。事实上，我乐意给印度人写证明。我今天下午就可以给你写一个。我认识那里面的一个办事员。"他冲着身后的办公室挥舞手臂，毕司沃斯先生看见一个高大的上了光的褐色柜台和淡绿色墙壁，在这个明亮的下午办公室里仍然亮着电灯。

"很糟糕的工作，"黑人说，"我就没有圣诞节和复活节可过，你知道的。碰到那种时候，根本没有人想要证明。每一天，不论我是写十份证明、两份证明，还是根本没有证明可写，里面那个该死的办事员都能得到他那二十根香烟。"

毕司沃斯先生打算走了。

"不管怎么说，如果你知道什么人要证明的话——出生、死亡、结婚，特别是结婚证明——就让他们来找我。我每天早晨八点钟准时在这里。我叫帕斯特。"

毕司沃斯先生离开帕斯特，满脑子只想一件事：那些绿色布告牌后面的办公室里保存着每一份出生和死亡记录。而他们居然差点漏掉他！他走下台阶来到圣文森特街，继续朝南方的桅杆走去。即使是帕斯特，虽然牢骚满腹，也找到了自己的位置。是什么促使他在一九一九年到总登记部门的门口找到一个座位，等着目不识丁的人找他写证明呢？

他想起自己在绿谷的心情，那时候他无法忍受只有墙上的报纸可以看。他现在明白，自己在街上看见人而感觉到的惶恐根本不是源于恐惧，而是后悔、忌妒和绝望。

就在他想着营房墙上的报纸的时候，他正好看见了报社：《卫报》《政府公报》《镜报》，还有《特立尼达卫报》，在街两边互相对望。机器咔嗒咔嗒就像远方的火车一样响着；从敞开的窗户里传来热乎乎的油味、墨味和纸的味道。那个雅利安教徒米瑟就是在《特立尼达卫报》做写一行字一分钱的乡村记者。毕司沃斯先生想起他在营房里读过的那些烂熟于心的故事。昨日突现惊人场面……路人驻足目睹了昨天……

他朝下拐进一条小巷，推开右边的一扇门，然后又推开一扇。机器的咔嗒声更清楚了。那是一种重要而迫切的响声，却并没有吓退他。他对那个在高高的隔板桌后面的人说："我要见编辑。"

昨日在圣文森特街突现惊人场面，毕司沃斯先生，三十一岁……

"你有预约吗？"

……袭击了一名接待员。

"没有。"毕司沃斯先生暴躁地说。

在我们一个记者的采访中……在昨天晚上本报特邀记者的专访中，毕司沃斯先生说……

"编辑很忙。你最好去见伍德沃德先生。"

"你就告诉编辑，说我是专程从乡下赶来见他的。"

昨日在圣文森特街突现惊人场面，毕司沃斯先生，三十一岁，失业，地址不详，在《特立尼达卫报》报社袭击了一名接待员。人们躲在桌子后面，毕司沃斯先生，四个孩子的父亲，持枪冲进报社，开枪打死了编辑和四名记者，然后放火烧了报社。过路人驻足观看，火焰冲天，大风令火势十分猛烈。成吨的报纸化为灰烬，报社内部也遭到破坏。在昨天晚上本报特邀记者的专访中，毕司沃斯先生说……

"这边走。"接待员说着，从桌子前爬下来，领着毕司沃斯先生来到一个大屋子里，背景音是打字机和打印机急促的响声。还有很多打字机没有人用，很多桌子都空置着。一群单穿着衬衫的人围站在角落一台绿色的水冷器周围；另外有几个三两成群的人围着桌子坐着；还有一个男人用脚旋转着转椅。沿墙有一排磨砂玻璃门，走在毕司沃斯先生前面的接待员敲了敲其中的一扇，推开门，让毕司沃斯先生进去，然后关上门。

一个矮小肥胖的男人从一张堆满了纸张的桌子跟前半站起来，因为天气炎热，他脸色粉红且油光满面。一块活字铅板被用来当作镇纸。毕司沃斯先生兴奋地发现那里是一篇文章的校样，带着大标题并做了排版。这是对一个秘密的惊鸿一瞥；单独印在这张大白纸上，让这篇文章显得格外重要，而那是明天的读者所无法看见的。毕司沃斯先生更加兴奋了。他喜欢面前的这个男人。

"你有什么故事？"编辑问道，坐了下来。

"我没有故事。我想要找一份工作。"

毕司沃斯几乎是高兴地发现他让编辑感到了尴尬；他甚至可怜他居然没有把自己赶出去。编辑的脸愈发粉红了，他低头看着校样。炎热让他身心不适，看上去似乎要融化了似的。他的两颊挤在脖子上；脖子挤在衣领上；圆胖的肩膀下垂着；肚皮耷拉在皮带上面；他浑身都湿透了。"是的，是的，"他说，"你以前写过报道吗？"

毕司沃斯先生想起他承诺写给米瑟的报纸但却没有写成的文章，米瑟的报纸也根本没有办成。"一两次。"他说。

编辑看看门口，似乎想要寻求帮助似的。"你的意思是一次，还是两次？"

"我读了很多书。"毕司沃斯先生说，避开话锋。

编辑拨弄着一块铅板。

"霍尔·凯恩，玛丽·科里利，雅各·包姆，马克·吐温。霍尔·凯恩，马克·吐温，"毕司沃斯先生重复着，"塞缪尔·斯迈尔斯。"

编辑抬起头来。

"马可·奥勒留。"

编辑微笑起来。

"爱比克泰德。"

编辑继续微笑着，毕司沃斯先生也回以微笑，让编辑明白他知道自己听起来很可笑。

"你只是为了兴趣才读这些书的，嗯？"

毕司沃斯先生明白这话里拐弯抹角的意思，但是他丝毫没有介意。"不，"他说，"是为了鼓舞自己。"他所有的兴奋都消失了。

静默。编辑盯着校样。透过磨砂玻璃，毕司沃斯先生看见人们往来于新闻编辑部。他再次感觉到那些噪音了：马路上的车辆，机器的规律咔嗒声，打字员断断续续的交谈声，间或夹杂的笑声。

"你多大了？"

"三十一岁。"

"你从乡下来，三十一岁，你从来没有写过文章，而你想成为一名记者。你现在是干什么的？"

毕司沃斯先生想到甘蔗地的监工这个职务，然后又提升为监工头，但他摒弃了这些选项，他又摒弃了"店主"，摒弃了"失业"。他说："画广告牌的。"

编辑站起来。"我这儿正好有个工作要你做。"

他领着毕司沃斯先生离开办公室，穿过编辑室（围在水冷器跟前的人已经散了），经过一台刚印完报纸的机器，来到一间被部分拆除了的房间——木匠们在忙活着——经过更多的屋子，然后来到一个院子里。在小路的尽头，毕司沃斯先生可以看见他几分钟前经过的街道。

编辑在院子里走来走去，指指点点。"这里和这里，"他说，"还有这里。"

有人给毕司沃斯先生拿来刷子和油漆，然后，他花了一个下午写标牌：有轮车辆勿入，禁止入内，小心货车，无须雇人。

在他周围机器咔嗒响着，或者发出嗡鸣；木匠有节奏地钉着钉子。

昨日突现惊人场面……

"啧。"他恼怒地嘟囔着。

昨日突现惊人场面，毕司沃斯先生，三十一岁，广告牌画匠，在《特立尼达卫报》报社开始工作。路人驻足观望毕司沃斯先生，四个孩子的父亲，在墙上写满猥亵的词语。女人们以手掩面，尖叫着晕倒。在圣文森特街形成交通堵塞，警察们在督察的领导下，被叫来维持秩序。在昨天深夜，本报特邀记者采访时，毕司沃斯先生说……

"竟然不知道马可·奥勒留是谁，那个狗娘养的捉螃蟹的。"

……在昨天深夜的采访中，毕司沃斯……毕司沃斯先生说："一个普通的人不可能知道'禁止'是什么意思。"

"怎么，你还在这里吗？"

是编辑。他的脸色没有那么粉红，也没有那么油光满面了，汗湿的衣服也干了。他在抽一根短粗的雪茄，那雪茄使得他看上去更加矮胖。

院子处于树荫凉之中，光线正在减弱。机器的咔嗒声更响了：一连串独立的噪音，木匠有规律地钉钉子的声音停止了。街道上交通的噪声已经减弱，脚步声回响着；一辆汽车经过，从很远的地方传来自行车铃的颤音。

"但是你写得真不错，"编辑说，"实际上很好。"

听上去你很惊讶啊，你这猪油做的矮胖子。"这是我从杂志上学来的字体。"你以为你是那个唯一在笑的人，嗯？

"那个吉尔无衬线字体的 R 简直漂亮极了，"编辑说，"你知道，我不明白你为什么想要放弃你的工作。"

"没有多少钱赚。"

"这工作也没有多少钱赚的。"

毕司沃斯先生指指标牌。"怪不得你竭尽全力不让人进来。"

"哦。无须雇人。"

"不错的小标牌。"毕司沃斯先生说。

编辑笑了起来，随后笑得浑身发颤。

毕司沃斯先生再一次变成了小丑，也大笑起来。

"那是给木匠和劳工的标牌，"编辑说，"如果你是认真的话，明天过来上班。我们给你一个月的试用期，但是没有工资。"

一个偶然的机会使得他开始写标牌。写标牌把他带到哈奴曼大宅和图尔斯家族中。写标牌让他在《特立尼达卫报》报社找了一份工作。而且无论是在图尔斯商店还是在《特立尼达卫报》，他写的标牌都没有工钱。

他狂热地工作着。他的阅读给了他过度丰富的词汇，但是那个编辑，也就是伯耐特先生，很耐心。他给了毕司沃斯先生一些伦敦报纸，毕司沃斯先生学习着它们的风格，直到自己可以模仿出像样的作品来。很快他就把握住了自己对每个故事的塑造和耸人听闻的特质的感觉。在这个基础上，他加了一点自己的东西。他突如其来的好运气的一部分，在于他是给《特立尼达卫报》工作，而不是给《卫报》或者《政府公报》工作。因为从他笔尖自然而然流淌出来的贫嘴，他和莎玛的争吵以及针对图尔斯家族的谩骂所消耗的丰富想象力，正是伯耐特先生想要的。

"就让他们到别的报纸上读新闻吧，"他说，"不管怎么说，他们现在已经在这么做了。我们能够赢得读者的唯一办法就是让他们震惊。让他们愤怒。让他们害怕。你只要给我一个这样的故事，这份工作就是你的了。"

第二天，毕司沃斯先生交了一篇故事。

伯耐特先生说："这故事是你编的？"

毕司沃斯先生点点头。

"可惜了。"

故事带着大标题：

四个孩子在棚屋里忍受酷热煎熬

无助的母亲，守望着

"我喜欢最后一段。"伯耐特先生说。

那一段写的是:"观光客不断涌入受灾村庄,我们目前不便透露村子的名字。'在现在这个时候,'一位老人昨夜告诉我,'我们希望不被打搅。'"

毕司沃斯先生放弃了写小说,坚持不懈地努力着。伯耐特先生始终指点着他。

"我认为你在写目击惊人事件的时候可以更自然一些。你觉得时不时地把你的'路人'改成'普通人'怎么样?'相当'这个词指的是'非常',但却没有什么具体意义。看这里,'有一些'这个词有三个字。'许多'只有两个字而且足以表达相同的意思。我喜欢你写漂亮宝贝竞赛的那篇。它让我笑出声来。但是你还没有使我感到害怕。"

"疯人院里发生过什么滑稽有趣的事吗?"毕司沃斯先生那天晚上问兰姆昌德。

兰姆昌德看上去很不高兴。

于是毕司沃斯先生放弃了在疯人院找素材的念头。

第二天早晨去《特立尼达卫报》的路上,他拜访了警察局。然后他从那里去了太平间,又去了市议会的马房。等他到《特立尼达卫报》报社时,他在一张没有人的桌子前坐下来——还没有一张桌子是他的——开始用铅笔写。

上个星期《特立尼达卫报》漂亮宝贝竞赛在公主大厦举行。昨天深夜发现了一个男婴的尸体,尸体被整齐地包裹在一个褐色纸包里,放在科科瑞特的垃圾堆上。

我见过了这个男婴,以我看来,死婴并不是在我们的漂亮宝贝竞赛中得奖的任何一位。

专家们目前还无法肯定婴儿到底是被刻意放到垃圾堆上的，还是仅仅被当作寻常垃圾一样被扔到那里的。

发现死婴的海哉克亚·詹姆斯，四十三岁，失业，他告诉我……

"好，好，"伯耐特先生说，"但是太冗长了。啰唆。为什么不用'我能说'代替'以我看来'呢？"

"我是从《每日快报》上学来的。"

"好吧。放它一马。但是你得保证这整个星期你不能用'以我看来'做或说任何事情。这可能会很难。但是努力吧。什么类型的婴儿？"

"类型？"

"黑的，白的，绿色的？"

"白的。我看见的时候已经发青了，真的。不过，我想，我们不要说是什么种族的，除非是华人。"

"看你说的。如果我在班伯瑞的垃圾堆上发现一个黑人婴儿，你觉得我会只说是个婴儿吗？"

第二天的头版新闻中写道：

在垃圾堆上发现白人婴儿
包裹在褐色纸包中
此婴没有在漂亮宝贝竞赛中获奖

"还有一件事情，"伯耐特先生说，"这段时间别再写婴儿了。"

工作十分紧张：报纸每天晚上印刷，第二天很早就要被投递到岛上的大街小巷。这不是那种在圣诞节为商店写广告牌或者看管庄稼的不真实的紧张。甚至在十二年之后，毕司沃斯先生在免费投递的报纸上看到他前一天写的东西变成铅字的时候，仍然能感受到当年第一次所体会的激动。

"你还没有让我大吃一惊呢。"伯耐特先生说。

毕司沃斯先生希望能让伯耐特先生震惊。但是似乎他不会有这个机会了，因为他在工作的第四周，成了船务记者。在码头上，当起重机卸面粉的时候，面粉突然从高空落下，不幸砸死了原来的船务记者。现在是旅游季节，港口到处都是从美国和欧洲开来的船只。毕司沃斯先生到德国船上去，有人送给他极好的打火机，他看见阿道夫·希特勒的照片，对于向希特勒致敬的军礼百思不得其解。

刺激！

几个小时后，轮船载着被阳光炙烤的乘客远航了，乘客们穿着醒目的热带服装。但是他们都来自世界闻名的地方。在《特立尼达卫报》的内容中，这些地方的新闻始终占据着极大的篇幅。外面是酷热的太阳，沾着马粪的街道，拥挤的贫民窟，他和兰姆昌德以及德黑蒂住的房子；在更远的地方，是一望无垠的甘蔗地，凹陷的稻田，他的哥哥们周而复始的劳作，从他曾经的安身处通往另一个安身处的短短的道路；在图尔斯家族的住处，老人们每天傍晚都聚集在哈奴曼大宅的拱廊下面，他们不会再到别的地方旅行。但是在报社里，世界各地都在咫尺之间。

他登上南美洲旅行航线的美国船采访商人，但很难听懂他们的美国口音，他参观了厨房，惊叹于大量上好的食物被丢弃。他抄下了旅客名单，船上的厨子邀请他加入走私照相机镁光灯的团伙，他拒绝了，但也无法把这个故事写下来，因为这会牵连他的前任同行。

他采访了一位英国小说家，那人和他同龄，但风华正茂，有成功的金装加身。毕司沃斯先生印象深刻。尽管小说家的名字对于毕司沃斯先生和《特立尼达卫报》的读者都很陌生，但是毕司沃斯先生本以为所有的作家都已经去世，因此一直认为，书的产生不但属于很远的地方，也属于很远的年代。他已经拟好了大标题——"著名作家认为西班牙港是世界上第三大邪恶的城市"——他以此为旨向小说家问了大量问题。但是小说家以为毕司沃斯先生的问题带着险恶的政治用心，因而只是言语迟疑地赞扬了岛上闻名的美景，并声称自己渴望尽可能多地欣赏这样的美景。

我想看看这怎么能让所有的人震惊，毕司沃斯先生想。

（多年以后，毕司沃斯先生在一本旅行游记上正好看到了那个小说家对这个地区的描写。他看见自己被描绘成一个"不合格的、愤世嫉俗的、狂热的年轻记者，令人讨厌地费力地记下我的谨慎言辞"。）

随后有一艘开往巴西的船打来电话。

不到二十四小时，毕司沃斯先生就臭名远扬了，《特立尼达卫报》受到所有人的斥责，发行量突然猛增，伯耐特先生得意扬扬。

他说："你甚至让我也感到毛骨悚然。"

发表在第三版版头的故事是：

爸爸在棺材中回家
美国探险家的最后旅程
在冰上

穆罕·毕司沃斯 作

在美国某处一个精巧的红色屋顶小房子里，四个孩子每天都问他们的妈妈："妈妈，爸爸什么时候回家？"

不到一年前，爸爸——乔治·爱摩尔·爱德曼，知名旅行家和探险家——离开家去亚马孙河探险。

呃，我有消息告诉你们，孩子们。

爸爸正在回家的路上。

昨天他刚刚经过特立尼达，在棺材里。

毕司沃斯先生成为《特立尼达卫报》的员工，薪水是每两周十五元。

"你要做的第一件事情，"伯耐特先生说，"是到外面去给自己买一套西装。我不能让我最好的记者就这身打扮到处跑。"

最后是兰姆昌德缓和了毕司沃斯先生同图尔斯家族之间的关系。或者说，因为图尔斯家族对于此事毫不介意的态度，毕司沃斯先生不失脸面地赢回了自己的家人。兰姆昌德的任务很简单。毕司沃斯先生的名字几乎每天都出现在《特立尼达卫报》上面，这使得他看上去似乎一下子成名了，而且有钱。而毕司沃斯先生也认为自己几乎功成名就，因此可以大人大量。

报社设立了"营救者"①计划，让他在这个岛上周游，等人们找上门来对他说："你就是'营救者'，我要认领《特立尼达卫报》的奖金。"每天，他的照片都和他前一天旅行的报道以及当天的旅行行程一起出现在《特立尼达卫报》上。照片只有半栏宽，因此削去了他的耳朵；他皱着眉头，试图看上去具有威慑力，却没有成功；他的嘴巴微微张开，用眼角的余光盯着照相机，眼睛被低拉下来的帽檐遮蔽着。就刺激发行量来说，"营救者"奖是失败的。因为照片掩盖得太多；而他穿得太好，致使普通人无法上前和他搭话，毫无差错地讲完这么长一串话。奖金很久都没有人认领，而"营救者"报道变得越来越稀奇古怪。毕司沃斯先生拜访了他的哥哥普拉萨德，于是第二天早晨，《特立尼达卫报》的读者们得知，边远农村的一个农民冲到代表"营救者"的人面前说"你就是'营救者'，我要认领《特立尼达卫报》的奖金"。那个农民由此被报道说他每天都看《特立尼达卫报》，因为没有任何一家报纸像《特立尼达卫报》一样涵盖新闻如此之全，如此有趣，而且不偏不倚。

---

① The Scarlet Pimpernel，帮助危及生命者潜逃出境的人。典出小说《红花侠》，作者为英国女作家奥希兹女男爵（1865–1947）。

随后毕司沃斯先生拜访了他的长兄普拉塔布，在那里他吃了一惊。他发现母亲已经和普拉塔布住了好几个星期了。毕司沃斯先生一直都认为贝布蒂没用，抑郁且顽固；他奇怪普拉塔布是怎样和贝布蒂沟通并说服她离开波各迪斯后巷的小泥屋的。但是她去了，而且人也变了。她变得精神抖擞、神智清楚，在普拉塔布一家中不但活络而且十分重要。毕司沃斯先生觉得良心受到谴责，心里也很担忧。他的运气来得太突然，他在这个世界上所付出的还太渺小。那天深夜，当他回到《特立尼达卫报》报社的时候，他在桌子跟前——他自己的桌子（他的毛巾放在底层的抽屉里）——坐下来，漫无目的地思考着，然后写道：

"营救者"在树上过夜
令人懊恼的六小时守夜

呱！呱！

青蛙在我的四周呱呱地叫着。漆黑的夜晚除了蛙声和雨打在树上的声音外，一片寂静。

我浑身都被雨水打湿了。我的摩托车在几里外的地方坏了。现在是半夜，而我独自一人。

报道描述了一个不眠之夜，主人公还遭遇了蛇和蝙蝠，两辆车疾驰而过，毫不在意"营救者"的叫喊。清早的时候，农民们救了他，认出了"营救者"，并认领了他们的奖金。

此后不久，毕司沃斯先生就回到了阿佤克斯。还不到中午，他就已经抵达那里，却一直等到四点钟以后才到哈奴曼大宅去，他知道那时候商店已经关门，孩子们也已经放学回来，姐妹们都在厨房和大厅里。他的归来就像他期望的那样盛大。他还在院子里上楼梯的时候，就迎来了叫喊声、奔跑和笑声。

"你就是'营救者',我要认领《特立尼达卫报》的奖金！"

他忙活着，在一只只急切的手中放下《特立尼达卫报》的代用币。

"把这个和《特立尼达卫报》上面的优惠券一起寄去。你后天就能收到钱。"

萨薇和阿南德立刻守住他，寸步不离。

莎玛从黑乎乎的厨房走出来，说："阿南德，你会把你爸爸的西装弄脏的。"

他似乎根本没有离开过。无论是莎玛还是孩子们还是大厅，没有任何他曾不在这里的迹象。

莎玛擦干净桌子前的一条板凳，问他有没有吃饭。他没有回答，但坐到了她擦干净的地方。孩子们不断地问着问题，他很容易就忽视了莎玛，她端出食物来。

"穆罕姨父，穆罕姨父。你真的在树上过夜了吗？"

"你觉得呢，杰？"

"我妈说是你编的，我也看不出你怎么会爬树。"

"我摔下来不知多少次了。"

再次回到这个有着搁架结构的阁楼、油松木长桌，挂着梵学家图尔斯照片，摆着装有日本咖啡套具的橱柜的沾满煤灰的绿色大厅里，他觉得这一切比他想象中的要好。

"穆罕姨父，当你想要给他老婆一张优惠券的时候，那个男人真的拿着弯刀来追你吗？"

"是的。"

"那你为什么不也给他一张呢？"

"走开。你们这些孩子太过聪明了。"

他吃了饭，洗了手，然后漱口。莎玛急切地叮嘱他小心领带和外套，似乎她早就熟识它们，好似她是一位贤妻，关心他的衣服，甚至包括她从前根本就没有见过的衣服。

他朝楼上走去，经过放着坏钢琴的楼梯平台。在阳台上他看见了圣人哈瑞和哈瑞的妻子。他们几乎没有理睬他。他们对他的新名声和他的新西装都无动于衷。哈瑞穿着他那身梵学家的衣服，看上去像往常那样虚弱，依然患着黄疸；他妻子的阴郁中带着担心和疲惫。毕司沃斯先生总是出其不意地出现在这类安静的家庭场景之中，而后退出这种围裹着他们的生活。

他觉得自己打扰了别人，于是快步经过那扇镶着彩色窗格玻璃的门来到藏书室，藏书室里弥漫着旧书页和虫蛀木头的霉味。他的书放在那里，带着被水浸泡过的痕迹：漂白了的书皮，弄脏的皱巴巴的书页。阿南德来到房间里。长长的头发披散在他的大脑袋上，他穿着他的"家常便服"。毕司沃斯先生把阿南德抱到腿上，阿南德蹭着他的腿。他问阿南德上学的情况，他羞涩地做了一些莫名其妙的回答。他们之间没有什么话说。

"他们到底是什么时候开始在报纸上看见我的名字的？"毕司沃斯先生问。

阿南德微笑着，一只脚悬空，嗫嚅着。

"谁先看见的？"

阿南德摇摇头。

"他们怎么说，嗯？不是孩子们，是大人们。"

"什么也没有说。"

"什么也没有说？但是照片呢？每天都有的。他们看见那张照片的时候怎么说？"

"什么也没有说。"

"什么都没有说吗？"

"只有琴塔姨妈说你看上去像个骗子。"

"谁是漂亮宝贝？告诉我，谁是漂亮宝贝？"

是莎玛，她走进房间里，臂弯里抱着婴儿走动着。

毕司沃斯先生还没有见过他的第四个孩子。现在他觉得十分尴尬。

莎玛走近了，但是没有抬起眼皮。"这个人是谁？"她对婴儿说，"你认识这人吗？"

毕司沃斯先生没有反应。他感到窒息，母子两个的情形就像这个藏书室里整个隐秘的家庭画面一样让他厌恶：父亲，母亲，孩子。

"这又是谁？"莎玛把孩子抱到阿南德跟前，"这是哥哥。"阿南德逗弄着婴儿的下巴，孩子咯咯笑起来。

"是的，这是哥哥。噢，看她多漂亮。"

他注意到莎玛比从前丰满了一些。

他心生怜悯。他刚朝莎玛迈了一步，她就立刻把孩子举起来给他。

"她的名字叫卡姆拉。"莎玛用印地语说，视线没有离开婴儿，

"好名字。"他用英语说，"谁起的？"

"梵学家。"

"我猜这一个也登记了？"

"但是我生她的时候你在这里……"莎玛顿住了，似乎越了雷池。

毕司沃斯先生抱过孩子。

"让我来抱吧，"莎玛停了一会儿说，"她可能会弄脏你的衣服。"

关系就这样缓和了，这使毕司沃斯先生觉得他好像打了一场胜仗。他们安排他和在西班牙港的图尔斯太太见面。她假装不知道他离开莎玛和哈奴曼大宅的事情，他到西班牙港是来看医生的，不是吗？毕司沃斯先生回答说是。于是她很高兴他觉得好多了；梵学家图尔斯总是说健康比任何财富都重要。她没有问起他的工作，但是她说她对毕司沃斯先生期望很高，而且一直是这样；这就是他那天下午要求娶莎玛为妻的时候

她爽快地同意的原因。

图尔斯太太提议他把全家都带到西班牙港，和她以及她的儿子住在一起。当然了，除非毕司沃斯先生想要自己买一栋房子；她只是一个母亲，无法干涉莎玛的生活。但是如果他们来住的话，可以接管这栋房子，除了她和欧华德用的那些房间以外。他们为此每月要付八元租金，莎玛要做饭，干一切的家务，并到她其他两间房子那里收取租金。那是个麻烦活：请外人做又不值得，她自己又太老了做不动。

这个提议是极好的：一所房子，没有比这个更好的了。这是他现在好运气的高潮，而他感到这一高潮一定会稍纵即逝。为了拖延接受这个提议，也为了掩饰自己的紧张，他谈起了收取租金的难处。图尔斯太太讲起梵学家图尔斯，他带着凝重的同情听着。

他们坐在前阳台。装在篮子里的蕨类植物从屋檐下垂下来，使光线变得柔和，也使空气变得清凉。毕司沃斯先生坐在他的莫里斯椅子上。这种经历前所未有，他甚至还来不及品味，他突然从一个居无定所的人变成了一个安家置业的人，住在一座坚实完整的油漆好的房子里，每一处都那么典雅，平坦没有裂缝的地板，笔直的水泥墙，带锁的镶有窗格的门，完整的屋顶，客厅里上了清漆的天花板，每一处都油漆过了。还有那些最后完工的细节，数分钟之前他还对细节毫不在意，而现在开始他注意到了它们，一处又一处，就好像第一次看见它们一样。每一处都恰到好处，没有任何地方是将就凑合的；既不会突然看见泥墙或者树枝，也没有什么见不得人的地方；每一处都有自己的作用和意义。

房子由高柱子支撑着，是这条街上最新最富丽堂皇的房子之一。这个地区最近重新扩建过，而且发展得很快，虽然每一条街上都有一些穷人住的没有栅栏的木头小屋，表明这一地区原来是一片甘蔗地。街道笔直；每一块地皮都是一百英尺长、五十英尺宽；一条下水道，几乎就像一条小街一样，从每一处街区中部的底下穿过，分隔开后面的栅栏。房子有足够的空间：房子地板下面的空间，后院的空间，两侧的空间，还有前面可以做花园的空间。

还有比这更好的运气吗？

兰姆昌德和德黑蒂很高兴。对于毕司沃斯先生和他们一起挤在两间房子里，起初他们还感到高兴，但后来就十分厌恶了。他们也很高兴毕司沃斯先生最后安定下来。他们觉得他们对此就像对于缓和毕司沃斯先生同图尔斯家族的关系一样负有责任。这一协商的结果，是德黑蒂令人始料不及地主动介入了哈奴曼大宅的生活，而且让毕司沃斯先生惊讶的是，每当哈奴曼有什么大事情时，她就和诸多奇奇怪怪的女人一起——情愿抛夫弃子——在好几天前就开始忙活，做饭打扫服侍，分文不取。德黑蒂干活十分卖力，而且总是受到邀请。她还和图尔斯家的姐妹一起做别的事情；出现在她自己不曾有过的婚礼仪式上，唱那些悲伤的歌。那时候没有人把她当作是毕司沃斯先生的姐姐，在毕司沃斯先生看来，她成了又一个隶属于图尔斯家族的女人。

于是，家具再一次被搬移。家具在营房里拥挤不堪，在西班牙港的房子里却几乎没有什么存在感。四柱大床和莎玛的梳妆台一起放到卧室里；放置日本咖啡套具的橱柜和绿桌子还是一起放到了后阳台。帽架和摇椅享受了特别待遇，被放在前阳台上；它们每天早晨被搬出去，晚上再搬进来——为了防止被盗。房子的其他部分由图尔斯太太认为符合城市风格的家具布置起来。客厅里放着一张镶着大理石桌面的三腿桌，桌子上用钩针编织的饰有流苏的白台布上放着一盆蕨类植物，四把由弯曲木头制成的带藤坐垫的椅子呆板地立在桌子周围。在餐厅里，有一个看上去冷冰冰的脸盆架，上面放着一个大口水罐和一个脸盆。图尔斯太太没有带来任何一个哈奴曼大宅的雕像，但是她拿来很多铜花瓶，铜花瓶里装着盆栽植物，放在阳台四周，每天晚上再拿进来。

很难说服阿南德和萨薇离开哈奴曼大宅。莎玛带着米娜和卡姆拉离开之后，他们在哈奴曼大宅多待了几个星期。随后，一个周日的傍晚，萨薇跟着图尔斯太太和神一起来了。她看见了路灯和港口里轮船上的灯火。图尔斯太太带她去了植物园，她还参观了凹陷的岩石花园里的水潭和长着青草的斜坡，她听了乐队的演奏，于是她留下来了。但是阿南德拒绝诱惑，直到年轻的神说："在西班牙港有一种新的甜饮料，叫可口可乐什么的，它是世界上最好的东西。和我一起去西班牙港，我叫你爸爸给你买可口可乐和真正的冰激凌。装在纸杯里的真正的冰激凌。不是自制的。"

对于哈奴曼大宅的孩子们来说，自制不是一个带有赞美意义的词儿。自制的冰激凌是琴塔在圣诞节的午餐后辛辛苦苦弄出来的没有味道（号称椰子口味）的冻结物。她用的是一个生锈的旧冷冻机，她说那冷冻机"跳来蹦去"的，而且为了加快冷冻，她在混合剂里加进大量的冰块。冷冻机上的铁锈滴进冰激凌里，渗透开去，看上去好像是巧克力条。

完全是为了这个真正的冰激凌和可口可乐的许诺，阿南德来到了西班牙港。

一个星期天下午，当屋檐投下阴影的时候，城市变得凝重、明亮而又空旷，所有的门都紧掩着，商店的窗户玻璃反射着对面的玻璃，毕司沃斯先生带着阿南德开始了西班牙港的巡游。他们带着探险的心情走在空荡荡的大街中间，倾听着自己的脚步声，这样便能感知城市，这种方式也没有风险。他们查看了一家又一家咖啡馆，在阿南德的坚持下放弃了一家又一家，因为它们全部都只卖自制的糕点和冰激凌。最后，他们找到了合适的一家。阿南德坐在柜台前一个高高的红凳子上，凳子醒目而又奢华。冰激凌送来了，装在一个纸桶里，结着霜，碰上去是冰冷的，还带着一个木头小勺。阿南德掀开冰激凌桶盖，舔过沾在盖子上的冰激凌，桶里面粉红色的冰激凌带着斑斑点点的红色，冒着气：预想中的快乐一个接一个。

"这吃起来一点也不像冰激凌。"阿南德说。他弄干净了纸桶，纸桶做得如此考究，他很想保存下来。

喝可口可乐的时候，他说："这就像马尿一样。"这是哈奴曼大宅里一个孩子评价一种饮料时用的说法。

"阿南德！"毕司沃斯先生说，冲着柜台后面的男人讪笑着，"你以后不能这样说话。你现在是在西班牙港。"

房子朝东，毕司沃斯先生在西班牙港最初四年里的印象首先就是对早晨的记忆。免费递送的报纸躺在水泥台阶上，仍然带着刚印完的温热，墨迹还没有干透。阳光沿台阶逐渐往下移动。树上和屋顶上凝结着露珠；空旷的大街刚刚被清扫刷干净，投落下清凉的阴影，排水槽里的水清澈见底，长着青苔的槽底被清洁工用粗糙的扫帚扫过，带着划痕。还有从房子下面推出那辆埃菲尔德皇家自行车，然后在阳光下沿着清醒中的城市里清凉的街道骑车的记忆。中午的静谧——正是小憩的时候——他房间的窗户敞开着：纹丝不动的窗帘上有一尺见方的蔚蓝。下午，台阶笼罩在阴影中，在后阳台上喝一杯茶。然后可能是到旅馆里的一个采访，以及等着《特立尼达卫报》的紧急印刷。夜晚的允诺，早晨的期望。

当周末和节假日图尔斯太太和欧华德不在的时候，毕司沃斯先生偶尔可能会忘记这个房子是属于他们的。虽然他们在这里也并不构成什么束缚。图尔斯太太在西班牙港从来没有晕倒过，从来不在鼻孔里塞软蜡烛或者维科药膏，也从来不在额头上缠裹浸过月桂油的绷带。她和孩子们既不疏远又不过于亲近，而且随着毕司沃斯先生和欧华德友谊的发展，她和毕司沃斯先生的关系也变得没有那么提防和正式了。欧华德很欣赏毕司沃斯先生的工作，而毕司沃斯先生对自己被看成一个智者和疯子颇为受用，同时也对像欧华德这样一个年轻人可以用外语阅读大部头的书深感钦佩。两个人成了伙伴；他们一起去看电影，一起去海边；毕司沃斯先生给欧华德看法院有关强奸和包养淫秽案件的庭审记录，都是不能印刷的手抄本。

毕司沃斯先生不再奚落或者怨恨图尔斯太太给她的小儿子过多的照顾。图尔斯太太认为梅干和鱼脑一样，可以给那些动脑子的人增加营养，于是她每天都给欧华德吃梅干。牛奶是到菲利普街的乳品店购买的，装在好看的牛奶瓶里，盖着银色盖子，不像莎玛从六块地以外的一个人那里买的牛奶。那个人根本不顾这个街区的发展，他喂养母牛，用朗姆酒瓶子装牛奶，在瓶口塞上褐色的纸。

虽然和图尔斯太太与欧华德在一起的时候，毕司沃斯先生对他的孩子们的态度总是有些挑剔，他仍然观察并学习着，照料着他的家人，尤其是阿南德。他希望阿南德聪明智慧，很快就可以吃梅干，喝从乳品店买来的牛奶。

家人安定下来，毕司沃斯先生开始实行他自己的专制。

"萨薇！"

没有回答。

"萨薇！萨薇！哦——萨薇——呀！哦，你在这里。你干吗不回答？"

"但是我来了。"

"那还不够。你必须走过来，同时回答我。"

"好吧。"

"好吧什么？"

"好吧，爸爸。"

"很好。角落里的那个桌子上有一盒香烟和火柴，还有《特立尼达卫报》的笔记本，把它们给我拿过来。"

"噢，天哪！你叫我来就是为了这个？"

"没错，就这些。你要是再顶嘴的话，我就要你为我的速记念些稿子。"

萨薇跑出房间。

"阿南德！阿南德！"

"在，爸爸。"

"这还差不多。你现在受了一些训练了。坐在这里念这篇演讲稿。"

阿南德抓起《贝尔的杰出演说家》，气呼呼地朗读了麦考利的一段演讲。

"你读得太快了。"

"我以为你是在速记。"

"你也顶嘴！看看你们这些整天待在哈奴曼大宅里的孩子们。就冲你顶嘴，我来读，你来检查。"

"噢，天哪！"阿南德跺着脚，不高兴就要这样度过一天。

但他还是检查了。

然后毕司沃斯先生说："阿南德，这不是给你的惩罚。我要你做这个是因为我想要你帮助我。"

他惊讶地发现，这句话让阿南德消了气，于是以后每次这些环节结束后，他就用这句话当安慰。

很快他就开始在床上完成他大部分的工作，不时地吩咐别人给他送纸、削铅笔、送火柴、送香烟、倒烟灰、拿书过来，或者把书拿走。而且他申明他的睡眠极为重要。当他被叫醒的时候，即使是他自己说定的时间，他也会暴跳如雷。

"萨薇，"莎玛会说，"去叫醒你爸爸。"

"让阿南德去。"

"不，你们两个一起去。"

莎玛开始抱怨他的"严厉"——这个字眼带给他难以名状的满足——

他说那不是严厉，是训练。

图尔斯太太带着惊讶赞同了他的做法，讲述了梵学家图尔斯给他的孩子们的严厉训练。

只要图尔斯太太不在，莎玛就会申明自己想要得到的补偿。她无法像图尔斯太太一样晕倒，但是她抱怨疲弱，并希望受到孩子们的照顾。她让萨薇和阿南德在她背上踩过，用印地语说着"上帝会保佑你们的"，话中所带的深情让他们把这个当成足够的补偿。很快，连这样的补偿也没有了，给毕司沃斯先生踩背同样成了萨薇和阿南德的义务。

莎玛自己也不能幸免于这样的训练。她要把所有毕司沃斯先生写的故事归档。毕司沃斯先生说她做事没有效率。他把工资袋原封不动地交给她，当她抱怨钱不够时，毕司沃斯先生就指责她无能。于是莎玛就开始了她烦琐但徒劳的记账练习。每天晚上，她坐在后阳台的绿桌子跟前写下她白天花费的每一分钱，用她从教会学校学来的笔迹慢慢地在一本胀鼓鼓的沾着油渍的《特立尼达卫报》笔记本的正反面记满数字。

"你每天的小礼拜，嗯？"毕司沃斯先生说。

"不，"她说，"我只不过想给你加点薪水。"

毕司沃斯先生从来没有要求看莎玛的账本，不过她记账一半是为了谴责毕司沃斯先生，一半也是因为她乐在其中。不管他有其他什么别的优点，伯耐特先生始终不是大方发薪水的人，于是在他给《特立尼达卫报》当编辑期间，毕司沃斯先生的月薪始终没有超过五十元，钱几乎是刚一到手就花光了。莎玛的记账本上还包括了收取的租金，使得记账变得更加复杂。她在家庭开销上花了一部分租金，然后又不得不用家庭收入的钱来填补花掉的租金。账目几乎总是对不上。每隔一个周末，莎玛的账目就会变得一塌糊涂，于是她就坐在后阳台上对着《特立尼达卫报》笔记本、租金账本、收据本冥思苦想，在一张小纸片上不停地加加减减，时不时地做着备忘录。莎玛的备忘录写得十分古怪。她边记录边念念有词，有一次，毕司沃斯先生碰巧看到一张纸条上写着：四十二号的老克里奥尔女人欠六元。

"我一直都说你们图尔斯家族的人是一群理账天才。"他说。

她说："我倒要告诉你，我原来数学可是考第一名。"

而当阿南德和萨薇因为数学家庭作业来求助她时，她会说："去找你爸爸。他才是数学天才。"

"不管怎么说，比你懂得多，"他说，"萨薇，零乘以二等于几？"

"一。"

"你可真是你妈妈的好女儿。阿南德？"

"一。"

"现在是怎么啦？他们连我小时候学的东西都不教。"

他在所有的教科书都挑出了毛病。

"卡特瑞治上尉编的阅读书！听听这个。六十五页，第十九课。《我们的一些动物朋友》。"他拿腔拿调地读着，"'没有我们的动物朋友，我们该怎么办？母牛和山羊给我们奶喝，当它们被宰杀之后，我们还要吃它们的肉。'你听说过原始人吗？听这个。'许多男孩子和女孩子每天早晨上学前都要把山羊拴住，下午他们帮忙挤奶。'阿南德，你今天早晨拴住你的山羊了吗？呃，你最好抓紧时间，现在快到挤奶的时间了。这就是现在他们给孩子们脑子里灌输的东西。在我小时候，我们读的是《皇家读本》和《布莱基热带读本》。《纳氏语法》！"他声明道，"我以前用的是麦克杜格尔的语法书。"他让阿南德去找《麦克杜格尔语法》，那是用一种古老的印刷方法印的书，压平的书皮上贴着蓝色胶带。

他时不时地检查他们的练习册，声称他简直是担心极了，然后就自己给他们当几天老师。他纠正阿南德对花哨字体的偏爱，让他在写字母C、J 和 S 的时候不要绕那么多的弯。他对萨薇无计可施。作为一个老师，他极为严苛，脾气很坏，当莎玛回到哈奴曼大宅时，她能骄傲地告诉她的姐妹们说："孩子们现在都怕他。"

一半是为了有一个安静的周日，一半是"周日"和"学校"的组合听上去具有否定和破坏享乐的含义，他送萨薇和阿南德去了主日学校。他们很喜欢那里。有人给他们蛋糕、饮料，教他们容易学会的赞美诗。

有一天，阿南德在家哼唱："耶稣爱我，是的我知道。"

图尔斯太太生气了。"你怎么知道耶稣爱你？"

"因为圣经上是这样告诉我的。"阿南德说，引用了歌曲的下一句歌词。

图尔斯太太认为这意味着毕司沃斯先生在不知不觉中又重新开始了他的宗教战争。

"那个罗马猫，你妈妈，"他对莎玛说，"我想起来一首很好的基督教赞美诗，可以让她想起她如同罗马小猫一般的快乐童年。"

但是主日学校停开了。为此，也为了抵消卡特瑞治上尉的坏影响，他开始给他的孩子们读小说。阿南德有所反应，萨薇却再一次令他失望了。

"我看萨薇可能不会吃梅干、喝乳品店的牛奶了，"毕司沃斯先生说，"让她去吧。我看她也就只能和她妈妈一样勉强记记账。"

莎玛毫不理会毕司沃斯先生的奚落，继续记她的账本，她继续每两个星期就要挣扎着计算一次租金，继续发送给房客的逐客令。她的家人和可能连她自己都没意识到的是，她在图尔斯太太的房客眼中是个可怕的存在。为了拿到租金，她不得不张贴驱逐房客的通知，尤其是那个"四十二号的老克里奥尔女人"。毕司沃斯先生饶有兴味地读着莎玛用平凡的字迹写出的严厉的合乎文法的逐客令，他说："我看不出这能吓唬谁。"

莎玛实施着她那令人兴奋的行动，但是丝毫没有意识到其中的兴奋味道。她不愿冒险去贴通知。于是在深夜，所有房客都肯定上床睡觉了的时候，莎玛带着通知和一罐胶水出去，把通知粘在门的两个扇页上，这样房客早晨开门后，就会把通知撕开，也就不能抵赖没有收过通知。

毕司沃斯先生学习速记，虽然只是自学。他阅读所有能找来的关于新闻报道的书籍，他在狂热中购买了一册昂贵的名为《报刊管理》的大部头美国书，结果那本书不过是在教导报纸经营者更换更现代的机器。他发现并迷上了那些专门指导怀揣作家梦的人的书；他一遍又一遍地读着关于怎样递送手稿，以及不要打电话骚扰伦敦或纽约繁忙的编辑的告诫。他买了塞西尔·亨特的《如何写短篇小说》以及同一位作者写的《如何写一本书》。

他在这个时候加了薪水，于是他不顾莎玛的请求，借债买了一台二手便携式打字机。随后，为了让打字机物有所值，他决定给英美的期刊写文章。但是他又没有什么可写的。他读过的那些书对他没有丝毫帮助。后来他看见一个关于"培训新闻写作的理想学校"的广告，学校在伦敦的爱志华街，他填写了表格，剪下赠送免费小册子的优惠券寄去。小册子在两个月以后寄来了，从里面抖出了五颜六色的印刷宣传单：来自世界各地的感谢信，写信的人用的是姓名缩写。小册子说理想学校不但授课而且已经上市；理想学校还询问毕司沃斯先生是否也愿意花时间学习短篇小说的写作。理想学校的校长（在一张印刷质量很差的照片上的一个戴着眼镜、慈眉善目的老头）发现了世界上所有的有关小说情节构造的秘密，他的发现被伦敦大英博物馆和牛津大学博德利图书馆收藏。这些虽然让毕司沃斯先生印象深刻，他却拿不出多余的钱来。当他提前用掉三个月薪水的加薪部分来支付最初的两节新闻写作课学费的时候，他已经和莎玛大吵了一架。第一节课的资料按时寄来了。

"甚至才华横溢的人也声称他们找不到写作主题。事实上没有比这更容易的了。你坐在桌子跟前。"（毕司沃斯先生躺在床上读着。）"你朝窗外看去。但是，要等一等。你可以就窗户写一篇文章。各式各样的窗户，窗户的历史，历史上有名的窗户，没有窗户的房屋。甚至连窗玻璃的故事都能引人入胜。就这样，你已经有了两个写作主题了。你朝窗外看去，你看见了天空。天气总是谈话的主题，因此你没有理由不用天气写成一篇生动的文章。有关这些文章的需求简直铺天盖地。那么，你的第一次试笔，我需要你就四季写四篇明快的文章。你可以根据自己的需要，按照如下提示，组织你的文章：

"夏天。前往海边拥挤的火车，杯子中裂缝的冰块，鱼贩子石板上的鱼拍打着尾巴……"

"鱼贩子石板上的鱼拍打着尾巴，"毕司沃斯先生说，"我唯一见过的鱼是每天早晨老渔婆头上顶着的篮子里的鱼。"

"……零售店里的百叶窗，乡间绿野里击球发出的噼啪声，拉长的影子……"

毕司沃斯先生写了有关夏天的文章，然后又借助提示，写了有关春天、冬天和秋天的文章。

"秋天再次降临了！著名诗人济慈将其写得如此动人：'这是薄雾弥漫、果实馥郁的季节。'我们劈开圆木准备过冬。我们收获玉米，当寒冬降临，在燃烧的火堆前，我们将尽享在煤上烘烤或者水煮玉米的乐趣……"

理想学校给他寄来了贺信，告诉他文章立刻就被寄给英国报刊了。同时要求他参与第二节课，并就如下主题进行写作练习：盖伊·福克斯之夜，乡村的一些迷信，地名的浪漫传说（"您的教区牧师可能会提供丰富多彩的供您开发的宝藏"）以及本地人物速写。

他被难住了。这些习作没有给提示，因此他什么也没有写。他没有告诉莎玛。不久，他收到一封来自英格兰的厚厚的信。里面装着他写的以四季为主题的文章，他按照理想学校的要求把那些文章整整齐齐地打在《特立尼达卫报》的信纸上。里面还有一封打印的信。

"我们抱歉地通知您，您的文章被以下报刊退稿：《晚报》《傍晚新闻》《泰晤士报》《闲话报》《伦敦评论》《地理杂志》《原野》《乡村生活》。至少有两位编辑对文章评价不错，但是鉴于发表篇幅有限，他们不得不拒绝发稿。我们认为这些文章非常优秀，因此不应被埋没。您为什么不试试本地报纸呢？这有可能发展成为一个固定的自然专栏。编辑们总是在寻求新观点、新素材、新作者。烦请告知作品的后续进展。理想学校非常乐于知道我们学生的成功。同时请继续您的练习。"

"继续您的练习！"毕司沃斯先生说。他如释重负地摒弃了有关盖伊·福克斯和本地人物的写作，并将之后两年从爱志华街定时寄来的劝诫抛到脑后。

打字机闲置在那里。

"它能自食其力，"莎玛说，"怪不得它现在得休息了。"

但是他很快又开始使用打字机了；通常，当莎玛笨重地在后阳台和厨房里走动的时候，毕司沃斯先生会坐在放着打字机的绿桌子跟前，插入一张《特立尼达卫报》的稿纸，按照理想学校和所有书上建议的那样，在右上角打上自己的姓名和地址，写道：

逃离

穆罕·毕司沃斯 著

三十三岁，当他已经是四个孩子的父亲时……

他总是在这个地方停住。有时候，他能继续写完一页纸；有时候他会狂热地打完一页又一页，但是这种时候很少。有时候，他的主人公有一个印地语名字，身材矮小、相貌平平且穷困潦倒，身处丑恶之中，这些丑恶被描写得苦涩而又细微。有时候他的主人公是西式名字，没有面部描写，但是身材高大、肩膀宽阔。他是一个记者，在毕司沃斯先生从书和电影里所知道的世界里周游。他没有完成一篇小说，而且它们的主题总是一般无二。主人公受到诱骗，身陷婚姻的泥潭，为家庭所累，他的青春耗尽了，他遇见了一个年轻的姑娘。她身材苗条，几近瘦削，白衣飘飘。她清新、温柔、纯洁，而且她无法生育。见面之后的故事就写不下去了。

有时候，这些故事的灵感来自《特立尼达卫报》广告部里一个不熟的姑娘。多数时候她的名字未知。有时候毕司沃斯先生上去搭话；但是一旦那姑娘接受了他的邀请——一起去午餐，看电影，或者去海滩——他的激情立刻就消失了。他放弃了邀请并回避着那姑娘。于是，广告部知情的女孩们中间就流传说穆罕·毕司沃斯先生不过三十三岁，却已经是四个孩子的父亲。但毕司沃斯先生对此一无所觉，因为他始终把这个当作自己一个沉重、耻辱的秘密。

他仍然用打字机写着他那个可望不可即的不能生育的女主角。他总是满心欢喜地开始写这样的故事；但故事总是离他而去，使他不满，觉得下流。于是他走到自己的房间去，叫来阿南德，像逗弄一个婴孩一样耍他玩，口里叫着"啾嘭！轰！"这让阿南德十分厌恶。

他忘记了自己的严格要求，忘记了他给莎玛的一部分任务是命令莎玛整理他所有的文件，他以为这些故事在家里是隐秘的，就和他结了婚而且有四个孩子的事在办公室一样隐秘。有一个星期五，他发现莎玛在冥思苦想她的账目，便像往常一样奚落她。她说："别烦我，约翰·鲁巴德先生。"

那是他笔下一个三十三岁的男主角的名字。

"去带西比尔看电影吧。"

这是他的另一个故事。他是在沃里克·迪平的小说里找到的这个名字。

"别烦拉特妮。"

这是他在另一个故事里给那四个孩子的母亲取的印地语名字。拉特妮笨重地移动着，"好像一直怀有身孕似的"；她的胳膊紧紧裹在连衣裙的袖子里，几乎要把袖子撑开；她整理账目的时候，透过齿缝倒吸冷气，而账目是她唯一会做的读写。

毕司沃斯先生惊骇而又羞耻地回忆起他描写的那些不能生育的女主角小而柔软的乳房。

莎玛大声地咂着嘴。

如果她大笑出声，他非揍她一顿不可。但是她根本没有看他，她只是盯着账本。

他跑回自己的房间，脱掉衣服，拿来香烟和火柴，取下马可·奥勒留和爱比克泰德的书，然后躺在了床上。

这以后不久，毕司沃斯先生用一罐黄油漆刷了一遍橱柜和绿桌子，又按捺不住冲动，把打字机箱子和打字机的几部分也漆成了黄色。

很长一段时间，打字机都被闲置一旁，直到萨薇和阿南德开始学着在上面打字。

但是在办公室里，每当他清理打字机或者更换墨条想要测试一下打字机的时候，他打的句子始终都是：三十三岁，当他已经是四个孩子的父亲时……

他习惯性地把这房子当作自己的，在这种自信的鼓舞下，他砌了一个花园。他在房子两侧种上玫瑰花丛，在房前挖了一个水塘，种上睡莲，睡莲惊人地生长开来。他买了更多的家具，最大的是一套组合书柜和写字台，家具沉重结实，不得不请三个人一起抬，才能把它们放到他在卧室里指定的地方。这套家具就一直放在那里，直到他们从西班牙港搬家到矮山去。老鼠在书架上做了窝，被书架里塞得满满当当的纸遮蔽着、滋养着：报纸（毕司沃斯先生要求每月的报纸都要保存下来，如果有一份找不到就会引起争吵），毕司沃斯先生收到的每一份打印信件，《特立尼达卫报》的，理想学校的，以及渴望见报或者感谢见报的人的来信，被退稿的关于四季的文章，没有完成的《逃离》故事（虽然起初他羞于去看一眼，但是后来毕司沃斯先生阅读它们的时候，后悔没有把学习短篇小说写作当回事）。

在莎玛的鼓励下，他越来越注意自己的仪表。他身穿丝制西装，佩戴丝质领带，总是仪表整洁，举止优雅，令她惊喜连连。每当她给他买了什么时，一件衬衫、袖扣、领带夹，他就说："去给你买那个金胸针吧，姑娘！哪天。"有时候，他会边穿戴，边为他身上穿的衣服列一份清单，然后不无惊叹地想，自己现在值一百五十元。而一旦骑上自行车，他就值一百八十元。就这样，他骑车驶向自己的记者职业，进入这一职业那令人费解的状态：他总是受到这片土地上最显赫的人的欢迎甚至恭维，他像其他人一样被招待吃饭，有时招待他的饭菜甚至更好，但是最后他总是无法跻身其中。

"今天真是见鬼，"他告诉莎玛，"就在我们离开政府大厦的时候，H. E. 问我：'哪一辆是你的车？'我不知道。我猜英国的记者一定是富得流油。"

但是这让莎玛印象深刻。在哈奴曼大宅，她开始时不时地提及某些名字，而赛斯的老婆派德玛追溯了赛斯和某个人之间含糊而复杂的家族关联，那人在威尔士王子来访特立尼达期间替他开车。

莎玛极少给自己花钱。她和图尔斯家的所有姐妹一样，买不起最好的衣饰，又看不起二流的首饰和衣服，于是干脆什么也不买，总是用圣诞节图尔斯太太送给她的布料做衣服。她的衬裙在胸前和腋下开始有补丁；毕司沃斯先生越抱怨，她就补得越多。不过，虽然她对衣服的漠视有时候几乎像是一种变相的骄傲，她并没有完全失去对仪表的注重。在哈奴曼大宅，给图尔斯太太的结婚请柬也意味着邀请她的女儿；于是，她们通常从商店的存货中送一份大礼。但是莎玛现在会接到邀请她自己的婚礼请柬，在印度人结婚的季节，她不得不大量地动用租金购买礼物，通常是一套饮水器具，这使她在算账的时候几乎陷进无法摆脱的麻烦之中。

"我看这次就算了，"毕司沃斯先生说，"他们一定太习惯看见你送水具了，我相信这次他们也以为你一定送了。"

"我知道我在做什么，"莎玛说，"我的孩子们有一天也会结婚的。"

"等他们也回送水具的时候，可怜的莎玛会因为那些杯子和水壶走不动路的。如果他们记得的话。至少且等几年再说吧。"

但是婚礼和葬礼对莎玛来说很重要。她从婚礼上回来的时候，总是疲惫不堪，眼皮都睁不开，并因唱了一晚上的歌而声音嘶哑，然后她发现家中乱作一团：萨薇眼泪汪汪，厨房里乱七八糟，毕司沃斯先生抱怨自己消化不良。莎玛对于婚礼，对于她的礼物没有让她丢脸，对于唱歌和回家感到很高兴，她会说："咳，就像老话说的，水井枯了，人才知道水的好处。"

在接下来的一两天内，孩子和毕司沃斯先生完全在她的控制之下时，她会变得十分阴沉，也就是在这时，她会说："我告诉你，如果不是为了孩子……"

毕司沃斯先生就会唱道："去给你买那个金胸针吧，姑娘！"

就像婚礼和葬礼对莎玛很重要一样，节假日对于孩子们来说也是重大日子。他们都会先回到哈奴曼大宅，但是每次回去都让他们觉得自己更像陌生人。友谊很难重新建立起来。哈奴曼大宅里有新笑话、新游戏、新故事、新话题。太多的东西需要解释，到最后，阿南德、萨薇和米娜总是单独待在一起。但是一旦他们回到西班牙港，这种团结就解散了。萨薇又开始欺负米娜，阿南德护着米娜，萨薇打阿南德，阿南德还手，然后萨薇去告状。

"什么！"毕司沃斯先生说，"打你的姐姐！莎玛，你看看去那个猴子窝一趟，给你的孩子带来了什么坏影响？"

这个攻击一箭双雕，因为孩子们更愿意拜访毕司沃斯先生的亲戚。这些亲戚是他们新近才知道的。他们之前不仅不知道这些亲戚慷慨大方；甚至萨薇和阿南德此前一直以为毕司沃斯先生和哈奴曼大宅的其他父亲一样没有家人，只有图尔斯家族的人才是有着正常家庭的人。萨薇、阿南德和米娜既高兴又新奇地发现他们被这些亲戚吹捧着、哄劝着、收买着。在哈奴曼大宅，他们只是众多孩子中的三个；在阿扎德的家里，根本没有其他孩子。而且阿扎德很有钱，他们从他正在建造的房子就可以看出来。他给他们钱，在看到他们认识到钱的价值并接受了的时候异常高兴。阿南德因为朗读"你的身体"而获得了额外的六分钱。就算没有钱，仅仅是为此得到的表扬都劳有所值了。他们在普拉塔布家受到盛宴款待，贝布蒂热情得让他们感到窘迫，而他们的表兄弟姐妹们则是害羞、友好而欣羡的。在普拉萨德家，他们又是唯一的孩子们，住在他家的泥屋里，他们觉得离奇有趣：那就像一个巨大的玩具房子。普拉塔布没有给他们钱，但是给他们一本厚厚的红色练习册，一支秀兰·邓波儿牌自来水笔和一瓶沃特曼牌墨水。于是，在这种精神食粮的鼓励下，这趟获益匪浅的巡游探亲结束了。

随后传来图尔斯太太想要送欧华德去国外念书，让他成为一名医生的消息。

毕司沃斯先生激动万分。越来越多的学生到国外留学，但那都是很遥远的新闻。他从来没有想到一个和他如此接近的人能这样轻易地逃离这里。他掩饰着自己的悲哀和忌妒，装出热情洋溢的样子，给出航行路线的建议。在阿伍克斯，图尔斯太太的某些家仆背叛了她。他们忘记了他们是在特立尼达，也忘记了他们是从印度漂洋过海来到这里，因此失去了所有的种姓阶级，他们声称和一个要把自己的儿子送到海外去的女人没有什么好交往的。

"这根本不管用，"毕司沃斯先生说，"你妈妈不知道干了多少次这种自贬身份的事了。"

还有关于欧华德在英格兰能否获得合宜的食物的讨论。

"在英格兰的每一个早晨，你知道的，"毕司沃斯先生说，"清道夫都会四处搜寻尸体。你知道为什么吗？因为那里的饭菜不是正统的罗马天主教印度人做的。"

"比方说欧华德舅舅想要多吃点，"阿南德说，"你觉得他们会多给他吃吗？"

"听这孩子说的，"毕司沃斯先生说，拧着阿南德的细胳膊，"让我来告诉你，嗯，孩子，你和萨薇之所以能活着离开那所猴子窝，完全是靠了你们吃的那点阿华田。"

"怪不得其他孩子可以把阿南德举起来打他的小尾巴。"莎玛说。

"你们家的人很粗暴。"毕司沃斯先生说。他侮辱性地说出这个字眼。"粗暴。"他重复着。

"行吧，我只能说一件事情。我们中间没有一个人的小腿像吊床一样松松垮垮的。"

"当然没有。你们的小腿那么粗壮。阿南德，看看我的手背。没有汗毛。这是进化种族的标志，孩子。再看看你的，也没有汗毛。但是你可不知道会发生什么。因为你的血管里还流着你妈妈家族的坏血统，说不定有天早晨你醒来时会发现自己毛茸茸的，像个猴子。"

随后，在从哈奴曼大宅回来之后，莎玛汇报说送欧华德去国外留学的消息让年长的神沙克哈哭了，尽管他已经结婚了。

"给他送些绳子和软蜡烛。"毕司沃斯先生说。

"他从来就不想结婚。"莎玛说。

"从来不想结婚！从来没有见过像他那样精明的人，就知道丈母娘的钱。"

"他想去剑桥大学读书。"

"剑桥大学！"毕司沃斯先生嚷道，为这个词，为听到这个词轻易从莎玛口中说出而惊骇，"剑桥大学，嗯？咳，那他干吗不去？你们这一帮人干吗不都去剑桥大学？害怕那里糟糕的饭菜吗？"

"赛斯反对。"莎玛带着受伤的隐秘语气说。

毕司沃斯先生顿住了。"哦，真的？真的！"

"至少让某个人得意了。"

她无法给出更多的信息，最后只有不耐烦地说："你越来越像个女人了。"

她显然觉得这一切不公平。而他因为太了解图尔斯家族了，也就见怪不怪，姐妹们从来不曾对自己的缺乏教育、包办婚姻和不稳定地位有任何异议，但是她们却担心沙克哈没有得到他可能得到的一切，尽管他婚姻快乐、生意兴隆。

沙克哈要到西班牙港度周末。他的家人不和他一起来，老图尔斯太太也要回到阿伉克斯去：兄弟两个要像儿时那样一起度过最后一个周末。毕司沃斯先生好奇地等着沙克哈。他星期五傍晚很早就来了。出租车按响喇叭，莎玛拧亮阳台和门廊里的灯，沙克哈穿着他那身白色亚麻西装跑上前台阶，脚蹬皮跟鞋轻快地走进屋子，十分兴奋的样子。他在餐桌上放下一瓶葡萄酒、一罐花生、一包小甜饼、两本《生活》和一卷平装的哈莱维的《英国人的历史》。莎玛伤感地迎接他，毕司沃斯先生带着一脸肃穆向他致意，希望他的肃穆可以被误认为同情。沙克哈亲切地回应他们：那种商人不做生意时的漫不经心的亲切，那种有家的男人离开家时茫然的亲切。

欧华德昂贵的新旅行箱放在后阳台上，毕司沃斯先生在上面给他漆上名字。

"这种事情让你觉得你自己也想要离开似的。"毕司沃斯先生说。

这话没有引起沙克哈的注意。在分享了葡萄酒、花生和小甜饼之后，他甚至像个父亲一样开始为欧华德的旅程提前打点起来，而且无论毕司沃斯先生怎样花言巧语，他对于剑桥大学只字未提。

"都是你胡说。"毕司沃斯先生告诉莎玛。

她没有时间和他争辩。她为在这个重要时刻可以同时招待两个弟弟而感到荣幸，而且决心一定要做好。她花了整整一星期来为这个周末做准备。那天早晨刚吃完早饭，她就开始做饭了。

毕司沃斯先生时不时地来到厨房悄声说："谁付这个钱？老雌狐狸还是你？我可不付，你听清楚。没有人送我去剑桥大学。下一周，当我吃干巴米饭的时候，没有人会从哈奴曼大宅给我寄吃的，你听着。"

这好像是个袖珍版的哈奴曼大宅节日，在孩子们看来几乎就像是一个假想游戏。他们在厨房里自由出入，只要有机会就这儿吃一点那儿尝一点。沙克哈给他们带来了糖果，星期天送他们去罗克西看下午一点半的儿童表演。毕司沃斯先生和两兄弟相处得非常融洽，甚至被这节日的气氛感染，觉得他们不分彼此，而且认为他很幸运能以主人的身份招待家中的两个儿子，其中的一个还将要到国外去当医生。他真心诚意地表现出欣喜的样子，又开始谈及航行路线和轮船的问题，似乎他全部经历过一样。他暗示将要写文章赞扬欧华德并奉承他，请他拒绝其他报刊记者的采访。他几乎是恳求似的谈起阿南德获得的成绩，从沙克哈那里得到了称赞。

星期天带来了《特立尼达卫报》和毕司沃斯先生臭名昭著的特稿"我是特立尼达最邪恶的人"系列采访，这是他对特立尼达最富有、最贫穷、最高、最胖、最瘦、最敏捷、最强壮的人的采访，随后是对一些特殊身份的人的采访：小偷，乞丐，夜晚的清粪工，灭蚊员，殡仪员，出生证明核查员，疯人院看守。在这之后是一系列对于独臂人、独腿人、独眼人的采访。当毕司沃斯先生采访了一个多年以前被一枪击中脖子、每次说话的时候不得不捂住枪眼的人之后，《特立尼达卫报》报社挤满了受了奇怪的伤的人，想要卖自己的故事。

毕司沃斯先生的文章使得欧华德和沙克哈开怀大笑，特别是那个最邪恶的人在阿佤克斯乃是一个妇孺皆知的人物。他一怒之下杀了人，在无罪开释之后变成一个好脾气的令人厌烦的人。下一周拟定的采访对象是特立尼达最疯狂的人，这引起了更多的笑声。

吃过早饭之后，所有的男人，包括阿南德，到多克塞特港口扩建的地方去洗澡。挖掘工作还没有完成，但是海堤已经建好，在清早的时候，一部分海区可以让人安全地洗一个干净的澡，虽然每走一步泥浆就会被踢腾起来，把海水搅浑。开垦的土地和海堤一般齐，实际上还不是真正的土地，只是结着硬壳的泥，上面有尖锐的裂缝，形成珊瑚扇一样的图案。

太阳躲在云层里，给高高的静止的云层染上了红色。视野里，远处的船只模模糊糊，海面就像是一块深色的玻璃。阿南德被留在海边，离海堤很近，其他三个人继续朝前走，他们的欢笑声、溅水声在静谧中传得很远。太阳突然出来了，水面一片辉煌，所有的声音都减弱了。

毕司沃斯先生意识到自己难看的体形，便扮起小丑，在不停地引来哄笑声的同时，他开始撩拨阿南德。

"没到水里去，孩子！"他叫喊道，"没到水里去，让我们看看你能在水下坚持多长时间。"

"不！"阿南德回喊道。

对父亲权威的断然否决也成为这一出滑稽戏的一部分。

"你听见这孩子的话了吗？"毕司沃斯先生对欧华德和沙克哈说。他说出一首总是能逗笑他们的下流印地语讽刺短诗，现在他们只要想到他就会想到这首诗。

"你知道我现在想要做什么吗？"他过了一会儿说，"看见那条划艇了吗，在海堤那儿的？让我们解开它。明天它就在委内瑞拉了。"

"让我们也把你扔进去。"沙克哈说。

他们追逐着毕司沃斯先生，抓住他，把他举出水面。毕司沃斯先生笑着，扭动着，小腿像吊床一样摇摆着。

"一，"他们数着数，来回摇晃着他，"二——"

他突然觉得受了侮辱似的，生气了。

"三！"

光滑的水面好像什么又硬又热的东西一样，击打在他的腹部、胸部和额头上。他浮出水面，背对着他们，花了一点时间捋了捋头发，实际上是擦去眼睛里的泪水。但是，这一停顿长得足以告诉欧华德和沙克哈他生气了。他们觉得很尴尬；他也意识到自己的生气没有来由。这时候沙克哈说："阿南德在哪里？"

毕司沃斯先生仍然背对着他们。"那孩子没事。在水下憋气呢。他爷爷可是潜水冠军。"

欧华德笑起来。

"在水下憋气，见鬼！"沙克哈说，开始朝海堤游过去。

没有阿南德的影子。在海堤的暗影里，划艇几乎纹丝不动。

毕司沃斯先生和欧华德一言不发地看着沙克哈。他潜到水下去。毕司沃斯先生掬起一捧海水浇到头上，一部分水从他的脸上淌下来，一部分溅落到海里。

沙克哈在海堤附近浮上来，抖掉头上的水，又扎进水里。

毕司沃斯先生涉水朝海堤走过去。欧华德开始游泳。毕司沃斯先生也开始游泳。

在划艇的附近，沙克哈又一次浮出水面。他神色紧张。他的左臂下夹着阿南德，右臂使劲划着水。

欧华德和毕司沃斯先生朝他游过去。他叫喊着让他们不要过来。几乎一瞬间，他停止了拉拽，站起来，水只齐腰深。在他身后，那条划艇几乎一动不动。

他们把阿南德抬到海堤上，摇晃着他。随后，沙克哈在阿南德细瘦的后背按压了一会儿。毕司沃斯先生站在一边，只注意到一枚巨大的安全别针——毫无疑问是莎玛的——别在阿南德的蓝条纹衬衫上，衬衫放在他的衣服堆上。

阿南德急促地嘟囔着。他脸上带着愤怒，说："我正朝划艇走过去呢。"

"我告诉你让你待在原地别动。"毕司沃斯先生说，也生气了。

"我突然踏空了。"

"挖泥造成的。"沙克哈说。他仍然神情紧张。

"我突然踏空了。"阿南德说道，仰面躺着，用弯曲的胳膊掩着脸。他听上去就像是受了侮辱。

欧华德说："不管怎么说，你有了水下憋气的纪录了。"

"闭嘴！"阿南德尖叫着。他哭起来，腿蹬着干硬开裂的地面，然后翻身趴下。

毕司沃斯先生拿起别着安全别针的衬衣，递给阿南德。

阿南德一把夺过衬衣，说："别管我。"

"我们就应该不管你，"毕司沃斯先生说，"就让你在那里憋气。"他刚说完最后一个字就后悔了。

"没错！"阿南德尖声说，"你们应该别管我。"他站起身，朝他的衣服堆走过去，气愤地穿上衣服，把衣服硬套在他那湿漉漉的粘着沙子的皮肤上。"我再也不和你们任何一个人出来了。"他的眼睛又红又小，眼睑红肿着。

他快步离开他们，阳光打在他小小的身体上映出长长的影子，越过野草丛生的平坦泥地。他的毛巾没有用过，仍然卷成一大卷，夹在腋下。

"好吧，"毕司沃斯先生说，"还回去潜水吗？"

欧华德和沙克哈微笑了。然后，他们全都慢慢地穿上了衣服。

"要是让我当侦察救护员我可不干，"沙克哈说，"海下面就好像是有个洞似的。你知道的，还有一股巨大的拉力。有可能明天阿南德真的就在委内瑞拉了。"

他们回去的时候，莎玛紧张地询问阿南德独自回来的原因。阿南德什么也没有说，只是把自己锁在房间里。

听说发生的一切后，萨薇和米娜流下了眼泪。

午餐极为丰盛，周末的节日氛围达到高潮，但是阿南德没有从他的房间里出来。他只吃了萨薇送过去的一小片西瓜。

那天下午晚些时候，当沙克哈离开之后，莎玛开始发泄她的不满。阿南德破坏了整个周末，她要抽他一顿。最后，在欧华德的恳求下，她才作罢。

"我的孩子！我的孩子！"莎玛说，"好吧，有前例可循。真是上梁不正下梁歪。"

第二天，毕司沃斯先生写了一篇怒气冲冲的文章，指责码头没有设置警告。下午，阿南德从学校回来后镇定多了，不同寻常的是他主动从书包里拿出抄写本，交给在后阳台吊床上的毕司沃斯先生。然后，阿南德去换衣服。

抄写本上是阿南德写的英语作文，作文反映了老师教的词汇和建议格式，还有阿南德固有的风格，通常是一个名词后面一个破折号、一个形容词，然后又是那个名词：比如"强盗——残忍的强盗"。

最后一篇作文的题目是"海边的一天"。在题目之下抄写着老师提供的短语：准备游玩——兴奋的准备——急切的盼望——装满食物的大篮子——风吹过敞篷车——歌声中洋溢的欢乐——椰子树优美的曲线——金色沙滩的弧形——清澈见底的海水——拍击的浪花——雄伟壮观的巨浪——滚滚而来的海浪——无尽喜悦的欢叫——抚慰身心的椰子树荫——辉煌的落日——难过的告别——未来珍惜的回忆——急切盼望下次再来的日子。

毕司沃斯先生非常熟悉老师那套明确而乐观的说辞，他期望阿南德这样写道："在盼望中——在急切的盼望中——我们准备去海边游玩并准备好了一切——兴奋地准备——然后到了去游玩的早晨，我们用力把篮子——装满食物的篮子——搬到汽车上。"因为在这些作文中，阿南德和他的同学们除了奢华之外什么也不知道。

但是在最后这篇作文中，没有破折号，也没有重复；没有篮子，没有汽车，没有金色沙滩的弧形；只有前往多克塞特的散步，水泥海堤和远处的大客轮。毕司沃斯先生读着作文，急切地想要分享前一天的痛楚。"我举起手，却不知道是否能伸出水面。我张开嘴想呼喊救命。水灌进了嘴里。我觉得自己快要死了，我紧紧地闭着眼睛，因为我不想看见海水。"作文的结尾是对大海的谴责。

作文中没有用老师给的任何词语，但却得了十二分，满分是十分。

阿南德回到阳台上，坐在桌子前喝茶。

毕司沃斯先生想要亲近他。他情愿做任何事情来弥补前一天阿南德的孤单无助。他说："过来坐在这里，和我一起看作文。"

阿南德不耐烦起来。他虽然对于作文的分数很高兴，却厌烦这篇作文，甚至感到羞耻。他被安排在课堂上朗读它，承认自己并没有费劲地把盛满食物的大篮子装上汽车，朝有棕榈树的海边开去，而是徒步走到一个平常的码头边，这引起了一阵哄笑。还有那句"我张开嘴想呼喊救命，水灌进了嘴里"，也引起了笑声。

"过来！"毕司沃斯先生说，在吊床上让出一个空位来。

"不！"阿南德喊道。

现在没有人哄笑了。

毕司沃斯先生的痛楚变成了满腔怒火。"去给我砍一根鞭子来。"他说，从吊床上起来，"去。快点。"

阿南德咚咚咚跑下后楼梯。他从长在地皮边、垂在下水道上的楝树上砍了一根粗粗的树枝，远粗于他平常砍的树枝。他的目的是羞辱毕司沃斯先生。毕司沃斯先生也意识到了这种羞辱，于是更加火冒三丈。他一把抓过树枝，没命地抽打着阿南德，直到莎玛不得不干涉才作罢。

"我受不了这些了，"萨薇哭喊道，"我受不了你们这些人了。我要回到哈奴曼大宅去。"

米娜也哭起来。

莎玛对阿南德说："你看你都招惹了什么？"

他什么也没说。

"好！"萨薇说，"这所房子和这条街上的其他房子没有什么区别，都是尖叫和吵闹。我希望某些卑鄙的人终于满意了。"

"是的，"毕司沃斯先生平静地说，"某些人满意了。"

他的微笑让萨薇再次迸出泪水。

但是，阿南德那天傍晚实现了他的报复。

现在距离欧华德离开特立尼达只有几天了，距离全家人到西班牙港来和他道别的日子屈指可数，因此毕司沃斯先生和阿南德都尽可能地和他一起吃饭。他们在餐厅里极为隆重地吃着。那天傍晚，就在毕司沃斯先生刚要在桌子前坐下的时候，阿南德把他身后的椅子拉走了，毕司沃斯先生扑通一声摔在地板上。

"咻嘭！咙嘭！轰！"欧华德哈哈大笑。

萨薇说："好吧，某些人满意了。"

毕司沃斯先生吃饭时一言不发。饭后他去外面转了一圈。回来之后，他径直回到自己的房间里，再也没有叫人给他拿火柴、香烟，或者拿书。

他的习惯是早晨六点时起床在屋子里走个遍，翻动报纸，叫每个人起床。然后他自己又回到床上睡觉：他天生就享受这样断断续续的睡觉。第二天早晨他没有叫人起床，一直等到孩子们准备上学时才露面。

但是在阿南德上学前，莎玛给了他六分钱纸币。

"你爸爸给的。让你在乳品店买牛奶喝。"

下午三点钟放学后，阿南德沿着维多利亚路走着，经过轮子和皮带齐响的政府印刷所，穿过特拉格瑞特街，来到对面拉贝罗斯公墓那象牙色墙壁下的阴凉里，然后拐到菲利普街上，街上有一家香烟厂，香烟的甜味传遍了整个街区。白色和浅绿色的乳品店看上去十分昂贵，令人却步。阿南德踮着脚尖走到设着栅栏的柜台前，对那个女人说："请给我一小杯牛奶。"他付了钱，拿了售货凭证，坐在散发着牛奶气味的吧台前一个浅绿色的高凳子上。带着白帽子的吧台招待员过于漫不经心地撕着牛奶瓶上的银盖子，两次都失败了，最后用大拇指把盖子挤了出来。阿南德并不喜欢那冰冷的牛奶和嗓子里留下的甜腻腻的味道。牛奶似乎还有一股香烟味，让他联想到公墓。

等他回到家，莎玛给了他一个褐色的小纸包。里面是梅干。这是给他的，他想什么时候吃都行。

他和萨薇都被告知要对牛奶和梅干的事情保密，以免欧华德听说后笑话他们自以为是。

阿南德几乎立刻就展示了牛奶和梅干在他身上的功效。毕司沃斯先生到学校去拜访了校长和老师，对于那位老师的说辞他已经了如指掌了。他们都认为如果阿南德努力的话，他会获得奖学金，毕司沃斯先生就安排阿南德在放学和喝完牛奶后上私人补习课。为了对应这种待遇，毕司沃斯先生还安排阿南德在学校商店里没有限制地赊账，这使得莎玛的账目更是一团糟。

萨薇十分忌妒。

"我真高兴，"她说，"上帝没有给我一个好脑子。"

欧华德启程的前一周，房子里挤满了图尔斯家的姐妹们、丈夫们、孩子们和那些仍然忠心耿耿的图尔斯太太的家仆们。女人们穿着最鲜亮的衣服，戴着最好的首饰，虽然这里距离她们的村子不过二十英里，她们看上去还是像外地人。她们肆无忌惮地瞪视着，用印地语交谈，异乎寻常的高声，异乎寻常的粗鄙，因为在这座城市里，印地语是一种秘密的语言，此外，她们也处于一种过节的心情。院子后面搭起了一个帐篷，阿南德和欧华德有时候在那里玩板球。灶眼直接就在沥青路面上挖出来，灶眼上放着从哈奴曼大宅特别带来的大黑锅，她们就在那些锅里做饭。访客自带了乐器。她们唱歌弹琴直到深夜，邻居们也着了迷，因此没有表示反对，而是从瓦楞铁栅栏的洞眼中窥视着。

几乎没有访客知道毕司沃斯先生在这座房子里的地位。并且，他的地位立刻就变得很模糊。他发现自己被挤在一间屋子里，时常找不到莎玛和孩子们。"八元，"他悄悄对莎玛说，"这是我每个月月付的租金。我有我的权利。"

玫瑰花丛和生长着睡莲的池塘遭了殃。

"安装绊网，"他告诉莎玛，"然后让他们得意。'啊，这里是什么东西？'"他模仿着一个说印地语的老太太，"然后，哎呀！绊着了！晕头了！摔倒了。所有的漂亮衣服都脏兮兮的。脸上湿乎乎地沾着泥。让这种事情多发生几次。然后他们就知道那些花可不是生来就是这样子的。"

两天之后，他绝望地放弃了他的花。傍晚他出去散步很长时间，尽可能地待到很晚才回来。他还去拜访了几家警察局，试图找些故事。有一天，他在外面待到街上野狗开始游荡的时候才回家，那些没用的东西结群搜索食物，听见人的脚步声立刻逃窜，留下打翻的垃圾桶和翻寻过的垃圾。他回去时房子里仍然人来人往，但是鼎沸的人声减弱了许多。

他在自己的床上发现了四个孩子，但他们不是他的孩子。从那以后，天刚擦黑他就占好房间，上着门闩，无论外面的人怎样敲门、叫喊、刮擦门和哭闹他都不开门。

他和欧华德之间的密切关系几乎立刻就烟消云散。欧华德大部分时间在外面进行告别拜访；回到房子后他马上就被朋友和亲戚们包围，他们目不转睛地看着他，哭泣着，七嘴八舌地提着建议，私下里又议论这些建议，以此证明他们的关心：关于钱的建议，关于天气、食物、酒精和女人的建议。

照相的时候到了。丈夫、孩子和朋友们注视着欧华德和沙克哈摆拍，和图尔斯太太摆拍，和沙克哈、图尔斯太太以及一大批姐妹们合影，因为这一悲伤的场面，她们不顾那个华人摄影师的请求，在镜头前愁眉苦脸。

最后一天，赛斯来了。他穿着卡其布制服，脚蹬半筒靴走来走去，他居高临下，所到之处人人噤声。他的缺席引起了人们的注意，如今每个人都等候他。但是在最后的家庭会议之后，欧华德、沙克哈、图尔斯太太和赛斯看上去神情严肃，这是没有达成协议或者是悲哀的示意。

当毕司沃斯先生把《特立尼达卫报》的摄影师带到房子里来时，引起了小小的轰动，他驱散了客厅里的人，不停地指挥着欧华德和摄影师。第二天早晨，报道在报纸的第三版上刊登出来——《特立尼达人前往英国攻读医学》——但却没有引起什么注意，因为那些人不是在给孩子们穿衣服去码头就是在弄去码头的票，其他的人都在哈瑞的领导下在帐篷里做礼拜。

最后他们到码头去了。只有新生的婴儿和婴儿的母亲留下。图尔斯家的人三五成群，打量着轮船。轮船的围栏边已经站着途经此地的旅客和轮船上的员工，他们争先恐后一睹西班牙港的异国风情。听说送行者可以上船，不一会儿图尔斯家族和他们的朋友们就已经在船上泛滥成灾。

他们瞪视着船员们和乘客们，盯着阿道夫·希特勒的照片，认真地倾听着他们周围需要喉音发音的语言，为的是以后可以模仿。年长的女人们踢着甲板、围栏和船的两侧，验证船是否坚固得足以航行。有一些多愁善感的人借这个机会坐在欧华德的铺位上哭泣着。男人们更腼腆一些，也更遵守船上的规矩，他们手里拿着帽子，沉默地四处徘徊。当一个船员开始发放礼物的时候，他们对于轮船和船上的人的疑惧都一扫而光：给男人的是打火机，给女人的是穿着乡村服装的娃娃。这段时间，没有人注意毕司沃斯先生，而他为了引起别人的注意，刻意地在船上跑来跑去，和外国人交谈，在本子上做着笔记。

他们从船上下来后，在一个洋红色的小棚子跟前十分正式地集合，小棚子处用英语和法语写着"请勿吸烟"的告示。不知谁从哪里弄到了一把椅子，图尔斯太太坐在椅子上，她的面纱低低地拉到额头上，手里攥了一条手绢，那个看护病房的寡妇苏诗拉站在她旁边。

欧华德开始吻别，从他不认识的人开始。但是人太多了，最后他抛弃了他们，专心与自己的家人告别。他吻了每一个泪如雨下的姐妹，他和男人们握手，当轮到毕司沃斯先生的时候，他微笑着说："不要再在水里憋气了。"

毕司沃斯先生被莫名地感动了。他的腿颤抖着，他觉得站立不稳。他说："我希望战争不要爆发……"眼泪从他眼睛里流出来，他声音哽咽，无法说下去。

欧华德已经朝前走了。他拥抱了孩子们，然后是沙克哈，然后是泪水满面的赛斯，最后是图尔斯太太，她没有流一滴眼泪。

他上了船。不久，他出现在围栏处，挥舞着手臂。有一个乘客走过来，他们开始交谈。

乘客舷梯被吊了起来。传来叫喊声和嘶哑而不连贯的歌声，三个鼻青脸肿、衣衫不整的德国人脚步蹒跚地沿着码头走过来，滑稽地互相扶持着，醉醺醺的。船上有人严厉地叫他们；他们回喊着，虽然醉得东倒西歪，他们却没有碰一下扶栏上的绳索，就走上了船尾狭窄的踏板。送行的人对船的疑惧又被激发了。

汽笛鸣响，船上的人在挥手，岸上的人也在挥手。船缓缓移动了，码头上的警戒松弛了，黑色的脏水上漂浮着垃圾。很快人们就发现他们被晾在海关进出口的棚子前，他们凝视着船，凝视着船离去之后留下的空缺。

毕司沃斯先生仍然沉浸在他和欧华德握手时感受到的伤感之中。他心里空荡荡的。他想要去爬山，去让自己筋疲力尽，去不停地行走，再也不回到那个房子里，不回到那空荡荡的帐篷里，也不想看见熄灭的灶眼、凌乱的家具。他和阿南德一起离开码头，两个人就漫无目的地在城里闲逛着。他们在一家咖啡馆停下来，毕司沃斯先生给阿南德买了装在纸桶里的冰激凌和可口可乐。

明天早晨，报纸将躺在洒满阳光的台阶上，中午将会静悄悄的，下午影子将会投落下来。但那将是不同的一天了。

第二章　新制度

　　因为在西班牙港没有其他事情，图尔斯太太返回阿佤克斯去了。帐篷拆掉了，几天之后，房子里的来访者也纷纷离去。毕司沃斯先生开始修复他的玫瑰花圃和睡莲水池，水塘的边缘已经塌陷，水池一片浑浊。他失魂落魄地工作着，感受着空落落的房子，不知道自己还能在这里住多久。图尔斯太太的家具一件也没有搬走：房子似乎在等待着某种改变。他对《特立尼达卫报》的工作也失去了一些乐趣。他写文章时需要和别人沟通交流。起初是和伯耐特先生，后来是欧华德，现在则只有莎玛了。她很少阅读他的文章，当他大声给她朗读时，她既不感兴趣也不觉得好笑，而且从不发表意见。有一次，他给她看他打出来的一篇文章，她翻到最后一页，看还有没有更多，这让他恼羞成怒。"没有了，没有了，"他说，"我不想让你劳神。"

　　从哈奴曼大宅里传出更多的骚乱。格温德，那个殷勤而忠心耿耿的人开始不满足了，莎玛讲述了他的一些煽动不满的言辞。表面上什么都没有改变，但是图尔斯太太不再指挥一切，而她的影响力开始渐渐被看作一个坏脾气病人的抱怨。在她的两个儿子都安顿好之后，她似乎失去了对整个家庭的兴趣。她大部分时间都待在玫瑰房间里生病，因为想念欧华德而忧伤。至于赛斯，他仍然掌管一切，但这也只是表面上的。虽然没有公开的议论，但是沙克哈表现出来的不满毫无疑问是针对他的，并引起了姐妹们对他的疑心。一切都平息下来之后，赛斯已被认为不是家族的一员，而他自己孤掌难鸣，无法维持家庭的和睦，这一点当图尔斯太太不在西班牙港的时候就已经暴露出来，因为姐妹之间发生纠葛时，他无能为力。赛斯只有在图尔斯太太的信任和维系之下，只有和她一起时，才能有效地统治。虽然图尔斯太太没有正式表示对他的不信任，但是显然已经没那么信赖他了，赛斯甚至被当作一个外人来对待。

随后又传来赛斯查看地产的谣言。

"给妈妈买的吧，你觉得呢？"毕司沃斯先生问。

莎玛说："至少让某些人高兴了。"

但是毕司沃斯先生很快就后悔自己高兴得太早了。圣诞节学校放假了，莎玛带孩子们回到哈奴曼大宅去。现在他们在那里已经完全成了陌生人。在看完西班牙港商店的节日装饰之后，图尔斯商店里拥挤不堪的旧皱纹纸装饰和身处黑暗窒息之中的货物在他们眼中变成了小家子气的乡下玩意，萨薇为在阿佤克斯的人感到难过，因为他们还把这些装饰当一回事。最后，在平安夜，商店关了门，姨父们都各自回家。萨薇、阿南德、米娜和卡姆拉找出长袜挂起来。但是他们什么礼物也没有得到，也没有可以去抱怨的对象。一些姐妹们偷偷地给自己的孩子准备了礼物；圣诞节早上，图尔斯太太也没有在大厅的长桌子处等着接受亲吻，孩子们互相比较自己的礼物。欧华德在英国，图尔斯太太在她的房间里，所有的姨父都不在，沙克哈和他妻子一家过节，没有人组织游戏、制造欢乐的气氛。圣诞节最后只有一顿午餐和琴塔的冰激凌，冰激凌像往年一样寡淡无味，波纹上带着铁锈。姐妹们闷闷不乐；孩子们争吵不休，有一些孩子甚至挨了打。

沙克哈在节礼日带着一大包进口糖果回来。他去了图尔斯太太的房间，在大厅里用了午餐，然后离开了。当毕司沃斯先生那天下午到达哈奴曼大宅的时候，发现姐妹之间议论的话题不是赛斯，而是沙克哈和他的妻子。姐妹们觉得沙克哈抛弃了她们。但是没有人责怪他。他处于妻子的控制之下，所有的错都是她的。

　　图尔斯姐妹和沙克哈妻子之间的关系一向不融洽。她们在哈奴曼大宅并没有按照传统的习俗，结婚之后仍然和她们的母亲住在一起，但尽管如此，姐妹们仍然看重某些印度家庭关系的传统：比如婆婆应该对媳妇严厉，妯娌之间应该彼此轻视。但是，沙克哈的妻子第一次和图尔斯家族见面的时候就举止傲慢，展现她长老会的摩登气度。她卖弄自己的教育。她毫不知羞地称自己为桃乐茜。她穿着短外套，不管这会让她显得多么淫荡和可笑：她是一个高大的女人，在生下第一个孩子之后发了福，她的裙子悬挂在她那硕大的屁股上，就像从裙撑上面垂下来一样。她声音低沉，举止夸张。有一次她脚踝骨折了，她用了一根拐棍，琴塔说那拐棍简直就是给她量身定做的。这且不算，她有时候还在她家的电影院里卖门票；这一行为除了放荡之外，简直有失体统。虽然如此，姐妹们非但没有对桃乐茜产生什么影响，相反，她们发现自己总是处于下风。她们一直说她根本不会打理房子，但令人恼火的是，她在家居摆设上很有讲究。她们说她不会生育，而她每两年就生一个孩子。她所有的孩子都是女孩，但是这对姐妹们来说也没有胜算，因为桃乐茜的女儿们个个美若天仙。最后，姐妹们只能抱怨桃乐茜给孩子们取的印地语名字——米拉、丽拉、莱娜——过于西化。

　　现在老话又被重提，而为了莎玛和其他来访的姐妹们的缘故，还增添了很多新的细节。这些同一主题的闲话被翻来覆去地说着，以致那些细节变得越来越粗俗：桃乐茜和其他的基督徒一样，用右手做不洁净的事，在性爱上难以餍足，她的女儿们已经知道用眼睛挑逗男人。姐妹们一次又一次地替沙克哈惋惜，因为他不能去剑桥大学，违反自己的意愿娶了一个不知廉耻的妻子。因为赛斯的妻子派德玛在场，他们不能议论赛斯的行为。每当有人提及剑桥的时候，姐妹们的语气和神色就表明派德玛不应受到这种暗地里指责丈夫的连累，她和沙克哈一样，因为有这样一个配偶而受到大家的同情。毕司沃斯先生不禁再次惊叹于图尔斯家族的同情如此深厚。

毕司沃斯先生和桃乐茜相处很好。他被她的愉快和肆无忌惮吸引，把她看作不同于图尔斯姐妹的同盟。但是在那个炎热、安静的下午，在阿佤克斯节日的沉闷之中，大厅里摆着杂乱的家具，还有黑洞洞的阁楼和沾着煤灰的绿色墙壁，苍蝇在长桌子上太阳洒下的光斑上飞来飞去，整个大厅似乎被抛弃了，没有一丝生气。毕司沃斯先生也觉得沙克哈的缺席是一种背叛，禁不住同情起图尔斯的姐妹们来。

萨薇说："这是我在哈奴曼大宅过的最后一个圣诞节。"

变化接踵而来。波各迪斯的塔拉和阿扎德在装饰他们的新房子。在西班牙港，漆成银色的新路灯柱竖立在主干道上，据说柴油发动机的巴士将会换成电车。欧华德原来的房间被租给一对没有孩子的中年黑人夫妇。《特立尼达卫报》报社也是谣言四起。

在伯耐特先生的经营下，《特立尼达卫报》已经超过了《政府公报》，虽然要赶超《卫报》还有一定的距离，但是它的成功足以使得《特立尼达卫报》的老板对报纸的浮夸风格感到尴尬。伯耐特先生已经顶了一段时间的压力了。毕司沃斯先生知道这些，但是他对此没有兴趣，而且他也不知道这些压力来自何处。有一些员工开始公开表示轻蔑，把伯耐特先生当作一个无知的人来议论。报社里流传着一个笑话：伯耐特向阿根廷人请求一份副主编的工作，但他的求职信人家根本看不懂。似乎为了对这一切做出反应，伯耐特先生变得更加任性乖张。"让我们面对事实吧，"他说，"西班牙港的社论是不会对西班牙产生什么影响的。他们同样也无法制止希特勒。"《卫报》对战争的反响是设立了一项战士基金：在头版的一个方框里画了十二架飞机，当基金数目增长的时候，这些飞机就被填上颜色。最后，《特立尼达卫报》开始以大标题报道西印度人在英国的板球循环赛，当循环赛被取缔时，《特立尼达卫报》刊登了一幅希特勒的画像，如果把画像剪下来，并按照特定的虚线折叠，画像就会变成一头猪。

新年伊始，打击就来了。毕司沃斯先生正和伯耐特先生在一家中餐馆吃午饭，他们坐在其中一个小隔间里，里面有微弱的灯光，没有灯罩的灯泡低低地悬挂下来，长长的电线松松地搭在沾满蝇卵的肮脏的隔间隔板上。伯耐特先生说："惊人场面很快就要发生了。我要走了。"他停顿了一下。"被解雇了。"似乎看穿了毕司沃斯先生的心思，他又补充说："你什么也不用担心。"然后，在短短的时间内他变换了好几种矛盾的心情。他高兴，他压抑，他高兴离开，他不愿意离开，他不想说这个，他说了这个，他不会再提及自己的事情，他提及了自己的事情。他痉挛地吃着东西，抱怨食物的恶劣，似乎食物带给他身体上的伤害。"竹笋？这就是他们的叫法？长到这个地步，在中国都已经是竹子了。"他按响了铃，铃装在墙上一片不规则的圆片中间，脏兮兮的。他们听见铃声在远处一个洞里响起来，伴随着其他铃响、女招待轻快的脚步声和隔壁小间的谈话声。

面容疲惫的女招待走过来，伯耐特先生说："竹笋？这简直是竹子。你以为我这里是什么？"他拍着肚子，"造纸厂吗？"

"那只是一小节。"女招待说。

"那是一根竹子。"

他又要了更多的啤酒，女招待咂咂嘴出去了，拉门剧烈地前后摇摆着。

"一小节，"伯耐特先生说，"他们让这听上去就像干草一样。这个该死的屋子就像是牲口棚。我不担心。我还有其他路可走。你也一样。你可以回去画你的广告牌。我走了，你也走。我们一起走。"

他们大笑起来。

毕司沃斯先生回到报社，焦虑不安。他曾经有滋有味地参与撰写了《特立尼达卫报》最浮夸言论中的一部分。现在，他一想起这些就感到内疚和惊慌。他一直指望自己被叫到一个神秘的房间里，然后被告之他被解雇了。他坐在桌子跟前——虽然他给《特立尼达卫报》写文章，但这桌子根本不能算是他的——倾听着从木匠那边传来的噪音。他第一天来到报社时就听见了这些噪音，从那以后，报社就一直处于修建和修葺工作之中。新闻编辑部的下午到来了。记者们回来了，脱掉外套，打开笔记本，开始打字；一群人聚集在绿色水冷器跟前，然后又散开；桌子边的一些人开始校稿，摊开里页。过去四年多，他一直是这令人兴奋的事业的一分子。现在，因为等着被解雇，他只有看着人们忙碌。

想到待在办公室里更能增加被解雇的风险，他提前离开了报社，骑车回家。恐惧接踵而来。假使他不得不把孩子们重新送回哈奴曼大宅去，会有人要他们吗？假如图尔斯太太下了逐客令，就像莎玛经常给那些房客发放逐客令一样，他该去哪里呢？他该怎样生活呢？

前面的岁月一片黑暗。

回到家，他调了一杯麦克莱恩牌胃药冲剂，脱了衣服，躺在床上读爱比克泰德。

但是时间一天天过去，并没有人解雇他。最后，伯耐特先生要离开了。毕司沃斯先生想做出点姿态，表示他的感激和同情，但是他什么也没有想出来。毕竟伯耐特先生走了，而他留下了。《特立尼达卫报》在社会版上报道了伯耐特先生的离职。报纸上还刊登了一张刻薄的照片，照片上伯耐特先生拘谨地穿了一身晚礼服，在照相机的闪光灯下瞪着小眼睛，

个也写进去了！‘《特立尼达卫报》的记者在这样的场合下应当严肃着装，即身着黑色西装。'黑色西装！那人大概不知道我还有妻子和四个孩子吧。他一定觉得他每两周付给我一大笔钱。'无论是举止还是着装，记者都不能冒犯哀悼的人，因为这将使报社失去良好信誉。每个记者都应当记住他代表的是《特立尼达卫报》。他应该让别人信任。记者绝对不可拼错姓名，拼错姓名将冒犯别人。报道必须提及所有的安排和装饰，但是记者在调查这一切的时候应该运用自己的判别能力。忽略某人的装饰也不啻是对此人的大不敬。询问一个获得英帝国勋章的军官是否是英帝国勋章获得者等同于冒犯。在这种情况之下，最好将此人认为是高级英帝国勋爵士。在直系亲属之后，所有哀悼者的姓名都必须按照字母顺序排列。'

"天！天！这是什么狗屁玩意，到坟墓上跳舞吗？你知道，我能把这殡葬栏目搞得有声有色。昨日殡葬。掘墓人作。就发表在'今日安排'旁边。或者在'疾病'版旁边。大标题是《前进，前进，死亡》。这么着怎么样？加一张寡妇在坟前痛哭流涕的照片。然后再加一张寡妇听过遗嘱之后哈哈大笑的照片。标题是《笑了，X太太？我们也这样认为。只要有遗嘱，世上无难事》。两张照片并排摆着。"

其间，他还是借债买了一套黑色的斜纹哔叽西装。每天下午，当阿南德沿着拉贝罗斯公墓的外墙去乳品店的时候，毕司沃斯先生通常都在公墓里面，神情肃穆地在墓碑之间穿行，小心翼翼地询问着姓名和装饰。他筋疲力尽地回到家里，抱怨胃里不舒服。

"资本主义的狗屁报纸，"他开始说，"又是一份资本主义的狗屁报纸。"

阿南德提及他的名字没有出现在报纸上。

"我高兴得要死。"毕司沃斯先生说。

连着四个星期六，他被派去采访一些无足轻重的板球比赛，只是为了得到比赛最后得分。板球比赛对他来说毫无意义，但是他明白这样的分配是对他再改造的一部分，于是他骑车从一场四等比赛赶到另一场四等比赛，抄写着他不明所以的比赛记录符号和评分结果，在树下的球员们对他的到来感到意外和受宠若惊，只有这个时候，他才能享受一刻短暂的尊敬。大部分比赛五点半就结束了，而想要在同一时间赶到所有比赛场地是不可能的。有时候当他赶到一个赛场的时候，那里已经空无一人。然后他就要去寻找秘书，就要骑行更远的路。这样，整个星期六的下午和傍晚就被毁了，连星期天也常常如此，因为他搜集的很多比赛评分结果根本没有被印在报纸上。

他开始回想起理想学校简介上的遣词。"我可以以笔谋生。"他说，"让他们去吧。让他们再逼我试试。"那个时候个人自办的杂志开始流行，几乎都是印度人自己经营的。"我要创办我自己的杂志，"毕司沃斯先生说，"我要和贝赛瑟一样，自己卖杂志。他告诉我，他卖他的杂志就像卖热蛋糕一样快。像热蛋糕一样，伙计。"

他在家里放弃了自己的专制，开始不断提及《特立尼达卫报》各个员工的名字，莎玛和孩子们都耳熟能详了。他时不时地纵容自己做出一些小小的反抗。

"阿南德，你去上学的时候在咖啡馆替我给《特立尼达卫报》打个电话，告诉他们我今天不想去工作了。"

"你干吗不自己打电话？你知道我不喜欢打电话的。"

"不是你不想做什么就不做什么的，孩子。"

"你想让我告诉他们说你今天就是不想去上班吗？"

"告诉他们我病了。感冒，头痛，发烧。你懂的。"

阿南德离开之后，毕司沃斯先生就会说："让他们解雇我。该死的，就让他们解雇我好了。以为我在乎？我就等着他们解雇我呢。"

"是的，"莎玛说，"你就等着让他们解雇你呢。"

但是，他小心地安排着他不去上班的日子。

那些下午在人行道上玩板球、晚上在路灯下聊天的孩子们和年轻人很不欢迎他。他从窗户上冲他们叫嚷，因为他的西服，他的工作，他住的房屋，他和欧华德的关系，以及他在警察局的影响，他们都害怕他。有时候，他故意卖弄地到咖啡馆里给当地的警官打电话，那是他在春风得意时结交上的。于是下午，在玩球的人的怒目而视和嘀咕声中，他兴高采烈地穿着他那身不得罪吊丧者的严肃西装，骑车去参加丧礼。

他阅读政治书籍。他从书上学来的词语只能对自己说或用在莎玛身上。这些书同时披露了一种又一种的不幸和不公正，使他益发觉得无助和孤独。就是在这样的心态下他开始阅读狄更斯的小说以安慰自己。他很快就把小说中的人物性格和场景转换到身边的人和地方上。在狄更斯的怪异笔风之中，使他害怕的和令他痛苦的一切都显得可笑而消失得无影无踪，这样，他的愤懑、轻蔑变得毫无必要，让他有力量去忍受他一天中最艰难的时刻：早晨起来穿衣打扮，那本来是每天一个人肯定自我的事情，而对他来说则几乎像是一种牺牲。他和阿南德一起读狄更斯的书，虽然狄更斯的书给他的另一个乐趣，是让阿南德抄写并学习书中一些晦涩词汇的含义，但他的目的并不是为了表示他的严格和训练阿南德。他说："我不想让你像我一样。"

阿南德理解他的用心。父亲和儿子，互相都认为对方是软弱无能的，互相都觉得自己对对方负有责任，在某些极为痛苦的时刻，这种责任戴着面具，使一方过于夸大自己的权威，另一方则过于毕恭毕敬。

突然，来自《特立尼达卫报》的压力没有了。毕司沃斯先生从法庭短讯、葬礼和板球比赛的栏目中调离，为《周日特刊》做一周特写。

"如果他们再逼我的话，"他对莎玛说，"我就辞职了。"

"是的，你已经辞职了。"

"有时候我都不知道我干吗要浪费口舌告诉你。"

实际上，他已经在心里拟好了许多言语犀利的辞职信，风格从辱骂到做作，从幽默到表示大度（这些信都以他祝福《特立尼达卫报》继续成功收尾）。

现在他的特写和他给伯耐特先生写的那些特写完全不同。他不再撰写声名狼藉的独眼人的采访，他撰写对盲人协会工作的严肃调查。他不再写"我是特立尼达最疯狂的人"，他写疯人院做出的杰出工作。他的职责是赞扬，总是深入观察官方组织或人物的现实，因为《特立尼达卫报》的严肃新政策的一部分，就是展现世界上和特立尼达所有官方机构最辉煌的一面。和要忽略的事实比起来，他没有多少可供歪曲的事实：忽视孤儿院里孩子们粗糙的光脚、郁郁不乐的害怕的神情，以及不体面的制服；去接受短暂的可耻的辉煌，参观车间和蔬菜园，记录工厂、工作改善和纪律；在主任的办公室里喝一杯柠檬汁，抽一根香烟，然后拿到所要的数字；让自己也成为这怪谈的帮凶。

这些特写很难构思。伯耐特先生在的时候，只要他得到陈述歪曲的报道和开头句，他就可以下笔如风。一句接一句，一段接一段地写，他的文章不但如行云流水而且具有整体性。现在，他绞尽脑汁地写着毫无感觉的文字。后来他变得甚至对自己的感觉也不能肯定了。他不得不先记下观点，然后把它们拼凑在一起。他写了一遍又一遍，效率很低。他抱怨持续的头痛，到星期四最后的截稿日才完成文章。文章费尽功夫，但是死气沉沉，只能给那些被采访的人带来欣悦。他也不盼望星期天的到来。他像平时一样很早起床，但并不去拿前台阶上的报纸，最后是莎玛或者一个孩子把报纸拿进来。他也尽可能地拖延读自己的文章。但是每当他翻到自己文章的时候，他都会惊讶地发现照片和排版掩盖了沉闷的内容。有时候，他甚至不通读自己写的文章，只是看一些古怪的段落，寻找编辑因为不满意而做出的删节和修改。他什么也没有对莎玛说，但是他现在期望自己被解雇。他知道文章写得不好。

　　报社当权的人仍然高高在上。没有批评，但是也没有肯定。新的体制仍然是个被回避的话题，记者们也仍然没有像往常那样聚集在一起。在以前伯耐特先生青睐的人当中，只有前新闻编辑被一致接受；实际上，他成了办公室里的一个人物，他因为担惊受怕而形容枯槁。他住在巴拉塔利亚，每天早晨坐巴士经过拥挤、狭窄和危险的东部大路来上班。他开始担心他可能会死于路上的交通事故，留下妻子和襁褓中的女儿无依无靠。所有的交通出行都让他害怕，早晨和傍晚他不得不走路上下班，每天他都为事故新闻和相关的"扭曲的残骸"图片作版面编排。他不停地诉说自己的恐惧，嘲笑自己，也被别人嘲笑。但是随着下午接近尾声，他表现出的恐惧越来越明显，到了下班的时候，他已经几近狂乱，迫不及待地想要回家，但是又怕离开办公室，因为那里是他唯一感到安全的地方。

　　由于无人照料，玫瑰花丛生长得杂乱而艰难。枯萎病使得花茎发白，让它们的叶子呈现出病态。玫瑰花蕾很久才开出发白的残缺不全的花朵，中间爬满了小虫子，其他一些昆虫在玫瑰茎上留下亮褐色的圆形巢。睡莲水塘又塌陷了，粗糙的褐色睡莲根从泥泞浑浊的水中探出来，水面泛着白色的水泡。孩子们对花园的兴趣是间歇性的，而莎玛声称自己已经学会不去干涉毕司沃斯先生的任何事情，她自己在花园里种了一些百日菊和金盏花，那是哈奴曼大宅的花园里除了那株夹竹桃和仙人掌之外唯一欣欣向荣的植物。

　　战争开始影响人们的生活。到处都物价上涨。毕司沃斯先生加了薪水，但是增加的薪水被上涨的物价吞噬了。当他的薪水增加到每两周三十七元五十分的时候，《特立尼达卫报》开始发放克拉^①，一种生活费补

① COLA, cost of living adjustment，直译为生活费用调节，指对应物价上涨率而相应提高的工资。

贴。从此，薪水不再上涨，上涨的只是克拉。

"攻心术，"毕司沃斯先生说，"他们使这听起来像是孤儿院的茶会，嗯？"他提高嗓门，"好了吗，孩子们？拿到你的蛋糕了？拿到你的冰激凌了？拿到你的克拉了？"

钱越紧张，食物越糟糕，莎玛也就越一丝不苟地记账，记满了一本又一本采访簿。她把这些账本都保存下来，肮脏的账本堆放在厨房的架子上。

在店铺里，争夺生满象鼻虫的囤积面粉的纠纷时有发生。警察局严密注视着市场上的摊贩，一些菜农和小农场主因为高价卖货而被罚款，甚至进了监狱。面粉仍然奇缺，而且长满了象鼻虫。莎玛的饭菜越来越糟糕。

当毕司沃斯先生抱怨的时候，她说："我每个星期六走很远的路就是为了这里省一个子儿，那里省一分钱。"

后来，食物的话题不再被提起，但是他们开始吵架。他们的争吵持续好几天、好几个星期，这些争吵除了用词之外，和他们在捕猎村的争吵如出一辙。

"陷阱！"毕司沃斯先生会说，"是你和你们家让我陷进这个深渊里的。"

"是的。"莎玛会说，"我猜要不是我们家的话，你现在就只配住在草房子里。"

"家！家！让我待在一个破败的营房里，每月只给我二十元。不要和我说你的家。"

"我明明白白地告诉你，要不是为了孩子们……"

通常，最后是毕司沃斯先生离开房子到城里去长时间地散步，在一个空荡荡的咖啡馆的小棚子里吃一听鲑鱼，试图抑制胃痛，但却往往让胃痛变得更厉害；在微弱的电灯照耀下，睡眼惺忪的店主剔着牙齿，啧啧作响，露出松弛的手臂架在玻璃柜子上，玻璃柜子里的陈蛋糕上爬满了苍蝇。在此之前，城市里充满了新奇和期望，甚至连下午两点钟那最没有生气的太阳也不能破坏这种感觉。任何事情都有可能发生：他可能会遇见那个不会生育的女主角，过去的一切可以重新开始，他将重新变成另一个人。但是现在，甚至连思考《特立尼达卫报》那些关于演讲、宴会、丧礼（所有的名字和装饰都被认真核对过）的报道也不能改变他对这城市的看法，这座城市只是这个黑洞洞的肮脏的咖啡馆的翻版：裂缝的柜台，堆在墙角的空可口可乐箱子，裂缝的玻璃柜子，剔着牙齿、等着打烊的店主。

在房子里，当他离开之后，孩子们会起床到莎玛那里去。她会拿下她那胀鼓鼓的账本，试图向孩子们解释她怎样花费他给她的钱。

有一天在学校，阿南德问他同桌的男孩："你爸爸妈妈吵架吗？"

"为什么吵？"

"什么都可以。比如说，为了食物。"

"不会。但是如果他让她到镇上去买什么东西，假如她没有去买，那就麻烦了！"

有一天傍晚，毕司沃斯先生和莎玛又爆发了争吵，但是争吵没有任何结果。争吵结束之后，阿南德来到毕司沃斯先生的房间说："我要告诉你一个故事。"

他的举止引起了毕司沃斯先生的警觉。他放下书，在床头放了一个枕头，微笑着。

"从前有一个人……"阿南德的声音中断了。

"嗯？"毕司沃斯先生做出友好的腔调，他仍然微笑着，用牙齿刮擦着下嘴唇。

"从前有一个人，他……"他的声音再次中断了，他父亲的笑容让他困惑不解，他忘记了自己想要说什么，用不成语法的句子迅速说，"那个人，无论你做什么，都不能使他满意。"

毕司沃斯先生哈哈大笑。阿南德跑出房间，因为羞辱和愤怒浑身发抖，他跑到厨房，莎玛在那里安慰他。

阿南德好几天都不和毕司沃斯先生讲话，而且为了私下报复他，他在乳品店没有喝牛奶，而是喝了冰咖啡。毕司沃斯先生对萨薇、米娜和卡姆拉热情洋溢，对莎玛也十分随和。房子里的气氛没有那么沉重了，莎玛作为阿南德的维护者，开始不停地敦促阿南德和他的父亲说话。

"别管他，别管他，"毕司沃斯先生说，"别管那讲故事的人。"

阿南德变得越来越乖僻。有一天下午从课外补习班回来之后，他拒绝吃饭和说话。他回到自己的房间，躺在床上，无论莎玛怎样哄劝，就是不肯离开那儿。

不久，毕司沃斯先生走进房间，用挖苦的口吻说："嘿，嘿，我们的汉斯·安徒生怎么啦？"

"吃点梅干，儿子。"莎玛说，从桌子抽屉里拿出那个褐色的小纸包。

毕司沃斯先生看见阿南德脸上的悲痛，换了态度。"出什么事情了？"

阿南德说："男孩子们都笑话我。"

"谁笑到最后，谁就笑得最好。"莎玛说。

"劳伦斯说他的爸爸是你的老板。"

一阵沉默。

毕司沃斯先生坐在床上说："劳伦斯是晚报编辑，和我没有关系。"

"他们说你在报社就像个打杂的。"

"你知道我是写特写的。"

"他说你去他爸爸家的时候，得走后门。"

毕司沃斯先生站了起来。他的亚麻西服皱巴巴的，口袋里的笔记本把衣服撑走了形，口袋盖脏兮兮的，有点磨破了。

"你从来没有去他爸爸家吗？"

"他干什么要到劳伦斯家去？"莎玛说。

"你从来没有走过后门？"

毕司沃斯先生朝窗户走去。天黑了；他背对着他们。

"我们把灯打开吧。"莎玛轻快地说，但是她脚步沉重。灯打开了。阿南德用胳膊掩着脸。"你就是为了这个不高兴吗？"莎玛问，"你爸爸和劳伦斯没有关系。你听见他的话了。"

毕司沃斯先生走出房间。

莎玛说："你不该告诉他这个，你知道的，儿子。"

那天傍晚剩下的时间里，莎玛不停地走动、说话，做每一件事情都尽可能发出声响来。

第二天早晨，阿南德书包里放着课本和午饭，口袋里放着买牛奶的六分钱，他正在后阳台上和莎玛吻别，毕司沃斯先生走过来说："我不需要靠他们给我这份工作，你知道的。我们什么时候都可以回到哈奴曼大宅去，我们所有人。你知道的。"

一个星期六，他出乎意料地带着孩子拜访了阿扎德家。塔拉、阿扎德和孩子们都十分高兴，他们一直待到星期天。新房子里有看不尽的新奇。这是一栋高大的两层水泥楼房，按照现代风格装饰和布置。水泥砖就像是粗凿过的石块一样；屋檐下没有容易落灰的浮雕；门窗都上了清漆，但是没有油漆，门窗开关的方式都很有趣；椅子上套着椅套，宽大奢华，而不是那种藤编坐垫的小椅子；地板光可鉴人；厕所的抽水马桶没有链子。在客厅里，他们端详着塔拉家的那些遗照。他们看见拉各胡躺在他那点缀着花朵的棺材里，周围是他那些瘦弱的大眼睛孩子们。厨房尤为宽阔，而且有很多现代设计。苍老守旧的塔拉行动迟缓，和厨房很不相称。在房子里玩厌了，他们就到院子里转悠，院子仍然是原样。他们跟牧牛工和花匠聊天，打量着各个来访客人，在那堆报废的汽车架子里玩耍。星期六，他们吃过午饭后就去看电影，星期天，阿扎德组织了一次短途旅行。

此后的那个周末，他们又去了，再此后的周末也是如此。很快，这种周末拜访就固定下来。他们星期六早晨动身，因为那个时候比较容易在西班牙港搭乘巴士。只要他们在乔治街的巴士站登上车，毕司沃斯先生就仿佛换了一个人，他一改持续了一周的阴郁，变得神情愉快甚至顽皮。他的这种好心情一直持续到星期日的傍晚，然后当他们离城市、离房子、离莎玛和星期一早晨越来越近的时候，他们变得沉默寡言。这之后的一两天里，西班牙港的房子显得黑暗、沉闷而拙劣。

在这些拜访中，莎玛只去了一次，她差点儿破坏了气氛。两家之间仍然保持着暗地里不变的敌意，而她也不愿意去。就在刚刚穿过大门时，他们发生了一次小小的争执，于是莎玛沉着脸走进塔拉的家。后来，也许是出于傲慢，也许是房子的高大宏伟让她不自在，或者是她无法打破僵局，整个周末她都一直沉着脸。后来，她说她一直就知道塔拉和阿扎德根本不在意她。从此她再也没有去过。

在西班牙港，她总是独自一人。孩子们不情愿和她一起去哈奴曼大宅，而且随着哈奴曼大宅的分歧日渐增多，她自己也很少回去了。她怀念着以前的和睦，害怕卷进新的争吵中。她以前从来没有疏离过家里人，也不知道如何同生人打交道。她不信任其他种族、不同宗教信仰或者不同生活方式的人。她的怕生使得她在房客中落下了冷酷无情的名声，她也不试图接近住在欧华德原来房间的女人。但是现在，她独自过周末，想有人相伴，于是就去找那个女人，后者不但回应了她，而且展现出异常的好奇。于是莎玛取出账本解释着。

就这样，房子成了莎玛的，这里成了她居留的地方，成为周末之后毕司沃斯先生和孩子们不情愿地返回的地方。

每星期阿南德的生活都十分痛苦。就在毕司沃斯先生绞尽脑汁撰写关于查克查凯尔麻风病收容所（文章还配了一张麻风病人祈祷的照片）和少年犯拘留所（也配了一张少年犯祈祷的照片）的杰出工作特写时，阿南德用心地记录学习着大量有关地理和英语的笔记。课本已经被舍弃了，只有老师给的笔记才是主要的，而且只要稍有背离，就会立刻受到严厉的惩处。每天都有男孩子被鞭笞，然后被罚站在黑板后面。因为这是攻读奖学金的班，只有取得良好的考试成绩才是最重要的，老师清楚地知道自己的职责。在家的时候，毕司沃斯先生给阿南德朗读《自助自赎》，在他过生日的时候，送给他一本《责任》，为了增添一些乐趣，又给他一本兰姆著的学生版《莎士比亚故事集》。无忧无虑的孩提时代对这些要攻读奖学金的孩子们来说，只是英语作文中的神话。只有写作文的时候，他们才能尽情地享乐欢唱，才可以沉浸在作文笔记中所谓的"男学生的恶作剧"里。

阿南德和塞缪尔·斯迈尔斯笔下那些少年时未露锋芒的主人公一样，想方设法不去上学。他假装生病；他编理由逃学，当被发现之后就被鞭打一顿，然后被罚站在黑板后面；他弄坏鞋子。有一天下午，他逃了课外补习班，告诉老师说他需要回家参加印度祈祷仪式，而仪式只能在那天下午三点半的时候举行；然后又告诉他的父母，老师的母亲去世了，老师要去参加葬礼。毕司沃斯先生急于讨好老师，第二天骑车到学校去向老师表示他的哀悼。阿南德被称为一个小流氓（老师因为用了如此粗俗的字眼，给他留下了不好的印象），挨了一顿鞭打，然后被罚站在黑板后面。回到家里，毕司沃斯先生说："这些课外补习我是要花钱的，你知道的。""恶作剧"只被允许发生在英语作文中。

阿南德大部分表兄弟们都已经受洗加入婆罗门教，虽然阿南德和毕司沃斯先生一样厌恶宗教仪式，他却立刻被这个仪式吸引住了。他的表兄弟们剃了头，被授予圣环，教以秘密的经文，带着小包裹到贝拿勒斯去学习。但是这最后的一部分并不吸引阿南德，仪式吸引阿南德的地方在于剃头：剃光头的男孩是不允许上基督教占主导的学校的。阿南德因此积极地参与这一仪式。但他知道毕司沃斯先生的偏见，于是就采取迂回战术。有一天傍晚，他告诉毕司沃斯先生说，他无法真心实意地用普通的祈祷文祈祷，因为那些词语已经变得没有意义。他需要一个独创的祈祷文，这样他可以思考每一个词。他想让毕司沃斯先生给他写这样的祈祷文，虽然他对毕司沃斯先生说得很清楚，他不要任何东西方结合的祈祷文：他要的是明确的印地语祈祷文。毕司沃斯先生写了祈祷文。阿南德让莎玛从哈奴曼大宅里带回一张拉克什米女神的彩色画像。他把画像挂在房间桌子上方的墙上，拒绝傍晚时在他向拉克什米祈祷完之前开灯。莎玛对于这一血缘战胜环境的事实欣喜万分，毕司沃斯先生虽然厌恶图尔斯家族式的神像膜拜，却无法掩饰替阿南德写祈祷文的光荣。过了一段时间，阿南德抱怨说这一切都是不正确的，只是虚假的，只有在他受洗之后才能继续他的祈祷。

莎玛激动不已。

但是毕司沃斯先生说："还是等到放长假再说。"

于是，放长假时，萨薇、米娜和卡姆拉继续她们的环游探亲，包括在阿扎德租的海边度假屋里度过两个星期，阿南德则剃光了头，完全成为一个婆罗门教徒，但是他耻于让人看见他的光头，因此只能待在西班牙港。毕司沃斯先生让他学习《麦克杜格尔语法》，并听他背诵地理和英语笔记。膜拜拉克什米的晚祷停止了。

一年将近尾声的时候，毕司沃斯先生收到一封从芝加哥寄来的信。邮票上盖着邮戳：如属黄色信件，请向邮差投诉。虽然是个长信封，里面的信却很短，三分之一的信纸被花哨的带着红黑字母的报纸抬头占据着。信是伯耐特先生寄来的。

亲爱的穆罕，正如你所看到的，我已经离开了那个小马戏团，开始重操旧业。事实上，并不是我离开马戏团，是它离开了我。也许特立尼达的火焰和别处不同。但是当那个来自圣吉姆斯的男孩要从一小堆美国火焰上走过去的时候，他竟然逃跑了。我猜他现在大概在爱利斯岛上，没有人寻找他。舞蛇人一切还好，直到他被蛇咬死了。我们给他举行了一个不错的葬礼。我四处奔波，想要找个印度祭司给他说最后的祝福，但是不幸没有找到。我得自己继续剩下的工作，但是我穿不上戏服，既系不上头巾也穿不上剩下的衣服。我时不时地能看见《特立尼达卫报》。你为什么不到美国来碰碰运气呢?

虽然这封信只是个玩笑，而且里面说的任何事情都没法当真，毕司沃斯先生还是因为伯耐特先生给他写信而感动。他几乎立刻就动笔回信，洋洋洒洒写了好几页，详细列举了新来员工的劣行。他本以为自己表现得轻松超然，但是到中午的时候，他重读了自己写的信，发现无论他怎样掩饰，他还是显得非常痛苦。他把信撕了。后来他时常想要写信，但是终于还是没有写。而伯耐特先生也再没有写过信给他。

学校放假了，孩子们忘记了去年的失望，开始兴奋地谈论回到哈奴曼大宅过圣诞节的事。莎玛花了很长时间在后阳台里用她的一台手动缝纫机缝衣服，没有人知道她怎么得来这台机器的。破裂的木头手柄用一块红色的棉布缠裹着，好像是从很深的伤口里流出的大量血迹;像动物形状的机器的胸部、腰部、臀部和尾部，以及木头转叶都黑乎乎地沾着油，闻上去也是一股油味。莎玛用一根手指按住机器裹着血色绷带的尾部，机器发出叮叮当当、咔嗒咔嗒的声音，令人惊奇的是，干净而完整的衣服就是从这样的机器中出来的。后阳台上有一股机油和新布的味道，而且因为地板和地板缝塞满了大头针而变得十分危险。阿南德惊叹他的姐妹们居然为这样单调的操作兴奋不已，并惊叹她们能够穿上插满了大头针的衣服而不被扎着。莎玛给他做了两件长下摆的衬衣，这是学校里男孩时兴的打扮（即使是攻读奖学金的孩子们也有他们不那么一本正经的时候）：身穿长下摆的衬衣，衬衣几乎不扎进裤子里。

但是莎玛做的衣服没有被穿到哈奴曼大宅去。

一天下午，毕司沃斯先生从《特立尼达卫报》回来，就在他刚刚把自行车推进前门时，他看见房子旁边的玫瑰花丛被毁坏了，原来平坦的红色泥土里夹杂着黑色。玫瑰花丛堆在一起，靠在瓦楞铁栅栏上。花茎虽然从外面看起来干硬委顿而且斑斑点点，但是它们被齐根砍下的地方却显得洁白而湿润，充满生命力，它们难看的叶子还没有打蔫，它们看上去像活着一样。

他把他的自行车扔在水泥台阶上。

"莎玛！"

他怒气冲冲地穿过客厅，来到后阳台，脚步声咚咚直响。地板上扔满了衣服残料和纠结的线团。

"莎玛！"

她从厨房里出来，满面愁容。她用眼神示意他噤声。

他的目光掠过桌子和缝纫机、布片、线团、大头针、橱柜、扶栏和栏杆柱。在下面的院子里，他看见了站在栅栏前的孩子们，他们朝上看着他。然后他又看见了一辆卡车的后部，一堆旧的瓦楞铁皮，还有一小堆新的角料，两个灰头土脸的黑人劳工。还有赛斯。他穿着粗糙的卡其布制服，沉重的磨损的半筒靴，象牙烟嘴插在一个衬衣口袋里，口袋盖系着扣子。

他看清楚了一切，在很长一段时间里，他沉思着。然后他跑下后楼梯，赛斯抬头看着他，满脸惊讶，劳工们停止卸货，也抬头看着他。他在角料堆中摸索着。他拾起一块角料，显然错估了角料的大小，又扔了，莎玛从阳台上对他说："不，不。"他从发白的石头堆里拾起一块沾着污渍的湿石头："谁叫你们来把我的玫瑰砍了？谁？"他从嗓子里挤出声音来，好像声音不是从他站着的地方，而是从他身后发出来的。一个劳工从卡车上跳下来，赛斯的眼中显现出惊讶，甚至有恐惧。"爸爸！"一个女儿哭喊着。他举起了手臂，莎玛叫喊着："男人，男人。"他的手腕被一只有力而滚烫的大手抓住了。石头落在地上。

他失去了武器，沉默着。他站在那三个人旁边，感到了自己的脆弱，他松松垮垮的亚麻西装同赛斯绷得紧紧的卡其布制服、劳工们身上的破工作服形成强烈的反差。他西装的袖扣上有肮脏的指痕，刚才被人用手抓过的地方火辣辣的。

赛斯说："你看，你把你的孩子吓得魂都没了。"然后他对劳工说："没事了，没事了。"

劳工们继续卸货。

"玫瑰？"赛斯说，"它们在我看来就是黑山艾。"

"是的，"毕司沃斯先生说，"是的！我知道，在你看来它们就是一堆灌木。粗暴！"他补充说："粗暴！"转身时，他绊倒在发白的石头堆上。

"哎哟！"赛斯说。

"粗暴！"毕司沃斯先生重复着，走开了。

莎玛跟在他后面。

两侧的栅栏里有人缩回头去，撩起的窗帘也放下了。

"暴徒！"毕司沃斯先生说，走上楼梯。

"嗯，嗯，"赛斯说，冲孩子们微笑着，"好大的脾气，伙计。但是我的卡车不能停在路上。"

在阳台上某个看不见的地方，毕司沃斯先生说："这还没完呢。老太太一定会发话的，我向你保证。还有沙克哈。"

赛斯大笑起来。"老母鸡和大神，嗯？"他抬头看着阳台，用印地语说，"太多人以为所有的一切都属于图尔斯家族。你以为这房子是谁买的呢？"

毕司沃斯先生出现在阳台的楼梯扶栏上。

阿南德掉转了目光。

"我的律师会找你的，"毕司沃斯先生说，"还有你带来的那两个魔鬼。他们也一样。"他又消失了。

劳工们不知道他们被骂作印度神话中的恶魔，他们继续卸货。

赛斯朝孩子们挤挤眼睛："你们的爸爸真是个古怪透顶的人。看他的样子，就像这个地方是他的。让我来告诉你们，你们出生的时候，你们的爸爸甚至养不起你们。问问他。看看他是怎么感恩戴德的？现在每个人都和我作对。你们不知道吗？"

"萨薇！米娜！卡姆拉！阿南德！"莎玛喊道。

"你们知道在我让他和你们的妈妈结婚时，你们的父亲是干什么的吗？你们知道吗？他告诉你们了吗？他甚至连一个抓螃蟹的都不如。他抓苍蝇。"

"萨薇！阿南德！"

他们迟疑着，害怕赛斯，担心房子和毕司沃斯先生。

"今天，看看。白西装，领带，衬衣。我呢，还是这身你们生下来就看见的脏衣服。感恩，嗯？但是我告诉你们这些孩子，如果今天我不管你们，你们所有人，你爸爸，你妈妈，你们所有人，明天就得去抓螃蟹，我保证。"

毕司沃斯先生的声音在房子不知什么地方响起来，声音很高，模糊不清，十分激动。

赛斯朝卡车走过去。

"嗯，爱沃特？"他对其中一个劳工温和地说，"那些是不错的玫瑰花，嗯？"

爱沃特笑了，他的舌头卷到上嘴唇上，发出含糊的声音。

赛斯朝房子努努嘴，房子里仍然传出气愤而模糊的叫骂声。他笑了。然后，他停止微笑说："我们还是不要理会这些混蛋。"

孩子们朝后楼梯角挪过去，他们在那里可以躲着，以免被赛斯和劳工们看见。

毕司沃斯先生的嘀咕声渐渐消失了。

突然，房子里爆发出一阵叫骂。孩子们一动不动。一阵静默，甚至卡车上也是一片沉寂。阿南德几乎哭起来。然后，瓦楞铁皮刺耳的声音又响起来。

从厨房里传出一系列破碎声。

"把那些树砍了，"毕司沃斯先生嚷嚷着，"砍了。把所有的东西都砸了。"

孩子们现在已经到了房子底下，听着他的脚步声，听见他从一个房间走到另一个房间，把东西推翻。

阿南德从房子下面朝屋前走过去，经过毕司沃斯先生丢在那里的自行车。栅栏在人行道和一部分路面上投下阴影。阿南德靠在栅栏上，忌妒街上其他房子里的安静，忌妒街上的孩子、年轻人、玩板球的人、路灯下聊天的人。

从院子里传出新的噪声。这回不是毕司沃斯先生推翻什么东西，而是赛斯和爱沃特以及爱沃特的伙伴一起在房子旁边为赛斯的卡车搭棚子，棚子就搭在毕司沃斯先生的花园上。

路面上，房子和树木的影子迅速拉长、扭曲，然后变得看不出形状，最后融进黑暗之中。

毕司沃斯先生由前楼梯上下来。

"和我一起去散步。"

阿南德本来很想去的，不过，这只是由于他不想因拒绝而伤害毕司沃斯先生。但他更想去看看房子里被毁坏的部分，并安慰莎玛。

房子受损情况十分轻微，毕司沃斯先生毁坏东西的时候有所顾忌。莎玛梳妆台上的镜子被取下来扔到床上，完好无损地倒映着天花板。书被推翻了，乱七八糟，摊了一地，《商羯罗大师选集》尤其遭了殃。图尔斯太太的大理石面桌子被掀翻了，大理石桌子摔裂了，一定是这个引起了那些吓人的声响。许多铜花瓶都摔出了凹痕，两株盆栽的棕榈树没有了下面的花盆，但仍然保持着原来的形状。帽架半倾斜地靠在前阳台的半墙上，但是扔的时候并没有用力：一些钩子断了，玻璃却是完好的。在厨房里，没有杯子或者瓷器被摔碎，摔在地上的都是能发出很大声响的罐子和锅，以及搪瓷盘子。

毕司沃斯先生回来的时候心情变了。

"莎玛，这大理石桌面怎么裂了？"他问，模仿着图尔斯太太的腔调。然后他又模仿着自己："碎了，妈妈？什么碎了？哦，大理石桌面。是的，妈妈。那的确是裂了。它看上去是裂了。现在我想知道是怎么回事。"他检查着帽架上的钩子。"我还不知道金属这玩意这么有意思。过来看看，萨薇。金属里面不是光滑的，你知道。看上去更像是压在一起的沙子。"至于他从一个房间踢到另一个房间的收音机，他已经取出了里面的装置，说："我老早就想这么做了。那公司说他们免费更换收音机。"

当工程师查看那被砸扁了的盒子，然后问发生了什么事情的时候，他说："我想我们可能用太多次了。"他们给换了一个崭新的收音机，最新的设计。

每天晚上，赛斯的卡车都停在房子旁边的棚子里。毕司沃斯先生从来没有想过图尔斯家族的财产是属于谁的。所有的一切，绿谷的土地，捕猎村的店铺，都只属于哈奴曼大宅。但卡车是赛斯的。

第三章　矮山的冒险

虽然有可靠的产业，但图尔斯家族并不认为他们已经在阿佤克斯和特立尼达安家立业了。她们认为这只不过是梵学家图尔斯离开印度之后的旅行中的一个阶段，只是因为梵学家图尔斯的去世，她们才没有返回印度。从那以后，她们就时常谈论着要回到印度，回到德麦拉拉和苏里南去，虽然不如那些每天晚上聚集在拱廊下的老人们议论的次数多。毕司沃斯先生没有在意这样的谈论。老人们再也不会回到印度去，他也想象不出，除了阿佤克斯，图尔斯家族还会去哪里。她们远离自己的土地和房子，也同劳工、佃户和朋友们隔离，而他们仅仅因为她们对梵学家图尔斯的孝行和怀念才尊敬她们。她们的印度地位将变得毫无价值，在她们屈尊住在西班牙港的房子里时就已然是这样。她们只是某些外地人。

但是当莎玛赶回哈奴曼大宅去汇报赛斯的越界举止时，她发现大宅里一片骚乱。图尔斯家族决定继续前进，她们将要放弃这座陶砖制成的房子，每个人都在谈论着在北部山脉中，在西班牙港北部矮山的新地产。

高街像往常的圣诞节一样生气勃勃、熙熙攘攘，虽然因为战争，店铺里已经很少有进口商品。在图尔斯商店里，除了古老的黑色玩偶之外没有其他的圣诞商品，店里只有毕司沃斯先生原来画的褪色剥落的广告牌。很多架子都空了，所有可能在矮山那里用得着的东西都被装进行李。

莎玛的消息并不新鲜。赛斯和家里其他人的不和已经变成公开的对抗。他和他的妻儿们已经离开了哈奴曼大宅，住在不远的后街上，他们不在搬迁到矮山的人群之列。争吵的起因不明，双方都指责对方忘恩负义和背信弃义，赛斯尤其痛骂沙克哈。图尔斯太太和沙克哈都没有什么表示。而且，沙克哈很少到阿佤克斯来，和赛斯继续争吵的只有图尔斯家的姐妹们。她们禁止自己的孩子和赛斯的孩子说话，赛斯也禁止自己的孩子和图尔斯家的孩子说话。只有赛斯的妻子派德玛仍然作为图尔斯家的一员在哈奴曼大宅受到欢迎，她不应该因为自己的婚姻受到指责，而应该依凭她的年纪而始终受到尊重。在两家决裂之后，她曾偷偷地到哈奴曼大宅来了一次。姐妹们都认为她的忠诚证明了她们的正确；而她之所以不敢公开拜访，则是因为赛斯的残忍。

现在是收获玉米的季节，甘蔗地没有人管理，成为那些怀恨在心的人公开发泄不满的地方。接连发生了两起纵火事件，而且谣传赛斯在挑拨新的骚乱，声称图尔斯家的土地是他的。姐妹们的丈夫们也说自己受到了恐吓。

但是对赛斯的议论比不上对新地产的议论。莎玛一遍又一遍地听说了新地产的好处。在新房子那里，有一个板球场和一个游泳池，车道两旁栽种着橙子树和长着细长白树干的格里格里棕榈树，树上还有红色浆果和深绿色的叶子。土地本身就是一个奇迹。雨树上的藤蔓如此坚韧柔软，可以让人在上面荡秋千。蜡菊树随时都会落下红色黄色的鸟形花朵，用花朵可以吹出鸟鸣一样的哨音。蜡菊树荫里长着可可树，咖啡树种在可可树下。所有的山都种满了豆类植物。满山遍野都是果树：芒果、橙子、鳄梨。除此之外，还有肉豆蔻树、雪松、钟花树和伯埃斯坎耐特树。伯埃斯坎耐特树木质很轻，但是非常坚韧而有弹性，用来做板球棒比柳树做的还要好。姐妹们兴高采烈地谈论着那里的山峦、甘泉和隐蔽的瀑布，在此之前，她们只知道平坦的甘蔗地和泥泞的稻田。即使那些和她们一样不会干地里农活的人，即使她们什么也不做，也可以在矮山发家致富。她们谈论着要办一个牛奶场，还要种植西柚树。谈论得最多的是饲养绵羊，还有给每一个孩子分一只绵羊来养的田园计划，这一切都基于令人难以置信的财富。土地上还有马，孩子们可以学骑马。

虽然图尔斯家族突然做出这样重大决定的原因始终不明，而且图尔斯家族最后一次齐心协力举家迁徙也让人迷惑不解，莎玛却激动万分地回到了西班牙港。她想要重新回到自己的家庭里，想要分享这一奇遇。

"马？"毕司沃斯先生说，"我敢打赌，等你到了那里，只有一只老猴子在雨树的藤蔓上荡秋千。我无法理解你们家的这种疯狂举动。"

莎玛又说了绵羊的事情。

"绵羊？"毕司沃斯先生说，"用来骑吗？"

她说赛斯已经不是家庭的一员了，两个和赛斯有过纠葛的丈夫又重新回到了家里，准备一起去矮山。

毕司沃斯先生根本不听。"关于那些绵羊。给萨薇一只，给阿南德一只，给米娜一只，再给卡姆拉一只。我们要四只绵羊干什么？用来繁殖更多的羊？屠宰买卖？印度教徒，嗯？饲养得壮壮的，只是为了最后拿去屠宰。或者是我们六个人坐在那里用我们羊身上的毛织毛料？你知道怎么织毛料吗？你家里有谁知道怎样织毛料吗？"

孩子们不想搬到一个他们不熟悉的地方去，他们也有点害怕重新和图尔斯家的人住在一起。最主要的是，他们不想在学校里被称为"乡下学生"。十五分钟之前莎玛宣布的冒险计划无法弥补孩子们所感受的羞耻。毕司沃斯先生根本没有把莎玛搬家的宣传当真。他高声朗读《贝尔的杰出演说家》里的《皇帝的新装》，他装模作样地在客厅里赶着羊群，模仿羊叫的声音。放假期间，毕司沃斯先生总是在路上就按响自行车铃，宣布自己的到来，孩子们便一个接一个地出来迎接他，装出拿着很多东西的样子。"小心，萨薇！"他会说，"那些豆子可重得要死，你知道的。"有一次，当阿南德来到客厅时，正好有人拉了抽水马桶，毕司沃斯先生说："往回走吗？怎么回事？忘了你在瀑布边的马吗？"

莎玛愠怒不已。

"去给你买那个金胸针去，姑娘！阿南德，萨薇，米娜！过来给你们的妈妈唱一首圣诞节的赞美诗。"

他们就唱《在夜里，当牧羊人看护他们的羊群的时候》。

但是莎玛持续的阴郁打败了他们所有人。那个他们第一次单独度过的圣诞节，因为莎玛的阴郁而给所有人留下了深刻印象。她没有冷冻机，因此不能做冰激凌，但是她尽可能地把这个节日变成哈奴曼大宅里圣诞节的微缩版。她很早就起床，像图尔斯太太那样等着孩子们亲吻她。她在桌子上铺上白桌布，摆上坚果、枣椰子和红苹果，做了一顿极为丰盛的饭菜。她一丝不苟地做着每件事情，却带着一种殉教式的悲壮神情。"人家都会以为你又要生孩子了呢。"毕司沃斯先生说。阿南德在他的日记里，一本《特立尼达卫报》的采访簿上写道："这是我度过的最糟糕的圣诞节。"日记是在毕司沃斯先生的建议下作为英语作文的额外练习开始写的，同时也是为了训练他的自然写作能力。阿南德没有忘记这一日记的文学意图，在日记上补充道："我觉得自己好像是济贫院里的奥利弗·退斯特。"

但是莎玛的愠怒始终没有缓和。

很快她就得到来自图尔斯家族的援助。房子里挤满了去矮山的姐妹们和她们的丈夫。她们身着漂亮的衣裙，戴着面纱和首饰，这些和她们的心态形成强烈的反差。这种心态似乎是她们从莎玛身上感染来的。她们对毕司沃斯先生摆出一副受伤、无助、谴责的表情，这使得毕司沃斯先生无法视而不见。他不再开绵羊、瀑布以及豆子的玩笑，他把自己锁在自己的房间里。有时候，莎玛在姐妹们的哄劝下，打扮一番和她们一起去矮山。她回来的时候往往更加阴郁，当毕司沃斯先生说"呃，跟我说说，姑娘，跟我说说"的时候，她什么也不说，只是默默地流眼泪。图尔斯太太来的时候，莎玛的眼泪就一直没有干过。

自从和赛斯吵架之后，图尔斯太太又开始掌权。她离开了玫瑰房间，指挥大伙儿从阿伐克斯搬家，实际上，正是她激发了大家的狂热。她试图劝说毕司沃斯先生和她们一起搬迁，毕司沃斯先生因为自己得到如此重视而受宠若惊，做出同情的样子倾听着。赛斯不会在那里了，图尔斯太太说；在矮山，即使什么都不做也照样能生存；毕司沃斯先生可以积攒他的薪水；况且那里有很多地方适于建房子，毕司沃斯先生还可以用地里的木材建造一座属于自己的小房子。

"别理他，别理他，"莎玛说，"这些和房子有关的话只能让我难堪。"

"但如果说我继续干在西班牙港的工作，就不可能同时在地里干活。"毕司沃斯先生说。

"不要紧。"图尔斯太太说。

他不能肯定她是因为莎玛的缘故想要他和她们一起搬迁，还是因为没有赛斯——她需要更多的男人在身边；抑或是她不希望有人像他一样对此无动于衷，质疑她搬迁的狂热。于是，他同意哪天早晨和她一起去矮山看看那里的地。

他让阿南德给《特立尼达卫报》打了电话，然后和图尔斯太太一起去了巴士站。他在那里颇为紧张，图尔斯太太穿着白色的长裙子，戴着面纱，手臂上从手腕到肘部都戴着镯子，脖子上戴着金项圈，在西班牙港的街上十分引人注目，毕司沃斯先生害怕自己可能会被报社的人看见。他靠在一个街灯柱上，把自己的脸遮起来。

"固定的巴士班车路线。"过了一会儿他说。

"在矮山，车总是准时出发。"

"我看还是不要给每个孩子一头山羊，应该给他们每人一匹马。骑着去上学，骑着回家。"

最后，车终于来了，车上除了司机和售票员之外空无一人。车身是在本地制造的，用锡、木头、油毡和裸露在外面的大螺钉制造的粗劣车厢发出刺耳的声音。毕司沃斯先生在粗糙的木头座位上夸张地颠来颠去。"只是练习一下。"他说。

在马里乌终点站的时候，城市突然消失了。道路变得蜿蜒倾斜，山野时不时映入眼帘。大约半个小时之后，毕司沃斯先生指着一丛生长在环形岛上的灌木说："土地？"他们经过三间挤在一起的莫名其妙的棚屋。两个黑色的水桶立在黄色的院子里。"板球场？"毕司沃斯先生说，"游泳池？"

经过许多曲折和攀缘之后，道路朝一个宽阔的峡谷笔直地延伸下去。山看上去荒无人烟，树冠一个压着另一个：一团凝结的绿意。但是，随处可见的褪了色的单坡茅草屋顶给宁静的暗绿带来一丝暖意，昭示着人迹。道路的两边都有房子和小屋，遍布各处，而且被绿色的树木遮挡着，从车里看出去，矮山好像缝缀着五颜六色的补丁：锈迹斑斑的屋顶，粉红色或者是赭石色的墙壁。

"下一辆去西班牙港的车十分钟后开。"售票员搭话说。毕司沃斯先生上了车，图尔斯太太把他拉了下来。"他们先要倒车。"车在一个肮脏的小路上倒了车，然后停在路边一棵鳄梨树下。

司机和售票员蹲在树下抽烟。在路对面，汽车倒车的小路旁边，毕司沃斯先生看见一处敞开的场院，隆起的土堆和褪色的花圈表明那是一个坟场。

毕司沃斯先生朝那荒弃的小墓地和肮脏的小巷挥挥手，小路经过几座摇摇欲坠的房子，消失在后面的灌木丛里，显然通向更多的灌木和后面耸立的山。"土地？"他问道。

图尔斯太太笑了。"在这边。"她朝路的另一边挥动着手臂。

从一个两侧陡峭的布满大小石块的水沟看过去，毕司沃斯先生看见了更多的山和灌木。"有很多竹子，"他说，"你可以开家造纸厂了。"

从这里可以很容易地看出巴士最远开到哪里。那条肮脏小路尽头的道路光滑平整，路中间呈黑色，闪着幽光。经过那条路之后，道路变得狭窄，布满碎石而且肮脏不堪，路的两边因无人照看而参差不齐。

"我猜我们要沿着那个地方走。"毕司沃斯先生说。

他们开始行走。

图尔斯太太弯腰在路边拔下一棵植物。"兔子草，"她说，"这是兔子最好的食物。在阿伍克斯你得花钱买。"

拱形的树冠在道路上投下柔和的阴影。阳光在碎石上斑斑驳驳，白色的光圈点染着道路两边的绿色和深色树干。天气凉爽。这时候，毕司沃斯先生发现了果树。鳄梨树和其他灌木一样随意地长在道路两边，它们刚刚结出果实，果实虽小但是已经发育得极好，果皮闪着光泽，这种光泽很快就会消失。路和水沟之间的土地开阔起来，水沟变得狭窄。在水沟以外，毕司沃斯先生看见蜡菊树和它们红色黄色的花朵。花朵在这罕无人迹的道路上流光溢彩。毕司沃斯先生捡起一朵花，放在嘴唇中间，品尝着花蜜，然后轻轻一吹，鸟形的花朵发出哨音。即使是站在这里，花朵也不断地掉落在他们身上。在蜡菊树下，他看见了可可树，树身矮小，长着黑而干涩的枝条，可可豆荚闪烁着黄色、红色、深红和紫红色的光芒，看上去不像是生长在树上的，而是上光的蜡制模型粘到死去的树枝上的。还有橙子树，果实累累、枝叶茂密。他们一直在两山之间走着。道路变得狭窄，他们只听见踩在松散沙砾上的声音。然后，在远处，他们听见巴士开始返回熙熙攘攘的、贫瘠的、充满水泥和木材建筑的西班牙港。两地之间只有一个小时的路程，简直令人难以置信。

水沟越来越窄，最后只变成一处铺满了柔软的淡绿色藤蔓的凹地。图尔斯太太弯腰在里面搜索着。她的手指上挂着一小根藤蔓，散发出一股淡淡的薄荷味。

"这叫老头胡子，"她说，"在阿佤克斯人们把它种在篮子里。"

房子被一棵巨大的、布满枝条的塔状雨树遮蔽了一半。纠缠着的寄生藤蔓延伸着它的枝条和结实的枝干，野生的松树在每个分叉的地方发着嫩芽，看上去好像是粗糙的毛发，树上悬挂着藤蔓。在树下，水沟旁边，有一段不长的小路，两侧生长着橙子树，围绕着橙子树树干丛生着野生的芋类植物，淡淡的绿色，大约四英尺高，长着茎和巨大的心形叶子，凝着露珠，看上去十分凉爽。

一个旧指路牌稍稍倾斜地立在水沟里。上面的字已经模糊不清：克里斯托弗·哥伦布路。路牌和土地很相配，因为这块土地——虽然因为从前的种植而硕果累累——感觉就像是一块处女地。

"这里原来是老路。"图尔斯太太说。

毕司沃斯先生想象着在这条路上走动着另一个种族的印度人[①]，那时候他们还没有遭到残害。

莎玛从来没有对毕司沃斯先生描述过从水沟看过去，在林荫路尽头的房子是怎样的景象。那是一座两层楼房，底层有长长的走廊。房子坐落在离路很远的峭壁上，房子连着一段水泥宽台阶，在四周绿色的掩映下一片洁白。

其他的一切都和莎玛描述的一样。在车道的一边是板球场，上面的沥青已经发红而且开裂，很显然，村子里的板球队没有用席子。在车道的另一边，在距离雨树、藤蔓和野生芋类植物较远的地方，有一个游泳池。里面没有水，而且裂了缝，池底都是沙子，水泥缝里长着植物，但

[①]指印第安人。

是游泳池很容易就可以修葺好，装满清澈的池水。在更远处，一个人工堆成的土堆上长着一棵樱桃树，它底部粗壮的枝条被修剪过，掩映着一个铸铁做成的椅子。在车道上，还有克里克里棕榈树，白色的树干、红色的浆果和深绿色的叶子。可能它们已经在这里生长了很多年。它们长得很高，以致不能完全看见整棵树，甚至很容易被遗漏。

在板球场的远端，毕司沃斯先生看见了一头骡子，看上去衰老而疲弱。骡子没有拴起来，站在那里一动不动，背后是一片可可树丛。

"哈！"毕司沃斯先生说，这一声打破了寂静，"马。"

"那不是马。"图尔斯太太说。

他们离开车道，站在雨树下的野生芋类植物丛中。图尔斯太太拿起一根藤蔓递给毕司沃斯先生。就在他触摸藤蔓的时候，她又拉下一根更细的藤蔓。"就像绳子那样结实，"她说，"孩子们可以用来跳绳。"

他们沿着长满野草的车道走着。车道一边的小沟里淤塞着呈波纹状的细沙。"你甚至就可以卖这里的沙子。"图尔斯太太说。他们走在浅浅的水泥阶梯的宽阔台阶上，毕司沃斯先生缓缓地走着，没法不感觉到走在这台阶上的堂皇威风。

房子的两侧各有一个荒废的花园，里面没有花朵，只有一些零散的金盏草，但是通过灌木丛还是可以看见花圃的形状，花圃砌着水泥边，边缘长着矮小的叫作"绿茶"和"红茶"的灌木。在一个花园的尽头，在一个大约三英尺高的水泥砌成的圆形苗圃上，长着一棵朱利芒果树。

"这是盖礼拜堂的好地方。"图尔斯太太悄声说。

房子是木制的，但是木头被油漆成巨大的花岗岩的样子：灰色的，掺杂着黑色、红色、白色和蓝色的细纹，标着白色的细线。一个折叠屏风隔开了豪华的客厅和餐厅。还有各种各样不知是什么用途的房间。房子有自己的电线设备，现在坏了，图尔斯太太说，但是可以修好。房子里有车库、仆人的房间，还有一个带着深深的水泥浴盆的室外浴室。厨房和房子之间通过一条有顶的小路连接，异常宽阔，还有一个砖炉。山就直接屹立在厨房后面，从后窗看到的绿色山坡只有几步之遥。满山遍野都长着豆类植物。

"这房子以前是谁的？"毕司沃斯先生问。

"一些法国人。"

这个回答，加上他在和雅利安教徒交往时所读过的罗曼·罗兰的作品，使得毕司沃斯先生对法国人感到由衷地敬佩。

他们边走边看。寂静，荒凉，一幅破碎的风景画中果实累累的灌木丛：一切是多么迷人。

他们听见远处传来巴士的声音。

"嗯，"他说，"我看现在该是回家的时候了。"

"家？"图尔斯太太说，"难道这里现在不是你的家吗？"

就这样，图尔斯家族离开了阿伍克斯。那里的土地按照赛斯的要求被出租给了佃户。图尔斯商店租给了西班牙港的一个商业公司。在西班牙港出租的一座房子被卖掉，莎玛收取租金的任务结束了。就在那个时候，尽管胜利了却仍然郁闷不乐的莎玛透露说，图尔斯太太要上涨西班牙港房子的租金。毕司沃斯先生震惊了，而更让他震惊的是，莎玛拿下了她的账本给他看，他的薪水几乎在副食上用光了，她的债务也跟着增长。

矮山的荒凉和寂静被打破了。村民们对于图尔斯家族的迁入没有表示任何抗议，几乎无动于衷。他们是一群颇具魅力的法国人、西班牙人和黑人的混合体，虽然他们住的地方距离西班牙港很近，但是这儿却形成了一个封闭而独特的社区。他们具有乡村式的闲散，但是又很礼貌斯文，他们彼此用法语交谈，这使得他们说英语的时候带一点口音。他们有时候也占用房子的场地。他们几乎每个下午都在板球场玩板球，每个星期天都有一场比赛，那时候场地上几乎都是村民。图尔斯家族到来之后，下午的时候，恋人们在长满橙子树的小路和车道上散步，有时候就躲进隐秘的可可树丛里去。但是这一风俗很快就停止了。那些恋人们每次都遇到大惊小怪的图尔斯家的人，因此不得不躲到水沟的上游去。

毕司沃斯先生迁徙到矮山后的第一个印象，是图尔斯家族的人口又增加了。赛斯和他的家人已经不算在内，但是那些以前因为种种理由而没有住在哈奴曼大宅的姐妹们现在带着家人加入进来，还有图尔斯太太很多结了婚的外孙和外孙女们，他们的家人也一起搬到矮山来了。

毕司沃斯先生被分配到一个楼上的房间，那是中央走廊附近六个同样大小的房间中的一间。这种安排是旅馆式的，每对夫妇一间房，寡妇们和孩子们在楼下的公共区域起居。毕司沃斯先生的房间成为他的家庭总部，阿南德在这个房间里做家庭作业，孩子们到这个房间里找他告状，毕司沃斯先生在这个房间里悄悄给他的孩子好吃的食物。四柱大床、莎玛的梳妆台、书架、书桌和餐桌都放在这个房间里；其他家具，摇椅、帽架、橱柜，像他的孩子们在夜里一样，分散在房子各处。

哈奴曼大宅客厅里的家具也同样被分散在各处。在这个房子里，无法区分哪些家具是用过的，哪些是没有用过的，那王座一般的椅子、雕像和铜瓶被留在客厅里，看上去和哈奴曼大宅的客厅并无二致。

让毕司沃斯先生颇为不快的，是一个他从来没有在哈奴曼大宅见过的连襟就住在对面走廊的房间里，他是一个高大、傲慢的人，一见面就对毕司沃斯先生没有好感，并用抽动着的鼻孔来表示他的不满。

阿南德说："普拉喀什说他爸爸的书比你的多。"

毕司沃斯先生让阿南德去看看普拉喀什的爸爸有什么书。

阿南德汇报说："所有的书都一样大小。封皮上有一个标着'靴子'字样的绿色封套。所有的书都是一个叫 W. C. 塔特尔的人写的。"

"垃圾。"毕司沃斯先生说。

"垃圾。"阿南德告诉普拉喀什。

"你说我的书是垃圾？"几天之后的一个早晨，普拉喀什的爸爸问毕司沃斯先生，他们恰好同时打开房门。

"我没说你的书是垃圾。"

鼻孔抽动着。"那你的爱比克泰德、《马恩岛人》和塞缪尔·斯迈尔斯呢？"

"你怎么知道我的爱比克泰德？"

"你怎么知道我的书？"

从那以后，每当毕司沃斯先生离开房间时，他就锁上房门。消息传开去，人们议论纷纷。

"你真是唯恐天下不乱，嗯？"莎玛说。

到了矮山之后，每个人都在等待着，等待着曾被允诺的绵羊、马，等待着游泳池的修复，车道的杂草被清除，花园被整理出来，电力设备修好，房子被重新油漆。

孩子们一边等待着，一边剥除着雨树上的藤蔓。但是这些寄生的可爱植物一无用处，它们无法用来跳绳，正如图尔斯太太所说的那样：细的藤蔓很容易磨损，粗的又太笨重。哈瑞把花园尽头那块隆起的花圃上的朱利芒果树砍了，用木板搭了一个狗窝似的小棚子，这就是所谓的礼拜堂。那个 W. C. 塔特尔的读者在客厅里竖起一幅巨大的镶框的拉克什米女神像，每天傍晚在神像面前做祈祷，普拉喀什说他爸爸在这方面远比哈瑞懂得多。厨房的砖炉被铲平了，房子到厨房的那条带屋顶的小路被拆毁了，用旧的瓦楞铁和后面山坡上弄来的树枝代替屋顶。

阿南德失去了耐心。他开始在孩子们中间散布，如果要重新油漆房子，必须先把原来的油漆刮掉。很快，他就召集了十几个孩子当帮手刮除房子上的油漆。在被发现之前，他们已经在阳台上刮出了许多粉红色和奶油色的痕迹。最后他们每个人都被饱揍了一顿。

毕司沃斯先生也在等待着房子的改善。但他并不是特别关心这个。对他来说，矮山只是一个冒险，一次小憩。他的工作使得他不用依靠图尔斯家族。同时矮山还给了他一个攒钱的机会。私下里他偷些水果去卖：每次弄半打橙子、半打鳄梨、西柚或者柠檬，他把这些水果卖给圣文森特街的一家咖啡馆，声称这些水果是他在自家后院的果树上结的。钱很少，但是定期供有，偷卖水果的胆战心惊让他觉得其乐无穷。"偷卖"这个字眼听起来就让毕司沃斯先生感到兴奋。在清凉的早晨骑车上班时，他吹着口哨，然后他会突然跳下自行车，左看看，右看看，揪下橙子或者是鳄梨，把水果扔进他在车后座的挂包中，然后跳上车子，不紧不慢地骑走了，一路走一路吹着口哨。

一天下午下班回来，他发现樱桃树被砍掉了，那个人工形成的土垛有一半被挖掘开了，游泳池有一半被填平了。一周之后，土垛已经变成一小片黑色的平地，游泳池不复存在。原来是游泳池的地方搭起了一个帐篷，姐妹们和丈夫们喋喋不休地谈论着附近长着这么多竹子而且不用付钱是多么好的事情，在阿伍克斯他们是要花钱买的。

帐篷是给那些来参加婚礼的客人住的。莎玛有一批外甥女要出嫁。其中一桩婚事在搬家前就说定了，在矮山无所事事的日子里，婚事又被重新提及。婚礼筹办得迅速而突然，细节问题——新郎和嫁妆——很容易就安排妥当，现在这片奇妙的土地已经被置之脑后，人们把所有的精力都投入到婚礼中去。在举办婚礼的好几天之前，参加婚礼的宾客、家仆、舞女、歌手们和乐师们就从阿伍克斯赶来了，他们睡在帐篷里、阳台上、车库里、厨房和房子之间有遮顶的小路上，白天的时候就在地里和丛林里摸索着偷掠。

更多的竹子被砍下来当装饰。车道和小路上放置着水平的竹竿和垂直的竹竿，每个垂直的部分都被注满油，放上灯芯。在举办婚礼的夜晚，黑暗中仿佛飘浮着无数小小的火焰，树木被灯火勾勒出形影，但是没有被完全照亮，看上去坚固结实。地面好像被保护起来似的，在夜晚形成一个温暖的洞穴。七个新郎带着七支队伍来了，还跟着七队鼓手，目瞪口呆的村民们尾随着他们。在水泥台阶脚下，有七个婚礼的欢迎仪式，一个结婚帐篷搭在花园里为此而被铲平的地面上，七个婚礼在里面通宵达旦地举行着，而在游泳池上搭的帐篷里，人们唱歌跳舞，宾主尽欢。

婚礼结束之后，房子里少了七口人，宾客们都离去了，被破坏的花园里和游泳池上的帐篷被拆散了，所有的人又开始等待，等着板球场上的小看台被修复，车道被清理干净，车道的下水道被修好，排水沟里的淤泥被清除，山脚下的常绿植物被修剪，没有被毁坏的花园被重新种上花草。孩子们还没被吩咐就在尽自己最大的努力试图改善一切，但是他们分散的努力没有起到什么作用。他们从山坡上采来豆子，但是又不知道怎么处理，只好把它们留在车库里腐烂发臭。

然后，突然出现了绵羊。六只瘦骨嶙峋、光秃秃、茫然的绵羊。孩子们原先允诺得到绵羊，但他们期望的是那种毛茸茸的绵羊，因此也没有兴趣认养。绵羊们被留在那里啃啮板球场上的青草，让玩板球的人和孩子们都懊恼不已。

可可树和橙子树没有什么改动。人们接连不断地探索着丛林，那块地刚开始还只是缺少照料，后来就完全被弃置不顾了。仍然没有人策划或者指挥。就像当时突然从病房里出来指挥变迁一样，图尔斯太太现在突然退隐了。她在楼下有一间小屋子，从那里可以俯瞰被破坏的花园和哈瑞用木板搭的礼拜堂。但是她的窗户紧闭着，屋子被密封起来，隔绝着阳光和空气，她大部分时间都待在散发着氨水味的黑房间里，苏诗拉和布莱吉小姐照顾着她。似乎她只有在和赛斯争吵时才能激发出一点活力，现在这种活力消退了，使得她更加抑郁，以致筋疲力尽、终日悲伤。

格温德有一天拆毁了板球看台，在那里建了一个粗糙的牛圈，毕司沃斯先生惊讶地听说他的牛将要被饲养在那里。

"母牛？我的母牛？"

这头牛的名字叫姆忒，和莎玛的缝纫机一样，是她的私产。姆忒曾经和图尔斯家的其他牛一样，养在阿佤克斯的地里。她是一头黑色的老母牛，疲弱不堪，长着磨损了的短角。

"那么牛奶呢？"毕司沃斯先生问，"小牛呢？"

"那么草料又怎么说？"莎玛回答道，"水呢？饲料呢？"

格温德照看着母牛，因为这个原因，毕司沃斯先生才没有再说什么。格温德变得益发乖戾。他几乎不和任何人说话，把他的怒气都发泄在牛身上。他用粗木棍抽打它们，挤奶时，极其细微的不满意也会导致他暴跳如雷。母牛们既不呻吟，也不退缩和发怒。它们只是试图躲到一边去。它们没有抗议，也无法找人抗议。

毕司沃斯先生说："可怜的姆忒。"

在母牛和绵羊面前，玩板球的人退却了。板球场上到处是泥泞和粪便，于是有人在球场边上种了一株南瓜秧。

随后砍伐开始了。不到一个早晨的光景，那个 W. C. 塔特尔的读者就砍掉了车道两旁的克里克里棕榈树。他满头大汗地回到房子里，因为所有的水龙头都是坏的，只好用水桶冲了个澡。图尔斯太太按照她在阿佤克斯的朋友的建议吃了树心，孩子们因为有红色的浆果也就不再难过。格温德声称自己也有权利，便砍掉了橙子树：因为这些树已经枯萎了，容易引蛇，也容易隐藏小偷。

"要是小偷觉得能在这个地方偷盗什么东西的话，那才是愚蠢至极呢，"毕司沃斯先生说，"他们之所以砍掉树，不过是为了摘橙子方便罢了。"

格温德、琴塔和他们的孩子们收集了所有的橙子，放进口袋里，然后用巴士运到西班牙港去。没有人知道卖橙子的钱最后归谁所有。树干被砍成木桩，用来在厨房生火做饭，长满苔藓的树皮正好做引火柴。

孩子们灰心了。他们现在不得不按照吩咐去采集豆子，采摘运到西班牙港的橙子和鳄梨。有些星期六他们要拔除车道上的野草，大人们催促他们进行没有意义的比赛，看谁收集的野草最高。

水管一直没有修好。一些地位没有那么重要的丈夫们在山坡上修了一个厕所。房子里的厕所没有人用，被当作了裁缝室。

沿着车道原来生长橙子树和棕榈树的地方种上了树苗，并打着竹桩。母牛们冲破了板球场上的围栏。绵羊们四散逃窜，冲破了竹桩，把树苗啃得精光。排水沟里的淤泥堆积在车道的一边。野草从下水道的水泥裂缝中长出来，一直延伸到浅浅的宽台阶上。

每天早晨，哈瑞在被破坏的花园里的木头狗窝里祈祷、摇铃、敲锣。每天晚上，那个现在被毕司沃斯先生称为 W. C. 塔特尔的人在客厅里那张镶框的神像前祈祷。图尔斯家族扔在山脚下的垃圾越积越多。无人看管的绵羊们没有生小羊，但是存活了下来。母牛也挤出了牛奶。粪肥和泥泞中的南瓜藤长得枝繁叶茂，开出娇弱的黄色花朵。第一个南瓜，图尔斯家的第一个果实受到了热烈的欢迎，然后按照一个无人能解释的印度教忌讳，女人是不能切南瓜的，于是她们请了一个男人来切南瓜，那个男人就是 W. C. 塔特尔。

W. C. 塔特尔拆除了电力设备，熔化了铅做成哑铃。W. C. 塔特尔还宣称要开一个家具工厂。好几十棵雪松被砍倒，雪松被锯断堆在车库里，然后 W. C. 塔特尔派人到他自己的村子里去找一个叫赛尔菲尔的黑人。赛尔菲尔是一个铁匠，随着汽车时代的到来，他的生意越来越不好做。他被安顿在客厅下的一个小屋子里，每天给三顿饭吃，他在雪松木板中间闲散地工作着。他做了许多板凳。有了一些信心之后，他拼凑了一张巨大、不规则的椭圆形桌子，然后又做了许多像岗亭一样的衣柜。没有一处家具的接缝是吻合的，没有一扇门合乎规格，松软的雪松木头上留下了许多锤子的凹痕。W. C. 塔特尔，他的妻子和孩子，以及赛尔菲尔自己都声称油漆和上光就能掩盖这些缺点。随着图尔斯家人的热情高涨，赛尔菲尔开始制作莫里斯椅子。W. C. 塔特尔定制了一个书架。毕司沃斯先生也定制了一个书架。毕司沃斯先生书架上的门在顶部倾斜着，如果两扇门能合在一起的话，中间就会突出一块。赛尔菲尔说这是一种风格。这时候，椭圆形桌子的木板已经收缩，接缝处已经松弛，上面的蜡已经掉落出来，衣柜的门也无法关上。赛尔菲尔用锯子和锤子修理了椭圆形桌子和衣柜，然后椅子和书架需要修理，随后衣柜又出了麻烦。赛尔菲尔被打发走了。家具工厂再也没有被提起。莫里斯椅子已经散了架，被用来当柴烧。有一些胆子比较大的孩子晚上在桌子上睡觉。W. C. 塔特尔担任了图尔斯太太的经纪人，在车库里卖雪松木板。之后不久，他买了一辆卡车，把卡车出租给美国人。

于是美国人就来到了村子里，他们打算在山的某个地方建一个营地。军用卡车不分昼夜地在村子里驶过。公墓旁边的小路被扩展了，在绿色的山峦上有一条细窄而肮脏的红线呈之字形蜿蜒在山上，图尔斯的寡妇们凑到一起，在小路的一角搭了一个小棚子，在棚子里储藏了可口可乐、蛋糕、橙子和鳄梨。但是美国卡车没有停下来。寡妇们为了卖酒的执照反而花了很多钱，她们战战兢兢地花了更多钱买了一箱箱的朗姆酒。卡车还是没有停下来。有一天晚上，一辆卡车撞塌了棚子，于是寡妇们撤退了。

虽然周围一片混乱，毕司沃斯先生却超然物外。他不需要付租金，他也不需要为三餐花钱，他积攒了大部分薪水。生平第一次，他有了钱，而且每两个星期钱都有所增长。他既不难过，对他无法阻止的疏忽管理也不生气。他激动地意识到现在每个人都要靠自己——这个道理给他无上的喜悦。他继续偷卖水果，享受着在一片混乱之中平静地进行自己的邪恶计划的乐趣。

不久，关于 W. C. 塔特尔和格温德的掠夺的消息就悄悄传遍了整个房子。W. C. 塔特尔卖了整棵整棵的雪松。格温德卖了一车又一车的橙子、番木瓜、鳄梨、酸橙、西柚、可可豆和香豆。毕司沃斯先生第二天往自己的袋子装半打橙子的时候觉得自己真是愚蠢至极。他奇怪一个人怎么能不被察觉地偷盗雪松树？莎玛和其他大部分怒火中烧的姐妹一样，解释说树是被就地贱价卖掉的。买主的卡车从北部来到这个地方，绕弯子走山上危险而几乎荒无人烟的路。如果不是山上的空地显著地扩大，引起了看守人的注意，不会有人知道发生了什么事。看守人是一个忧郁的人，跟着地产一块过来的，像那头骡子一样，他并不清楚自己的职责是什么，但是为了保住这份工作，他不得不装模作样应付差事。

格温德和琴塔根本不理会人们的悄声议论和沉默。W. C. 塔特尔则怒目而视，不停地练习哑铃。他的妻子看上去好像受到了冒犯。塔特尔家的九个小孩拒绝同别的孩子说话。

村民们最后终于开始对付起图尔斯家族。许多图尔斯家的孩子们去西班牙港上学，他们在公墓附近的终点站搭乘七点钟的巴士。村民们发现每小时一班的巴士十分准时，便开始在巴士还没有到达公墓的时候就上车，宁可多花一分钱也要保证自己可以坐着去西班牙港。然后，孩子们就发现七点钟的巴士在来的时候已经挤满了人，而且没有人下车，也就无从谈起剩余空位的争夺战，大部分孩子好几天没有去上学，直到 W. C. 塔特尔皱着眉头表示他的谅解，主动要求用他的卡车送孩子们上学，价钱和巴士价一样。

卡车必须早晨六点钟到达美国人的营地，因此孩子们只能五点半在学校下车。他们为此不得不在五点差一刻时就离开矮山。这样，他们必须在四点钟起床。天还黑，他们挤坐在卡车的后木板上，在寒冷中穿过群山，经过树枝低垂的树丛，因为寒冷而牙齿打战。他们到达西班牙港时，路灯还亮着。他们被放在学校外面，那时候报童还没有送报纸，仆人也都还没有起床，学校的大门都没有开。他们借着黎明前的曙光，在人行道上玩跳房子的游戏。女子学校的看守员六点钟起床，慌忙穿上衣服放他们进去，请他们不要发出太大的声响，以免吵醒他还在熟睡的妻子。看守员家的房子很小，只有两间屋子和一个半露天的狭小厨房，而看守员家里有很多口人。他们已经习惯了早晨穿着随意的衣服在学校的院子里走来走去，他们在院子的沙地上刷牙漱口，他们争吵，他们赤裸着身子从屋子里溜到屋子外面的浴室里，然后在露天里用毛巾擦身子，他们在酸豆树下做饭吃饭，他们公开晾晒内衣。但是现在，从黎明时分起，一切都不同了。就在看守员和他的家人默不作声地吃早饭的时候，孩子们也开始觉得饥饿，于是开始吃三个小时前给他们准备的午饭。这是吃午饭的最好时机，因为到了中午的时候，咖喱饭就会发红变馊。那些一直把午饭留到中午的孩子们往往用饭菜来换面包和奶酪，就这样，即使是图尔斯家的饭菜也为印度菜赢得了名声，双方都觉得自己占了便宜。

　　返回矮山还有别的麻烦。孩子们三点钟离开学校，而卡车六点离开美国的营地，因此孩子们不可能在八点钟之前到家。而且西班牙港的巴士服务越来越糟糕。因为战争时期的物资短缺和禁令，城市里的巴士很少，矮山的巴士往往是给那些并不走完全程的旅客服务的。为了搭乘巴士，孩子们往往要走将近一英里的路到火车站的巴士终点站。最后一班不拥挤的巴士是在两点半，要搭乘这辆巴士，就意味着要在刚吃完午饭时就离开学校。希望搭乘三点半的巴士的孩子们往往两点半的时候离开学校，步行到终点站，加入等候在那里的人群。等车的人并不排队，因此一辆巴士开来时会立刻引发一场混战。人们从敞开的窗户爬进去，爬上轮胎和油箱盖，挤开后车厢的紧急出口；这样，即使一个孩子设法先从车门挤上巴士，所有的座位也都被占据了。于是孩子们就步行，直到一辆没有客满的巴士或者从美国人营地回来的卡车捎上他们。图尔斯太太从她的房间里递出话来，说孩子们如果在下午回家的路上齐声唱歌就会减轻疲倦；如果女孩子们被调戏了，她们就脱下鞋子（她们穿着有波纹鞋底的鞋），用鞋子痛打流氓的头。

最后，图尔斯家终于买了一辆汽车，其中的一个女婿开车载着橙子和孩子们到西班牙港去。那是一辆三十年代早期的福特V8，外表还算雅观，而且如果负载没有那么重的话，汽车开起来不会摇摇晃晃的。在孩子们和橙子的重负下，汽车的后轮压得很低，汽车前盖轻微地向上倾斜，遇到陡峭的斜坡时，孩子们必须下车。汽车常常抛锚，那个对汽车一窍不通的司机就让孩子们下来推车。孩子们像一群蚂蚁围着一只死蟑螂那样围在汽车周围（女孩子们穿着深蓝色的制服）推着拉着。有时候他们不得不推一英里多的路。有时候他们把车推到山坡上，在汽车滑下来时跳到一边，听见汽车发动之后，跟在车后面追撵，司机催促他们快点上车，一次蹦上三个孩子。然后引擎停止了，他们坐着、蹲伏着或者半站在车上，像窒息了一般沉默不响，等着发动机无用而刺耳的哀号。有时候汽车到达西班牙港时，一边的汽车前盖掀起来，一个孩子就会坐在车翼上，起到类似于泵的作用。这使孩子们远比司机高兴，因为他没有带午饭。有时候汽车好几天都被搁置在那里。孩子们就搭乘卡车到西班牙港去；或者他们搭乘七点钟的巴士，这是放松了警惕的村民们意想不到的。

福特V8最后还是被废弃不用了。有几个地位不重要的女婿，由于不了解孩子们的遭遇，在某天晚上开车去西班牙港看电影。房子里整晚灯火通明，姐妹们忧心忡忡，拿着用来威吓流氓的木棍，沿着西班牙港的路来回走了好几趟。男人们在黎明前回来了，推着汽车。孩子们便坐卡车去上学。汽车从路上被推到水沟里，一直到雨树下丛生的野生芋类植物那里。在那里，不知谁卸走了汽车上所有值钱的部分，汽车最后成为孩子们的玩具。

另一辆汽车被买了回来，另一辆福特V8，但是是那种带有汽车尾座的越野车。令人不可思议的是，所有的孩子都挤进了这辆车，他们站在汽车尾座上，就像花瓶里的花枝一样。为了送橙子，汽车还要跑第二趟。在乡村的时候，孩子们还可以假装是在公共马车上，但是到了西班牙港之后，招来了人们嘲讽的目光，这使得他们想念从前那辆轿车。

就这样，矮山成了孩子们的噩梦。他们回家时天色已晚，而且回家也没有什么值得向往的。饭菜越来越糟糕，吃饭也变得越来越随便，就在厨房里吃，因此厨房的砖地不得不抹上泥，或者是在厨房和房子之间有顶的地方吃饭。没有一个孩子知道他晚上会在什么地方睡觉，通常是随时随地铺个床睡觉。星期六孩子们要拔除野草，星期天他们要采橙子或者其他水果。

周末，孩子们要遵守房子里的规矩。但是在一周里的其他日子，他们大部分时间都不在房子里，于是他们在房子的规矩之外组成了自己的团体。没有哪个孩子占主导地位，他们之间只有强弱之分。兄弟姐妹之间的感情受到鄙视。任何同盟都不是长久稳定的。孩子们之间只有永远的仇视。他们在炎热的下午徒步回家，图尔斯太太认为唱歌能减轻他们的疲惫，但是他们常常会因为单纯的仇恨引发激烈的打斗。

毕司沃斯先生几乎很少看见自己的孩子，他们彼此之间也生分起来。阿南德为自己的姐妹感到耻辱，因为她们全都是弱者。米娜时常尿急，每次和她同行都会让阿南德陷入羞耻之中。有时候汽车停下来，有时候汽车根本不停。卡姆拉睡觉梦游，但这是件新奇的事情，而且她年纪尚小，这多少让她惹人怜爱。萨薇并不引人注意，直到她被选中在学校的音乐会上唱歌。音乐会是由一家叫兰玛克尔的面霜发行商组织的。萨薇从来没有用过兰玛克尔面霜，但是她同意组织音乐会的老师的说法，认为面霜的标语"瓶子里是清新的风"是正确的。她带着颤音尖声唱《某个周日的早晨》，然后被发给一小瓶兰玛克尔面霜。图尔斯家的姐妹们吃惊不小。她们几乎把萨薇当作公开表演的演艺人员，并以此教训她们的孩子。从那以后，萨薇就遭到嘲弄和奚落。她根据自己对海滩的观察，利用一片交错的海岸线画地图。她试图宣传这一方法，还有了几个追随者，但是后来格温德的一个女儿说那些交错的线条就像萨薇唱《某个周日的早晨》时发出的颤音一样愚蠢且自以为是。于是萨薇的追随者便叛变了。一天傍晚，萨薇丢了买车票的钱，被赶下巴士，她只好一直步行回到矮山，当她到达时已经是黄昏，因为惊吓和疲惫而病倒了，莎玛不得不给她按摩，这样大家才觉得出了一口气。楼上房间里的按摩、萨薇的眼泪和毕司沃斯先生到家之后的大发雷霆很快就在房子里传遍了。受人宠爱的梦游者卡姆拉被追问事情的细节，她详细地说明一切，并为自己能激发如此多的兴趣和愉快而满足。

虽然没有人认可，阿南德还是属于孩子们中的强者之列。他的冷嘲热讽让别的孩子对他敬而远之。起初，他只是模仿父亲，摆摆谱。但是很快讽刺变成了轻蔑，因此在矮山的时候，他对任何事情都带有一种迅疾而深刻的轻蔑态度，这成为他天性的一部分。这导致了性格缺陷，自我意识和长久的孤独，但是也让他所向无敌。

一天早晨，孩子们准备去上学。他们的午饭被裹在褐色纸包里，塞在书包里，汽车等在路上。孩子们一股脑儿拥进车子。他们挤进去。他们强塞进去。他们挤成一团。门被猛地关上。坐在汽车尾座上的阿南德听见萨薇发出一声尖叫和呻吟。孩子们在车没有启动的时候总是气喘吁吁而且脾气暴躁，嚷嚷着叫汽车启动。但是有人说："快！打开门。她的手被夹住了。"

阿南德幸灾乐祸地大笑起来，但是没有人和他一起笑。孩子们下了车，他看见萨薇蹲坐在路边湿润的兔子草旁边。他不忍心看她的手。

莎玛、毕司沃斯先生和一些姐妹们跑到路上来。

米娜说："阿南德幸灾乐祸，爸爸。"

毕司沃斯先生狠狠地揍了阿南德一顿。

毕司沃斯先生觉得现在应该是他从矮山撤退的时候了。回到西班牙港已经不可能。当他散步的时候，他开始搜寻合适的地皮。

很快，一连串的死亡接踵而至。

沙门，那个采橙子并送孩子们上学的女婿，在一个下雨的早晨从长着苔藓的橙子树枝上滑下来，摔断了脖子。他当场毙命。那天孩子们没有去上学。沙门的遗孀试图把这个假日变成一个丧日。她哭泣着哀号着，拥抱着每一个走近她的人，要求把死讯传递出去。死讯送出去了，沙门的亲属在那天下午来到矮山。他们是一群再普通不过的人，即使在悲伤中也腼腆羞涩，他们把沙门放进一口普通的棺材里，然后把他抬到墓地。村民们聚集在墓地围观印度教葬礼。哈瑞身穿白衣戴着念珠，在坟上哀号，用一片芒果树叶在坟上洒了水。

"他也是这样祝福我的房子的。"毕司沃斯先生对阿南德说。

沙门的遗孀尖叫着，晕倒了，她苏醒过来之后试图扑进坟墓去。村民们饶有兴趣地注视着。其中一些了解印度教规的人悄声说着关于殉夫的风俗。

W.C.塔特尔接替了送孩子们上学的工作。他把自己的孩子们都安排在他身边的前座，让其他的孩子们挤坐在后座上。他抱怨汽车难开，并把一切过错都归咎于沙门。很快就传说，W.C.塔特尔用汽车贩运私货。他威胁说如果不停止议论，他就不开车。除了乖戾的格温德之外，没有其他人会开车。议论就这样平息了。

尽管W.C.塔特尔不停地辱骂沙门，沙门还是很快就被大家遗忘了。一个酷热的周日下午，当所有的人都待在屋外的时候，阿南德在客厅里遇见了哈瑞和他的妻子，他们独自坐在一张由W.C.塔特尔的铁匠制作的巨大的雪松桌子的一端，看上去是悲哀的一对。哈瑞的妻子眼睛里噙着泪，哈瑞没有表情的脸一片蜡黄。阿南德想要让他们快活起来，同时也为了显示自己的新本事，他主动要求为他们背诵一首诗。他正好刚刚掌握了《贝尔的杰出演说家》的卷首插图上的所有姿势。哈瑞和他的妻子看上去深受感动，他们对阿南德微笑，请求他背诵。

阿南德双脚并拢，鞠了一躬说："莱茵河上的本杰。"他合起手掌，把头放在手掌上，背诵道：

"古罗马军团的一个士兵倒在了阿尔及尔，奄奄一息。"

他高兴地发觉哈瑞和他妻子脸上的笑容换成极其庄严肃穆的神情。

"没有女人的照顾，没有女人的哭泣。

"但是他的一个战友站在他的身边，当他的生命之血渐渐枯竭。"

阿南德的声音因为感情而颤抖。哈瑞盯着地板。他的妻子直勾勾地看着阿南德肩膀以上的某个地方。阿南德没有料到会引来这样直接和丰富的反应。他增强了语气中的哀婉，背诵得更加缓慢，手势更加夸张。他双手合放在左胸上，表演着那个垂死的军团士兵最后的遗言。

"告诉她我生命最后的夜晚，当月亮升起之前。

"我的身体将不再被痛苦折磨，我的灵魂将得到解脱。"

哈瑞的妻子放声大哭。哈瑞握住她的手。他们就这样一直听到最后；阿南德接过他们给的六分钱走了，留下哈瑞夫妇浑身颤抖。

不到一个星期，哈瑞死了。也就是在这个时候，阿南德才知道哈瑞已经明白自己将不久于人世。W. C.塔特尔身穿一件尽显婆罗门风雅的绣花丝制外套，做了最后的祈祷仪式。整个房子都在哀悼哈瑞，没有人使用糖和盐。哈瑞是那种以消极表达慈悲的人，他是那种每个人都认为是好人的人。他从来不参与任何争论，他的仁慈和他的学识一样，是整个家族的传统。每个人都已经习惯了哈瑞在宗教仪式上当梵学家，每个人都习惯了早晨从他的手中接过圣餐。哈瑞身着腰布，前额上点着檀香，哈瑞每天早晚做礼拜，哈瑞和他那放在雕刻精美的阅书架上的宗教书籍，这些已经成为图尔斯家不变的画面。过去没有人能替代赛斯的地位，而如今没有人能替代哈瑞的地位。

以后，做礼拜就由很多男人和男孩子分担。有时候甚至阿南德也要参与。他没有学过经文，只能按照仪式的动作走走过场。他清洗神像，在神龛上放上新鲜的花朵，自娱自乐地在神像的臂弯里或者是下巴到前胸的地方插上一枝鲜花。他在神像的前额上，在光滑的黑色、玫瑰红和黄色的鹅卵石上以及自己的前额上点上檀香；点燃樟脑，用右手举着樟脑在神龛上转一圈，一边试图用左手摇铃；他吹响一个海螺壳，发出一种好像沉重的衣柜在木制地板上拖擦的声音；然后，他的两颊因为吹海螺壳而隐隐疼痛，他急急忙忙地跑出来吃饭，首先是在房子里绕一圈，递给大家牛奶和塔尔斯叶子，令人难以置信的是，他这样就发放完圣餐了。当他穿上衣服去上学时，他擦掉前额上的檀香痕迹。

在哈瑞死后的两个星期，从阿伛克斯传来了另一个死讯。那个傍晚，阿南德正在楼上房间的桌边做作业，毕司沃斯先生在床上读书，门被撞开了，萨薇跑进来说："姨姥姥派德玛去世了。"

毕司沃斯先生闭上眼睛，把手放到胸前。

阿南德尖叫道："萨薇！"

她一动不动地站着，眼睛里亮晶晶的。

楼下爆发出一声深长的哀号，接着就传遍整个房子，此起彼伏，姐妹们一个接着一个地哀号，然后原来的那个姐妹又接着哀号，就像夜晚的狗吠一样。

沙门的死只是引起一些烦乱，哈瑞的死则让人们悲伤，派德玛的死简直让人惊惶。她是图尔斯太太的妹妹：死神已经如此逼近她们所有的人。她从她们出生起就认得她们，现在她从她们的生活里消失了。姐妹们不停地说着这些事情，一边互相拥抱，拥抱彼此的孩子。房子因为脚步声、尖叫声、哀号声和孩子们害怕的哭喊声而震颤。据说图尔斯太太神志错乱，接着就传说她也要死了。孩子们在灯芯里扎上大头针，低声说着咒语，预防新的灾难。他们听见图尔斯太太吵闹着要去看妹妹的遗体。一些姐妹们也跟着哭喊起来，于是，不管时间，也不顾她们和赛斯的争吵，她们收拾准备好一切，跟着卡车和越野车出发去阿伍克斯，只有男人和孩子们被留在房子里。

女人们第二天下午回来了，不胜悲伤。因为自从搬家之后，她们大部分还是第一次回到阿伍克斯，也是第一次看见赛斯。她们没有和他说话，但是这次去阿伍克斯使她们有机会查看了赛斯的地产，赛斯仍然因为吵架而耿耿于怀，他在距离哈奴曼大宅不远的高街买了地产。她们被告知这是他准备购买哈奴曼大宅的第一步。那是一家食品杂货店，规模足够大，店面足够新，而且存货足够好到让姐妹们感到惊慌。但现在还不是谈论赛斯的时候。

那天晚上很多人都梦见了派德玛。早晨，每个做梦的人都详述了自己的梦，她们一致认为派德玛的灵魂到矮山的房子里来过，这是她生前没有来过的地方。这一结论尤其被一个姐妹证实。在半夜的时候，她听见路上有脚步声。她听出那是派德玛的脚步声。派德玛穿过水沟的时候一片寂静，但是当她走上铺着沙子的车道、踏上水泥台阶的时候，她的脚步声又响了起来，她随后在房子里转了一圈，坐在后楼梯上哭泣。从那以后，很多人都看见过派德玛。其中一个图尔斯家的孩子的故事尤其受到关注。他在明亮的日光下看见一个身穿白衣的女人从坟地朝房子走来。他赶上她说："姨妈。"她转过身。不是某个姨妈，而是派德玛，她在哭。还没有等他说话，她就拉上了面纱，于是他逃走了。等他回头看的时候，却人影全无。

但是，姐妹们过了一段时间才意识到，派德玛之所以频频出现，是因为她想带个口信给她们。于是她们决定，任何一个看见她的人都要问她是什么口信。口信的说法各种各样。起初，派德玛只是询问了一些人的状况，希望自己活着和她们在一起，有时候她说自己是心碎而死。但是派德玛最近的口信在姐妹们、孩子们之间悄悄流传，引起了惊骇。她说赛斯强迫她服毒，她说是赛斯毒死了她，她说赛斯一直毒打她致死，并买通了医生不验尸。

"别告诉妈妈。"姐妹们说。

愤怒超越了她们的悲伤。每个姐妹都诅咒赛斯，发誓绝不再和他说话。

图尔斯太太始终待在那间门窗紧闭的房间里，苏诗拉和布莱吉小姐给她做敷在眼皮上的白兰地药引，和从前一样，用月桂油按摩她的头。但是在那个被破坏了的杂草丛生的花园尽头，在那个木板搭成的礼拜堂里，没有哈瑞为她和房子祈祷。铃仍然在摇，锣也仍然在敲，但是好运、德行都已经从这个家庭里消失了。

两只绵羊也死了。车道边的排水沟最后终于被淤泥阻塞了，在短暂的暴雨之后，雨水如急流一般从山坡上冲下来，淹没了平地。没有树根支持的水沟开始受到侵蚀。"老头胡子"没有了生根的地方，它那纠缠而细长的根垂在水沟的岸边，仿佛是破烂的地毯。积水沟底的黑土和植被都被冲刷得一干二净，变成一片沙地，然后是小卵石地，最后只剩下岩石。汽车无法在沟底行驶，只能停在路上。姐妹们起初还为这个在她们看起来突如其来的水土流失感到疑惑，但后来就把这当作是她们的新命运接受了。

格温德不再照看母牛，他买了一辆二手车在西班牙港当出租车开。W. C. 塔特尔就地开了一家采石场。他的生意招来了忌妒。他是第一个卖树的人，现在没有多少树可以卖了，他就开始卖土地。毕司沃斯先生仍然偷偷地卖藏在自行车挂包里运出去的橙子和鳄梨。

对于有丈夫的姐妹来说，矮山只是一处短暂的栖身之所。而对那些寡妇来说，她们只有矮山这个地方可以容身，其余的一切土地都是她们所无法理解的。那块地既不是稻田也不是甘蔗地。但是寡妇们联合起来，她们暗地里商量了多次，而在其他姐妹们、她们的丈夫和孩子们在附近时就故作沉默。最后，寡妇们宣布她们要办一个养鸡场。为了养鸡，她们需要玉米。她们砍伐了一个山坡，烧荒，然后种上玉米。后来她们买了一些小鸡，放养它们。起初，鸡群总是待在房子附近或者在房子里面，到处留下鸡屎。不久蛇和黄鼠狼袭击了鸡群。那些存活下来的鸡躲到树丛里去，学会飞到高处，并把鸡蛋下在寡妇们也找不到的地方。这时候玉米也被收割去皮。寡妇们和她们的孩子水煮烧烤，吃了很多玉米。剩下的玉米堆放在阳台上。没有鸡可以喂。玉米从浅黄变成坚硬的金黄色。寡妇们和她们的孩子们时不时在礤菜板上搓玉米。她们开始谈及卖玉米面，因为小麦面粉的持续短缺，这个想法被十分看好。寡妇们投资办了一个磨坊：那是两块放在一起的互相咬合的圆形石板。经过一段时间的辛苦工作之后，磨出了一点玉米粉，但是人们对于玉米面的需求远逊于寡妇们的期望。玉米最后就被留在阳台上，任由象鼻虫和其他昆虫在金色的玉米芯上打洞。

图尔斯太太一直待在她的黑屋子里，精打细算着房子的消费，发布食物的指令。她听说古老的中华民族吃竹笋。这片地里有大量的竹子，于是图尔斯太太吩咐大家吃竹笋。但是什么是竹笋呢？是竹竿的枝节部位发出的细小嫩芽吗？是特别小的竹子吗？是竹子的嫩叶吗？没有人知道。嫩芽、竹竿和竹叶被收集起来，洗干净、剁碎、煮沸，然后和西红柿一起拌成咖喱饭。但是没有人能下咽。有一种大量繁殖、甚至在沙地上也能生长的闪亮的灌木叶子，一直被图尔斯家用来做温和的通便剂，味道并不难喝，而且据说对于治疗感冒、咳嗽和发烧有好处。图尔斯太太命令以后不准买茶叶，用那闪亮的灌木叶子代替。寡妇们和她们的孩子们已经用地里的豆子制作咖啡和巧克力了。现在要用玉米面而不是小麦面，要自制椰子油而不是购买。还没有人想到要种蔬菜，但是既然蔬菜也不能购买了，人们开始寻找蔬菜的代用品：硬椰子、绿番木瓜、绿芒果、本地的绿苹果等等几乎所有绿色的水果。但是当图尔斯太太命令寡妇们尝试中国人吃的鸟窝时，寡妇们看着雨树上用小干树枝做成的像长筒袜一样的谷鸟窝退却了，因为反对的呼声很高，这个念头最后被打消了。

W. C. 塔特尔的一个职责是在送孩子们去学校之后，捎回喂牛的陈蛋糕。为了防止蛋糕被偷，蛋糕和寡妇们的干玉米一起被堆放在阳台上。寡妇们的孩子们在蛋糕中搜索一番，发现有些还能吃。这个消息被汇报给图尔斯太太，从此，寡妇们和母牛一起分享陈蛋糕。在这个尝试的时期，很多新的食物被发现了。孩子们发现用撒着褐糖的干薄烤饼当午饭比咖喱竹子更好吃，因为在学校咖喱竹子不能交换任何食物。有人灵感突发，认为可以用沙丁鱼蘸炼乳吃，另一个人则偶然发现在罐子里烧焦的炼乳有一种独特的好闻的味道。

节约勤俭愈演愈烈。图尔斯太太命令所有的锡罐都不能扔掉。她从阿仸克斯叫了一个锡匠，两个星期的时间，他分享着房子里的饭菜，睡在阳台上，制作锡茶杯和锡碟子。他还用一个沙丁鱼罐头做了一个哨子。不能再购买墨水，从黑色鼠尾草的小浆果中榨出一种紫色的液体替代墨水，颜色很淡但是洗不掉。图尔斯太太听说椰子壳被扔掉之后，决定用椰子壳制作床垫和椅垫，甚至还可以卖钱。于是，寡妇们和她们的孩子们浸泡了椰子壳，捣烂拉长并撕碎它们，洗干净纤维并晾干。然后图尔斯太太叫人请来制床垫的工匠。他在矮山花了一个月时间制作床垫和椅垫。

有丈夫的姐妹们偷偷给自己的孩子喂食。当听说有一个寡妇的儿子杀了一只羊在林子里烧烤，偷吃羊肉之后，W. C. 塔特尔对这一违反印度教规矩的行为大发脾气，他拒绝在公共厨房吃饭，并让他的妻子另起炉灶。他的一个儿子汇报说羊被吃掉的那天，婆罗门 W. C. 塔特尔的嘴里有好几处都长了水泡。毕司沃斯先生虽然不能像 W. C. 塔特尔那样哗众取宠，也试图让莎玛单独做饭。在这种探求新食物的潮流影响下，毕司沃斯先生也开始了自己的尝试。他认为一种橙子和柠檬杂交的嘉氏伯果和没有人吃的柚子有特别的营养。地里有一棵嘉氏伯果树，孩子们用它的果实当板球玩（用钟花树的树枝当球棍）。毕司沃斯先生结束了这样的游戏。他每天早晨喝一杯难喝的嘉氏伯果汁，并让他的孩子们也这样做，直到长在板球场一角的嘉氏伯果树在一次洪水之后倒在水沟里，上面还结着累累的杂交果实。

嘉氏伯果树消失之后，板球场开始迅速地缩小。每次阵雨之后，球场就有一部分被侵蚀，留下一块长着青草的地皮等着被下一场暴雨冲走。车道上长满高高的野草。野草中有一条狭窄蜿蜒的小路通往水泥台阶。水泥台阶现在已经裂缝松散，每一处裂缝中都长着植物。常绿的树篱笆是一群纠结的小树苗，每当下雨的时候，地面就发出一股鱼腥味，表明有蛇出没。

没有人能腾出时间整治灌木丛，寡妇们不做饭洗衣不清扫不照顾母牛的时候，就要做咖啡和巧克力，或者榨椰子油，或者碾磨玉米。她们的衣服开始打补丁，她们的胳膊变得粗壮起来。她们看上去像劳工一样，还不得不忍受从她们和赛斯共同的朋友那听来的赛斯的幸灾乐祸。他把他的一生都贡献给了这个家族，却被背弃和诽谤。她们受的惩罚才刚刚开始。难道他没说过如果他离开，她们就得抓螃蟹吗？

寡妇们像男人一样干活。当水沟变成一个峡谷的时候，她们用椰子树干在上面搭了一座桥。峡谷变宽，树干塌陷。寡妇们又搭了另一座桥，这座桥也不能幸免。寡妇们说服图尔斯太太买了一些横木。横木被架在峡谷上，椰子树干搭在横木上，这个桥坚持了一段时间，但是摇摇晃晃而且打滑。桥中间的缝隙足以让一个孩子掉下去。

毕司沃斯先生无法再漠视周围的荒废。但是每当他提及搬家，莎玛就会郁闷不乐，有时候还哭泣，尽管她被寡妇们排除在外，其他的姐妹们和她也不知心。

然后发生了八十元丑闻。

琴塔有一天宣称有人从她的房间里偷走了八十元钱。这一宣告令人震惊，不仅仅是因为偷窃在这个家族里以前从来没有发生，更因为没有人知道琴塔和格温德有这么多钱。琴塔不厌其烦地一遍遍诉说她最后一次查看钱的时间，以及她如何偶然发现钱被偷的情形。她说她知道是谁偷了钱，只是等着他自己露出马脚。

过了几天，小偷并没有自己暴露，琴塔开始搜查，每到一处都吸引一群人。有时候她说印度咒语，有时候她一手拿着蜡烛，一手拿着十字架；有时候她在左手掌上啐上唾沫，用一根手指拍打着唾沫，然后搜查唾沫飞溅的方向。最后她决定实行由圣经提供线索的追踪。

"老罗马猫和小猫，"毕司沃斯先生对莎玛说，"母女俩一个德行。但是听着，嗯，我可不想让我的孩子们掺和到这种无聊的事情中去。"

他的话在整个房子里传了个遍。

琴塔说："我不怪他。"

由圣经提供线索的追踪进行了一个下午。琴塔调用圣彼得和保罗的名字进行指控，布莱吉小姐也调用同样的名字进行辩护，最后除了毕司沃斯先生和他的家人之外，所有的人都被证明是清白的。

毕司沃斯先生拒绝让人搜查房间，他不顾莎玛的请求，也不许他的孩子们接受审问。"她是一只罗马猫，"他说，"那又怎么样？我像个印度耗子吗？"他和格温德有一段时间互不理睬，现在他和琴塔也互相不说话。莎玛试图维持和琴塔的关系，却遭到拒绝。

"我不是怪罪谁，"琴塔说，"我只能怪上梁不正下梁歪。"

窃窃私语开始了。

"别和他们说话。但是要提防他们。"

"维迪亚德哈！快！我把钱包忘在餐厅的桌子上了。"

"阿南德喜欢流鼻涕。他把鼻涕咽下去。对他来说，那鼻涕就是炼乳。"

"萨薇真的吃血痂。"

"你见过卡姆拉的脑袋吗？爬满了虱子。但是她就像个猴子。她吃虱子。"女孩们请求毕司沃斯先生搬家。

他找到了一块合意的地皮，一块没有开发的偏僻的土地，充满无限潜力。地皮离图尔斯家的房子有一段距离，在一座灌木丛生的矮山上，和路之间的距离正合适。房子没有接受祝福仪式就开始建造，不到一个月就完工了。房子的构造和他想要在绿谷建造的房子一样，就像特立尼达农村里千万所普通房子一样。房子有一个阳台、两间卧室和一个饭厅，坐落在高高的柱子上。地里的林子提供了木材，他只需雇人把木头锯下来。他买了瓦楞铁皮当屋顶，玻璃和磨砂玻璃当门窗，彩色玻璃当客厅的门，用水泥当柱子。

房子的进度之快让他很是吃惊。房子建造工们没有给他任何后退的余地，最后他发现自己的积蓄几乎用光了。他觉得不舒服起来。他的处境已经改变，但是他仍然壮志未酬，只是这理想现在看上去有几分荒唐可笑。他在一个意想不到的偏僻野地里建造了自己的房子。而莎玛不得不步行一英里到村子里买东西，不得不到山上可可树丛里的一眼泉里去汲水。还有交通问题。他被迫每天骑行很远的路，而且虽然他和图尔斯家断绝了往来，他的孩子们还是要坐家庭汽车去上学。

在他买了一张斯林百金床（被两个西班牙港的货车装卸工运来的，他们在尚未扫清的陡峭路途中费尽周折，一路诅咒不已）之后，他的钱全部用光了。房子没有油漆，赤裸裸地坐落在一片不规则的绿野里，看上去并不适合居住，只适于腐烂。

莎玛虽然因为和琴塔的争吵而气恼，却不同意搬家。她认为搬家无疑是一种挑衅，她和孩子们一样，看着房子建造起来，心里却巴不得房子不能完工。孩子们想要回到西班牙港去，回到他们搬到矮山之前的生活中去。他们知道住房短缺，为此怪罪毕司沃斯先生没有尽力寻找。新房子把他们禁闭在静默和丛林之中。他们没有快乐，没有电影，不能散步，甚至不能玩游戏，因为房子周围的土地仍然有蛇出没。夜晚变得漆黑漫长。女孩子们紧挨着莎玛，似乎害怕单独待着。在简陋的厨房里，莎玛唱着忧伤的印度歌曲。

有一天下午，就在他们搬进来后不久，阿南德独自留在房子里。毕司沃斯先生出去了，女孩们和莎玛待在厨房里。房子看上去空旷荒芜、毫无遮拦，他想要探索一番，角落里没有隐藏秘密，没有一件家具位得其所。在无聊远甚于好奇的驱使下，阿南德拉开了莎玛梳妆台最底层的抽屉。在一个信封里他发现了父母的结婚证书，还有他和姐妹们的出生证明。他起初没有认出其中的一个出生证明是萨薇的，他看见一个他从来没有听说过的名字：拜苏。他认出毕司沃斯先生难看潦草的笔迹：真正的小名：拉克什米。"父亲的职业"劳工被用力勾涂掉，写着产业主。其他的出生证明都没有被乱涂过。在一张皱巴巴的褐色纸里裹着一些照片。其中一张，图尔斯姐妹站成一排睁大着眼睛。其余的是整个图尔斯家族的照片，哈奴曼大宅的照片，梵学家图尔斯的照片，梵学家图尔斯在哈奴曼大宅的照片。

莎玛在厨房里哼着她悲哀的歌，双手拍打着生面团。

阿南德发现了一捆信件。信仍然装在信封里。邮票是英国的，上面有一个乔治五世的头像。从其中一个信封里掉出了一张发黄的小照片，照片上有一个英国女孩、一条狗，还有一栋房子，房子的一扇窗户上有一个褪色的 X；在另一个信封里有一张满是名字的剪报，其中一个名字下面用墨水勾勒出来。信写得整齐工整，很长，但是却没有什么内容。信上谈及收到对方的信件，谈论学校、节假日，并对收到照片表示感谢。信里会突然充满感情，说到写信的人对于婚事被如此迅速地安排表示惊讶，然后试图用祝贺冲淡惊讶。之后就没有什么信件了。

阿南德关上抽屉来到客厅。他将胳膊肘倚靠在窗台上，朝外看去。太阳刚刚落山，灌木丛一片漆黑，映衬着依然清朗的天空。从厨房里升起灶烟，阿南德倾听着莎玛的歌唱。黑暗降临了山谷。

傍晚莎玛发现抽屉被翻动过。

"小偷！"她说，"房子里来过小偷。"

毕司沃斯先生拒绝向家人的阴郁妥协，也不愿意承认自己搬家太过匆忙，他开始清理土地。出于对钟花树枝和它黄色花朵的喜爱，他只留下了钟花树。钟花树每年有一星期的花期，纯洁而鲜艳地开放着。整个灌木丛变成一堆濒死的褐色树木，乱七八糟地倒塌在那里。毕司沃斯先生在乱树丛里修了一条从房子通向大路的蜿蜒小径，在泥地里砌出台阶，然后用竹子支撑。树的残骸无法马上燃烧，因为虽然叶子已经变脆枯萎，木头还是湿的。毕司沃斯先生一边等待，一边砍下钟花树枝放在篝火上烤。这使他想起自己的一项责任。

他派人去接母亲。长期以来，他一直告诉她——从他还是在后巷家里的男孩时起——等他建造了自己的房子，她要和他一起住，现在他怀疑她是否会来。但是她来了，在房子里住了两个星期。他无法感知她的感情。起初他满腔热情，但是贝布蒂保持着平静，于是毕司沃斯先生只好效仿她，似乎他们之间的感情早已定型，他们只能被动地接受。

虽然孩子们听得懂印地语，但已经不会说了，这限制了他们和贝布蒂之间的交流。然而从一开始，莎玛就和贝布蒂相处得很好。莎玛没有显露丝毫她对贝布蒂的姐姐塔拉的那种不高兴。让毕司沃斯先生既开心又惊讶的是，她像一个孝顺的印度儿媳妇那样尊敬贝布蒂。当贝布蒂到来时，她用手指触摸贝布蒂的脚，只要贝布蒂在，她就始终戴着面纱。

贝布蒂帮忙做家务和修整土地。贝布蒂去世之后，当毕司沃斯先生怀念她时，他很少想起他的童年和后巷的家，而更多的是贝布蒂在矮山住的两个星期。他尤其怀念其中的一个时刻。房子前面的土地只有一半被清理出来，一天下午，当他推着自行车登上山头的泥台阶时，他看见那块土地——在他早晨离开时还原封未动，堆积着废物——现在已经被清理得平平整整，而且耙过了。黑色的土地柔细，没有一粒石头，铁锹齐齐地铲进土里，留下光滑的好像泥瓦匠砌成的内壁。翻过的土地上时不时映现着耙子留下的浅浅的平行凹痕。在落日余晖中，在这伤感的薄暮中，贝布蒂在花园里干活，而那个花园仿佛是他许久以前所熟识的，间隔其中的时空消失了。从此往后，耙子的痕迹总是让他想起在山头的那个时刻，让他想起贝布蒂。

孩子们向往放火烧林子如同向往一个庆典。他们从民防系统管理局那里尝到了纵火的甜头，现在他们在自家的后院里要放火烧荒。这几乎就像在西班牙港的赛马场里模拟空袭一样令人兴奋。当然了，没有房子模型可以烧，没有救护车，没有护士看护假装呻吟的受伤者，没有童子军身携的模拟急件，骑着电车从浓烟中冲出来。但是同时也没有那些性急的消防队员，他们不顾人们的公开抗议，甚至在那些建筑模型还没有烧焦之前就把火扑灭了。

虽然孩子们暗地里并不信任毕司沃斯先生的劳动技能，他还是挖好了沟堑，并在被他称为要塞的地方放上了一窝窝小树枝和树叶。星期六下午，他召集了孩子们，把一根树枝浸满柏油，点燃，然后从一个小窝跑到另一个小窝，把着火的树枝伸进去，然后跳到一边，好像他引发了爆炸。几处叶子和树枝被点着了，燃烧起来，收缩，冒着烟，最后熄灭了。毕司沃斯先生并不停下来观看。他不理睬孩子们的叫嚷，继续跑下去，身后留下黑烟飘散的痕迹。

"没关系。"他说着，从山坡上下来，手中燃烧的树枝火星飞扬，"没关系。火是很奇妙的东西。你以为它熄灭了，它却在暗中烧成熊熊大火。"

其中一股烟像止歇的喷泉一样减弱了。

"那个地方听了你的话，暗地里燃烧去了。"萨薇说。

"我不知道，"他说，用一只发痒的脚踝蹭着另一只，"可能这些树还太青。我们也许应该等到下个星期。"

孩子们都抗议。

萨薇以手掩面，往后退。

"怎么了？"

"太热了。"萨薇说。

"你就一直往后退吧。看看你在别的地方是不是也觉得太热。小丑。这就是我养的孩子。一群小丑。"

莎玛从厨房里喊道："快点，你们几个，太阳就要落山了。"

他们去查看毕司沃斯先生点燃的小窝，发现它们塌陷了，仅剩下一堆堆浅浅的灰色树叶和黑色树枝。只有一处点着了，但是火势不旺，大的树枝都没有烧着，火苗只啃啮着细小的树枝，树皮被烧得卷起来，依旧发绿的木头烧不起来，只冒着浓烟，留下一些污迹，然后，火扑向一根小树枝，迅速燃烧起来，烧焦了褐色的叶子，火焰只持续了一会儿就熄灭了。地上还散着其他的火焰，但是火苗都不超过一英寸。

"小花火。"萨薇说。

"行，那你们自己烧吧。"

孩子们跑到厨房里，找到莎玛买来当灯油的沥青。孩子们把沥青随意地浇到灌木丛上，然后点着。不一会儿灌木丛就进发出火苗，变成翻滚的火海,跳动着黄色、红色、蓝色和绿色的光焰。他们议论着火苗不同的颜色,他们心满意足地倾听着火焰燃烧时噼啪作响的声音。很快,高高的火焰就缩短了。太阳落山了。烧焦的叶子在空中飞扬。吃完晚饭后,他们不情愿地拍熄了沟堑边缘的火。褐色的灌木变得乌黑,跳动着红色的火星,一闪一灭。

"好了,"毕司沃斯先生说,"礼拜结束了,现在该学习了。"

他们回到冷清的客厅里,时不时地跑到窗户那里观看。在黛色天空的映衬下,山一片漆黑。灌木丛里燃烧成一片红色,时不时迸发出黄色的火焰,似乎在空中飞舞。

阿南德梦到自己在一辆巴士里,是那种从矮山到西班牙港的拥挤巴士,车残破不堪。有什么地方不对劲。他躺在巴士的地板上,人们都看着他议论着。巴士大概开上了一条新修过的路,车轮扬起小石头砸在车翼上。

米娜和卡姆拉站在他前面,萨薇摇晃着他。他醒来发现自己躺在客厅的床铺上。

"着火了!"萨薇说。

"现在几点了?"

"大概两三点左右。起来。快点。"

人们的交谈声和飞打在窗翼上的小石头,是火燃烧的声音。透过窗户,他看见山一片通红,那些他们没有放火的地方也着了火。

"爸爸呢?妈妈呢?"他问。

"在外面。我们要赶到大房子那儿报信。"

房子似乎被红色的焖烧着的灌木丛包围了。热度让人呼吸困难。阿南德看见山顶上的两棵钟花树,它们已经被烧得乌黑,光秃秃地伫立在天空下。

他迅速地穿上衣服。

"别丢下我们不管。"米娜说。

他听见毕司沃斯先生在房子外面叫喊道："把火击退。只要火烧不到厨房，房子就没事。房子周围没有灌木丛。只要把火击退到厨房以外就行。"

"萨薇！"莎玛喊道，"阿南德醒了吗？"

"别丢下我们。"卡姆拉哭喊着。

四个孩子一起离开房子，穿过新耙过的地，朝通向大路的小径走去。刚刚走到山顶下，他们就陷入一片漆黑中。小径到大路之间没有着火。

米娜和卡姆拉开始哭，害怕前面的漆黑，也害怕后面的火海。

"别管她们，"萨薇说，"快点走。"

萨薇和阿南德摸索着走下泥台阶。

"你可以拉着我的手。"阿南德说。

他们手拉手摸索着朝山下走去，经过水沟，来到大路上。黑暗沉沉地倾轧过来，就像他们戴着压到眉毛的帽子。他们没有抬头，不愿意细想周围的黑暗。他们盯着路面，踢着松散的沙砾弄出声响来。他们感到寒冷。

"说罗摩罗摩，"萨薇说，"这能驱赶一切。"

他们念着罗摩罗摩。

"爸爸会因为这个怪我们吗？"萨薇突然说。

重复地念罗摩罗摩让他们略略安定。他们开始习惯黑暗。他们可以分辨出前面几码远的树木。粗矮的水泥岗亭，钢门里面保存着土地的引爆器材，路边一片模模糊糊的白色，让他们感到安心。

最后他们来到椰子树干搭成的桥上面。房子屋檐下的白色浮雕已经依稀可辨。图尔斯太太的房间在夜里总是点着一盏灯。他们小心地穿过危险的桥来到空地上，庆幸格温德和 W. C. 塔特尔砍了这里的树。车道上潮湿的疯长的草拂动着他们的光腿。他们抽动鼻子，嗅到蛇的气味。

他们听见沉重的喘气声，但无法分辨声音在哪个方向。他们不再念罗摩罗摩，而是靠在一起朝水泥台阶跑去，水泥台阶在不远处发着灰色的微光。喘气声尾随过来，还有迟缓而沉闷的踏步声。

阿南德朝左边扫了一眼，看见板球场上的骡子。骡子跟着他们，沿着篱笆的铁丝网走过来。他们走到车道的尽头，骡子来到板球场的一角停住了。

他们跑上水泥台阶，躲避着悬垂下来的肉豆蔻树。他们摸索着阳台门的门闩，被发出的动静吓了一跳。他们刮擦着门窗，敲打着图尔斯太太屋子的墙壁，拍打着客厅高高的门，叫喊着。没有人回答。他们发出的每一声声响在他们听起来都像是爆破的巨响，但在黑暗和静谧中却显得很微弱。他们的脚步声，他们的叩门声，阿南德绊倒在陈蛋糕和寡妇们的玉米上的跌足声，听起来都像是老鼠的窜动。

随后，他们听见屋子里有了声音，低沉而警觉：一个姨妈和另一个姨妈耳语着，图尔斯太太叫唤苏诗拉。

阿南德叫道："姨妈！"

声音沉寂了。然后声音又响起来，这次听得更真切了。阿南德用力地敲打着一扇窗户。

一个女人的声音说："两个小人儿。"

一声惊呼。

他们被当作哈瑞和派德玛的鬼魂。

图尔斯太太咕哝着念着印度教的驱魔咒语。房子内部的门被打开了，地板咚咚作响。人们气势汹汹地高声说要拿棍子、弯刀，还有祈祷上帝的声音，此时看护病房的寡妇苏诗拉，自恃是超自然的专家，用和善的哄劝口吻说："可怜的小人儿，我们能为你们做什么呢？"

"火！"阿南德叫道。

"火！"萨薇说。

"我们的房子着火了。"

苏诗拉虽然在私下里散布关于毕司沃斯先生和萨薇的闲话，现在却不得不继续温柔地和萨薇及阿南德说话。

房子里的人们开始明白发生了什么事情，对于着火的消息又惊又喜。

"但是说真的，"琴塔幸灾乐祸地说，"哪个傻瓜不知道在夜里放火是自找麻烦？"

灯亮了。婴儿们尖叫起来，被哄劝着。塔特尔太太的声音响起来："戴上帽子，男人。夜露可是对谁都不好。""弯刀，弯刀。"沙门的寡妇叫道。孩子们兴奋地传递着消息："穆罕姨父的房子着火了！"一些孩子胆战心惊地害怕火势可能顺着灌木丛蔓延到大房子来；他们相互议论着那些引爆器材着火的后果。

去救火就像是一次远足。但是一到那里，图尔斯家的人就齐心协力开始救火，砍削着，清理着，拍打着。很快就像一个庆祝会。莎玛第二次招待自己的家人，在厨房里煮了咖啡，但是没有人喝。毕司沃斯先生忘记了双方的仇恨，对每个人都嚷嚷着："没事啦。没事啦。都控制住了。"

有人发现了一些蛋，烧得漆黑，里面也已经焦干。没有人知道那是蛇蛋还是寡妇们失散在丛林里的鸡下的蛋。在距离厨房不到二十码的地方发现了一条烧死的蛇。"上帝的慈悲之手啊，"毕司沃斯先生说，"在它咬我之前把这狗东西烧死了。"

清晨的曙光照耀着简陋粗糙的房子，周围冒着烟，烧焦了，一片凄凉。村民们跑来看热闹，愈发相信自己的村子被一群野蛮人占领了。

"木炭，木炭，"毕司沃斯先生向他们叫道，"有人要木炭吗？"

在那以后的好几天，每当起风时，山谷里就弥漫着黑色的烟灰。烟灰落在贝布蒂耙过的土地上。

"对土地最好，"毕司沃斯先生说，"上好的肥料。"

第四章　寄身喧嚣

　　他无法毫无因由地离开矮山的房子。他必须有足够的理由以求被释。如今，火灾发生了。交通成了一个问题。公车服务愈来愈恶劣；越野车就像以前那辆车一样经常出故障，因此不得不卖掉。就在这个时候，图尔斯太太在西班牙港的房子空出来了。她向毕司沃斯先生提供了其中两个房间，他立刻接受了。

　　他认为自己是幸运的。给美国人工作的非法移民不断从其他岛屿涌入，西班牙港房子短缺的状况日益恶化。在城的最东边崛起了一座棚屋镇；而如今，即使买下房子也不能确保你一定有地方住，因为现在的法律禁止像莎玛以前那样无故驱逐房客的行为。

　　他在荒野中间立了一块牌子：房子出租或出售；然后就搬到西班牙港去了。矮山的历险已经结束。在这次迁徙中，他只添置了两件家具：一张斯林百金床和赛尔菲尔做的书架。而搬到西班牙港去的人并不只他们一家。

　　同去的有塔特尔一家，格温德和琴塔以及他们的孩子，还有寡妇柏斯黛。塔特尔占据了房子的大部分空间。他们占据了客厅、餐厅、一间卧室、厨房和浴室；这使他们能更好地掌控前后阳台，而他们不用为这两处付租金。格温德和琴塔只有一间屋子。琴塔暗示他们可以租更多的房间，但要为更好的计划攒钱；似乎是为了验证琴塔的话，格温德突然不再穿破衣服，他连续六天身穿不同的三件套西装，冲着每个人热情洋溢地微笑。琴塔每天早晨把格温德的五套西装拿出来晾晒，掸拂上面的灰尘。她在有高柱子支撑的房子下面做饭，她的孩子们睡在房子下面的雪松长板凳上，那是赛尔菲尔在矮山做的。柏斯黛住在院子里独立的仆人房间里。

　　到毕司沃斯先生的两间屋子要先经过前阳台，那是塔特尔一家的领地。起初毕司沃斯先生睡在靠里的房间里。但是从隔板上面的通风口会透进塔特尔一家客厅里的光线和喧闹，把他赶到了前面的房间，然而在那里他又被莎玛和孩子们的进进出出弄得心烦意乱。莎玛和琴塔一样在房子下面做饭；当毕司沃斯先生叫喊着要吃饭或者喝他的麦克莱恩牌胃药冲剂时，莎玛就不得不上楼给他送去，前台阶是开放式的，整条街都看得见。

　　房子里从来就没有安静过，自从 W. C. 塔特尔买了一部留声机之后，就更加让人难以忍受。他一遍又一遍地放着同一张唱片：

> 在一个夜色甜美的晚上
> 罗斯塔遇见了年轻人维廉。
> 他紧拥着心爱的姑娘，
> 小伙子偷走一个亲吻。
> 踢嚓踢嚓当踢嚓当

这时 W. C. 塔特尔总是附和着歌唱，吹着口哨，边唱边打拍子；于是每当放这首歌的时候，毕司沃斯先生就要被迫听下去，等着 W. C. 塔特尔的附唱：

> 踢噼踢噼当踢噼当
>
> 踢噼踢噼当踢踢噼当当当。

W. C. 塔特尔和格温德之间也发生了争执。他们都把自己的车停在房子旁边的车库里，早晨的时候，一辆车就不可避免地挡了另一辆车的路。他们互不理睬，持续冷战。W. C. 塔特尔告诉塔特尔太太，说他的连襟是个文盲，格温德冲着琴塔唠叨不停，两个妻子都以悔悟的心情聆听。图尔斯太太不在，两个姐妹天天都有口角，为了谁的孩子弄脏了洗好的衣物，或者谁的孩子把厕所弄得污秽不堪之类的小事。寡妇柏斯黛总是当调停人，有时候在塔特尔的后阳台，姐妹之间的和解颇为感人。琴塔宣称她们的和解几乎有了一种定式，总发生在塔特尔一家购买了许多新家具和新衣服之后。

尽管在家里实行严格的婆罗门体制，但是 W. C. 塔特尔还是喜欢追求现代风气。他不但买了留声机，还买了一台收音机、一些考究的桌子和一套莫里斯家具；他还买了一个撩人的四英尺高的雕像，雕像是一个手拿火把的裸女。在买来雕像之后，有相当长的时间大家相安无事。有一天，米娜在塔特尔家的家具中徘徊时，不小心弄断了雕像的手臂。塔特尔家又封锁了领地。肇事的米娜被鞭打了一顿，从此塔特尔家和毕司沃斯家的关系又陷入了僵局。就算莎玛宣布她在隔街的工匠那里订了一个玻璃橱柜也无济于事。

玻璃橱柜被送来了。

琴塔用英语冲她的孩子们嚷嚷道："维迪亚德哈！施威德哈！别待在前门。我可不想让你们打烂别人家的东西，让别人说我忌妒。"

把那个典雅的玻璃橱柜抬上前台阶时，其中一扇玻璃门摇晃着打开，碰到台阶上碎了。塔特尔一家半藏半露地躲在客厅门两侧的百叶窗后面，目睹了这一事故。

"哦！哦！"那天晚上毕司沃斯先生说，"玻璃橱柜来了，莎玛。玻璃橱柜来了，姑娘。现在你唯一要做的事情就是在里面摆上东西。"

她在一个架子上摆上那套日本咖啡套具。其余的架子都空着，这个她借了好几个月的债买的玻璃橱柜，和她的缝纫机、她的母牛、她的咖啡套具等其他沦为笑谈的东西一样，成了她的财产。橱柜放在前面的房间里，那个房间已经被斯林百金床、赛尔菲尔的书架、帽架、餐桌和摇椅挤得满满的。毕司沃斯先生说："你知道，莎玛姑娘，这间屋只差再添一张床了。"

房子更加拥挤。寡妇柏斯黛本来打算把她占据的那个仆人房间当作在城市里谋生的基地，但是她放弃了这一打算，开始接纳从矮山来的寄膳者和寄宿者。寡妇们现在迫不及待地要她们的孩子受教育。如今已经没有一个哈奴曼大宅保护她们；每个人都要在一个新的世界里奋斗，这个世界是欧华德和沙克哈已经进入的世界，在这个世界里，只有教育才能让他们生存。只要孩子们一上完矮山幼儿园，就要送到西班牙港来。柏斯黛让他们寄宿。

在后栅栏和她的小屋子之间，柏斯黛用电镀铁皮建了一个房间。她在这里做饭，寄宿的孩子们在仆人房间的台阶上、在院子里、也在房子下层吃饭。女孩们和柏斯黛一起睡在仆人房间里，男孩们和格温德的孩子们一起睡在房子下层。

有时候，因为受不了吵闹和拥挤，毕司沃斯先生带着阿南德到西班牙港较为安静的街区散步。"这里的街道都比那房子干净，"他说，"只要让卫生检查员去那儿一次，所有人都要进监狱。寄宿者也好，寄膳者也好，通通进去。我恨不能亲自写报告。"

房子里每天早晨和下午都拥挤着一批学生，很快就引起了街上人的注意。也许是因为这个，也许真的有卫生检察员来过，从矮山传来消息说图尔斯太太打算采取措施。传言说房子下面的空间会铺设地板，还要砌墙，据说还要隔断并划分房间，在砖墙上砌出格子窗。外面的柱子用空心陶砖砌成的栏杆围起来，墙的一部分抹了灰泥，但是没有粉刷；没有格子窗。相反，为了遮蔽房子，铁丝网篱笆被拆除了，代之以一堵高大的砖墙；砖墙被抹上灰泥粉刷过了；街上的人们只能猜测墙里面对各个寄宿或寄膳的孩子的安排。每个下午、傍晚和清早，房子里人声嗡嗡，就像是一个学校。

孩子们被分为房子的住户和寄宿者，在此基础上再按照不同的家庭来区分。冲撞时有发生。寄宿的孩子们时常把在矮山的争执带到西班牙港来。傍晚，在嗡嗡的人声之外，还有鞭打的声音（柏斯黛有鞭打寄宿者的权力），还有柏斯黛的叫嚷："看书！学习！学习！看书！"

每天早晨，毕司沃斯先生把头发梳得整整齐齐，换上干净的衬衫，认真打好领带，离开这个地狱一般的房子，骑车去宽敞、明亮、通风的《特立尼达卫报》报社上班。

现在他对莎玛说："深渊！是你们家让我陷进去的。这个深渊！"他的话有令人不快的联想。因为每当他提及他在乡间的房子和他岳母的地产时，他总是小心翼翼地避免提及具体地址，就像一个动物小心保护自己的洞穴一样。而他的洞穴并不是避风港。他的消化不良又开始了，而且很严重；他发现自己的孩子也在忍受紧张的折磨。萨薇起了皮疹，阿南德突然得了哮喘，一连在床上躺了三天，呼吸困难，被毫无效用的药棉折磨得死去活来。

寄宿者们不断涌入。热衷教育的疯狂感染了图尔斯太太在阿佤克斯的朋友和家仆们。他们都想让自己的孩子到西班牙港上学，图尔斯太太碍于情面不得不接纳。柏斯黛管他们的住宿。鞭打和吵闹越来越激烈。"看书！学习！"的叫喊增多了。每天早晨，就在熙熙攘攘的孩子们从高墙之间的窄门鱼贯而出之后不久，毕司沃斯先生也衣履光鲜地出门，骑车去《特立尼达卫报》报社。

尽管职责繁重，尽管他从来没有停止对解雇的担忧，这种担忧在矮山时就骚扰着他，报社现在成了他每天早晨逃难的避风港；就像伯耐特先生的新闻编辑一样，他害怕离开报社。只有在中午，当孩子们在学校，W. C. 塔特尔和格温德在上班时，他才觉得可以忍受这座房子。中午他休息很长时间，然后下午在报社待到很晚。

莎玛又开始拿出她的记账簿，再次说他的薪水无法维持家用。自我厌恶又招致怒火、吵嚷和眼泪，给原本就喧嚣的夜晚增加了几分吵闹，让人几近精神崩溃。白天，他和一个《特立尼达卫报》的摄影师开着《特立尼达卫报》的汽车到平原采访印度农民，给他的特写《今年的稻子收成前景》寻找素材。那些目不识丁的农民不知道他会写出怎样的特写，对他像对待大人物那样毕恭毕敬。这些人和他的哥哥们一样，在农田里耕作、积累，买了自己的土地，盖起了大宅；他们把自己的儿子送到美国和加拿大，去当医生和牙医。这个岛上充满着财源，彰显各处：西装革履的格温德，开出租车招徕美国人的生意；还有 W. C. 塔特尔的家私，他把他的卡车租给美国人；新汽车；新建筑。毕司沃斯先生发现自己被隔绝在这些财富之外，不名一文，尽管他懂马可·奥勒留和爱比克泰德，还有塞缪尔·斯迈尔斯。

就是这时候，他开始对他的孩子们说起他的童年。他告诉他们他住的小屋，那些夜晚挖掘他们的花园的男人；他告诉他们在那块土地后来发现了石油。他告诉他们假如他的父亲没有死，假如他像他的哥哥们那样留在地里劳作，假如他没有到波各迪斯，假如他没有去画广告牌，没有到哈奴曼大宅，也没有结婚！假如不是发生这么多事情！他们将会得到怎样一笔财富。

他怪罪他的父亲，他怪罪他的母亲，他怪罪图尔斯家族，他也怪罪莎玛。他的脑袋被接连的怪罪占据；但是，他更多的是怪罪《特立尼达卫报》，他蛮不讲理地暗示莎玛，就像她是报社理事会的成员，他要另找一份工作，而且最糟糕也不过是给美国人当劳工。

"劳工！"莎玛说，"就你那像吊床一样松松垮垮的肌肉，我倒要看看，你能坚持多久。"

莎玛的话不是让他恼羞成怒，就是让他成为笑柄。于是他像平时思考未来时那样，穿着背心和短裤躺在床上，他抬起一条腿，用一根手指戳着松弛的小腿，或者摇晃着小腿，就像他们新婚不久、还住在哈奴曼大宅的长屋里时他常做的那样。就是这些时候（因为孩子们也参与了这一关于金钱的讨论），毕司沃斯先生开始就他正直的谋生手段说教，告诉他的孩子们，他只能留给他们良好的教育和严格的家教。

在一次这样的家庭会议上，阿南德说学校里的男孩们开始攀比自己父亲的职业。这个新的游戏已经蔓延到攻读奖学金的班里。对此最津津乐道的挑战者是那些家境并不理想、对自身阶层缺乏信心的男孩，但是他们颐指气使，丝毫不显得懊恼或缺乏安全感。阿南德在一张美国报纸上看到说"新闻工作者"是一个华而不实的字眼，因此就说自己的父亲是一名记者；这个职业虽然并不气派，倒也还体面。格温德的儿子维迪亚德哈说他的父亲给美国人工作，这就是他们现在的说法。阿南德说："为什么维迪亚德哈不说他的爸爸是出租车司机呢？"

毕司沃斯先生没有笑。格温德有六套西装，格温德赚了不少钱。维迪亚德哈将要被送到国外去谋取正当的职业。但是阿南德的明天是什么呢？在海关谋一个职位，在行政部门做个职员：既不体面，也不气派，还要看人脸色。

阿南德觉得自己的玩笑开错了。几天以后，学校里开始流行新的盘问：男孩子们怎样称呼他们的父母？阿南德为了贬低自己，撒谎说："爹和娘。"他受到同学们的嘲笑，而才到学校不久的维迪亚德哈却十分精明，他毫不迟疑地回答说："妈咪和爹地。"这些称自己父母为"爸和妈"的男孩都来自因美元涌入而一夜暴富的家庭，他们野心勃勃、奋力进取，同时又对自己的一切半信半疑，这些男孩开始把他们的英语作文当真了：他们的爹地在办公室上班，周末时，爹地和妈咪开车带他们去海滨，车上还有装满食物的大篮子。

尽管毕司沃斯先生常常说要换工作，但是他知道他永远无法离开《特立尼达卫报》去给美国人打工，做劳工、职员或者出租车司机。他不是当出租车司机的材料，也没有劳工坚实的肌肉；他其实相当害怕失去这份工作：美国人不会一直待在这个岛上。但是作为一种象征性的抗议，他给自己所有的孩子都报名参加了自己工作的竞争对手《卫报》的童子联盟。此后，毕司沃斯先生的孩子们每个生日都会收到来自童子联盟的祝福。而让他尤为得意的是，W. C.塔特尔也效仿他，给自己的孩子报名参加了童子联盟。

《特立尼达卫报》的报应来了。逐渐缩小的发行量终于使得主管们明白他们政策的失误；他们开始承认读者们可能更喜欢看评论，而不是看新闻，而新闻即使实事求是也不一定就是好新闻。《卫报》不但抢走了《特立尼达卫报》的读者，还吸引了原先不看报纸的客户。《特立尼达卫报》推出了扶贫基金，基金的名字表明，这一基金并不与那些将失业的人看作是不可雇用之人的领导们发生矛盾。这一基金实际上是为了回应《卫报》的帮需基金；但是帮需基金只是圣诞节时的噱头，而扶贫基金则是永久的。

毕司沃斯先生被任命为调查员。他的职责是审阅扶贫基金申请人的材料，否决不合格的人，然后探访其余的人，视察这些人到底多么贫困，再根据环境，就他们的困境写一篇悲惨的报告，悲惨到足以使扶贫基金捐款。他必须每天找到一个需要救济的人。

"需要救济的头等对象，"他对莎玛说，"穆罕·毕司沃斯。职业：扶贫基金调查员。"

《特立尼达卫报》再也找不到比这更好的办法让毕司沃斯先生惊恐万状了，这使他整天为会被解雇、生病或者有飞来横祸而提心吊胆。他每天都探访着残疾人、失意的人、没用的人和疯子，他们住在和他的住所相去无几的地方：在令人窒息的腐朽的木头窝棚里，在箱板、帆布和锡片搭成的棚子里，在黑暗、让人汗流浃背的水泥洞里。他每天都去城东，那里满目疮痍，简陋的房子里藏着可怖的景象：拥挤的没有下水道的后院，布满绿色的黏液，常年处于隔壁房子和高碎石篱笆的阴影之中，篱笆上还搭建着另外的棚屋；院子里被薄膜搭成的厨房挤得水泄不通，拥挤的饲养家禽的铁丝网笼子，发白的石头上摊着散发着馊味的衣物；各种难闻的气味，但是所有的气味都无法掩盖粪坑和漫溢的化粪池的恶臭；更令人惊骇的还是这里的孩子们，他们大部分都是私生子，肚脐高高地凸起在肚子上，似乎是在匆忙和厌恶中被生下来的。然而间或也有一间整洁的屋子，唯一的家具是一张桌子和一把椅子，擦拭得锃光瓦亮，根本看不出来这间屋是在同一个污秽不堪的院子里。每天他都遇见那些贫困而倦怠的人，似乎需要终生的救济才能生存下去。但是他只能提起裤脚，在泥泞和黏液中调查，写报告，周而复始。

大部分需要救济的人都对毕司沃斯先生很尊敬，而为了减轻他们引发的恐惧，毕司沃斯先生开始采访他们。但有时候，有的穷人会突然因为毕司沃斯先生的探询而懊恼，变得郁闷，拒绝回答毕司沃斯先生的报告所需要的悲惨细节，这时候，毕司沃斯先生就会被指责是和有钱人、幸灾乐祸的人以及政府同流合污的盟友。有时候他们甚至粗暴地对待他。这时候他就会不顾自己的裤脚和鞋子，慌不择路地逃到大街上，身后还跟着叫骂声，他慌张的举止还会吸引成群的无所事事之人的围观，他们无一不身处贫穷，也许都需要救济。《需要救济的穷人陷入绝望之中》。

他考虑着早报的大标题。（虽然根本不可能刊登这样的文章：《特立尼达卫报》只要悲惨的细节和卑躬屈膝的感恩。）

他的自行车遭了殃。起先是气门芯被偷了；接着是橡胶把手；然后是车铃；再后来是他在矮山用来偷运水果的车挂包；有一天连车座也丢了。那是战前生产的布鲁克斯牌车座，十分走俏，新的车座已经买不到了。于是那个下午，他骑着没有车座的自行车横贯城市东西，一路上蹿下跳地颠簸着，招来人们异样的眼光，可谓洋相出尽。

还有其他危险。有时候他被恃强凌弱、身强力壮的黑人拦截："印度佬，给钱。"有时候他们索要一定的数额："印度佬，给我一个先令。"他已经习惯了在较大规模的电影院外面遇见健壮的黑人勒索钱财，但是那个地方光线明亮，还有警察，让他有胆子拒绝。在东边，灯光暗淡，也没有什么警察；为了不在不必要的情况下激怒这些穷人，他小心地进行自己的调查，口袋里总是装着几个铜币。他给这些人铜币，日后再以花费为名到《特立尼达卫报》报销。

但是还有别的危险。有一次，他爬上一小截楼梯，拨开蕾丝窗帘，来到一间收拾得极为整洁的屋子里，发现面前是一个强壮的女人。她的大嘴唇描画得奇形怪状，胭脂在她黑色的脸颊上闪闪发光。"你是从报社来的？"她问。他点了点头。"给我点钱。"她像一个男人那样粗暴地说。他给她一分钱。他的迅速回应让她吃了一惊。她带着敬畏凝视着那一分钱，亲吻着钱币。"当一个男人给女人钱的时候，你知不知道这意味着什么。"他做"法庭短讯"报道的经验使他意识到这是一个妓女，他马马虎虎地提完了问题，准备告辞。"我的钱呢？"女人说。她跟着他来到门口，叫喊道："这人就在这里干了我，就在窗帘后面，现在他不想付钱。"她叫喊着。她让两边院子里的妇女和孩子见证她受到的侮辱；毕司沃斯先生因为衣着体面，顾及自己的名望，又是在白天这个时候，面对这样的指控，不得不落荒而逃。

他过了一段时间才能够分辨那些假冒的申请者：哪些是想要出风头，哪些是想要发泄心中怨恨，哪些只是觉得不写白不写，还有一些小康的店主、职员和想要名声和钱的出租车司机，他们提出，得到救济就和毕司沃斯先生共享。他以前的许多拜访都白费了，而他需要每天确定一个要救济的人，因此他有时候就挑一个中等贫困的人，然后夸大他贫困的程度。

《特立尼达卫报》的当权者们继续对毕司沃斯先生的工作采取不管不问的态度；这种政策起初在他看来是用心险恶，但是后来给了他一定的责任感和权力。他的意见是唯一的衡量标准，他的决定就是最后决定。他得到了一个署名的专栏，叫作"我们的特别调查员"，这使得阿南德在学校颇为风光。毕司沃斯先生生平第一次被人贿赂。这是一种地位的象征。不过，大致出于对这些申请人的怀疑，他什么也没有接受；不过他还是以很低的价钱让一个残疾的黑人工匠给他做了一张餐桌。

他希望自己本没有让人做这张桌子，因为当桌子送来之后，他那拥挤的屋子情形更为糟糕。莎玛的玻璃橱柜被放到里面的房间，餐桌安放在他的房间，和床平行，中间只有一道狭窄的缝隙，假如他弯腰穿鞋，站起来时便常常会碰到头；如果他穿好鞋子，站起来的速度太快，他髋骨的上部就会磕在桌子上。那个好心的工匠做的桌子有六英尺长，将近四英尺宽，宽到可以爬在上面开关两侧的窗户。在失眠的夜晚，毕司沃斯先生总是把阿南德赶到斯林百金床床尾睡觉；在这种情况下，阿南德就会生气地离开床，在桌子上睡觉。于是毕司沃斯先生试图让阿南德以后在桌子上睡觉。窗户不能关，否则房间里就会闷死人。下午的阵雨来得迅疾而猛烈，莎玛又总是不能迅速爬到桌子上关窗户；不久，桌子在窗户下的那部分就变成灰色，带着点点黑斑，无论莎玛怎么油漆、上光或者擦拭都无济于事。"这是我买的第一张也是最后一张餐桌。"毕司沃斯先生说。

一天傍晚，他穿着背心短裤躺在斯林百金床上看书，试图不理会寄宿孩子们的嗡嗡声和尖叫声，以及 W. C. 塔特尔的新唱片。那张唱片是一个叫鲍比·布瑞恩的美国男孩唱的《当河上出现彩虹的时候》。有人走进房间，毕司沃斯先生背冲着门口，在一片喧哗之中，他懊恼地高声询问是谁挡了他的光线。

是莎玛。"快起来穿上衣服，"她兴奋地说，"有人来见你。"

有一刻他惊慌失措。虽然他一直对自己的地址保密，但是自从他成为贫困调查员之后，就不停地有人跟踪他。有一次，他刚刚从家里推出自行车，就撞见了一个申请救济的人。他假装自己是在做调查，为了做得更逼真，他当街访谈并记录了那人的一些情况，保证会尽快前往调查，终于摆脱了纠缠。

此时他回头一看，发现莎玛在微笑。她的兴奋中夹杂着一种自我满足感。

"谁？"他问，从床上跳下来，髋骨磕在餐桌上。站在桌子和床之间，他无法弯腰找自己的鞋子。他又小心地坐在床上，摸索出一只鞋。

莎玛说要见他的人是矮山来的寡妇们。

他松了口气。"我不能在外面见她们吗？"

"她们有私事。"

"但是我怎么可能在屋子里面见她们呢？"这是个问题。寡妇们将不得不站在门口，而他则要被迫站在床和桌子中间的狭窄过道里。无论如何，现在是晚上了。他掏出枕头下的棉布床单裹在身上。

莎玛出去叫寡妇们进来，五个寡妇几乎同时涌了进来，她们穿着最好的衣服，脸上因为日晒雨淋而十分粗糙，她们神情严肃且举止诡秘，就像每次她们有所谋划时的样子，虽然所有的谋划都失败了：养鸡场，牛奶场，养羊，种蔬菜。

毕司沃斯先生把被单一直裹到胸前，抓搔着他赤裸而松弛的胳膊。

"没法让你们坐下，"他说，"除了桌子，没有地方可以坐。"

寡妇们没有微笑。她们的严肃感染了毕司沃斯先生。他不再抓挠胳膊，把被单披到腋下。只有莎玛一直微笑着，在寡妇们中间，她身上穿的带补丁的肮脏便服十分醒目。

年长的寡妇苏诗拉走到床脚，开了口。

她们能不能领取救济？

她不慌不忙，显然经过考虑。

毕司沃斯先生尴尬得无法回答。

当然，苏诗拉说，她们不可能都拿到救济，但是能不能有一个人领取呢？

这是不可能的。无论她们怎样困窘，她们是他的亲戚。但是她们穿上自己最好的衣服大老远地从矮山赶来，他不能就干脆地拒绝她们。"那你们的名字怎么办？"他问。

她们已经考虑过了。不提图尔斯的名号。她们可以用夫姓。

毕司沃斯先生迅速转着脑子。"但是那些读书的孩子呢？"

她们连这个也考虑到了。苏诗拉没有孩子。至于照片：面纱加上眼镜和一些脸上的饰物，不会让人认出她来。

毕司沃斯先生想不出其他有效的拒绝理由。他慢慢地抓挠着自己的胳膊。

寡妇们严肃地盯着他，然后开始用谴责的目光盯着他。随着他的静默，莎玛脸上的笑容变得牵强；最后，连她也用谴责的目光盯着他。

毕司沃斯先生拍了拍他的左胳膊。"这会让我丢饭碗的。"

"但是那次，"苏诗拉说，"你当'营救者'的时候，你给你的母亲、你的哥哥们和所有的孩子都发了代币。"

"那不一样，"毕司沃斯先生说，"我很抱歉。真的。"

五个寡妇沉默了。在相当长的时间里，她们一动不动，瞪着毕司沃斯先生，一直到她们的眼睛空洞失神。他避开她们的眼睛，摸索着香烟，拍打着床铺，直到火柴盒发出咔嗒的声音。

苏诗拉开始长长地叹气，寡妇们盯着毕司沃斯先生的前额，一个接一个地叹气，摇起头来。莎玛恼羞成怒地瞪了毕司沃斯先生一眼。然后她和寡妇们走出门去。

楼下有一个孩子在挨打。W. C. 塔特尔的留声机在播放《在一个夜色甜美的晚上》。

"我很抱歉，"毕司沃斯先生冲着最后一个寡妇的后背说，"但是我会丢了饭碗的。抱歉。"

他真的感到抱歉。但是即使她们不是他的亲戚，他也无法让人相信她们需要救济。这些女人住在她们母亲的领地里，住在她们母亲的三座房子中的一座里；一个弟弟在英国学习医科；而另一个弟弟在南部的势力越来越大，他的名字常常出现在报纸上，出现在闲言八卦栏目里；他也因为商业贸易和政治言论出现在新闻栏目里，还有他做的流行广告（"特立尼达图尔斯剧院自豪地推出……"），怎么可能有人认为这些女人需要救济呢？

不久之后，毕司沃斯先生又遇到了另一个让他心烦意乱的请求。请求他的是阿扎德的哥哥布罕戴德。自从布罕戴德为了他那个情妇离开波各迪斯的酒屋，来到西班牙港之后，毕司沃斯先生就再也没有见过他；他只是从布罕戴德的儿子杰格戴德那里听说布罕戴德生活困窘，忍受着贫穷的煎熬。他们是亲戚，毕司沃斯先生同样也无法说服别人给他救济，因为他的弟弟是这个殖民地最富有的人之一。

布罕戴德给了他一个在市中心的地址，不了解这个城市的贫民窟的人还会以为布罕戴德是可可或者糖的经销商，一个掌管进出口买卖的国王。实际上，他住在一间介于东部物资进口商和糖及干椰子肉出口商之间的廉租公寓里。那是一座老式西班牙风格的建筑。公寓的正面直接连着人行道，墙上有很多地方的灰泥都剥落了，形成不规则的形状，窄小的窗户上装着破裂的百叶窗，还有两个生锈的铁阳台，直接通向人行道。

从出口商的仓库那里传来干椰子肉的恶臭和袋装糖的浓烈气味，那种气味和糖厂以及毕司沃斯先生记忆中小时候水牛池塘的甜臭味不同。进口商的仓库弥漫着各种辛辣香料的气味。路上散发着尘土、稻草以及牲口的屎尿气味。排水沟里每一处堆积着垃圾的地方都泛着涟漪，漂浮着白色的浮渣，像牛奶煮后漂起的薄膜，散发着一股刺鼻的酸臭，在阳光的炙烤下让人窒息。当毕司沃斯先生拐进公寓和出口商仓库之间的拱门时，这股气味仍然尾随着他。他把自行车靠在冰凉的墙上，赶开从出口商那里的糖袋上飞过来的蜜蜂，走上一条鹅卵石小路，小路的旁边有一条浅浅的呈黑绿色的排水沟，在暗处闪着微光。小巷通向一个铺平的比小巷略宽的院子。院子一边是出口商的高墙，另一边是公寓的墙，墙上黑洞洞的窗户挂着肮脏的窗帘。一条倾斜的水管滴着水，落在长满苔藓的水池里，然后流到排水沟里；在院子的尽头，有一间乱丢着报纸的厕所和一间没有顶的浴室，厕所和浴室的门都敞开着。院子上面是蔚蓝的天空。阳光斜斜地照射在出口商的高墙上。

毕司沃斯先生经过水管，拐上一条通道。他刚刚走到遮着门帘的门厅，就听见一个激动得近乎欢欣雀跃的声音："穆罕！"

他觉得自己又变成了一个孩子，所有的软弱和耻辱再度袭来。

那是一间低矮的没有窗户的屋子，只能通过通道里的微光采光。屋子的一角有一扇屏风遮挡着，另一角放着一张床。哈哈的高兴笑声从床上传来。布罕戴德没有衰老。毕司沃斯先生起初还害怕他变成一个干瘪的印度老头，现在长舒了一口气。布罕戴德的脸瘦了很多，但嘴唇上的肉块依然如故；在那张忧心忡忡的脸上，双眉紧锁，眼睛却依然明亮。

布罕戴德举起瘦弱的胳膊。"你是我的孩子，穆罕。过来。"他声音中带着前所未有的激动。

"你好吗，叔叔？"

布罕戴德似乎没有听见。"过来，过来。你可能以为自己是个大人了，但是对我来说，你仍然是我的孩子。过来，让我亲亲你。"

毕司沃斯先生站在糖口袋做成的小垫子上，朝散发着腐臭味的床弯下腰。他立刻就被用力地拉了下去。他看见涂着涂料的墙壁和屋顶罩着一层尘土和煤灰，感觉到布罕戴德没有刮过的下巴蹭着他的脖子，布罕戴德干涩的嘴唇贴在他的脸颊上。然后布罕戴德用力揪疼了他的头发，他叫出声来。他跳了回去，布罕戴德哈哈大笑起来。

毕司沃斯先生一边等着布罕戴德平静下来，一边环视着这间屋子。墙上水泥缝中的钉子上挂着衣服。布满沙砾的水泥地板上有一堆起初看来像是衣服的报纸。屏风旁边有一张小桌子，上面有一本廉价的书写纸、一瓶墨水和一支布满咬痕的钢笔；毫无疑问，布罕戴德就是在这张桌子上写信给他的。

"你在视察我的豪宅吗，穆罕？"

毕司沃斯先生不想承认自己受到了震动。"我不知道。但是依我看，你在这里还不错。你应该看看有些人是怎么生活的。"他几乎想说，"你应该看看我住的是什么地方"。

"我是一个老人。"布罕戴德说，声音尖而高，是毕司沃斯先生所不熟悉的。他的眼睛湿润了，嘴唇上浮起了一个浅浅的狡黠的微笑。

毕司沃斯先生慢慢离开床边。

从肮脏的印花棉布屏风后面传出动静：煤炉的叮当声，擦火柴的声音，轻快的扇炉子的声音。是那个华人女人。毕司沃斯先生按捺不住好奇。木炭烟从屏风上升起来，盘旋在房间里，在门口消散。

"你为什么要用力士香皂？"

毕司沃斯先生发现布罕戴德急切地盯着他。"力士香皂？我想我们用的是橄榄香皂。一种绿色的……"

布罕戴德用英语说："我用力士香皂，是因为那些漂亮的电影明星也用它。"

毕司沃斯先生心烦意乱。

布罕戴德侧身翻弄起了地板上的报纸。"我那些没用的儿子没有一个肯来看我。你是唯一来看我的人，穆罕。但你总是这样。"他冲着报纸皱起眉头，"不，这个已经结束了。弗南德斯朗姆酒，请客喝酒时最好的选择。这就是他们想的。朗姆酒，穆罕。还记得吗？哈！是的，就是这个。"他递给毕司沃斯先生一份报纸，毕司沃斯先生读着上面关于力士香皂标语竞赛的细则。"帮帮我这个老人，穆罕。告诉我你为什么用力士香皂。"

毕司沃斯先生说："我之所以用力士香皂是因为它杀菌、清爽、芬芳而且不贵。"

布罕戴德皱起眉头。他似乎根本没有听见毕司沃斯先生的话。毕司沃斯先生现在可以肯定布罕戴德聋了，而这本是他起初有所察觉而后却打消了的念头。

"写下来，穆罕，"布罕戴德说道，"在我忘记之前，写下来。填字游戏。找球游戏。标语比赛。它们都是一样的游戏。而我在这些方面的运气一向不好。"

毕司沃斯先生写标语时，布罕戴德开始讲述他的生活。他的耳聋一定有一段时间了：他说的每句话都十分完整，这使得他的话带有一种文学色彩。那是一个老套的故事，他怎样找到了工作又被解雇了，成功的企业怎样失败了，因为他自己的诚实，或者因为合作人的不诚实，他怎样失去了大好机会，而他那些合伙人都已经扬名立万。

他喜欢毕司沃斯先生的标语。"这肯定能赢，穆罕。现在，填字游戏怎么样，穆罕。你能不能就让我赢一次？"

毕司沃斯先生还没有来得及回答,那个女人就从屏风后面走出来。她敏捷而又隐秘地行动着,在桌上放下一个装着几块黄色小蛋糕的搪瓷盘子,拉出椅子,放在毕司沃斯先生旁边,然后又迅速地回到屏风后面去了。她大约中年,极为瘦削,有着长长的脖子和瘦小的脸。她给人一种垂直的感觉:肮脏的黑头发笔直地垂下来,洗得褪色的蓝棉布裙子下垂,瘦削的腿是笔直的。

毕司沃斯先生想看看布罕戴德是否因此觉得尴尬。但是布罕戴德继续谈论着他参加之后又输掉的比赛,丝毫不受影响。

那女人又端着两个高搪瓷茶杯出来了。她把一个茶杯放到桌子上,然后把蛋糕推到毕司沃斯先生面前,他已经坐在她拉出来的椅子上了。她把另一杯茶递给布罕戴德,他坐起来接过茶,一边把毕司沃斯先生写的标语递给她。

布罕戴德啜饮着茶,有一刻他仿佛就是阿扎德。他们的姿势都是相同的:慢慢地把茶杯送到唇边,半闭起眼睛,嘴唇停在杯口,吹着茶,然后闭上眼睛啜饮着茶,似乎这茶是神圣无比的;他饱经风霜的脸上浮现出平静的神色。

他睁开眼睛,恢复了痛苦的神态。"好喝,嗯?"他对女人用英语说。她迅速地瞟了毕司沃斯先生一眼,似乎急于返回到屏风后面去。

"他现在是个大人了,"布罕戴德说,"但是你知道,我在他还这么高的时候,就认识他了。"他大笑起来,"是的,这么高。"

毕司沃斯先生试图避开布罕戴德的视线,拿起一块黄色的蛋糕咬了一口。

"在他还是个这么高的孩子的时候我就认识他。现在他是个大人了。但是我还为了让他学好打过他哩,你知道的。嗯,穆罕?没错,伙计。"布罕戴德用左手端着茶杯,右手食指擦着拇指。

这本是令毕司沃斯先生害怕的时刻。但是当这个时刻到来时,他却

449

放下心来。布罕戴德没有提及他的受辱：他避开了。

布罕戴德手中的茶杯颤抖着，水倒了出来。女人跑到床边，大张着嘴。她并没有说出一个字：只是舌头拍着，发出噼啪的声音，最后变成了尖细的嘎嘎声。

茶洒在床上，洒在布罕戴德身上。聋子、哑巴、疯子等等念头闪过毕司沃斯先生的脑海，他为在这间肮脏的屋子里所发生的两性暧昧感到惊骇，他觉得黄蛋糕在嘴里变成了一团腥甜滑腻的糨糊。他无法咀嚼，也无法吞咽。布罕戴德在床上大发雷霆，用印地语咒骂着，那女人对此毫不在意，从他手上拿过茶杯，跑到屏风后面拿出一块面口袋布做的烧了好几个洞的抹布，轻快地擦拭着床单和布罕戴德的背心。

"你这个不下崽的笨母牛！"布罕戴德用印地语尖叫着，"总是把茶满到杯口！总是把茶满到杯口！"

就在她擦拭的时候，她薄薄的裙子抖动着，露出腋下浓密的乱蓬蓬的毛发，她难看的体形，内衣的一条边。毕司沃斯先生强迫自己咽下嘴里的糨糊，然后用甜腻的浓茶冲下去。毕司沃斯先生很高兴那女人卷起抹布，放在布罕戴德的背心下，然后回到屏风后面去了。

布罕戴德立刻安静下来。他顽皮地冲毕司沃斯先生微笑着说："她不懂印地语。"

毕司沃斯先生站起来告辞。

女人又出现了，对着布罕戴德嘎嘎地叫着。

"留下来吃顿像样的饭，穆罕，"布罕戴德说，"我还不至于穷到不能给我的孩子一顿饭菜的地步。"

毕司沃斯先生摇摇头，用手敲打着西装口袋里的笔记本。

女人退下去了。

"杀菌、芬芳、清爽而不贵，嗯？上帝会为此感谢你的，穆罕。至于我那没用的儿子们……"布罕戴德微笑了，"过来让我和你吻别，穆罕。"

毕司沃斯先生也微笑了，没有理会布罕戴德的大笑，走到屏风后面和女人告别。屏风后面的板箱上放着一只点燃的煤炉；在另一个板箱上放着蔬菜和盘子。潮湿的黑乎乎的地板上放着一盆脏水。

他说："我试试看我能做些什么。但是我不能保证。"

女人点点头。

"他的背有问题，真的。"

她话音很低但是很清晰。她不是哑巴！

他没有等她解释。他仓促地离开屋子，来到小巷。小巷里暖洋洋的，让人透不过气来。他再次闻见街上令人窒息的恶臭。造蜜的蜜蜂在出口商已经有些溶化的袋装糖那里嗡嗡乱飞。他的嘴里还残留着粗糙的蛋糕屑。他吞咽了一口，嘴里立刻充满了酸水。

他一回到房子，就跑到他的旧书架那儿，翻弄着他的那些剪报，从理想学校寄来的信函，一窝没有睁开眼睛的粉红色小老鼠，最后，他找出他那没有完成的《逃离》的故事，找到那个关于他那没有生育能力的女主角的幻想。他把故事带到厕所里，在里面待了一段时间，弄出很大的声响，一遍又一遍地拉着抽水马桶的水箱。等他出来时，厕所外面已经有一小队寄宿的孩子，他们很不耐烦，但充满好奇。

星期天，寄宿孩子们的喧嚣达到顶峰，毕司沃斯先生又开始带他的孩子们到波各迪斯走访。但是当他们到达那里的时候，他很少有时间和孩子待在一起。因为杰格戴德就像一个急于学坏的淘气小男生一样，总是急于把毕司沃斯先生带出阿扎德家。而毕司沃斯先生也总是情愿跟他一起出去。杰格戴德和毕司沃斯先生之间形成了一种轻松随意的关系。他们从来没有争吵过，也从来不是朋友，但是彼此都很高兴看见对方。他们不相信也不在意对方所说的一切，而且也不觉得自己有义务倾听彼此的话。毕司沃斯先生也很喜欢和杰格戴德一起待在波各迪斯，因为只要一离开阿扎德的房子，杰格戴德就变成了一个重要的人，阿扎德的继承人，而他的举止则是顺从而友爱的。不管他的年龄、他的家庭、他的早熟和他漂亮的白头发，杰格戴德在阿扎德家里仍然被看成一个年轻人，无论做什么都要征求许可。他最大的快乐就是违反阿扎德的规矩，而在好几个小时里，毕司沃斯先生也不得不装出这些规矩同样被施用在他的身上。抽烟是被禁止的：他们一到路上就抽起了烟。喝酒是被禁止的，而且根据法律，酒屋在星期天早晨不得开张：于是他们就喝酒。杰格戴德和一个朗姆酒屋的老板达成协议，为了感谢从阿扎德那里得来的免费汽油，他提供他的客厅作为他们星期天早晨喝酒的地方。在这个相当体面的客厅里，四把打磨得极为光亮的莫里斯椅子围着一个小桌子，毕司沃斯先生和杰格戴德一起喝威士忌和苏打水。起初，他们好像又回到了年轻的时代，似乎世界在他们眼前仍然是崭新的，而他们对彼此的友爱心照不宣。但是过了一段时间，在经过一段沉默之后，尽管他们都很愿意继续像从前那样交谈，焦虑和伤感再度回归。杰格戴德谈论他的家庭；他提到他们的名字，他们都已成家立业。毕司沃斯先生谈论《特立尼达卫报》，谈论阿南德和奖学金。最后话题总是回到阿扎德身上。毕司沃斯先生倾听着有关阿扎德的自私和残忍的新老故事，现在他更多的是听到布罕戴德是阿扎德早期成功的关键人物。尽管他并不相信，尽管他们在喝酒，毕司沃斯先生仍然默默地听着，不发表任何意见，间或透露一些他对图尔斯家族的不满，半真半假地说他像布罕戴德一样，是被家族背弃的人。一个星期天的早晨，他告诉杰格戴德他去探望布罕戴德的事情。

"啊！这么说你见过我爸爸了，穆罕？他怎么样？告诉我，他有没有说那个贪心的吸血鬼？"

这个当然指的是阿扎德。毕司沃斯先生低头凝视着自己的杯子，似乎十分动容，摇了摇头。

"你看他是多好的人，穆罕。没有一点怨恨。"

毕司沃斯先生喝了一点威士忌："他告诉我，你们谁也没有去看他，也没有给他任何的帮助或者别的什么。"

沉默了一会儿，杰格戴德说："那个狗娘养的撒这样的弥天大谎。还有那个和他住在一起的老母狗也不简单，你知道的。她总是挑拨离间。"

从此之后，杰格戴德再也没有说起过布罕戴德。而毕司沃斯先生决心只做一个聆听者。

这时候，杰格戴德总是显出醉意。而毕司沃斯先生几乎每次都喝得酩酊大醉，当他们离开酒屋老板的客厅时，他们决定要打破更多的戒律。他们到阿扎德的车库去，给阿扎德的一辆货车或者是卡车加满油，然后开车到河边或海滨去。杰格戴德开得很快，但是仍然保持着敏锐准确的判断力；不过，让毕司沃斯先生感到难堪的是，一旦回到阿扎德的家里，杰格戴德就变得相当清醒。他说自己出去谈生意，并用大量不合逻辑但是令人信服的细节描述所经历的谈话和事情。毕司沃斯先生很少说话，而且动作迟缓。他的孩子们注意到他通红的眼睛，不明白他那天早晨在西班牙港公车站的精神劲怎么会消失了。

吃中饭时，阿扎德总是一成不变地对毕司沃斯先生说他在生意上遇到的问题。"他们没有给我那个合同，你知道的，穆罕。我觉得你应该就这些本地公路理事会的合同写一篇文章。"以及："穆罕，他们不允许我进口柴油发动机的卡车，你能给我查查原因吗？你能不能替我写封信？我敢肯定是石油公司在暗地里捣鬼。你为什么不就此写篇文章呢，穆罕？"接下来就是查看官方表格、信件以及带插图的美国公司小册子，这时候毕司沃斯先生总是侧坐着，避开从半闭的嘴唇里咕哝着战争和禁令等等蠢话的阿扎德。

当孩子们询问他有什么不舒服的时候，他总是抱怨自己消化不良；有时候，他整个下午都在睡觉。他也的确消化不良；他吃的麦克莱恩牌胃药冲剂数量持续见长，他沉默，他不停地口渴，这些症状使得莎玛羞愧地意识到发生了什么。

于是孩子们总是发现自己在波各迪斯落单。只有塔拉欢迎他们，但是她因为关节炎腿脚不便。在这座高大的设施齐全的空荡荡的房子里，他们只能感觉到阿扎德和他的侄子们之间的敌意。任何事情都可能引起争端："伊拉克"的发音，有关别克汽车优点的谈话。尽管争吵的过程越来越短，但随着争吵越来越频繁，争吵变得如此激烈和下流，以至于叔侄之间似乎再不可能说话了。然而不一会儿，阿扎德就会从他的房间里出来，手上拿着报纸，他们又开始正常地交谈，有时候甚至还有欢声笑语。阿扎德离不开他的侄子们，他们也离不开他。阿扎德需要他的侄子们帮他生意的忙，因为他不信任外人；他更需要他们在家里的陪伴，因为他害怕孤独。而杰格戴德和拉比戴德没钱也毫无所长，除了阿扎德的庇护也没有地位，还拖着一大家子不能公开的家人，他们知道只要阿扎德还在世，他们就不得不依靠他。那个喜欢暴露自己优美体形的拉比戴德似乎时刻都会咆哮。杰格戴德刚才还在嘿嘿地欢笑，顷刻就会尖叫和哭泣。只要在阿扎德面前，他总是几近歇斯底里：这从他那小小的、眼神游移不定的眼睛就可以看出来，虽然他热情洋溢的举止掩饰了这一点。

孩子们越来越觉得自己像是入侵者。他们开始意识到自己的地位。最终，他们遭受了羞辱。

为了响应《卫报》童子联盟的胡安内塔阿姨的号召，阿南德手持一张蓝色的卡片到处为波兰难民儿童募捐。老师、学校看守人、店主，甚至W.C.塔特尔都给了他捐助。西班牙港乳品店的收银员给了他六分钱，奖励他小小年纪就做好事。一个星期天的早晨，在阿扎德家的后阳台上，当他给阿扎德朗读了一篇关于呼吸的重要文章之后，他给阿扎德看那张蓝色卡片，并请他捐钱。

阿扎德皱起眉头，看上去很不高兴。

"你们家真是奇怪，"阿扎德说，"爸爸给穷人募捐。你给波兰难民募捐。谁给你们募捐呢？"

从那之后，阿南德过了很久才再去阿扎德家。他不再为波兰难民募捐，他撕毁了那张卡片。募捐来的钱渐渐被他花光了，有好几个月，他都害怕胡安内塔阿姨会找他要钱。而每天下午面对乳品店里那个和蔼可亲的女人对他来说是一种折磨。

这些星期天早晨的短途旅行、早晨的虚情假意、下午和傍晚的忧伤逐渐减少，毕司沃斯先生更多的时候是待在家里，应付着内斗。

为了对抗 W. C. 塔特尔的留声机，琴塔和格温德开始唱一系列的《罗摩衍那》歌曲。琴塔多年以前就开始学习《罗摩衍那》，那时候毕司沃斯先生还在绿谷，现在她已经完成了这项学习；她唱得非常好。格温德则唱得没有那么流畅，他一半在哀号，一半在咕噜，通常是按照习惯趴着唱歌。毕司沃斯先生不得不忍受双方较劲的歌声，有时候歌声会持续一个晚上。他听着听着，就会忍不住穿着背心短裤冲到里面的房间里，拍打格温德房间的隔板，再拍打 W. C. 塔特尔房间的隔板。

塔特尔一家从来没有反应。琴塔唱得越发起劲。格温德有时候在唱对句时轻笑几声，把这当成他歌唱的一部分：《罗摩衍那》的歌手可以随意在唱对句时补充进自己的感情。但是有时候他会中止唱歌，对着隔板破口大骂。毕司沃斯先生也回骂，这时候，莎玛就不得不跑到楼上制止毕司沃斯先生。

格温德成了房子里人人避让的瘟神。也许因为开出租车时长时间背对着他的顾客，他变成了一个厌恶与人交往的人，他的三件套西装似乎禁锢了他所有残余的热心和忠诚，让他变得暴戾而乖僻。他的外表也因此起了相应的变化。他那张英俊的脸变得粗俗而捉摸不定；而自从他开出租车以后，他的身体失去了以前的结实劲儿，变得松垮肥胖，似乎只有穿上背心才能让他挺直身子，才能支撑他虚胖的肉体。他举止古怪而且阴晴不定。他和琴塔演唱的《罗摩衍那》几乎让所有的人都吃惊不小，如果不是因为他的几次暴行，人们也许还会觉得这歌唱颇为有趣。他有很多天对谁都不理不睬；随后，在没有任何人招惹的情况下，他开始紧追着某个人不放，并做出恫吓的笑容。他侮辱莎玛和孩子们；莎玛意识到毕司沃斯先生那像吊床一样松垮的肌肉根本不是格温德的对手，只有忍气吞声。他还出其不意地攻击柏斯黛的寄宿者，一直恐吓他们。请求琴塔干涉是无济于事的，因为格温德引发的恐惧正是她引以为傲的。琴塔把格温德痛打毕司沃斯先生的故事告诉了她的孩子们，孩子们又把这个故事说给寄宿者听，让他们惊恐万状。

楼上，格温德和毕司沃斯先生之间的争吵总是不可避免地伴随着楼下他们的孩子们之间的争吵。

有一次，萨薇说："我奇怪爸爸怎么不买座房子。"

格温德最大的女儿说："要是有些人凭嘴说就能挣钱，那他们早该住在天堂里了。"

"有些人就只有嘴和肚子。"

"有些人至少还有个肚子。别的人什么都没有。"

萨薇对于自己败下阵来相当气恼。只要楼上的争吵结束，她就跑到里面的房间，躺在四柱大床上。既不愿意再让自己受伤，也不愿意伤害她的父亲，她无法告诉他发生了什么；而他又是唯一能安慰她的人。

在这种情况下，W. C. 塔特尔成了一个有用的同盟。他的力气和格温德不相上下（虽然格温德的孩子们拒绝承认这一点），并且他们依然就车库的问题争吵不休。同时，W. C. 塔特尔和毕司沃斯先生之间的共同点也有助于他们的关系。他们都认为入赘到图尔斯家之后，不啻是和一群野蛮人为伍。W. C. 塔特尔自认为是特立尼达婆罗门最后的捍卫者之一，同时他还认为自己能够温文尔雅地欣赏西方文化的优秀产物：西方文学，西方音乐，还有西方绘画。他从不和人恶语相向，只是抽动他那长着长鼻毛的鼻孔，用沉默的轻蔑来表达自己的不满。

实际上，除了留声机带来的不快之外，毕司沃斯先生和 W. C. 塔特尔之间只是一种攀比的关系，这种关系是因为米娜打破了那座裸女雕像举着火把的胳膊和莎玛购买了一个玻璃橱柜而产生的。在置办家什上，毕司沃斯先生处于下风。自从弄回那个玻璃橱柜（橱柜上破裂的门没有修复，底层的架子上摆满了教科书和报纸）和那个感激的穷工匠制作的餐桌之后，毕司沃斯先生再没有余地购置新的家具。W. C. 塔特尔则还有整个前阳台：他买了两把莫里斯摇椅，一盏台灯，一张可以折叠的书桌，还有一个玻璃滑门的书架。毕司沃斯先生因为第一个给自己的孩子报名参加《卫报》的童子联盟而略处优势，但是他模仿 W. C. 塔特尔穿卡其布短裤又抵消了这一优势。W. C. 塔特尔的短裤是合乎体统的短裤，而且他穿短裤也很好看。毕司沃斯先生没有这样的体形，他的卡其布短裤是莎玛根据自己的判断用他的长卡其裤子截短后做的，用她的缝纫机给裤子上了一条曲里拐弯的白色棉布条。更让毕司沃斯先生受挫的，是塔特尔家的孩子透露他们的爸爸购买了人身保险。"你们也想要吗？"毕司沃斯先生对米娜和卡姆拉说，"如果我开始每个月都付保险的话，你以为我还能养活你们吗？"

图画大战的起因是毕司沃斯先生从一家印度书店买了两幅画，然后把它们裱在画框里。他发现他喜欢镶画。他喜欢玩弄干净整齐的纸板和锋利的刀子，他喜欢尝试各色各样的衬纸。他亲眼看着玻璃按照他的尺寸被切割好，然后他颤颤巍巍地带着玻璃骑回家，整个傍晚就可以消磨在装裱画上。镶裱一张画就像是写广告牌：需要整洁灵巧和精确。他可以全神贯注地做手里的事情，忘记这座房子，抛却他的不快。很快他的两间屋子就挂满了画，就像他在绿谷的营房里挂满了宗教引语一样。

W. C. 塔特尔则摆放起一系列他自己的照片，镶在木头镜框里。在其中的一幅照片里，W. C. 塔特尔除了缠着腰布、挂着圣环和种族标识之外浑身赤裸，头发除了顶髻都修剪得干干净净，他盘腿坐在那里，闭着眼睛作沉思状，手指优美地捏成一束放在向上翻的脚掌上。旁边的另一张照片上，W. C. 塔特尔身穿西服长裤，衬衫领带，还戴着帽子，一只穿着漂亮鞋子的脚踏在汽车踏板上，满面笑容，金牙闪闪发亮。还有他父亲的照片，他母亲的照片，他们房子的照片，他兄弟们的集体照或者单独的照片，他姐妹们的集体照或者单独的照片。还有 W. C. 塔特尔各种样子的照片：W. C. 塔特尔留着胡子、络腮胡、唇髭的照片，W. C. 塔特尔留着胡子的独照，他留着唇髭的独照；W. C. 塔特尔举重的照片（身穿游泳裤，盯着照相机，高举着他在矮山用拆除的电流设备的铅做成的哑铃）；W. C. 塔特尔身穿印度宫廷服装的照片；W. C. 塔特尔披挂着梵学家的全套行头：头巾、缠腰布、白色外套、珠子，他满面笑容，手里拿着一个铜盘子站在那里（背景是一些模糊的敬畏的脸孔）。这些照片之间是一些英国乡村的春日风景照，麦特霍恩的风景，一张圣雄甘地的照片，还有一张标题为《你最后一次看见你父亲是什么时候》的照片。这就是 W. C. 塔特尔综合东西方文化的方式。

但是开出租车的格温德，那个哼唱《罗摩衍那》的人，对于这些竞赛无动于衷，仍然像从前那样气势汹汹并威胁着别人。寄宿的孩子们开始公开诅咒他在汽车事故中致残或者丧命。但是事与愿违，他获得了"安全驾驶员"的荣誉称号，西班牙港市长还亲自和他握手。这使得格温德越发肆无忌惮，柏斯黛和毕司沃斯先生都开始表示要叫警察了。

但从来没有真的叫过警察。因为格温德突然不再找麻烦了。

一天傍晚，房子里突然陷入死一样的沉寂。寄宿的学习者们不再嗡嗡作响。W. C. 塔特尔的留声机也哑了。《罗摩衍那》的演唱在中间对句的时候突然中断。从格温德房间里传出来一阵咕哝声、重击声、噼啪声以及东西碎裂的声音。

阿南德踮着脚尖来到毕司沃斯先生的房间里，兴高采烈地悄声说："爹地在揍妈咪。"

毕司沃斯先生坐起来倾听。听起来好像是真的。维迪亚德哈的爹地在揍维迪亚德哈的妈咪。

整座房子都在听。当格温德房间里的噪声消失了以后，格温德又开始哼哼《罗摩衍那》，楼下的嗡嗡声又响了起来，但那是一种新的满足的声音，W. C. 塔特尔的留声机播放着庆祝的乐曲。

从此，格温德就时常殴打琴塔。寄宿的学习者们不再感到恐惧，因为格温德自从找到这个发泄途径之后，就不再找别人的麻烦。挨打让琴塔赢得了一种家长式的尊严，更耐人寻味的是，她因此受到从来没有过的尊敬。这还使得她的孩子们不像以前那么张狂，琴塔也不再唱歌，并被促使加入到教育竞争中去。

维迪亚德哈也在攻读奖学金的班里学习。他不像阿南德那样在尖子生之列，但是琴塔把这个归咎为家长行贿和学校腐败。一天下午，当阿南德坐在乳品店吧台的一个高凳子上时，一个印度男孩走了进来。那是维迪亚德哈。阿南德吃了一惊。维迪亚德哈更是吃了一惊。在惊讶之中，他们谁也没有理睬对方。维迪亚德哈经过阿南德，坐到吧台另一端的凳子上，要了半品脱牛奶。阿南德幸灾乐祸地看着他犯了个错误：要先在柜台付钱，然后把收据交给吧台服务员。这样一来，维迪亚德哈不得不绕一圈回到高凳子，把收据交给收银员，然后再次绕回到他选择的吧台的另一端。他们谁也不看对方，慢吞吞地喝着自己的牛奶，谁也不愿意先离开。谁都不想故意伤害对方，但是伤害还是发生了。每个男孩都觉得自己被伤害了；从此他们就再也没有说过话，直到他们长大成人。在那座拥挤的房子里，在那些尔虞我诈、错综复杂的关系中，他们始终保持着沉默。他们也都一直记得这种沉默。后来维迪亚德哈说是他那个下午先伤害了阿南德，而阿南德说是自己伤害了维迪亚德哈。每天下午三点过五分，乳品店里的人们就会看见两个印度男孩，坐在吧台两端的高凳上，用吸管喝着半品脱牛奶，谁也不看对方，更不和对方说话。

米娜和卡姆拉憎恶维迪亚德哈公开吃梅干的挑战，宣扬起阿南德惊人的学习成就。

"我哥哥读的书比你们所有人加起来读的都多。"

"听听。就算你对。如果阿南德读了那么多书的话，让他告诉我谁是《歌颂手枪》的作者。"一个小塔特尔说。

"告诉他，阿南德。告诉他谁是《歌颂手枪》的作者。"

"我不知道。"

"啊——哈——哈！"

"但是你怎么能指望他知道那个？"米娜说，"他只读那些有关常识的书。"

"好。就算阿南德的确读了很多书。但是我哥哥还写了一本书呢，整整一本书。现在他正在写另一本呢。"

他哥哥的确写了一本书。那是塔特尔的大儿子。他不停地要求买练习册，始终在那里写东西，给他的父母留下了深刻的印象。他说他在做笔记。实际上，他逐字抄写了教育主任卡特瑞治上尉编的《尼尔逊西印度地理》，这位上尉也是《尼尔逊西印度阅读》与《尼尔逊西印度算术》的作者。他用一打练习册抄完了《地理》，现在开始抄写教育部助理主任丹尼尔上尉编的《尼尔逊西印度历史》。

离奖学金考试还有不到两个月的时间，阿南德在学习上投入了全部的精力。早上上学前有半个小时的私人补习；下午放学后还有一个小时的私人补习；整个星期六早晨都是私人补习时间。除了他的任课老师给他的私人补习之外，每天五点到六点，阿南德还到校长家里，由校长亲自给他进行私人补习。他从学校走到乳品店，又立刻回到学校；随后就到校长家，萨薇在校长家等着他，给他准备好三明治和微温的阿华田。

他每天早晨七点离开家去上学，回到家的时候已经是傍晚六点半。他吃完饭，然后开始做家庭作业；最后开始准备他所有的私人补习课。

所有奖学金班的尖子生都被剥夺了玩乐的时间和权利，但是他们仍然努力维持着自己喜欢恶作剧、尽情享受着生命中最无忧无虑的时光的假象。当然有一些忧心忡忡的男孩只知道谈论学习。但是大部分人都在谈论刚刚开始的足球赛季，以及刚刚结束的桑塔·罗萨赛马大会，互相暗示他们的爸爸已经开车带他们参加了赛马大会，车上装着盛满食物的大篮子，他们在赛马大会上赌马，输掉了大笔的彩金。他们议论着圣诞节赛马大会上"褐色炸弹"和"弃儿"将会有怎样的表现（考试在十一月上旬举行，这能让他们憧憬考试结束后的生活）。阿南德在谈论这些话题时并非不在行，虽然他相当讨厌赛马，但他却谈论得头头是道。比如，他知道"弃儿"的父亲是"流浪者"，是"山谷希望"的后代；他宣称亲眼看见了这三匹马，并传播了一个在赛马场上的故事，即"弃儿"小时候曾经吃晾晒在外面忘记收回的衣服。他还卖弄了更多的赛马场闲言，声称（他开始因这个观点小有名气）那匹"小马厩"虽然正经历几乎无法挽回的灾难性低谷，却是特立尼达最好的马；令人遗憾的是它的表现太反复无常，但是这些白马都是性情暴躁的烈马。

一天，星期一的午餐时分，话题转向电影，似乎所有住在西班牙港的男孩都在周末到伦敦剧院看了连场电影：《荡寇志》和《弗兰克·詹姆斯归来》。

"很棒的两部曲！"男孩们惊呼着，"简直棒极了！"

阿南德有关"小马厩"的论调使他赢得了总能有与众不同的见解的名声，他说他不喜欢那两部电影。

男孩们一起反驳他。

阿南德根本就没有看那两部电影，只是重复说自己并不喜欢。"我看还不如看《达尔顿团伙来袭》和《达尔顿东山再起》。从各方面来说，老伙计。"

碰巧这时有个男孩说:"我敢打赌,他根本没有看过!你们能想象他那样一个书呆子会去剧院?"

"你这个虚伪的坏蛋,"阿南德说,引用了从他父亲那里学来的两个词,"你才是书呆子。"

那男孩想要转移话题:他是一个极为刻苦的书呆子。他重复着,但没那么起劲了:"我打赌他没有去看。"但是其他男孩都竖起耳朵听,那个攻击阿南德的男孩又有了些自信,说:"好吧,好吧。他去看了。就让他说说当亨利·方达……"

阿南德说:"我不喜欢亨利·方达。"

这稍稍转移了话题。

"你说你不喜欢方达是什么意思。所有的人都看得出来,你根本就没有见过方达走路的样子。"

"那是走路,老伙计。"

"好吧好吧,"那男孩继续说,"那么,后来发生了什么,当亨利·方达和布莱恩·唐莱维……"

"我也不喜欢他。"阿南德说。这时候上课铃响了,阿南德松了一口气。

他从那个攻击他的男孩的恼怒中看出这盘问还会继续。他放学后直接去了乳品店;他回来时,已经是私人补习的时间;私人补习结束后,他设法逃了校长家的课。然后他回家了,他说今晚他不用做作业,他想去伦敦剧院看电影,让大脑放松一下。

"我没有钱,"莎玛说,"你得问你爸爸要。"

毕司沃斯先生说:"等你到了我的年纪,你根本就不会喜欢西方人的玩意。"

阿南德暴躁起来:"等我到了你的年纪,我才不想和你一样。"

他后悔自己的出口伤人。他实际上十分疲倦;而毕司沃斯先生挥手让他走开的态度相当冷淡。但是他没有道歉。他唠叨着自己头痛，并说他肯定是因为用脑过度，这就是只知道题海填鸭的不幸，学校里他的竞争对手们就是这么咒他的。

毕司沃斯先生说："我身上一分钱也没有。后天才发薪水。现在我在办公室里只负责那些扶贫基金的小钱。去问你妈妈要。"

和平时一样，她的确还有一些钱。

"你要多少钱？"

阿南德算了一下。一张成人票是十二分，孩子是半票。保险起见，他说："三十六分钱。"他之后会把找回的零钱还给莎玛。

"三十六分钱。嗯，好家伙，你算是把我搜罗得一干二净了。看。"

他看到她的钱包里只剩下一些铜币。但是她总是能有办法。而且后天就是毕司沃斯先生发薪水的日子。

晚上的电影在八点半开映。毕司沃斯先生和阿南德大约八点钟离家。在电影院不远的地方有一家华人开的咖啡馆。他们要在那里买些吃的，这是看电影的惯例。他们还有十八分余钱。他们买了花生和薄荷糖，一共花了六分钱。

有一道窄窄的通道通往伦敦剧院放映厅，好似通向一座充满着传奇的地牢。通道一次只能走一个人，这使坐在通道尽头的检票员可以用他放在椅子扶手上的粗木棒挡住擅自闯入的人。毕司沃斯先生和阿南德到的时候，发现通道入口挤着一群乱哄哄的人。他们在人群边上犹豫了一会儿，立刻就被后面的人推挤进人群当中。他们被挤得手脚都不听使唤。阿南德被夹在高大的男人当中，看不见光亮，也透不过气来，只能由着人群往前移。人群中不断发出不满和生气的叫声：电影已经开始了，他们可以听见电影开头的音乐。阿南德感到人群挤得更厉害了；他担心自己会在通道和墙壁的夹角处被挤扁；毕司沃斯先生呼唤他的声音似乎从很远的地方传来；他无法回答；他既无法抬头看，也无法低头看。他只知道通道的尽头是亨利·方达、布莱恩·唐莱维以及泰隆·鲍华，尽管他在学校里声称不喜欢他们，他们都让阿南德致以最高敬意。他听见男人们叫嚷着要买票；他们离门口越来越近了。在通道墙上有一个透着光的半圆形小洞，把钱从洞里塞进去，再接住票拿出来，售票员的手时不时在洞口闪现：一个女人的手，肥胖而冰凉。

轮到毕司沃斯先生买票了。他挣扎着挤在小洞正前方，以免自己还没买到票就被挤到那个拿着棍子的检票员跟前，他在售票口闪亮光滑的木板上放了一个先令。"一张全票一张半票。"

一个女人的声音响起来："只有白天才有半票。"那张准备撕票的手等待着。

"那么就买两张全票。"

两张绿色的电影票被推到他面前，他和阿南德感受着来自背后的挤压，如释重负。

"喂，你！"那女人的声音从小洞里传出来。

卖票中断了，通道里的人声愈发嘈杂。

"你！"

毕司沃斯先生回到亮着灯的小洞那里。

"你什么意思，只给我一个先令？"硬币摊在她的手掌上。

"两张十二分的票。"

"两张票每张二十分。还差十六分。"

阿南德呆住了。嘈杂和叫喊声一下子变得很遥远。

电影背景音显示正在发生一场火拼。看过电影的人认出了这声音；这让他们更加狂躁不安。

他怎么能忘记只有日场电影才有半价？他怎么能忘记周一和周末的票价一样，是二十分而不是十二分？

毕司沃斯先生放下两张绿色的票子。其中一张被扯下来又还给他，还有四分钱找零。

他们站在检票员旁边的墙边，他们后面的人迅速地涌进场内，一面整理着自己凌乱的衣衫。

"你去看。"毕司沃斯先生说。

阿南德的两颊因为含着薄荷糖而鼓着。他停止了吮吸；糖在嘴里凉凉的、湿湿的。他摇了摇头。刚才的震惊已经打消了他所有看电影的念头；而如果他留下来看电影，他就不得不在半夜独自步行回家。

他们被不断地推撞着。他们挡了别人的路。

毕司沃斯先生说："我回来接你。"

阿南德犹豫了。但是在那时通道中起了新的骚乱；有人叫喊道："你们搞什么鬼还不进去？"检票员说："赶快决定。你们挡着路呢。"阿南德对毕司沃斯先生说："你去看吧。"毕司沃斯先生立刻表示了顺从，消失在人群中，被推挤进电影院里去看他本来没打算去看的电影。

阿南德留在通道里，不断往里走的人几乎把他压扁在墙上。之后，电影继续播放，通道终于空了。涂着涂料的赭石墙壁被摩擦得闪闪发亮。在透出灯光的小洞里，那双手在织毛线。

他经过伍德布鲁克广场、华人咖啡馆和莫瑞街运动场。他回去时房子里一片嘈杂。但是没有人看见他。他直接来到前面的房间，脱了鞋，躺在斯林百金床上。

莎玛上楼开灯的时候发现了他。

"孩子！你吓了我一大跳。你没有去剧院？"

"去了。但是我头痛。"

"那你爸爸呢？"

"他在看电影。"

前门咔嗒咔嗒地响了，有人走上水泥台阶。门开了，是毕司沃斯先生。

"哎！"莎玛说，"你也头痛吗？"

他没有回答。他在桌子和床之间磕碰着，最后坐到了床上。

"我搞不懂你们父子俩。"莎玛说。她进了里屋，拿着针线活出来，到楼下去了。

毕司沃斯先生说："孩子，给我把那本柯林斯版《莎士比亚文集》拿来。还有我的钢笔。"

阿南德爬到床头，拿来了书和钢笔。

毕司沃斯先生写了一会儿。

"该死的东西洇得一塌糊涂。但是，你还是看看吧。"

衬页上，在萨薇出生前给她起的四个男性名字下面，阿南德看见毕司沃斯先生这样写道："我，穆罕·毕司沃斯，在这里向我的儿子阿南德·毕司沃斯保证，如果他能获得中学奖学金，我就给他买一辆自行车。"下面是签名和日期。

毕司沃斯先生说："我觉得你最好见证一下。"

阿南德用最近的设计签上自己的名字，并在后面加上括弧，里面写上"见证"一词。

"现在一切都很正式了，"毕司沃斯先生说，"虽然只用了一分钟。让我再看看那本书。我觉得我忘了些什么。"

他拿起那本柯林斯版《莎士比亚文集》，把最后的句号改成逗号，补充了一句：如果在战争时期条件允许的话。

房子里的吵闹终于止息。嗡嗡声降低成一种低沉而持续的嘤嘤声。夜深了。莎玛和萨薇上楼回到里屋，米娜和卡姆拉已经在里面睡着了。阿南德躺在斯林百金床上，中间用枕头和毕司沃斯先生隔开。他把棉被单拉到脸上遮住光亮，很快就进入了梦乡。毕司沃斯先生看了一会儿书。然后他爬起来，关了灯，摸索着回到床上。

他醒了，他总是在天还没亮的时候就醒了。他根本不想知道此刻的时间：不是太早就是太晚。房子里仍然到处都是人声：楼上楼下都是租户和寄宿者，房子鼾响如雷。世界黑白一片，无须清醒。通过敞开的窗户，在树和隔壁房子屋顶的剪影上面，他可以看见深远的星空。这加剧了他的痛苦，痛苦又加剧了恐慌，他觉得胃部一阵熟悉的绞痛。

第二天他起晚了；他在露天浴室里洗了澡，在阳光明媚的前屋里吃了早饭。然后，他穿上昨天的衬衫（他每两天换一次衬衣），戴上手表，结好领带，再穿外套，戴帽子；打扮得体之后，他骑着车去面试穷人。

在学校里，当他碰见那个攻击他的男孩时，阿南德说："我当然去了。但是我对那片子厌恶透顶，我还没等开场就离开了。"

大家都认为这是阿南德的典型回应。

阿南德的哮喘每隔四个星期或者不到四个星期就犯一次，毕司沃斯先生和莎玛都害怕他会在奖学金考试的那一周犯病。但是在考试前的一周，他犯了哮喘，持续了三天，他的前胸被医用敷料浸染得变色脱皮，之后，阿南德就又可以参加他最后的冲刺补习了。他的学习强度又跟着增加了，毕司沃斯先生为了保证万无一失，就"种植更多的粮食"运动和红十字会主题写了文章，并要求阿南德牢牢记住，他得意地声称他在这些文章中隐藏了他自己的个性，使文章看起来根本不是一个持不同政见的成年人的看法，而是一个优秀而忠诚的在校男生的心声。文章中充满了高尚的情操，就像是《特立尼达卫报》的领导人讲话那样；文章急切呼吁对这一运动和社会的支持，并支持那些阿南德真心热爱的免费政府机构。

考试安排在星期六。星期五傍晚，莎玛拿出了阿南德授奖日穿的衣服和全套装备。阿南德拒绝了衣服，说那像是准备做礼拜似的。一直秘密行事的琴塔的确给维迪亚德哈做了一个小小的礼拜。星期五晚上，一个梵学家骑摩托从阿伍克斯赶来，在房子下面和那些寄宿者一起过了夜。星期六早晨，阿南德在做最后的复习时，维迪亚德哈在圣水中洗了澡，扎上腰布，面对梵学家，隔着圣火听他的祈祷，然后燃烧了一些酥油、椰子碎片和褐糖，最后寄宿者们摇铃敲锣。

阿南德也没能逃过这项仪式。他不得不穿上深蓝色的斜纹哔叽短裤、白色衬衫，系上崭新的学校领带；让他恼火的是，莎玛趁他不注意，在他衬衫上洒了薰衣草水。他说他看学校大厅的挂钟就可以了，但却被迫戴上了毕司沃斯先生那块塞马手表；手表像手链一样松松地垂在他的手腕上，他不得不把手表一直撸到前臂上。她还给他准备了毕司沃斯先生的钢笔，以防他自己的钢笔坏了。他还得带上一大瓶新墨水，以防主考者没有准备足够的墨水。他又拿了许多吸墨水纸，许多《特立尼达卫报》的铅笔，一个削铅笔刀，一把直尺，两块橡皮，一块用来擦铅笔字，一块用来擦墨水笔字。他说："别人会以为我要去那儿结婚。"最后，莎玛给他两个先令。她没有说以防万一，而他也没有询问。

那个喜欢傻笑和舔嘴唇的维迪亚德哈也受到了相同的重视；琴塔还给了他许多护身符，在梵学家的指导下给他挂上，并故弄玄虚地赶走了好奇的寄宿者们。最后，男孩们出门去学校，身上都散发着薰衣草的味道，维迪亚德哈坐他爸爸的出租车去上学，毕司沃斯先生推着他那辆埃菲尔德皇家自行车，陪阿南德步行。沿街往下走到一半，阿南德把手插进裤兜里，摸到一个柔软的小小圆形东西。是一个干酸橙。一定是莎玛为了驱逐坏运气放进去的。他把酸橙扔进了排水槽。

一切正如阿南德害怕的那样。所有攻读奖学金班的孩子在这多年的准备之后，终于等到了这献祭般壮烈的一天，盛装打扮，为此献身。他们都穿着斜纹哔叽短裤、白衬衣，系着学校的领带，至于那些衣服里面都藏着什么护身符，阿南德就只能猜测一下了。他们的口袋里装满了钢笔和铅笔。他们的手上拿着吸墨水纸、直尺、橡皮和新墨水瓶；有一些孩子还拿着一整套计算工具；许多孩子都戴着手表。学校的院子里挤满了前来陪同的爹地们，他们是许多篇英语作文中的主人公；看上去他们和儿子们一样认真装扮了一番。男孩们看着自己的爹地，而没有戴手表的爹地们面面相觑，看着竞争对象们的上一代。学校外面几乎没有什么汽车，因此当维迪亚德哈坐着他爸爸的汽车到来的时候，引起了一阵小小的艳羡。但是格温德并没有即时离开，眼尖的男孩们已经看清了车牌上表示出租车记号的"H"。总而言之，这是可怕的一天，是清算审判的一天，身侧都是仔细探查的爹地们，前方就是考试。

阿南德想让毕司沃斯先生立刻离开。并不是毕司沃斯先生经不起这样的仔细打量，而是没有一个有爹地陪同的男孩可以做出对考试不屑一顾的样子来，而阿南德尤其想要表现出满不在乎的样子来。毕司沃斯先生顺从地离开了，心里以为这是孩子们的忘恩负义和冷酷无情。阿南德加入没有爹地陪同的男孩们的行列，让那些陪同的爹地们大开眼界，夸张地展示着在校男生的个性：他们叫喊着，故意恃强凌弱，互相叫着对方的绰号，大说特说老套而隐秘的课堂笑话，并高声大笑。他们闹哄哄地议论着那天下午要在"大草原"举行的足球比赛，就在这条街的尽头；许多孩子都说他们要去观看比赛。其中一个大胆的男孩讲述着他昨天晚上看的电影。他们叽叽喳喳着，汗湿的手弄脏了吸墨水纸、直尺，满墨水瓶都是指痕；他们等待着。

铃声响起时，操场瞬间陷入寂静。叫喊声中断了，话说到一半停住了。特拉格瑞特街上的车来人往，女王公园旅馆厨房里的喧嚣都可以听得清清楚楚。白衬衫飘动着；新擦亮的皮鞋轻快地敲击着铺了沥青的四方院，然后沿着水泥台阶拾级而上；每个门口都有一列摇摆的蓝色斜纹哔叽；踢踢踏踏的脚步声响彻大厅；不时地传来示威性的重重关课桌盖的声音。然后一片沉寂。独自留在学校操场上的爹地们盯着大厅门口。

人群渐渐散开了。三个小时之后，他们又重新聚集在一起，他们的衣服已经有些松垮，眼睛却闪闪发亮。许多人拿着浸着油迹的纸包。他们站在建筑和树木的阴影里，紧盯着大厅门口。一个戴着套袖、神情自若的监考老师慢慢地上下走动，手里拿着纸页；他时不时地对着轻握的拳头无声地咳嗽一两次。一辆车停在学校大门不远的地方；一个中年司机懒洋洋地靠在车座和车门形成的角落里，在驾驶盘上放了一张报纸读着，抠着鼻子。

然后一个装满食物的大篮子出现了。那是一个柳条大篮，熨烫好的白色餐巾的一角从篮子盖下探出来。一个穿着制服的女仆臂上挎着大篮，等候在学校看护人家旁边的树荫里，毫不理会那些拿着油腻腻纸包的爹地们的目光。

更多的汽车来了。毕司沃斯先生写给《特立尼达卫报·周日特刊》的有关受助穷人的感人肺腑的贫苦报告新鲜出炉之后，他也骑着那辆埃菲尔德皇家自行车来了。由于他频繁造访穷人所形成的习惯，他把自行车用链条锁在了学校的栏杆上。他还没有解下自行车裤管夹就走进了学校操场：它们使得他看上去急切而又活跃。

又出现了两个大篮子。提篮子的人一个穿着制服，另一个穿着黑色的棉制长袍，站在前面那个挎着篮子的女仆旁边。

格温德也来了。从早晨起，他的心情就和平时不一样。他重重地甩上他的出租车车门，在学校大门外踱着步子，冲着人行道微笑着，双手背在后面哼哼着。

大厅里仿佛有一群鸽子振翅起飞：收考卷了。然后是不紧不慢地关课桌盖子的声音，慢吞吞地摩擦的脚步声，比早晨更果断一些，接着就冒出混成一片的白色衬衣，不成队形的蓝色哔叽裤子：仿佛是一个整齐的军队在短短几个小时之内就溃不成军、丢盔卸甲、迅速逃跑的场面。爹地们迎上去，如同欢迎乘火车到达的人们，一些人很快就找到自己的孩子，还有一些人迷失在白色和深蓝色的漩涡之中，踟蹰着找不到目标。

即使在这样的混乱中，人们还是注意到了大篮子，其中两个引起了不小的意外，因为上来接篮子的男孩十分腼腆，毫不起眼；现在他们被女仆们逼着朝教室走去。

各处的爹地们都在倾听孩子们的汇报。孩子们展示着试卷，用沾着墨迹的手指指点着。几乎在同时，爹地们转过身去，解开褐色或白色的纸包，偷偷地展示着里面的吃食。

毕司沃斯先生首先看见了维迪亚德哈：他跑下台阶，裤子口袋鼓了出来，很明显各装着一个酸橙，他的衣服有些皱了，但是脸上却仍像他早晨进考场时那样愉快、精神和干净。这个小恶棍。他加入那些没有爹地陪伴等候的男孩当中，他们正围着老师。他们不再在爹地们或彼此面前装腔作势，他们紧张、急切、兴奋。

阿南德出来时避开了那些男孩。毕司沃斯先生给他的那支备用钢笔在他的衬衫口袋里漏水了，留下很大一团湿的污迹：就好像他的心在流墨水。他的头发乱蓬蓬的，他的嘴唇上和周围沾着墨迹，他的额头和脸颊污渍斑斑。他的脸紧绷着；他看上去沮丧、急躁、筋疲力尽。

"好吧，"毕司沃斯先生微笑着说，心沉了下去，"考得还好吗？"

"把你的自行车裤管夹解下来。"

毕司沃斯先生对这孩子的暴躁猝不及防，顺从地照做了。

阿南德把考卷递给他，考卷乱七八糟地折叠在一起，已经脏了。毕司沃斯先生展开考卷。

"得了，放到你口袋里去吧。"阿南德说，毕司沃斯先生又一次服从了。

一个神情焦虑的华人男孩离开围着老师的孩子，朝他们走过来，过于肥大的哗叽裤子吊在他瘦骨嶙峋的膝盖下，看上去相当邋遢。他的一只小手肆无忌惮地举着一只巨大的奶酪三明治，三明治在和他细小的嘴唇对比之下，显得厚大得惊人；但是三明治的一端已经被啃啮过了。他另一只手拿着一瓶汽水。他瘦小的脸因为焦急而扭曲着，三明治和汽水对他来说已经无关紧要。

"毕司沃斯，"他说着，毫不在意毕司沃斯先生，"自行车手人数的总和是……"

"得了，别烦我。"阿南德说。

毕司沃斯先生抱歉地对男孩笑笑，但是那男孩根本没有看见。没有父亲的陪伴，他独自一人徘徊着，怀着自己的忧虑，没有人能告诉他的答案是对的，而老师的答案是错的。

"你不应该这样。"毕司沃斯先生说。

"喏，把你的钢笔拿回去。"

毕司沃斯先生接过自己的钢笔，钢笔滴着墨水。

"还有你的手表。"阿南德急于摆脱所有能提醒他早晨准备考试时的东西。

格温德和维迪亚德哈已经走了。其他汽车也开走了。操场里已经没有那么喧闹了。毕司沃斯先生带阿南德到乳品店里吃午饭。乳品店里挤满了男孩们和他们的爹地，成了十分陌生的地方。阿南德享受了特别待遇，喝了一罐巧克力而不是牛奶，但是他对什么都没有胃口：这只是献祭仪式的一部分罢了。

学校操场又重新挤满了人。汽车开回来，放下男孩们，随即开走。提着大篮子的女仆们也离开了。铃响的时候，男孩们没有像早晨那样立刻鸦雀无声，他们仍然唠叨着，慢吞吞地走着，重重地关上课桌盖子，一切慢慢恢复寂静。

毕司沃斯先生打开阿南德的考卷。算术试卷上的空白处涂满了潦草狂乱的数字：分数被简化了，还有许多乘法运算，有一些完成了，有一些没有做。毕司沃斯先生不喜欢这卷面。然后他在地理考卷上看见阿南德精心地写着自己名字的缩写，用铅笔勾勒，还用铅笔打了阴影，这让他丧气到了极点。

下午的考试比较短，考试结束时没有几位爹地等在操场上。只来了一辆汽车。早晨的闹剧结束了。男孩们也没有像早晨那样急匆匆地涌出大厅。他们解下领带，折叠起来放在衬衫口袋里，领带较宽的一头垂在口袋外面（这是最新的时尚）。一个监考老师穿着一件脏外套，拿着自行车裤管夹，提着他那辆老掉牙的自行车走下楼梯。他看上去不再那么令人敬畏，可望不可即，只是一个准备下班回家的男人。

阿南德一边跑向毕司沃斯先生，一边微笑着。他的领带装在衬衣口袋里，衣领竖着。"看！"他说，一边打开英语试卷。

其中一个作文题是《"种植更多的粮食"运动》。

他们相视而笑，像是同谋。

"毕司沃斯，你去'大草原'吗？"一个男孩问道。

"去啊，伙计。"

他跑过去加入到男孩们当中；毕司沃斯先生拿着钢笔和铅笔，直尺和橡皮，还有墨水瓶，骑车回家。

奇怪的是，男孩们整个学期都在谈论足球比赛和赛马，而现在在观看一场重要的足球比赛的时候，他们却始终在谈论考试。

阿南德在天刚擦黑的时候回到家里。他的哔叽裤子沾满了尘土，衬衫被汗水浸湿了，他看上去垂头丧气。

"我失败了。"他说。

"怎么回事？"毕司沃斯先生问。

"在考拼写的时候，同义字和同音异义字，我觉得特别简单，于是就想留在最后做。但是我忘了做。"

"你是说你整道题都没有做？"

"我在'大草原'的时候才想起来。"

沮丧感染了萨薇、米娜、卡姆拉乃至莎玛，看着维迪亚德哈的兄弟姐妹们兴高采烈，更加深了他们的沮丧。维迪亚德哈考得很顺利，现在正在罗克西电影院里看系列片《铤而走险》。他带回家的考卷相当整洁，上面只有标记他完成了题目的愉快的钩号。他的算术答案全部正确，整齐地写在一张纸条上。他知道所有难字的意思；他做对了所有的同义字，同音异义字一个也没有难倒他。他没有上过私人补习。他没有上过接二连三的私人补习。没有人在五点的时候给他送阿华田和三明治。他到西班牙港学校并没有多长时间；他喝的牛奶不多，吃的梅干也寥寥可数。

"我总是说，"莎玛说，虽然她并没有说过这样的话，"我总是说粗心大意会让你栽大跟头的。"

"过几年，等你回头再看这一切的时候，你只会觉得可笑的。"毕司沃斯先生说，"你尽力了。没有努力是白费的。记住这一点。"

"那你呢？"阿南德说。

虽然他们躺在同一张床上，但是在那天晚上剩下的时间里，他们谁也没有和对方说话。

阿南德那一年没有别的功课要做了，也再没有牛奶可以喝，但是星期一他去了学校。所有星期六参加考试的孩子都来了。他们成了高人一等的有闲阶级。有一些男孩花了一天的时间努力重做了周六考试的题目。（那个华人男孩满心羞辱，几近恐惧，终于得到了自行车手总数的正确答案。）其他的男孩故意炫耀着自己的闲散。起初他们对于坐在教室里但不必听课感到高兴，心满意足地看着攻读明年奖学金的学生恪守纪律。但是很快他们就厌倦了，他们在操场上闲逛。他们对考试的态度从星期六下午就发生了变化：每个人都认为自己多多少少考得不理想。阿南德则认为没有人像他那样酿成大错。最后他们都开始夸大自己考得如何糟糕；但是显而易见，他们谁也没有真正上心。他们有大把的时间需要消磨，下午只是在偷抽了一包香烟的时候才有了一点刺激，虽然香烟的味道令人失望，但是毕竟算一种胡闹。多年以来，阿南德终于可以在放学铃响的时候回家了。到上个星期之前，这还是一种无上的自由。但是现在他害怕离开男孩们，害怕回到房子里去。他一直等到六点才回家。

不寻常的是，毕司沃斯先生在房子下面莎玛用作厨房的地方。他穿着工作服，疲惫但看上去非常愉快。

"啊，我们的年轻人回来了。"他朝阿南德致意，"我一直在等你。我有样东西要给你看，年轻人。"他从外套口袋里掏出一个信封。

是一封来自一位英文鉴赏家的来信。他说他一直在读毕司沃斯先生发表在《特立尼达卫报》上的文章，他十分欣赏，想要和毕司沃斯先生见面，想说服他参加他组织的一个文学社。

"怎么样，嗯。怎么样。我告诉你，伙计，没有真正的努力是白费的。这并不是说我想要从那该死的报纸那儿得到什么，或者从你那里得到什么。"

毕司沃斯先生相当得意。阿南德以为自己知道其中的原因，但是他没有心情迎合他，或者显示自己的软弱。他一言未发地把信还给毕司沃斯先生。

毕司沃斯先生心不在焉地接过信，告诉莎玛把他的饭菜端上去，然后独自回到前屋去了。当他夜晚在鼾声阵阵的房子里醒来时，阿南德正在他的旁边熟睡着。他透过窗户凝视着清朗沉寂的夜空。

他第二天就去见了鉴赏家，并在星期五晚上参加了那个文学社的聚会。他尤其高兴自己能在这个时候离开房子，因为在星期五的晚上，寡妇们都会从矮山赶来，在房子下面过夜。寡妇们受到印度衬衫制造商的成功的启发，决定从事制衣。由于她们中间没有人会缝制衣服，她们决定学习，因此每个星期五，寡妇们都到皇家维多利亚学校里学习缝纫，每个寡妇学习其中一项手艺。她们在黄昏时分来到房子里，寄宿者们狂喜地欢迎她们，由柏斯黛给她们准备饭菜。寄宿者们在他们母亲在场的时候不会受到柏斯黛的鞭打，他们可以毫无顾忌地大喊大叫；整座房子就好像过节一样。

毕司沃斯先生发现自己在那个文学社里相当吃力。除了在《皇家读本》和《贝尔的杰出演说家》上看过的诗歌之外，他唯一知道的诗是埃拉·惠勒·威尔科克斯和爱德华·卡彭特写的那几首；而在鉴赏家的文学社里，诗歌占主导地位。但是那里有很多酒可以喝。毕司沃斯先生回家，把自行车推到房子下面的时候，夜已经深了，但是他的脑海中仍然充斥着洛尔迦、艾略特和奥登等人的名字。寄宿的学生们已经在长凳和桌子上睡熟了。身穿白衣的寡妇们轻轻地哼着歌，坐在一盏微弱的灯下，玩牌，喝咖啡，做针线活，经过几周的缝纫课之后，她们手里的活计已经肮脏不堪。他走上黑乎乎的前楼梯，打开他房间的灯。阿南德四肢伸展，睡在床上一堆枕头那边。他脱了衣服，挤进桌子和床之间的缝隙里。莎玛看见灯光，从里屋出来，她注意到他行动迟缓、小心翼翼，以及他的沉默，她明白他一定是像在星期天去波各迪斯的时候一样喝了酒。

文学社接收他的一个条件是，他必须朗诵他的作品。但是他不知道自己应该给他们看什么作品。他无法写诗，而且他也扔掉了那个《逃离》的故事。但是他熟知他的故事，他可以重新写一遍。可他仍然找不到合适的结尾。他读过很多现代散文，知道一个普通的结尾可能会得罪文学社的人。他无法写一个没有个性的男主人公"约翰·伦巴德"，"高大英俊、肩膀宽阔"，他一定会招来哄堂大笑。他必须冷漠无情。他的主人公应该叫戈比，是一个乡村的矮小店主，贫穷且羞怯。他拿上《特立尼达卫报》的衬垫，上了床，然后流畅地写下他熟悉的话：三十三岁，当他已经是四个孩子的父亲时……

他从来没有把这些句子朗读给文学社的人听。这个故事和其他故事一样没有写完。因为还没有等戈比遇到他那个不会生育的女主角，就传来毕司沃斯先生的妈妈贝布蒂去世的消息。

他把孩子们叫回家，然后和莎玛一起去了普拉塔布家。从路上看去，露天的阳台和台阶上挤满了吊唁的人，一片白色。他没有想到会有这么多人。塔拉在那里，还有一脸不高兴的阿扎德。但是大部分人他都不认识：他嫂子的家人，他哥哥的朋友，贝布蒂的朋友。他几乎像是参加一个陌生人的葬礼。尸体殓在一口棺材里，停放在属于他们的阳台上。他想要感到悲伤，但是让他惊讶的是，他只有忌妒。

莎玛尽了儿媳的职责，在葬礼上哀悼了一番。自从结婚后就被驱逐出家族的德黑蒂坐在台阶中间，朝新来吊唁的人声嘶力竭地哭泣，她抓着他们的脚，似乎急于把他们绊倒，阻止他们进去。前来吊唁的人的裤子或裙子被德黑蒂抓住，蹭在她泪水横流的脸上，他们抚摸着德黑蒂蒙着面纱的头，一面试图抽开自己被抓住的衣服。没有人想制止德黑蒂。谁都知道她的故事，大家都觉得她现在在进行忏悔，因而不愿意打断她。兰姆昌德相对克制，但是同样引人注目。他忙活着安排葬礼，那指挥若定的样子无法让人相信他从来就没有和贝布蒂或者毕司沃斯先生的哥哥们说过话。

毕司沃斯先生经过德黑蒂去看尸体。随后他就不愿意再多看一眼。但是当他徘徊在院子里，走在吊唁者当中的时候，他的脑海里始终浮现着尸体的影子。他觉得有一种压抑的失落：不是一种当下的失落，而是某种在过去丢失的东西。他想要独自待着，想要感受这种感情。但是他没有时间，而且他总是能看见莎玛和孩子们，她们是不同的联系、不同的感情，是他生活的支柱，却也将他带离他心中那块完全属于自己的部分，那个部分长时间以来都受到压制，以至现在已经消失。

孩子们没有到墓地去。他们留在普拉塔布的大院子里，打量着其他的孩子，比较着城镇和乡下的孩子们。阿南德穿着他参加奖学金考试的衣服，领着姐妹们由菜园来到牛棚。他们在那里研究一个坏了的车轮。在牛棚后面，他们惊起了一只正在扒挠麦秸堆的母鸡和它的小雏鸡。鸡群和女孩们朝相反的方向逃窜，乡下的孩子们咔咔地笑起来。

回到西班牙港之后，他们注意到毕司沃斯先生的沉默和安静，以及他的孤僻。他没有抱怨这喧闹；他试图温和地避免参与任何话题；夜晚他单独出门，长时间地散步。他没有叫任何人给他拿火柴、香烟或书。他奋笔疾书。他没有告诉任何人他写的是什么。他尽全力地写，但却不带激情，固执地撕了一张又一张纸。他吃得很少，但是他的消化不良却好了。莎玛给他买了他最爱吃的鲑鱼罐头；她让女孩们擦洗了他的自行车，让阿南德每天早晨给车子打气。但是他似乎根本没有注意到这些关心。

有一天傍晚，莎玛走进前屋，站在床头。他正背对着她写东西。她遮住了他的光，但是他并没有发脾气。

"你怎么了，男人？"

他毫无表情地说："你挡住我的光线了。"他放下纸和铅笔。

她从床和餐桌之间的缝隙中挤过去，坐在离他的头很近的床沿。她的重量引起了一些小小的骚动。枕头倾斜了，而他的头从枕头上滑落下去，几乎倒在她的大腿上。他想要挪开，但是当她扶住他的头的时候，他并没有反抗。

"你看上去不太好。"她说。

他接受了她的爱抚。她抚摸着他的头发，夸赞头发的好质地，说他的头发虽然逐渐变少，但是感谢上帝，没有像她的头发那样变白。她揪了一根自己的头发，放在他的胸前。"看，"她说，"完全白了。"她笑起来。

"白头发没有关系。"

她越过他的前胸看着他放下的纸。她看见纸上写着"我亲爱的医生"，"我"被划掉了又重新写上。

"你在给谁写信？"

她无法读下去，因为除了第一行，他的字迹潦草得一塌糊涂。

他没有回答。

他们就一直保持这样的姿势沉默着，直到这姿势让莎玛不舒服起来。她抚摸他的头发，调转目光看着窗外，倾听着楼上楼下传来的嗡嗡声和尖叫声。他闭上眼睛，在她的抚摸下又睁开眼睛。

"哪个医生？"虽然他们很长时间都在沉默，但她的问题之间似乎并没有间隔。

他沉默着，然后说："拉米什沃医生。"

"那个医生就是……"

"是的。签发我母亲死亡证书的医生。"

她继续抚摸着他的头发，而他慢慢地开了口。

拿到死亡证书费了一番周折。不，其实那并不是什么周折。普拉塔布先送了口信；普拉萨德来了，于是他们一起急切而又悲伤地去了医生家。那时正是中午，天气炎热，尸体不能久放。他们在医生家的阳台上等了很久；他们向医生抱怨，于是医生不但咒骂了他们，还咒骂了他们的母亲。他在去普拉塔布家的路上始终怒气冲天，他气愤而且粗暴地检查了贝布蒂的尸体，签发了死亡证书，要了他的费用后离开了。毕司沃斯先生的哥哥们告诉他这件事的时候并不愤怒；他们只是把它当作那一天的痛苦的一部分：死亡，送信，安排葬礼。

"那你怎么不告诉我呢？"莎玛用印地语问。

他没有解释。这是他独自忧虑的事情。如果他解释，就会让自己承受来自莎玛和孩子们的漠视，他还会让她们和他一样经受耻辱。

莎玛的安慰出人意料。她对孩子们讲述了发生的事情，孩子们表现出来的是愤怒而不是伤害，这给他增添了力量。

他几乎愉快起来，开始以强烈的热情写信。他给阿南德朗读了他写的草稿，并询问他的看法。草稿写得歇斯底里、言辞尖厉伤人。但是因为他的新心情和多次的改写，信成了一篇具有相当哲思、反省人性本质的雄文。他和阿南德都认为信既幽默又大度，而且还有几分恰到好处的屈尊俯就；他们激动地想象着那个医生收到这封来信时的惊讶，他不会想到仅仅一个农民还会有一个这样的亲戚。毕司沃斯先生介绍自己是那个医生粗暴地签发了死亡证书的女人的儿子。他把医生比作一部印度史诗里的怒气冲天的男主角，请求他谅解自己对一个背弃了自己的宗教信仰、宁可相信一种最近被全世界野蛮人大肆推崇的迷信的人（那医生是一个基督徒）提及了印度史诗。也许医生之所以这样做，完全是出于政治目的或者社会因素，或者仅仅想要叛离自己的种姓；但是没有人能够背弃自己的本来面目。毕司沃斯先生就这个主题往下推衍，推论没有人能够否定自己的人性而同时又保持自尊。毕司沃斯先生和阿南德在柯林斯版《莎士比亚文集》搜索，发现《一报还一报》的剧本里有很多可以引用的句子。他们还引用了《新约》和《薄伽梵歌》的一些话。这封信长达八页。信在黄色打字机上打好并寄了出去；毕司沃斯先生对于自己整整花了两星期完成的杰作得意扬扬，对阿南德说："好不好在圣诞节前多写几封信？一封信给商人，修理沙克哈。一封信给编辑，折腾《特立尼达卫报》。把这些信印成小册子，赠给你。"

但是伤害仍然无法抹平，它是如此深刻，甚至愤怒和报复都无法改变。发生的一切已经被锁在岁月之中。但那并不属于真理，而是一个谬误。他希望自己在信中陈述了这个观点；他想要做些什么，以对抗所发生的事情。那长眠在地下的尸体已经被亵渎，而他应该表示自己的尊重：致意那个默默无闻、他从来没有爱过的母亲。半夜惊醒的时候，他觉得自己无依无靠又脆弱不堪。他渴望有一双手能抚摸他的全身，而他只有把手放在肚脐上才能重新睡着，他无法忍受任何其他东西触碰他身上这个部位，不管有多么细微。

他不知该如何表示对母亲的尊重。他无法用诗人的语言来表达他的感情，那种语言蕴含的内容要大于字词意义的整体。但一天晚上，他从睡梦中醒来，透过窗户凝视着天空。他起了床，摸索到电灯开关，打开灯，拿来了铅笔和纸，开始写作。他向他的母亲致辞。他没有想什么韵律；他没有用任何浮夸抽象的词语。他描写他在山顶上，看见那耙过的黑色土地，铁锹留下的痕迹，耙尖耙过的凹痕。他描写了他多年以前回家的路途。他疲惫；她让他休息。他饥饿；她给他食物。他无处可去；她欢迎他。写作让他兴奋，让他放松，以至于他能够端详着身边熟睡的阿南德想："可怜的孩子。考试没有考好。"

诗写完了，他心中的郁闷也解除了，他感到自己再次变得完整。星期五，五个寡妇来西班牙港到皇家维多利亚学校学习缝纫，房子里回响着嘈杂的谈笑声、尖叫声、歌唱声和留声机播放唱片的声音，毕司沃斯先生去参加文学社的聚会，声称要在最后朗读自己的作品。

"是一首诗，"他说，"散文体。"

在鉴赏家那有着朦胧灯光的阳台上，一切都笼罩在光辉之中。桌子上放着威士忌和朗姆酒，姜汁和苏打水，还有一碗冰块。

毕司沃斯先生坐在阅读灯下的椅子上，啜饮着他的威士忌和苏打水。"这首诗没有题目。"他说。就像他所预料的那样，大家都对此表示满意。

然后他就出了丑。他以为他可以超然地朗读他写的诗，他鼓足勇气大胆地发挥，甚至带着几分自嘲。但是当他朗读的时候，他的手开始颤抖，纸在他手上沙沙作响；当他讲述到那趟回家之旅时，他失了声。他的声音嘶哑，他的眼睛涩痒。但是他继续朗读着，流露出的感情如此真切。当他读完的时候，没有一个人发言。他折起纸放进他的外套口袋里。有人给他的杯子里倒满酒。他瞪着自己的膝盖，似乎充满了愤懑，似乎他完全是孤独一人。那天晚上剩下的时间里，他没有再开口说话，在一种羞耻而迷惑的情绪中，他喝多了。当他回家时，寡妇们正在轻轻地哼唱，孩子们已经熟睡，而他在门外的厕所里大声地呕吐，让莎玛丢尽了脸。

无论怎样，阿南德一定要去上中学。毕司沃斯先生和莎玛做出了这个决定。这不是一件容易的事，但是如果只让阿南德接受小学教育，这将是残酷而愚蠢的。女孩子们也同意了。她们没有喝牛奶也没有吃梅干，她们上高中的希望也很渺茫；但是她们在班里的成绩不好，因此也就认为自己不值得一试。米娜和卡姆拉坚持认为毕司沃斯先生应该当众宣布阿南德上中学的决定，因为维迪亚德哈表现得似乎他已经赢得了奖学金，并公开学习拉丁文、法语、代数和几何这些会在中学教授的课程。

　　毕司沃斯先生当众宣布了他们的决定，虽然无论是毕司沃斯先生还是莎玛都没有说怎样解决花销问题。

　　莎玛想把她的母牛姆忒从矮山带过来。

　　"你准备把母牛养在什么地方？"毕司沃斯先生问道，"和楼下的寄宿者养在一起吗？"

　　"一瓶牛奶可以卖十到十二分钱。"莎玛说。

　　"草料怎么办，嗯？你以为你可以把姆忒拴在亚当·史密斯广场或者墨瑞街操场上吗？我看你是读了太多的卡特瑞治上尉的鬼话了。还有，在和你的家人住了这么多年之后，你想那可怜的老姆忒还能挤出多少牛奶来呢？"

　　一个寡妇对长期才会有效益的制衣计划绝望了，于是在一个星期五她从矮山带了一袋橙子，从那以后，莎玛就开始琢磨任何赚钱的机会。那个寡妇神情相当严肃。她把她的一个儿子叫到一边，命令他把橙子放到一个托盘上，把托盘放到一个盒子上，再把盒子放到人行道上。然后，她就到皇家维多利亚学校学习缝纫去了。寡妇的主意很简单：这样卖橙子不费力气，也不需要成本。那天晚上，姐妹之间议论纷纷；她们商量了更多的计划，并对未来表示忧虑。那个寡妇什么也没有说，像往常那样严肃和悲哀，舔湿了线头，穿针引线，做着手中的针线。

　　在房子的高墙外，那一小堆在托盘上的橙子在街上引起了人们的注意。这更增添了毕司沃斯先生害怕被性急的穷人们追踪到家里的恐惧。

因为奖学金考试和母亲的去世，他这阵子忽略了那些申请救济的穷人。信件堆积如山，有一个早晨，他坐在《特立尼达卫报》报社里第十次打出"亲爱的先生，因为我的休假耽误了给您回信……"时，一个记者来到他的桌前说："恭喜，老伙计。"

那是《特立尼达卫报》的教育记者。他拿着几张打好的纸，上面是奖学金考试的结果。

有一个名字在满篇的名字中跳入他的眼帘。

阿南德获得了第三名，获得了十二项奖学金中的一项。

让他陶醉的不但是这个好消息，办公室里年长的员工也都对他表示了祝贺。而那些几年前也参加过奖学金考试的年轻员工则显得冷淡和不以为然。

但是，第三名！整个岛的第三名！太牛了。只有两个男孩比阿南德更聪明！这简直无法让人一下子回过神来。

毕司沃斯先生慢慢恢复常态，试图转移众人的表扬。"告诉你们，这都是老师的功劳。"但是他又无法伪装下去，"粗心大意的孩子，你知道的。漏答了一整道题。拼写考试。同义词和同音异义词。"

人们开始无视他的唠叨。

"他其实都认识，觉得那些词都太简单。"

记者们返回自己的座位。

"然后他就忘记做了。漏掉了没做。整整一道题都没做。"

他整个早晨都心情愉快，并在这种心情下调查了两个救济申请人的状况，虽然他的好心情颇让这两人不快，之后他回到报社，邀请教育记者和伯耐特先生的新闻编辑同他一起到街角的咖啡馆喝啤酒。咖啡馆里装饰着华丽的热带海滨的狂欢壁画，他们在那里喝酒：三个男人，都不超过四十岁，但却认为自己的事业已经到了头，并把希望寄托在自己的孩子们身上。其中一个人的儿子取得了成就，也带给其他人希望。虽然他们无法像他那样欣喜若狂，却也分享着毕司沃斯先生的快乐。

"你可以让老姆忒安享晚年了。"当半夜回到已经安静下来的房子时，他对莎玛说；他的轻松愉快让莎玛满心疑惑。"是去卖橙子吗？去做贩卖生意吗？和寡妇们一起？那五个商业奇才。"

橙子的投机买卖事实上没有成功。只有一个落单的美国士兵花一分钱买了三个橙子；其他的橙子都在太阳下烂掉。失败被归咎于卖橙子的地点不好，而且还要怪那些势利和忌妒的邻居，她们为了刁难寡妇，宁可绕远路到城市市场里花高价买那里的橙子。那位寡妇的儿子也受到谴责，他缺乏热情，虚伪而傲慢：他站在离装橙子的托盘有一段距离的地方，试图假装他和那些橙子毫无关系。

当毕司沃斯先生透露奖学金的消息之后，莎玛开始袒护寡妇们，她和毕司沃斯先生就图尔斯家族进行了长时间的但是友好的争论。就像从前那样，获胜的总是毕司沃斯先生，他用他忘记了好久的讨好口气安慰莎玛说："去给你买那个金胸针吧，姑娘。哪天。"

"我敢说，那胸针给我殉葬一定不错。"

奖学金的前四名获得者都是这个学校的学生，他们也获得了十二项奖学金中的七项。老师的笔记和私人补习发挥了传奇般的功效，又一次取得了胜利。其中五项奖学金获得者都是像阿南德和那个华人男孩这样的公认的刻苦读书的书呆子，因此没有引起什么争议。第六项奖学金的获得者是一个腼腆的有女仆送大篮子食物的男孩，现在人们认为他很有心机。但最让人惊讶的是获得第一名的男孩。那是一个高大得惊人的黑人男孩。他比阿南德小一岁，但看上去却非常成熟。他的前臂已经布满青筋，下巴和脸颊已经冒出小胡茬。他公开嘲笑死用功的书呆子；他领头议论电影和体育运动；他精通三十年代以来英国郡县的板球比赛；他还第一个谈论性爱话题。他声称有过多次性经验，并让人以为在私人补习完离开学校之后，他背着书包不是去做家庭作业，而是沉湎于鱼水之欢，并受到年长女性的追求。他对女人的身体和功用表现出令人信服的了解；而他狂热迷恋 P. G. 伍德豪斯的小说，甚至成功地在英语作文中模仿了小说的风格，这更让人以为他的校外生活绝不会是复习课本和笔记。那天早晨他非常不受欢迎；他的成功让人怀疑他津津乐道的所有性爱冒险。他抗议说他根本就没有好好复习，只是临阵磨枪，而这样的考试结果让他比任何人都吃惊。但是他的抗议根本不起作用。

摄影师从报社赶到学校。获得奖学金的学生整装照了相。然后他们就可以自由行动了。他们已经不是学校的一员了。学校和老师已经不再重要，男孩子们急于离开操场。没有人敢说他想要回家告诉家人获得奖学金的消息；此外，没有人愿意就这样结束这一天。

城市在阳光的照耀下好像是一幅黑白画。树木静息，天空高远。他们朝"大草原"走去，坐在那里看着人们从女王公园旅馆中进进出出。在旅馆两侧入口处的白色开间，两个身穿雪白笔挺束腰外衣的门卫站着，那是两个肤色极黑的黑人。这一对比的效果十分强烈而且独特。男孩子们大声议论着为什么旅馆会雇用这个岛上最黑的人，为什么那两个人会接受这份工作。然后他们开始长时间地议论，如果他们的皮肤这样黑的话，他们会不会接受这份工作。出租车司机蹲在沥青人行道上，轻声笑着；门卫们因为人们不断地进出而不得不挺直腰板站立着，只能对男孩子们偷偷做出威吓的姿势，张开嘴急促地无声谩骂。男孩们大笑着退去。他们沿着"大草原"的树荫走着。在女王公园西路，他们碰见一个卖双色冰棒的流动货摊。他们买了冰棒；他们舔着冰，弄得手上、脸上以及衬衣上都黏糊糊的。随后，那个黑人男孩由于急于重新赢得自己的声望，建议大家到植物园去寻找做爱的情侣。他们去了植物园，在那里找寻着。在黑人男孩的部署下，他们出其不意地惊扰了一对恋人，恋人们慌忙摆出一副庄重得体的样子来。第二次突袭中，有个愤怒的美国水手在他们后面追赶。他们逃到岩石公园里，然后走过马拉沃路上奇妙的建筑。他们经过苏格兰男爵城堡、摩尔人大厦、半东方式的宫殿、主教的西班牙殖民地住所，来到以蓝色和红色为主调的意大利式建筑的中学，学校里没有什么人，只是在带有栏杆和柱子的阳台下有两辆汽车。他们既自豪又有点胆怯。他们风光了大半天，却很快就要成为这个地方的新人，无足轻重。钟敲了三下。他们抬头看着钟楼。他们将要耗费数年在这里观看这座钟的表盘；而他们也将会熟悉那些钟声。它们将警示很多事情；它们将代表许多开始和许多结束。现在它们预示着他们的悠闲时光已经一去不复返。"下学期见。"男孩们说，然后各自回家。

那天傍晚，当毕司沃斯先生和其他获得奖学金的孩子的父母提着威士忌和朗姆酒，带着家禽和山羊偷偷到老师家送礼的时候，塔特尔家的孩子们带着新的目标开始认真地看书，虽然不久就是圣诞节，学期也基本结束了。塔特尔的大儿子在激励之下，抄完了丹尼尔上尉编的《尼尔逊西印度历史》第一卷。维迪亚德哈度过了一个相当不快的晚上。他没有晚饭吃。因为他没有获得奖学金。维迪亚德哈，他曾把干干净净的试卷带回家，在自己回答过的问题上打钩，还有书写整洁、正确的数学试题答案，他已经开始学习拉丁文和法语，他还看了校际足球比赛，为一方呐喊助威。但是现在，他不能再学习拉丁文和法语了，他被逼着深夜不睡，复习他的奖学金考试笔记，琴塔还不断地鞭打他。

第二天早晨，报纸上登出阿南德和其他奖学金获得者的照片。报纸上还刊登着几百个仅仅通过考试而没有获奖的学生名字，寄宿的学生们在上面搜寻着维迪亚德哈的名字，但是没有找到。总是站在获胜一方的寄宿者们假装翻阅报纸，然后他们假装看同样是小字印刷的分类广告。琴塔没有权力鞭打寄宿的学生们，也无法再借格温德去威吓他们，她只有辱骂；她挨个辱骂他们；她辱骂莎玛，她辱骂 W. C. 塔特尔，她还辱骂阿南德和他的姐妹们；她再次翻出偷窃八十元的老账。她的声音像刺耳的哀号；她的眼睛红肿着，她的整张脸都燃烧着妒火。寄宿的学生们咯咯地笑着。那个本以为能获得奖学金而提前度假的维迪亚德哈又一次被逼着坐在自己的奖学金考试笔记前。琴塔时不时地中断她的辱骂，对着他尖声嘶叫。"看着！给我一把刀，看我不割了他的小舌头！"以及，"从现在起，你只能吃面包喝白水。这是唯一能让这个房子里的某些人满意的办法。"有时候她一言不发地跑到维迪亚德哈的桌子跟前，像拧闹钟发条一样拧他的耳朵，直到维迪亚德哈像闹钟一样尖叫起来。然后她就扇他的耳光，用巴掌打他，揪他的头发，掐住他的脖子。被吓昏了的维迪亚德哈一页又一页地用他那难看的笔迹抄写着已经没有任何意义的笔记；他的兄弟姐妹们对所有的人怒目而视，似乎他们要为维迪亚德哈的失败和惩罚负责。

琴塔整天整夜地叫骂着，她的尖叫声汇入房子里的嘈杂声中，最后连 W. C. 塔特尔也按捺不住了，他用纯正的印地语发表自己的看法，声音大得连在毕司沃斯先生的里屋都能听得清清楚楚。毕司沃斯先生在前面的房间里听着孩子们汇报塔特尔的意见，两个男人之间的关系开始缓和，而当 W. C. 塔特尔的二儿子为了参加明年的奖学金考试，低声下气地请求阿南德做他的家庭教师时，他们完全达成了和解。

W. C. 塔特尔送给了阿南德唯一一件庆祝他获得奖学金的礼物：一本 W. C. 塔特尔著的《护身符》，书的内容不知所云，塔特尔太太给了他一元钱，他给了莎玛。毕司沃斯先生羞愧难当，无法兑现自己写在柯林斯版《莎士比亚文集》空页上的诺言，阿南德也没有提醒他：他安心地认定战争时期条件不允许买自行车。学校里也没有什么奖励，也是因为战争情况不许可；阿南德获得了一张证书，证书是由街尽头的政府印刷厂印的，用来代替皮面装订、镶金边、盖着学校徽章的书，作为战争时期的奖励。

这一年里，物资短缺，物价持续上涨，人们争抢着店铺里储藏的面粉。但是在圣诞节的时候，人行道上挤满了从乡下来的、打扮得过分考究的购物者，街道上交通缓慢，声音嘈杂。店铺里只有本地制作的粗笨的木头玩具，但是广告牌上的气氛仍然喜气洋洋：画着红脸颊的圣诞老人、腾跃的驯鹿、冬青浆果和装饰着白雪的字母。申请救济的穷人更加迫切，毕司沃斯先生比以往任何时候都更努力地工作着。但是所有的一切：店铺、广告牌、人群、喧哗、繁忙，都昭示着这个季节急需的那种欢乐气氛。一年就要愉快地结束了。

但是这一年的结尾，还有更愉快的事情。

在圣诞节周中的一天清晨，毕司沃斯先生正在翻阅申请救济的信件，希望找到一个在平安夜需要救助的木匠申请人，一个他不认识的穿着体面的中年男人直接来到他的桌子跟前，举止冷淡地递给他一个信封，一句话也没说，就转身迅速离开了新闻工作室。

毕司沃斯先生打开信封。然后他推开椅子冲到外面，那人已经开车走了。

"你没有看见他吗？"接待员问，"他的确是来见你的。拉米什沃医生。"

他回了信，承认了自己所犯的错误。

"怎么样，孩子？"那天晚些时候他对阿南德说，"一系列信件。给医生的。给法官的。还有给商人和编辑的。加上给连襟、岳母的信。《十二封公开信》，穆罕·毕司沃斯著。怎么样？"

第五章　虚空

　　学校里没有哪个学生的父母像毕司沃斯先生这么热切。他热衷于中
学的每一项规矩、仪式和习俗。他热爱学校的指定教材，并把将阿南德
的奖学金学生表格送到海洋广场的缪尔·马歇尔家的乐趣留给自己，然
后带回一包免费赠送的书。他给课本包上封皮，在书脊上标出书名，在
每一本书的扉页和封底上都写上阿南德的名字、年级、校名和日期。阿
南德则为对学校里的其他同学隐瞒这件事费尽心机，因为他们的名字都
是自己写的，而且随意在书上涂画。虽然毕司沃斯先生和阿南德都觉得
没有必要，他还是去参加了学校的授奖演讲日活动。他还坚持要去看科
学展览，完全败了阿南德的兴致；一个黑人男孩跑到没有父母陪同的伙
伴们身边说："喂，伙计，蜗牛可以自己干自己。"阿南德却不得不留在
毕司沃斯先生身边，而毕司沃斯先生呢，从展览打头的电气演示开始就
尽职尽责地认真观看，最终也没有走到比显微镜更里面的地方。"站在
这里，"他告诉阿南德，"在我拉出显微镜玻璃片的时候挡着我。我要咳
嗽，然后在上面吐唾沫。这样我们两个都可以看一看。""好的，爸爸。"
阿南德说，"当然，爸爸。"但是他们没有看到蜗牛。作为一项试验，每

个男孩都发了一本家庭作业册，他们的父母或者监护人应该每天填写并签名，毕司沃斯先生每天准时填写签名。但是其他父母很少这样做，很快，那些家庭作业册就被抛到一边了，而毕司沃斯先生一直坚持到了最后。他坚信全校都和他一样关注阿南德；当阿南德犯了哮喘后又回去上课的时候，毕司沃斯先生总会在下午问道："那么，他们说什么了吗，嗯？"好像阿南德的缺席让学校的秩序大乱了一样。

十月，米娜也开始喝牛奶吃梅干。她出乎意料地被选中参加十一月的奖学金考试。毕司沃斯先生和阿南德陪她前往奖学金考试大厅，阿南德不无优越地重温了自己的少年时代。他看见自己的名字被印在校长办公室里的公告板上，深为学校对他的宣示而感动。中午米娜从考场出来时非常振奋，但在阿南德的严厉拷问下，她变得迷惑和低落，承认自己犯了错误，觉得可能还有别的误以为正确的错误。他们带她到乳品店吃午饭，三个人都觉得浪费了钱。当考试结果出来之后，没有人向毕司沃斯先生祝贺，因为米娜的名字只在那些通过考试但没有获得奖学金的学生之列，在印得极为细小的栏目中毫不起眼。

变化在他无知无觉的时候发生了。不知道从什么时候起，城市失去了浪漫和希望，也不知道从什么时候起，他开始觉得自己老了，他的事业已经到头，他对未来的展望都寄托到了阿南德身上。每一种认识都姗姗来迟，而当他意识到的时候，他也不觉得惊讶，那只是一种他早已接受的状态。

但是有一天半夜他突然醒来时，又觉得不该这样，他意识到，自己已经接受了这样的处境是无法改变的这一事实，而且已经有一段时间了：人声嘈杂的房子，楼下的厨房，饭菜要经过前门楼梯才能端到房间里来，逐渐长大成人的孩子们同他和莎玛挤在两间屋子里。他开始把房子——从敞开的门中看见的明亮客厅，八点钟时从餐厅传来的餐具叮当声，去看电影时一路上碰见的车库，下午用水管浇灌的花园，星期天早晨懒洋洋地躺卧在阳台上的光腿的人们——看作是和别人才有关的东西，就像教堂、屠宰货摊、板球比赛和足球比赛。房子已不再激起他的雄心，也不再引发痛苦。他已经失去了对房子的展望。

他沉浸在绝望中，正如他沉浸在想象中的虚空里，那虚空代表着他还不曾经历的生活。一夜又一夜，他耽溺其中。但是他也不再因惊慌而心悸，不再有愤懑如鲠在喉。他只是发现自己非常不甘愿，而他心中对这一放弃的后果所产生的担忧逐渐平息。

他调查申请救济的穷人并为需要救济的人撰写报告。他和 W. C. 塔特尔之间的关系时好时坏。寄宿的学生们继续读书学习。阿南德和维迪亚德哈继续互不理睬，两个表兄弟之间的冷战开始在学校里闻名。维迪亚德哈也上了这所学校，虽然没有那么光鲜。格温德继续打琴塔，穿他的三件套，开他的出租车。寡妇们不再到皇家维多利亚学校学习缝纫，她们放弃了做衣服发家的计划和其他所有的构想。其中一个在房子下面露宿，威胁着要在乔治街市场上摆货摊，最终被劝阻，回矮山去了。W. C. 塔特尔买了一个叫格罗里亚·沃伦的十五岁美国人的唱片，唱片名是《你永远在我心上》。每天早晨当寄宿的学生们涌出房子后，毕司沃斯先生便逃到《特立尼达卫报》去上班。

十分突然地，他的精神再次振奋。

事情发生在阿南德中学二年级时。因为他对穷人的了解无人能及，毕司沃斯先生成了《特立尼达卫报》在社会福利方面的专家，附带的职责包括采访慈善团体的组织者并参加很多聚餐。有一天早晨他在桌子上看到一张便条，通知他去采访新到任的社区福利部的负责人。那是一个还没有开始运作的政府部门。毕司沃斯先生知道这是战后发展计划的一部分，但是他根本不了解这个部门具体要做什么。他调来档案资料查询，却一无所获。大部分资料是他自己写的，他自己都忘了。他打电话约好当天早晨的采访就去了。而一个小时之后，当他沿着红房子的台阶走进铺着沥青的庭院时，脑子里想的却是给《特立尼达卫报》的辞职信而不是采访稿。他得到了一份社区福利主任的工作，每月五十元，比他在《特立尼达卫报》的工资要高，他接受了这份工作。而他仍然不明白成立这个部门的目标是什么。他猜测是组织村民生活；至于组织村民生活的原因和方法，他还是一头雾水。

他很快就被这个部门的负责人罗基小姐吸引了。她是一个高大且精力充沛的女人，已经处于中年末期。她既不浮夸也不咄咄逼人，没有他在那些掌权女人身上往往会看到的特性。她相当优雅，甚至在尚未谈及这份工作之时他就开始试图讨好她。同时，她还有一种新奇的吸引力。他从来没有见过任何一个和她同龄的印裔女人如此机警、聪明又有求知欲。当她提出给他这个工作的时候，他毫不犹豫地答应了。他拒绝了罗基小姐要他仔细考虑的请求，他害怕任何拖延。

他心情愉快地从圣文森特街回到报社。刚才发生的一切从任何方面来看都匪夷所思。他不再想关于新工作的事情。他不过是以一个新闻记者的态度讨论了一番战后发展，因为这和他以及他的家人没有任何关系。而现在，星期一的早晨，他就这样得到了一份新工作，这份工作让他成为新时代的一分子。这是一份政府部门的工作！他开心地回想着各种以前听说过的关于公务员的笑话，深深地感受到自从伯耐特先生离开之后他所害怕来临的重压。他随时都有可能被《特立尼达卫报》解雇，没有任何人或者事情可以保护他。但是政府部门不可能就这样解雇一个人。会有像惠特利那样的协议会，他相信是这样的。解雇要经过各种各样的渠道——这正是那个美妙的词儿——而按照他的理解，这个过程如此复杂，公务员很少有被解雇的。那个关于窃取并卖掉了整个部门打字机的邮递员的故事是怎么说的来着？难道他们不是说"把那个人调到没有打字机的部门去"吗?

　　他在脑海里给《特立尼达卫报》写了多少封辞职信啊！当他向秘书处知会以后，辞职的时候到了，他坐在斯林百金床上给《特立尼达卫报》写信，他没有使用他琢磨了多年的句子和词语。相反，令他惊讶的是，他发现自己感谢了《特立尼达卫报》雇用他这么久，使他开始了城市生活，让他有机会给政府工作。

　　收到编辑回信时，他觉得自己像个傻瓜。编辑只用了区区五行字回信，感谢他的信，认可了他的工作，惋惜他的离去，并祝他在新工作中好运。信由一个秘书打出来，在信的左下角印着秘书漂亮的姓名小写字母缩写。

　　写完辞职信，他不再理会申请救济的穷人，而是兴致盎然地准备自己的新工作。他从中心图书馆借来有关书籍，借阅了社区福利部的一小部分藏书。他开始阅读社会学相关的书，但是立刻就懊恼不已，因为他无法理解书上的语言和图表。于是他转向简单一点的关于如何在印度建立村庄的平装书。这些书很有趣，书上给出建造村子排水沟的前后对比图片，展示了如何不花钱地建造烟囱，如何打井等等。这些让毕司沃斯先生深受启发，以至于他很想在自己的房子里实践。有相当一部分书莫名其妙地强调在集体工作中民歌和民间舞蹈不可或缺，有一些书还给出了民歌的例子。毕司沃斯先生仿佛看见自己带领一群唱歌的村民一起修路，一起建造大棚屋，一起打井，他们边唱歌边收割庄稼。但是这一幕并不能使人信服，他对印度村民太了解了。比如，格温德的确喜欢唱歌，而 W. C. 塔特尔也确实喜欢音乐，但是毕司沃斯先生无法想象自己带着他们和唱歌的学生们给房子下层重铺水泥地板，或者给半墙抹上灰泥，或者建造另一个厕所和浴室。他甚至疑心自己能不能让他们唱歌。他阅读了有关家庭手工业的内容：颇具浪漫色彩的字眼，让人联想到衣衫整洁的农民，五官典雅凝重，在共同搭建的大棚屋里，坐在纺车前织出长长的布匹，然后夜晚时分点着火把，在村子里的树下唱民歌，跳民间舞蹈。但是他知道晚上当朗姆酒屋关门时，村子里是怎样的情形。于是，他便想象着自己在一间高大的木材搭建的大厅里，恪守纪律的农民们编着篮子，而他在他们的行列中巡视着。家庭手工业让他了解了青少年犯罪，他发现青少年犯罪远比成年人犯罪有意思。他尤其喜欢那些放荡不羁的罪犯照片：身材矮小，抽着烟，目空一切，但却充满魅力。他想象着自己获得了他们的信任，然后又赢得了他们永久的爱戴。他阅读了一些心理学相关的书籍，了解了琴塔鞭打维迪亚德哈的行为心理学术语。

罗基小姐起初鼓励他对工作的热情，现在则试图抑制他的狂热。这个月他经常和她见面，他们之间的关系越发融洽起来。每当她把他介绍给别人的时候，她总是称他是她的同事，从来没有人这样和蔼可亲地对待过他；在和她相处时少了些拘谨之后，他变得潇洒快活。

不久，他就大吃了一惊。

罗基小姐说她想见见他的家人。

读书的孩子们！学生们！格温德！琴塔！斯林百金床和那个穷木匠做的餐桌！可能还有某个不死心的寡妇试图在大门口卖橙子或者鳄梨。

"流行性腮腺炎。"他说。

他并没有完全撒谎。流行性腮腺炎传染了柏斯黛的一大批读书的孩子们和学生们，传染给了一个小塔特尔，但是毕司沃斯先生的孩子们还平安无事。

"抱歉，他们都因为感染流行性腮腺炎而病倒了。"

后来罗基小姐询问孩子们的状况时，他不得不撒谎说他们已经痊愈了，实际上他们刚刚被传染。

月底，免费递送的《特立尼达卫报》准时停送了。

"你不觉得在开始工作之前度个假更能让你精神抖擞吗？"罗基小姐问。

"我也这么想。"他脱口而出，这是他养成的新习惯。他能想象自己身处读书的孩子和学生们之中，憋闷地度过没有薪水的一周。"是的，度个小假能使人面貌一新。"

"无忧宫是个好地方。"

无忧宫在岛的东北部。新来的罗基小姐已经去过那里，他却没有去过。

"是的。"他说，"无忧宫是个好地方，马雅洛也不错。"他补充道，希望借着提及东南部的一个旅游胜地让自己摆脱窘境。

"我敢肯定你的家人会喜欢那里的。"

"你知道的，我相信他们一定会喜欢的。"又提到了家庭！他等待着。她果然开口了。她仍然想要见见他的家人。

他无法保持镇定。他能提出什么建议呢？把他们一个接一个地带到红房子来吗？

罗基小姐给他解了围。她问他们是否能在星期天时和她一起去无忧宫。

至少那里比较安全。"当然，当然。"他说，"我妻子可以做点吃的。我们在哪里见面呢？"

"我去接你们。"

他无计可施。

"事实上我在无忧宫有一座房子。"罗基小姐说。然后她就说出了自己的计划。她想要毕司沃斯先生带着家人在那里度假一周。虽然交通不方便，但是过完一周她会开车来接他们。如果毕司沃斯先生不去的话，房子里没有人，不啻是一种浪费。

他激动不已。他以为度假只是不用去上班；他从来没有想过他可以利用假期带着家人去某个胜地度假，这是他不敢奢望的。很少有人这样度假。因为那里没有旅馆，也没有公寓，只有海滨别墅，而他知道那些别墅相当昂贵。现在他有了这个机会！而他多少次在给申请救济的穷人的回信开头写道：亲爱的先生，因为度假我没有及时给您回信……

他提出异议，但是罗基小姐很坚决。他觉得自己最好不要小题大做，因为他不希望让她觉得他在故作姿态。罗基小姐出于友谊提出了这样的安排，他就应该像朋友那样接受这个安排。他提醒罗基小姐他要和莎玛商量，罗基小姐说她非常理解。

不过，他觉得自己已经露了馅，罗基小姐对他的了解超出他原来的想象；当他第二天早晨在露天浴室洗完澡，站在里屋莎玛的梳妆台前时，这种感觉尤为强烈。出于自厌，他憎恨着装打扮，而这个早晨他发现他一直强调为自己专用的梳子上缠绕着女人的头发。他折断了梳子，又折断了另一把，穿衣服时还用与着装毫不相称的粗俗语言咒骂。

他告诉罗基小姐莎玛很高兴，当他和莎玛开始为度假做准备时，他很快就忘却了自责。他们就像一对密谋者。他们决定保守这个秘密。这样做的原因只是为了房子里的一个惯例：比如，塔特尔一家在买那个举火炬的裸女雕像之前就变得极为疏远，而琴塔在格温德开始穿三件套西装之前则几乎神情悲痛。

星期六，莎玛开始准备装食物的大篮子。

无法继续向孩子们隐瞒这个秘密了。装满食物的大篮子，汽车，开车去海滨，这是他们再熟知不过的事情。"维迪亚德哈！施威德哈！"琴塔吼道，"你们给我老实地坐在那里，嗯，看你们的书，你们听见没有！你爸爸可没本事带你们去度假，你们听见没有！我告诉你们，他可没有定期从政府拿钱。"当莎玛打包大篮子时，读书的孩子们和学生们站在莎玛周围。莎玛故意做出严肃而全神贯注的样子，不理睬他们的好奇。她的举止表明这整件事情非常麻烦，就像她告诉前来观看和提建议的寡妇柏斯黛时所说的那样，她之所以这么做完全是为了取悦孩子们和他们的父亲。

他们度假的地方和天数已经被发现了。只有出行方式还是个谜,那将是最后的惊喜。这也让毕司沃斯先生紧张焦虑。整个星期他都在担心罗基小姐开着她那辆崭新的别克轿车到家里来。他希望她到达和他们离开的时间间隔越短越好。她无论如何都不能从车上下来。不然她就会走进大门,看见房子里面的情形;她可能还会进来看看。或者她可能直接上楼梯敲门;W. C. 塔特尔会来开门,鬼才知道他那天早晨会摆出什么样子来:瑜伽修行者、举重者、梵学家、休息的卡车司机。他一定要想方设法不让她进到前屋,绝不能让她看见那张斯林百金床,他就是躺在这张床上写接受社区福利主任这个职位的正式信函的,也不能让她看见那张穷木匠做的餐桌和桌子上堆满的社会学、印度村落重建、家庭手工业和青少年犯罪等相关书籍。

因此,虽然罗基小姐说她会在九点钟到达,八点钟时孩子们就已经打扮整齐,吃了早饭,像卫兵一样守在大门口。他们时不时地从岗位上跑开,然后在一番不安的搜寻之后,才被从学生和读书的孩子们中间揪出来,或者急匆匆地从厕所里跑出来。莎玛发现她忘了各种各样的东西:牙刷、毛巾、起瓶器。毕司沃斯先生在前屋里进进出出,无法决定到底带哪本书。最后,一切都准备停当,他们在前楼梯上站成一排,等着罗基小姐的到来。毕司沃斯先生穿着度假的衣服,没有打领带,身上穿着星期六的衬衫,衬衫上还留着星期六打过领带的痕迹,他的外套搭在手臂上,手里拿着书。莎玛穿着她华丽的会客服装,仿佛是去参加婚礼。

他们等待着,学生们和读书的孩子们悄悄围在他们身边。"一边去。"毕司沃斯先生蛮横地悄声说,"回到屋子里去。去梳梳你的头发。还有你,穿上鞋。"几个年龄小的孩子被吓退了,但是一些大孩子知道毕司沃斯先生没有鞭打或者命令他们的权力,于是公开地表示轻蔑。更让毕司沃斯先生郁闷的是,有一些孩子开始走到人行道上,像鹳一样站在那里,用一只脚踩压着刷着粉红涂料的污迹斑斑的墙壁。留声机在播放一首印度电影插曲,格温德在哼哼着《罗摩衍那》,琴塔高声刺耳地发出抱怨声,柏斯黛尖声唤着女孩子们帮她做午饭。

随后传来一片惊呼声。一辆绿色的别克车驶过拐角。毕司沃斯先生和他的家人拿着手提箱和大篮子走下台阶,毕司沃斯先生愤怒地呵斥着学生们和读书的孩子们,要他们走开。

车子停下之后,毕司沃斯先生和他的家人就站在人行道的边缘。罗基小姐坐在司机旁边,她微笑着摆了摆手,只动了动手指。她似乎明白了毕司沃斯先生和家人的意思,因此没有下车。司机面无表情地打开车门,把箱子和大篮子放到汽车的后备厢里。

W. C. 塔特尔出现在阳台上,一副没有上班的卡车司机打扮。卡其布短裤下露出了他粗短的腿,白色背心展示着他宽阔的胸膛和硕大松弛的胳膊。他靠在阳台的半墙上,头上是垂吊的蕨类植物。他一根长手指小心地放在一个颤动的鼻孔上,发出一声短促的爆响,然后从另一只鼻孔中喷出鼻涕。

毕司沃斯先生不停地唠叨着,为了转移罗基小姐对学生们、读书的孩子们以及 W. C. 塔特尔的注意,为了掩饰房子里的嘈杂,还有琴塔突然的尖叫声,那好像是带着极大的痛苦似的:“维迪亚德哈和施威德哈!马上给我回来,不然看我不打断你们的腿。”

羞怯而好奇的学生们和读书的孩子们开始慢慢地涌向大门口。

“车上地方够大。”罗基小姐微笑着说,“不会挤很长时间的。我就不去无忧宫了。我觉得不太舒服,我可吃不消在海边待一天。”

毕司沃斯先生明白了。“只有四个孩子,”他说:“只有四个孩子。”他朝着读书的孩子们和学生们的方向踢踢腿。围观的孩子们只是往后退了退。

“都是孤儿。”毕司沃斯先生说。

所幸他们都散开了,其中一些孩子一直追着别克轿车跑到了街上。

他们对罗基小姐的身体不适表示同情，又乞求她改变主意；如果她不去，他们将毫无乐趣。她说她根本就没有打算去游泳；她只是想和他们一起兜兜风。但是不久，当确定只有四个孩子在车上，而且不会再有其他人时，她的决心动摇了，她说新鲜的空气让她感觉好多了，她最后决定和他们一起去度假。

　　路上的人们盯着他们，孩子们不知道自己应该微笑、皱眉头还是看向别处；坐在拉手吊带处的人紧紧抓住吊带。从别克车的车窗看出去，北特立尼达从来没有这样美丽过。就好像他们从来没有在巴士上看见过这景色似的，他们注意着风景的变化：从西班牙港外的沼泽地，变成落后的郊区，又变成丘陵起伏的农村，然后是村庄、村镇、稻田和甘蔗地，北部山脉一直耸立在他们的左边。他们行驶在新修的平整光滑的美国高速公路上，进出美国营地时，有戴头盔持步枪的美国士兵站岗。然后他们驶上一条蜿蜒的道路朝阿瑞马开去，清凉的树木在道路两旁搭成拱形，司机在这里需要小心行驶；他们随后又来到了瓦伦西亚，道路笔直地延伸到数英里之外，道路两边是野生的灌木。

　　阿南德心想，他们正开车朝海边驶去，车上装着大篮子，装满食物的大篮子，英语作文中的梦想成真了。

　　毕司沃斯先生担心着莎玛。她挺着丰满的身子和罗基小姐一起坐在前座，绣花乔其面纱搭在头发上，她显得镇定自若，甚至有些喋喋不休。她谈论新宪法、联邦政府、移民、印度、印度教的未来和妇女的教育。毕司沃斯先生带着惊讶和极度的紧张听她滔滔不绝地说着。他从没想过莎玛知道这么多事情，有这样偏激的看法；每当她犯了语法错误的时候，他就十分尴尬。

　　他们在布兰德拉停下来，步行到海湾里最危险的地方，那里的海浪高达五英尺，有一个牌子警示人们不要在此游泳。他们从来没有见过这样蔚蓝的海水，沙滩从来没有这样金光灿烂，海湾也从来没有这样美丽的曲线，海浪优美地拍打海岸。这是一个完美的世界，椰子树的曲线，海湾的曲线，海浪的曲线，远处地平线的曲线交叠映衬。他们已经能尝到嘴唇上大海的咸味。清新的风吹拂着；毕司沃斯先生和司机的裤子被吹成圆柱形；女人和女孩们按着裙子。

他们在安全的地方游了泳。

（后来阿南德告诉毕司沃斯先生，尽管罗基小姐说她根本没有打算游泳，她其实带了游泳衣。）

他们打开大篮子，在椰子树树荫下的干沙地上吃饭，树荫下很危险。（"今天将有超过一百万个椰子落在东部海岸上"，这是毕司沃斯先生给《特立尼达卫报》就干椰肉产业写的一篇华而不实的特写开头。）

然后他们开车朝无忧宫驶去，沿着狭窄陡峭的道路，路两边是黑压压的灌木丛。时不时地会突然瞥见一些小村庄，孤零零的，毫不起眼。海一直追随着他们。虽然看不见海，却可以听见它在不停地咆哮。海风不断地扫过树林，摇摆的灌木丛仿佛跳跃的绿色羽毛，上面是高远的天空。他们不时瞥见海的一角：如此近，如此没有尽头，如此鲜活，如此壮观。如果他们不小心从路上冲进大海里会怎么样呢？

那天晚上将会发生这样一个插曲，当卡姆拉从梦游中醒来时，发现自己陷入新的恐慌，在山顶上这座高大的空荡荡的房子里，周围一片漆黑，大海在远处翻腾着，椰子树和着风势咆哮着，而她却忘记了哪一间屋子是他们一起睡觉的房间。

他们在临近黄昏时到达目的地，已经没有多少时间在四周看看了。罗基小姐和司机开着别克车回去了，他们独自留在一座大房子里度假，彼此都羞涩起来。夜晚尤其让他们感觉不自在。他们待在陌生的、霉味扑鼻的、四壁光秃秃的客厅里，围坐在油灯旁，大篮子里的食物不再新鲜，倒人胃口，前天从乳品店里买的奶酪开始变质。房子很大，足够让他们每人单独住一间；但是外面的喧嚣，孤寂，周围陌生的黑暗让他们挤在一间屋子里。

早晨，风和海欢迎着他们。阳光照亮了他们所在的地方。风和海咆哮了一个晚上，但此刻它们是新鲜的，预示着新的一天。孩子们走在山顶潮湿闪亮的草地上，在摇摆的椰子树的缝隙间闪现的大海就在他们的脚下，他们的脸和手开始因为盐分变得黏糊糊的。

他们逐渐不再害羞。他们到空无一人的海滩去，海滩上半埋着一些从海的那边漂过来的不知名的树木残枝。越过摇摆的潮水带来的残枝，泛着涟漪的沙地上有沙蟹挖出来的一个个小洞，那是些小小的紧张的生物，和沙滩一个颜色。他们探访了带着法语名字的地方：布朗诗苏梓、麦特劳特；还去了桃口和撒利比亚海湾。他们摘杏子吃，吸吮果实，然后嚼碎杏仁。在这样一个荒芜遥远的地方，很难想象这个地方是私有产业。他们在路边的树上摘鲜艳的红色腰果，吃了果肉之后把坚果带回房子里烘烤。时间很充裕。有一次他们遇见一群讲法语的渔民，还有一次他们看见一群打扮考究的喧闹的印度裔年轻人，其中一个向米娜询问萨薇的名字，这让毕司沃斯先生意识到作为父亲的他又有了一项新责任。傍晚，在他们如今早已习惯的风和海的咆哮声中，他们玩扑克：他们在房子里找到了四副扑克牌。

他们还有另一个新发现，在一个装满罐头食品的橱柜里有撒拉伯斯食盐。他们从来没有见过装在罐子里的食盐。他们知道在商店里卖的食盐是粗糙潮湿的，但是这个罐子里的食盐细而干燥，而且就像罐子上的画所描绘的那样好用。

他们忘记了在西班牙港的房子，他们在这座山顶的房子里四处探寻。似乎这世界上除了他们再没有别人，除了风和海以及他们自己，再没有其他事物。他们听说在没有云的晴天可以看见多巴哥，但是他们始终没有机会看见。

别克车来接他们了。

当他们坐在车上返回西班牙港的时候，他们忘记了独处时的那种拘谨。他们要回到那两间屋子里去，他们将重新适应城市的人行道、房子下面糟糕的水泥地板、房子里的嘈杂和争吵。在他们出发时，他们曾经害怕到达目的地，害怕到达一个陌生的地方；现在他们害怕返回他们熟知的世界。但是他们都谈论着与此无关的话题。莎玛讲述着晚餐，想起她什么食物都没有准备。汽车停在东部大路的一家商店门口，他们坐在这辆由司机驾驶的汽车上，享受了片刻的虚荣。

西班牙港没有人迎接他们。他们到达时已经是傍晚。学生们和读书的孩子们都在读书学习。一切都和他们离开的时候一样：微弱的灯光、长桌子、一些学生们用心背书的喃喃声。只是房子变得更低矮，更黑暗，几乎让人窒息。起初没有人理会他们。但是不久就开始有人询问，打听他们是否遇到了什么不幸，因为回来的忧伤让他们变得暴躁易怒。

那片荒野真的存在吗？房子仍然在山顶上吗？风是否仍然吹得椰子树发出呻吟？海浪是否拍打着无人的海岸？是否就是在夜晚的这一时刻，从遥远的地方漂来了黑色的浆果、树枝和海草？

他们入睡时脑海里仍然响着海和风的咆哮。第二天早晨，他们在人声嗡嗡的房子里醒来。

毕司沃斯先生没有立刻就开始监督成群的农民做篮子。没有人给他唱歌。他也没有鼓励任何人建造好一点的棚屋或者从事家庭手工业。他开始地区调查，挨家挨户地询问并填写罗基小姐准备的问卷。他访问的大部分人都受宠若惊。还有一些人疑惑不解："谁派你来的？政府吗？你以为他们真的关心吗？"有一些人则不只是疑惑："你的意思是说他们专门雇你干这个？就只是为了发现我们生活得怎么样？但是我没有什么可奉告的，伙计。"毕司沃斯先生暗示调查比他们想象得更有意义；在这些人的逼迫之下，他不得不撒谎。这就像是采访那些申请救济的穷人，不同的只是除了他自己最后拿到薪水之外没有人得到救济。他干得不错。在薪水之外，他还可以要求生活费和差旅补贴。很多傍晚他不得不放弃看书，计算他的生活费和补贴。他填写一张表格，上交表格，几天之后得到一张代金券。他拿着代金券到财政部去，和一个好像在动物园笼子里的人交换另一张代金券。那张代金券因为多次经手已经软塌塌的，用各种颜色做着标记，写着大写字母缩写，签着名，盖着戳。然后他拿这张代金券到另一个笼子里换取真正的钱。这很费时间，但是去财政部让他感到他终于成为这个殖民地有钱的一员了。

他发现他的新收入很快就花费在新的地方，攒下来的钱没有期望的那么多。萨薇需要上更好的学校，家里的食物应该改善，阿南德的哮喘需要治疗。而且他决定——莎玛也同意——现在应该为他的新工作给他买一身新西装。

除了他去参加葬礼穿的哔叽西装，他从来就没有一身像样的西装，于是他满心欢喜地订做了他的新西装。他发现自己对服饰极为挑剔。他对布匹的原料和质感以及衣服的裁剪吹毛求疵。他喜欢试穿衣服：粗缝着白线的布料散发出烘烤的味道，裁缝毕恭毕敬地不断修改他的裁剪。第一套西装做好之后他决定立刻就穿上。衣服扎着他的小腿，让他很难受，还有一股新的味道。当他低头打量自己的时候，那一片褐色看上去古怪而刺眼。但是镜子又让他重拾信心，他克制不住，想要立刻展示他的新西装。在奥弗有一场特立尼达岛内的板球比赛。他并不懂比赛，但是他知道比赛的时候总是会积聚许多人，店铺和学校也会因为这些比赛而关闭。

那时候男人们很时兴在运动场合手上拿着一个内装五十支香烟的圆形香烟罐和一个光面火柴盒，用食指把火柴盒压在香烟罐顶。毕司沃斯先生有火柴盒，他用半天的生活费买了香烟。为了展示他的新西装，他拿着一罐香烟骑车去奥弗。

来到特拉格瑞特街的时候，他隐约听见稀稀落落的掌声。现在正好是午饭时间，人们不会这么早聚集，最好的时机是喝完茶的时候。但是他还是骑车来到奥弗的看台边上，把他的自行车停在剥落的瓦楞铁栅栏边上，锁上车，从他精心折叠出裤缝的裤子里取下自行车裤管夹，抖了抖裤子，抚平裤子上的褶皱，押直肩膀上扎人的西装外套。没有人排队。他花一元钱买了票，然后拿着香烟罐和火柴盒，朝看台走过去。只有四分之一的看台上坐着观众。大部分人都坐在前排。毕司沃斯先生看见坐满人的一排中间有一个空座。

"对不起。"他说着，开始慢慢地沿那排座位往里走，人们在他走到跟前时站起来给他让道，那排座位后面的人也站起来。大家在他经过之后又重新坐下来，他不停地说着"对不起。"态度彬彬有礼，丝毫没有意识到自己引起的骚动。他终于来到他的座位上，用一块手帕掸了灰尘，按照后面某个人的要求轻微地弓起了背。他刚刚解开西装上衣的扣子，整个人群就爆发出热烈的掌声。毕司沃斯先生心不在焉地瞥了一眼板球场，也跟着鼓掌。他坐下来，拉起裤子，双腿交叠，打开香烟罐盖子上的切割刀，抽出一根香烟点燃。这时掌声雷动，每个人都站了起来。椅子被推到后面去，发出刺耳的声音，有些椅子被掀翻了。毕司沃斯先生站起来和其他人一起鼓掌。人群拥向板球场。板球手们散开了，场上晃动着一片白色。裁判员被人群分隔着，镇定地朝休息室走去。比赛结束了。毕司沃斯先生没有到球场上去。他来到球场外面，打开自行车车锁，然后骑车回家，手里还拿着那个香烟罐。

他那身西装晾晒在后院里莎玛的晾衣绳上，无法和琴塔的晾衣绳上晾晒的格温德的五套三件套西装媲美，那五套西装需要用两根尖端分叉的木棍支撑。但这是一个开始。

访问结束了，毕司沃斯先生需要分析他收集来的信息。他对此一筹莫展。他调查了两百户人家，但是每次分类之后，他无法得出对两百户人家的调查结果，便不得不重新翻阅所有的问卷。他涉及的是一个没有规章的领域，分类工作毫无秩序。他在一张张纸上写满了歪歪扭扭的加法计算。斯林百金床上到处都是问卷。他督促莎玛和孩子们帮忙，呵斥他们的无能，把他们打发走，然后工作到深夜。他蹲坐在餐桌前的一把椅子上。桌子太高，垫着枕头坐在椅子上也不行，他就只好蹲着。有时候他威胁着要把桌腿砍短一半，并咒骂那个做桌子的穷木匠。

"这该死的东西简直让我恶心。"当莎玛或阿南德催他上床睡觉的时候他喊道，"让我恶心，我告诉你。恶心。我不知道我干吗不接着干我那调查穷人的工作。"

"无论你到哪里，结果都是一样的。"莎玛说。

他没有告诉她自己心中深切的恐惧。社区福利部已经受到攻击。公民、纳税人、捍卫公众权益的组织，以及其他人已经给报纸写信询问这个部门的职责，并抗议浪费纳税人的钱财。沙克哈所属的南部商人党已经提出要废除这个部门的运动：这是一个特别的目标，需要长期探求，因为没有一个党派有自己的计划，虽然他们都有共同的目标——让殖民地的人们个个平等富有。

这是毕司沃斯先生第一次感受到公众攻击，尽管这类攻击信十分普遍，所有的政府部门都会受到岛上各个党派的持续攻击，但是他仍然无法放心。他害怕翻开报纸。捍卫公众权益的组织尤其难以应付：他们给三家报纸都写了同样的信，整整两个星期，报纸连载完了这封信。除了毕司沃斯先生，其他人根本不担心，但是这也没有让他感到宽慰。莎玛认为政府是坚不可摧的，但她只是莎玛。罗基小姐总是可以回到她原来的地方去。其他官员是从政府其他部门调来的，他们也总可以回到原来的职位上去。而他只能回到《特立尼达卫报》，那里每个月的薪水还不到五十元。

他庆幸自己写了一封措辞谨慎的辞职信。为了防止不幸降临头上，他开始走访《特立尼达卫报》报社。报社里的气氛总是让他兴奋，他受到的欢迎也平复了他的恐惧：他被认为是交上好运的人。但是他境况的每一次改善和他积攒的每一分钱都让他觉得自己更加脆弱：这一切太好了，以至于不可能长久。

他及时完成了他的图表（为了清楚地分类，他把三张双面的大开书写纸连成一张几乎五英尺长的名册，这让罗基小姐哈哈大笑），他还写了报告。图表和报告都被打印复制好，然后他根据吩咐寄到世界各地去。他终于可以领导村民唱歌或从事家庭手工业了。他被指派到一个地区。他接到部门的备忘录通知，为了让他在管区内行动自如，他可以享受政府优惠贷款来买一辆汽车。

房子的惯例延续着。孩子们发誓要保守秘密。毕司沃斯先生带回家的小册子用优质图画纸制成，芳香扑鼻，富有光泽，似乎散发着新车的气味。他偷偷地上了驾驶课并考取了驾照。然后，在一个相当普通的星期六早晨，他开回一辆崭新的普莱菲特，漫不经心地把车停在大门前，车身和人行道并不完全平行。他走上前楼梯，毫不理睬车子引起的兴奋。

"维迪亚德哈！马上给我回来，如果你不想让我打断你的手和脚的话！"

当格温德中午回来的时候，他发现自己的车位被占了。他的雪佛兰车身更大，但是很旧，又没有清洗，挡泥板撞出了凹印，断裂后又焊接上，一扇车门漆着没有光泽的颜色，并不匹配，车牌上标识着H，这是出租车的字样，挡风玻璃上难看地贴着各种胶粘物，还有一块圆形的金属板，上面贴着格温德的照片和出租司机许可证。

"火柴盒，"格温德咕哝着，"谁把这火柴盒停在这里的？"

孤儿们并没有理会他的话，他也没有减少毕司沃斯先生的孩子们的热情，自从毕司沃斯先生漫不经心地把车停在那里开始，他们就不断地擦拭车上的灰尘，并故意装作为难地抱怨新车怎样招灰尘。他们在汽车的各个地方都发现了灰尘：车身上、弹簧上、挡泥板的内侧。他们擦拭着车子，难过地发现他们在汽车的油漆上留下了划痕，虽然非常细微，但是可以从某个角度看见。米娜向毕司沃斯先生汇报了这件事。

他正躺在斯林百金床上，被许多光亮的小册子包围着。他问："你听说了什么吗？他们说了什么，嗯？"

"格温德说那是一个火柴盒。"

"火柴盒，嗯。这是英国车，你知道的。这车能使用很长时间，等他的那辆雪佛兰报废了，它照样能开。"

他继续研究用红黑两色画的复杂难懂的汽车配线。他无法完全看懂，但是这是他的习惯，无论他新买了什么东西，不管是一双鞋还是一瓶药，他都要阅读所有附带的说明书。

卡姆拉走进房间说，孤儿们正在用手指触摸汽车，弄污了汽车的光泽。

毕司沃斯先生跪在床上，爬到前窗跟前。他掀起窗帘，探出穿着背心的身子，喊道："你！小子！别碰汽车！你以为那是出租车吗？"

孤儿们散开了。

"我要打断你们的手！"当监护人的寡妇柏斯黛吼道。孩子们叫喊着，咯咯地笑着，传递着她赶过来在栋树上折树枝做鞭子的消息。有一些不屑逃跑的孤儿在人行道上被鞭了一顿。在一片哭喊声中，柏斯黛说："嗯，现在某些人终于满意了。"

莎玛待在房子下层，没有出去看汽车。那个从前会柔术的女孩苏妮蒂现在正怀着身孕，她常常在和丈夫吵架后从矮山搬到这里来，等两人和好之后她再回到矮山去，她总是谈论离婚，试图以此引起人们的注意，并总是为了标榜自己的现代风气而穿着难看的不合时宜的外衣。苏妮蒂过来对莎玛说："这么说，姨妈，你现在发达了。汽车啊，什么都有了，好家伙。"莎玛说："是的，我的孩子。"似乎这汽车也是毕司沃斯先生令人感到羞耻的奢侈。但是她又开始准备盛满食物的大篮子了。

毕司沃斯先生甚至没有询问他们想去哪里的必要。他们都想去布兰德拉，想重温上次的快乐：坐在私人汽车里，大篮子，还有海滨。

他们去了布兰德拉，但是这是一次不同以往的旅行。他们没有关注风景。他们在享受新皮革的味道、新汽车的味道。他们倾听引擎轻微而平稳的吼声，并和他们遇到的其他汽车发出的噪音做比较。一扇车门上的烟灰缸盖子没有安装好，不停地发出叮当声，他们试图用一根火柴阻止那碰击。毕司沃斯先生已经给汽车钥匙装上了一根链子，链子正敲打着仪表盘。这也让他们心烦意乱。有一段时间似乎要下雨了，阿南德迅速打开雨刷。"你会刮擦着玻璃的！"毕司沃斯先生说道。他们担心鞋子会弄脏车垫。他们不停地注视着仪表盘上的钟表，和他们在路上看见的钟表比较着时差。他们觉得里程表非常新鲜。

"有人告诉我，"毕司沃斯先生说，"普莱菲特车上的仪表永远不会有误差。"

他们决定去拜访阿扎德。

他们把车停在路上，绕着房子来到后阳台。塔拉正在厨房里，阿扎德在读《卫报》周日版。毕司沃斯先生说他们要去海边，正好顺路拜访他们。

屋子里陷入沉默，他们不知道是否应该说自己买了新车的事情。

阿扎德批评他们都不健康，还掐着阿南德的胳膊，男孩因为疼痛而皱眉的时候，他哈哈大笑起来。然后，似乎急着提高他们的健康水准，他让他们每人喝了一杯新鲜的牛奶，又让女用人拿出放在阳台的袋子里的橙子剥给他们吃。

杰格戴德进来了，他那一身丧服似的衣服陪衬着一条鲜艳的宽大领带，显得没那么沉闷，没有扣扣子的袖子挽到毛茸茸的手腕以上。他开玩笑地问:"外面是你的汽车吗,穆罕?"

孩子们佯装在端详手中的牛奶。

毕司沃斯先生轻声说:"是的,伙计。"

杰格戴德像听到一个可笑的笑话似的狂笑起来:"还是原来的穆罕,伙计。"

"汽车?"阿扎德迷惑不解地说,显得很急躁,"穆罕?"

"一辆小普莱菲特车。"

"有一些战前生产的旧车还是很不错的。"阿扎德说。

"这是一辆新车,"毕司沃斯先生说,"昨天才买的。"

"就像纸板一样,"阿扎德攥起手指头,"那车就像纸板一样脆弱。"

"开车兜一圈怎么样,穆罕!"杰格戴德说。

孩子们和莎玛都紧张起来。他们看着毕司沃斯先生。杰格戴德微笑着,拍打着手掌。

毕司沃斯先生明白他们的担心。

"你担心得没错,穆罕,"阿扎德说,"他会把你的车撞得稀巴烂的。"

"倒不是因为这个,"毕司沃斯先生说,"我们要去海滨。"他看看自己手上的塞马手表。随后,他注意到杰格戴德沉下脸来,便又补充道:"只是试试车,你知道的。"

"我试开过的车比你多多了,"杰格戴德生气地说,"比你的大,也比你的好。"

"他会弄坏你的车的。"阿扎德重复说。

"不是因为这个。"毕司沃斯先生重申道。

"听他说的,"杰格戴德说,"但是少给我来这一套,嗯,伙计。听着,在你还不会赶驴车的时候我就已经会开车了。你以为我渴望开你那辆沙丁鱼罐头?你是这么想的?"

毕司沃斯先生十分尴尬。

孩子们却并不在意。汽车安全了。

"穆罕！你是这么想的？"

孩子们被杰格戴德的尖叫吓得跳起来。

"杰格戴德。"塔拉说。

他大步走出阳台，来到院子里，咒骂着。

"我理解你的心思，穆罕。"阿扎德说，"第一次买新车都是这样的。"他朝院子里了挥了挥手，院子里有好几辆报废的汽车。

他和他们一起走到路上。看见那辆普莱菲特时，他大叫起来。

"六马力？"他说，"八？"

"十马力。"阿南德说，指着汽车发动机罩下面的红色圆盘。

"没错，十马力。"他转向莎玛，"外甥媳妇，你开着新车准备去哪里？"

"布兰德拉。"

"但愿那里的风不要太大。"

"风，姨父？"

"或者你们根本到不了那里。噗！风就把你们从路上刮走了。"

在路上有一段时间里，他们心情郁闷。

"想开我的车。"毕司沃斯先生说，"好像以为我会让他开一样。我知道他是怎么开车的。立刻就会把车给毁了的。根本就不把车当回事。此外还要恼羞成怒，我告诉你们吧。"

"我总是说你们家族里有一些下流坯。"莎玛说。

"换个人根本不会这样要求。"毕司沃斯先生说，"我就不会。看这车在路上开得多平稳？感受一下，阿南德？萨薇？"

"是的，爸爸。"

"噗！让风把我从路上刮走。你不会想到像他那样的一个老头也会忌妒，嗯？但是他就是那样子。忌妒。"

但是每当他们在路上看见别的普莱菲特的时候，他们总觉得这种车看上去既窄小又累赘。这是一种奇怪的感觉，因为他们自己的车安全地载着他们，他们在里面一点也不觉得它狭小。他们不停地倾听着汽车发出的噪音。阿南德抓住钥匙链，免得链子敲打仪表盘。到布兰德拉的时候，他们把车停在远离椰子树的地方，他们还担心含盐分的空气会腐蚀车身。

当他们准备离开时，不幸发生了。汽车的后轮陷入松软的热沙地里。他们看着车轮空转，扬起沙砾，觉得汽车笃定坏了。他们在车轮下放上椰子树枝、椰子壳和小块浮木，终于把汽车弄出坑来。莎玛说她肯定汽车向一边倾斜；她说整个车身已经损伤了。

星期一，阿南德骑着那辆埃菲尔德皇家自行车上学去了，这样毕司沃斯先生写在柯林斯版《莎士比亚文集》上的诺言也部分兑现了。在战争情况下最终还是实现了这个许诺。实际上，战争已经结束了相当一段时间。

W. C. 塔特尔在这段时间里始终不动声色。他对毕司沃斯先生的新西装、新汽车和度假不置可否，他似乎无法承受这踵而来的变化。但是普莱菲特汽车渐渐不再引人注目，车垫变得肮脏，洗车变成了一项烦人的任务，孩子们把这任务交给了莎玛。仪表盘上的表也停了，没有人再注意烟灰缸盖子的叮当声，就在这时，W. C. 塔特尔后来居上，一举抹掉了毕司沃斯先生所有的优势。

他通过寡妇柏斯黛宣布，他在伍德布鲁克买了一栋房子。

毕司沃斯先生深受打击。他不理睬莎玛的劝慰，找茬和她争吵。"是你的就是你的，"他模仿着莎玛，"这就是你的哲学，嗯？让我来告诉你你的哲学是什么。抓住他，和他结婚，然后把他扔进一个煤桶。这就是你们家族的哲学。抓住他把他扔进一个煤桶。"他对公众对社区福利部的批评变得极度敏感。社会工作和青少年犯罪的书籍在餐桌上积满灰尘，他又重新开始阅读哲学书。塔特尔家的留声机兴致昂扬地播放着，他拍打着隔板叫喊："还有人住在这里呢，你知道的。"

他试图以辩证的方法看到好的一面。车库的问题不会再那么麻烦：车库里无法停三辆车，他常常被迫把车停在路上。也不会有留声机整日喧哗。等到塔特尔一家搬走之后，也许他还可以租下他们的房间。

时间一天天过去，塔特尔一家还是没有搬走。

"他干吗不带着他那留声机和裸女雕像离开呢？"毕司沃斯先生问莎玛，"如果他有房子的话。"

柏斯黛带来新消息。塔特尔买的房子里住满了房客。W. C. 塔特尔尽管不动声色，实际上正在想方设法起诉，把房客赶出去。

"哦，"毕司沃斯先生说，"是那种房子。"他想象着他调查申请救济的穷人时看见的那种腐朽不堪的拥挤的房子。现在毕司沃斯先生一会儿希望 W. C. 塔特尔从房子里搬出去，一会儿又巴不得他起诉失败。"把那些穷人赶出去。让他们住在哪里呢，嗯？但是你们家的人根本不关心这种事情。"

有一天早晨，毕司沃斯先生看见 W. C. 塔特尔西服领带穿戴整齐、戴着帽子离开了房子。那天下午柏斯黛汇报说诉讼失败了。

"我还以为他是去一流摄影室照相哩。"毕司沃斯先生说。

大喜之下，他做了一件他一直拒绝做的事情。他开车去看塔特尔的房子。让他失望的是，房子坐落在一个不错地区，在一块完整的地皮上：一座坚固的旧式木头房子，唯一的不足是需要上一层油漆。

不久，柏斯黛就汇报说房客准备搬走了。W. C. 塔特尔说服了市议会，让他们认为房子相当危险，就算不翻盖也要重修。

"又是老一套赶人出门的把戏。"毕司沃斯先生说，"我敢说没有哪座房子经受得住十个塔特尔家的胖子在里面蹦蹦跳跳。重修，嗯？我看他们是要开着那辆旧卡车到矮山再多砍一些树。"

"他正是这么做的。"莎玛说，对那种劫掠行为表示轻蔑。

"你知道我为什么无法在这个地方发迹吗？这就是原因。"但是甚至在他说这话的时候，他也意识到自己的口气像极了那个在水泥屋子里的布罕戴德。

塔特尔一家没有举行什么告别仪式就搬走了。只有塔特尔太太不顾他们之间的敌意，勇敢地亲吻了她的姐妹和她在路上遇见的孩子们。她神情忧伤但十分坚决，她的举止暗示着虽然她与此事不相干，但是她丈夫的掠夺行为是正当的，而她坚决捍卫这一点。受到威吓的姐妹们也只有做出忧伤的样子来，搬家过程就像塔特尔太太出嫁时那样催人泪下。

毕司沃斯先生想在塔特尔一家搬走之后租住他们房间的希望破灭了，因为图尔斯太太要从矮山搬回来。这个消息让整座房子都蒙上了阴云。她的女儿们都认为图尔斯太太精力充沛的时期已经结束，现在只有死亡在等待她。但是她仍然在很多方面控制着她们，她们不得不忍受她的反复无常。心情沮丧的柏斯黛吓唬那些学生和读书的孩子们，说图尔斯太太将如何处置他们，弄得他们也很沮丧。

图尔斯太太、看护病房的寡妇苏诗拉和布莱吉小姐一起来了，房子里立刻就安静了许多。学生和读书的孩子们个个低首敛眉，不过，图尔斯太太的到来给他们带来了意想不到的好处：在被鞭打之前，如果他们号啕大哭，就可以免于挨打。

图尔斯太太没有什么特别的病，她只是身体不适。她的眼睛疼；她的心脏很糟糕；她一直头痛；她胃口不好；她的腿没有力气；每隔一天她就会发一次烧。她的头上始终浸着月桂油；她每天都需要全身按摩；她需要各种各样的膏药。她的鼻孔里塞着软蜡烛或维科药膏；她戴着深色的眼镜；她的头上很少没有缠绷带。苏诗拉整天忙碌。在哈奴曼大宅时，苏诗拉作为图尔斯太太的护士享受着一定的特权，但是现在这种家庭结构已经被破坏，她不再享受任何权利，却无法逃脱这个义务，她也没有孩子可以救她。

图尔斯太太度日如年。她不读书，又嫌收音机吵闹。她的身体状况也不允许她出门。她从房间走到厕所，然后到前阳台，最后回到自己的房间。她唯一的安慰是说话。她的女儿就在身边，但是和她们说话似乎只能激怒她。随着她的身体逐渐虚弱，她越发出言不逊，总是恶意咒骂。她常常冲苏诗拉发脾气，每周都要把她赶出房子一次。她哭喊着她所有的女儿都巴不得她死，她们都在吸她的血汗。她诅咒她们和她们的孩子们，威胁要把她们赶出去。

"真是家门不幸。"她告诉布莱吉小姐，"也是族门不幸。"

只有布莱吉小姐能赢得她的信赖，布莱吉小姐向她汇报并安慰她。还有一个逃亡到此地的犹太医生。他每周来出诊一次，倾听图尔斯太太的牢骚。每次医生到来的时候，房子就要收拾干净，图尔斯太太热情地招待他。他重新激发了她所有的温情和幽默。当他离开时，她就对布莱吉小姐说："永远不要信任你的族人，布莱吉。永远不要相信他们。"布莱吉小姐说："是的，夫人。"她按时送水果给医生，有时候图尔斯太太会突然命令柏斯黛和苏诗拉准备一顿丰盛的饭菜送到医生家去，就好像是什么紧急的事情，似乎是为了满足她内心的某种渴望。

但是她的女儿们还是要到房子里来。她们知道她们与她之间还有割不断的联系。她们知道她害怕孤单，始终希望她们在她的左右。她们知道如果她们远离她，就可能伤害她。如果布莱吉小姐汇报说其中一个女儿特别难过，图尔斯太太就会提出建议、给予许诺。在这种心情下，她有可能会给一件首饰，有可能会摘下一枚戒指或者一个手镯给那个女儿。于是女儿们还是来看她，没有人愿意别人单独和图尔斯太太在一起。前来探望图尔斯太太的塔特尔太太尤其让人怀疑。她以前所未有的耐心忍受着咒骂，终于说服图尔斯太太看看植物，因为绿色可以养目并松弛神经。

虽然图尔斯太太辱骂她的女儿们，却小心翼翼从不冒犯她的女婿们。她向毕司沃斯先生简短而礼貌地致意。她从不试图对格温德表示异议，格温德仍然在房子里我行我素。脾气发作时他就揍琴塔，毫不理会图尔斯太太因头痛而让他安静的请求，还高唱着《罗摩衍那》。只有姐妹们才批评他的行为。

有时候图尔斯太太希望孩子们在她身边。于是她就召集读书的孩子们和学生们擦洗客厅和阳台的地板，或者让他唱印度圣歌。她心情变幻莫测，读书的孩子们和学生们始终战战兢兢，不知自己到底是应该严肃还是应该逗她开心。有时候她让孩子们在她房间里挨个背诵乘法表，拼尽全身的力气鞭打背错的孩子。她松弛的没有肌肉的胳膊一直到腋下都宽宽大大的，像一片死肉一样摇晃着。当有个孩子犯了愚蠢的错误或者图尔斯太太说了俏皮话时，布莱吉小姐就会哧哧地笑起来，戴着深色眼镜的图尔斯太太也会绽出兴奋而狡猾的微笑。在事态严重的时候，布莱吉小姐也变得严厉，迅速地上下移动着下巴，图尔斯太太每鞭打一下，她就说："嗯！"

图尔斯太太还尤为关心学生们和读书的孩子们的健康。差不多每过五周她就把他们叫到她的房间里，给他们服用泻盐。在那些阴郁的无所事事的周末，她则倾听孩子们的咳嗽声和喷嚏声。什么都逃不过她。她已经能够分辨每一个孩子的说话声，每一次笑声，每一个脚步声，每一次咳嗽声甚至每一次喷嚏声。她对阿南德的哮喘和不断的咳嗽特别关注。她给他买了一些难闻的草药香烟；当这个没有效果之后她又给他开了白兰地和水的方子，还给了他一瓶白兰地。阿南德虽然讨厌白兰地和水，却为了白兰地的文学色彩喝了下去：他在狄更斯的小说中看过有关掺水的白兰地的描写。

有时候她派人去请阿佤克斯的老朋友。她们来了之后在这里搭地铺住一个星期左右，听图尔斯太太唠叨。她精神焕发，整天唠叨，甚至到深夜也不停，她的朋友们躺在地铺上，昏昏欲睡地机械地回应她："是的，孩子他妈。是的，孩子他妈。"有些拜访因为来人生病而缩短，有些人则借口梦见不祥之兆溜走。那些一直留在最后的人离开时，总是疲惫不堪、昏昏沉沉、视力模糊。

她还定时做礼拜，只是朴素的敬奉天神的仪式，没有在哈奴曼大宅举行宗教仪式时的盛宴和欢乐。梵学家来到房子里，图尔斯太太坐在他的面前；他朗读完经文，接过他的报酬，在浴室里换好衣服离开。院子里的祈祷旗越来越多，红色和白色的细长三角旗迎风飘动，直到后来变得破破烂烂，竹竿变成黄色，然后是褐色，最后变成灰色。图尔斯太太每次做礼拜都请不同的梵学家，因为没有一个梵学家像哈瑞那样让她满意。而因为没有梵学家让她满意，她的信仰动摇了。她派苏诗拉到罗马天主教堂里燃烧蜡烛，她在自己的房间里摆放十字架，每个圣徒纪念日她都让人清理梵学家图尔斯的坟墓。

越是有人劝她不要费力，她也就越加无法用力，以至于到了最后，她好像只是因为生病才活着。她开始为自己体力的衰退而苦恼，最后她让女孩子们给她捉虱子。像她那样长时间地把头发泡在月桂油里，没有虱子可以在她头发上存活，但当女孩子们什么也没有找到的时候，她就大发雷霆。她骂她们撒谎，掐她们，揪她们的头发。但是有时候她只是感到有点伤心，于是她就会慢吞吞地走到阳台上，坐在那里，把面纱放在嘴唇上，像塔特尔太太建议的那样凝视着绿色。她不和任何人说话，拒绝吃饭，拒绝任何照顾。她就坐在那里，凝视着外面的绿色，眼泪从她的墨镜后面流下来，流在松弛的面颊上。

在所有帮忙照料她的女孩当中，她最喜欢米娜。她让米娜在她的头上找虱子，想让米娜替她掐死虱子，希望听见虱子在米娜的指甲之间被挤碎的声音。这种偏爱引起了一些忌妒，让米娜心烦意乱，让毕司沃斯先生也十分光火。

"别去给她捉那该死的虱子。"毕司沃斯先生说。

"别理你爸爸。"莎玛说，不愿意失去这个意想不到的笼络图尔斯太太的机会。

于是米娜到图尔斯太太的房间里待好几个小时。她细长的手指搜寻着图尔斯太太每一缕稀薄的、白色的、散发着月桂油气味的头发。时不时地，为了取悦图尔斯太太，米娜用手指发出咔嗒的响声，图尔斯太太就会吞咽一声说："啊。"很高兴一只虱子被掐死了。

当沙克哈和他的家人来探望图尔斯太太的时候，房子变得更加压抑。如果沙克哈单独来，他本会受到他的姐妹们更为热烈的欢迎。但是随着沙克哈日益成功，他那个长老教会的妻子也越来越目中无人和傲慢，这加深了姐妹们和沙克哈的妻子桃乐茜之间的敌意。寡妇们请求沙克哈借给她们一笔贷款开流动餐馆，但是他却要她们在他的电影院里工作，这几乎引起了公开的争执。寡妇们认为这是对她们的侮辱，认定这是桃乐茜的主意。她们当然要拒绝，她们根本不想为桃乐茜工作，更不可能在一个大众娱乐场所工作。

沙克哈总是像一个客人。他开着汽车到来，带着妻子和五个漂亮的女儿上楼，然后就只能间或听见脚步声和图尔斯太太低沉而平稳的唠叨声。随后沙克哈独自下楼来，穿着白色短袖运动衬衫，白色休闲裤，一副正儿八经的打扮，让人难以亲近。在倾听了他母亲的唠叨之后，他又开始听他姐妹们的唠叨，盯着她们的眼睛说："嗯，嗯。"他的上嘴唇盖着下嘴唇，几乎把下唇遮住。他很少说话，似乎不愿意改变嘴唇的形状。他会突然说些什么，他的措辞始终没变过，无论说什么都犀利刺人。他试图对学生们和读书的孩子们表示友好，结果却只是让他们害怕。但是他从来都是亲切有礼的，只不过相当心不在焉。

在楼上吃过柏斯黛和苏诗拉准备的午饭之后，桃乐茜和她的女儿们来到楼下。桃乐茜用低沉的声音向大家致意，她的女儿们凑在一起，说话的声音细小得几乎听不见。然后，桃乐茜就会看看她的手表说："哦，不！已经三点钟了。你们的爸爸在哪里？列娜，我会叫上你的。走吧，走吧。太晚了。^① 嗯，好吧，各位。"她会转向怒气冲冲的姐妹们和好奇的寄宿者们。"我们得走了。"自从她们开始在委内瑞拉和哥伦比亚度假过后，每当她的大小姑子们在场时，桃乐茜就和她的孩子们或者沙克哈说西班牙语。事后，姐妹们都认为沙克哈值得同情，她们都注意到他并不快乐。

在临走之前，沙克哈和桃乐茜总是要和毕司沃斯先生打招呼。毕司沃斯先生对他们招呼自己并不高兴。并不仅仅是因为沙克哈所在的党派正在开展反对社区福利部的运动。沙克哈始终把毕司沃斯先生当作一个小丑，无论何时他们见面，他都试图让毕司沃斯先生扮演小丑。他会发表一些贬低性的言论，毕司沃斯先生则需要把这些话题变得诙谐幽默。让毕司沃斯先生恼怒的，是桃乐茜也开始效仿沙克哈对他的态度。但是因为他们之间的关系，他无法逃脱这样的戏谑，因为愤怒和报复都被看成这游戏的一部分。沙克哈来到前屋，用他那粗率而又一本正经的口吻说："福利部还有那么多油水吗？"然后他就坐在那个穷木匠做的餐桌上，开始用破坏社区福利部和失业吓唬毕司沃斯先生。毕司沃斯先生起初还按照老习惯回答他。他讲述公务员的段子，讲述他在报销时遇到的种种困难，以及他怎样花工夫找工作。但是他很快就明白自己无疑在暴露烦恼。"你太感情用事了。"沙克哈说，仍然玩着游戏，"我们之间只是政见上有所不同。你应该学会世故一点，伙计。""你应该学会世故一点。"毕司沃斯先生在沙克哈离开之后说，"饿着肚子世故吗？这个黑心的人，根本不关心我明天是不是会失业。"

---

①原文为西班牙语。

已经流传了相当一段时间的消息终于确认了：图尔斯太太的小儿子欧华德要从英国回来了。每个人都兴奋不已。姐妹们穿着最好的衣服从矮山赶来商讨这件事情。欧华德是整个家族的奇迹。他的离去使他成为传奇，即使殖民地每周都有很多学生到英国、美国、加拿大和印度学习医科，也丝毫不影响他的光辉。虽然没有人知道他到底取得了什么成就，但是感觉上却似乎非同凡响，甚至超乎常人的理解。他是一个医生，一个专职人员，他的名字印在证书上！而他是属于她们的。她们已经无法拥有沙克哈，但是每个姐妹都讲述着自己曾经和欧华德怎样亲近过，以及他对自己是怎样看重。

毕司沃斯先生和姐妹们一样对欧华德怀有私人感情，和她们一样兴奋激动。但是他心神不定。多年以前，他曾觉得在图尔斯太太和欧华德回来之前，自己必须离开哈奴曼大宅。现在他经历着同样的忧虑：同样的危机感，同样的需要尽早离开的迫切感。他一遍又一遍地检查他的存款和他将要积攒的钱。他在香烟盒上、报纸的空白处和政府部门的浅黄色文件夹背面都演算了他的存款。钱数始终没变：六百二十元，到年底他将有七百元。钱的数目令人难以置信，他从来没有一下子积攒过这么多钱。但是这个数目不足以让他贷款买房子，充其量只能买一栋那些等待法庭发落的木材建的公寓房。大约两千元就是相当划算的房价了，但是这只适用于那些能把租户告上法庭、可以重建房子或者等着地皮升值的投机商。现在，他的焦虑和兴奋一起增长，毕司沃斯先生每天早晨都查看中介机构的名单，开车到城里寻找可以出租的房子。当市议会整整一个星期在报纸上整版连载竞拍无法偿还贷款的房屋时，毕司沃斯先生和城里所有的地产中介商一起去了市政厅。但是他缺乏竞拍的信心。

回到房子时，他无法回避图尔斯太太。她坐在阳台上，凝望着绿色的植物，用面纱拍打着她的嘴唇。

虽然他做好了承受打击的准备，但当打击来临时他却几乎要发疯。

莎玛通知了他这个消息。

"那个老贱人不能就这样把我赶出门。"毕司沃斯先生说，"我不是没有权利。她得给我提供解决办法。"他还说："去死吧，你这贱人！"他气咻咻地冲着阳台说，"去死！"

"男人！"

"去死！让可怜的米娜去给她捉虱子。那给你带来什么好处了？嗯？你以为她会像这样把那小神赶出门吗？哦，不。神必须有他自己的房间。你和我还有孩子们可以睡在糖袋子里。图尔斯家的睡袋。专利所有。去死吧，你这老贱人！"

他们听见图尔斯太太冲着苏诗拉平静地咕哝着。

"我有我的权利。"毕司沃斯先生说，"现在和以前不一样了。你不能在我的房门上贴一张纸就把我扫地出门。如果你这么做，你要给我提供解决问题的办法。"

但是图尔斯太太给了他一个解决办法：给他提供一间出租的房子，就是莎玛几年前收租金的房屋之一。木头墙壁没有油漆，变成了灰黑色，已经腐朽了。在那摇晃的修补过的地板上，每走一步，被蛀虫蚀空的木屑就纷纷落下。屋子里没有天花板，光秃秃的电镀铁皮屋顶上沾满了絮状的煤灰，而且还没有电。家具放在什么地方呢？他们在哪里睡觉、做饭、洗漱呢？

他发誓再也不和图尔斯太太说话，她似乎也知道他下定了决心，也不和他说话。一个又一个早晨，毕司沃斯先生一座房子又一座房子地寻找着，去找出租的房子，直到他筋疲力尽，疲惫耗尽了他的怒火。于是下午时他开车去他的管区，在那里一直待到傍晚才回来。

有一天深夜他回到房子里——现在房子对他来说变得越来越像是庇护所，也越来越有秩序——他看见图尔斯太太坐在黑暗的阳台上。她在轻轻地哼唱一首圣歌，似乎已然超脱了这个世界，独自一人。他没有理睬她，当他朝自己的房间走去时，她开口说话了。

　　"穆罕？"她的声音里带着探询，语气亲切。

　　他站住了。

　　"穆罕？"

　　"哎，妈妈。"

　　"阿南德怎么样了？我最近没有听见他咳嗽。"

　　"他没事。"

　　"孩子们，孩子们。麻烦啊，麻烦。但是你还记得欧华德是怎样学习的吗？一边吃饭一边读书。一边帮着店里做事，一边读书。一边收钱一边读书。给所有的人帮忙，还能够读书。你还记得哈奴曼大宅吗，穆罕？"

　　他察觉出她现在的心境，不想被她这种心境蛊惑。"那是一座大房子。比我们所在的任何地方都大。"

　　她不慌不忙地说："他们给你看欧华德的信了吗？"

　　欧华德的那些来信不过是谈论英国的花草和英国的天气。信带着一点文学色彩，字里行间稀稀落落地空着很大距离。"二月份的浓雾终于结束了。"欧华德曾经这样写："浓雾在每个窗台上都积落了一层厚厚的黑色。雪花飘来又飘走，但是很快水仙就会开花了。我在我门前的小花园里种植了六棵水仙。其中五棵都发芽生长了，只有第六棵死掉了。我唯一希望的是它们不会像去年那样不开花。"

　　"在他还是个男孩的时候，他对花草没有这么大的兴趣。"图尔斯太太说。

　　"我看他是忙于读书了。"

"他一向很喜欢你，穆罕。我想可能是因为你和他一样喜欢读书。我不知道，也许我应该把我所有的女儿都嫁给读书人。欧华德一直这样说。但是赛斯，你知道的……"她停顿了，这是多少年来他第一次听见她说这个名字。"以前的习惯很快就变得落伍了，穆罕。我听说你在找房子。"

"我是在看房子。"

"我很抱歉给你带来了这么多不便。但是我们得为欧华德准备房间。这不是他父亲的房子，穆罕。但是如果他能回到他父亲的房子里，不是很好吗？"

"是很好。"

"你不会喜欢油漆味的。而且也很危险。我们会在各处安装遮雨篷和百叶窗。现代的玩意儿。"

"听起来不错。"

"只是为了欧华德。虽然我觉得你要是能回来就更好了。"

"回来？"

"难道你不回来吗？"

"哦，是的，"他说，无法掩饰语气中的热切，"是的，当然了。百叶窗肯定很不错。"

莎玛对这个消息兴高采烈。

"我从来就不相信，"她说，"妈妈会把我们赶出去。"她诉说着图尔斯太太对米娜的喜爱，还有她送给阿南德的白兰地。

"上帝！"毕司沃斯先生说，突然被激怒了，"这么说你因为捉虱子获得回报了？你要让米娜去给她捉更多的虱子吗，嗯？上帝！上帝！猫捉老鼠！猫捉老鼠！"

让他反感的是他落入了图尔斯太太的圈套，不得不对她感恩戴德。她就这样控制着他，就像她的女儿们都在她的掌握之中一样。他被她控制着，自从他来到哈奴曼大宅，在柜台后面看见莎玛起，他就处于她的掌握之中。

"猫捉老鼠！"

她随时可能改变主意。即使她不改变主意，他们又能回到哪里去呢？两个房间，一个房间，还是在房子下面露宿？她已经展示了她怎样运用她的权力。现在她要他摇尾乞怜。当她怀旧的时候，他要和她一起分享；当她辱骂的时候，他要学会忘却。

逃跑，他只有六百元。他属于社区福利部，他是一个没有编制的公务员。一旦这个部门被裁，他也就完蛋了。

"陷阱！"他谴责莎玛，"陷阱！"

他找茬，跟她和孩子们吵架。

"卖了那该死的汽车！"他喊道，意识到这会让莎玛怎样蒙羞，他在楼下嚷嚷着，为了让所有的姐妹和寄宿者们听见。

他开始被痛苦无休止地折磨。他在自己的房间里扔东西。他扯下镶裱的画，砸碎它们。他把一杯牛奶泼到阿南德身上，在他的眼睛上方割了一道伤口。他在楼下打莎玛的耳光。于是他和格温德一样，成了这个房子里众人轻蔑和奚落的对象。除了他这个社区福利部的公职人员之外，那个不在场的欧华德因为德行和成功而春风得意，受到了每个人的尊敬。

他们把玻璃橱柜、莎玛的梳妆台、赛尔菲尔的书架、帽架和斯林百金床搬到那间出租屋去。四柱大床被拆掉，和穷木匠做的餐桌以及摇椅一起放在楼下，摇椅的摇杆在粗糙而不均匀的水泥地上裂成碎片。生活就像噩梦一般，被分割在那间出租屋和房子的下面。莎玛仍然在房子下面做饭。孩子们有时候和寄宿者们一起睡在他们那儿；有时候和毕司沃斯先生一起睡在出租屋里。

每天下午毕司沃斯先生都开车到他的管区里宣扬生活中美好的东

西。他发放小册子，他演讲，他组织团体并卷入小村子的复杂政治之中，深夜他开车回到西班牙港，回到那间出租屋里，那里的条件比他白天访问的任何房子都要恶劣。那辆普莱菲特日晒雨淋、尘土满面，车垫肮脏不堪，后座也布满灰尘，堆满了文件夹和发黄的旧报纸。

随后，他的一项职责让他回到了阿伉克斯，他在那里组织了一堂关于领导力的课程。为了避免回西班牙港路上的长途奔波，也为了避开他的家人和那间出租屋，他决定在哈奴曼大宅待一段时间。哈奴曼大宅后面的房子已经空了一段时日了，除了一个寡妇外没有人住在那里。那个寡妇正从事一项秘密的商业计划，从矮山偷偷来到这里，觉得自己不惹人注目，因而可以躲开赛斯的注意。其实她无须过多担心。自从妻子死后，赛斯一直野蛮行事。他因为伤害别人和侮辱性的言行而受到指控，失去了很多当地的支持。他也变得没有从前那么有花招了。当他试图在买保险之后烧毁他的一辆旧卡车时，他被抓住了，被指控犯有诈骗罪。虽然事后他被无罪开释，却花掉了大笔的钱财保释。从此之后他就安宁了许多。他看管他那间肮脏的食品店，不再威吓别人，也不再谈论要买下哈奴曼大宅了。家族之间的争吵向来不是偶然的，但是已经成为历史，赛斯和图尔斯家族都失去了他们往日在阿伉克斯的影响力。

图尔斯商店的名字被一家西班牙港公司的苏格兰名字替代，这个名字一直被沿用下来，最后完全替代了图尔斯商店，以至于没有人觉得有何不妥。一幅巨大的巴塔鞋红色广告悬挂在哈奴曼的雕像下面，商店里繁忙而明亮。但是商店后面的房子是死寂的。庭院里堆放着捆扎的箱子、稻草、硬邦邦的大开褐色纸和廉价的没有用过的厨房家具。木头房子里，大厅和厨房之间的门厅被木板封上，大厅用来储藏稻谷，到处散发着稻谷的霉味和暖烘烘的让人刺痒的灰尘。一边的阁楼像往日那样黑洞洞、杂乱无章。大水桶仍然在院子里，但是里面已经没有鱼，桶外的黑漆起泡剥落，桶里带咸味的雨水泛着彩虹般的光道，好像浮着一层油，蚊子的幼虫在水表面蹦跳着。那株杏树依然枝叶稀疏,似乎刚刚被夜晚的风暴席卷过。树下的土地干涩开裂了。花园里的皇后花已经长成一棵树,夹竹桃长到养分耗尽,开不出花朵,鱼尾菊和金盏草被灌木丛埋没了。隔壁接管商店的辛德黑斯整天用留声机播放着忧伤的印度电影插曲,他们的食物有一股奇怪的味道。但仍有些时候,哈奴曼大宅似乎在等待着生机重现:在寂静炎热的下午,从几码远的地方传来家禽咯咯的叫声和慢吞吞的动静时;在傍晚点亮油灯,听见人们的交谈声、欢笑声、呼唤狗的声音、孩子被鞭打的声音时。但是哈奴曼大宅始终寂静无声。商店关门之后没有人待在那里。隔壁的辛德黑斯一家很早就睡觉了。

那个寡妇占据了藏书室。这座大房子总是空荡荡的。屋子里已经没有叠放的书页,周围一片寂静,从邻居的房子里传来隐约的人声,还有高高地堆在楼下大厅里的稻谷,屋子看上去比任何时候都荒凉。在屋子的一角有一张帆布小床,小床周围的墙壁上低低地挂着一些宗教画和励志的画,小床旁边有一个存放寡妇物品的小箱子。

那个从事买卖的寡妇只是偶尔来这里住,很少在房子里。毕司沃斯先生喜欢这屋子里的静谧。他从政府的商店里征用了一张桌子和一把转椅(这真是关于他的权力的奇怪证明),把长屋变成了一间办公室。他和莎玛过去就是在这间屋子里生活的,壁纸上的莲花依然如故。他曾经试图从德麦拉拉窗户上往欧华德身上吐口水,还朝他倒了一盘子的食物。他在这间屋子里被格温德狠揍了一顿,还粗暴地踢了《贝尔的杰出演说家》一脚,在书皮上撕出一个缺口。他曾经在这里独自反省自己没有意义的生活,试图在墙上留下一个印记来证明自己的存在。现在他不需要这样的证明了。关系在尚未存在的时候就已经建立起来,而他在一切关系的中心。自由存在于那一片虚幻之中。现在他受到了阻碍,他试图在哈奴曼大宅中忘掉他的一切阻碍:孩子们,零乱的家具,那间出租的黑暗房间,与他从前和现在一样无助的莎玛。她依赖着他,这是他过去所一直渴望的。

在长屋里那张盖着粗呢桌布的桌子上，放着沾满了白色麦克莱恩胃药冲剂的杯子和勺子，以及他作为社区福利主任需要处理的一捆又一捆的文件，还有那个长长的半新衬垫，上面写着他的普莱菲特汽车的花费。汽车正停放在庭院里。

西班牙港房子的重新装修进展缓慢。因为价钱惊人，图尔斯太太没有把装修工作交给承包商。相反，她雇用了个体工人，而又常常辱骂他们并把他们解聘。她没有雇过城市里的劳工，不能理解为什么他们不愿意为了食物和一点零花钱而工作。布莱吉小姐将此归咎于美国人，说贪婪就是这个民族的弱点。即使在商谈好雇工费之后，图尔斯太太也不愿付清全部工钱。有一次，在整整工作了两个星期之后，一个魁梧的泥瓦匠受到了这两个女人的侮辱，他含着泪水离开房子，威胁说要到警察局告发她们。"我的同胞，嗯。"布莱吉小姐抱歉地说。

将近三个月之后，装修终于完工了。房子楼上楼下、屋里屋外都被油漆了一遍。条纹状的遮雨篷悬挂在窗户上，玻璃天窗在那蠢笨而沉重的房子上，看上去脆弱而不相配，挡住了一部分阳台上的光线。

毕司沃斯先生的噩梦终于结束了。他被邀请重新回到房子里。但是就像他所担心的那样，他没有回到原来的那两间屋子里，而是住到后面的一间屋子。他让出的两间屋子被留给欧华德。格温德和琴塔搬到柏斯黛的房间，提供寄宿的柏斯黛搬到房子下面，和她的寄宿者们住在一起。毕司沃斯先生在他的那间房子里放置了他的两张床、赛尔菲尔做的书架和莎玛的梳妆台。那张穷木匠做的餐桌仍然放在房子下面。莎玛的玻璃橱柜没有地方放，但是图尔斯太太主动要求把它放在她客厅里。橱柜在客厅里是安全的，而且看上去赏心悦目，非常现代。孩子们有时候睡在屋子里，有时候睡在房子下面。没有一样是固定的安排。但是自从住过那间出租屋之后，新的安排非但合理，而且是一种安慰。

毕司沃斯先生现在开始一遍遍地计算他每一个孩子长到成年所需要的时间。萨薇实际上已经长大了。由于太关注阿南德，他一直没有给予她什么关心。她变得严肃寡言，她不再和表亲们吵架，虽然她仍然言辞尖刻，她也不再啼哭了。阿南德已经快读完中学了。很快，毕司沃斯先生想，他的责任就可以完结了。长大的孩子会照看年幼的孩子。就像萨薇出生时图尔斯太太在哈奴曼大宅说的那样，无论怎样他们都能生存下去：他们不会被杀死。然后他想："我已经开始想念他们的孩提时代。"

第六章　革命

　　欧华德从伦敦寄来一封信，又从比戈寄来了一张明信片。图尔斯太太不再生病，也不再暴躁，大部分时间都在前阳台上待着，等待着。房子里人声鼎沸，挤满姐妹们，姐妹们的孩子们，以及外孙和外孙女们。院子里搭起了一顶巨大的帐篷。竹竿四周装饰着椰子树枝，曲折的树枝做成拱门，每个拱门下面都悬挂着一串水果。姐妹们做饭唱歌一直持续到深夜，之后每个人就地睡觉。这就像原来的哈奴曼大宅的节日。自从欧华德走后再也没有过这样的场面。

　　欧华德从巴巴多斯岛发来的电报让整个房子都沸腾了。图尔斯太太喜笑颜开。"你的心脏，妈妈。"布莱吉小姐说。但是图尔斯太太根本坐不住。她坚持要到楼下去，她检视着，开着玩笑，她回到楼上又重新下楼去，她无数次查看为欧华德准备的房间。在一片混乱之中，还有一个人被派去请梵学家，而实际上梵学家已经被请来了。那个梵学家举止谦卑，穿着衬衫和裤子，在人群中根本没有引起注意。

　　姐妹们宣布她们要整夜不睡。她们还说要做很多饭菜。孩子们都睡着了。围绕在梵学家身边的人们渐渐散去；梵学家也入睡了。姐妹们一边做饭一边兴高采烈地抱怨着这辛劳；她们唱着旧式的婚礼歌曲；她们煮沸成罐的咖啡；她们还玩扑克牌。有一些姐妹消失了一个小时左右，但是没有人承认自己是去睡觉了，琴塔夸口她可以三天三夜不睡觉，她吹嘘的神态就仿佛格温德仍然是这个家族里忠心耿耿的女婿，仿佛他从来没有做过那些野蛮的事情，仿佛时间从未流逝，她们仍然是在哈奴曼大宅的大厅里的好姐妹。

黎明到来之前，她们都昏昏欲睡，但清晨的曙光又点燃了她们的热情，让她们异常活跃。街道还在沉睡的时候孩子们就已经洗漱吃饭，打扮停当，房子也被打扫干净。图尔斯太太洗了澡，在苏诗拉的帮助下梳妆。虽然太阳还没有出来，而她也很少出汗，但她光滑的肌肤上冒出了细密的汗珠。不久，来访的客人们挨个儿到来，其中许多人和家族之间并无多大关系，还有很多人，比如外孙和外孙女姻亲家的亲戚，以前都没有见过。街道被汽车挤得水泄不通，到处是光鲜靓丽的女人和姑娘。沙克哈、桃乐茜和他们的五个女儿也来了。每个人都在大惊小怪地谈论着：孩子、食物、码头通行证、交通工具。汽车不停地带着引人注意的轰响离开。返回的汽车司机们展示着码头通行证，讲述着他们与惊讶的码头官员的相遇。

毕司沃斯先生度过了烦乱的一夜。早晨一开始就不顺心。他让阿南德给他把《卫报》拿来，但是阿南德汇报说报纸被梵学家拿走了，然后就不见了踪影。莎玛和女孩们穿衣打扮时，他被赶出房间。楼下一片混乱。他看了一眼厕所就决定那天绝不用它。当他重新回到房间的时候，里面充斥着轻微但刺鼻的香粉味，到处都是衣服。他气恼地穿上衣服。"该死的，简直是金星爆炸。"他边说边用一个梳子清理着他发刷上女人的头发。条纹状的遮雨篷下斜射进阳光，灰尘在阳光中飞舞，他抽动着鼻子。莎玛注意到了他的恼怒，却什么也没有说，这使得他更加火冒三丈。楼上楼下回响着不耐烦的脚步声，充斥着尖叫声和叫喊声。

迎接欧华德的队伍分批前往码头。图尔斯太太乘坐沙克哈的汽车。毕司沃斯先生开着他那辆普莱菲特。但是他的家人却要分乘其他汽车，而他被迫载乘一些他根本不认识的人。

白色的大客轮在海湾中下锚，静静地停在那里。有人替图尔斯太太找了一把椅子，椅子靠在海关小棚暗洋红色的墙壁上。图尔斯太太一身素白，面纱拉到额头上。她不停地抿着嘴唇，手里攥着一条手帕。她的一边站着布莱吉小姐，后者穿着去教堂的衣服，戴着一顶稻草帽，帽子上镶着红色的缎带。另一边站着苏诗拉，她拿着一个大袋子，里面装着各种各样的药品。

一艘拖船鸣笛了。大客轮正在被拖进来。有一些孩子在学校学到，轮船消失在地平线的方式可以证明地球是圆的，他们夸张地形容着轮船和码头之间的距离。大家说客轮停靠码头需要两到三个小时。琴塔的小儿子施威德哈说轮船直到第二天傍晚才会停靠。

但是大人们担心的是别的事情。

"别告诉妈妈。"她们窃窃私语着。

赛斯出现在码头上，他站在两个海关棚以外的地方。他穿着一身廉价西装，是那种难看的褐色，所有记得他身穿卡其布工装和沉重的半筒靴的模样的人，都觉得他现在看上去像是身着周日西装的劳工。

毕司沃斯先生扫了沙克哈一眼。他和桃乐茜神色坚决地盯着越来越近的轮船。

赛斯十分局促。他烦躁不安。他从前胸口袋里拿出他那长长的烟嘴，然后聚精会神地往里面装上一支香烟。他那身西装，加上他犹疑不定的动作，使得那些早就忘记了他的孩子们觉得那烟嘴看上去可笑而做作。他刚点上香烟，一个穿着卡其布制服的官员就走过来，指了指海关棚上面用英语和法语写的巨大白色告示。赛斯扔掉香烟，用褐色皮鞋的鞋底碾碎了它，那皮鞋很久没刷了，乌蒙蒙的。他把烟嘴放回前胸口袋里，双手交握在背后。

很快，还没等孩子们反应过来，轮船靠岸了。拖船鸣响，收绕的绳索被捡起来。绳索从船上被扔到码头上，码头隐在白色船体的阴影里，几乎像一个小屋子。

然后他们看见欧华德了。他穿着一套他们从来没见过的西装，留着罗伯特·泰勒式的小胡子。他的外套敞开着，双手插在裤兜里。他的肩膀变得宽阔，整个人也高大了许多。他的脸更丰满了，几近肥胖，双颊尤其圆鼓鼓的，如果不是身材高大，他几乎会显得肥硕。

"一定是因为英国寒冷才这样的。"有人说，为他鼓鼓的双颊找着理由。

图尔斯太太、布莱吉小姐、姐妹们、沙克哈、桃乐茜和每个生了孩子的外孙女们都无声地啜泣起来。

一个年轻的白人女子在围栏后面跟欧华德走在一起。他们边谈边笑。

"噢，上帝！"图尔斯太太的一位女性朋友热泪盈眶地喊道。

但那只是虚惊一场。

舷梯被放下来了。孩子们涌到码头的最边上查看系在那里的绳索，试图透过点着灯的舷窗往里面看。有人开始谈论船锚。

随后他下来了，眼睛湿润。

图尔斯太太坐在椅子上，所有的活泼劲都消失了，她把脸凑上去，他弯腰亲吻她。然后她环抱着他的腿。苏诗拉眼含泪水，打开她的包，拿出一个亮蓝色小瓶装的嗅盐随时待命。布莱吉小姐和图尔斯太太一起哭哭啼啼，每当图尔斯太太抽动鼻子,布莱吉小姐就说:"嗯,嗯。嗯。嗯。"孩子们没有得到招呼，在一旁看热闹。兄弟们像男人一样握手，互相微笑。然后轮到姐妹们了。她们亲吻，流下新的热泪，热情地要把欧华德不在时生下的孩子介绍给他。欧华德一边亲吻，一边流泪，迅速地打发了她们。最后轮到剩下的八个丈夫。熟识欧华德的格温德没有来，来的是几乎不认识欧华德的 W. C. 塔特尔。他那婆罗门式的长发从耳朵后面探出来，更引人瞩目的是他的举动，他闭上眼睛，利落地掸落泪水，把手放在欧华德头上，用印地语说了一句祝福。轮到毕司沃斯先生时，他感到自己变得虚弱起来，当他伸出手时就已经准备落泪了。可是，欧华德虽然握着他的手，却突然变得十分疏远。

赛斯朝欧华德走来。他微笑着，眼睛里噙着泪水，一边走一边挥手。

在这个时刻，每个人都很清楚，尽管欧华德年纪轻轻，尽管沙克哈也在场，但欧华德才是这个家的新领导人。每个人都仰望着他。只要欧华德暗示一下，他们就会与赛斯和解。

"孩子，孩子。"赛斯用印地语说。

他的声音，他们多年来再没听过的声音，让所有的人都激动起来。

欧华德仍然握着毕司沃斯先生的手。

毕司沃斯先生注意到赛斯那飘动的廉价褐色西装和肮脏的烟嘴。赛斯伸出手，几乎触碰到了欧华德。

欧华德转身用英语说："我想我应该去检查一下行李。"他松开毕司沃斯先生的手，利落地离开，西装在身后摆动。

赛斯愣在那里。不再流眼泪，但微笑凝固在脸上。

图尔斯家族的人喧腾起来，人们在喧哗中松了一口气。

他可以在此之前就走开的，毕司沃斯先生不停地想。他可以在此之前就走开的。

赛斯的手慢慢地垂下来，脸上的笑容消失了。他一只手抬起来去够烟嘴，头扭向一边，似乎想要说什么。但是他只是摇了摇烟嘴，转过身去，坚决地沿着两个海关棚之间的过道朝大门走去。

欧华德回到人群中。

"和妈妈一起？和哥哥一起？和爸爸一起？还是和你们所有的人一起？"有人问道，毕司沃斯先生认出这是《特立尼达卫报》摄影师揶揄的声音。

摄影师朝毕司沃斯先生点头微笑，好似他抓住了毕司沃斯先生的小辫子一样。

"给他单独照，"图尔斯太太说，"就给他一个人照。"

欧华德挺起肩膀笑起来。他露出牙齿，胡子舒展了，两颊闪闪发光，圆鼓鼓地堆在鼻子两侧。

"谢谢你。"摄影师说。

一个毕司沃斯先生不认识的年轻记者拿着笔记本和铅笔走上前来，从拿着这套装备的姿势上来看，毕司沃斯先生可以判断出他是一个新手，就像他当初采访那个英国小说家并试图让他说一些关于西班牙港的耸人听闻的言论时一样没有经验。

他百感交集，没有和任何人打招呼就离开了人群，坐进他那辆被太阳晒得像烤炉似的普莱菲特，朝他的管区开去。

"郁金香和水仙！"他咕哝着，想起了欧华德写的关于园艺的信，一边开车行驶在丘吉尔－罗斯福高速公路上，经过了沼泽地、摇摇欲坠的棚屋和稻田。

他回到西班牙港时刚过十点。房子里一片寂静，楼上黑着灯：欧华德已经睡觉了。但是楼下和帐篷里依然灯火通明。只有年幼的孩子们睡觉了；对所有的人来说——包括那些早晨来的准备在此过夜的客人——白天的兴奋依然没有过去。一些人在吃饭，另一些人在玩牌，许多人窃窃私语，还有相当多的人在读报纸。阿南德、萨薇和米娜一看见毕司沃斯先生就朝他跑来，上气不接下气地汇报欧华德在英国的历险：战争时的炮火纷飞，他指挥的营救工作，他的死里逃生；他在紧要关头被叫去给那些名人做的手术，因此得到的工作，还有议会中的席位；他所认识的杰出的人，以及他在公开辩论中击败了他们：罗素、裘德、拉达克里希南、拉斯基、梅农，都是家喻户晓的名人。整个房子都被欧华德征服了，帐篷里到处都是重述他的故事的人群。琴塔已经开始强烈地厌恶克里希南·梅农，因为欧华德相当不喜欢这个人。仅仅一个下午，整个家族对印度的尊崇动摇了：欧华德讨厌所有从印度来的印度人。他们丢尽了特立尼达印度人的脸；他们傲慢、狡猾而淫荡；他们的英语发音十分古怪；他们愚笨而且反应慢，只是因为老师的慈悲才得到学位；他们在金钱上的信誉尤其恶劣；他们在英国和护士以及其他下等女人纠缠在一起，经常曝出丑闻；他们做的印度饭菜难以下咽（欧华德在英国吃的唯一一顿像样的印度饭是他自己做的）；他们的印地语也很奇怪（欧华德不止一次发现他们犯语法错误）；他们的宗教礼仪掺了杂质；他们一到英国就开始喝酒吃肉以此证明自己赶上潮流（一个婆罗门男孩居然请欧华德吃咖喱玉米牛肉作午餐）；而令人难以理解的是，他们看不起从殖民地来的印度人。姐妹们都声称她们从来没有真正地相信过从印度来的印度人；她们谈论着她们认识的传教士、买办、医生和政客们的行为举止；她们意识到自己成为印度文化的最后代表所肩负的责任，变得越发严肃庄重。

梵学家扎着腰布，穿着背心，戴着神圣的丝线，配有种姓徽章和腕表，身下是打扫干净的平地上铺着的毯子。他正在阅读毕司沃斯先生从来没有见过的一份报纸。毕司沃斯先生看见帐篷里还有很多报纸，和梵学家看的是同一种。那是《苏联周报》。

已是下半夜了，毕司沃斯先生听腻了欧华德的轶事，从一群人走到了另一群人当中；当阿南德试图讲述欧华德遇见莫洛托夫的故事，讲红军取得的胜利和苏联光辉战绩的时候，毕司沃斯先生说他们应该上床睡觉了。他回到自己的房间，留下阿南德和萨薇在楼下享受着节日的气氛。他的脑子里嗡嗡回响着孩子们和姐妹们不停絮叨的那些响当当的名字。想想吧，那个见过这些大人物的人就和他睡在同一个屋檐下！那里，欧华德去过的那些地方，无疑就是真正的生活之处。

整整一周，房子都笼罩在节日气氛中。客人离开，新的客人又来。他们把素不相识的陌生人——制冰工、卖盐花生的小贩、邮递员、乞丐、清洁工、流浪儿——都叫到房子里免费吃饭。图尔斯太太提供吃食，大家共同做饭，就仿佛从前的日子一样，一切都随着欧华德的归来重现了。帐篷里悬挂在椰子树枝做成的拱门下的水果不见了，叶子开始变黄。但是欧华德仍然是众人崇拜的对象，和他说话仍然是一种无上的荣誉，他说过的每件事情都被众人传述。不论何时，不论对象是谁，一旦欧华德要讲一个新故事，人们立刻就围拢过来。一般是在晚上，人们汇聚在客厅里，而欧华德疲惫时，就聚在他的卧室里。毕司沃斯先生尽可能多地参与其中。图尔斯太太忘记了自己的病，急于照顾欧华德，在他说话时握着他的手或者抱着他的头。

他曾在一九四五年被英国工党力劝加入组织，被金斯利·马丁认为是工党胜利的关键人物之一。事实上，金斯利·马丁试图劝导他加入《新政治家与民族》杂志社，但是他毫不在意地拒绝了金斯利。他还因为尖刻地批评丘吉尔的富尔顿演说而受到保守党的强烈憎恨。"尖刻"是他极为喜欢的说辞，他批评得最尖刻的人是克里希南·梅农。他没有明说，但是他的谈话透露出他曾在一次公开聚会中受到梅农的无故侮辱。他曾经为莫里斯·多列士筹款募捐，在法国和他商讨党派策略。他熟稔地提及苏联将军的名字以及他们所参加的战斗。他说那些俄罗斯人名字的发音方式给人留下了深刻的印象。

"那些俄罗斯人的名字难听得要命。"一天晚上毕司沃斯先生斗胆说。

姐妹们看看毕司沃斯先生，又看看欧华德。

"好听与否因人而异，"欧华德说，"从某种角度上来看，毕司沃斯也是一个滑稽的名字。"

姐妹们看着毕司沃斯先生。

"罗科索夫斯基和可口－可乐－考茨基，"毕司沃斯先生说，有点恼羞成怒，"难听得要命。"

"难听？维亚切斯拉夫·莫洛托夫。你觉得这名字难听吗，妈？"

"不，孩子。"

"约瑟夫·朱加什维利。"欧华德说。

"那正是我想说的，"毕司沃斯先生说，"你可别说你觉得这名字好听。"

欧华德尖刻地回应道："我觉得好听。"

姐妹们微笑起来。

"高格理。"欧华德说，抬起下巴（他躺在床上），发出像要窒息的声音。

图尔斯太太的手从他的下巴那儿移到了他的喉结处。

"那是什么？"毕司沃斯先生问。

"果戈理，"欧华德说，"世界上最伟大的喜剧作家。"

"听起来像是漱口发出的声音。"毕司沃斯先生说，等待着掌声，但只有莎玛警告地看了他一眼。

"在俄罗斯你可不敢这么说。"琴塔说。

欧华德由此从俄语名字的动听说到了俄罗斯。"那里人人都有工作，而且人人都要工作。这一点被专门写在《苏联宪法》里。柏斯黛，把那本小书递给我，那本提到'不工作就没饭吃'的书。"

"这很公平，"琴塔说，从欧华德手里拿过《苏联宪法》，翻开，看看扉页，又传递下去，"这正是特立尼达需要的法律。"

"不工作就没饭吃。"图尔斯太太喃喃地重复着。

"我真希望他们能把我的同胞送到苏联去。"布莱吉小姐咬牙说，抖抖她的裙子，在椅子上挪动了一下，表示着她的同胞带给她的失望。

毕司沃斯先生说："那人没有饭吃，又怎么能工作呢？"

欧华德没有理睬他。"在苏联，你知道，妈妈，"他习惯每次说话时先叫她，"他们种植出各种颜色的棉花。红色，蓝色，绿色，还有白色。"

"种出来就是那些颜色吗？"莎玛问，以图弥补毕司沃斯先生先前的挑衅。

"种出来就是这些颜色。还有你，"欧华德对一个试图在矮山种植水稻但没有成功的寡妇说，"你知道种植水稻是多么辛苦。弯着腰，站在齐膝深的泥水里，太阳烤晒着，天天如此。"

"腰酸背痛，"寡妇说，弯着脊背，手放在疼痛的地方，"我可知道其中的辛苦。只不过种植一英亩地，我就快要散架了。"

"在苏联完全不是这样的，"欧华德说，"没有腰酸背痛也不用弯腰。在苏联，你知道他们怎么种植水稻吗？"

她们都摇摇头。

"从飞机上播射。不是射子弹，是喷射稻种。"

"从飞机上？"那个种稻子的寡妇说。

"从飞机上。你只用几秒钟就种完你的地了。"

"小心别漏了哪里。"毕司沃斯先生说。

"还有你，"欧华德对苏诗拉说，"你实际上可以成为一个医生。就像你喜欢的那样。"

"我一直都这样对她说。"图尔斯太太说。

早已厌倦了一天到晚服侍图尔斯太太的苏诗拉，憎恨药味、一直想求来一个安静的杂货铺养老的苏诗拉，居然也点头称是。

"在苏联你会成为一个医生。免费学习。"

"像你一样的医生吗？"苏诗拉问。

"就和我一样。没有性别上的区别。从来没有那些只让男孩受教育女孩靠边站的蠢话。"

琴塔说："维迪亚德哈一直告诉我他想成为一名航空工程师。"

这是谎话。维迪亚德哈根本不知道什么是航空工程师，他只是觉得它们听起来好听。

"他会成为航空工程师的。"欧华德说。

"从油箱里喷射稻谷，"毕司沃斯先生说，"那你觉得我呢？"

"你，穆罕·毕司沃斯，社区福利主任。等那帮人破坏了人们的生活，剥夺了人们的机会，就会派你这个清道夫去收拾残局。这是典型的资本主义式花招，妈妈。"

"是的，孩子。"

"嗯－嗯－嗯－嗯。"布莱吉小姐咕噜着。

"他们只是拿你当工具。你们给我们五百元的利润。喏，我们给你们五元钱的救济。"

姐妹们频频点头。

噢，上帝，毕司沃斯先生想，又一个想要我丢工作的黑心家伙。

"但是你并不是真的资本主义奴仆。"欧华德说。

"不完全是。"毕司沃斯先生说。

"你也不完全是一个官僚。你是一个新闻工作者，一个作家，一个和文字打交道的人。"

"是的，我看也是。是的，伙计。"

"在苏联，如果他们认为你是新闻工作者和作家，他们会给你房子，给你食物和钱，然后告诉你：'尽情去写吧。'"

"真的吗？"毕司沃斯先生说，"一座房子，就这样给了吗？"

"作家们一定会有房子。别墅，一座在乡间的房子。"

"为什么，"图尔斯太太问，"我们为什么不去苏联呢？"

"啊，"欧华德说，"他们正在为此而战斗。你们应该听听他们是怎样对待沙皇的。"

"嗯－嗯－嗯－嗯。"布莱吉小姐说，姐妹们都神情肃穆地点着头。

"你，"毕司沃斯先生说，现在他满心敬佩，"你是共产党员吗？"

欧华德只是微笑着。

当阿南德询问他作为一个为革命奋斗的共产党员，怎么又会在政府的医疗机构工作时，欧华德也同样含糊其辞。"苏联人有一句谚语：'乌龟可以潜伏到泥水里，但是仍然出淤泥而不染。'"

快到周末时，整个房子都沸腾了。每个人都在等待革命。人们更深入地学习《苏联宪法》，仔细阅读《苏联周报》，远超阅读《特立尼达卫报》和《卫报》时的情形。以前的观点都被动摇了。那些读书的孩子们和学生们兴高采烈地以为他们所处的社会就要被粉碎，不用再用功读书，开始鄙视他们从前尊重的老师，认为他们是消息不灵通的傻瓜。

欧华德成了万能选手。他不单单在政治和军事战略上有卓越见解，也不仅仅精通板球和足球知识，还精通举重、游泳、划船，同时对艺术家和作家另有见地。

"艾略特，"他告诉阿南德，"我过去经常碰见他。美国人，你知道的。《荒原》。《J. 阿尔弗雷德·普鲁弗洛克的情歌》。'让我们走吧，我和你。'我对艾略特只有厌恶。"

阿南德在学校学舌："我对艾略特只有厌恶。"他还补充说："我认识一个认识他的人。"

在等待革命的同时，他们还是要生活。帐篷拆掉了。姐妹们和已经出嫁的外孙女们也离开了。客人们不再成群结队地到来。欧华德开始在殖民地医院工作，有一段时间人们就借着欧华德以前做手术的故事满足自己。那个难民医生被辞掉了，欧华德亲自照顾图尔斯太太。她的身体状况有了惊人的好转。"这些医生从二十年前开始就再也没有学过什么了，"欧华德说，"他们才不会看期刊追随新进展呢。"几乎所有的英国邮局都给他寄来了期刊和药物样品，他得意地把样品展示出来，虽然有时候会尖刻地批评它们。

姐妹们不再一起做饭，但是共同的生活仍在继续。姐妹们和外孙女们常常会过来住一夜或者在这里度过周末。她们向他诉说身体的疾病和不适，他免费给她们看病，给她们注射新奇的药物，据他说这些药物在殖民地尚不为人知。姐妹们发觉有了欧华德她们就不需要付费找别的医生看病，而她们之间也会小小地攀比谁得到的诊疗药剂最昂贵。

欧华德越来越成功。很长时间以来房子里都在强调读书学习的重要性，很多在读和在学习的人都做得不好而又不得不勉强努力。但是现在欧华德说这样强调学习是不对的。每个人都有自己得天独厚的禀赋。体力、手工技能和学业上的成功同等重要，他说在苏联，农民、工人和知识分子是平等的。他组织游泳队、划船出游和乒乓球比赛；出于对他的尊重和景仰，甚至连敌对的人也握手言欢。阿南德和维迪亚德哈一起打乒乓球，虽然他们在打球前后彼此都没有说话，但是在打球的时候却非常小心地保持礼貌，在适当的时候说"好球"或者"坏运气"。维迪亚德哈逐渐成为游戏上的好手，技巧欠佳然而相当敏捷，虽然没有被任何校队选中，但是在这些家庭比赛中却遥遥领先，是家里的冠军。

"我简直没法和你说，"琴塔告诉欧华德，"维迪亚德哈这孩子让我多么担心。那孩子总是满头大汗的。你根本没有办法让他在一个角落安静地看书。他总是在运动或者玩一些费力的游戏。他注定要断手断脚或者弄断几根肋骨。我一直试图阻止他，但是他根本不听。他真的出太多汗了。"

"你什么也不需要担心，"欧华德说，显然是一副医生的派头，"这很正常。"

"你让我总算安心了。"琴塔说。她有些失望，因为她相信大量出汗是具有超人禀赋的标志，并指望欧华德也会这么说。"他真的出很多汗。"

沙克哈、桃乐茜和他们的五个女儿定期来拜访，这些拜访让姐妹们有机会进行畅快淋漓的报复。她们对沙克哈相当尊重，但毫不掩饰对桃乐茜的轻蔑。"对不起,"有一个星期天琴塔对桃乐茜说,"我不知道你在说什么。我只讲西班牙语。"自从欧华德回来之后,桃乐茜再也没有说过西班牙语,姐妹们觉得她终于可以杀杀她的威风了。但是她们的行为却引来了意想不到的后果。欧华德明白了姐妹们的暗示,于是总是挖苦桃乐茜。但是她却不以为意,付之一笑,很快他们之间也就熟络了起来。一个星期天,让姐妹们沮丧的是,桃乐茜带来了她的一个表妹,一个从麦吉尔大学毕业的漂亮的年轻女孩,她身上具有南特立尼达印度女孩的全部典雅气质。当她们离开之后,欧华德嘲弄了那个女孩的加拿大文凭、轻微的加拿大口音和音乐技巧,安抚了姐妹们的恐慌。"她不辞辛劳地去加拿大学习拉小提琴,"他说,"但愿她不想给我拉琴。我会毫不客气地折断她的琴弓。特立尼达的人们在饿肚子,三餐不饱,而她居然在加拿大学习拉小提琴!"

虽然他越来越多地和他的朋友们和同事们在一起,经常去南部沙克哈家中,虽然当他的朋友们造访时,家里要保持安静,姐妹们和寄宿者们都要藏起来,姐妹们仍然觉得安心。因为每次从外面回来,每次聚会之后,欧华德都向她们讲述发生的一切。他对谈话有难以满足的胃口,他总是能引人瞩目,而他对他遇见的人的评价无一例外是尖酸刻薄的。

姐妹们有时候单独找他,有时候结伴和他说话。她们来到房子里,不睡觉,等候着他,等他回来之后就开始和他交谈,为了不打搅图尔斯太太的睡眠,她们在房子下层说话。有一段时期每个姐妹都觉得自己对欧华德是特别的;得到了他的信任之后,也和他分享自己的秘密。起初姐妹们谈论经济上遇到的麻烦。但是欧华德不愿意预言革命。于是姐妹们就开始抱怨。她们抱怨那些让她们的孩子留在学校晚归的老师;她们抱怨桃乐茜、沙克哈,抱怨她们的丈夫;她们抱怨没有在场的其他姐妹。她们仔细地重诉每一条丑闻、每一个鸡毛蒜皮的小过节和每一次怨恨。欧华德听着。孩子们也听着,因为姐妹们的装模作样和不断的咳嗽声、吐痰声（那是一种亲密的象征：感情越热乎，咳嗽声越响，吐痰时说话的间隔越长），他们都睡不着了。早晨，那些夜聊到很晚的姐妹们精神抖擞，对她们指责过的人异常友好，将欧华德视为自己专有的倾诉对象。

星期天的时候房子里挤满了姐妹们，大家又开始一起做饭。有时候沙克哈独自来到房子里，于是在午饭前兄弟俩和图尔斯太太总是商谈些什么。但是姐妹们并不觉得这些谈话像沙克哈、桃乐茜和图尔斯太太的谈话那样具有威胁性。她们没有觉得自己被排除在外。因为欧华德在这里，这些谈话正如旧日里哈奴曼大宅的家庭会议。于是姐妹们在楼下做饭、唱歌，兴高采烈。她们甚至急于夸大两兄弟和她们之间的差别。似乎这样才可以正确地表达她们对兄弟们的尊敬，这种尊敬使她们觉得安慰，并确保了自己的地位。她们不说印地语，而说着最粗俗的英语方言，用最粗鄙的字眼；她们彼此争做杂务，弄得浑身肮脏不堪。她们用这种办法维系家庭的纽带。

那些日子里星期天早上的惯例，是男人们会在商谈之后、午饭之前，也就是去海上兜游之前玩桥牌。

一天早晨，沙克哈不顾阿南德的请求，对欧华德关于根除资本主义和苏联人如何处置沙皇的言论表示了相当的厌恶，他还试图转移话题。话题莫名其妙地转向现代艺术。

"那个毕加索让我觉得莫名其妙。"沙克哈说。

"毕加索是我憎恶的人。"欧华德说。

"但是难道他不是一位党派同志吗？"阿南德说。

欧华德皱起眉头。"至于夏加尔、鲁奥以及布拉克……"

"你觉得马蒂斯怎么样？"沙克哈问，用了一个他从《生活》上看来的名字，截断了那一长串他不知道的名字。

"他还行，"欧华德说，"色彩诱人。"

沙克哈不熟悉这种说法。他说:"他们画的那幅画挺好。虽然说不上顶好。那幅和乔治·桑德斯一起画的《月亮和六便士》。"

欧华德专心致志地看着自己的牌,没有回应。

"那些艺术家是些滑稽的家伙。"沙克哈说。

他们在打对家。阿南德散开他手中的牌说:"毕加索画的肖像。"

除了欧华德,每个人都笑起来。

"我一直想读这本书,"沙克哈说,"是不是萨默塞特·毛姆写的?"

阿南德又散开他手中的牌。

欧华德说:"你要是想看毕加索画的肖像,干吗不照照镜子?"

这无疑是欧华德的一个尖刻的批评。沙克哈笑嘻嘻地咕哝着。围观的姐妹们和她们的孩子们放声大笑。欧华德默许了她们的赞同,对着自己的牌得意地微笑着。

阿南德觉得自己被背叛了。他之前采纳了欧华德所有的政治和艺术观点,他在学校宣布自己是共产党员,他还声称艾略特是他厌恶的人。轮到他发牌了。他心慌意乱之中先给自己发了牌。"对不起,对不起。"他说,低下头,试图让自己的声音带些笑意。

"没有必要道歉,"欧华德严厉地说,"这不过是你狂妄自大和自我中心的表现。"

围观的人都屏住了呼吸。

原来的快活气氛消失了,沙克哈研究着他的牌。欧华德对着自己的牌皱起眉头。他的脚拍打着水泥地板。更多的人前来围观。

阿南德觉得耳朵火烧火燎。他努力地盯着自己的牌,感到房子的每个角落都鸦雀无声。他能感觉到有人来围观,萨薇、米娜、卡姆拉。他感受到莎玛也来了。

欧华德喘着粗气,大声吞咽着。

沙克哈叫牌的时候,声音低沉,似乎不想参与这场输赢斗争。沙克哈的对家维迪亚德哈叫牌的时候被自己的口水呛着了。但毫无疑问，他的声音是随意的，没有任何冒犯之意。

阿南德叫牌的时候表现得很愚蠢。

欧华德紧咬着他的下嘴唇，慢慢地摇着头，用脚轻拍着地板，呼吸的声音更加粗重。他叫牌时，声音里充满了愤怒，显示他正在试图挽回无望的败局。

游戏继续。阿南德玩得越来越糟糕。沙克哈似乎在无心之中，一轮又一轮地赢了越来越多的牌。

欧华德的呼吸声和吞咽声几乎让阿南德窒息。后背一片冰凉：他的衬衫已经被汗水湿透了。

游戏最后终于结束了。沙克哈不留痕迹地故意指出各自的得分。他们等着欧华德发话。没有轮到欧华德洗牌，但是他一边洗牌，一边沉重地呼吸着，说："这就是你这个天才带给我们的东西。"

阿南德的眼眶湿润了。他跳起来，椅子倒在身后，喊道："我从没说过我是什么该死的天才！"

"啪！"他的右脸一阵滚烫。尽管欧华德手已经移开，他的右脸还在颤抖着，好像他的脸颊还在等待那记耳光的指示。欧华德站起来，沙克哈弯着腰，拾起散落在肮脏的地板上的牌。然后"啪！"，他的左脸一片滚烫，剧烈地抖动着。他忘记了围观的人，紧盯着面前欧华德穿着白衬衫的起伏不定的胸脯。欧华德的椅子已经掀翻了。沙克哈难堪地靠在桌子上，椅子被推到了后面，他凝视着手中的牌，一边把牌在两个手掌之间倒来倒去，他的眉毛蹙着，上嘴唇嘟起来覆盖着下嘴唇。

桌子被猛拉到一边。阿南德发觉自己以可笑的姿势站直了身子，因为羞耻的泪水，眼前一片模糊。欧华德重重地迈开步子走上前楼梯。阿南德这时候才有时间注意到围观者们的激动和满足，房子里的静谧，格温德在房子后面唱着歌，孩子们在街上吵闹着，大路上传来汽车的隆隆声。

沙克哈仍然坐在桌子跟前，玩着手中的牌。

围观的人咕哝着。

"你们！"阿南德转向他们，"你们见什么鬼站在这里？整个该死的晚上就只听见你们在嘟嘟囔囔、闲言碎语。"

结果出乎意料，使他蒙羞。他们都大笑起来。甚至连沙克哈也抬起头来咻咻地笑着，抖着肩膀。

莎玛严肃的表情看上去几乎荒唐可笑。

围观的人散开了。每个人都各干各的事情。整个房子里弥漫着一种近似于愉快的轻松。

沙克哈把牌整齐地堆在桌子上，站起来，把手放在阿南德肩上，叹了一口气，然后上楼去了。

他们听见欧华德在各个房间里走来走去。

阿南德发现毕司沃斯先生穿着背心短裤躺在床上，背对着门，耸起的膝盖上放着纸。他没有转过身便说："是你，孩子？这里，看你能不能算出这该死的差旅费。"他把便笺簿递过去，"你怎么了，孩子？"

"没什么，没什么。"

"好吧，就把这些数字计算出来。每个人都用自己的汽车捞了一笔。我敢肯定只有我赔了钱。"

"爸爸。"

"就等一会儿，孩子。零乘以零等于零。二乘以五等于十。记下乘的结果，然后加一。"毕司沃斯先生很放松，甚至有些滑稽：他知道自己做乘法的时候很可笑。

"爸爸，我们一定得搬家。"

毕司沃斯先生转过身来。

"我们必须搬家。我在这里一天也住不下去了。"

毕司沃斯先生听出了阿南德语气中的悲伤。但是他没有意愿去详细询问。"搬家？到时候就搬。到时候就搬。我只是在等待革命和我的别墅呢。"

他父亲难得有这样的好心情。阿南德没有再说什么。

他计算了复杂的差旅费。不久他听见乒乓球干涩的脆响，夹杂着欧华德、维迪亚德哈、沙克哈和其他人的惊呼声。

他没有下楼去吃午饭，他原本还很期待这一顿的；当莎玛把饭菜给他端来的时候，他无法下咽。毕司沃斯先生维持着说笑的心情，蹲坐在椅子上，假装要往自己的饭菜里吐唾沫，以免被贪吃的阿南德抢去。他知道这个伎俩总会让阿南德恼羞成怒。但是阿南德没有反应。

楼下的男人们准备到海边去。儿子们问母亲要浴巾，母亲们叮嘱自己的儿子要小心。

"不和他们一起去吗？"

阿南德没有回答。

毕司沃斯先生已经不再参加这些出游了。出游需要旺盛的精力，而欧华德的示范最后总会把它变成危险的竞赛。相反，吃过午饭之后，毕司沃斯先生会独自出门散步，查看房子，时而问问价钱，但是大部分时间他只是看看。

姨妈们和表兄弟姐妹们的欢快以及他们新形成的排斥毕司沃斯家的亲密关系，让萨薇、米娜、卡姆拉和阿南德一起待在他们自己的房间里，只能躺在床上，因为连坐的地方都没有，他们有一搭没一搭地交谈着。

阿南德啜饮着他的橙汁。里面的冰块已经融化了，橙汁的味道变得平淡无味，温吞吞的。女孩们到植物园去散步。莎玛洗了澡，阿南德听见她在露天浴室里唱歌洗衣服。等她上楼来的时候，她的头发潮湿，垂落下来，手指绞在一起，歌声中仍旧透露出焦虑。

她用印地语说："去向你舅舅道歉。"

"不！"这是这么长时间以来他说的第一个词。

她哄劝着他："就当是为了我。"

"革命。"他说。

"你不会损失什么。他比你年长。他是你的舅舅。"

"他不是我舅舅。说什么从飞机上播种。"

莎玛轻柔地唱起歌来。她把头发从前面甩到后面，用一块拉紧的毛巾抽打着头发，发出的声音像是闷打出来的喷嚏。

女孩们散步回来。她们看上去轻松了许多，说话也自然多了。

然后他们陷入了沉默。

男人们回来了。他们听见回来的人们在大声交谈，还有脚步声；欧华德的声音听起来十分友好，时不时地爆发出笑声；姨妈们愉快地询问着；他们听见沙克哈说再见的声音以及他的汽车驶走的声音。

萨薇悄声问莎玛："发生了什么吗？"

"什么也没有发生，"莎玛像在哄劝，不是在回答萨薇，而是向阿南德乞求，"他要去向你们的舅舅道歉，就这些。没什么。"

女孩子们不想抛下阿南德，她们也害怕下楼去。

"记住，"莎玛说，"一句话也别跟你们爸爸说。你们知道他是什么样的人。"

她离开房间。她们听见她和一位姨妈若无其事地交谈着，甚至还说着俏皮话，她们都佩服她的勇气。随后女孩们也下楼去了，去面对别人义正词严的谴责。

楼上有人在淋浴。欧华德在浴室里唱着一首老印度电影的插曲。这也是他的美德之一：表明英国没有改变他的本质，而这一定让所有的人都满意。因为每个人在他不在期间所赋予他的美德都在一些极细微的地方体现出来：阿南德记得一个姐妹说，欧华德从英国带回了他所有从特立尼达带去的鞋子、衬衫和内衣。

"一双鞋穿八年，"阿南德嘀咕着，"该死的骗子。"

浴室里安静了。

莎玛来到房间。"快点，在他们去电影院之前。"

阿南德知道星期天的日程安排：桥牌、乒乓球、午饭、海边、淋浴、晚饭，然后是傍晚的电影。

他听见表兄弟姐妹们聚在晚餐桌旁。欧华德的声音隐约从他的卧室里传出来，像是蒙着一块毛巾。

阿南德从后楼梯走下去，然后上楼来到后阳台，那是他上次从德克赛特码头返回的同一个阳台，而他那回几乎在码头被淹死。他从阳台上看了一眼餐厅，他曾经在那里当着欧华德的面把自己父亲身下的椅子拉走。

表兄弟姐妹们看见他了。一些姨妈们也看见他了。交谈声停止了。一张张脸又转了过去，姨妈们仍然摆出一副严肃、生气、主持公道的样子。然后交谈又开始了。表兄弟姐妹们在玩牌，懒散地等着吃晚饭。那个爱出汗的维迪亚德哈微笑地盯着桌子，舔着嘴唇。

阿南德在阳台上等了一会儿，欧华德才从卧室里出来。他像往常那样迈着迅捷而沉重的步子走出来。他一看见阿南德脸色就立刻严峻起来。一阵沉默。

阿南德走上前，把手背在后面。

"对不起。"阿南德说。

欧华德仍然神情严肃。

最后他说："算了。"

阿南德不知如何是好。他站在原地没动，这样子显得他似乎还在等待着被邀请吃晚餐或者去看电影。但是欧华德什么也没有说。阿南德慢慢转身走出房间，来到后阳台。走下楼梯的时候，他听见交谈声被打断了，听见厨房里的姨妈们恪尽职守地忙活着。

莎玛在他们的房间里等着他。他知道她和他一样痛苦，很可能比他还要痛苦，他不希望增加她的烦恼。她等着他做些什么或者说点什么，这样她就可以安慰他。但是他什么都没有说。

"你现在想吃点东西吗？"

他摇摇头。在强者的阴影里，弱者之间的安慰是多么可笑！

她下楼去了。

欧华德和其他表兄弟姐妹们离开之后，她又回来了。这时他才肯吃饭。

不久之后，毕司沃斯先生散步回来。他的心情改变了。他的脸因为痛苦而扭曲着，阿南德不得不给他调和一些胃药冲剂。他在散步之后很疲惫，想上床休息。他只有在周日的时候才能早些睡觉，其他的晚上他从管区回来的时候已经夜深了。

餐厅里的灯光从隔板顶部通风口的缝隙中透过来。他叫来莎玛，吩咐她："去叫他们把那灯关了。"

此时这是一个相当难以满足的要求，虽然在欧华德回国之前，莎玛有时候能让他们关灯。但现在她却无能为力。

毕司沃斯先生大为光火。他命令莎玛和阿南德弄来一些纸板，试图用纸板挡住从隔板透过来的光线。他从床上蹦起来去碰隔板上的壁架。他搭上去的三块纸板有两个同时掉了下来。

"矮子姨父。"萨薇说。

他正要冲她发脾气；不过，似乎为了呼应这骚乱，这时餐厅的灯光熄灭了。他在黑暗中躺在床上，很快就睡着了，磨着牙，发出奇怪的满足的咂嘴声。

阿南德坐在黑暗中。莎玛来到房间里，躺到四柱大床上。阿南德不想到楼下去。他躺到父亲身边，一动不动。

他被喋喋不休的谈话声和沉重的脚步声惊扰，被从隔板上面敞开的两个部分透过的光线弄醒了。一些等在房子下层的姨妈开始在厨房里忙活。交谈声持续着，夹杂着笑声。

毕司沃斯先生被吵醒了。"上帝呀！"

阿南德感觉莎玛也醒了，她十分焦虑。从这里听起来，交谈声像水龙头的滴水声一样让人难以忍受。

"上帝！"毕司沃斯先生叫喊起来。

餐厅里沉寂了一会儿。

"这房子里还有其他人呢。"毕司沃斯先生喊道。

前来做客的姐妹们和寄宿者们也被吵醒了。

欧华德似乎只是冲着他身边的人轻轻说："可不是，我们都知道这个，老伙计。"房子里传来咯咯的笑声。

毕司沃斯先生被这笑声激怒了。"滚一边去！"他骂道。

"那你就见鬼去吧！"是图尔斯太太。她每个字都说得铿锵有力，清楚而冷酷。

"妈妈！"欧华德说。

毕司沃斯先生不知道该说什么好。先是惊讶、震惊，最后是愤怒。

莎玛从四柱大床上起来说："男人，男人。"

"让他见鬼去。"图尔斯太太说，几乎是随意的。她话音之后伴随着一声呻吟，床面弹簧咯吱作响，还有在地板上拖着步子行走的声音。

楼下的灯亮起来，院子被照亮了，灯光从门上的百叶窗透进毕司沃斯先生的房间。

"见鬼去？"毕司沃斯先生说，"见鬼去？去给你探路吧？向上帝祈祷，嗯？替你把老家伙的墓穴打扫干净。"

"看在上帝的分上，毕司沃斯，"欧华德说道，"闭上你那该死的嘴。"

"你少给我谈什么上帝。红色和蓝色的棉花！从飞机上播水稻！"

女孩们来到房间里。

萨薇说："爸爸，别再出丑了。看在上帝的分上，别说了。"

阿南德站在两张床之间。房间就像一个笼子。

"让他见鬼去。"图尔斯太太抽泣着，"让他滚出去！"

"邻居！邻居！"隔壁一个女人尖声叫道，"出什么事情了吗，邻居？"

"我受不了！"欧华德喊起来，"我无法忍受这个了！我不知道自己为什么要回来。"他的脚步声在客厅里回响着，他愤怒而又含糊地大声咕哝着。

"孩子，孩子。"图尔斯太太说。

他们听见他下楼梯，随后大门哗啦一声震颤着。

图尔斯太太号啕起来。

"邻居！邻居！"

毕司沃斯先生想出了一句绝妙的话，他说："共产主义就和慈善一样，应该先从家里开始。"

毕司沃斯先生房间的门被推开，新闪现的灯光和影子混合着墙上的图案。格温德走进房间，裤子没有系皮带，衬衫也没有扣扣子。

"穆罕！"

他的声音是温和的。毕司沃斯先生激动得热泪盈眶。"共产主义，就和慈善一样，"他对格温德说，"应该先从家里开始。"

"我们知道，我们知道。"格温德说。

苏诗拉安慰着图尔斯太太。她的号啕变成了啜泣。

"我告诉你，"毕司沃斯先生嚷道，"我诅咒我踏进你家门的那一天。"

"男人，男人。"

"你诅咒那一天，"图尔斯太太说，"你来的时候带的衣服还挂不满一根钉子。"

毕司沃斯先生被击中了要害，一下子语塞。"我事先警告你。"他最后只好重复说。

"我事先警告你。"图尔斯太太说。

"我先警告你的。"

接下来一阵突然的沉默。随后从客厅里爆发出一阵低沉而愉快的交谈声,楼下一直沉默不响的寄宿的学生们开始窃窃私语。

"呵!"隔壁的女人说:"我真是多管闲事。"

格温德拍拍毕司沃斯先生的肩膀,笑了一下,离开了房间。

楼下的私语声平息下来。从院子里透进百叶窗的灯光在房间里留下带状的光束,随后熄灭了。客厅里的笑声渐渐减弱了。人们带着轻微的嘲讽清清嗓子,以不言而喻的默契轻笑着。地板上传来拖沓的脚步声,还有耳语声。随后灯灭了,房间一片黑暗,整座房子陷入一片寂静。

他们平行地躺在床上,不敢动一下,害怕打破这沉默,在黑暗和静谧中,他们几乎不敢相信刚才发生的一切。

不久,静止不动的状态让孩子们感到疲惫,他们下了楼。

早晨,刚刚几分钟内的惊骇会显露其全部后果。

他们醒来时觉得很不自在,几乎立刻就记起了发生的一切。他们彼此躲避着。他们仔细聆听,在咳嗽和吐痰声、水龙头的流水声、持续而拖沓的脚步声、扇煤炉的声音、厕所抽水马桶尖锐的嘶嘶声中,他们想要分辨出图尔斯太太和欧华德的说话声和脚步声。但楼上一直很安静。后来他们得知欧华德那天很早就去多巴哥做为期一周的旅行。毕司沃斯先生的孩子们本能地想要立刻离开房子,想从房子逃离到学校和街上那别处的现实中去。

怒火令毕司沃斯先生感到压抑,但是已经没有那么强烈了。现在他甚至为自己的行为感到耻辱,对整件事情感到耻辱。但是那种自从他听说欧华德要从英国回来时就折磨他的心神不安消失了。他发现忽视恐惧是一件很容易的事情,他洗完澡之后就又觉得精神抖擞,甚至有些飘飘然。他也急切地想要离开这房子。离开的时候他禁不住同情不得不留在这房子的莎玛。

姐妹们如同受到了惩戒。她们没有惹麻烦，因此她们相信自己的行为是正当的；虽然她们听说了欧华德气愤地离去，她们都觉得丢脸和害怕，但是每个姐妹都相信自己对欧华德来说是特别的，每个人都对莎玛表达了谴责和厌恶。

"那么，姨妈，"那个从前练柔术的苏妮蒂说，"我听说你要搬新房子了，好家伙。"

"是的，亲爱的。"莎玛说。

阿南德在学校开始为艾略特、毕加索、布拉克和夏加尔辩护。那个从前在阅读室里的《笨拙画报》和《插图版伦敦新闻》中夹上《苏联周报》的他，现在声称他不乐见共产主义。他的用词让人觉得古怪，但是因为欧洲和美国的杰出知识分子现在流行宣布脱离共产主义，阿南德的举动正好与此吻合，因此没有引起什么异议。

在被《特立尼达卫报》雇用后不久，毕司沃斯先生曾在某一天深夜去市中心采访无家可归的人，他们中间有很多人经常在海军广场睡觉。"那个难题——房子的问题——"他这样开始他的文章。虽然这些词被伯耐特先生删去了，毕司沃斯先生却喜欢这些词的韵律，始终不能忘怀。那天早晨这些词一直在他的脑子里鸣响；他小声地重复哼唱它们；在办公室的周一例会上，他表现得异常活跃而且多话。会议结束后，他来到圣文森特街那间装饰着欢乐壁画的咖啡馆，坐在吧台边，等候着他认识的人们。

"我接到了要我搬家的通知，伙计。"他说。

他轻描淡写地说，期待得到关心，但是对方也和他一样毫不在意。

"我看我也要和你一样到海军广场上去了。"《卫报》的一个记者说。

"我可真是糟透了。结了婚，拖着四个孩子，现在还没有地方住。你知道什么地方在出租吗？"

"我要是知道的话，自己早就租了。"

"哈，啊，我看只有住广场了。"

"我看也是。"

咖啡馆就在报社、政府办公室和法院附近，常常有新闻记者和公务员光顾；另一些人在上法庭之前到咖啡馆来喝一杯，然后就走了，有时候一连好几个月都不会再见；光顾的客人中还有法务官书记员和初级秘书，每天他们都在综合登记处的外间办公室里那张光滑的桌子边追踪资产。

一个地产追查员说："如果贝利还在的话，我会建议你去找贝利。你们都还记得贝利吗？

"贝利以前不但许诺帮人们找到房子，而且还说要免费帮他们搬家。所有的人都对免费搬家趋之若鹜——你知道黑人是怎样的——向贝利交了押金。等他集齐了相当的押金之后，贝利决定终止这一愚蠢的许诺，跑到美国去了。

"但是，在他离开的前一天，贝利的计划暴露了。不过贝利也知道他要离开的这件事被人发现了。于是第二天，当贝利的船等在港口时，贝利雇了一辆卡车，穿着他的卡其布工装，到所有给过他押金的人那儿转了一圈。所有的人都大吃一惊，以至于忘记了之前的怒气。他们告诉贝利，他们已经叫了警察，他们说：'但是，贝利，我们听说你今天要离开。'于是贝利说：'我不知道你们是从哪里听说的这鬼话。不是我要走，是你们要走。我来帮你们搬家。你们都收拾好了吗？'但是没有任何人收拾好行李，于是贝利大发脾气，说他们怎样浪费了他的时间，他就根本不应该答应帮他们搬家等等。他们便安抚他说，请他下午来，到时候他们就会收拾好准备搬家。于是贝利离开了，所有的人都收拾好行李等着贝利。他们到现在还在等他。"

哄堂大笑之中，毕司沃斯先生却笑不出来。外边的天已经变黑。一道蓝色的闪电划过，传来雷声的轰鸣。他不太想摇上车窗开到他的管区去。他已经喝了不少啤酒，酒精使他变得沉默而呆滞。他不想到乡村去，也不想留在咖啡馆里。但是大雨倾盆，打湿了人行道，不久雨水就在上面肆意横流，这一切都鼓动着他留下来，他坐在一个高凳上，心不在焉地、安静地喝着啤酒，凝视着墙上粗糙的风格明快的壁画，陷入阴郁之中。

有一只手拍在他的肩膀上，他回头看见一个高高的微黑的男人。他偶尔在圣文森特街上碰见过这个男人，知道他是法务官书记员。在过去的一两年里他们也算点头之交，但从来没有说过话。

"是真的吗？"那人问道。

毕司沃斯先生注意到此人身材高大，注意到他语气中的关心，以及他虽然上了年纪却依然青春勃发的脸庞。"是的，伙计。"

"你真的收到了要你搬走的通知？"

毕司沃斯先生噘起嘴唇，低头凝视着自己的杯子，点了点头，算是回应他的同情。

"见鬼。你还有多长时间？"

"通知。一个月吧，我猜。"

"见鬼。你结婚了吗？有孩子吗？"

"四个孩子。"

"上帝！你没有试过找政府帮忙吗？你现在给政府工作，不是吗？难道他们没有什么房贷政策之类的吗？"

"那只是给有编制的职员。"

"就算中国全部的茶叶都是你的，你也租不到什么好房子。"那人说。他在毕司沃斯先生身边缓缓地晃着，把他和其他说话的人隔开，那些人有的已经开始在吧台或者桌子上吃饭。"其实干脆买座房子更简单。你在喝什么？啤酒？两瓶啤酒，小姐。见鬼，伙计。"

啤酒送来了。

"我懂的，"那人说，"我不久之前情况也和你一样。我只有母亲跟我一起生活。但就算是那样也够惨的，我可以告诉你。像生了一场大病似的。"

"生病？"

"当你生病的时候你会忘记自己身体健康的样子。当你健康的时候也无法想象生病的情形。这和你每天下午不知道该到哪里去是同一种感觉。"

咖啡馆的灯光亮了。每个门口都站着沉默的人，望着外面的雨。黑乎乎的街上传来湿轮胎的哧哧声和雨点敲落的声音，淹没了刀叉在盘子上的刮擦声和人们的交谈声。

"我也不知道。"那人说，"但是看看，你现在要做什么？"

"我得到乡下去。但是现在这么大的雨……"

"你知道吗，你最好和我一起吃顿午饭。不，不是这里。"他环视着咖啡馆，毕司沃斯先生在他的眼神中看出他对别的谈话者的无动于衷进行的谴责。

他们来到外面，迅速冲过雨帘，从靠墙站着避雨的人们身边擦过。他们拐进一条小路，来到一家中餐馆肮脏的绿色大厅里。店里由椰子纤维做成的垫子潮湿而乌黑，地板也是湿乎乎的。他们走上光秃秃的台阶，法务官书记员不停地碰见他熟识的人。他一面拍着毕司沃斯先生的肩膀，一面对他们所有的人说："见鬼，这伙计得到要搬家的通知，但是他根本没有地方可以去。"人们看看毕司沃斯先生，发出同情的声音，毕司沃斯先生被啤酒、陌生的脸和别人对他突如其来的兴趣弄得糊里糊涂，显出一副相当悲惨的样子。

他们来到一间装着隔音板的小包间，法务官书记员点了饭菜。

"我不知道，"他说，"但是看吧。我的情况是这样的。我和我母亲住在圣吉姆斯街上的一栋两层楼里。但是现在她上了年纪，你知道的……"

"我母亲已经去世了。"毕司沃斯先生说，惊讶地发现自己正开始吃东西，"那个该死的医生不想开死亡证明。我给他写了一封信，一封长信……"

"见鬼，伙计。但是情况是这样的。老祖宗的心脏不怎么好。她不能做爬楼梯之类的事情。她的心脏会受不了的，你知道的。"法务官书记员把手放在胸口，摇晃着肩膀，"现在我正好在缪克拉泊找到了适合老祖宗住的房。问题是，除非有人买我现在的房子，否则我无法买那座房子。"

"所以你想让我买你的房子？"

"差不多。我可以帮助你而你也可以帮助我，还有老祖宗。"

"你是说，两层楼？"

"一切都很现代很便利，而且是空房，你马上就可以拥有产权。"

"我希望我有那么多钱，伙计。"

"你先看看再说。"

午饭结束之前，毕司沃斯先生已经同意去看那套房子。他知道自己在做什么。他知道自己只有不到八百元，而且他无疑是在浪费自己和法务官书记员的时间。但是他出于礼貌而接受了。

"你将会帮我一个大忙，"法务官书记员说，"你将会帮老祖宗一个大忙。"

于是在瓢泼大雨之中，挡风玻璃上的雨刷时时被粘在车窗上，他们开车驶过圣文森特街，绕过海军广场，然后沿着莱特森大街——这条街上住的都是可靠的人家——穿过伍德布鲁克来到西部大街，又经过警察局营房的阔地和车道，最后拐上锡金街。

车停在房子外面时仍然在下雨。一半是水泥的栏杆上覆盖着牵牛花的藤蔓，红色的小花在雨中低垂着，方形的水泥柱子中间延伸着铅水管。房子的高度，奶油色和灰色的墙壁，镶白框的门窗，白色勾缝的红色砖墙。毕司沃斯先生看见这些，立刻知道他买不起这样的房子。

从雨中冲到房子里时，他见到了法务官书记员的母亲，她并不像法务官书记员形容的那样老迈，倒是她彬彬有礼的举止让他倾倒。毕司沃斯先生难以抗拒这样的想法：他的西装革履，他那辆普莱菲特，让他觉得自己在欺骗大众。在这里，在这座锡金街上的房子里，在他梦寐以求却无法得到的房子里，这欺骗更令他觉得痛楚。他试图以同样的温文尔雅向法务官书记员的母亲致意；他试图不去想他那拥挤的房间和那八百元钱。他渐渐意识到喝下的啤酒在身上产生了效力，他慢慢地小心地啜饮着茶，吸着烟。因为担忧直白地赞扬房子会显得失礼，他迟疑地打量着涂着涂料的墙壁，装着隔音板的褪色天花板（天花板上有一些条状的木头被漆成巧克力色），以及看上去崭新的有磨砂玻璃的门窗（门窗以白色的木头为框架，镶着白色的格子），打磨上光的地板，还有一套精巧的莫里斯家具。法务官书记员没有在意他只有八百元，坦诚而又信赖地邀请他看看楼上的房间。毕司沃斯先生迅速地打量了一圈，看见一间带着抽水马桶的浴室——豪华！——还有一个瓷洗脸盆，两间绿色墙壁的卧室，一个阳台，此时没有太阳也十分凉爽，楼下是篱笆上的牵牛花，他的普莱菲特就停在路上，有那么一刻他几乎把这房子当成是自己的，这想法是如此强烈，他必须立刻抑制住自己，他匆忙下楼了。

那个因为心脏问题而不能爬楼梯的老祖宗迎接了他，就像他刚远游回来似的。

他坐在一把莫里斯椅子上，又喝了一杯茶，抽了一根烟。

他们到现在为止都没有说过价钱。毕司沃斯先生没法不去想贵得离谱的价格，这免去了他买房的麻烦和遗憾。他估计房子的价钱是八千元，九千元！房子离主干道很近，是开店的理想地段，而在雨中它又是如此安静！

"房子差不多值六千元。"法务官书记员说。

毕司沃斯先生抽着烟，没有说话。

老祖宗从厨房里出来，端着一盘蛋糕。法务官书记员坚持让毕司沃斯先生尝一块蛋糕。蛋糕是老祖宗亲自烘烤的。

毕司沃斯先生拿了一块蛋糕。老祖宗冲他微笑着，他回了一个微笑。

"好吧，说实在的，我们都想尽快做成这笔买卖，所以就五千五百元吧。"

毕司沃斯先生曾经读过一个法国作家写的小说，小说描写一个女人工作了二十年，只为偿还她因为一串仿制项链而背下的债务。他无法理解为什么这篇小说被认为是一个喜剧故事。借债是一件可怕的事情；小说中众多的"也许"和"原该如此"的遗憾让它极为接近现实：希望之后的打击，岁月的流逝，生活的消逝，然后真相大白，一切辛劳都是白费的："哦，我可怜的玛蒂尔德！但是那挂项链是假的！"现在，坐在法务官书记员的莫里斯椅子上，毕司沃斯先生知道他快要被这样一笔债务捆住了，同样的打击，同样的辛苦：他将再一次在夜晚失眠，倾听着拥挤的房子里的鼾声，透过窗户凝视着空旷的天空，探照灯安静地扫过。

"五千五百元再加上这套莫里斯家具。"法务官书记员轻笑了一声，"我一向听说印度人精于砍价，但是我到现在才知道他们是多么精明。"

老祖宗像刚才那样慈祥地微笑着。

"我得考虑一下。"

老祖宗微笑着。

在返回的路上，毕司沃斯先生决定强硬一点。

"你这么着急要卖房子，我不明白你为什么不找房屋中介呢？"

"我？我看你是没有在咖啡馆里听人说过什么吧？那些中介不过是

一群骗子，伙计。"

他觉得自己算是见了这座房子的最后一面。那个时候，他还不知道，在他生命中最后的五年里，他将周而复始地开车沿着西大街行驶，穿过伍德布鲁克到莱特森街和南码头，一切都熟悉到了令人厌倦的地步。

当他一个人的时候，抑郁和恐慌再次袭击了他。但是他回到房子里时却装出一副自信且严厉的样子，大声对惊讶于他这么早就回家的莎玛说："我今天没有去乡村，我去看了几家房产。"

他起初一直把纠缠他的头痛归因于紧张不安，但是现在头痛很明显是因为酒精，他平时白天喝酒时总会这样。他上楼回到房间里，换上背心短裤，想要阅读马可·奥勒留，却无法读进去，不久就睡着了。这让他的孩子们大吃一惊，他们奇怪在这样的危急时刻，他们每个人都惶惶不安，而父亲居然能在下午这样早的时候就呼呼大睡。

他去看房子是因为客人难却主人盛情。如果不是下雨，他可能会绕着小院子查看一圈，因而会发现它愚蠢可笑的形状。他将会看见屋檐上的隔音镶嵌板已经松脱了，附近的蝙蝠很容易就钻进去。他会看见房子后部露天的楼梯只有一个扶栏，仅仅被没有油漆的瓦楞铁皮覆盖着。他也不会被一楼后门厅悬垂的厚重窗帘营造的温馨所蒙骗。他会发现房子根本没有后门。如果他不是匆匆地从雨中冲进房子，他也许还会注意到路灯紧靠着房子外墙。他也应该会知道，距离交通干道如此近的路灯会招引飞蛾之类的小虫子。但是他根本没有看见这些缺点。他只看见在大雨中的一座温暖舒适的房子，打磨上光的地板，还有一个老太太在厨房里烘烤蛋糕。

如果不是被搅得心烦意乱，他可能会更直接地质疑法务官书记员急于卖房子的意图。但是事情发生得太快，太顺理成章。晚上刚发生了争吵，第二天下午就有人要卖一座房子给他。而还不到晚上时，他那无法筹集的五千五百元就有了转机。

"有人找你。"莎玛说。

他醒过来时懵懂地发现时间是傍晚。

"又一个申请贷款的穷人吗？"虽然他已经从《特立尼达卫报》辞职，但是他的名声已经传出去，穷人们仍然时不时地找到他。

"我不知道。我看不像。"

他穿上衣服，忍受着令脑袋嗡嗡作响的头痛，下楼走到前楼梯脚下，他吃惊地发现来者是一个衣着整洁的黑人工匠，正站在台阶上等他。

"晚上好。"黑人说。他的口音透露出他不过是从周围那些小岛上来的非法移民。"我是为房子来的。我想要买房子。"

那一天每个人不是想买房子就是想卖房子。"那房子我还没有付钱哩。"毕司沃斯先生说。

"在矮山的房子吗？"

"哦，那个。那个。但是我不能卖。那地皮不是我的，我甚至没有付租金。"

"我知道。如果我买了房子，我要把房子拆掉运走。"他继续解释。他在派蒂德山谷买了一块地皮。他想要建造自己的房子，但是建材稀少而且价钱昂贵，所以他想要买毕司沃斯先生的房子，不是为了买房子，而是要买房子的材料。他说他不准备讲价。他已经仔细地研究了房子，决定出价四百元。

当毕司沃斯先生回到那间床铺皱巴巴、家具散乱、放着莎玛的梳妆台的房间时，他的口袋里装着二十张二十元的钞票。

"你不相信上帝，"他对阿南德说，"但是看看。"

八百元和一千两百元有着巨大的区别。八百元只是一小笔存款，而一千两百元则是一笔大数目。八百元和五千元之间的差距是难以想象的，而一千两百元和五千元之差则可以应付。

一周以前，毕司沃斯先生根本不会想到要买一栋五千元的房子。他想要买一栋价值三千元至三千五百元的房子，他从来没有找过任何超过四千元的房子。但是奇怪的是，在他放宽了眼界之后，居然没有想到要去看看其他价值五千元的房子。

他第二天就找到法务官书记员，付给他一百元定金，精明地要了一张盖戳的收据。

"我拿到这钱，马上就付我要买的那座房子的定金。"法务官书记员说，"等到老祖宗知道这个好消息时，她一定会高兴极了。"

莎玛得知一切的时候大哭起来。

"哈！"毕司沃斯先生说，"闹腾吧。生气吧。我看只有我们和你妈妈以及你那快乐的一大家子住在一起你才会高兴，嗯？"

"我什么也没想。你有钱，你想要买房子，我不需要考虑任何事情。"

就在这个时候，莎玛离开房间，碰见了苏妮蒂。苏妮蒂说："我听说你现在发达了，买房子买地呀。"

"是的，孩子。"

"莎玛！"毕司沃斯先生叫道，"让那姑娘回去帮她那无能的丈夫照看他们在波可玛的羊群吧。"

羊群是毕司沃斯先生捏造出来的，每次都能让苏妮蒂恼羞成怒。"羊群！"她朝院子嚷嚷着，咬牙切齿，"哼，有的人至少还有羊群，不像有的人根本就一无是处！"

毕司沃斯先生只猜对了莎玛一半的动机。她知道他们搬出去的时候到了，但是她不希望这一切发生在争吵和受辱之后。她希望她和她母亲之间的隔膜能烟消云散，她认为毕司沃斯先生的举动太过仓促，也太过挑衅。

他一点一点透露了那些惊人的细节。

"五千五百元。"他说。

他达到了自己想要的效果。

"噢，上帝！"莎玛说，"你疯了！你疯了！你在我的脖子上挂了一块大磨石。"

"是一串项链。"

她的绝望让他心惊肉跳，但也让他更加固执，他通过折磨自己来折磨她。

"我们还在付汽车的贷款。而且你不知道你还能给政府工作多长时间。"

"你弟弟希望我立刻就被炒鱿鱼。告诉我，嗯，在你心底里是不是觉得我的工作毫无价值，嗯？在你心底里你就是这样想的。嗯？"

"如果你一定要这样想的话。"她哭着说，然后下楼到厨房去了，楼下聚集着学习的孩子们和姐妹们，还有已经出嫁的外甥女们，她们在光线微弱、苍蝇乱飞的灯泡下交谈，做活计。她的周围是安全的；但是当不幸降临的时候，她只有独自一人承受。

她又回到楼上的房间里。

"你哪来的钱呢？"

"你不用操心这个。"

"如果你想要挥霍钱财，我很愿意帮你。明天我就去德·里玛的店里买那个你一直说要买给我的胸针。"

他哧哧地笑起来。

但是她一离开房间，他就陷入恐慌之中。他离开房子，围绕着草坪散步，沿着宽阔安静的种植着青草的圣克莱尔街道散步，街上没有关门的房子中闪着柔和的灯光，看得见富裕安静的家庭内部。

他已然孤注一掷，就再没有勇气回头，却有相当的力量继续前进。他为莎玛的不快所鼓舞，同时又因为孩子们的欢欣雀跃增强了信心。他避免质疑自己；他担心欧华德会回来，越发担心自己可能不配拥有法务官书记员和那老祖宗的房子。她烘烤了蛋糕，还如此优雅地招待了他。

在这种焦虑的驱使下，他星期四下午开车到阿扎德家里，一看见塔拉就告诉她，他要来借四千元买一栋房子。她没有异样的表现，她说她很高兴他终于可以摆脱图尔斯家族了。这时候阿扎德走进来，用帽子扇着风，毕司沃斯先生也同样坦率地表明来意，阿扎德只把这看成一笔小交易。他借债四千五百元，利息是百分之八，五年之后还清。

毕司沃斯先生留下来和他们一起吃晚饭，始终谈笑风生，畅所欲言。当他开车离开阿扎德家的时候，他的心渐渐冷下来，他明白自己不但背负了债务，还欺骗了别人。阿扎德不知道他的车款还没有付清，也不知道他还不算编制内的公务员。他欠的债务也不可能在五年之内还清，单单利息就是每月三十元。

但是他不是没有机会反悔，比如他们星期五傍晚去看房子的时候。

他急于表现自己配得上拥有那房子，他坚持让孩子们换上最好的衣服，要求莎玛在他们到了那里时尽可能不要多嘴。

"不要带我去。不要带我去，"莎玛说，"我是你的耻辱，我会让你在你那高贵显赫的卖主面前丢脸的。"

她一路上都这样喋喋不休，就在他们刚刚拐进锡金街的时候，毕司沃斯先生失去了耐性："没错。你当然让我觉得丢人。你就留下和你那一大家子生活在一起吧，不要烦我。我不想让你和我一起去。"

她愕然。但是已经没有时间平息他们的争吵了。他们已经来到锡金街。他开车经过房子，把车停在离房子有一段距离的地方，他对孩子们说，如果他们愿意的话可以和他一起去，或者就和他们的妈妈留下来，然后继续与图尔斯一家住在一起。他甩上车门走了。孩子们下车跟着他。

于是在他们买下房子之前，莎玛就只在那辆普莱菲特经过房子的时候看过一眼。她看见水泥墙壁被街灯的灯光点染着柔和的光彩，隔壁的树木投下浪漫的影子。她本有可能注意到那拙劣的楼梯，那危险的弯曲的横梁，那根本不能算完工的窗格和房子的木构件，她也本有可能注意到房子没有后门，还有无数微小却重要的缺陷，但是她只能坐在车里，被怒火和恐惧折磨。

孩子们摆出最为得体的举止和老祖宗交谈，她对他们曲意奉承，让他们非常受用。他们看见打磨上光的地板、富丽堂皇的窗帘、装着隔音板的天花板，以及那套莫里斯家具，他们不需要再看更多了。他们喝着茶，吃着蛋糕。毕司沃斯先生对孩子如此得体的表现不无得意，他和法务官书记员一起抽烟喝威士忌。当他们上楼的时候，法务官书记员在前面带路。楼梯很黑。他们没有注意到楼梯上没有灯，黑暗遮盖了房子粗劣的建构。他们已经习惯了凑合的老式房子，他们为眼前的一切神魂颠倒。因为自己是客人，他们没有停下来询问问题。当他们来到楼上时，又完全被浴室、被绿色墙壁的卧室、被阳台和转播收音机吸引了。

"收音机！"他们喊起来。他们已经忘记拥有收音机的感觉了。

"如果你们想要，我就把它留给你们。"法务官书记员说，就好像他还要帮缴收听费一样。

"嗯，你们喜欢吗？"当他们离开的时候毕司沃斯先生问。

毫无疑问，他们喜欢。房子是这样崭新、干净、现代和精美。他们急于让莎玛也喜欢上这座房子，想要她亲眼看看它。但是面对毕司沃斯先生的得意和兴高采烈，莎玛很坚决。她说她不想让毕司沃斯先生和他的孩子们丢脸。

整个星期图尔斯太太都在生病，但却相当平静。欧华德回来以后，她变得多愁善感。她大部分时间待在自己的房间里，要人用月桂油浸透她的头发，倾听着欧华德的脚步声。她为了赢得他的心，开始讲述他的孩提时代和梵学家图尔斯的故事。她既不辱骂，也不生气，但是泪水泉涌似的从她的墨镜后面流下来，她编造一长串忘恩负义、不讲道义和被人疏忽的故事。她的女儿们都来倾听她的絮叨。她们毕恭毕敬地显出悔恨的样子，面对欧华德的沉默，她们个个都神情严肃、举止小心。她们讲印地语，她们不轻视自己，她们都想表现出受到冒犯的样子。但是欧华德却没有什么表示。他没有透露他在多巴哥的经历。于是姐妹们就把矛头转向莎玛，无声地谴责她。欧华德大部分时间都不在家里。他和医院的同事们在一起，那是社会缔造的一个新阶层。他到南部沙克哈的家里去。他在印度俱乐部打网球。他突然闭口不再谈革命，就像他开始谈起时那样突然。

第七章　房子

法务官书记员恪守诺言，一俟事务交接完毕，他和老祖宗就迅速搬离了房子。星期一晚上，毕司沃斯先生做了最后的决定。星期四房子就已经空出来了。

星期四下午接近黄昏时分，他们开车来到了锡金街。阳光从敞开的窗户照射在地板上和厨房的墙上。木头和磨砂玻璃摸上去烫手。砖墙的内壁也热烘烘的。阳光穿进房子，在没有遮拦的楼梯上留下炫目的光纹。只有厨房晒不到太阳；尽管装有格栅而且窗户是敞开的，房子的其他所有地方都让人透不过气来，整幢屋子都热烘烘的，而且亮得晃眼，让他们大汗淋漓。

没有窗帘，屋子里除了那套莫里斯家具之外空无一物，热乎乎的地板不再锃亮宜人，在阳光照耀下，地板上只有粗砂、擦痕和肮脏的脚印，房子比孩子们印象中狭小了许多，失去了他们那天晚上在柔和的灯光里、在厚重的窗帘阻隔下所感觉到的温馨。没有窗帘的遮蔽，大片的隔栅让房子没有任何遮蔽效果，可以看见隔壁绿色的面包树，腐烂的篱笆上马鞭草藤粗壮而蜷曲的藤蔓，房子后面摇摇欲坠的贫民窟，街上的噪音也清晰可闻。

他们发现了楼梯的问题：没有窗帘遮挡，楼梯显得过于粗糙。毕司沃斯先生发现房子没有后门。莎玛发现两个支撑楼梯平台的木头柱子从底部往上已经有腐烂的架势，长着潮湿的绿苔。他们都发现楼梯很危险。每走一步，楼梯都晃悠，最轻微的风也会掀起中间倾斜的瓦楞铁皮，发出金属的噼啪声。

莎玛没有抱怨。她只是说："看来在我们搬进来之前，这房子需要修理一番。"

接下来的几天里他们发现了更多的问题。楼梯平台的柱子之所以腐烂，是因为它就立在后墙上的一个水龙头旁边。从水龙头里流出来的水直接淌到地上。莎玛说这可能会让地板塌陷。然后他们发现院子里根本没有排水装置。下雨的时候，从金字塔形的屋顶流下的雨水直接淌到地上，于是院子里一片泥泞，在墙上和门上溅满泥浆，看上去门和墙的底部好似被湿煤灰喷射过。

他们还发现楼下的窗户没有一扇能合拢。有一些窗户卡在水泥窗台上，还有一些因为被太阳晒得变了形，根本无法插上插销。他们发现那扇装饰着白色木框和磨砂玻璃、两面都有人字形格子的漂亮前门，即使锁上锁插上门闩，强风一吹也会立时洞开。另一扇客厅的门根本就打不开，那就是两块被钉在墙上的木板，压在一起，形成一道微型的连绵山脉的形状。

"偷工减料的木匠。"毕司沃斯先生说。

他们发现没有任何地方的做工令人满意，格子木架到处都不平整，很多有钉子的地方都裂开了，露出硕大的钉子头。

"骗子！骗子！"

他们发现楼上的门不统一，无论是形状、结构，还是颜色和门的铰链，没有一扇门是合适的。其中一扇门离地板六英寸，就像酒屋里的双开式弹簧门。

"纳粹！无耻之徒！"

楼上的地板向中间凹陷，他们在楼下发现两根主横梁有一样的曲折。莎玛觉得地板之所以不平，是因为屋里靠近阳台的那面承重墙是用砖砌的。

"我们可以把墙打掉，"莎玛说，"然后装上木头隔墙。"

"打掉墙！"毕司沃斯先生说，"一不小心就要打掉整座房子。谁不知道这面墙是支撑这座房子的。"

阿南德建议在客厅下面竖一根柱子以支撑下陷的横梁。

很快，他们就对自己的发现缄默不语。阿南德发现前栏杆的方形柱子虽然因为缠绕着牵牛花十分漂亮，实际上是用空心砖砌成的，下面还没有地基。用一根手指轻推一下也会让柱子晃动。他什么也没有说，只是建议在石匠来的时候去检查一下栏杆。

石匠在房子周围修了一个水泥的排水槽，在后面的水龙头下砌了一个低矮的水池。他是一个矮胖的黑人，有着猫那样的胡须，他不停地唱道：

> 有一个男人叫迈克·芬尼根，
> 他脸颊上的胡须又长出来了。

他的愉快让他们都无限沮丧。

他们每天都在充满敌意的图尔斯房子和锡金街之间来来回回。他们变得冲动易怒。他们也不再因为莫里斯家具和收音机而感到高兴。

"'我可以把收音机留给你。'"毕司沃斯先生说，模仿着法务官书记员的口气，"你这个老骗子。我看你一定会下地狱！"

收音机的租金是每月两元。地皮租金是每月十元，比他之前租房的租金贵六元。以往虚无缥缈的税率现在有了真实的意义。地皮租金、收听费、税率、利息、修葺费，还有债务，他几乎在发现这房子的同时就已经发现自己被责任紧紧绑住了。

油漆工来了，他们是两个高大而忧伤的黑人，已经失业了一段时间，因此即使薪酬很低也愿意接活。毕司沃斯先生不得不借债付工钱给他们。他们带着梯子、厚木板、桶和刷子来干活，阿南德听见他们在楼上跳来跳去，便焦虑地跑上楼去确保房子不会垮塌。油漆工们并不像阿南德那样担心。他们不断地从厚木板跳到地板上，而他则因为羞耻而无法对他们说明情况。他留下来查看。新的涂料使阳台墙上那长长的不祥的裂缝显得更加清晰而不祥。收音机里播放的轻音乐和欢快的广告在酷热的空房子里回响，油漆工们聊着天，有时候聊女人，但是大部分时间都在聊赚钱。收音机里有一个女人在唱歌，好像来自一个就在近处但又遥不可及的城市，那里仿佛到处是天鹅绒，灯红酒绿，黄金遍地，一切都是欢乐而安全的，甚至连忧伤也那么美丽：

> 他们白天黑夜都能看见我
> 度过美好欢乐的时光，
> 他们不知道我所经历的……

一个油漆工说："那就是我，孩子。外表欢乐，心里流泪。"但是他从没笑过。而对阿南德来说，那不停地从收音机里传出来的歌曲回响在空荡荡的散发着涂料气味的房子里，永远带有一种不确定、恐吓、空落的意味，那些歌词有一种可以信手拈来、永远不会落伍或过时的象征主义色彩："外表欢乐"，"每个人自己的一切"，"到那时候"，"去年夏天我们做的事情"。

接下来还有更多的花销。城市里这个地区还没有铺设下水管道，房子有一个化粪池。油漆工还没有离开，化粪池就已经堵塞了。抽水马桶漫溢起泡，院子里也跟着翻腾，整条街都臭不可闻。他们叫来了卫生工程师,重新修了一个化粪池。到此时毕司沃斯先生借来的钱已全部花光,莎玛不得不从接收寄宿者的寡妇柏斯黛那里借了两百元。

但是,他们终于可以离开图尔斯家的房子了。他们雇了一辆卡车——又要花钱——把所有的家具都装上车。他们吃惊地发现司空见惯的家具被装在卡车上突兀地暴露于街面时,看上去是那么陌生、破旧、寒酸。这会是他们最后一次搬家。他们积聚了一生的家什:橱柜(硬邦邦地结着一层又一层清漆的厚壳,上面有各种颜色的油漆,纱网已经破了,打了补丁),黄色的厨房桌,装着无用的玻璃和断裂的帽钩的帽架,摇椅,四柱大床(床被拆掉了,一点也不起眼),莎玛的梳妆台(靠着驾驶室,镜子被拆掉,抽屉也掉了出来,露出里面没有上漆和上光的木头,虽然经过数年,木头看起来仍然是簇新的),书架和写字台,赛尔菲尔打造的书架,斯林百金床(床头靠上有一朵粉红色的昭示亲密的玫瑰),玻璃橱柜(从图尔斯太太的客厅里搬出来的),穷木匠打造的餐桌(面朝下躺着,桌子腿上缠着绳子,上面放着抽屉和箱子),打字机(仍然是鲜艳的黄色,毕司沃斯先生曾经打算用打字机为英美国家的报纸撰写文章,曾经用这台打字机给理想学校写文章,给医生写信)。他们一生添置的家具过去一直被零散地放置着,根本不引人注意,现在所有的家什都被放在卡车的车厢里。莎玛和阿南德搭乘卡车。毕司沃斯先生开车带着女孩们,她们随身带着一些裙子,害怕打包装箱时会损坏它们。

那天傍晚他们只来得及打开行李。莎玛在厨房里简单地准备了一顿晚餐,他们在杂乱的餐厅里吃饭。他们很少交谈。只有莎玛无拘无束地走动说话。床被放置到楼上。阿南德睡在阳台上。他可以感觉到地板在身下朝那令人厌恶的砖墙倾斜。他把手放在墙上,似乎那样能让他感觉出墙壁的重量。每一个脚步,特别是莎玛的脚步响起时,他都感觉地板在震颤。闭上眼睛时,他感到天旋地转。于是他匆忙地睁开眼睛,向自己证实地板没有继续塌陷,而房子仍然矗立在那里。

每天下午，他们都能看见一个印度老头在隔壁房子的阳台上心满意足地摇着摇椅。他有一张方脸，眼睑厚重得几乎像个华人；他总是显得无动于衷、昏昏欲睡。但是当毕司沃斯先生因为想要睦邻友好而跟他打招呼时，老头立马精神起来，他在摇椅上向前探着身子说："你可做了不少修复工作呀。"

　　毕司沃斯先生借此机会来到老头的阳台上。老头的房子崭新而结实，墙壁厚实，地板坚实平坦，房子各处的木构件都整齐完好。房子没有栏杆，一个用生锈的瓦楞铁和灰黑色木板搭制的棚子紧靠着房子后部。

　　"你的房子不错。"毕司沃斯先生说。

　　"靠上帝的赐福，还有孩子们的帮忙，我们建了这房子。正如你所见，我们还要搭栏杆，修一间厨房，但是暂时还不着急。可你还要做不少补修工作。"

　　"到处都有些毛病。化粪池的事情真对不起。"

　　"你不用因为那个觉得抱歉。我以前就料到要发生这种事情。那是他自己建的。"

　　"谁？那个人吗？"

　　"不仅如此。他一个人建造了整座房子。他在周六周日和平时下午来修。那就像是他的一个癖好。我可没有看见他雇用什么木匠。我最好提醒一下你。电线也是他自己铺的。那人根本不负责任，伙计。我不知道市议会怎么会认为这样的房子合格。那人用各种各样的树干和树枝做椽子和横梁。"

　　他是一个上了年纪的老人，为其晚年在儿子们的帮助下建造了一座坚固结实的房子而心满意足。他过去的一切都堆在房子后面的棚子里，在街上那些毁坏的木头房子里。他说这些话只是出于一种成就感，绝非恶意。

"不管怎么说，还是一座结实的小房子。"毕司沃斯先生说，从老头的阳台朝他的房子看去。他可以看见老头的面包树相当巧妙地掩映着他的房子，越过马鞭草藤的藤蔓，木格子看上去非常典雅，隔了这段距离，那些没有完工的地方并不起眼。但是他注意到阳台背后的砖墙上延伸的裂缝还是那么刺眼。他在这时才发现有多少隔音板已经从屋檐下掉落，就在他审视房子的时候，也有蝙蝠进进出出。"结实的小房子。这才是最主要的。"

老头继续说话，语气里没有争论的意思。"还有房子四角上的柱子。每个人都会以为那柱子是水泥的。但是你知道他用的是什么吗，只是陶砖，里面是空心的。"

毕司沃斯先生无法掩饰内心的惊慌。老头善意地微笑着，对自己的话引起的效果十分满意。

"那人不靠谱，伙计。"他继续说，"就像我说的，那仿佛是他的癖好。从各个地方，比如美国人的营地，捡来个窗框。从这里那里弄一扇门，然后把它们运到这里来。真是丢人。我不知道市议会怎么会认为这房子合格。"

"我看，"毕司沃斯先生说，"如果市议会觉得这房子不结实的话，他们是不会批这房子合格的。"

老头没有回应。"投机分子，就是他。一个真正的投机分子。这已经不是他建造的第一座房子了，你知道吗。他在拜尔芒特建了两三座房子，在伍德布鲁克建了一座，还有这座房子，现在他正在穆旺特建造另一座呢。他一边建一边就住在里面，"老头摇晃着轻笑了一声，"但是他被困在这里很久了。"

"他在这座房子里住了很长时间。"毕司沃斯先生说。

"他找不到房子的买主。这块地皮还不错，跟你说。但是他要价太高。四千五百元。"

"四千五百元！"

"要是你喜欢。看。看路那边的那座小房子。"他指着一座崭新漂亮的平房。毕司沃斯先生用他最近学会的鉴赏木匠手艺的眼光，判断出房子设计精巧、木工精湛。"虽然小，但是非常不错。那座房子今年卖四千五百元。"

塔特尔家的一个男孩，那个抄写书的男孩突然在一个下午来到毕司沃斯先生的房子。他闲扯了一会儿，似乎漫不经心地提起他之前忘记说的一个口信，说他的父母要在傍晚造访他们，因为塔特尔太太想向莎玛征询一些事情。

他们立刻收拾好房子。地板被擦洗得锃亮，谁也不允许在上面行走。窗帘被重新布置起来，莫里斯家具、玻璃橱柜和书架也被重新摆放好。窗帘遮蔽了楼梯；书架和玻璃橱柜遮掩了一部分格子架，格子架上也安上了帘子。那扇关不上的门敞开着，门口挂着门帘。而那扇打不开的门就紧闭着，上面也挂着门帘。关不上的窗户敞开着，同样也挂上了窗帘。当塔特尔夫妇到来时，迎接他们的是一座点着温馨灯火的安全而华丽的房子，还有莫里斯家具和种在铜盆里的小棕榈树，映衬着锃亮的地板。莎玛请他们坐在莫里斯椅子上，看着他们默默地惊讶了好一会儿，然后就像老祖宗那样，在厨房里泡茶，再请他们喝茶吃饼干，营造出一种温暖舒适的氛围。

塔特尔一家都被蒙住了！从塔特尔太太先是面孔紧板再到气恼和自惭形秽的表情，还有 W.C.塔特尔发出的紧张的轻笑中，莎玛就明白他们已经被蒙住了。W.C.塔特尔坐在莫里斯椅子上，被房子里东西方混合的典雅包围，他用一只手摩挲着搭在右膝上的一只脚踝，另一只手捻着鼻毛。

塔特尔太太对米娜——她弄断了裸女雕像那只拿着火把的手臂——说："喂，米娜姑娘。你这几天都把你的姨妈给忘了吧。我看，有了这房子你以后不会到我那老房子里去了。"

米娜微笑着，似乎塔特尔太太言中了一个令人尴尬的事实。

塔特尔太太用印地语对莎玛说："嗯，房子虽旧，但是空间很大。"她把两肘靠在身体两边，显示出她在莎玛的房子里感受到的拘谨。"而且我们不想借债啊什么的。"

W.C.塔特尔拨弄着他的鼻毛，一边微笑。

"我不想要太大的房子，"莎玛说，"这房子我觉得就正好。就像这样小而好。"

"是的，"W.C.塔特尔说，"就像这样好而小。"

他们惊慌地发现W.C.塔特尔从椅子上跳起来，走到镶着格子的那面墙上，开始张合着手指测量墙壁。但是他只是对墙壁的长度而不是质量感兴趣。他测量完，浅笑了一声说："十二乘二十。"

"十五乘二十五。"莎玛说。

"好而小，"W.C.塔特尔说，"依我看，就是这房子的优点。"

当W.C.塔特尔要求参观楼上的时候莎玛也颇为紧张了一会儿。不过已经是晚上了。他们已经在楼梯周围从扶栏到屋顶都镶上了木格子，从扶栏到楼梯台阶也镶了木条，并全部油漆过。楼梯平台上点着一盏微弱的灯，院子依旧一片漆黑，但营造出了一种温暖的感觉。

他们居然那么快就忘记了房子的诸多不便，转而和客人们一样欣赏起它！对那些无法被书架、玻璃橱柜和窗帘遮挡的缺憾，他们也已经习以为常。他们修复了篱笆并装上了新大门。他们还建了一间车库。他们买来玫瑰，修建了一个花园。他们开始种植兰花，毕司沃斯先生想出一个令人激动的点子，让兰花环绕在依然埋在土里的枯死的椰子树干上。在房子的一边，在面包树的树荫下，他们种植了一床安祖花。为了让花保持湿润，他们在四周围上了从矮山带来的湿润腐烂的蜡菊树的木头。就是在那次去矮山的时候，他们看见在毕司沃斯先生曾经建造房子的山上，水泥柱子在高高的灌木丛中突起。

很快，孩子们就似乎觉得他们一直以来都住在锡金街这座高大方正的房子里，从未寄居别处。由此开始，他们的生活有序而规范，他们的回忆也与这座房子环环相扣，浑然一体。他们的记性很好，同时也很温柔感性。很快，有关哈奴曼大宅、捕猎村、绿谷、矮山和在西班牙港的图尔斯家的房子的记忆就变得混乱含糊起来，以往发生的事情都交叠在一起，更多是被忘却了。偶尔回忆的触须会轻轻拂过——雨后倒映着蓝天的水坑，一沓扑克牌，摸索着系鞋带的动作，新车的气味，林间传来的风声，玩具商店的颜色和气味，牛奶和梅干的味道——那些被忘却的过往碎片被拾出，但毫无上下文，令人迷惑。在北部的土地上，在充斥着新的分离和向往的时代里，在光线突然暗淡下来的图书馆里，冰雹打落在窗户上，触及布满灰尘的皮面装订书那光滑洁白的衬页，这一刻突然让人心烦意乱：这时应该是图尔斯商店的圣诞节前一周，炎热而喧闹，禁止触摸的白色浅盒子，里面装着老式气球，气球上沾有胶状粉末，饰以大理石纹样。于是后来，渐渐地，在一些安全的时刻，当他们有了别的烦忧，当记忆不再刺伤他们的时候，他们会带着欢乐或者痛苦，让过去有条不紊地重现。

虽然毕司沃斯先生在脑海里设计了无数折腾法务官书记员的办法，他还是小心翼翼地避免进入那间装饰着欢快壁画的咖啡馆。在搬家不到五个月后的一天下午，他在回家路上惊讶而尴尬地发现法务官书记员叼着一根香烟，正在他房子旁边的地皮上迈步丈量着什么。

法务官书记员毫无愧色。"怎么样，伙计？你老婆还好吧？孩子们呢？他们学习都还不错吧？"

毕司沃斯先生并没有脱口说出内心的真实想法："不要再和我提我的孩子们和他们的学习，你这卑鄙无耻的老骗子！"相反，他回答说他们一切都好，还问他："老祖宗怎么样？"

"不好不坏。她的心脏还是不时地找麻烦。"

隔壁的地皮基本上是空的。最远处只有一座整洁的只有两间屋的建筑，一个友善社团的办公室；因此毕司沃斯先生在房子的这边并没有邻居。毕司沃斯先生不喜欢法务官书记员对这里的关注和想法。但是他决定保持冷静。

"你在缪克拉泊还不错？"他问道，"呃，我说的什么呀！是在穆旺特吧，不是吗？"

"老祖宗不喜欢那里。太潮了，你知道的。"

"还有蚊子。我能想象。我听说那对心脏不好。"

"不管怎样，"法务官书记员说，"我们还得继续找合适的地方。"

"你在穆旺特的房子卖掉了吗？"

"没有。但是有很多人想要买。"

"你想在这里再建一座房子？"

"想要建一座和你的一样的房子。两层楼。"

"不许你在这里建造任何该死的两层楼，你这偷工减料的老骗子！"

书记员停止丈量，来到栏杆前面，栏杆上毕司沃斯先生种植的九重葛红绿夹杂。他伸出一根长手指越过九重葛，指着毕司沃斯先生的脸说："管好你的嘴巴！管好你的嘴巴！你说的话足够让你进监狱了。管好你的嘴巴！你这个法盲。"

"市议会不会批准这座房子的。我是纳税人，我是有权利的。"

"别说我没有警告过你。你给我说话当心点，你听着。"

书记员离开之后，毕司沃斯先生在院子里走来走去，试图想象两栋长盒子似的房子并肩矗立在街边的情形。他踱着步子查看着，沉思着，测量着。当太阳快要落山的时候，他喊道："莎玛！莎玛！给我拿把尺子或者你的卷尺来。"

她递给他一把尺子，毕司沃斯先生开始仔细测量他的地皮宽度，从接壤处的空地开始，一直朝老印度人的房子量去。老头把一切都看在眼里，摇着摇椅，布满褶皱的脸上堆起笑容。

"他要来再建一座房子，嗯？"当毕司沃斯先生走近的时候，老头问道，"我可一点也不吃惊。"

"除非我死了他才能得逞。"毕司沃斯先生一边喊着回答，一边测量着。

老头摇着摇椅，被逗乐了。

"啊哈！"毕司沃斯先生来到地皮边界的时候说，"啊哈！我就一直疑心来着。"他弯腰测量后院，朝半空的地皮方向走，而老头摇着摇椅，轻声笑着。

"莎玛！"毕司沃斯先生边说边朝厨房跑去，"你把房契放在哪里了？"

"在书桌里。"

她上楼去拿房契，然后下楼交给毕司沃斯先生。他看着房契。

"啊哈！这老骗子！莎玛，我们要有一个更大的院子了。"

不知是出于疏忽还是因为设计，法务官书记员建造的栏杆比地契上的说明向内收缩了整整十二英尺。

"我就一直觉得，"莎玛说，"我们的路边地没有五十英尺。"

"路边地，嗯？"毕司沃斯先生说，"好词儿，莎玛。你知道的，你上了年纪之后倒学了不少好词。"

法务官书记员从此再也没有出现在街上。

"这么说你逮住他了，"老头说，"不过你必须承认，他是个精明的家伙。"

"可骗不了我。"毕司沃斯先生说。

毕司沃斯先生在多余的地上种了一棵金链花树。树生长得很快，给房子带来了一种浪漫的格调，柔化了房子高耸而难看的线条，挡了一部分下午的阳光。金链花的甜美花香在依然炎热的夜晚弥漫了整座房子。

尾声

　　快到年底的时候，欧华德离开了西班牙港。他娶了桃乐茜的表妹，那个长老会的小提琴手，此后就离开殖民地医院，搬到了圣弗南多，在那里开设私人诊所。年底，社区福利部最终被撤销。这并不是因为沙克哈所在的党派捣鬼；那党派在此之前就已经解体，党派的四个候选人在殖民地的首次大选中落选，沙克哈（"可怜人的朋友"，他的海报上是这么说的）因此从政坛退隐，专心经营他的电影院。社区福利部之所以被撤销，是因为这个部门已经过时。三十年、二十年甚至十年前，可能还会有人支持这个部门。但是战争、美军基地，以及对美意识使每个人都拥有了自我提升的动力和途径。社区福利部的鼓励和引导已经没有必要了。当部门受到攻击的时候，没有人——甚至是那些积极参加部门的领导力课程的人——知道该如何替部门辩护。于是，像伯耐特先生一样，罗基小姐也离开了。

　　毕司沃斯先生不再是那个略略显赫的人民公仆，他又回到了《特立尼达卫报》工作。现在汽车归他所有，但是他的薪水比不上那些一直在报社工作的人。他已经还了五百元的贷款，但是现在他几乎付不起利息。

他想要卖掉汽车。一天，有一个英国人到他家来看汽车。莎玛表现得十分粗暴无礼，那个英国人因为不想介入别人家庭的内讧而打消了买车的念头。最后毕司沃斯先生屈服了。莎玛从来没有为房子责备过他，他也开始信服她的判断力。她一遍又一遍地表示她并不担心，债务最后会还清的。毕司沃斯先生虽然觉得她的话空洞无力，却从中汲取了不少安慰。

但是债务还在。夜晚，透过二楼微弯的窗框，他凝视着天空，感到时光飞逝，五年的贷款已经只剩四年期限，然后是三年，债务缠身的灾难性结局越来越近，他的生活就这样被蚕食着。清晨，阳光透过木格子照射在楼梯平台上，从那"酒屋拉门"的门缝中透进他的卧室，这时他又恢复了平静。孩子们会关照债务的。

但是债务还在。四千元。就像是既定命运的最后警告，它消磨着能量和信心。除了《特立尼达卫报》之外，他什么都没有。虽然他起初觉得，报社工作的即时性、紧张性，以及他在下午写的稿件在第二天变成无数人阅读的铅字的奇迹让他激动亢奋，他的狂热终究由于缺少雄心的支持而冷却了。他的工作变得辛苦，令人疲惫，就像他自身丧失了热情一样，他的文字也失去了激情。他变得烦闷易怒，外貌也难看了。生活原本一直是一种准备，一种期待。但是随着岁月的流逝，他已经没有什么好期待的了。

但是孩子们不一样。世界之门似乎突然为他们开启。萨薇获得了奖学金，到国外上学。两年之后，阿南德也获得奖学金去了英国。偿还债务的期望只有推迟。但是毕司沃斯先生觉得他还可以等待，五年债务到期的时候，他能做出其他安排。

他想念阿南德，为他担忧。阿南德起初来信稀少，后来却日益频繁。信写得沉闷，充满了自怜，后来则带着毕司沃斯先生立刻就能理解的歇斯底里情绪。他给阿南德写幽默诙谐的长信，他描写花园，给予他宗教上的指导，他还花费了昂贵的邮资，航空邮寄给他一本由两名美国女心理学家写的《以智慧克服紧张》。阿南德的信又变少了。毕司沃斯先生能做的只有等待。他等待阿南德，等待萨薇。他等待五年的债务到期。等待。等待。

一天下午，他们派人送信给莎玛，她收拾了毕司沃斯先生的睡衣，迅速赶到殖民地医院。他在《特立尼达卫报》报社晕倒了。并不是因为胃病，他一直说想要亲自把他的胃切开看看里面到底是什么在作祟。实际上是他的心脏出了问题，他从来没有抱怨过的心脏。

他住了一个月医院。当他回到家时，他发现莎玛、卡姆拉和米娜重新粉刷了楼下的墙壁。地板被重新油漆上光。花园里鲜花绽放。他深为感动。他写信告诉阿南德，他直到那时候才意识到自己有一座怎样美好的小房子。然而写信给阿南德，就像带盲人去看风景一样不起作用。

由于被禁止爬楼梯，毕司沃斯先生住在楼下。这带给他新的耻辱，因为厕所在楼上。下午强烈的阳光使人很难一直待在楼下，即使莎玛在窗户上安装了遮阳篷也无济于事，阳光依然刺眼，而炎热几乎让人窒息。他知道自己的心脏会随时发病，他感到害怕。他为自己的心脏害怕，为阿南德害怕，为五年之期害怕。他一直给阿南德写轻松愉快的信。在隔了很久之后，阿南德回信了，他的信写得冷淡、简短、空洞而拘泥。

不久，《特立尼达卫报》开始只支付毕司沃斯先生一半的工资。不到一个月，他就回去上班，他爬《特立尼达卫报》报社的楼梯，爬他卧室的楼梯，开着他那辆总是出毛病的老普莱菲特，风雨无阻地去岛上的各个地方采访，然后挥汗如雨地赶写文章，以期给沉闷的主题带来一点愉快的色彩。他把这些文章寄给阿南德，阿南德对此却不置可否。似乎是因此为自己的文章而羞耻，毕司沃斯先生便不再给阿南德寄送。他变得懒散。他的脸变得浮肿。皮肤变得黝黑，不是那种自然的黑皮肤，也不是因为日晒造成的黑，是一种似乎从皮肤里面透出来的暗沉，好像皮肤是透明的黑色胶片，而下面的血肉瘀伤、败坏，那种腐败正上升到皮肤表层。

有一天莎玛接到另一个口信。当她赶到医院时，她发现他的状况相当严重。她几乎不忍心去看他脸上的痛苦神情，而且他不能讲话了。

她给阿南德和萨薇写信。萨薇两周后回信了。她会尽快返回家。阿南德写了一封奇怪、感伤、毫无用处的信。

六周后毕司沃斯先生回到家里。他再一次住在了楼下。现在每个人都已经习惯了他的状况，因此没有像之前那样做欢迎他的准备。墙上的涂料还是新的，窗帘也没有换过。他不再抽烟，他的胃口有了改善，他因此误以为自己惊人地痊愈了。他给阿南德写信，警告他不要吸烟。他继续描绘花园和给他遮阴的树，他们都把这棵树称为他的"荫之树"。他的脸更加浮肿，甚至变得肥大，脸色更加黯淡，体重开始增加。等待着萨薇，等待着阿南德，等待着五年期限的来临。他变得越来越焦躁不安。

随后《特立尼达卫报》解雇了他。报社给了他三个月的时间离职。毕司沃斯先生需要儿子的关心和愤怒。在这个世界上没有别人可以听他抱怨。最后，他没有顾忌阿南德的痛苦，在黄色的打字机上写了一封歇斯底里的满是牢骚的绝望的信，信中没有再提及那棵荫之树、玫瑰、兰花或者安祖花。

三周之后他没有收到阿南德的回信，于是他给殖民地办公室写信。这终于促使阿南德给他回了一封短信。阿南德说他想要回家。立刻，债务、心脏、解雇和五年的期限都不再重要。而他准备再次借债让阿南德回家。但是一切安排都成了泡影。阿南德改变了主意。毕司沃斯先生从此再也没有抱怨过。在信中他又变成了那个提供安慰的人。很快，《特立尼达卫报》就要付给他最后一笔薪水了，五年的债务期限也即将到期。

最后关头，一切似乎都有了转机。萨薇回来了，毕司沃斯先生就像看到她和阿南德一起回来那样欣喜地欢迎她。萨薇找到了一份工作，薪水丰厚，比毕司沃斯先生能得到的任何一笔薪水都高。一切都水到渠成，毕司沃斯先生刚刚停薪，萨薇就开始工作了。毕司沃斯先生给阿南德写信说："在这之后你怎么能还不相信上帝呢？"他的信充满了喜悦。他享受着萨薇的陪伴。她学会了开车，于是他们一起出去远足。她的聪慧令人惊讶。他种了一棵蝴蝶兰。他的荫之树又开花了，生长得这样迅速的树能开出这样甜美的花朵，不是很奇特吗？

在毕司沃斯先生写给《特立尼达卫报》最早的一批故事中，有一篇是关于一个已逝的探险家的。那时候《特立尼达卫报》风格浮夸，他写了一篇荒唐怪诞的报道，他此后时常为此后悔。他总是试图以那位探险家的亲人可能不会阅读《特立尼达卫报》这一念头来减轻自己的内疚。他还说在他的死讯被刊登之时，他希望大标题是《漂泊的记者离开人间》。但是《特立尼达卫报》已经变了，报道他去世的大标题是《新闻记者突然死亡》。其他报纸没有报道他的死讯。广播电台向全岛广播了两次死讯。不过那是付费广播。

莎玛的姐妹们没有让她失望。她们所有的人都来了。对她们来说，这是一个重新见面的机会，她们现在不像以前那样常常见面了，因为她们现在都住在自己的房子里，有些住在城里，有些住在乡下。

房子楼下的门都敞开着。那扇无法敞开的门也被设法打开，门上的铰链脱了位。家具被推到墙角。那一整天，衣履光鲜的吊唁者们，男人、女人和孩子们在房子里进进出出。打磨上光的地板变得肮脏，布满划痕，楼梯不断地摇晃着，楼上的地板不断地响着拖沓的脚步声。房子没有倒。

毕司沃斯先生的尸体火化是经过卫生部门批准的，这在当时并不多见，火化在一条混浊的小溪岸边举行，招引了不同种族的人们围观。之后，姐妹们回到各自的家中，莎玛和孩子们开着那辆普莱菲特回到了空空的房子里。

图书在版编目（CIP）数据

　　毕司沃斯先生的房子 ／（英）V.S.奈保尔著 ； 余珺
珉译. —— 2版. —— 海口 ：南海出版公司，2019.11
　　ISBN 978-7-5442-7420-3

　　Ⅰ．①毕… Ⅱ．①V… ②余… Ⅲ．①长篇小说－英国
－现代 Ⅳ．①I561.45

　　中国版本图书馆CIP数据核字（2019）第128712号

著作权合同登记号　图字：30-2011-037

A HOUSE FOR MR BISWAS
Copyright ©1961, V. S. Naipaul
All rights reserved.

毕司沃斯先生的房子
〔英〕V.S. 奈保尔　著
余珺珉　译

出　　版　南海出版公司　（0898）66568511
　　　　　海口市海秀中路51号星华大厦五楼　邮编 570206
发　　行　新经典发行有限公司
　　　　　电话（010）68423599　邮箱 editor@readinglife.com
经　　销　新华书店

责任编辑　黄宁群
特邀编辑　刘丛琪　陈　蒙
营销编辑　王蓓蓓　梁　颖
装帧设计　韩　笑
内文制作　王春雪

印　　刷　北京天宇万达印刷有限公司
开　　本　850毫米×1168毫米　1/32
印　　张　18.5
字　　数　492千
版　　次　2015年4月第1版　2019年11月第2版
印　　次　2019年11月第2次印刷
书　　号　ISBN 978-7-5442-7420-3
定　　价　88.00元

版权所有，侵权必究
如有印装质量问题，请发邮件至 zhiliang@readinglife.com